I0664631

Le Siècle.

ÉLIE BERTHET.

LES

CATACOMBES DE PARIS

PARIS

BUREAUX DU SIÈCLE

RUE DU CROISSANT, 16.

A. VIALON. DEL. J. GUILLAUME SC.

On trouve encore dans les bureaux du Siècle

HISTOIRE DES DEUX RESTAURATIONS (DE 1813 À 1830), par M. ACHILLE DE VAULABELLE.

Huit volumes .n-8°. — Prix : 40 fr., et 20 fr. seulement pour les abonnés du journal le Siècle.

Ajouter 50 c. par volume pour recevoir l'ouvrage franco par la poste.

N. B. — Afin de faciliter aux abonnés l'acquisition de cet ouvrage important, il leur sera loisible de se le procurer par parties de deux volumes chaque, au prix de 5 fr. pris au bureau, et de 6 fr par la poste

Elie Berthet.

LES
CATACOMBES DE PARIS.

PROLOGUE. — 1770.

LA PLACE DE GRÈVE.

Huit heures du matin venaient de sonner à l'horloge du Palais de justice. Un de ces brouillards transparens, qui s'élèvent de la Seine dès les matinées de septembre, enveloppait les tours du Grand Châtelet, le clocher de Saint-Jean-en-Grève et les toits aigus de l'Hôtel-de-Ville. La place de Grève n'avait pas alors la régularité qu'elle présente aujourd'hui : resserrée, raboteuse, elle était bordée de vieilles maisons à pignons sur rue, à étages saillans, noires et branlantes. Les ruelles adjacentes étaient boueuses, fétides et sombres. Des échoppes, des masures basses remplissaient les angles irréguliers formés par les grands édifices. Enfin, c'était encore la vieille et lugubre Grève du moyen-âge, lieu historique, plein de souvenirs, mais de souvenirs sanglans, et qui n'éveillent aucun doux sentiment dans le cœur.

Ce jour-là particulièrement, la Grève avait sa physionomie sinistre. En face de l'Hôtel-de-Ville, au milieu de la place, s'élevait un échafaud. A travers le brouillard, on distinguait les bras gigantesques des trois potences, avec le même nombre d'échelles dressées contre les montans; les cordons infâmes se balançaient à la brise piquante du matin. Toutefois, ce n'étaient pas ces poteaux qui inspiraient le plus d'horreur. A leur pied, on voyait un appareil étrange et qui faisait frissonner, avant même qu'on en comprît l'usage. Cela consistait en deux poutres peintes en rouge et disposées en croix horizontalement ; sur trois branches, à une distance calculée du centre, on avait creusé de profondes et larges rainures dont la couleur noirâtre témoignait d'un contact habituel avec le sang humain. La machine était munie d'un nombre suffisant de chaînes et de cordes pour y fixer le criminel, et, tout à côté, on remarquait un lourd pilon de fer semblable à ceux en usage chez les droguistes de la rue des Lombards. Cet instrument de supplice servait à *rompre*, c'est-à-dire à briser les os des bras et des jambes aux condamnés, avant qu'on les attachât à la potence.

La foule n'avait pas manqué au drame épouvantable qui lui était promis. L'exécution ne devait avoir lieu qu'une heure plus tard, et déjà le quai, la place, les rues voisines regorgeaient de monde. Les soldats de la prévôté, avec leurs grandes hallebardes, s'ouvraient difficilement passage, et la maréchaussée, qui entourait l'é-

chafaud, avait peine à contenir les rangs turbulens des curieux, pendant que l'exécuteur et ses aides achevaient leurs préparatifs. Des gamins s'étaient juchés sur les échoppes, sur les arbres, et jusque sur les bancs des revendeuses; de là ils entamaient des conversations à tue-tête et échangeaient des lazzis. On se bousculait, on s'injuriait, on riait. Les petits marchands, alors beaucoup plus nombreux qu'aujourd'hui, se promenaient dans la foule en répétant leurs *crieries* bizarres ; un chanteur s'était établi sur une borne et charmait les oreilles peu délicates avec une chanson égrillarde qu'il accompagnait de son violon cassé. Plus loin, un pître, à queue rouge, débitait du savon et des coq-à-l'âne aux badauds ennuyés d'attendre. On eût dit d'un marché, d'une foire, d'une fête publique, si ces trois potences qui élevaient toujours leurs grands bras rouges dans les airs et ces cordes pendantes qui attendaient leur horrible fardeau, n'eussent donné à l'assemblée sa véritable signification.

Mais ce n'étaient pas seulement la populace et la petite bourgeoisie qui envahissaient la Grève : les classes privilégiées avaient voulu assister également au spectacle annoncé. Seulement, au lieu de se presser au parterre avec la plèbe, elles occupaient des places réservées aux fenêtres des maisons particulières, louées à prix d'or, aux balcons de l'Hôtel-de-Ville et jusque sur les toits des habitations environnantes. Partout de beaux gentilshommes, des abbés musqués, des dames élégantes, avançaient leurs têtes poudrées pour jouir du coup d'œil. La cour et la ville, comme on disait alors, semblaient s'être donné rendez-vous à la Grève. On se saluait de fenêtre à fenêtre avec un sourire de satisfaction. Plusieurs de ces nobles curieux, n'ayant pu se procurer de places dans les maisons voisines, avaient fait avancer leurs voitures le plus près possible de l'échafaud. La foule huait les cochers en riche livrée, qui, du haut de leurs sièges, la regardaient insolemment; tandis que les maîtres, étendus sur les coussins de leur phaéton, bâillaient en attendant l'heure. Enfin, depuis la marquise de Brinvilliers, dont madame de Sévigné, qui se trouvait sur le pont au Change, n'avait pu voir que la cornette ; depuis le supplice de Damien, ce supplice dont une jeune duchesse racontait si galamment les affreux détails, jamais la place de l'Hôtel-de-Ville n'avait réuni si nombreuse et si brillante compagnie.

Il ne s'agissait pourtant pas cette fois de voir mourir une marquise empoisonneuse ou un dévot régicide tel que l'ancien valet des jésuites d'Arras: il s'agissait tout bonnement d'assister à l'exécution de trois voleurs de grands

1

chemins, condamnés à mort par la cour criminelle du Châtelet. Mais la population de Paris était personnellement intéressée à cet acte de justice, et ainsi s'expliquait ce prodigieux concours de spectateurs appartenant à toutes les classes de la société.

Depuis plusieurs années, en effet, une bande de voleurs et de contrebandiers infestait les vastes plaines situées au sud de Paris, entre Vaugirard et le jardin des Plantes. La terreur était telle, parmi les habitans de la banlieue, que, dès la chute du jour, on n'osait plus quitter son logis, de peur de tomber entre les mains de ces scélérats. Peut-être exagérait-on leurs méfaits, qui semblaient se borner à la contrebande sur une grande échelle ; sauf certains cas où les coquins s'étaient trouvés dans la nécessité de se défendre, on eût dit qu'ils en voulaient à la bourse du fisc plutôt qu'à la vie des passans. Mais pas un ivrogne ne se rompait le col dans les excavations dont ces localités étaient semées, pas un soldat querelleur n'était trouvé mort dans un fossé, que les habitans du voisinage n'attribuassent ces événemens aux voleurs de Montsouris, comme on les appelait. Il en résultait contre ces gens une haine mêlée d'horreur que partageaient tous les habitans de la rive gauche de la Seine, plus spécialement exposés à leurs attaques.

Sur les plaintes réitérées de la population, la police de monsieur de Sartines avait fait quelques efforts pour s'emparer des voleurs de Montsouris. Mais les bandits, trouvant des retraites sûres dans les vastes carrières de Montrouge et de Gentilly, avaient échappé longtemps à toutes les recherches. D'ailleurs les mouchards du lieutenant de police, tout occupés de poursuivre les auteurs de chansons satiriques et de pamphlets contre la Pompadour et la Dubarri, de recueillir les chroniques scandaleuses dont on remettait chaque matin la liste à Louis XV, s'inquiétaient peu des malfaiteurs cantonnés aux portes de Paris. On ne les avait donc poursuivis que mollement, et sauf deux ou trois, des moins redoutables, que le Châtelet avait envoyés aux galères, le reste de la bande avait continué ses déprédations.

Leur chef surtout inspirait un invincible effroi : c'était un ancien carrier, de force athlétique. On l'accusait d'avoir tué deux employés de la douane qui avaient voulu l'arrêter pendant qu'il était chargé d'un ballot de marchandises volées. Lubin Pernet, tel était son nom, avait sans doute bien d'autres crimes de ce genre à se reprocher ; mais ce fut le seul qui fut nettement prouvé plus tard, quand il comparut devant ses juges. En revanche, la voix publique mettait sur son compte des actes de barbarie révoltante. De plus on le supposait sorcier, et d'honnêtes bourgeois croyaient à Lubin Pernet, comme de grands seigneurs croyaient à Cagliostro et au comte de Saint-Germain.

Du reste, le genre de vie du chef des voleurs de Montsouris présentait des particularités assez étranges. Nul ne pouvait affirmer qu'il eût vu Lubin à la lumière du soleil : cet homme ne sortait que de nuit ; il demeurait caché pendant le jour dans des retraites inconnues, où ses amis eux-mêmes ne pouvaient pénétrer. Toutefois, sa famille avait un domicile fixe : elle habitait la Tombe-Issoire, lieu sinistre auquel les traditions parisiennes rattachent les plus effrayantes histoires. En cet endroit un brigand fameux, appelé *Issoire* ou mieux *Isoard*, avait commis des crimes épouvantables au moyen-âge ; il avait fini par être pendu sur le théâtre même de ses exploits : de là venait le nom resté à cette localité. La famille de Lubin se composait de sa mère, horrible vieille qui avait exercé longtemps la profession de *pileuse de morts* (une industrie éteinte dont on trouverait peut-être encore des exemples dans quelques provinces du Midi), et de son fils, jeune garçon hideux, contrefait, à intelligence obtuse, comme tous les enfans de parens âgés ou débauchés. Mais la police avait fait plus de vingt descentes, soit de jour, soit de nuit, au logis de la Tombe-Issoire, sans pouvoir y surprendre Lubin ; les inspecteurs beaux-esprits, qui se piquaient de

mythologie et de littérature, affirmaient dans leurs rapports à *monseigneur* que ce coquin devait avoir l'anneau de Gygès, qui rend invisible.

Aussi, malgré les plaintes incessantes de la population, l'autorité, fatiguée d'efforts inutiles, était-elle très disposée à laisser la bande continuer ses exploits ; ne pouvant les empêcher, la police les niait, selon l'usage d'alors. Les choses prenaient donc une bonne tournure pour les voleurs de Montsouris. Malheureusement, il se trouva quelqu'un dont la voix fut plus puissante et mieux écoutée que celle des paisibles habitans du faubourg. Nous avons dit que les malfaiteurs exerçaient la contrebande en grand, et comme Paris n'était pas encore enfermé dans cette muraille qui le rendit *murmurant* en 1786, leurs opérations ne rencontraient pas d'obstacles bien sérieux. Ils allèrent si loin que l'octroi de la ville dut constater un déficit énorme dans ses recettes. Les commis se plaignirent aux traitans, qui portèrent plainte aux fermiers généraux qui s'adressèrent au contrôleur général des finances. Celui-ci écrivit un mot à monsieur de Sartines. Voilà de nouveau la police sur pied. Pour activer son zèle, les fermiers généraux annoncèrent qu'une récompense de deux cents louis serait donnée à toute personne qui prendrait ou donnerait moyen de prendre Lubin Pernet, le chef audacieux de la bande. Ce que l'amour de la justice n'avait pu faire, l'amour de l'argent le fit. Commissaires et exempts se mirent en campagne ; on guetta les fraudeurs, on leur tendit des pièges, on trouva des traîtres qui vendirent le secret de leur retraite, et l'on finit par arrêter Lubin et deux de ses complices dans un cabaret borgne de la rue Mouffetard.

La nouvelle de cette capture excita dans les quartiers de la rive gauche de Paris une véritable allégresse. Elle se répandit avec la rapidité de l'éclair. Quand les gens de justice voulurent amener leurs prisonniers, les rues étaient encombrées de monde. On désirait voir ce terrible brigand qui avait tant occupé l'attention publique ; on se contait les actes abominables dont il était l'auteur. Bientôt la curiosité prit les allures de l'exaspération ; la foule, sur le passage de l'escorte, devenait plus compacte, plus turbulente. On montrait le poing à Pernet ; on l'accablait d'injures. Celui-ci, quoique chargé de chaînes, grinçait des dents, et jetait sur ses insulteurs des regards sombres. Les injures redoublèrent ; les gens de police s'efforcèrent de repousser le peuple. Il y eut une émeute ; les exempts furent renversés ; Pernet et ses compagnons se virent un moment au pouvoir d'une multitude furieuse qui les frappait et menaçait de les lapider. Heureusement une compagnie de chevau-légers, qu'on était allé prévenir en toute hâte, accourut, repoussa les révoltés et remit les malfaiteurs aux mains de la police.

Pendant tout le cours du procès, cette haine contre Lubin Pernet de Montsouris ne s'affaiblit pas. On s'informait chaque matin où en était la procédure ; on colportait de prétendues révélations du coupable ; on plaisantait sur sa prochaine *danse sans plancher*. Aussi, quand on sut qu'au supplice de la potence la cour criminelle avait ajouté généreusement celui de la roue pour Lubin, tandis que ses complices devaient être pendus et simplement pendus, il n'était fils de bonne mère qui ne voulût à tout prix être témoin de l'exécution.

Et maintenant, en faisant la part de la curiosité, du besoin d'émotions dont la société du dix-huitième siècle était encore plus travaillée que la nôtre, du désœuvrement des uns et de l'instinct moutonnier des autres, on n'aura pas de peine à comprendre comment une partie considérable de la population parisienne se pressait, le jour du supplice, sur la place de Grève.

Cependant l'heure indiquée approchait et l'on commençait à s'impatienter. Les regards se tournaient fréquemment vers le porche noir et massif du Châtelet par lequel devaient sortir les condamnés ; mais excepté quelques groupes de soldats du guet et des cavaliers de la maréchaussée qui stationnaient de ce côté, rien n'annonçait encore le départ du triste cortège. Aussi beaucoup de gens, venus pour s'assurer par eux-mêmes que le terrible Pernet de Montsouris ne serait plus à craindre désormais, se demandaient-ils avec terreur si l'exécution n'aurait pas été retardée, ou même si la clémence royale n'aurait pas joué à l'animadversion publique le mauvais tour de faire grâce aux coupables.

Sur la place de l'Hôtel-de-Ville, au premier étage d'une maison de belle apparence quoique ancienne, une fenêtre, pavoisée d'un tapis de Turquie, était occupée par des spectateurs d'importance. Cette fenêtre, ainsi que le petit salon lambrissé de chêne qu'elle éclairait, avait été louée ce jour-là, par le propriétaire du logis, la dame Rondelle, veuve d'un ancien syndic de la corporation des tanneurs, pour la somme de dix écus. Ce prix semble exorbitant pour l'époque, et les locataires de cette fenêtre devaient être ou bien riches ou bien avides de tels spectacles. A la vérité l'on n'eût pu trouver, même à l'Hôtel-de-Ville, de place plus commode pour voir le supplice dans ses moindres détails : les potences n'étaient pas à plus de trente pas de la maison ; le regard plongeait sur la croix rouge où Lubin Pernet devait être attaché pour être rompu ; c'était vraiment l'avant-scène, la loge royale du théâtre de la Grève.

Deux personnes, assises dans des fauteuils en tapisserie, s'étalaient avec complaisance sur le devant de la fenêtre. L'une était une dame en luxurieuse toilette, robe de soie à grands ramages, vastes paniers, coiffure poudrée qui s'élevait pompeusement à trois pieds au-dessus de la tête, ample étalage de falbalas, de dentelles et de bijoux. Cette dame était-elle jeune et jolie? Question difficile, car une couche épaisse de blanc et de rouge, marquetée de mouches, couvrait son visage, ses épaules et ses bras demi-nus. Elle avait la voix mignarde, des poses langoureuses, des grâces minaudières ; d'une main elle balançait un éventail chinois, qui, par cette fraîche matinée, ne paraissait pas fort nécessaire; de l'autre elle respirait nonchalamment un flacon de cristal rempli de sels. Néanmoins elle n'avait pas complétement le cachet du *bel air* qui caractérisait les dames de la cour: malgré ses manières prétentieuses, affectées, légèrement impertinentes, on devinait en elle la roture et la finance. En effet, elle était la fille d'un chaudronnier en gros qui avait gagné une fortune colossale dans les agiotages de la rue Quincampoix, sous la régence, et elle était la femme du fermier général de Villeneuve, un des financiers qui avaient le plus énergiquement réclamé la punition des voleurs de Montsouris.

Près d'elle se tenait un vieux chevalier de Saint-Louis, de ceux qui gagnaient leur croix dans les ruelles et les antichambres. Ancien commensal du Palais-Royal et du cardinal Dubois, le chevalier de Lussan, usé, ridé, asthmatique, était une véritable ruine humaine. Cependant, grâce à sa savante toilette et aux *postiches* en tout genre qu'il mettait en usage, il représentait un vieillard assez vert encore. Toujours bien coiffé, rasé de frais, en jabot et en manchettes de malines de blancheur irréprochable, avec son habit gorge de pigeon, sa veste de satin broché, son épée d'acier, ses boucles d'or, monsieur de Lussan rappelait cette espèce, aujourd'hui perdue, des marquis de cour. Il en avait tous les vices et notamment un amour effréné pour le jeu ; mais il en avait aussi les grands airs, la galanterie, la libéralité, et ces qualités lui avaient valu de nombreux succès auprès des femmes, quelque trente ou quarante ans auparavant.

A l'arrière-plan et dans l'ombre, on entrevoyait une jeune fille de seize à dix-huit ans, d'une beauté ravissante, et qui semblait assister fort à contre-cœur à cette réunion. C'était mademoiselle Thérèse de Villeneuve, la fille unique de la dame qui trônait si majestueusement à la fenêtre. La poudre empêchait de reconnaître si Thérèse était brune ou blonde ; mais elle semblait avoir beaucoup moins usé que sa mère des ressources autorisées par la mode pour cacher son teint et ses traits. Une légère couche de rouge effleurait à peine ses joues fraîches, seulement pour se conformer à l'usage. Quant à son costume, il disparaissait tout

entier sous une douillette de satin bleu, bordée d'hermine, dont elle s'enveloppait frileusement. En résumé, sa beauté eût suffi pour attirer autour d'elle un essaim d'adorateurs, lors même que la dot de mademoiselle de Villeneuve n'eût pas dû s'élever à deux ou trois millions.

Assise à l'angle de la fenêtre, à demi cachée par les amples draperies d'un vieux rideau de brocatelle, Thérèse tournait le dos à la place. Évidemment le spectacle si plein de charmes pour sa mère n'était pas de son goût ; l'obéissance ou quelque motif secret l'avait sans doute amenée dans le salon de la veuve Rondelle. Les yeux fixés sur la porte d'entrée, elle paraissait songer à toute autre chose qu'à l'objet de l'attente générale.

Le chevalier de Lussan et la femme du financier causaient à demi-voix, elle minaudant et jouant avec son éventail, lui toussant et se bourrant les pastilles pectorales qu'il puisait dans un drageoir d'or.

—Voyez donc, chevalier, disait madame de Villeneuve en désignant une fenêtre de l'Hôtel-de-Ville, n'est-ce pas madame de Blacourt, la femme du procureur général au Châtelet, que j'aperçois là-bas? Comme elle est fière dans l'exercice des fonctions officielles de son mari! Nous ne lui devons rien pourtant, car elle ne verra pas mieux que nous. Chevalier, quel est donc le dernier calembour de monsieur de Bièvre? En vérité je l'ai déjà oublié.

— J'ai eu l'honneur de vous dire, madame, répliqua le chevalier toujours toussant, que je ne le savais pas entendu moi-même... Mais le duc de Fitzjames me l'a rapporté... heu! heu !... que le marquis de Bièvre était à dîner chez lui... heu! heu! heu!... mille pardons, belle dame... cette maudite toux y met de l'obstination...

— Pauvre chevalier, dit madame de Villeneuve d'un air de pitié nonchalante, je vous aurai fait sortir trop matin par ce vilain brouillard! avec cela que vous avez sans doute passé la nuit à jouer, suivant votre habitude. Mais où donc est monsieur Philippe de Lussan? Ne devait-il pas nous rejoindre ici ce matin? Pourquoi ne le voyons-nous pas? En vérité, chevalier, votre fils n'a pas hérité votre galant empressement auprès des dames!

—Excusez-le, madame ; excusez-le aussi, mademoiselle; mais ce cher Philippe est l'avocat de Lubin Pernet, et drôle que nous allons voir exécuter tout à l'heure, et il a dû se rendre auprès du condamné pour assister à la signification de l'arrêt. Le pauvre garçon, au lieu de jouir de votre gracieuse présence, est sans doute encore dans ces affreux cachots du Châtelet, les plus horribles cachots du monde, à ce qu'on dit. Mais il ne peut tarder à nous rejoindre.

— Ce sont là de bien tristes et de bien pénibles fonctions, dit Thérèse timidement.

— En effet, reprit madame de Villeneuve avec dédain, et des fonctions qui ne conviennent guère à un homme bien né, car enfin ne voilà-t-il pas monsieur Philippe de Lussan obligé d'être en contact avec des voleurs, d'écouter leur ignoble langage, de disputer au bourreau leur misérable vie! Tenez, monsieur le chevalier, vous ne devriez pas souffrir cela plus longtemps. Monsieur de Lussan n'est pas fait pour de pareilles fonctions. Je croyais, ajouta-t-elle avec intention, que vous étiez en marché pour acheter la charge de conseiller au parlement de Paris, vacante par la mort de l'abbé de Roqueville.

Thérèse avança la tête imperceptiblement pour mieux entendre la réponse à cette question ; le chevalier paraissait fort embarrassé.

— Madame, balbutia-t-il enfin, la fatalité s'en est mêlée : les héritiers de l'abbé avaient déjà traité avec un neveu du président d'Aligre. D'ailleurs, il n'est pas aussi facile que vous le pensez de faire renoncer Philippe à sa charge d'avocat. Il est un peu philosophe ; il donne plus que je ne voudrais dans les idées nouvelles ; il fréquente les beaux esprits du café Procope... Cela me désole.

— C'est, en effet, un esprit hardi, généreux, désintéressé ! s'écria Thérèse.

Puis elle rougit et baissa les yeux.

— Mais vraiment, dit la mère avec quelque aigreur, je

crois que mademoiselle de Villeneuve elle-même sympathise avec les folies du jour. Quant à moi, je l'avoue, j'ai une véritable horreur pour les petites gens et pour tout ce qui les touche. Ainsi donc, monsieur le chevalier, je veux savoir bientôt si monsieur Philippe de Lussan a l'intention de rester avocat au Châtelet, ou bien s'il songe sérieusement à obtenir un siége à la grand'chambre.

— Son choix n'est pas douteux, madame, s'empressa de répondre le chevalier ; il a déjà l'esprit frondeur et impérieux du parlement ; il sera de la grand'chambre, aussitôt toutefois que j'aurai pu lever certaines difficultés qui s'opposent encore à sa nomination.

— Des difficultés pécuniaires, chevalier ? demanda madame de Villeneuve avec un singulier sourire.

Monsieur de Lussan se mordit les lèvres. Joueur forcené, il passait pour être souvent à court d'argent ; depuis longtemps le pharaon et le biribi avaient dévoré son mince patrimoine. A la vérité, feue madame de Lussan, la mère de Philippe, jeune femme dont le mariage s'était accompli dans des circonstances passablement tristes et mystérieuses, avait laissé en mourant une fortune assez considérable ; mais le bruit courait que le chevalier avait dilapidé les biens laissés à sa tutelle. La femme du financier, qui connaissait tous ces bruits, pouvait donc raisonnablement soupçonner que le père ne se trouvait pas en mesure d'acheter une charge à son fils.

Cependant le chevalier ne se démonta pas.

— Je n'ai jamais eu la pensée de lutter d'opulence avec nos seigneurs les fermiers généraux, dit-il en pinçant ses lèvres avec ironie ; nous autres de la noblesse, nous avons souvent moins d'argent que d'influence et de crédit... Cependant, lorsqu'il s'agira de pourvoir Philippe, je compte trouver un trésorier dont la caisse est encore mieux garnie que celle de monsieur de Villeneuve lui-même.

— Et quel est ce trésorier, monsieur? demanda la femme du financier avec hauteur.

— Le roi, belle dame ; le roi, auprès duquel je suis en instance en ce moment, afin qu'il achète à Philippe la première charge vacante au parlement.

— Et vous ne réussirez, je n'en doute pas, dit madame de Villeneuve d'un ton radouci ; on ne sait comment vous vous y prenez ; vous n'avez vos entrées ni à Versailles, ni à Marly, ni à Louveciennes ; vous n'êtes protégé par personne, et cependant les grâces pleuvent sur vous : vous n'avez qu'à souhaiter... Allons, allons, ajouta-t-elle en tendant sa main au chevalier, qui l'effleura d'un baiser, ne nous fâchons pas... Mettez la faveur de votre côté, nous mettrons que celle de monsieur du nôtre, et les deux, j'espère, feront bon ménage !

Monsieur de Lussan grimaça un sourire, et la paix parut conclue. Thérèse avait suivi avec intérêt, mais sans affectation toutes les phases de cette conversation qui peut-être la touchait personnellement. Voyant qu'elle se terminait sans malencontre, elle respira plus librement et la sérénité reparut sur son visage.

En ce moment des pas fermes et rapides se firent entendre dans l'escalier.

— Ah ! c'est lui sans doute! s'écria Thérèse avec satisfaction en se levant.

— Oui, oui, ce doit être Philippe ! dit le chevalier.

La porte s'ouvrit ; une grosse femme en robe de drap, qui n'était autre que madame Rondelle, la maîtresse du logis, introduisit respectueusement un jeune homme qu'elle précédait, fit aux assistans une profonde révérence et sortit aussitôt.

Le nouveau venu était en effet Philippe de Lussan.

Quoiqu'il fût âgé de vingt-quatre ans à peine, l'on n'eût pu trouver dans une même personne plus de noblesse et de beauté masculine. De grande taille haute ; le costume de l'époque, si disgracieux pour les hommes contrefaits, dessinait les admirables proportions de sa personne. Son visage régulier, un peu plein sans mollesse, au nez aquilin, à l'œil bleu, fier et doux, avait une expression de gravité qui s'harmoniait avec la pureté des lignes. Son front

large, découvert, semblait refléter de grandes et généreuses pensées. Il était vêtu de velours noir avec un petit collet de soie sur l'épaule. Profitant d'une mode qui commençait alors à prendre faveur parmi les jeunes gens, il ne portait pas de perruque ; ses cheveux, légèrement poudrés, étaient réunis par derrière dans une bourse parfumée. Son chapeau sous le bras, la main posée sans affectation sur la garde de sa petite épée, il avait un air également éloigné de l'afféterie d'un homme d'église et de l'insolence d'un militaire. Enfin, en voyant Philippe de Lussan, il était impossible de ne pas éprouver un de ces trois sentimens : l'admiration, l'affection ou le respect.

Quand il entra, un nuage de sombre tristesse chargeait son front ; mais à la vue des dames, ses traits reprirent l'expression d'aménité qui semblait leur être ordinaire. Il sourit à Thérèse, qui venait de se rasseoir toute honteuse de son premier mouvement, et alla baiser la main de madame de Villeneuve. Quant à son père, il le salua d'une inclination froide et cérémonieuse telle qu'il eût pu l'adresser à un étranger.

— Madame... mademoiselle Thérèse, dit-il d'une voix vibrante, j'invoque votre indulgence. Monsieur de Lussan a dû vous apprendre...

— Bon Dieu ! monsieur Philippe, interrompit madame de Villeneuve avec étonnement, comme vous voilà pâle et bouleversé ! D'où venez-vous ? qu'avez-vous donc vu ?

— D'horribles choses, madame ; si horribles que, malgré votre chère présence et celle de mademoiselle Thérèse, je puis à peine chasser les hideuses images qui me poursuivent !

Il s'assit pour se calmer et reprendre haleine.

— On dit les cachots du Grand-Châtelet fort effrayans à voir ? demanda timidement Thérèse.

— Et l'on a raison, mademoiselle, car leur horreur surpasse encore l'imagination... Vous savez que j'ai été appelé ce matin auprès du condamné ; je ne pouvais, hélas ! plus rien pour lui. Toutes les formalités judiciaires avaient été rigoureusement remplies ; on ne devait compter sur aucun sursis... Cependant j'ai voulu me rendre au vœu de ce malheureux, qui, si coupable qu'il soit, n'est pas moins digne de pitié.

— Bah ! un voleur de grands chemins ! murmura le chevalier, qui haussa les épaules.

— Monsieur Philippe, dit madame de Villeneuve en riant et en secouant à petits coups son éventail, ne soyez pas si philosophe, ou nous nous fâcherons.

Philippe ne parut pas s'apercevoir de cette double interruption.

— On m'a fait descendre, poursuivit-il en regardant Thérèse comme s'il s'adressait à elle seule, dans un cachot situé à plus de trente pieds au-dessous du sol. Là j'ai trouvé Lubin Pernet chargé de chaînes, couché sur de la paille infecte et pourrie. Dans cette affreuse prison, l'eau dégouttait de toutes parts ; des bêtes immondes semblaient avoir laissé traces sur la vase ; pas d'air, pas de lumière ; on suffoquait, on avait le frisson. Cependant, quand je me suis plaint au geôlier, dont j'étais accompagné, qu'on eût mis mon client dans cette abominable fosse, il m'a répondu en ricanant qu'elle était fort bonne pour un condamné à mort ; que le Grand Châtelet contenait des cachots encore plus horribles ; que si j'avais vu ceux appelés Chausse-d'Hypocras, Fin-d'Aise et les Oubliettes, où les prisonniers ne pouvaient vivre plus de quinze jours, je trouverais que Lubin Pernet était logé magnifiquement.

— Mais c'est de l'inhumanité, cela! interrompit Thérèse avec une horreur naïve ; il me semble à moi, monsieur de Lussan, que la justice elle-même n'a pas le droit de torturer ceux qu'elle tue.

— Et vous avez raison, mademoiselle ! s'écria Philippe transporté d'admiration ; vous êtes un ange de bonté !

Le chevalier souriait d'un air narquois ; madame de Villeneuve paraissait stupéfaite de l'audace des idées qu'exprimait sa fille. Celle-ci, toute confuse, s'était renfoncée dans les rideaux qui la cachaient en partie. Philippe poursuivit son récit :

— « Plusieurs personnes m'avaient précédé dans ce cachot ; d'abord un père chartreux, chargé de préparer le condamné à mourir chrétiennement, puis une vieille femme et un jeune garçon que l'on me dit être la famille de Lubin Pernet. A la lueur d'une petite lampe, qui avait peine à brûler dans cette atmosphère humide, je vis la femme et l'enfant accroupis sur la paille à côté du prisonnier et causant à voix basse avec lui. J'allais approcher, quand le père chartreux, qui se tenait près de la porte, m'arrêta doucement. Il avait sollicité du lieutenant criminel l'autorisation d'introduire la femme et le fils de Lubin dans la prison, espérant décider le condamné à se confesser, ce qu'il avait refusé jusque-là. Il me priait donc d'attendre la fin de cette solennelle entrevue, car elle ne pouvait que disposer favorablement Lubin à écouter les paroles de la religion. Je me rendis à cette invitation, comme vous pouvez croire ; je demeurai silencieux et immobile à l'autre extrémité du cachot, avec le bon religieux et le geôlier.

» De l'endroit où nous étions, j'entendais seulement un murmure confus ; si parfois un mot de la conversation parvenait jusqu'à nous, c'était une de ces expressions bizarres, détournées de leur sens primitif, qui forment l'argot. Le prisonnier s'adressait particulièrement à son fils et semblait lui faire des recommandations pressantes. A la lugubre clarté de la lampe, je voyais sa figure rude et pâle refléter des sentiments d'une farouche énergie. Le jeune homme répondait seulement par des sons inarticulés, mais il accueillait avec une religieuse déférence les instructions paternelles. Souvent aussi Lubin se tournait vers la vieille femme, comme pour la prendre à témoin de quelque grave promesse. Du reste, tous avaient l'œil sec, l'air sombre et dur ; rien ne trahissait la douleur qui devait étreindre leur cœur au moment d'une éternelle et sinistre séparation.

« Cette conférence parut tirer à sa fin, continua Philippe. Le condamné, malgré les chaînes dont il était chargé, prit dans ses vêtements un objet qu'il avait dérobé aux investigations de ses gardiens, et le remit au fils, qui s'empressa de le cacher. Je crus distinguer que l'objet en question était un papier, vieux et usé ; mais je ne dis rien de mon observation, car le geôlier eût pu vouloir se mettre en tiers dans le secret.

» Alors la mère et le jeune homme se relevèrent comme pour se retirer ; mais Lubin prononça quelques mots d'argot : c'était un ordre de rester. Je m'approchai à mon tour. Le prisonnier me regarda froidement en silence, puis il dit à son fils en me désignant :

— » Ecoute, petiot, il faut que tu reconnaisses celui-là.... C'est un de ces hommes de loi qui se chargent de défendre les pauvres gens. Il a dit de belles choses pour me sauver d'être rompu, comme je viens l'être tout à l'heure. De plus il m'a soutenu de sa bourse et il m'a glissé de ces paroles qui donnent du courage dans les mauvais momens. Tu n'oublieras pas cela, petiot, n'est-ce pas ?

» Le jeune homme fit entendre son grondement inarticulé, et je vis dans l'ombre son œil rond, fixe et brillant s'attacher sur moi.

» Vous rirez peut-être, mesdames, de la singulière protection que semblait m'accorder cet homme chargé de chaînes, plongé dans un cachot, destiné à mourir misérablement sur un gibet quelques instans plus tard, et cet enfant difforme, idiot, qui n'aura, selon toute apparence, d'autre ressource que le pain du mendiant ; mais je ne riais pas : cette scène au contraire avait produit sur moi une impression profonde. Sans en chercher l'explication, je m'empressai d'adresser quelques mots consolans au prisonnier, qui ne me répondit pas, et je cédai la place au bon moine, impatient de tenter un nouvel effort pour toucher cette âme ulcérée.

» Comme je sortais, je vis la femme et le fils de Lubin assis sur la première marche de l'escalier, dans une attitude pensive. Touché de compassion, je leur dis que le moment de faire leurs derniers adieux au condamné était venu, et, après avoir remis une pièce d'argent à la mère, je la conjurai de se retirer.

— » Laissez-nous, répondit-elle sans lever la tête et sans me remercier de mon offrande ; *il* veut que nous ne le quittions pas jusqu'à ce que tout soit fini ; nous *lui* obéirons... Laissez-nous ; vous ne savez pas ce qu'il y a entre nous et *lui !*

» Je n'insistai pas et je remontai l'escalier du cachot ; je ne pus y parvenir qu'avec l'aide du geôlier, et en revoyant la lumière du jour, je crus sortir d'une tombe. »

Thérèse avait écouté ce récit avec émotion ; chacun des sentimens qu'exprimait Philippe se réfléchissait sur ce jeune et frais visage. En revanche, madame de Villeneuve hochait la tête d'un air railleur, et le chevalier souriait en mâchonnant ses pastilles pectorales.

— Palsembleu ! mons Philippe, reprit-il, tu viens de nous conter là une aventure, dans le goût des romans anglais ou allemands, qui pourrait produire beaucoup d'effet au milieu d'une plaidoirie, mais qui n'est guère divertissante pour ces dames.

— Vous trouvez, chevalier ? dit madame de Villeneuve avec ironie ; moi, je pense différemment. Quelle satisfaction de voir ces coquins, ces gibiers de potence, prendre sous leur sauvegarde spéciale monsieur Philippe de Lussan, tandis que le reste de l'humanité sans doute est menacé d'une grande et prochaine catastrophe !... Mais j'y songe, si, comme tout permet de le supposer, cette bande de malfaiteurs nourrit contre les honnêtes gens des projets de vengeance, un des premiers sur leur liste sera sans doute monsieur de Villeneuve : n'est-ce pas lui, en effet, qui, en promettant une bonne récompense à quiconque prendrait ce Lubin Pernet et ses complices, a fini par les faire arrêter ? Je compte prévenir nos messieurs du contrôle général des grands dangers qui vont fondre sur eux !

— Madame, dit froidement Philippe, je ne voudrais pas troubler votre sécurité ; mais il s'est trouvé dans ce procès des circonstances vraiment incompréhensibles, et l'on ne doit pas mépriser le plus humble ennemi. Franchement, sans pouvoir en donner aucune raison, je regrette que le nom de monsieur de Villeneuve ait été prononcé dans cette affaire.

— Mais vous le protégerez, vous, monsieur de Lussan ? interrompit naïvement Thérèse ; vous veillerez sur mon excellent père ?

Le chevalier et madame de Villeneuve éclatèrent de rire ; Philippe lui-même ne put s'empêcher de sourire en assurant la charmante enfant que le fermier général n'aurait probablement jamais besoin de son secours.

— Tenez, monsieur Philippe, reprit madame de Villeneuve, nous devons, je crois, conclure de tout ceci que vous ne convenez pas à la profession d'avocat. Vous êtes trop *sensible* (ce mot n'était pas encore ridicule en 1770), vous avez trop bon cœur pour une pareille besogne... Les souffrances de ces scélérats vous touchent autant que s'il s'agissait de gens de qualité. Il faut donc, comme nous le disions tout à l'heure, le chevalier et moi, renoncer au barreau pour une position plus digne de vous, et bientôt, sans doute, la faveur du roi aidant...

— Le roi ! interrompit Philippe en redressant sa belle tête et en regardant tour à tour son père et madame de Villeneuve. Quel intérêt le roi peut-il prendre à mes projets ?

— Quoi ! vous ne savez pas ? Le crédit dont jouit le chevalier... Enfin, monsieur votre père est en instance pour obtenir de Sa Majesté la première charge vacante au parlement.

— Monsieur de Lussan est libre de solliciter lui-même les grâces royales, répliqua Philippe d'un ton ferme et fier. Quant à moi, je ne les accepterai jamais...

— Et pourquoi cela, monsieur ?

— Parce que je les méprise.

Le chevalier se leva d'un bond et se mit à se promener dans la salle.

— Encore cette haine bizarre, déraisonnable! murmura-t-il ; croyez donc aux phrases des écrivassiers !

Puis, s'apercevant qu'on l'observait et qu'on cherchait à comprendre ses paroles, il vint reprendre sa place.

—Vous saurez, madame, dit-il en souriant, que Philippe se laisse prendre parfois aux calomnies des libellistes contre la cour et Louis le Bien-Aimé... C'est de la jeunesse qui passera. D'ailleurs, notre cher philosophe n'approuve pas la vénalité des charges ; il croit que toutes les places doivent être accordées au mérite et non à la richesse... En quel temps vivons-nous, belle dame, qu'un gentilhomme professe de telles idées!... Mais allons, tout ceci s'arrangera ; Philippe et moi, nous reviendrons dans un autre moment sur ces matières un peu bien sérieuses, n'est-ce pas, Philippe?

Celui-ci s'inclina d'un air froid mais respectueux.

— Aussi bien, continua le chevalier en étendant la main vers la place de Grève, voici Lubin Pernet qui vient jouer avec ses deux partenaires sa dernière partie ; nous ne pouvons faire moins pour le *protecteur* de Philippe que de lui donner toute notre attention.

En effet, une grande rumeur s'élevait maintenant de la place; la grosse cloche de Saint-Jean sonnait l'agonie, et annonçait l'arrivée prochaine des condamnés.

— Où sont-ils? où sont-ils? demanda madame de Villeneuve avec empressement.

— Je ne veux rien voir ! je ne verrai rien! dit Thérèse épouvantée en se cachant la tête dans les rideaux. Je ne suis venue ici que pour obéir à ma mère... et pour me trouver près de vous, Philippe, ajouta-t-elle de manière à n'être entendue que du jeune avocat.

Les derniers mots du chevalier avaient assombri la physionomie de Philippe. Il semblait que de sourds et profonds dissentimens régnassent entre le fils et le père. Mais, quelles que fussent en ce moment les pénibles préoccupations de Lussan, elles ne tinrent pas contre les paroles douces et caressantes de mademoiselle de Villeneuve. Pendant que le chevalier et la mère de Thérèse regardaient curieusement sur la place, les deux jeunes gens, restés à l'arrière-plan, se mirent à chuchoter avec vivacité.

Cette foule paresseuse et nonchalante, qui depuis le matin remplissait la place, s'agitait maintenant et bouillonnait comme un liquide en fermentation. Des murmures et des cris partaient de toutes parts. Les têtes qui se pressaient autour des instrumens de supplice oscillaient comme les vagues de la mer au souffle du vent. On voyait des courans d'êtres humains se diriger vers des points éloignés, où la curiosité semblait devoir être plus promptement satisfaite.

Bientôt un lugubre cortége déboucha du porche du Grand-Châtelet et s'avança lentement en refoulant avec effort la masse des spectateurs. Les soldats de la prévôté marchaient en tête avec leur costume éclatant et leurs brillantes hallebardes. Un huissier en robe noire, à cheval, sa verge d'argent à la main, précédait le lourd tombereau où se trouvaient les condamnés avec leurs confesseurs. Puis venaient les cavaliers de la maréchaussée, serrés les uns contre les autres pour contenir le flot populaire. Tout cela, vu dans la brume, par ce jour sombre, semblait se mouvoir imperceptiblement au milieu d'un vague sinistre.

Peu à peu, cependant, les formes devinrent plus distinctes ; le cortége, après avoir longé le quai, pénétra dans la place, et le tombereau roula pesamment avec un grand bruit de ferraille sur le pavé de la Grève. Lubin Pernet, tête nue, les mains liées derrière le dos, était assis sur la première banquette, à côté du chartreux, son confesseur, qui de temps en temps lui présentait le lourd crucifix à baiser. Sur le second rang se trouvaient ses deux compagnons, scélérats à figures ignobles, que catéchisait de son mieux un pâle capucin à longue barbe. Mais l'attention se concentrait particulièrement sur Lubin, le chef exécré de la bande de Montsouris. Cet homme, si vigoureux peu de mois auparavant, et dont on contait des traits de force incroyables, ne paraissait plus qu'un grand squelette efflanqué, jaune, ridé, tordu: c'était l'effet des tortures appelées *question préparatoire*, et d'une longue détention dans des cachots pestilentiels. Néanmoins, ce corps brisé contenait encore une âme énergique; les yeux fauves du condamné brillaient d'un feu menaçant. Parfois, quand une insulte trop directe, un mot trop blessant partait des rangs pressés des spectateurs, ce regard lançait comme des éclairs de haine et de menace.

Derrière la charrette, au milieu des cavaliers de maréchaussée, deux personnages à pied excitaient aussi la curiosité. Une vieille femme, affublée d'une grande coiffe de propreté douteuse et d'une mante noire en lambeaux, clopinait péniblement pour suivre la marche pourtant fort lente de l'escorte. Elle s'appuyait sur l'épaule d'un jeune garçon de treize à quatorze ans, de petite taille, quoique robuste, drapé dans un collet de drap noirâtre, qui semblait avoir été jadis un manteau de deuil. Il n'avait pas de coiffure, mais ses cheveux roux, incultes et abondans, tombaient en larges mèches autour de son visage, qu'ils cachaient entièrement. Ces deux êtres repoussans, marchant ainsi sous la protection des agens de la force publique, donnèrent à penser d'abord que la justice avait voulu faire aux Parisiens une agréable surprise, et qu'au lieu de trois supplices on allait en avoir cinq.

— Morbleu ! dit tout à coup un gros carrier de Montrouge en examinant la vieille femme, n'est-ce pas la Plieuse de morts, la mendiante de la Tombe-Issoire, la femme à ce coquin de Lubin Pernet? Oui, c'est elle, car il ne peut exister une autre créature aussi hideuse de par le monde !

— Et ce méchant rougeaud, poursuivit un garçon boucher du faubourg Saint-Jacques, c'est sans doute leur fils, celui qu'on appelle le petit diable des carrières... Il se cache les soirs sur le bord de la route pour jeter des pierres aux passans, puis il se sauve au milieu des trous et des souterrains, où l'on ne peut le poursuivre... Ah çà, monsieur le prévôt aurait-il eu l'idée de pendre toute la famille?

— Non, non, dit une poissarde de la place Maubert, vous voyez bien que la femme et le petit ne sont pas prisonniers!

Les noms de la Plieuse et du Petit-Diable circulèrent rapidement dans la foule. On se ruait sur les gardes pour voir de plus près cette femme et ce fils qui partageaient avec Lubin Pernet l'exécration parisienne.

Ils restaient impassibles et ne rien voir, ne rien entendre ; sans doute, l'un et l'autre étaient blasés depuis longtemps sur la honte, ou leur âme était trempée d'une manière peu commune. Mais Lubin Pernet, qui s'était montré plein de fermeté quand les insultes s'attaquaient à lui seul, fut pris d'un violent accès de rage. Il essaya de se soulever, brisa par un effort surhumain les cordes qui retenaient ses bras, et montra le poing aux spectateurs en poussant des rugissemens.

A ce mouvement inattendu, une panique se manifesta dans la foule ; le cortége s'arrêta ; les gardes, craignant que le prisonnier ne voulût s'évader ou que l'on ne tentât de le leur arracher, comme on avait déjà fait, poussèrent leurs chevaux vers le chariot. Un effroyable tumulte commença et de graves accidens semblaient inévitables ; mais cette agitation s'apaisa bientôt, et le tombereau put reprendre tranquillement sa route vers le gibet.

Ce court désordre avait eu lieu précisément sous la fenêtre qu'occupaient madame de Villeneuve et le chevalier. Philippe de Lussan, attiré par le bruit, n'avait pas perdu le moindre détail de la scène. Quand elle fut terminée, il se retira brusquement en arrière.

— Conçoit-on cet aveugle acharnement? reprit-il avec un étonnement douloureux. Les horreurs dont on l'accusait et les absurdes calomnies répandues sur sa famille, je l'ai démontré, n'étaient qu'un tissu de mensonges. Cependant, voyez, si ce malheureux n'était protégé par les gardes, la foule, impatiente, le déchirerait de ses propres mains. Sa femme et son enfant, qui viennent l'assister à sa dernière heure, ne sont pas à l'abri de ces odieuses violences !

— Ceci prouve, mon cher Philippe, dit le chevalier en bâillant, que messieurs les niveleurs ont grand tort de vanter cette multitude si sotte et si cruelle.

— C'est que peut-être les vices et les folies d'en haut leur paraissent encore plus méprisables que les vices et les folies d'en bas.

— Fi donc ! monsieur Philippe, dit madame de Villeneuve, un gentilhomme peut-il soutenir de pareils principes, et devant des dames encore !... Mais voici le supplice qui commence ; ne voulez-vous pas voir comment ce coquin supportera les tourmens ?

— A Dieu ne plaise, répliqua le jeune avocat avec horreur en s'éloignant de la fenêtre ; je suis ici seulement pour m'assurer que la loi n'est pas violée envers le pauvre condamné ; je ne saurais supporter la vue de ses souffrances.

— Comme vous voudrez, quoique ce soient là de singuliers scrupules. Eh bien ! Thérèse, mon enfant, viens prendre place. Notre sévère moraliste ne trouvera pas mauvais sans doute qu'on amène aux jeunes filles à de pareils spectacles : cela leur donne horreur du mal.

— Ma mère, balbutia la pauvre Thérèse avec anxiété, je vous supplie de m'excuser... il fait si froid... et puis j'ai peur... j'ai grand'peur, je vous assure.

— Voyez-vous, la petite sotte ! dit madame de Villeneuve avec aigreur ; ne croirait-on pas qu'elle a plus de délicatesse et de sensibilité que moi ? Monsieur le chevalier sait pourtant si j'ai bon cœur ; il sait comme je m'évanouissais, l'année dernière, à voir les spasmes nerveux de ma pauvre chienne Fideline. Mais des voleurs de grand chemin sont beaucoup moins dignes de pitié qu'une jolie petite bête du bon Dieu ; d'ailleurs, je veux pouvoir rendre un compte exact à monsieur de Villeneuve de la fin de ces scélérats qui ont tant coûté au contrôle général. Enfin, je ne vous contrains pas, mademoiselle, restez où vous êtes. Il vous sera plus agréable sans doute de *philosopher* avec monsieur Philippe de Lussan.

Elle se retourna vers la fenêtre, et se mit à regarder la place derrière son éventail.

La foule, à l'heure si bruyante, si tumultueuse, était maintenant immobile et muette. Les condamnés, à genoux au pied de l'échafaud, écoutaient les dernières exhortations de leurs confesseurs. Les spectateurs attentifs restaient le cou tendu, la poitrine haletante ; n'eût été la cloche de Saint-Jean qui continuait ses tintemens d'agonie, le plus profond silence eût régné dans cette immense assemblée.

Ce silence dura quelques minutes ; enfin un murmure sourd s'éleva de la Grève et grandit rapidement.

— Voici les deux coquins en sous-œuvre qui commencent leur ascension vers les nuages ! dit le chevalier en cherchant un supplément de pastilles contre la toux dans sa boîte d'or.

— Oui, oui, répliqua madame de Villeneuve d'une voix altérée ; ils devaient en effet passer les premiers. Voyez, comme ils s'agitent !... Quelles figures hideuses !... Ah !

Elle ne put retenir un mouvement d'effroi et se couvrit les yeux avec sa main. Le chevalier, dont les nerfs, brisés par les émotions du jeu, n'étaient plus susceptibles d'aucune espèce de contraction, lui dit en souriant :

— Eh bien, madame, vous aussi ?

— Rien, ce n'est rien. On n'est pas non plus de bronze, chevalier ! Me voici remise. Ça fait peur, mais ça fait plaisir !

Une matrone romaine n'eût pas mieux dit au temps où le peuple romain exigeait seulement de ceux qui le gouvernaient le fameux *panem et circenses.*

Cependant Philippe et Thérèse s'étaient retirés à l'autre extrémité de la salle afin de ne rien voir et ne rien entendre de ce qui passait au dehors. Philippe demeurait sombre et rêveur, mais calme ; la jeune fille fermait les yeux et se bouchait les oreilles, en balbutiant une prière.

Au frémissement sinistre qui s'éleva d'en bas, Philippe se rapprocha de mademoiselle de Villeneuve et lui dit d'une voix affectueuse :

— Thérèse, craintive enfant, pourquoi donc êtes-vous ici ?

— J'ignorais... ma mère m'a tant pressée. Je savais seulement que je devais vous voir dans cette maison.

— Bonne Thérèse ! mais ces émotions sont trop fortes pour vous et je vais...

— Ah ! c'est enfin le tour de Lubin Pernet ! dit madame de Villeneuve avec un soupir d'impatience.

Thérèse se renfonça convulsivement dans son fauteuil, sans écouter Philippe qui s'efforçait de la rassurer.

Un nouveau et solennel silence s'était établi sur la place. Tout à coup, on entendit un bruit sec, puis un cri de douleur, suivi presque aussitôt du grondement de la foule. Ce grondement s'affaiblit peu à peu, et finit par s'éteindre.

— Il a bien supporté le premier coup ! dit madame de Villeneuve en respirant son flacon de sels.

— Pas mal, riposta froidement le chevalier.

Quatre fois les coups secs et les cris de douleur se renouvelèrent ; quatre fois l'assemblée barbare parut applaudir quelqu'un, la victime ou le bourreau. Heureusement, Thérèse n'entendait qu'imparfaitement ; elle était d'ailleurs trop inexpérimentée pour comprendre la terrible signification de ce qu'elle entendait. Cependant une vague intuition lui révélait la vérité, et serrant la main du jeune avocat dans les siennes, elle dit d'une voix étouffée :

— C'est un soulagement pour moi, monsieur de Lussan, de songer que tout ce qu'un homme généreux et éloquent pouvait dire et faire pour épargner à ces malheureux une affreuse mort, vous l'avez dit, vous l'avez fait !

— Et moi, mademoiselle, répond Philippe avec un soupir, je tremble maintenant d'être resté bien au-dessous de ma tâche ; peut-être un autre plus habile eût-il mieux réussi... Mais, j'y songe, au milieu de cette épouvantable scène, que devient cette pauvre famille ?

Et, surmontant sa répugnance, il s'approcha de la fenêtre.

Deux corps déjà se balançaient à la hauteur du premier étage de l'Hôtel-de-Ville. Un autre, les membres brisés et pendans, était porté péniblement par l'exécuteur et ses aides, qui s'efforçaient de le hisser sur une échelle appuyée contre la troisième potence. La foule trépignait de plaisir ; quelques enthousiastes battaient des mains.

Philippe, sans s'arrêter à ces repoussans détails, chercha des yeux la femme et le fils du patient. Il les aperçut enfin toujours enveloppés de leurs loques noires, agenouillés devant l'échafaud. Le misérable supplicié, ballotté comme une masse inerte, mais encore vivant, jetait sur eux des regards expressifs, et ses lèvres s'agitaient comme s'il leur eût adressé des paroles qu'on ne pouvait comprendre.

....

— Comment ! c'est déjà fini ? demanda madame de Villeneuve d'un ton mécontent.

— Eh mais ! belle dame, dit le chevalier en tirant une magnifique montre de la poche de sa veste, le tout a duré trente cinq minutes, et ces messieurs de la justice ont compris qu'il était temps pour les honnêtes gens d'aller prendre une tasse de chocolat... Néanmoins, si court qu'il ait été, ce spectacle a dû vous plaire.

— Et pourquoi cela, chevalier ?

— Parce que les dames aiment à voir les *roués...*

Et il se mit à rire le premier de son calembour.

— Pas mal, dit la femme du financier en minaudant ; vous êtes en veine d'esprit, chevalier, et sans doute ce soir vous vous ferez honneur de ce mot chez monsieur de Bièvre... N'importe, le supplice de Damien était bien plus *joli...* sans compter qu'il dura deux heures.

Elle se leva pour aller rejoindre sa voiture dans une rue voisine. Thérèse s'empressa de se lever aussi, en dissimulant de son mieux sa pâleur et ses yeux rougis par les larmes.

— On vous verra ce soir, n'est-il pas vrai, chevalier ? reprit madame de Villeneuve en rectifiant sa coiffure devant une petite glace de Venise. Nous donnons à dîner aujourd'hui, et j'espère que monsieur Philippe de Lussan... Eh bien ! où donc est-il ?

Philippe, en effet, avait disparu.

— Ma mère, dit timidement Thérèse, tout à l'heure, pendant que vous regardiez à la fenêtre, monsieur Philippe a songé que la femme et le fils de ce Lubin Pernet pouvaient avoir besoin de protection ; il est sorti précipitamment en me chargeant de ses excuses pour vous et pour monsieur de Lussan.

— A merveille ! Votre fils, monsieur le chevalier, a des procédés de galanterie fort différens des vôtres... Mais tout cela doit encore être mis sur le compte de sa maudite profession. Seulement, il est bien entendu, n'est-ce pas ? que nous la changerons au plus vite. Mon pardon n'est qu'à ce prix,

— Vos volontés ne sont-elles pas des lois, belle dame ? Vous et mademoiselle de Villeneuve vous m'aiderez à dompter cette âme rebelle et nous y parviendrons, j'en suis sûr.

Comme on allait descendre, une grande rumeur s'éleva de nouveau sur la place de Grève. Madame de Villeneuve, le chevalier, Thérèse elle-même, revinrent précipitamment à la fenêtre, chacun avec la pensée secrète que Philippe n'était pas étranger à cet événement.

Ainsi que nous l'avons dit, l'exécution était finie et la foule s'écoulait lentement. Déjà la plupart des gardes avaient regagné leurs quartiers ; il ne restait plus au pied des gibets, où se balançaient maintenant trois corps inanimés, qu'un petit nombre de soldats de la prévôté, chargés d'empêcher la canaille d'approcher. Pendant le supplice, la femme et le fils de Pernet, ou plutôt la Plieuse et le Petit-Diable, comme on les appelait, semblaient avoir été complétement oubliés. Profitant de l'inattention générale, le jeune garçon, soit pour obéir à quelque sentiment pieux, soit qu'il suivit les instructions de son père, se glissa sous l'échafaud et essaya de tremper un mouchoir dans le sang qui découlait à travers les planches. Cette action, si naturelle de sa part, raviva l'exaspération contre sa mère et contre lui. Quelques voix crièrent que la Plieuse et le Petit-Diable voulaient faire un philtre magique avec le sang du supplicié. Les moqueries, les insultes, puis des pierres tombèrent sur eux de tous côtés ; et comme cette fois, il n'y avait plus de gardes pour les protéger, ils se virent bientôt entre les mains d'une populace féroce et stupide, qui les tiraillait en tous sens.

Telle était la cause de la rumeur qui venait d'attirer l'attention des dames de Villeneuve et du chevalier.

Chose singulière ! dans cette extrémité, ni la mère ni le fils ne semblaient songer à se plaindre, à invoquer la pitié, à réclamer le secours des assistans : ils se laissaient déchirer en silence, d'un air farouche. Comme les oiseaux de nuit, ils souffraient patiemment la manifestation de la haine que leur vue inspirait, sauf à prendre leur revanche pendant les ténèbres.

On ne sait comment cette scène tumultueuse se fût terminée pour eux ; l'irritation populaire allait croissant, et le petit nombre de gens qui auraient dû s'opposer à ces violences se contentaient d'en rire. Tout à coup un homme de haute taille et d'aspect imposant apparut au milieu de la foule, repoussa les assaillans de la Plieuse et du Petit-Diable, et parut leur adresser quelques fougueux paroles énergiques : c'était Philippe de Lussan.

Son air d'autorité, son costume noir qui lui donnait l'apparence d'un magistrat, peut-être aussi la conscience d'une injustice, ramenèrent le populaire à de meilleurs sentimens ; ceux qui secouaient si rudement la mère et le fils du supplicié s'empressèrent de les lâcher ; les clameurs cessèrent. Quelques garnemens, plus acharnés que les autres, prirent la fuite en voyant deux ou trois soldats de la garde ordinaire du Châtelet accourir sur un signe impérieux de Philippe. Bientôt tout fut calme, et excepté les obstinés qui ne pouvaient s'arracher à l'attrayant spectacle de ces trois gibets, la foule continua de s'écouler par les rues étroites aboutissant alors à la Grève.

La Plieuse et son fils restèrent un moment étourdis et froissés des rudes secousses qu'ils venaient d'éprouver. Philippe leur parla doucement, les plaignit, les encouragea, mais ils ne parurent pas l'avoir entendu. Seulement la mère regarda le jeune avocat de son œil oblique, tandis que le Petit-Diable écartait les longues mèches de cheveux roux qui couvraient son visage ; puis tout à coup, sans se rien dire, sans adresser à leur libérateur un mot de reconnaissance, ils prirent la fuite, chacun de son côté, et disparurent.

Le chevalier et les dames n'avaient pas perdu le moindre détail de cette scène.

— Comme il est brave ! avait dit Thérèse avec admiration avez-vous vu comme il s'est jeté seul au cevant de ces forcenés ! comme il est parvenu à les maîtriser d'un regard !

— Vraiment ! répliqua madame de Villeneuve avec aigreur ; eh bien ! moi, je n'aime pas qu'un homme de qualité descende à s'encanailler a nsi...

Quant au chevalier, il semblait plus agité que ne le comportait sa nature froide et égoïste.

— Qui pourrait croire, murmurait-il comme à lui-même, les yeux fixés sur son fils, à cet étrange caprice de la destinée ?... Lui, le héros des tumultes populaires ! lui, le défenseur des opprimés de carrefour ! lui, l'ennemi de ce qui est puissant, de ce qui est dominateur !... C'est à confondre la raison !

— Que dites-vous donc là, chevalier ? demanda madame de Villeneuve.

Le chevalier tressaillit, et sortant de sa rêverie il répondit avec un sourire forcé :

— Rien, rien, belle dame... Je suis à vos ordres.

— Cependant, je ne comprends pas...

— Dieu nous préserve l'un et l'autre, madame, dit le chevalier d'une voix sourde, vous d'avoir compris, moi de vous avoir fait comprendre !

Et sans vouloir donner aucune explication, il prit la main des dames et les conduisit à leur voiture avec toutes les formes de politesse méticuleuse alors en usage.

I.

LE CAFÉ DE LA PLACE SAINT-MICHEL.

Un jour du mois d'avril 1774, le quartier du Luxembourg était dans la consternation. Une maison de la rue d'Enfer venait de s'écrouler avec fracas, écrasant sous ses débris la plupart de ses habitans. A la première alarme, les suisses du palais, alors occupé par le duc d'Orléans, plusieurs compagnies de gardes-françaises et la nombreuse population du voisinage étaient accourus au secours. Mais vainement des hommes dévoués s'étaient-ils aventurés sur ces ruines dangereuses pour tâcher de sauver les victimes, la maison s'était affaissée sur elle-même, comme si ses fondemens venant à manquer, elle se fût abîmée dans des gouffres inconnus ; tout avait donc été broyé dans l'intérieur, et reconnaissant b entôt l'inutilité de leurs tentatives, les braves travailleurs avaient dû se retirer.

L'événement était arrivé le matin, et pendant le reste de la journée une grande affluence de curieux s'était portée vers les débris que gardaient plusieurs sentinelles. Dans l'après-midi, la foule s'accrut encore ; il devenait impossible de traverser la rue : voitures, brouettes et chaises à porteurs étaient obligées de faire de grands détours pour se rendre à leur destination. Des groupes compacts stationnaient devant les ruines, et l'on s'entretenait avec animation des causes de l'accident. On disputait, on riait, on jurait ; cependant le sentiment qui paraissait dominer était celui de la terreur.

Ce malheur en effet n'était pas le seul du même genre qui fût venu frapper les habitans du quartier. Depuis quelques mois, trois autres maisons, situées à de grandes distances les unes des autres, mais toujours sur la rive gauche de la Seine, s'étaient écroulées en totalité ou en partie, avec des circonstances analogues. Aussi les bruits les plus absurdes commençaient-ils à se répandre sur les causes possibles de ces catastrophes. Certains bourgeois sensés parlaient bien de cavités souterraines, inexplorées jusque-là, qui s'étendaient sous cette portion de Paris et qui, s'ouvrant tout à coup, engloutissaient les édifices dont ils étaient surchargés. Mais cette explication simple et naturelle ne satisfaisait pas le vulgaire, ami du merveilleux. Les *dames* de la foire Saint-Germain soutenaient sérieusement qu'un esprit malfaisant, un antéchrist, peut-être le diable de Vauvert, que les chartreux de la rue d'Enfer étaient parvenus à exorciser plusieurs siècles auparavant, s'était déchaîné de nouveau pour jouer de mauvais tours à la population parisienne. Les chiffonniers et chiffonnières du faubourg Saint-Marcel voyaient au contraire dans ces accidens réitérés une preuve de la haine de *la cour* contre le pauvre peuple: c'était *la cour* qui renversait les maisons, comme c'était elle qui causait les mauvaises récoltes, empoisonnait les fontaines et jetait des épidémies dans les bouges de la rue Mouffetard. La cour de Louis XV avait pourtant bien assez de torts réels, sans qu'on lui en prêtât d'imaginaires !

Non loin du bâtiment abîmé, dans un angle de la place Saint-Michel, on voyait une espèce de café borgne ou de cabaret, dont le propriétaire ne devait pas trop regretter le tragique événement. Un jardinet, qui précédait la maison et où quelques maigres lilas commençaient à donner des espérances de verdure, avait été garni de bancs et de tables pour la circonstance. Toute la journée ce jardinet et la salle enfumée du cabaret avaient été envahis par la foule. C'était là que les curieux et les bavards de la voie publique étaient venus se reposer et se rafraîchir. Cependant, vers le coucher du soleil, l'affluence devenait moins grande, quand deux jeunes gens, élégamment vêtus, entrèrent dans le jardinet.

L'un d'eux était un petit abbé, musqué, frisé, sémillant, aux manières hardies, à l'air effronté, dont la figure joviale eût beaucoup mieux convenu à un page, à un mousquetaire, qu'à un jeune et candide sulpicien. L'autre, plus grand et plus âgé, est déjà pour le lecteur une ancienne connaissance : c'était Philippe de Lussan, le défenseur des condamnés de Montsouris.

Philippe différait peu de ce qu'il était quatre années auparavant; seulement sa belle tête paraissait plus imposante encore, et sa personne avait pris un caractère plus sévère. Sa haute taille, sa remarquable prestance contrastaient avec les airs évaporés, les mouvemens brusques, la mine égrillarde de son joyeux compagnon.

Mais avant d'aller plus loin, il est bon d'expliquer la parfaite intimité qui semblait régner entre ces deux jeunes gens de goûts et de caractères si différens.

Philippe avait été élevé au château de Lussan, situé en Normandie, entre Caen et Bayeux. La maison de campagne de l'évêque de Bayeux se trouvait à une courte distance du château, et dans cette villa le jeune Chavigny, neveu de l'évêque, venait passer chaque année plusieurs mois en compagnie de son précepteur. Des rapports de bon voisinage et d'amitié s'établirent d'abord entre les deux abbés chargés de l'éducation des enfans, puis entre les enfans eux-mêmes. Philippe avait plusieurs années de plus que Chavigny, mais celui-ci, malgré son étourderie et sa gaîté, se montrait si bon, si franc, si affectueux, son âme était si aimante, si généreuse, que Philippe avait peu à peu conçu pour lui une tendresse toute fraternelle. De son côté, le jeune Chavigny éprouvait pour Lussan une admiration sans bornes : à ses yeux rien n'était beau, sage, parfait en tous points comme son cher Philippe.

Les circonstances interrompirent cette enfantine amitié. Philippe vint à Paris pour faire ses humanités tandis

que Chavigny restait en province. Plusieurs années s'étaient écoulées sans que les deux enfans devenus hommes se fussent revus. Nous devons l'avouer, Philippe, au milieu des agitations de la vie parisienne, avait un peu oublié son camarade de jeux, quand par un beau jour un petit abbé inconnu tomba chez lui comme une bombe, vint se jeter à son cou sans lui donner le temps de se reconnaître et l'embrassa en pleurant de joie. C'était Chavigny, qui, brouillé avec son oncle, s'était réfugié à Paris et n'avait rien eu de plus pressé que d'accourir chez Philippe pour reprendre où ils les avaient laissées leurs relations cordiales d'autrefois. La réserve de Philippe ne tint pas contre cette naïve exubérance d'affection. Chavigny était aussi léger, aussi imprudent qu'à l'âge de douze ans, mais son admiration et son respect pour son camarade d'enfance semblaient s'être accrus encore. Philippe, dont l'âme avait été cruellement froissée dans ses sentimens de famille, se laissa donc aller à cette intimité fraternelle qui lui promettait tant de douceur. L'opposition des caractères au lieu d'être un obstacle devint un attrait de plus ; les défauts de Chavigny étaient précisément de ceux pour lesquels le grave Philippe devait avoir le moins d'indulgence, et cependant il traitait le petit abbé comme un père faible pourrait traiter un enfant gâté ; il le grondait sans cesse, mais il l'aimait malgré ses folies, peut-être même à cause de ses folies. Quels torts ne peuvent racheter la noblesse du cœur et un dévouement sans bornes !

A la vue de l'abbé, les servantes du café sourirent d'un air de connaissance, et firent leur plus gracieux salut en disant :

— Bonjour, monsieur l'abbé de Chavigny !... votre servante, monsieur l'abbé de Chavigny !

— Bonjour Suzon, bonjour Suzette, répondit l'abbé d'un ton moitié paterne, moitié narquois, en clignant des yeux. Mes charmantes, vous allez nous servir du café ; qu'il soit brûlant comme le cœur de vos amoureux.

Tout en parlant il s'était assis sur un banc. Philippe avait froncé le sourcil.

— Chavigny, par convenance, dit-il d'un ton mécontent, songe donc où tu es et à l'habit que tu portes...Est-il convenable qu'un abbé...

— Abbé *in minoribus* (1), interrompit Chavigny vivement ; n'oublie pas ce point, Philippe. Je suis tout juste assez abbé pour avoir le droit de porter un rabat, de jeter sur mes épaules un petit collet noir et d'aller partout où l'on n'a que faire de moi. Ah ! si je pouvais enfin me débarrasser de cette maudite défroque!... sans parler du coup de la mort à mon pauvre vieil oncle que j'ai déjà tant affligé en me sauvant à Paris pour éviter d'être enfermé dans un séminaire. Je garde donc cet habit pour faire plaisir au digne homme ; mais, comme M. de Retz, j'ai l'âme la moins ecclésiastique de l'univers. Enfin, Philippe, un véritable abbé doit être pourvu d'un bénéfice : or, je n'ai aucun bénéfice, et, pour preuve, ma bourse est plate en ce moment comme la poésie de monsieur de Laharpe.

— Que me dis-tu là, Chavigny? Elle était si bien garnie ces derniers temps !

— Oui, mon brave Lussan ; mais comme dit je ne sais quel sage de la Grèce : « Le poëte est *chose légère*. » Enfin, je suis un enfant du Pinde et de Cythère, un de ces double titre brouillé pour toujours avec l'argent. J'ai dépensé hier mes trois dernières pistoles à une sérénade sous les fenêtres de madame Bonnard, la femme de mon usurier, une petite bourgeoise dont je suis éperdument amoureux!.. A propos, Lussan, je fais un acrostiche pour elle ; ne saurais-tu me trouver une rime à ce nom malencontreux de Bonnard ?

Philippe ne parut pas prendre au sérieux cette question et se contenta de sourire. L'abbé chercha pendant quelques secondes la rime rebelle, puis se redressant tout à coup,

— Au diable ! dit-il tout haut ; mon Pégase, ce soir, regimbe comme un baudet! Je le trouverai plus tard... Mais que dis-je? je l'ai trouvée, *Eurêka ! Bonnard, plus tard*, la

(1) Dans les ordres mineurs.

rime est suffisante !... Félicite-moi, Lussan, j'ai trouvé ma rime !... Et toi, nymphe adorée, tu auras ton monument sans *retard !*

Son ami ne put retenir un geste d'impatience.

— Bon Dieu ! Philippe, que te voilà donc maussade ce soir ! reprit l'abbé d'un ton boudeur.

D'où vous vient aujourd'hui cet air sombre et sévère ?

Voyons, on dit que le roi est malade ; est-ce cela qui t'occupe ? On prétend même qu'il peut en mourir.

— Ce serait peut-être un malheur pour les courtisans et les courtisanes ; quant à moi, que m'importe ?

— Je reconnais là ton amour ordinaire pour Louis le Bien-Aimé. Tiens, Lussan, s'il meurt, je te demande la permission de faire son épitaphe, un simple quatrain, que nous insérerons dans ta gazette, la *Voix de la vérité.*

Comme l'abbé prononçait ces mots, deux hommes en habit brun et à grandes perruques entraient dans le café. Ils jetèrent aux jeunes gens un regard inquisiteur, et allèrent s'asseoir devant une table vide.

L'abbé, comprenant son imprudence, se tut et observa les nouveaux venus à la dérobée.

— Partons, Chavigny, dit Philippe bas ; ces gens-là me sont suspects ; ils ont pu t'entendre.

— Ouais ! notre café, du pur moka, du nectar servi par les blanches mains de Suzon ou de Suzette. D'ailleurs, continua-t-il en baissant aussi la voix, ces hommes ne sont pas ce que tu penses... Des figures bonasses sentant le bourgeois d'une lieue... Et puis, songes-y donc, s'ils ont entendu quelque chose, notre départ subit confirmerait leurs soupçons.

— Restons, je le veux bien, reprit Philippe avec une sorte d'insouciance mélancolique ; mais vraiment, mon cher Chavigny, ne saurais-tu tenir en bride ton inconcevable étourderie ? Sans aucun doute c'est une indiscrétion de ta part qui aura fait découvrir à la police le lieu secret où s'imprimait cette petite feuille si redoutée de la cour. Prévenu à temps, j'ai pu cacher chez moi notre presse clandestine ; mais ce refuge n'est pas sûr, malgré mes précautions, bien des personnes ont pu voir cet attirail embarrassant quand on le transportait dans mon modeste logis. Si donc d'ici à demain je ne suis pas parvenu à m'en débarrasser, je m'attends à recevoir la visite des agens de monsieur de Sartine. La position n'est pas gaie, comme tu vois. Heureusement, continua-t-il d'un ton de satisfaction, mes mesures sont bien prises, et nul autre que moi ne sera compromis dans cette affaire. L'abbé de la Croix, il est vrai, m'a fourni de l'argent pour la publication de cette gazette qui se distribue *sous le manteau* comme un pamphlet ; de plus il m'a confié, pour les publier, certains articles où les choses et les hommes de ce temps sont sévèrement jugés ; toi-même, Chavigny, tu es l'auteur d'un bon nombre d'épigrammes passablement mordantes qui ont dû blesser au vif certaines grandes dames de la cour... Mais, grâce à mes précautions minutieuses, moi seul je dois porter la responsabilité de cette publication ; pas un acte, pas un manuscrit oublié ne peut accuser mes collaborateurs ; et c'est ce qui me donne tant de courage.

— Et c'est ce qui me désole, moi, dit Chavigny d'un air chagrin ; si encore j'avais la chance d'aller à la Bastille en ta compagnie ! mais t'y voir aller seul... Tiens, Philippe, il faut que cette nuit même la presse disparaisse de chez toi, dussions-nous la prendre sur nos épaules et la jeter dans la Seine. Mais comment faire ?

— Nous finirons bien par trouver quelque expédient pour nous tirer d'embarras... seulement, je t'en conjure, Chavigny, pas de nouvelle imprudence !

En ce moment les Hébés du lieu accouraient avec le café qu'on venait de confectionner exprès. L'une portait la cafetière et l'autre les tasses ; toutes deux luttaient d'empressement pour servir le joyeux Chavigny, qui semblait être la coqueluche de ces demoiselles. Vainement les per-

sonnages vêtus de brun les appelaient-ils avec impatience : elles répondaient par un double *on y va !* sur un ton flûté, et chacune continuait de trottiner pour arriver la première auprès du consommateur favori.

Quand la liqueur fumante et dorée fut versée dans les tasses, répandant autour d'elle un arome délicieux, l'abbé avança son petit nez retroussé pour en apprécier le parfum, passa sa langue sur ses lèvres roses, puis, fermant les yeux à demi, il dit d'un air béat :

— C'est bien, petites, je suis content... N'attendez de moi aucune récompense qui ne serait pas rigoureusement canonique, car elle pourrait être un sujet de scandale pour mon prochain. Je crois néanmoins pouvoir souhaiter que vos galans vous soient fidèles. Et maintenant, allez servir vos pratiques.

— Quoi ! monsieur l'abbé, dit Suzette, vous ne voulez pas savoir l'histoire de la maison écroulée ? Je croyais que vous étiez venu pour cela !

— Il en est qui sont venus aujourd'hui de Montmartre même, dit Suzon avec non moins de vivacité.

— Quelle maison ? Je ne comprends rien à vos histoires, dit l'abbé, qui dégustait lentement son café, tandis que Philippe était redevenu rêveur.

— Quoi ! vous ne savez pas ?

Et les deux servantes se mirent à raconter avec une volubilité extraordinaire comment, sur les sept heures du matin, la maison était tombée tout à coup, comment cinq personnes avaient été écrasées, comment plusieurs autres avaient échappé par miracle, et comment enfin toute la journée l'on était accouru des extrémités de Paris pour visiter le lieu du désastre. Chavigny ne saisissait pas grand'chose dans ce caquetage ; mais Suzon ayant été forcée d'aller répondre aux nouveaux venus qui commençaient à se fâcher, la parole resta bientôt à Suzette, langue fine et bien affilée qui méritait cette préférence. Alors seulement l'abbé parut comprendre de quoi il s'agissait.

— Les événemens de ce genre se multiplient dans Paris d'une façon inquiétante, reprit-il. Quel était le propriétaire de cette maison ?

— Oh ! de ce côté la perte n'est pas grande. C'était le père Canivet, un vieux ladre, qui a fait toute sorte de vilains métiers : l'usure, le brocantage, la contrebande même.

— Canivet ! dit Philippe avec distraction en relevant la tête, je connais ce nom-là. N'est-ce pas un individu qui avait fourni les moyens d'arrêter la bande des voleurs de Montsouris, et qui reçut pour cela une grosse somme de la ferme générale ?

— Je ne saurais dire, monsieur, répliqua Suzette en souriant ; mais si ce que l'on raconte est vrai, le père Canivet eût mieux aimé s'entendre avec les voleurs que de les faire prendre. Ensuite le pauvre homme est mort écrasé sous les débris de sa maison, et il faut être indulgent pour les morts.

— Voilà des sentimens très chrétiens, ma mie, reprit l'abbé ; mais sait-on du moins pourquoi la maison du père Canivet s'est avisée de faire ainsi la révérence ? Connaît-on la cause de cet accident ?

— Eh parbleu ! c'est le diable, dit Suzon, qui, jalouse de voir sa compagne accaparer l'attention du gentil abbé, jeta ce mot en passant.

— Le diable, reprit Chavigny à demi-voix ; cette Suzon vous a des expressions d'une crudité ! Parle, toi, Suzette ; tu es une fille sensée, judicieuse. Quelque jour, si tu lis l'*Almanach des Muses,* tu verras ce que je pense de toi.

— Vraiment, monsieur ? On raconte tant de choses ; on parle surtout de grandes caves qui s'étendent sous ce côté de Paris et dans lesquelles jamais chrétien n'a pénétré. Il y a là-dedans on ne sait qui, on ne sait quoi ; mais ça fait toutes sortes de malices, ça sort, ça entre, ça effraie les uns et les autres, et finalement ça peut bien aussi jeter bas les maisons, j'imagine.

— Et quel plaisir ça pourrait-il trouver à ces niches-là ?

demanda Chavigny. Voyons, Suzette, tu veux rire ; tu empruntes ces contes à ma mère l'Oie.

— Ah ! monsieur l'abbé, vous n'êtes pas galant aujourd'hui. Je ne fais pourtant que répéter ce que l'on a dit ici toute la journée ; d'ailleurs certaines choses sont de la plus exacte vérité, car je les tiens de personnes très dignes de foi.

— Et quelles sont ces personnes dignes de foi ?

— D'abord le pourvoyeur des révérends pères chartreux qui demeure au couvent, à quelques pas d'ici ; un excellent homme, plein de piété ; il vient souvent chez nous jouer une partie de dominos avec le sacristain de Saint-Sulpice. Le pourvoyeur contait l'autre jour que la maison des chartreux était bâtie sur de vastes souterrains communiquant avec les caves où l'on met les provisions. Eh bien, chaque semaine on s'aperçoit que quelqu'un a touché aux provisions de légumes, de fruits, de confitures.

— Bah ! ce sont des rats.

— Eh ! sont-ce les rats qui boivent les bouteilles de vin vieux dans le caveau du père prieur ?

— Quant au vin, c'est le pourvoyeur lui-même.

— Vous êtes bien incrédule, dit mademoiselle Suzette en faisant la moue ; mais le pourvoyeur ne va pas au palais d'Orléans (1), et dernièrement un voleur inconnu avait dévalisé les Suisses de garde et enlevé leurs cartouches. Je tiens l'histoire du sergent des Suisses, un fort bel homme qui vient souvent ici boire de la bière. Il jurait son grand *saprement tertei fle* que le voleur avait dû se glisser par les caves, car les portes du palais étaient bien fermées et les sentinelles ne s'étaient pas endormies.

— Tu me parais, mignonne, avoir de nombreuses connaissances, dit l'abbé d'un ton railleur ; mais du moins, quelqu'un de tes amis a-t-il vu ce rat de grande espèce qui ronge les maisons, les bouteilles de vin et les cartouches des gardes suisses ?

— Vous avez beau vous moquer, monsieur l'abbé, mais on l'a vu deux fois, aussi vrai que je suis une honnête fille !

— Hum ! ne te fâche pas, ma chère, si je te demande quelques preuves. Qui donc l'a vu ?

— D'abord le suisse de la maison de la rue Saint-Jacques.

— Encore un Suisse ?

— Oh ! celui-là est né à Pontoise, et sa femme est de Vaugirard. Ils sont l'un et l'autre au service de monsieur de Villeneuve, un fermier général.

— Villeneuve ! s'écria Philippe du Lussan, qui sortit encore une fois de sa rêverie.

L'abbé se mit à rire.

— Ah ! ce nom-là t'a réveillé ! reprit-il. Allons, Suzette, conte-nous ce qu'ont vu le Suisse de Pontoise et sa femme de Vaugirard.

— Eh bien ! donc, monsieur l'abbé, poursuivit la fillette sans paraître s'apercevoir de l'interruption, il existe dans la cour de l'hôtel de Villeneuve un puits très profond qui va rejoindre, dit-on, les grandes caves dont je vous parlais. L'autre soir, à la nuit close, la femme du suisse, qu'on appelle madame Babolein, eut besoin de tirer de l'eau. Elle s'approcha du puits, suspendit au crochet le seau qu'elle avait apporté, puis elle fit jouer la manivelle ; bientôt elle entendit le vase frapper le fond et se remplir lentement. Alors elle se mit en devoir de le remonter ; mais au premier tour de manivelle, il lui sembla qu'on retenait fortement le seau par en bas. Elle voulut pourtant continuer sa besogne : impossible ! on eût dit qu'il y avait au bout de la corde un poids de cinq cents livres. Sans lâcher prise, elle appela son mari au secours ; tous les deux hissèrent à grand'peine le seau jusqu'à la margelle. Alors ils crurent voir, car la nuit était sombre, quelque chose qui s'était cramponné à la corde ; ça ne parlait pas, ça ne bougeait pas ; tout à coup ça s'élança par-dessus la tête de

(1) C'est ainsi qu'on appelait alors le Luxembourg, qui appartenait au duc d'Orléans. Le couvent des chartreux était situé sur l'emplacement de l'avenue de l'Observatoire.

madame Babolein dans la cour, ça fit deux ou trois bonds, puis ça gagna le jardin et ça disparut. Le suisse et sa femme poussèrent alors de grands cris. Les domestiques accoururent ; on visita le jardin, qui est entouré de murs de tous côtés, mais on ne découvrit rien : ça s'était évaporé en fumée.

L'abbé partit d'un nouvel éclat de rire, mais Lussan conserva son air attentif.

— Aurais-tu entendu dire quelque chose de cette sotte histoire chez madame de Villeneuve ? demanda Chavigny.

— En effet, répliqua Philippe distraitement, on supposait qu'un chat ou quelque autre animal domestique, étant tombé par accident dans le puits, avait causé la frayeur de ces pauvres gens.

— Ce n'était pas un chat, monsieur, dit Suzette avec assurance ; madame Babolein est là pour en jurer. Mais il faisait si noir, que le mari et la femme ont pu seulement distinguer deux yeux de feu fixés sur eux.

— A la bonne heure, dit l'abbé ; ces deux yeux me permettent enfin de voir clair dans ton récit. Sais-tu bien, Suzette, que tu es la perle des conteuses ? Tu donnes aux faits un tour piquant dont je suis ravi. Jamais matou ne fut le héros d'une aussi plaisante aventure... Mais tu m'as annoncé que par deux fois différentes on avait vu ça, comme tu dis ; tu n'en as cité qu'une, et encore ! Il y a donc une autre histoire. Conte-la bien vite, ma belle Scheherazade, ma joyeuse reine Marguerite ; car aussi bien mon café est fini, et voici monsieur mon ami qui m'attend pour causer de choses beaucoup plus importantes.

Suzette parut prendre au sérieux les éloges ironiques de l'abbé.

— Oh ! pour cette fois, monsieur, dit-elle d'un petit air modeste en tortillant son tablier, pas le moindre doute à élever. Il s'agit d'une personne dévote, discrète et craignant le mensonge plus que la mort : je veux parler de madame Courcaillet, la grosse fruitière de la rue de Vaugirard.

— Courcaillet ! s'écria l'abbé, ma fournisseuse ordinaire, celle qui m'apporte chaque matin ma crème et mon beurre ? une sainte femme qui a poussé les choses une fois jusqu'à me demander ma bénédiction, à moi !

— Elle-même, monsieur l'abbé, a loué dans la maison située en face de la sienne une espèce de cave où elle met en dépôt les légumes qu'elle débite dans sa boutique, et il lui faut de grands approvisionnemens, car madame Courcaillet a la fourniture des Carmes, des dames du Val-de-Grâce, des pères Mathurins, et je ne sais combien d'autres couvens. Elle a bien ses raisons d'être dévote, la chère dame ! Donc, il existe dans un coin de la cave qui sert de magasin à madame Courcaillet une espèce d'enfoncement rempli de pierres et de plâtras. Dernièrement, elle était descendue à cette cave pour remplir un panier de légumes, quand elle crut entendre un léger bruit derrière les décombres. Elle se retourna, et quel fut son étonnement de voir de ce côté un trou profond d'où s'exhalait un air lourd et chaud, comme de la bouche d'un four ! Elle allait s'approcher pour reconnaître cette excavation qu'elle n'avait jamais remarquée jusque-là : elle ne l'osa pas ; une sorte de fantôme se dressait dans l'ombre devant elle. La pauvre fruitière n'eut que le temps de se signer et de jeter ce cri : « Jésus, mon Dieu ! » Puis elle tomba comme morte sur un tas de carottes et de poireaux. Elle resta plus d'une heure sans connaissance.

— Hé ! qu'avait-elle donc vu, Suzette ? demanda Chavigny.

— Madame Courcaillet n'a pu l'expliquer nettement. Elle n'aime pas à parler de cette aventure, et quand on l'interroge, elle pâlit, elle tremble, elle balbutie. Il paraît cependant que ça avait des cornes qui n'en finissaient plus.

— Une queue et des pieds de bouc !.. Mais c'est vraiment le signalement du diable que tu nous donnes là, ma bonne fille !

— C'est possible ; aussi madame Courcaillet a-t-elle fait dire plus de quarante messes, et un révérend père capucin est venu bénir la cave ; on a tout aspergé d'eau bénite, et si le diable se hasarde encore de ce côté, il lui en cuira.

— A la bonne heure! Mais n'a-t-on pas visité cette excavation qui s'était formée si subitement?

— Ah! monsieur l'abbé, c'est là le plus incompréhensible de l'affaire... La pauvre madame Courcaillet, après avoir repris connaissance, est allée chercher des secours chez ses voisins et ses pratiques; on est revenu en force avec des bâtons et des épées; mais ce qui avait tant effrayé la fruitière avait disparu; le trou était bouché, les décombres étaient revenus à leur place, et plusieurs des assistans dirent tout crûment à la brave femme qu'elle était une visionnaire.

— Cela n'aurait rien d'incroyable; mais il fallait écarter les pierrailles, fouiller cette niche à diable et s'assurer de ce qu'elle contenait.

— Madame Courcaillet ne l'a pas voulu, monsieur l'abbé: elle croyait que c'était tenter Dieu. Elle s'est contentée de faire bénir le caveau; mais n'ayant pas, à ce qu'il paraît, entière confiance dans cet exorcisme, elle a retiré ses provisions de ce lieu réprouvé, et elle n'y remettrait pas le pied pour tout l'or du Pérou.

Philippe de Lussan avait écouté froidement ce récit. Quant à l'abbé, malgré sa légèreté habituelle, il était devenu pensif. Son mutisme subit étonnait fort la petite conteuse, qui pensait mériter quelques éloges pour son élégante narration.

Enfin, Chavigny fit un bond qui faillit renverser la table.

— Victoire! s'écria-t-il comme s'il était pris d'un accès de folie. Hasard, fortune, destin, je vous promets un temple! Partons, Lussan, partons, mon ami, ajouta-t-il en se levant brusquement; j'ai des choses graves à te communiquer. En attendant, réjouis-toi dans ton cœur. J'ai trouvé...

— Quelque rime encore? dit Philippe en haussant les épaules.

— Une rime! toutes les rimes d'un poëme épique en douze chants ne vaudraient pas la millième partie de la découverte que viens de faire une divinité, sous les traits de cette nymphe timide vulgairement appelée Suzette, vient de m'inspirer. Mais partons vite, si tu ne veux que le secret qui gonfle mon cœur ne déborde sur mes lèvres... Je vais apaiser tes mortelles inquiétudes au sujet de....

— Allons! le plus court est en effet de partir, interrompit Philippe avec humeur, car ta maudite langue folle nous mettrait encore dans l'embarras.

— Ingrat! dit l'abbé d'un ton tragi-comique; ô mens cœca mortalium! mais tout à l'heure, tu rougiras de tes craintes et tu maudiras ton aveuglement.

Puis, se tournant vers Suzette, qui écoutait tout ébahie ces paroles inintelligibles pour elle, il continua d'un air d'emphase:

— Et toi, jeune beauté qui, dans ta naïve innocence, sers, comme Iris, de messagère aux volontés du dieu de l'Olympe, puisses-tu te nourrir à tout jamais de nectar et d'ambroisie! puissent des chaînes d'or sortir de ta bouche, comme de celle de Mercure!... Mais je vaut mieux que les chaînes d'or viennent orner tes blanches épaules, et je m'engage à t'en donner une quand j'aurai reçu les faveurs de Plutus. En attendant, ma fille, voici une pièce de trente sous pour payer notre consommation; je ne te demande pas le reste... Il faut bien que la compagne et toi vous songiez à votre dot. Pas de remercîmens, ils offenseraient ma modestie. Allons, adieu, Suzette; adieu, ma jolie fille; des neuf muses, aucune ne peut avoir un aussi charmant minois que toi!

En même temps, l'abbé prit le bras de son ami, fort impatienté de ces longs discours, et ils sortirent du café.

A peine étaient-ils dans la rue, que les deux hommes vêtus de brun, qui s'étaient tenus en observation à quelque distance, pendant la conversation précédente, s'empressèrent de se lever aussi. Tandis que l'un d'eux soldait leur modeste dépense, l'autre suivait furtivement les jeunes gens.

La pauvre Suzette, tout abasourdie des étranges paroles

de Chavigny, était restée à la même place; elle fut presque renversée par le second de ces hommes qui courait rejoindre son compagnon.

— En vérité, ma chère, dit-elle à Suzon, tous ceux qui viennent ici ce soir semblent avoir perdu la tête.

— C'est toi qui leur fais tourner avec tes beaux airs et tes jolies histoires, répliqua la rancunière Suzon.

— Vous êtes une sotte!

— Et vous, une impertinente!... Il faut des abbés à mademoiselle!

— Mademoiselle accapare bien les gardes-suisses!

Mais nous en resterons là des gros mots de ces demoiselles, dont chacune avait un secret dépit à exhaler, et nous rejoindrons Lussan et Chavigny.

II.

LE MOYEN DE SALUT

En quittant le café de la place Saint-Michel, les deux amis marchaient d'abord avec lenteur. Mais bientôt Chavigny doubla le pas et entraîna son compagnon. Quand celui-ci voulut en demander la raison, l'abbé ne répondit que par des chut mystérieux, en regardant fréquemment par dessus son épaule. Philippe se retourna de même, afin de chercher la cause de cette retraite précipitée: il n'aperçut rien d'inquiétant. Toutefois il finit par se laisser passivement conduire, bien convaincu que c'était le meilleur parti à prendre avec son fantasque camarade.

Du reste, on n'alla pas loin. Après avoir longé la rue des Francs-Bourgeois, on atteignit la rue de Vaugirard, et on s'arrêta bientôt devant une maison vieille et basse, d'assez pauvre apparence. Avant d'entrer, Chavigny s'assura de nouveau qu'on ne les observait pas; puis, prenant Lussan par la main, il l'introduisit dans une allée obscure dépourvue de portier, lui fit monter un escalier tortueux, et le poussa dans une chambre qu'il venait d'ouvrir; tout cela sans qu'une parole eût été prononcée.

Cette chambre, autant qu'on le pouvait juger à la douteuse clarté du crépuscule, était élégamment décorée à la mode du temps; les meubles de marqueterie, rehaussés d'ornemens de cuivre doré, les tentures de soie, les tapis, les glaces, contrastaient par leur richesse avec la simplicité extérieure du logis. Les tableaux et les gravures représentaient des sujets un peu risqués, selon le goût de l'époque; et certains petits livres, épars sur un guéridon pouvaient fort bien être des romans de Crébillon fils. Néanmoins, cette pièce mondaine était la chambre du petit abbé.

— Ah çà, Chavigny, dit Philippe en entrant chez son ami, vas-tu m'expliquer enfin...

— Chut! fit encore l'abbé à voix basse.

Il écarta les rideaux, entr'ouvrit la fenêtre avec précaution et regarda dans la rue.

— Bon! dit-il enfin avec un soupir de satisfaction, les voici qui passent; ils ont l'air fort dérouté et ils marchent le nez au vent, comme des oisons prêts à prendre leur volée... Bon voyage, messieurs, et mes complimens à votre maître!

Il ferma la croisée et vint rejoindre Philippe, qui s'était jeté philosophiquement dans un fauteuil.

— Nous l'avons échappé belle, dit-il, mais, grâce à ma prudence, nous ne sommes sauvés... Sais-tu que ces deux grisons du café Saint-Michel étaient des mouchards?

— Je les avais reconnus.

— Moi, je n'avais que des doutes, quand j'ai surpris l'un d'eux nous regardant obliquement et prenant des notes sur un carnet. Je n'ai rien fait paraître de ma découverte et j'ai continué de jaser avec cette bonne pièce de Suzette afin de ne pas donner de soupçons... Mais quand je les ai vus nous suivre, j'ai compris qu'il n'y avait plus qu'à jouer des jambes. Heureusement ils ont perdu nos traces.

— N'importe, dit Philippe avec inquiétude; ils n'auront

pas de peine à me retrouver... Or, si l'on tente des perquisitions chez moi, on trouvera cette maudite presse, et, dès qu'on me connaîtra pour l'auteur de la terrible gazette qui dit de si dures vérités au roi, à ses maîtresses, à la cour...

— Eh ! n'a-t-il pas été convenu que la presse disparaîtrait cette nuit même ?

— Mais où la transporter ? L'abbé de la Croix m'avait promis de s'en charger ; mais je me suis vainement présenté chez lui ; depuis trois jours il n'est pas rentré à son domicile.

— Quoi ! ce vieux pédant de l'Ancien Testament, qui parle toujours par paraboles et dont les articles ont tout juste la clarté de l'Apocalypse ? Ne te fie pas à lui, Lussan ; on ne sait qui est ce personnage, comment il vit, où il passe son temps ; il est mystérieux dans ses actions, comme dans ses paroles et dans ses écrits.

— L'abbé de la Croix est peut-être un enthousiaste fourvoyé ; cependant c'est un esprit honnête, sincère, pratique, malgré ses formes nébuleuses. Je comprends fort bien, mon pauvre Chavigny, que lui et toi vous ne puissiez vous entendre ; car vous êtes comme l'eau et le feu... Mais en ce moment l'abbé de la Croix pourrait rendre à notre entreprise commune des services dont tu es incapable.

— Incapable ! et qui te l'a dit ? reprit Chavigny fièrement. Dans l'abîme où tu tombes, tu invoques l'appui des puissans du monde, des déités inconnues qui habitent les brouillards de l'Empirée, et qui est-ce qui te sauve ? un modeste enfant d'Apollon, un simple disciple des muses !

Philippe ne put retenir un mouvement d'impatience.

— Pour Dieu ! Chavigny, dit-il, cesse de plaisanter. Tu sais être sérieux quand tu le veux... Depuis une heure, tu me parles par énigmes plus difficiles à deviner que celles de l'abbé de la Croix.

— Allons, soit... Tiens, je deviens aussi grave que toi quand tu plaides en présence de la cour criminelle... En deux mots donc, Philippe, mon ami, j'ai trouvé une retraite sûre où nous pourrons cacher la presse et continuer en toute liberté l'impression de la précieuse feuille.

— Où donc est cette cachette, Chavigny ?

— Ici même.

— Ici !... dans cette chambre ?... Avant deux heures, tous les voisins sauraient notre secret.

— Tu as parfaitement raison, mais, écoute-moi, Philippe, et tu sauras la cause de cette grande joie que tout à l'heure tu traitais d'extravagante. N'as-tu pas été frappé du récit de la petite Suzette au sujet de ces maisons qui croulent ?

— Eh ! qui s'inquiète de ces bavardages de commères ?

— Philippe, reprit l'abbé d'un ton emphatique, la chute d'une pomme fit découvrir à Newton l'attraction terrestre ; ce fut en plongeant un objet quelconque dans l'eau de son bain qu'Archimède inventa la balance hydrostatique ; c'est en écoutant les bavardages d'une fille de cabaret que j'ai trouvé le moyen de sauver notre presse, notre gazette, et de narguer la Bastille.

— Encore quelque bouffonnerie ! s'écria Philippe en se levant avec colère. Chavigny, je suis pressé ; nous causerons une autre fois. Voici la nuit ; je dois avoir ce soir un entretien qui est du plus haut intérêt pour moi.

— Du diable si je te laisse partir ainsi ! répliqua Chavigny en le forçant à se rasseoir ; j'ai besoin de toi pour l'exécution de mon plan. Tu iras plus tard à ton rendez-vous. D'ailleurs, tu ne peux sortir de sitôt : les grisons rôdent sans doute encore dans la rue, et la nuit n'est pas assez sombre pour qu'on ne puisse te reconnaître.

— Alors, hâte-toi de t'expliquer, Chavigny, car, je te le jure, ma patience est à bout.

En prononçant ces paroles, Philippe de Lussan n'avait plus cet air bienveillant et doux qui lui était habituel.

— Sur mon âme ! Philippe, reprit-il, tu me donnes le frisson quand tu prends cette mine olympienne... Je vais donc te dire les choses le plus sèchement possible. Dans le récit de Suzette il a été question d'une certaine dame Courcaillet, ma fournisseuse, qui demeure dans la maison en face de celle-ci ; la cave où s'est passée la fameuse aventure est précisément dans la maison où nous sommes, et il est facile de nous assurer sans retard s'il existe là un souterrain dont nous pourrions tirer parti.

— Tu m'y fais penser, répliqua Philippe avec réflexion : dans le procès des contrebandiers de Montsouris, on constata l'existence d'immenses carrières abandonnées qui s'avançaient fort loin sous la ville et dont les malfaiteurs semblaient s'être servis pour leurs opérations de fraude. Mais on a seulement des données vagues sur ces carrières ; le danger de s'y perdre ou d'être écrasé par les éboulemens ne permet pas de s'y aventurer.

— Eh bien, morbleu ! nous nous y aventurerons, nous ! s'écria l'abbé d'un ton résolu ; je ne doute pas, Philippe, qu'une des entrées de ces carrières ne soit précisément dans la cave de cette maison. J'y suis descendu une fois ; j'ai vu les décombres dont a parlé Suzette, et il m'a semblé que le sol résonnait sous mes pas... Nous trouverons là une communication avec ces terribles souterrains.

— Et dans quel but les chercherions-nous, Chavigny ?

— Tu ne m'as donc pas compris ? Pour y cacher notre presse, parbleu ! pour y établir notre atelier, et pour y installer notre prote, nos ouvriers. Nous pourrons alors imprimer tous les pamphlets, tous les libelles, toutes les épigrammes qui nous passeront par la cervelle.

— Si ce passage existait en effet... Mais réfléchis-tu, Chavigny, que, dans ce cas, nous risquerions de trouver ces lieux inconnus occupés par une société passablement équivoque et fort capable de nous en disputer la possession ? Le récit de cette bonne dame Courcaillet étant vrai sur un point, pourquoi ne le serait-il pas sur les autres ?

— Ah ! ah ! tu veux parler de l'apparition de ça... comme dit mademoiselle Suzette.

— Sans ajouter foi aux récits populaires, on peut raisonnablement supposer que ces carrières sont fréquentées par des gens fort mal intentionnés.

— Tu m'as assuré pourtant que la bande des coquins de Montsouris avait été complètement dispersée, depuis la mort tragique en place de Grève de ses principaux chefs. D'ailleurs des voleurs auraient intérêt à nous ménager, car ils auraient plus à craindre que nous ; et puis ces lieux souterrains sont assez vastes, j'imagine, pour que nous puissions, chacun de notre côté, vaquer à nos affaires, sans nous gêner mutuellement... Mais pourquoi prolonger cette incertitude ? Tu as ton épée, je vais prendre des pistolets, nous descendrons dans la cave, nous déblaierons l'entrée de ces souterrains, et, morbleu ! nous visiterons à notre aise le royaume de Pluton.

Tout en parlant il allumait une bougie et faisait avec empressement les préparatifs de cette expédition qui séduisait son esprit romanesque. Philippe de Lussan lui-même, malgré la gravité de son caractère, ne manquait pas de ce goût aventureux qui pouvait donner à de pareilles recherches un piquant intérêt. Cependant il arrêta Chavigny d'un geste.

— Mon ami, dit-il, tout le monde est encore sur pied dans la maison ; on pourrait nous épier, et cette affaire exige surtout le plus grand secret. Attendons une heure plus avancée. Aussi bien je t'ai dit qu'une affaire pressante m'appelait ce soir quelque part... Je vais sortir, mais je serai bientôt de retour, et peut-être, ajouta-t-il avec émotion, aurai-je alors sujet d'exposer ma vie sans regrets !

— Mais, Philippe, tu oublies que d'un moment à l'autre on peut faire des perquisitions dans ton appartement !...

— J'en courrai les chances ; pour rien au monde je ne voudrais manquer l'entrevue qui m'est promise.

Voyant la résolution de Philippe bien arrêtée, Chavigny n'insista pas davantage. Ils convinrent qu'au coup de onze heures l'abbé attendrait à la porte de la maison. Philippe voulut partir. Mais avant de lui permettre de s'éloigner, Chavigny regarda par la fenêtre pour s'assurer si les espions rôdaient toujours dans le voisinage. N'ayant rien vu qui pût exciter ses alarmes, il se retourna pour avertir

Philippe. Alors seulement il remarqua la pâleur et l'alté-ration des traits de son ami.

— Lussan, dit-il en lui tendant la main avec cordialité, ne puis-je rien pour toi?

— Rien, répliqua Philippe d'une voix sourde en pressant la main qu'on lui tendait, absolument rien... Adieu; à bientôt.

Il gagna la rue et s'éloigna rapidement.

A cette époque, Paris était fort mal éclairé; de loin en loin seulement des réverbères jetaient une lueur incertaine sur la voie publique. Encore l'édilité trouvait-elle moyen d'é-conomiser sur ces lumignons fumeux : quand la lune de-vait éclairer l'horizon, on ne les allumait pas. Parfois la lune se levait fort tard, ou bien elle était cachée par des nuages pluvieux, ou bien encore sa clarté ne pouvait pé-nétrer dans les rues étroites et profondes, mais cela ne re-gardait pas les entrepreneurs d'éclairage ; l'almanach avait parlé : Paris devait rester plongé dans les ténèbres.

Ce soir-là donc l'administration avait compté sur la lune, qui ne se pressait pas de remplir son office, et les rues étaient fort noires. Cette circonstance eût dû rassurer Philippe de Lussan sur le danger d'être surveillé ; mais, à vrai dire, Philippe n'y songeait pas : absorbé par ses pen-sées, il oubliait qu'on pouvait épier ses démarches et qu'il eût été sage de prendre quelques précautions. Une hor-loge voisine, qui sonna huit heures, parut encore lui faire accélérer le pas.

Il atteignit ainsi la portion de la rue Saint-Jacques qui s'étend du Panthéon, alors en construction, au couvent du Val-de-Grâce. De nos jours, la classe riche et aristocra-tique de la population parisienne affectionne certains quar-tiers larges et aérés où elle se concentre; mais, au siècle dernier, le monde privilégié n'avait pas encore établi cette distinction; l'hôtel et la bicoque étaient fraternellement confondus. Dans les ruelles les plus obscures, les plus fan-geuses, on trouvait encore des résidences princières, bâ-ties là depuis le moyen-âge et conservées religieusement par les familles. Aussi voyait-on la rue Saint-Jacques, au milieu des couvens dont elle était bordée, un certain nombre d'anciens hôtels occupés par d'opulens proprié-taires.

Ce fut vers une de ces imposantes habitations que se di-rigea Philippe de Lussan. Une vaste cour la précédait. Les deux battans de la porte étaient ouverts, et permettaient aux passans de plonger le regard dans la cour, où bril-laient un grand nombre de lanternes. Cependant cette cour était entièrement déserte, et Philippe put la traverser sans que le suisse, peut-être endormi dans sa loge, eût remar-qué sa présence.

Il monta précipitamment un large perron de pierre, et pénétra dans un vestibule qui était désert comme la cour ; les banquettes, habituellement garnies de laquais désœu-vrés qui bâillaient en médisant de leurs maîtres, étaient vides en ce moment. Personne pour recevoir le visiteur.

Mais tout cela ne parut ni surprendre ni inquiéter Phi-lippe. Sans hésiter, il alla tourner le bouton d'une porte qui donnait accès dans l'antichambre. Aussitôt une femme entre deux âges, ayant l'apparence d'une gouver-nante, vint au devant de lui, le sourire sur les lèvres.

— Je vous ai tenu parole, dit-elle, j'ai écarté les domes-tiques et vous êtes entré sans être vu de personne... Ah ! monsieur de Lussan, continua-t-elle d'un ton hypocrite, pour vous, pour vous seul, j'ai manqué à mon devoir... Si madame le savait !...

— C'est bien, madame Durand, je vous remercie, ré-pliqua Philippe en détournant les yeux comme si cette femme lui eût inspiré un invincible dégoût. Vos maîtres sont-ils absens ?

— Madame est à la comédie. Monsieur n'a pas manqué d'aller où il va tous les soirs, vous savez, chez cette dan-seuse de l'Opéra, qui lui coûte les yeux de la tête !...

— Et mademoiselle ?

— Entrez au salon... je vais la prévenir.

Lussan se trouva dans un splendide salon, éblouissant de l'éclat des lustres et des bougies, mais désert comme tout le reste de ce superbe hôtel. Des peintures, exécutées par les meilleurs maîtres, décoraient les lambris et les pla-fonds. On marchait sur un tapis des Gobelins ; d'immenses glaces, en répétant à l'infini les lumières, semblaient don-ner à cette pièce, déjà si vaste, une étendue qu'elle n'avait pas. Les meubles, les étagères étaient surchargés de ces merveilles de porcelaine, d'émail, de ciselure, encore de mode aujourd'hui. Ce salon avait une magnificence pres-que royale ; cependant il n'était pas arrangé avec ce goût sévère, délicat, qui dénote la vraie grandeur. Son fastueux propriétaire, en accumulant tant de curiosités coûteuses, avait dépassé le but ; cette profusion de richesses trahis-sait le parvenu.

Philippe ne donna qu'un regard à cet intérieur gran-diose qui sans doute lui était connu depuis longtemps. Quoiqu'il fût venu toujours courant, il était pâle, il trem-blait comme s'il eût eu froid. Il s'approcha d'une large cheminée, encadrée de velours et de crépines d'or, où brûlait un gros feu, et allongea machinalement les mains. Il demeurait immobile, l'oreille attentive ; aucun bruit ne s'élevait dans la maison ; cependant son cœur battait avec une violence toujours croissante.

Enfin, il entendit que l'on parlait derrière une portière voisine.

— Mademoiselle, disait une voix doucereuse que Lussan reconnut pour celle de madame Durand, n'ayez aucune inquiétude... je vais rester dans l'antichambre et je ne laisserai passer personne.

— Je vous remercie, répliqua-t-on avec fermeté, mais je vous dispense de ce soin... Je n'ai rien à cacher... Je suis ici chez moi, dans le salon de mon père, et j'y recevrai quiconque se présentera.

En même temps la portière en se soulevant donna en-trée à mademoiselle Thérèse de Villeneuve,

III.

LA RUPTURE.

Pendant ces quatre années, mademoiselle Thérèse, si timide autrefois, avait acquis l'assurance que donne aux femmes la conscience de leurs avantages. Elle avait alors vingt ans. Tout ce qui était vague, indécis, dans la pen-sionnaire récemment échappée du couvent, avait pris une forme plus nette et plus accusée dans la jeune fille. Un négligé simple et de bon goût permettait mieux de juger la toilette de ville d'apprécier le caractère réel de sa beauté. Ses cheveux dépoudrés, retenus par un simple ruban, avaient la noirceur de l'aile d'un corbeau, ainsi que ses sourcils gracieusement arqués. Sur ses joues rondes et fermes, la nature avait mis de fraîches couleurs que l'art ne pouvait imiter. Néanmoins, son regard calme, la fierté de son front, la dignité de son maintien, trahissaient une certaine énergie sous cette enveloppe de jeune fille. Il était impossible, à la voir auprès de Philippe, de ne pas songer qu'ils procédaient d'un même et admirable type tous les deux, et que leurs nobles âmes devaient être sœurs comme leur beauté.

Mademoiselle de Villeneuve, en entrant, semblait vive-ment animée par la colère : ses yeux brillaient, son visage était coloré ; mais à la vue de monsieur de Lussan, l'ex-pression de ses traits changea subitement. Ses yeux ar-dens se voilèrent de leurs longs cils soyeux ; sa rougeur devint le léger incarnat de la pudeur, et un sourire de satisfaction s'épanouit sur ses lèvres.

De son côté, Philippe s'était avancé au-devant d'elle.

— Ah ! mademoiselle, dit-il en la conduisant à un siège, que je vous remercie d'être venue !

Mademoiselle de Villeneuve fit une petite moue.

— En vérité, monsieur de Lussan, répliqua-t-elle, je ne vous comprends pas. Que signifie donc le mystère dont vous vous entourez ce soir? Vous arrivez à l'improviste, en vous cachant comme un conspirateur, et tout cela pour me voir, moi que vous pouvez voir ici, tous les jours, aux heures de réception !

— Mademoiselle, demanda Philippe timidement, vous aurais-je offensée ?

— Non, sans doute; mais ces airs mystérieux donnent prétexte à l'insolence des gens de service. Voyons pourtant, monsieur, ajouta-t-elle d'un ton plus doux en s'asseyant, que souhaitez-vous de moi ?

Philippe prit place à côté d'elle.

— Pardonnez-moi, mademoiselle, répliqua-t-il, mais aux heures de réception, sous les yeux de votre mère et de toutes les personnes qui remplissent ce salon, je suis dans l'impossibilité de vous parler librement, comme je le désirerais, et c'est pour cela que j'ai cherché l'occasion... Thérèse, j'ai tant de choses à vous dire...

— Etes-vous bien sûr ne pas me les avoir dites déjà? demanda la jeune fille en souriant.

— Vous vous en souvenez donc? Oui, Thérèse, c'est parce que je vous aime, c'est parce que depuis longtemps déjà vous tolérez l'aveu de cet amour, que j'ai désiré si vivement d'avoir une explication avec vous, avec vous seule.

—Oh ! oh ! Philippe, quelle solennité ! dit mademoiselle de Villeneuve d'un ton léger qui cachait une vive inquiétude; hâtez-vous donc de parler, car je n'ai pas défendu la porte et l'on pourrait nous interrompre.

Lussan parut se recueillir.

—Thérèse, reprit-il enfin d'une voix vibrante, nous sommes fiancés depuis plus de quatre ans, à peu près depuis le jour où vous êtes sortie du couvent. Pendant ce long espace de temps, on m'a permis de croire que nous serions bientôt unis, et pourtant, malgré mes instances et celles de mon père, nous n'avons pu obtenir encore que madame de Villeneuve fixât le jour où tous mes vœux seraient comblés.

— En effet; mais, si je ne me trompe, Philippe, les obstacles sont venus de votre côté. Ma mère voulait absolument que j'épousasse un conseiller au parlement, et mon père veut ce que souhaite ma mère. Or, depuis trois ans, le parlement est en exil par ordre du roi, et monsieur le chevalier de Lussan s'est ainsi trouvé dans l'impossibilité d'obtenir une charge qui n'existe plus. Vraiment, Philippe, si le roi est aussi obstiné que ma mère, je risque fort de rester fille !

— Thérèse, de grâce, ne me parlez pas sur ce ton de plaisanterie; il est, vous ne l'ignorez pas, des obstacles bien autrement sérieux que celui-ci. Nierez-vous, par exemple, qu'on vous ait présenté récemment un gentilhomme qui, avec l'assentiment de votre famille, aspire à votre main?

— Quoi ! l'on vous a dit... Mais si vous êtes si bien informé, vous devez savoir aussi comment j'ai accueilli ce prétendant.

— Il ne se découragera pas: la récompense de ses efforts serait si belle ! Il vous désarmera par sa constance, et comme il est beau, spirituel, de grande naissance...

La jeune fille se détourna d'un air boudeur, mais pas assez vite pour cacher une larme.

— J'ai tort, Thérèse, ma charmante Thérèse! dit Philippe avec émotion; je ne devais pas douter de vous... Mais comment résister à vos parents? Ce projet d'alliance leur tient fortement à cœur, j'en ai maintenant la certitude. Une lettre adressée hier à mon père par monsieur de Villeneuve lui annonce que, sans rompre les relations amicales établies entre nos deux familles, je dois renoncer à votre main.

— Mais enfin quels prétextes donne-t-on à cette rupture?

— Que sais-je! Toujours l'histoire de cette charge impossible... Et puis, Thérèse, je ne dois pas vous cacher qu'une misérable petite rente insaisissable et inaliénable dans la famille de ma mère est toute ma fortune. Je suis pauvre !

— Pauvre, vous? dit la jeune fille avec un méange d'é-

tonnement et d'indifférence ; je croyais que votre père, morte si belle et si jeune encore, avait laissé des biens considérables?

— Les biens de ma mère ont été vendus peu à peu pour payer des dettes.

— Contractées par vous, monsieur?

— Par moi ou par d'autres; qu'importe, puisque je les regardais comme miennes!

Thérèse comprit.

— Mon noble Philippe ! s'écria-t-elle avec admiration ; elle reprit après une courte pause :

— Vous êtes habitué, monsieur de Lussan, à me considérer comme une enfant frivole, incapable de penser ou de vouloir ; mais on parle tant philosophie autour de moi que je suis aussi devenue philosophe à ma manière... Mon père, en sa qualité de financier, met l'or avant tout ; ma mère, malgré sa bonté, est ambitieuse et aspire aux honneurs... Quant à moi, je me soucie peu des honneurs et de la fortune. Philippe de Lussan, je vous ai donné mon amour, il ne vous sera pas retiré.

— Que le ciel vous récompense, Thérèse ! mais vous n'aurez jamais le courage suffisant pour...

— Je ne puis affirmer qu'un jour j'appartienne à celui que j'ai choisi pour époux; mais je jure bien de ne jamais appartenir à un autre que lui.

Et Thérèse avait un air de fermeté qui ne laissait aucun doute sur la sincérité de sa résolution. Philippe baisa tendrement la main de la jeune fille ; puis, se levant, il fit quelques tours dans le salon avec une agitation extrême.

— Thérèse, dit-il enfin en reprenant sa place, il est temps de vous apprendre à quoi vous seriez exposée si jamais nous étions unis... Deux sentiments remplissent mon cœur: un amour profond et sans bornes pour vous, une ardente indignation contre la société corrompue au milieu de laquelle nous vivons. Je ne vous tromperai pas; si grande que soit ma tendresse, elle ne saurait imposer silence à des convictions sacrées.

— Et pourquoi ne les partagerais-je pas, Philippe? Et moi aussi j'ai en horreur les injustices, les vices, les lâchetés... Mon ami, je vous avouerai que je possède une clef de la bibliothèque de mon père; je lis une partie de ces ouvrages où l'on parle de la réforme des mœurs, des monstrueux abus de l'époque actuelle, et de beaucoup de choses que je ne comprends guère, moi pauvre ignorante, mais où je pressens des abîmes d'infamie. Cependant, Philippe, s'il faut le dire, j'ai cherché bien des fois la cause de cette misanthropie passionnée chez un homme doux, bienveillant, de haute naissance tel que vous. C'est au roi surtout que vous attribuez les hontes et les malheurs de notre temps, et pourtant, Philippe, le roi est, dit-on, le protecteur de votre famille et en particulier celui de votre père?

Les traits du jeune homme prirent une expression douloureuse.

— Mademoiselle, murmura-t-il en détournant la tête, tous les amis de monsieur de Lussan ne sont pas les miens.

Il se tut un moment.

— Thérèse, poursuivit-il bientôt, je ne veux pas vous laisser croire que ma haine est aveugle. Je tiens à vous apprendre, en peu de mots, comment elle a commencé, bien que ce récit doive vous faire monter la rougeur au front. Mais quelle imagination pourrait conserver sa pureté au milieu de la fange où nous vivons? Ecoutez-moi donc; il s'agit seulement d'une courte anecdote.

« A l'âge de seize ans, je quittai le château de Lussan où je suis né, et je vins à Paris, avec mon gouverneur, achever mes humanités au collège de Narbonne. Monsieur de Lussan n'étant pas en mesure de nous recevoir chez lui, nous logeâmes, rue Mazarine, dans la maison d'une bonne dame, veuve et peu fortunée, qui, pour se créer des ressources, recevait des pensionnaires paisibles tels que nous étions. Cette dame avait une unique enfant, une mignonne petite fille, tout son orgueil et toute sa joie sur la terre. Parfois, en revenant des cours, je me plaisais à écouter le charmant babillage de Jenny, qui avait douze ans à peine: c'était pour mon esprit fatigué d'étude comme un chant d'oiseau, comme un souffle d'air dans le feuillage. Jenny était la candeur même ; on ne pouvait se défendre en la voyant d'un sentiment de respect pour tant de jeunesse et d'innocence.

» Un jour, pendant que j'assistais au cours du collège, notre digne hôtesse eut la fantaisie de faire un tour de promenade au jardin des Tuileries avec sa fille, et elle pria mon gouverneur de les accompagner. A leur retour, on parla devant moi de l'admiration enthousiaste que la petite Jenny avait excitée parmi les promeneurs ; la mère surtout paraissait enivrée de ces succès ; elle ne pouvait assez embrasser sa fille ; elle nous la montrait avec orgueil, elle la mangeait de caresses. Ce triomphe devait avoir un triste lendemain !

» Vers le milieu de la nuit suivante, je travaillais dans ma chambre, quand on frappa bruyamment à la porte de la rue. Puis il se fit une grande rumeur dans la maison ; des pas lourds résonnaient sur l'escalier ; je crus entendre des cris de détresse à demi étouffés. Plein d'inquiétude, je descendis à l'étage inférieur où logeaient mon hôtesse et sa fille. Plusieurs individus, cachés dans l'ombre de l'escalier, se jetèrent sur moi en criant : « Au nom du roi ! » Au même instant la porte s'ouvrit ; je vis sortir un homme à figure basse et sinistre, qui emportait la pauvre petite Jenny en lui fermant la bouche avec un mouchoir. Dans l'intérieur de la chambre, la malheureuse mère, à demi vêtue, se débattait, un bâillon sur la bouche, entre les bras de deux autres scélérats. Je voulus m'élancer sur l'abominable ravisseur ; mais on me contint, et il passa devant moi en répétant avec insolence : « Au nom du roi ! » Je reconnus l'infâme Lebel, le valet de chambre de Louis XV. Une voiture attendait à la porte. Bientôt tous ces bandits disparurent ; un seul resta pour adresser à la mère désespérée les plus horribles menaces si elle était assez hardie pour divulguer le crime. »

Philippe s'arrêta, comme si la colère le suffoquait encore, après tant d'années.

— Et Jenny, cette pauvre enfant, ne l'a-t-on jamais revue ? demanda Thérèse.

— Elle revint au bout de quelques mois, faible, brisée, mourante. Ni la mère ni la fille n'osèrent jamais élever la voix pour se plaindre. Jenny s'éteignit avant sa quinzième année, et sa mère mourut de douleur.

De grosses larmes mouillaient les yeux de mademoiselle de Villeneuve.

— Ah ! Philippe, dit-elle dans un transport d'indignation, vous avez raison de le haïr, et je m'associe tout entière à votre haine !

— Vous ignorez peut-être que cette haine n'est pas inactive et que je ne me borne pas à de stériles colères. Thérèse, cette confession doit être entière ; vous devez connaître sur quelle mer féconde en naufrages votre amour aurait à me suivre. Je me suis enrôlé dans l'armée de ces hommes courageux, de tous rangs et de toutes conditions, qui, par des livres, des pamphlets, des gazettes, protestent contre le désordre des mœurs, les abus du gouvernement, les vices de la cour, et réclament impérieusement une réforme. Je suis fier de compter parmi les plus audacieux, de partager leurs sacrifices, leurs dangers !

— C'est une raison pour moi, Lussan, de vous estimer davantage.

Les beaux traits de Philippe resplendirent d'orgueil.

— Thérèse, chère Thérèse ! s'écria-t-il, ce qui frapperait d'effroi une âme vulgaire ne fait qu'exalter les instincts généreux de la vôtre. Je vous avais devinée ; seulement je craignais pour votre éducation, pour les préjugés de famille... Mais avez-vous bien réfléchi qu'en supposant renversés les obstacles qui nous séparent, vous pourriez voir un jour votre époux calomnié, proscrit, condamné à périr dans une prison d'État ?

Mademoiselle de Villeneuve pâlit à cette lugubre supposition.

— Que Dieu nous préserve de pareils malheurs ! dit-elle ; mais s'il les permettait, il me donnerait, je l'espère, le dévouement d'une épouse fidèle et la résignation d'une chrétienne !

Philippe, tombant aux genoux de Thérèse, lui prit les mains et les couvrit de baisers. La jeune fille elle-même posa sa tête sur l'épaule de Lussan, et pendant quelques minutes ils confondirent leurs larmes.

— Thérèse, dit enfin Philippe avec enthousiasme, ce sont nos fiançailles !... L'univers entier peut se liguer contre nous désormais, nous n'en sommes pas moins unis devant Dieu. Thérèse, mon épouse adorée, recevez mes serments !

— Philippe ! mon bien-aimé Philippe, jamais, de mon aveu, je n'appartiendrai à nul autre que toi, je te le jure une fois encore !

— Hein ! qu'est-ce à dire ? s'écria derrière eux une voix irritée.

Les deux jeunes gens tressaillirent et se levèrent avec épouvante. Madame de Villeneuve venait d'entrer sans bruit, précédée par madame Durand, qui jeta sur Thérèse un regard moqueur et disparut.

— Que faites-vous ici, mademoiselle ? dit madame de Villeneuve en contenant avec effort les transports de sa colère ; comment vous trouvez-vous au salon de si bonne heure et dans ce négligé ?... Et vous, monsieur de Lussan, ce n'était pas vous que j'attendais ce soir ! Puis-je savoir pour quel motif vous vous présentez chez moi à la place de monsieur le chevalier votre père, dont la visite m'était annoncée ?

— Mon père, madame ? répliqua Philippe avec étonnement ; j'ignorais...

— Comment ! vous ne venez pas au nom du chevalier ? Mais alors il devrait être ici. Que signifie donc le billet que j'ai reçu ce soir, et dans lequel il me prie de l'attendre à neuf heures chez moi pour une communication de la plus haute importance ? J'ai dû laisser ma compagnie dans ma loge et quitter la comédie au milieu d'un acte. Répondez donc, monsieur : comment vous trouvez-vous dans mon hôtel à l'heure où vous savez n'y rencontrer ni monsieur de Villeneuve ni moi ? Pourquoi mademoiselle n'est-elle pas dans sa chambre, à sa toilette ?.. Vous vous taisez ?... Mais, ajouta-t-elle en éclatant, les étranges paroles que je viens de surprendre et que je croyais avoir mal entendues sont assez claires ! c'était un concert entre vous, c'était...

— Oh ! ma mère, s'écria Thérèse d'un ton suppliant, ne me parlez pas avec cette dureté. Suis-je donc si coupable d'avoir reçu en votre absence monsieur Philippe de Lussan, un ami de la famille ?

— Un ami ! Il ne l'est plus. Son audacieuse démarche vient de rompre les derniers liens qui m'attachaient à lui... Vous entendez, monsieur de Lussan, tout est fini désormais entre nous ; je vous autorise à en prévenir le chevalier, votre père ; et, afin de ne vous laisser aucun doute à cet égard, je dois vous apprendre que votre présence ici pourrait gêner l'accomplissement de certains projets irrévocables.

En recevant ce congé brutal, Philippe rougit de honte, néanmoins il dit humblement :

— Je vous en conjure, madame, révoquez ce terrible arrêt de bannissement. Sur la foi d'anciennes promesses, j'ai conçu de douces espérances que je ne saurais maintenant étouffer dans mon cœur.

— Vous les étoufferez pourtant, et mademoiselle chassera de sa tête les folles idées qu'elle a pu concevoir. Tenez-vous donc pour suffisamment avertis l'un et l'autre, et rompons là, car je n'aime pas les scènes... J'ai les nerfs délicats, et les émotions me tuent.

Madame de Villeneuve s'étala dans un fauteuil et respira langoureusement un flacon de sels. Les deux jeunes gens restaient debout et consternés, sans oser prononcer une parole.

— Madame, répondit enfin Philippe, quels que soient les

mérites du mari que vous lui destinez, mademoiselle de Villeneuve ne l'aime pas...

— Vous prenez trop de soin, monsieur; ceci est une question à débattre entre ma fille et moi, et toute intervention serait au moins indiscrète. Cependant je veux bien vous dire que Thérèse ne peut manquer d'aimer l'époux choisi par sa mère. C'est... pourquoi ne le nommerais-je pas, puisque aussi bien la nouvelle sera connue demain de tout Paris? c'est le jeune duc de Beausset, un des plus brillans gentilshommes de la cour; il tient aux premières familles de France, il est le parent de mon excellente amie l'abbesse du Val-de-Grâce, il a de grands biens, et le jour du mariage, monsieur de Villeneuve sera créé chevalier de l'ordre du Saint-Esprit; la famille de Beausset l'a promis formellement... Vous le voyez, monsieur, il n'y a plus chance de succès pour les prétentions de tel ou tel petit gentilhomme qui aurait conçu la pensée de relever sa fortune en épousant la fille unique d'un fermier général.

Comme nous l'avons dit, madame de Villeneuve n'appartenait pas à la noblesse, et cette âpreté d'arrière-boutique en était la preuve irrécusable. Philippe fut profondément blessé.

— Il suffit, madame, reprit-il en se redressant, et je me retire... Mais avant de franchir, pour la dernière fois peut-être, la porte de ce salon, permettez-moi d'adresser un mot à mademoiselle de Villeneuve en votre présence : Est-il possible que Thérèse m'ait jamais cru assez méprisable, assez vil pour considérer son immense fortune autrement que comme un obstacle à mes espérances?

— Philippe, Philippe! s'écria la jeune fille en fondant en larmes, ce ne sera pas moi qui douterai jamais de la noblesse de vos sentiments!

Madame de Villeneuve se leva.

— Assez! dit-elle avec colère; mademoiselle, rentrez dans votre appartement... Et vous, monsieur de Lussan, malgré vos allures de philosophe et d'indépendant, vous ne prétendez pas, sans doute, m'imposer votre présence... qui m'a causé déjà, s'il faut l'avouer, une violente migraine?

Et elle porta la main à son front d'un air de souffrance.

Cette fois Philippe n'hésita plus : il s'inclina devant madame de Villeneuve et jeta un regard suppliant à Thérèse, qui lui répondit par un regard chargé de promesses. Il allait sortir quand une toux asthmatique résonna dans l'antichambre; la porte s'ouvrit, et un domestique annonça:

— Monsieur le chevalier de Lussan.

Les quatre années qui venaient de se passer avaient un peu courbé la taille du chevalier, mais sa figure, toujours sereine et souriante, quoique sèche et ridée, n'avait pas changé : ce corps ruiné conservait une prestance, une légèreté même, qui eussent excité l'envie des vieux débauchés de notre époque. Monsieur de Lussan était en grand costume de cour, et la croix de Saint-Louis brillait sur sa poitrine.

Quand il entra, madame de Villeneuve ne put retenir un mouvement d'impatience, et sa vue sembla causer à Philippe plus d'étonnement que de satisfaction. Seule, Thérèse attendit quelque événement favorable de la visite du chevalier.

— Votre valet, belle dame, dit-il avec aisance en venant baiser la main de madame de Villeneuve; mademoiselle, je me mets à vos pieds... Ah! te voici, Philippe! on ne t'a pas vu depuis plusieurs jours; tu négliges ton père... ne t'excuse pas; je te pardonne... Mais c'est à merveille que je te trouve ici; précisément qu'il s'agit de tes affaires.

Il s'assit pour reprendre haleine, pendant que les autres acteurs de cette scène restaient debout et silencieux. Le vieux chevalier observait tout à la dérobée.

— Ah çà, qu'y a-t-il donc? demanda-t-il en souriant; ces mines bouleversées, ces yeux rouges..... Belle dame, ajouta-t-il en s'adressant à la maîtresse du logis, comment vous que doivent accompagner sans cesse les grâces et les ris, avez-vous pu affliger la jeunesse et la beauté?

— Ma foi! tenez, chevalier, reprit madame de Villeneuve avec humeur, puisque vous vous êtes aperçu de la vérité, je brusquerai les choses avec vous comme avec monsieur Philippe. J'aime fort votre compagnie, car malgré les travers qu'on vous reproche, vous êtes un parfait homme du monde. Mais il ne faut plus penser à nos anciens projets au sujet de ces enfans; et monsieur de Villeneuve a dû déjà vous écrire en ce sens.

— Diable! dit le chevalier en ouvrant son drageoir d'or, en sommes-nous vraiment là?

— Oui, chevalier, oui, reprit la mère ambitieuse, dont la colère, un moment contenue, reprenait son cours; et nous sommes plus avancés encore que vous ne pensez. Ma fille n'épousera jamais...

— Le duc de Beausset?... Je le crois bien! un étourdi qui s'est ruiné dans les tripots. Dernièrement je lui gagnai deux cents louis sur parole, et, foi de gentilhomme, je fus bien heureux quand il me paya, car je n'y comptais guères. Heureusement, sur la nouvelle qu'il allait faire un riche mariage, il trouva des amis obligeans qui voulurent bien lui avancer cette somme.

— Oui-dà! monsieur le chevalier est en effet très compétent pour juger des joueurs et des gens ruinés!

— Mon père, interrompit Philippe avec chaleur, madame de Villeneuve m'a déjà déclaré très nettement que ma présence ne lui plaisait pas, et une discussion nouvelle aurait seulement pour but de compromettre notre dignité à tous : je vous prie donc de m'accompagner ou du moins de souffrir...

— Restez, Philippe; si cet entretien a pris mauvaise tournure, eh bien! nous le recommencerons sur nouveaux frais.

— Mille grâces! monsieur le chevalier, répliqua délibérément madame de Villeneuve, il faut que je retourne à la comédie où le maréchal de Blainval et le duc de Beausset m'attendent dans ma loge.

— Vous me permettrez bien de vous exposer l'objet de ma visite, belle dame; ce sera l'affaire d'un instant. Asseyez-vous, Philippe : madame le permet. Asseyez-vous aussi, ma charmante enfant : la chose vous intéresse un peu, et vous ne vous repentirez pas peut-être de m'avoir prêté votre attention.

Tout le monde prit place.

— Madame, continua le chevalier avec un sourire un peu forcé en s'adressant à la mère de Thérèse, sans doute votre jugement sur moi, comme celui de beaucoup d'autres personnes, a été sévère. On n'ignore pas que Philippe, du chef de sa mère, devait hériter une grande fortune et que pour faire honneur à des dettes qu'il n'avait pas contractées... Bref, on me reproche d'avoir ruiné mon fils et d'être un mauvais père.

— Monsieur, interrompit Philippe avec chaleur, Dieu m'en est témoin, jamais un reproche n'est sorti de ma bouche!

— C'est vrai, mon garçon; mais le monde, ma conscience elle-même peut-être, n'ont pas eu la même délicatesse. Je voudrais pouvoir alléguer certaines excuses, mais j'ai les mains liées, et je dois accepter sans protestation l'odieux que l'on jette sur ma personne. Cependant je suis loin d'être égoïste : le sort de Philippe, quoi qu'on en pense, ne m'est pas indifférent; vous allez en avoir la preuve tout à l'heure. Madame de Villeneuve se souvient-elle de m'avoir dit autrefois, dans un temps où la plus complète harmonie régnait entre nos deux familles, que les honneurs et la faveur de la cour pourraient compenser la fortune qui nous manque?

— Oui... non, répliqua la dame en jouant de l'éventail avec insouciance; c'est possible... je ne m'en souviens pas.

— Mais je ne l'ai pas oublié, moi, et j'ai agi en conséquence de cette parole... Vous savez, madame, que jusqu'ici l'exil du parlement ne m'a pas permis de réaliser mes projets et de pourvoir Philippe d'une charge convenable; vous avez perdu patience, et par suite vous avez favorablement accueilli la recherche du duc de Beausset. J'ai voulu voir à mon tour si mon crédit ne pourrait pas égaler celui de cette illustre famille, et je me suis mis en campagne; j'espère ne pas avoir trop mal réussi.

Ici le vieux chevalier prit lentement une pastille pectorale en jetant un regard oblique sur ses auditeurs.

— Pour Dieu ! dit madame de Villeneuve, où voulez-vous en venir avec ces interminables préambules ? Monsieur de Beausset, je crois, n'a pas à vous envier la faveur dont vous pouvez jouir, faveur du reste fort difficile à expliquer.

— Qu'on se l'explique ou non, madame, elle n'existe pas moins, comme vous allez voir. La famille de Beausset a promis d'obtenir le cordon bleu pour monsieur de Villeneuve; mais il y a loin du fait à la promesse : monsieur le duc avait trop compté sur son crédit...

— Et qui vous l'a dit, monsieur ? demanda madame de Villeneuve avec hauteur.

— Monseigneur le chancelier lui-même, que j'ai vu ce matin.

— Le chancelier ? comment ! Avez-vous aussi vos entrées chez Son Excellence ?

— En voici la preuve, madame, dit le chevalier en tirant de sa poche un large parchemin : c'est le brevet qui nomme monsieur de Villeneuve chevalier du Saint-Esprit; une signature manque encore, mais en temps et lieu on l'obtiendra facilement.

— Grand Dieu ! serait-il possible ! s'écria madame de Villeneuve toute stupéfaite en examinant le précieux brevet.

— Ce n'est pas tout : on m'a de plus donné l'assurance que monsieur de Villeneuve serait créé baron le jour du mariage de mademoiselle Thérèse avec... quelqu'un de notre connaissance.

— Je serais baronne ! et mon mari serait cordon-bleu ! disait madame de Villeneuve comme frappée de vertige. Mais non... non, c'est un leurre, reprit-elle aussitôt : ce brevet est sans valeur ; il y manque la seule signature qui pourrait lui en donner, celle du roi.

— Vous croiriez donc à la signature du roi ?

— Qui n'y croirait pas ?

— En ce cas, reprit le chevalier avec solennité en se levant, vous n'avez plus qu'à obéir, madame... *Ordre du roi !*

Et il tira de sa poche un nouveau papier qu'il remit à madame de Villeneuve ; celle-ci le déploya d'une main tremblante.

— Lisez haut, monsieur de Lussan.

Elle lut d'une voix émue :

« J'approuve le mariage de monsieur Philippe de Lussan » avec mademoiselle Thérèse de Villeneuve. Je signerai » au contrat, et je donne cent mille francs au futur époux : » Louis. »

Madame de Villeneuve fut sur le point de s'évanouir de saisissement.

— Et c'est bien... le roi... le roi lui-même...

— Ce billet est tout entier de sa main. Gardez-le pour le montrer à monsieur de Villeneuve, qui connaît l'écriture de Sa Majesté... Et tenez, montrez-le aussi à Philippe, car il semble avoir des doutes.

Philippe prit le papier et l'examina longtemps avec une attention minutieuse.

— C'est à confondre la raison, dit-il enfin d'un ton pensif; le roi Louis XV a écrit et signé cet étrange papier ; le fait est incontestable.

— Eh bien, mon garçon, reprit le chevalier avec vivacité, quand je te disais que tu avais tort de ne pas aimer cet excellent prince si généreux pour la noblesse ? Tu vois comme il répond à tes injures et à tes calomnies qu'il ne peut ignorer pourtant, car il sait tout ! Allons ! te voilà revenu de tes erreurs, n'est-ce pas ? Ta vie désormais sera consacrée à bénir ce roi magnanime qui exauce tes vœux les plus chers. Je dis ceci, car sans doute madame de Villeneuve n'a plus aucune objection sérieuse à former.

— Aucune, mon cher chevalier, dit la femme du fer-

mier général à moitié folle de joie. Comment pourrais-je repousser un gendre qui appelle sur nous une telle avalanche d'honneurs et de prospérités ? C'est nous maintenant qui sommes au-dessous d'une pareille alliance... Philippe, mon enfant, oubliez ma brusquerie de tout à l'heure ; Thérèse se chargera d'effacer...

— Un moment, madame, dit Philippe sortant enfin de sa torpeur; avant d'aller plus loin, je vous supplie de me permettre de poser à mon père quelques questions.

Le chevalier ressentit une vague inquiétude, et pour la dissimuler, il eut recours à sa bonbonnière.

— Monsieur, reprit Philippe avec fermeté, encore une fois, est-ce bien à moi que s'adresse cette faveur incroyable, inouïe, que je n'ai pas sollicitée et que je méritais si peu ?

— Et à qui donc, mon enfant ? Ton nom n'est-il pas porté tout au long dans l'ordre royal ?

— Fort bien ; mais à quel titre puis-je avoir obtenu, moi étranger à la cour et aux courtisans, l'attention particulière du roi, les honneurs réservés à ses seuls favoris ?

— Eh ! mon cher Philippe, quel est le besoin de titres ? la faveur du roi, comme le soleil, éclaire tout le monde. D'ailleurs les anciens services de notre famille, mes services personnels...

Le jeune de Lussan sourit avec amertume.

— Mon père, dit-il, tout ignorant que vous me supposiez en pareille matière, je sais quel cas on fait à la cour des services anciens et nouveaux... Mais du moins tenez-vous ce papier de la main du roi lui-même ?

— Qu'importe ! si les promesses dont il fait foi se réalisent ?

— Cela ne suffit pas, monsieur ; je vous adjure...

— Allons, s'il faut l'avouer, je n'ai pas vu le roi ; je me suis contenté de m'adresser à quelqu'un qui jouit auprès de lui d'un crédit illimité et qui a bien voulu lui présenter ma requête ?

— Et ce protecteur si puissant, pouvez-vous le nommer ?

— Je le puis, Philippe... tu as de si singulières idées, des préjugés si fâcheux, contre certaines personnes influentes...

— Il suffit, monsieur, répliqua le jeune homme avec véhémence ; vous refusez de nommer ce protecteur inconnu, parce que sans doute son nom n'est pas honorable. Je ne vous adresse aucun reproche; nous différons dans nos jugemens sur les choses et les hommes de ce temps. Je dois même vous remercier des efforts que vous avez tentés pour assurer mon bonheur. Mais il est des bienfaits qui déshonorent, des présens qui salissent les mains. Je n'accepte ni les uns ni les autres !

Il déchira l'ordre du roi en mille pièces et jeta les morceaux loin de lui.

— Philippe, Philippe ! es-tu fou ? s'écria le chevalier.

— Malheureux ! qu'avez-vous fait ? dit madame de Villeneuve avec désespoir.

Philippe se tourna vers Thérèse :

— Mademoiselle, reprit-il avec noblesse, je ne veux pas vous devoir, vous, si chaste et si pure, à la protection d'un débauché couronné, peut-être au caprice d'une courtisane. Je veux vous devoir seulement à l'estime, à l'affection dont je m'efforcerai d'être digne.

— Bien, bien, Philippe, répliqua Thérèse avec exaltation ; je n'attendais pas moins de vous ! Je suis fière d'un pareil amour; votre refus même me grandit à mes propres yeux.

Heureusement elle n'avait pas été entendue par sa mère, qui continuait à se désespérer et s'efforçait de réunir les fragmens de papier épars sur le tapis. Le chevalier, frappé de consternation, murmurait à l'écart :

— Toujours inflexible, quoi qu'il arrive ! Serait-ce donc un châtiment de Dieu ?

Enfin madame de Villeneuve parut comprendre que ses rêves d'un moment étaient finis sans retour ; sa colère tomba sur Philippe.

— Monsieur, lui dit-elle les yeux étincelans, après cet

acte de véritable démence, je ne saurais jamais vous revoir. Vous venez de prouver que vous n'aimiez pas ma fille, en la sacrifiant à votre ridicule amour-propre, à d'absurdes scrupules. Mais c'est assez! Venez, mademoiselle.

Et elle entraînait Thérèse vers un appartement intérieur, sans écouter les instances et les protestations de monsieur de Lussan.

— Je ne l'aime pas! répétait Philippe hors de lui en se frappant le front; je l'ai sacrifiée à mon amour-propre, à mes préjugés!... Thérèse, ma chère Thérèse, le croyez-vous?

Elle fit un signe de dénégation.

— Eh bien, alors, ma courageuse fiancée, tenez votre serment, comme je tiendrai le mien!

Mademoiselle de Villeneuve agita son mouchoir pour renouveler ce serment, et sortit avec sa mère, dont on entendait encore la voix irritée quand l'une et l'autre avaient disparu.

Le chevalier et son fils étaient restés seuls dans le salon.

— Philippe, reprit enfin monsieur de Lussan d'un ton de regret, vous ne savez pas, vous ne saurez jamais à quel point vous êtes insensé! Mais que votre volonté s'accomplisse! Pour moi, j'ai rempli mon devoir. Tu te crois fort, ajouta-t-il avec un sourire malin en baissant la voix, parce que tu es aimé de la petite; ça ne te réussira pas, fie-t'en à mon expérience; tu pourras avoir la fille, mais la dot t'échappera...

— Monsieur! interrompit Philippe en dissimulant à peine l'indignation que lui inspirait cette pensée.

— Allons! allons! il est dit que nous ne nous entendrons jamais... Agis donc à ta guise, je m'en lave les mains... Et maintenant, Philippe, ajouta-t-il en se levant, ne restons pas ici une minute de plus; madame de Villeneuve nous a donné fort nettement congé, ne nous exposons pas à quelque extrémité de sa part. C'est une parvenue, malgré ses grands airs, et on doit tout craindre d'une femme en colère.

Il passa son bras sous celui de Philippe, qui se laissa faire machinalement, et ils sortirent de l'hôtel. Dans la rue, un fiacre attendait le chevalier. Au moment de monter en voiture, monsieur de Lussan dit à son fils:

— Je vais chez madame de Saint-Marceau, la présidente d'un biribi en vogue. Voyons, mon garçon, veux-tu venir risquer quelques louis? Cela te distraira de ces fâcheuses scènes.

— Je vous remercie, monsieur; je ne joue jamais.

— C'est juste; tu aimes à te singulariser... Alors, veux-tu que je te jette quelque part en passant? Les rues sont boueuses, et si tu vas dans le monde, tu risquerais de salir tes bas de soie.

— Merci, monsieur, je me rends seulement à deux pas d'ici, chez un ami.

— A ton aise... Mais j'y songe, mon cher Philippe, peut-être te trouves-tu à court d'argent? Tes revenus sont bornés, et l'avocasserie du Châtelet n'est pas lucrative... si une cinquantaine de louis pouvaient t'être agréables... précisément la chance ne m'a pas été trop défavorable la nuit dernière.

Et il tendait à son fils un rouleau d'or. Philippe recula d'un pas.

— Je n'ai besoin de rien, balbutia-t-il; mille grâces, monsieur. Je vous retiens ici par cette froide soirée et j'oublie que moi-même je suis attendu... Adieu, monsieur, je vous reverrai bientôt.

Il effleura rapidement des ses lèvres la main de son père, et s'enfuit dans les rues sombres.

— Bizarre enfant! disait le chevalier en montant en voiture; rien de ce qu'on peut tenter pour lui plaire ne réussit. Cependant on ne trouverait pas dans la France et la Navarre un père plus complaisant, plus débonnaire que moi; je ne me reconnais plus moi-même. Est-ce ma faute si j'ai si peu de succès?...

En même temps, le chevalier de Lussan remit son or en poche, ferma soigneusement les portières du sapin

pour se garantir de la fraîcheur de la soirée, et s'installa sur les coussins, bien convaincu, comme il le disait, qu'il était le modèle des pères.

IV.

LA PROMENADE SOUTERRAINE.

D'abord Philippe marchait d'un pas rapide et saccadé sans savoir où il allait. Sa tête brûlait; sa raison semblait ébranlée par les secousses brusques et successives qu'elle venait d'éprouver. Mais cet état violent ne pouvait être de longue durée; Philippe réalisait pleinement dans sa personne le *mens sana in corpore sano*. Aussi se dit-il tout à coup en passant la main sur son front:

— A quoi bon ces faiblesses? *Elle* m'aime, *elle* n'appartiendra jamais volontairement à un autre que moi; pouvais-je espérer davantage en provoquant cette explication? Songeons maintenant à la grave responsabilité qui pèse sur moi, songeons à Chavigny qui m'attend.

Malgré cette résolution, bien arrêtée plus d'une fois sans doute dans le trajet de la rue Saint-Jacques à la rue de Vaugirard, les idées qu'il voulait secouer lui revinrent à l'esprit; mais il ne se laissa plus dominer par elles, et il atteignit bientôt la maison de Chavigny.

Il frappa d'une manière particulière. On s'empressa d'ouvrir, et on dit à voix basse dans l'obscurité:

— Est-ce toi, Philippe?

— C'est moi.

— Arrive donc! le sang me bout d'impatience... Mais, un moment! comment s'est passée l'entrevue qui te causait tant d'émoi? Mal, sans doute! Pauvre garçon! ta main est brûlante et cependant elle tremble.

— Merci, Chavigny, tout va bien, répliqua Philippe avec effort.

— Vraiment? J'aurais cru qu'au contraire... Allons! c'est ton secret, je dois le respecter. Maintenant, mon ami, suis-moi, et, s'il est possible, n'éveillons pas les badauds et les commères dont cette maison est largement fournie, comme toutes les autres maisons de Paris.

Tout en parlant, Chavigny avait refermé la porte, et conduisait Philippe par la main à travers les détours d'une allée raboteuse. Ils étaient sans lumière, et Lussan n'eût pu se diriger sans aide au milieu des Carybde et des Scylla de ce vieil édifice. Enfin, ils soulevèrent une trappe vermoulue, descendirent à tâtons une douzaine de marches, et se trouvèrent dans une espèce de cave à l'extrémité de laquelle une lanterne allumée était posée à terre. Mais, avant de permettre à son compagnon d'avancer, Chavigny rabattit soigneusement la trappe.

— Tu vois si je prends des précautions, dit-il; personne au monde ne peut soupçonner que nous sommes là... Et maintenant, admire mon ouvrage.

Philippe s'approcha de la partie du souterrain éclairée par la lanterne. Des décombres, qui remplissaient un angle de la cave, avaient été récemment écartés, on apercevait dans l'intérieur de la muraille qui soutenait la voûte un trou sombre d'où s'échappait un air tiède, humide, nauséabond.

— Qu'est cela? demanda Philippe surpris.

— Cela, mon ami, c'est tout simplement une découverte de ton serviteur; c'est le résultat de deux heures d'un pénible travail; c'est enfin l'entrée des souterrains que nous cherchons.

— Comment! tu es parvenu seul...

— Tout seul. A peine m'avais-tu quitté que je m'étais mis à l'œuvre, sans autre outil que mes pauvres mains d'abbé... Mais, je dois en convenir, la tâche était facile, car ces pierres et ces matériaux ont été fraîchement remués.

— Ainsi donc, cette fable ridicule d'apparition...

— Pourrait bien ne pas être une fable tout à fait... Et toi, pieuse dame Courcaillet, toi dont le trop court passage en ce lieu se trahit encore par une odeur de chou moisi, de carotte fanée, tu pourrais bien ne pas être une visionnaire! Voici la cave, voici les décombres, voici l'abîme, il n'y manque plus...

— As-tu déjà poussé une reconnaissance dans ce souterrain?

— Je l'avoue humblement, Philippe, j'ai voulu te donner, en cette circonstance, une preuve indubitable de ma prudence. Mon travail achevé, je me suis muni de mes pistolets et... je t'ai attendu. On ne sait pas ce que mademoiselle Suzette appelle ça. Ce peut être une bande de voleurs et de contrebandiers... Bref, je n'ai pas voulu risquer l'aventure sans toi, mon ami valeureux, toi qui aspires à devenir un *pius Æneas*, un Thésée, un Télémaque.

—Soit! nous descendrons ensemble. Notre recherche ne peut être longue. Si nous trouvons un emplacement convenable, nous nous empresserons d'y transporter nos presses et tout notre attirail, avant le jour.

— C'est entendu... Prends la lanterne et partons.

— Mais, dit Lussan avec hésitation, avant de nous engager dans ces lieux inconnus, ne devrions-nous pas nous fournir de quelques objets indispensables?

— Lesquels donc?

— Des bougies de rechange, un fusil pour les rallumer, des cordes... que sais-je?

— Bah! bah! nous avons une bougie presque entière et tu dis toi-même que nous serons de retour dans dix minutes. Ah çà! Philippe, crois-tu vraiment t'enfoncer dans les gouffres du Ténare?

Philippe ne dit rien; mais tirant son épée, plutôt pour s'en faire un point d'appui qu'une défense, il se dirigea vers l'entrée du souterrain, et Chavigny le suivit résolûment.

Il fallut se courber pour pénétrer dans l'ouverture. Les deux amis aperçurent en colimaçon un escalier qui semblait descendre jusqu'aux entrailles de la terre. Cet escalier se continuait au-dessus de leur tête et avait dû sans doute atteindre autrefois la surface du sol; mais le puits dans lequel il était pratiqué ayant été crevé lors de la fondation de la maison, son propriétaire parcimonieux s'était contenté de faire boucher la crevasse en maçonnerie légère. Cette maçonnerie, soit par l'effet du temps, soit par le travail des gnomes inconnus, avait été récemment démolie, et avait mis à découvert cet escalier ténébreux.

Mais Philippe et surtout son impatient compagnon n'accordèrent qu'une attention superficielle à ces détails. Impatiens de pénétrer les mystères de ces lieux souterrains, ils commencèrent à descendre l'escalier tournant. Le délabrement des marches témoignait de leur ancienneté; d'ailleurs, elles étaient si frustes qu'elles ne présentaient ni commodité ni sécurité. Il fallait donc une extrême circonspection pour éviter des chutes funestes. On entendait les gravats qui roulaient sous les pas des deux amis tomber de dalle en dalle avec un bruit sourd, et ce bruit s'éteignait bien avant qu'ils eussent atteint le fond de la spirale immense où les entraînait la loi de la pesanteur.

Cependant Philippe, son épée d'une main et sa lanterne de l'autre, marchait d'un pas rapide. Il indiquait brièvement à son compagnon les points dangereux et semblait s'inquiéter fort peu de sa propre sûreté. En revanche, l'abbé prenait les soins les plus minutieux pour préserver sa pauvre petite personne de tout accident; il ne posait le pied sur une marche qu'après s'être assuré de sa solidité; il ne se gênait pas pour chercher un point d'appui des mains et des épaules contre la cage de l'escalier. Aussi, avant même d'avoir atteint le terme de la descente, sa mise, si proprette, avait-elle subi de notables dommages. Son manteau et ses manchettes étaient souillés d'une boue blanchâtre; ses cheveux dépoudrés avaient perdu leur élégante symétrie. Pour un empire, l'abbé de Chavigny n'eût voulu paraître ainsi fait dans un salon; mais ce n'était pas dans un salon qu'il allait.

Ils descendirent ainsi pendant quelques minutes, et ce périlleux escalier leur semblait interminable. Chavigny

comptait les marches, et il en était déjà au chiffre quatre-vingt-dix (ce qui, avec la profondeur de la cave supérieure, représentait une centaine de marches au-dessous du pavé de Paris), quand enfin Lussan rencontra sous son pied un sol plan.

— Nous sommes arrivés, dit-il.

— Rendons grâces aux dieux immortels! répliqua Chavigny en essuyant son front baigné de sueur.

En effet, ils étaient dans ces carrières si célèbres aujourd'hui sous le nom de Catacombes, et ils jetèrent autour d'eux des regards avides.

Leur première impression fut un vif désappointement. D'après les traditions populaires, ils s'étaient représenté ces carrières, dont l'origine se perdait dans la nuit des temps, comme une suite de hautes et larges galeries, aux teintes lugubres, quelque chose de semblable aux cryptes d'une église gothique multipliées à l'infini. Au lieu de cela, ils n'avaient devant eux qu'un couloir à peine assez large pour laisser passer deux personnes de front; la voûte était plate, unie, quoique fendue en beaucoup d'endroits, et si basse que Philippe pouvait l'atteindre avec la main. Ce passage était pratiqué dans la pierre blanchâtre appelée cliquart, dont sont construits la plupart des édifices de Paris; et comme cette pierre, qui s'altère et noircit au grand air, avait conservé là sa teinte primitive, ce souterrain, œuvre des Gaulois ou tout au moins des Parisiens des premiers temps de la monarchie française, semblait avoir été creusé depuis quelques mois à peine. Ce long boyau, droit et blanc, n'avait ni grandeur ni caractère; on cherchait un travail de géant et on ne trouvait qu'un trou de taupe.

L'abbé en exprima sa surprise.

— Il faut voir, dit tranquillement Philippe; d'ailleurs, nous ne venons pas faire ici des recherches historiques; avançons un peu; peut-être plus loin trouverons-nous un endroit qui convienne à nos projets.

—Avançons, dit l'abbé complétement rassuré; le royaume de Pluton n'est pas si noir qu'on le croit. On disait ces souterrains si vastes! Un gros moine ventru engagerait sa panse dans ce couloir, et la Guimard de l'Opéra n'y pourrait faire une pirouette.

Philippe et Chavigny continuèrent de marcher. Bientôt on aperçut une nouvelle galerie à droite, puis une à gauche, puis une autre, puis d'autres encore. Toutes ces galeries n'étaient ni plus larges ni plus élevées que la première; mais elles semblaient avoir une grande étendue. Lussan proposa de suivre par curiosité une de ces branches latérales, ils la suivirent, en effet, pendant quelques minutes. Même aspect, même multiplicité de routes qui se croisaient sans cesse. Craignant de s'égarer, ils revinrent en toute hâte dans leur ancienne voie. L'abbé commençait à ne plus rire.

— Par le Styx! dit-il, les distractions ici pourraient être périlleuses, et je n'aimerais pas à m'y promener quand je cherche une rime.

— Je regrette que nous ne nous soyons pas munis d'un peloton de fil pour nous diriger dans ce labyrinthe, répliqua Philippe d'un air soucieux; mais nous resterons dans la galerie qui vient en droite ligne de l'escalier, et nous ne courrons pas le risque de nous perdre.

Au bout d'un moment, ils atteignirent une de ces carrefour qu'en vocabulaire de carriers on appelle un atelier. Sept ou huit routes différentes s'y croisaient. C'était un large espace dont le ciel paraissait un peu plus élevé que celui des galeries. De petits piliers, de la construction la plus expéditive et la plus grossière, soutenaient seuls le poids énorme de la voûte. Chacun de ces piliers consistait en cinq ou six moellons, à peine dégrossis, posés l'un sur l'autre, sans mortier ni ciment. On eût dit que les ouvriers inconnus qui avaient creusé ces carrières, se souvenant à temps de la possibilité d'un écrasement, avaient pris au hasard et à la hâte les matériaux qui leur étaient tombés sous la main pour élever cette maçonnerie économique. En beaucoup d'endroits elle avait fléchi, et les moellons avaient éclaté sous la pression des bancs de pierre supérieurs; aussi le ciel de la carrière était-il sillonné de lézardes et semblait-il devoir s'abîmer à tout instant. Entre ces frêles appuis s'enfonçaient de sombres excavations où l'on avait entassé les remblais résultant des anciennes exploitations. Tout cela offrait l'image du chaos: aucune régularité, aucune symétrie n'avait présidé à l'arrangement de ces travaux. Les galeries, cachées par les piliers, ne pouvaient être trouvées sans une recherche attentive, et comme toutes se ressemblaient, les méprises étaient d'une effrayante facilité (1).

Les deux amis s'arrêtèrent à l'entrée du carrefour. Tel était le désordre de ce lieu, qu'ils crurent d'abord l'éboulement accompli. Ces amas de matériaux, ces piliers frustes leur paraissaient être le résultat d'une ruine récente. Ils n'osaient passer outre. Pendant cette courte halte, ils furent frappés du silence lourd et morne qui régnait autour d'eux. On eût cru pouvoir entendre une araignée ourdir sa toile à l'extrémité d'une galerie; mais il n'y avait ni araignée, ni insecte, ni aucune créature vivante dans ces funèbres solitudes, excepté peut-être quelques misérables rats qui, à défaut de nourriture, devaient être réduits souvent à se dévorer les uns les autres. Les seuls sons qui parvinssent aux oreilles des visiteurs étaient produits par des gouttes d'eau tombant lentement de la voûte à longs intervalles.

L'abbé de Chavigny s'empressa d'interrompre ce silence qui le glaçait.

— Nous sommes arrivés, je crois, dit-il, à ce qu'on appelle une étoile; mais j'aime mieux l'Etoile-des-Princes, dans la forêt de Saint-Germain. Il y a bien moins de routes qui se croisent, mais il y a plus d'air, de soleil et de sifflemens de merles... Eh bien! Philippe, que penses-tu de cet emplacement pour nos presses? Ma foi, notre prote et nos joyeux compositeurs auront besoin de chanter en travaillant pour s'égayer un peu!

— Chavigny, dit Philippe avec exaltation, les premiers chrétiens se réfugiaient ainsi dans les catacombes de Rome, en attendant que Dieu leur permît de changer la face du monde. Nous autres libres penseurs, écrivains chargés de répandre les doctrines de l'émancipation, nous sommes persécutés comme les chrétiens de la primitive Eglise; nous devons attendre comme eux, cachés dans les profondeurs de la terre, que notre heure de triomphe ou de martyre soit venue.

— Sur ma parole! Lussan, ton ami l'abbé de la Croix ne dirait pas mieux! Quant à moi, je serais fort embarrassé si je devais composer ici une frétillante épigramme contre la Dubarry ou même un traître sonnet contre le chancelier Maupou.

— Cet endroit ne convient pas à notre entreprise: la carrière ne présente pas une solidité suffisante; d'ailleurs, une fois l'escalier découvert, on peut arriver à ce carrefour sans difficultés. Avançons encore.

— Avançons! dit l'abbé.

Mais, avant d'aller plus loin, Philippe ramassa quelques pierres et les arrangea d'une façon particulière à l'entrée de l'avenue qui conduisait à l'escalier, afin de la reconnaître en cas de nécessité. Cette précaution prise, ils entrèrent dans une galerie large et commode. Toujours même disposition, même aspect: des piliers fragiles soutenant les ciels craquelés, des excavations à demi comblées par des gravois, des gouttes d'eau se détachant de la voûte. Mais ils ne suivirent pas longtemps cette voie: un éboulement considérable fermait le passage; ils durent revenir en arrière pour chercher un autre chemin.

Enfin ils découvrirent un emplacement tel qu'ils pouvaient le désirer. C'était un atelier spacieux auquel on montait par une pente douce. Les piliers et la voûte paraissaient en assez bon état, chose rare dans ces souterrains croulans, abandonnés depuis tant de siècles. Le sol

(1) Il va sans dire que cette description de l'état primitif des carrières sous-Paris, comme toutes celles que nous aurons occasion de faire plus tard, est aussi exacte que possible.

était sec et uni; trois ou quatre couloirs seulement y conduisaient. Les jeunes gens en parcoururent les sinuosités; puis, satisfaits de leur examen, ils vinrent s'asseoir sur des décombres. Leur pénible descente, ces milles détours, cet air épais et chaud qu'on respire dans les vides, leur rendaient nécessaire un moment de repos. La lanterne, posée à terre devant eux, formait une petite sphère lumineuse, en dehors de laquelle restaient les voûtes blanches, les piliers élancés, les anfractuosités et les déchiremens de la roche souterraine.

— Ici nous pourrons défier toutes les polices de l'univers, dit Philippe; aucun être humain ne semble avoir pénétré dans ces carrières depuis les temps les plus reculés.

— Hum! cela n'est pas bien sûr. Oublies-tu donc les mirifiques récits de cette babillarde Suzette, dont j'aimerais mieux voir en ce moment le joli minois que tous ces blocs refrognés?

— Je comprends maintenant, continua Lussan d'un air pensif, ces renversemens d'édifices qui consternent Paris depuis quelques mois... Regarde ces fragiles piliers: un seul coup de maillet qui en romprait l'équilibre suffirait pour les renverser, ou même, sans le secours humain, le temps peut aisément détruire ces frêles supports. Aussitôt que le ciel de la carrière fléchit, un éboulement a lieu; et là-haut, à la surface de la terre, les maisons, les temples, les palais peuvent s'enfoncer dans le gouffre.

— C'est pourtant vrai... Je ferai là-dessus un poëme, quoique je n'aime guère le genre élégiaque; et tiens, je veux commencer ainsi:

Il faut un cœur d'airain, un courage d'acier,
Pour descendre au Ténare et...

Philippe ne laissa pas à son pindarique compagnon le temps de trouver le second hémistiche et la rime du vers.

— Autant que je puis m'orienter dans ce système inextricable de galeries, poursuivit-il, nous devons être ici sous les fondations du palais du Luxembourg. Or, cette nuit même, le duc d'Orléans donne une grande fête où doivent se trouver les plus belles et les plus nobles dames de Paris.

— Ainsi l'on danse au-dessus de nos têtes, on écoute une musique délicieuse, dit Chavigny avec une sorte de dépit, on se bourre de gâteaux et de sorbets, tandis que nous... Tiens, Philippe, pas un mot de plus à ce sujet, ou je renverse le Luxembourg... (1)

Et l'étourdi embrassait le pilier contre lequel il était adossé, comme s'il eût voulu l'ébranler.

— Prends garde, dit Lussan avec un sourire, si tu avais le succès de Samson, tu périrais comme lui.

— Tu crois donc qu'il serait impossible sans faire le sacrifice de sa vie... Et pourtant Suzette a parlé de gens qui hantaient ces carrières.

— Libre à toi, mon cher Chavigny, de partager les opinions de cette fillette; cependant, regarde ces lieux horribles, et juge s'il serait possible à des créatures humaines de les habiter. Mais, par le ciel! s'écria Philippe impétueusement en ramassant son épée, qu'aperçois-je là-bas?

Et il se leva d'un bond. Chavigny, électrisé par l'appel énergique de son ami, s'empressa de l'imiter.

— Qu'est-ce donc, Philippe? demanda-t-il d'une voix un peu tremblante.

— Là... là... dans cette galerie noire, auprès de ce grand pilier, ne distingues-tu pas une forme humaine? Hausse ta lanterne... Encore... Ne vois-tu rien maintenant?

— Quelque chose a remué là-bas dans le passage, mais je n'ai pu le reconnaître... Dois-je faire feu de mes pistolets?

— Garde-t'en bien; mais il nous importe de savoir à qui nous avons affaire... En avant!... Prends la lumière et suis-moi.

En même temps il s'élança vers le point qu'il avait dé-

(1) Les vides qui se trouvaient autrefois sous le palais du Luxembourg ont été bourrés, c'est-à-dire remplis par des massifs de maçonnerie, de sorte qu'aujourd'hui rien ne peu plus compromettre la solidité de ce magnifique édifice.

signé. Chavigny le suivit. Malheureusement la galerie où s'était montrée l'apparition opposait bien des obstacles aux recherches. Elle était tortueuse, irrégulière, embarrassée de piliers et de remblais. En sondant du regard les cavités qui servaient de bas-côtés au couloir, Philippe crut voir encore un être humain se glisser en rampant derrière les décombres.

— Par ici, Chavigny, s'écria-t-il en indiquant du geste à l'abbé le poste que celui-ci devait prendre ; barre-lui le passage... Et vous, qui que vous soyez, poursuivit-il en s'adressant au personnage inconnu, arrêtez-vous un instant ; nous n'avons pas l'intention de vous faire de mal ; nous voulons seulement nous assurer... Fatalité!

Ce dernier mot était prononcé avec un accent de terreur que rien ne saurait rendre. Un accident dont Philippe prévoyait toutes les terribles conséquences venait, en effet, d'arriver. Chavigny, en courant précipitamment, s'était heurté contre un tas de gravois et était tombé de sa hauteur. Dans sa chute, la lanterne avait roulé au loin et s'était brusquement éteinte. Les éternelles ténèbres de ces lieux de désolation avaient repris leur empire.

Il y eut un moment de stupeur ; Philippe lui-même, si ferme et si brave, sentit comme une pointe glacée s'enfoncer dans son cœur.

— Chavigny, demanda-t-il enfin d'une voix altérée, mon cher Chavigny, où es-tu ?

— Ici, dit l'abbé qui se relevait avec effort.

— Es-tu blessé ?

— Non pas, que je sache. Mais je cherche cette maudite lanterne et je ne puis la retrouver.

— As-tu donc un moyen de la rallumer ?

— Hélas ! tu sais bien que non.

— Alors, que Dieu nous soit en aide !

Cette espèce de prière, dans ce moment solennel, parut donner une secousse électrique au pauvre petit abbé.

— Philippe, demanda-t-il d'une voix tremblante, est-il donc impossible que nous retrouvions sans lumière l'escalier de la rue de Vaugirard ? A mon avis, pourtant, nous ne pouvons nous égarer, grâce à nos précautions.

— Nous essaierons, répliqua Philippe en étouffant un soupir.

Il s'empressa de remettre son épée au fourreau de peur de blesser son ami dans l'obscurité, puis ils se cherchèrent en tâtonnant. Bientôt ils se rejoignirent, et leurs mains se serrèrent avec une vivacité significative.

— Partons maintenant, dit Philippe ; le temps peut être précieux.

— Attends encore ; je n'ai pu retrouver ma lanterne.

— Eh! de quel usage nous serait-elle à cette heure ?..... Mais nous ne sommes pas seuls ici, et, dans notre position périlleuse, nous nous devons à nous-mêmes d'invoquer le secours de la personne inconnue que nous poursuivions tout à l'heure.

Il se tourna vers l'endroit où devait se trouver l'habitant des vides, et reprit en élevant la voix :

— Pouvez-vous m'entendre, vous, la cause première de notre mortel embarras? Pourquoi nous fuyez-vous? Je vous ai dit que nous n'avions aucune mauvaise intention à votre égard... Ne viendrez-vous pas à notre secours ? Sans doute vous avez les moyens d'entrer dans ces carrières et d'en sortir quand il vous plaît. Nous laisserez-vous errer au hasard, périr peut-être misérablement? Nous sommes d'honnêtes gens; nous vous donnerons une récompense convenable pour votre assistance, et, s'il en est besoin, nous vous promettons une discrétion à toute épreuve sur votre présence ici.

Il se tut, et les pauvres jeunes gens prêtèrent l'oreille; rien ne troubla la sombre immobilité, le silence de mort de ces souterrains. Cependant une vague intuition, ces espèces d'effluves magnétiques qui trahissent le voisinage d'une personne invisible, les avertissaient qu'on était à portée de les entendre.

— Encore une fois, reprit Philippe d'un ton plus pressant, je vous adjure de nous secourir! Si méchant que

vous soyez, vous ne pouvez faire le mal pour le mal ; fixez vous-même le prix de vos services, et nous nous efforcerons de vous satisfaire.

Il attendit encore, mais il ne reçut aucune réponse.

— Mon ami, demanda timidement Chavigny, es-tu vraiment sûr qu'il y eût quelqu'un ici tout à l'heure?

— Homme, femme ou enfant, c'était certainement une créature humaine, dit Philippe avec assurance. Que serait-ce donc? Mais tu as vu toi-même...

— Moi, je n'oserais rien affirmer ; quelque chose a bien passé près de moi, mais avec la rapidité d'un tourbillon.

— Au fait, qu'importe maintenant? Ne nous arrêtons pas davantage, Chavigny..., et si nous périssons, que la responsabilité de notre mort retombe sur la tête de celui qui, pouvant nous secourir, ne l'aura pas voulu!

Ces dernières paroles étaient prononcées d'un ton plus haut, comme si Philippe n'eût pas encore désespéré d'émouvoir l'habitant des vides ; il en attend t l'effet pendant quelques secondes. Toujours même silence plus terrible que les plus terribles menaces.

Les deux amis se prirent par le bras et s'avancèrent à tâtons dans la direction de la galerie qu'ils avaient suivie déjà. Après quelques hésitations, ils crurent en avoir trouvé l'entrée. C'était bien la pente douce, le sol sec et uni qu'ils avaient remarqué en venant. Un rayon d'espoir glissa dans leurs âmes.

Au bout de dix minutes d'une marche lente et prudente, ils atteignirent le carrefour où ils s'étaient arrêtés en premier lieu ; mais était-ce bien le même? Ils n'eussent su l'affirmer, car tous ces carrefours se ressemblent. Certaines observations les confirmèrent pourtant dans cette pensée: d'abord l'écho plus lointain de leurs pas, la facilité plus grande qu'ils trouvaient à respirer, témoignaient d'un vide considérable. Les gouttes d'eau tombant de la voûte avec un bruit doux et mélancolique les avaient été frappés tout d'abord. Enfin ils croyaient sentir encore, dans cet air immobile, les âcres émanations produites par la fumée de leur lanterne quand ils avaient fait halte en cet endroit. Ils ne se trompaient donc pas ; et néanmoins, en admettant l'exactitude de leurs suppositions, les difficultés de la situation n'étaient pas moindres.

Nous savons, en effet, qu'un grand nombre de routes venaient aboutir à cet atelier ; mais, au milieu de ces angles saillans et rentrans, de ces matériaux entassés, de ces piliers en désordre, comment reconnaître le corridor conduisant à l'escalier de la rue de Vaugirard ? A la vérité, Philippe avait laissé un signe pour le retrouver au retour; ce signe consistait en trois fragmens de moellons, posés l'un sur l'autre, à l'entrée de la bienheureuse galerie. Mais était-il possible de distinguer au seul contact ces pierres ainsi disposées, des autres pierres dont le sol était jonché? Toutefois les jeunes gens se mirent à l'œuvre, et ils commencèrent à explorer des pieds et des mains l'espace environnant.

Cet ingrat et pénible labeur dura longtemps ; ils devaient étudier, pour ainsi dire, la forme de chaque objet. A tous instans ils se heurtaient, malgré leurs précautions, contre des obstacles inattendus. Ils rencontraient mille issues de galeries; mais comme ils ne trouvaient pas en même temps les trois pierres, signe de reconnaissance, ils poursuivaient leurs recherches avec ardeur.

Plusieurs fois ils furent obligés de s'arrêter pour prendre un peu de repos. L'abbé de Chavigny surtout, moins fort et plus délicat, paraissait épuisé de fatigue. Il ne se plaignait pas, mais sa main brûlante, sa respiration oppressée, prouvaient que le pauvre garçon était à bout de forces. Philippe l'engageait à demeurer immobile pendant qu'il s'occuperait seul du salut commun; mais Chavigny n'en voulait rien faire et répondait par des raileries. Lussan prêchait donc d'exemple, et de temps en temps ils s'arrêtaient tous les deux, muets, leurs mains entrelacées.

Dans ces intervalles de silence, ils crurent entendre plus d'une fois derrière eux un frôlement léger, une sorte de frémissement passager ; mais sans doute ce bruit vague ne pouvait avoir pour cause une créature vivante, bien que les deux amis éprouvassent encore l'effet de ce fluide mystérieux émané de l'espèce humaine. La conviction d'abord si profonde de Philippe, sur la réalité de l'apparition, commençait à diminuer; l'ombre d'un pilier, mise en mouvement par la marche de la lanterne, était peut-être le principe de cette illusion. Que pouvait faire un homme dans ces carrières? Comment lui serait-il possible d'errer ainsi au milieu des ténèbres? Dans quel but suivrait-il les malheureux jeunes gens perdus? S'il avait contre eux de mauvais desseins, comme son silence permettait de le supposer, il fallait tout simplement les abandonner à leur sort, assez affreux par lui-même.

Quant à Chavigny, ses réflexions prenaient un cours différent. Avant de vivre au milieu de Paris incrédule et moqueur, il avait eu une jeunesse pieuse. La fatigue physique aidant, le cours de ses pensées était complétement bouleversé; il oubliait ses lectures philosophiques, il revenait à la foi naïve de ses premières années. Les récits de Suzette, si divertissans au grand jour, devant une table de cabaret, le frappaient de terreur maintenant. Il se croyait au pouvoir d'un démon de la nuit, d'un *genius loci*, préposé à la garde de ces redoutables souterrains. La fièvre donnait à ces hallucinations une force nouvelle; il tressaillait fréquemment; il croyait sentir sur sa tête le souffle froid et silencieux qui, d'après la Bible, trahit le passage des esprits et hérisse les cheveux. Il lui fallait une volonté presque héroïque pour conserver le sang-froid nécessaire à sa position.

Cependant la Providence réservait une grande joie aux pauvres égarés. Philippe poursuivait ses recherches; il découvrit l'entrée d'une galerie, et en se baissant il toucha, ô bonheur! deux ou trois pierres semblables à celles qui devaient servir de point de reconnaissance. A la vérité, la disposition n'était pas absolument la même; mais l'un ou l'autre, en errant dans les ténèbres, avait pu les déranger à son insu. Comme il leur restait des doutes, ils hésitaient à s'engager dans cette galerie, craignant de s'égarer sans ressources.

Ils tinrent conseil un moment, sans savoir à quoi se résoudre. Tout à coup, Philippe fut frappé d'une idée.

— Chavigny, demanda-t-il, as-tu encore tes pistolets?

— Sans doute; mais à quoi bon? Ceux qui sont à portée de nous voir ou de nous entendre ne redoutent pas sans doute ces armes terrestres.

— Il ne s'agit pas de cela. Si rapide que soit l'explosion, la flamme de la poudre nous permettra de jeter un coup d'œil sur l'endroit où nous sommes, de nous assurer si nous ne nous trompons pas.

— C'est juste; je ne songeais pas à cela.

— Eh bien, donne-moi un de tes pistolets; nous allons nous adosser l'un à l'autre de peur d'accident. Au moment où le coup partira, je regarderai dans la galerie; toi, tu regarderas du côté du carrefour. Voyons! es-tu prêt? Je vais compter trois, et au troisième coup je tirerai. Ouvre bien les yeux, mon pauvre abbé, car un regard peut nous sauver.

— Je t'attends.

— Un... deux... trois.

Un éclair subit illumina les galeries, les piliers, les cavités sombres, et une épouvantable explosion, suivie presque de la chute de plusieurs pierres, se prolongea d'échos en échos dans la profondeur des souterrains. Mais tous ces bruits furent dominés par un cri perçant de Chavigny.

— Qu'est-ce donc? demanda Philippe en s'efforçant de chasser l'épaisse fumée qui menaçait de les suffoquer dans cet endroit bas et sans air; qu'as-tu vu?

— Là, là, balbutia l'abbé; devant moi... à dix pas... une figure hideuse... un homme presque nu, appuyé contre un pilier... des yeux de démon!

— Ah çà, l'abbé, vas-tu devenir visionnaire aussi? Mais j'oublie, pauvre garçon, que tu as la tête en feu, et que

ton imagination malade... Voyons, tâche de te remettre; as-tu reconnu le carrefour qui avoisine l'escalier?

— Je ne sais... je ne puis rien dire... cette figure épouvantable...

— Eh bien! pour ma part, je n'ai pas reconnu les pierres que j'avais choisies moi-même.

Cette sinistre nouvelle parut secouer un peu la terpeur de Chavigny.

— En es-tu sûr? demande-t-il avec effort; ne nous reste-t-il plus d'espoir?

— Plus d'espoir! non sans doute; l'espoir ne m'abandonnera pas tant que nous serons vivans. Mais nous devons changer notre mode de recherches; au lieu de perdre un temps précieux en tâtonnemens, il faut nous engager dans les plus larges galeries et avancer aussi vite que nous pourrons. Les carrières doivent avoir un grand nombre de regards dans l'intérieur de Paris ou dans la campagne; je sais aussi qu'un certain nombre de puits descendent jusqu'à ces souterrains; le hasard peut nous conduire à l'une de ces issues; le bruit le plus léger, un courant d'air plus vif, un rayon lumineux échappé de la voûte, deviendront pour nous des moyens de salut. Courage donc, mon cher Chavigny; notre énergie, notre activité, nous sauveront. Mais auras-tu la force de me suivre?

— La nécessité me soutiendra, dit le pauvre petit abbé avec effort; je ne voudrais pas mourir ici. Profitons du peu de vigueur qui me reste encore. Mais, avant d'aller plus loin, si nous essayions d'appeler? nous ne savons pas qui peut nous entendre!

— Je le veux bien, dit Philippe de Lussan avec cette complaisance qu'on a pour les caprices d'un malade.

Et tous les deux, réunissant leurs voix, poussèrent de bruyans appels. Leurs cris, répercutés par la voûte basse et abrupte, s'éteignirent aussitôt; seulement, quelques ondulations sonores s'égarèrent dans les corridors, où de faibles échos les répétèrent comme en se jouant, puis tout retomba dans un silence funèbre. Ils répétèrent plusieurs fois cette épreuve, mais toujours sans résultat. Comment, en effet, leurs faibles voix eussent-elles pu percer une croûte de pierre de quatre-vingts pieds d'épaisseur, chargée de pesans édifices, pour atteindre le domaine des vivans.

— Tu vois, dit Lussan, il ne faut pas compter sur ce moyen; l'autre nous réussira mieux peut-être.

— Marchons donc, dit l'abbé avec courage.

Ils se donnèrent le bras et s'enfoncèrent d'un pas rapide dans la première allée qui se trouva sur leur chemin.

V.

ANGOISSES.

Pendant plusieurs heures, les deux amis errèrent au hasard, et ils pensaient avoir fait plusieurs lieues. Peut-être, comme il arrive souvent en pareille circonstance, avaient-ils constamment tourné dans le même cercle; quoi qu'il en fût, ils ne découvrirent rien qui ressemblât à une issue; aucun rayon lumineux, tombant de la voûte, ne vint réjouir leurs yeux fatigués d'obscurité. Les carrières semblaient avoir toujours les mêmes dispositions: des ateliers plus ou moins vastes, soutenus par des piliers délabrés, étaient réunis par de nombreux couloirs bas et étroits. Souvent des éboulemens obligeaient les pauvres jeunes gens à revenir sur leurs pas. En quelques endroits, ils marchaient dans l'eau, qui devait, à certaines époques de l'année, inonder les galeries basses; mais ils ne se plaignaient pas de cette incommodité, car ils pouvaient du moins se servir de cette eau limpide et fraîche pour apaiser la soif ardente qui les dévorait.

Tout en marchant, ils ne négligeaient pas de pousser de grands cris par intervalle, dans l'espoir de pouvoir être enfin entendus à la surface du sol. Une ou deux fois ils crurent distinguer un lourd roulement de voiture au-dessus de leur tête ; sans doute ils passaient sous une voie publique, et quelque chariot de jardinier se rendait au marché. Mais ce voisinage des hommes augmentait encore leur anxiété. Une autre fois, en s'arrêtant tout à coup, ils crurent entendre clapoter l'eau d'une mare qu'ils venaient de traverser, et ils eurent de nouveau la pensée qu'ils étaient suivis ; mais ils réfléchirent qu'une pierre, un grumeau de sable, dont leur passage venait de déranger l'équilibre, avait sans doute causé ce bruit, et ils continuèrent tristement leur chemin.

Pendant la dernière heure de cette marche aventureuse, Chavigny n'avançait qu'avec une extrême difficulté. Ses jambes se dérobaient sous lui ; quand il voulait crier, sa voix était faible et éteinte. Il s'arrêtait fréquemment ; mais les encouragemens affectueux de Philippe le décidaient toujours à tenter un dernier effort. Sans le secours de cette eau limpide qu'il rencontrait par intervalles et qu'il puisait dans le creux de sa main pour rafraîchir sa gorge desséchée et son front brûlant, il n'eût pu supporter si longtemps de pareilles fatigues. Enfin pourtant le malheureux abbé se sentit incapable d'aller plus loin ; il s'affaissa sur des gravois, et dit d'un ton brisé :

— C'est assez, mon cher Philippe, je ne saurais faire un pas de plus !.. laisse-moi mourir paisiblement ici. Pour toi qui as encore autant de vigueur que de courage, tu peux continuer ton chemin ; tu finiras bien par découvrir une de ces issues que nous avons vainement cherchées jusqu'ici. Dans ce cas, reviens me prendre ; peut-être me trouveras-tu encore vivant ; sinon pense quelquefois à ton pauvre Chavigny, et pardonne-lui la faute qu'il a commise en t'entraînant imprudemment dans ces affreuses carrières.

— Ne parle pas ainsi, mon ami ; si j'avais cru le danger aussi grand, n'aurais-je pas dû t'imposer ces précautions que nous avons eu la folie de négliger ? Nous sommes aussi coupables l'un que l'autre, ou plutôt la fatalité nous poussait. Mais allons, sois homme ; tâche de te relever et de tenter encore un effort. Peut-être ne sommes-nous qu'à deux pas de notre salut !

— Philippe, c'est à la lettre que je ne peux plus me soutenir ; chaque pas me cause d'intolérables tortures. Peut-être le repos me rendra-t-il des forces, et alors... Mais à quoi bon aller plus loin, ne faudra-t-il pas toujours s'arrêter ? Cette immobilité me semble pleine de douceur... Laisse-moi ; tu peux encore te sauver, toi ; tu as un corps de fer, tu résisteras à la fatigue, à la faim... Allons, donne-moi une poignée de main, ou plutôt embrasse-moi... et adieu.

— Je ne te quitte pas, Chavigny, dit Philippe avec résolution ; nous partagerons le même sort ; si tu meurs, je mourrai... et, comme tu le dis, autant tôt qu'ailleurs !

Il s'assit à côté de son ami. Au bout d'un moment de calme profond, le pauvre petit abbé parut se ranimer ; il reprit d'un ton tragi-comique :

— Sais-tu à quoi je pense, Philippe ?

— A quoi donc, mon pauvre Chavigny ?

— Je suis maigre et chétif ; cependant, je serai peut-être une ressource pour toi, quand la faim deviendra trop pressante...

— Tu te trouves mieux, Chavigny, puisque tu peux plaisanter dans la position où nous sommes !

— Je ne plaisante pas... On raconte des choses si horribles des effets de la faim !

— Laissons cela. J'ai mon épée, et si mes souffrances devenaient intolérables, je saurais bien les faire cesser... Mais à quoi bon ces lugubres conversations ? Elles usent les forces et affaiblissent le courage.

Ils se turent de nouveau. Après quoi Chavigny parut éprouver un redoublement d'agitation ; sa respiration était haletante.

— Lussan, dit-il enfin en se rapprochant de son ami, parlons encore... parlons, de grâce... Ce silence me fait peur et mes réflexions me tuent !

— J'y consens ; mais que pouvons-nous dire ?

— N'importe ! parle-moi... Causer, c'est vivre... Tiens, Philippe, causons de notre enfance dont je ne sais pourquoi les souvenirs me reviennent en ce moment plus vifs et plus rians que jamais.

— C'est le résultat du désespoir et du délire ! pensa Philippe.

Mais il ne répondit pas, et se contenta de pousser un profond soupir.

— Oui, nous étions bien heureux, continua l'abbé, quand nous courions ensemble dans les avenues séculaires de Lussan ou sous les charmilles touffues de Grosbois, la maison de campagne de mon oncle. Rappelle-toi, Philippe, la promenade que nous fîmes un jour au bord de la mer avec nos précepteurs ; quel plaisir nous trouvions à ramasser des coquillages roses dans le sable, à prendre des crabes agiles sous les galets ! Comme la mer était blonde et caressante ce jour-là ! comme le soleil se montrait radieux sur les blanches falaises de notre vieille Normandie ! Mais, au retour, je fus bien grondé par mon oncle pour avoir coiffé un de nos chevaux avec la perruque du bon abbé Chauvel, mon précepteur. Oui, ce fut une verte mercuriale ; mais si j'ai bonne mémoire, tout en me grondant, l'excellent évêque avait peine à s'empêcher de rire. Ah ! comme je l'aimais, mon digne oncle, s'il ne s'obstinait pas à faire de moi un ecclésiastique ! Je l'ai quitté et peut-être ne le reverrai-je plus ! Mais il était bon ! De quels soins affectueux il entourait mon enfance ! A ton tour, parle-moi donc, Philippe ; n'as-tu pas aussi de joyeux et frais souvenirs à évoquer ? Cependant tu étais bien heureux alors ; tu avais ta mère, une jeune et belle dame qui veillait sur toi comme un ange gardien !

— Mais l'ange est allé au ciel, Chavigny, répliqua tristement Philippe, et ce de jour, toutes les joies de mon enfance ont été finies. Déjà, quand il était près de moi, j'avais senti la pointe acérée de la douleur ; de là me vient cet esprit sérieux, que tu me reproches parfois comme je te reproche ton étourderie.

— Que me dis-tu, Philippe ? Toi si noblement doué, toi un objet d'envie pour tout ce qui t'approchait, tu connaissais déjà le chagrin ? Nul ne semblait mieux fait pour les jouissances du monde que Philippe de Lussan.

Ici un bruit léger, presque insaisissable, s'éleva non loin des causeurs. Ils prêtèrent l'oreille ; le bruit ne se renouvela pas.

— As-tu entendu ? demanda Chavigny.

— Ce n'est rien... Il est malheureusement trop certain que nous sommes seuls dans ces carrières !... Mais revenons à notre conversation... Ainsi donc, Chavigny, tu trouvais autrefois mon sort digne d'envie ?

— Pourquoi non ? Beau, riche, destiné aux honneurs et à la fortune, adoré par ta mère, que pouvais-tu désirer de plus ?

— Je te l'ai dit, Chavigny, ma mère a été la cause de mes premières douleurs comme de mes premières joies ; je crois voir encore sa figure céleste penchée sur mon berceau ! Elle me souriait, puis elle pleurait ; elle me comblait de caresses, puis elle me repoussait tout à coup avec une sorte d'effroi... Je ne sais quelles souffrances intérieures la minaient sourdement ; je la vis dépérir, puis elle mourut ; elle n'avait que vingt-deux ans ! Et je pleure toute ma vie... Quant à mon père, c'est horrible à dire, mais dans ce moment solennel où nous sommes au confessionnal de notre conscience, j'épancherai mon secret dans le cœur de mon dernier, de mon meilleur ami... mon père, je ne l'aime pas, je ne l'ai jamais aimé.

— Est-il possible, Philippe, toi si juste et si bon ?

— J'ai honte de cet aveu, Chavigny, mais rien n'est plus vrai. Monsieur de Lussan était l'auteur du chagrin qui a tué ma belle et tendre mère à la fleur de l'âge. Un mot, un regard de lui la faisaient pleurer ; elle s'enfuyait alors dans sa chambre ; elle n'en sortait plus pendant des journées entières. D'ailleurs je connaissais à peine monsieur de Lussan ; il n'a jamais prodigué ni soins ni caresses à mon enfance. Déjà, du temps de ma mère, il venait rarement au château ; il habitait ordinairement Paris, où le retenaient ses goûts de dissipation. Ma mère morte, il ne revint plus à Lussan. Il me laissa confiné, avec mon gouverneur, dans cette vieille et triste demeure, où souvent nous manquions du nécessaire; car, tu le sais, monsieur de Lussan est joueur. Heureusement il pouvait s'en remettre à mon gouverneur du soin de mon éducation : c'était un homme grave, de mœurs austères, nourri de fortes études, dominant toutes choses du haut de sa raison et de son expérience. Je lui dois de ne pas m'être souillé aux infamies, aux corruptions de notre temps; je lui dois ces principes inflexibles qui seront la règle constante de ma vie, et que j'appliquerai rigoureusement aux événemens et aux hommes... Mais, ajouta-t-il avec amertume, je parle comme si la tombe où nous sommes ensevelis vivans devait jamais se rouvrir!

— Et pourquoi ne se rouvrirait-elle pas pour toi ? s'écria Chavigny dans l'exaltation de la fièvre; pourquoi ton avenir serait-il si brusquement fermé, à toi qui es né pour toutes les félicités et toutes les gloires? Courage! Philippe; ne t'abandonne pas toi-même..... Pars, ne t'embarrasse plus de moi; songe à la charmante Thérèse de Villeneuve, que tu aimes, je le sais, et qui t'aime aussi sans doute.....

— Elle m'aime, Chavigny, dit Philippe de Lussan avec feu, et cet amour eût pu faire le charme de ma vie; mais Thérèse est perdue pour moi..... J'ai refusé sa main il y a quelques heures, et j'ai rendu moi-même insurmontables les obstacles qui nous séparent!

— Que me dis-tu là, Philippe? Mon Dieu, sans doute ma raison s'égare, et je n'ai plus la force de te comprendre.

— Ce n'est ni le lieu ni l'heure des explications... Laisse-moi plutôt, poursuivit Philippe en rêvant, songer que Thérèse me regrettera, qu'elle me pleurera..... Quand j'aurai disparu tout à coup de la surface de la terre, mon souvenir s'effacera rapidement de la mémoire des hommes. Demain, dans deux jours peut-être, ceux qui m'ont connu m'auront oublié.... Mais elle, ma Thérèse, elle pensera encore à moi quand le faible vestige de mon passage dans le monde se sera, pour toujours effacé. J'aurai dans son cœur un temple où elle conservera mon image... Oui, puisque nous devons vivre séparés l'un de l'autre, il vaut mieux peut-être que les choses soient ainsi; Dieu est plus sage que nous. Mon souvenir s'épurera par l'absence; il se dégagera de tout élément terrestre; il rayonnera dans son âme comme une étoile d'amour.....

— Les étoiles! balbutia Chavigny; oh ! voir les étoiles... le soleil !

Entraîné par ses réflexions, Philippe ne songeait plus à son ami, quand l'accent particulier de ces dernières paroles attira son attention. Il étendit la main; Chavigny, tout frémissant, venait de s'affaisser à ses pieds.

— Au nom du ciel ! qu'as-tu donc? demanda-t-il avec épouvante ; te sens-tu plus mal ?

— Je ne sais... mais je voudrais revoir le soleil... Oh ! la vie, la vie! je ne veux pas mourir !

Et de bruyans sanglots s'échappèrent de sa poitrine.

— Repose-toi, dit Philippe en soulevant la tête de son ami et en l'appuyant sur ses genoux ; la fatigue et l'émotion te donnent le délire... Mais il frissonne, son front est humide et froid... Comment le secourir ?

Il ôta son habit et en couvrit l'abbé ; puis il le prit dans ses bras et essaya de le réchauffer contre son cœur. Chavigny se laissait faire comme un enfant ; il poussait seulement un murmure bas et étouffé. Bientôt, appuyant sa tête sur l'épaule de Philippe, il tomba dans une somnolence pénible, entrecoupée de tressaillemens convulsifs.

Une heure s'écoula encore. Les souffrances de son compagnon avaient plus abattu Philippe que la conscience de ses propres misères. Il ne pensait plus ; une sorte de stupeur assez semblable à de l'hébétement s'était emparée de lui. Il tenait toujours Chavigny dans ses bras et n'osait remuer, de peur de troubler le précieux sommeil du pauvre malade.

Une circonstance nouvelle vint le tirer de sa profonde atonie. Il entendit distinctement les sons lointains d'une musique religieuse, des psalmodies répétées par un grand nombre de voix. On se taisait par intervalles ; mais bientôt les voix et la musique reprenaient au milieu du silence des vides.

Philippe secoua doucement l'abbé.

— Chavigny, lui dit-il, entends-tu? on dirait d'un chant d'église. Si tu faisais un effort, nous essayerions d'avancer.

Le pauvre dormeur, accablé par la fatigue, ne s'éveilla pas, mais il serra faiblement ses bras autour du cou de Philippe en balbutiant :

— Mon bon oncle, je suis heureux. Nous sommes réconciliés. Le parc de Grosbois... des fleurs... des oiseaux... le ciel...

Philippe n'eut pas le courage de troubler ces rêves agréables. Aussi bien, les chants venaient sans doute de quelque chapelle souterraine qui n'avait aucune communication avec les carrières ; et de fatigantes recherches n'eussent produit aucun résultat. Il ne renouvela donc pas ses tentatives pour rappeler le malheureux jeune homme au sentiment de la réalité, et continua de le soutenir en murmurant :

— Ne lui envions pas le seul bonheur qu'il puisse goûter maintenant !

Chavigny continua de dormir, et les sons ne tardèrent pas à s'éteindre.

Tout à coup, Philippe, bannissant les précautions presque maternelles qu'il avait montrées jusque-là pour le malade, se mit à le secouer avec rudesse.

— Alerte, mon ami! alerte! s'écria-t-il ; une lumière! il y a quelqu'un dans ces carrières !... Regarde là-bas !... Chavigny, réveille-toi ! nous sommes sauvés!

Puis élevant la voix avec une vigueur surnaturelle :

— Par ici! au secours! par ici!... Au nom de Dieu, ne nous abandonnez pas !...

En effet, à l'extrémité d'une galerie qui s'étendait à perte de vue apparaissait un point rouge et lumineux. Cette lumière semblait immobile, bien que sans doute elle fût en mouvement.

— Par ici ! répétait toujours Philippe de sa voix de stentor.

En même temps, il disait, en soutenant Chavigny, qui ne pouvait rester debout :

— De grâce, reviens à toi. Une minute de retard peut nous perdre... Courage! courage !

— Où suis-je? demanda le pauvre abbé.

— Dans les carrières de Paris... Notre mort était certaine, mais Dieu veut nous sauver... Vois cette lumière ! il y a là-bas quelqu'un qui peut nous secourir. Marchons, si la vie t'est chère ; debout ! ou nous périrons !

Les perceptions de Chavigny n'étaient pas bien nettes encore ; cependant ce moment de sommeil avait abattu la fièvre et rafraîchi son sang. Il obéit machinalement à l'impulsion qu'on lui donnait. Bientôt la marche ranima ses esprits, la mémoire et l'intelligence lui revinrent, il courait avec cette ardeur que donne le sentiment d'un pressant danger.

La lumière paraissait toujours être à la même place, mais il était impossible de voir celui qui la portait, et on ne répondait pas aux appels de Philippe. Les deux amis, malgré leur impatience d'arriver, n'avançaient qu'avec lenteur. Il ne leur était pas facile de suivre la ligne droite dans l'obscurité, quoique toujours leurs yeux demeurassent fixés sur le petit phare qui leur annonçait le salut. Ils se meurtrissaient contre les angles des galeries ou contre les piliers des carrières ; souvent aussi des amas de décombres, invisibles dans l'obscurité, embarrassaient leurs pas. Alors Philippe, pour aller plus vite, emportait son compagnon dans ses bras, sans cesser d'appeler de sa voix retentissante, à laquelle Chavigny mêlait parfois son fausset.

Cette course dans les ténèbres dura plus d'un quart d'heure. La lumière restait décidément stationnaire. On avait sans doute entendu les malheureux égarés, quoiqu'on ne jugeât pas à propos de leur répondre. Enfin ils approchaient de la partie des vides éclairée par le flambeau ; ils s'efforçaient de distinguer la personne inconnue qui les

4

attendait peut-être afin de les assister. Leurs cœurs battaient de joie et d'espérance. Ils ne parlaient plus, ils ne criaient plus : toutes leurs forces, toutes leurs facultés étaient employées à précipiter leur marche. Le but était là devant eux, ils le voyaient, ils le croyaient pouvoir le toucher en étendant la main... qu'on juge donc de leur douleur, de leur effroi, quand la lumière disparut brusquement à leurs yeux.

Tous les deux poussèrent à la fois une sorte de rugissement.

— Attendez-nous ! s'écria Philippe. Si vous êtes homme, si vous êtes chrétien, ne nous livrez pas à une mort certaine !

— Attendez-nous, attendez-nous ! répéta le pauvre abbé d'un ton lamentable.

Mais cette fois encore on se tut, et l'obscurité continua de régner autour d'eux.

Cependant l'individu mystérieux, qui venait ainsi de tromper leur attente, ne pouvait être loin. Ils se hâtèrent d'avancer avec l'espoir de l'atteindre et de l'obliger, s'il le fallait, à leur servir de guide. Ils se familiarisaient avec les ténèbres; d'ailleurs ils étaient engagés dans un couloir droit et uni, qui n'était pas bordé de piliers. Aussi la disparition de la lumière ne ralentit-elle pas sensiblement leur course, et ils se lançaient en avant, au risque de se briser le front contre quelque obstacle imprévu.

Leur constance fut bientôt récompensée : ils revirent la lumière au bout d'une galerie qui coupait la première à angle droit. Cette fois encore elle était immobile ; un pouvoir surnaturel semblait l'avoir transportée là.

— Que signifie ceci et quel jeu jouons-nous ? dit Philippe avec un mélange d'étonnement et de colère; trouve-t-on que nous ne mourrons pas assez vite, et veut-on épuiser le peu de forces qui nous restent encore ?

L'abbé n'éprouvait que de la joie.

— Lussan, dit-il, cette galerie n'est pas très longue; nous serons bientôt au bout et nous saurons alors si nous avons affaire à des amis ou à des ennemis.

Ils se remirent en route. Mais cette portion des vides était en très mauvais état; des pierres, des décombres, des flaques d'eau se rencontraient à chaque pas. Aussi, quoique le trajet fût plus court que le premier, demanda-t-il beaucoup plus de temps. Enfin, les deux amis, triomphant des difficultés, atteignirent un couloir où leur marche devait être sûre et prompte. Ils se réjouissaient déjà de ce résultat quand la lumière disparut de nouveau.

Philippe lui-même ne put retenir une imprécation contre le génie cruel qui les persécutait ainsi. Chavigny éprouvait une sorte de vertige.

— Lussan, dit-il en écumant de rage, il me reste un pistolet chargé... je vais tirer sur ce misérable, homme ou démon ! Il ne peut être loin ; il est sans doute à quelques pas de nous, riant de nos lamentations et de nos tortures ! Si je le manque, tiens-toi prêt avec ton épée à te précipiter sur lui... tuons-le; il faut le tuer, dis-je !

Mais le premier moment passé, Philippe revint à ses idées de prudence ordinaire.

— Calme-toi, Chavigny, reprit-il; nous ne connaissons pas encore les projets de cet homme... Quoiqu'il paraisse s'éloigner de plus en plus de l'escalier de la rue de Vaugirard, continuons à le suivre... surtout abstiens-toi de menaces, elles pourraient l'irriter. Sans doute au premier détour de cette galerie, nous le reverrons.

— Mais je n'ai plus la force de marcher... Il vaut mieux le tuer.

— Eh! si lâche et méchant qu'il soit, à quoi sa mort nous servirait-elle ?

— Nous nous emparerions de sa lumière et nous pourrions sortir d'ici, répliqua Chavigny d'une voix sourde.

Philippe comprit que l'abbé n'avait plus l'esprit assez libre pour juger sainement de la situation. Il n'essaya donc pas des raisonnements inutiles ; mais, saisissant la main de Chavigny, il l'entraîna d'autorité.

Ainsi que Lussan l'espérait, ils revirent la lumière au détour du corridor, et ils recommencèrent à la suivre. Quatre fois encore elle disparut pour reparaître bientôt à des distances inégales : c'était comme ces feux follets insaisissables qui voltigent la nuit dans les contrées marécageuses. Chavigny ne menaçait plus ; ses idées superstitieuses étaient revenues, autant du moins qu'il pouvait avoir des idées dans l'affreuse prostration physique et morale où il était tombé. Ce qui leur arrivait en effet était bien capable de confondre la raison ; comment un être humain pouvait-il s'amuser ainsi de leurs mortelles angoisses? Que voulait-il? Pourquoi ne les conduisait-il pas sans retard à quelque précipice, à quelque abîme comme il s'en trouvait dans ces carrières? Et d'ailleurs, où était-il? Pourquoi ne se faisait-il ni voir ni entendre? Cette lumière pâle et sans rayons semblait se transporter seule, tantôt à droite, tantôt à gauche. On marchait, en marchait toujours, et quand on croyait la toucher, elle s'évanouissait, semblable à ce bonheur rêvé par tous les hommes, qui meurent avant de l'atteindre.

Cette poursuite courageuse parut bien longue aux malheureux égarés. Brisés par les chutes et les contusions, les pieds mouillés, les vêtements couverts de boue, ils avaient peine à se traîner. Depuis long-temps ils ne pouvaient plus crier, leurs appels précédents ayant cassé leur voix. Philippe, malgré sa vigueur, se trouvait dans un état peu différent de son compagnon. Ses efforts pour soutenir Chavigny toujours chancelant avaient égalisé sa fatigue. Les articulations de ses membres étaient raidies et douloureuses, la sueur découlait de son front. Le moment était proche où il ne pourrait même plus trouver dans son énergie morale une compensation à ses forces épuisées.

Enfin la lumière leur apparut à une si grande distance, que Chavigny refusa d'aller plus loin. Parler eût été une trop grande souffrance; mais il fit comprendre sa pensée en se laissant tomber à terre et en repoussant son ami qui voulait le relever.

— Chavigny, encore un pas, le dernier ! dit Philippe. Cette galerie paraît sèche et commode ; quand nous serons au bout, si nous n'atteignons pas ce flambeau maudit, nous y renoncerons, je te le promets !

— À quoi bon ! nous sommes tombés au pouvoir de l'esprit du mal, je veux mourir ici.

Philippe le laissa reprendre haleine ; lui-même s'assit à ses côtés. La lumière, pendant cette halte, restait immobile comme eux. Enfin Philippe se leva.

— Allons, Chavigny, dit-il impérieusement, viens, je le veux.

Il le remit sur pied, et Chavigny, subjugué par cette mâle volonté, obéit en chancelant.

Ce trajet fut le plus pénible de tous, quoique la route, comme nous l'avons dit, fût plane et facile. Il fallait s'arrêter de minute en minute; pour avancer, Chavigny devait s'appuyer d'un côté sur le bras de Philippe, de l'autre à la paroi de la carrière. Mais une circonstance nouvelle ne tarda pas à les ranimer : c'était que la lumière ne s'était pas encore autant laissé approcher, et chaque pas diminuait la courte distance qui les en séparait. Ils tremblaient toujours de la voir disparaître, comme elle avait fait tant de fois; mais elle ne bougeait plus.

Au moment où ils entraient dans la partie éclairée des vides, les deux amis, tout à l'heure si faibles et si abattus, se mirent à courir avec rapidité. Ils ne s'étaient pas communiqué leur pensée; ce mouvement était irréfléchi, spontané, machinal; ils s'élancèrent en avant avec impétuosité, de peur qu'on ne leur enlevât encore cette flamme errante, cause de tant d'angoisses et de tant de joies.

Leurs craintes étaient vaines: le phare ne devait plus s'éteindre, leur espoir ne devait plus s'envoler. En quelques bonds ils atteignirent la bienheureuse lumière.

Qu'on juge de leur étonnement et de leur joie : cette lumière, c'était leur propre lanterne que Chavigny avait perdue dans sa chute. Elle était posée sur la première marche d'un escalier qu'ils reconnurent tout d'abord pour celui de la rue de Vaugirard. Ils étaient sauvés !

Par un mouvement aussi spontané, aussi instinctif que le premier, les jeunes gens se jetèrent dans les bras l'un de l'autre.

— C'est un miracle, mon ami, c'est un prodige! balbutiait Chavigny hors de lui.

Mais Philippe reprit aussitôt son calme habituel et promena autour de lui un regard scrutateur. Il n'aperçut personne; la lanterne qu'ils avaient laissée au fond de la carrière semblait s'être rallumée seule, s'être promenée seule dans les détours infinis des souterrains, s'être arrêtée seule sur la première marche de cet escalier, qui montait à la terre, à l'existence, à la société humaine.

— Non, ce n'est pas un miracle, dit Philippe en élevant la voix de manière à être entendu de loin : nous sommes sauvés par une personne dont nous avions méconnu les bonnes intentions. Que Dieu récompense notre invisible protecteur, si nous ne pouvons le récompenser nous-mêmes!

— Oui! oui! que Dieu le récompense! s'écria Chavigny; puissent toutes les bénédictions du ciel descendre sur lui!

Ces expressions de gratitude ne reçurent pas plus de réponse que les imprécations. Les deux amis, après avoir attendu quelques instans, ne surent plus maîtriser leur impatience. Ramassant la lanterne, dont la bougie était aux trois quarts consumée, ils gravirent l'escalier rapidement, bien que leurs jambes parussent à chaque pas devoir se dérober sous eux.

VI.

SALVIEN-AUX-LUNETTES.

Au moment où les deux amis atteignirent le niveau de la rue, il était grand jour depuis longtemps; leurs oreilles, habituées au silence des carrières, furent tout à coup charmées par ces mille sons qui forment la voix du Paris populeux. Chavigny, ravi de se retrouver parmi les vivans, s'empressa de prendre le chemin de sa chambre, sans songer à refermer la cave, où l'entrée béante des souterrains pouvait exciter la curiosité des locataires de la maison. Mais Philippe, beaucoup plus calme, répara cette omission, s'empara de la clef et suivit son compagnon qui montait lestement en dépit de ses mortelles fatigues.

L'abbé vint tomber à plat ventre sur son lit et y demeura immobile pendant quelques minutes, tandis que Lussan, à peine moins épuisé, se jetait dans une bergère. Les deux parurent d'abord jouir de leur délivrance inattendue, se baigner dans la lumière, se délecter de bruit; puis, l'abbé, ne trouvant pas sans doute ces jouissances assez positives, fit un effort de courage pour se relever. Il se dirigea, en s'appuyant aux meubles, vers un placard, et en tira une excellente bouteille de Bordeaux, des gâteaux, des biscuits et deux verres. Il but un triple coup, et Philippe l'imita; puis ils attaquèrent les comestibles; en un clin d'œil les assiettes furent vides. Pendant cette opération, pas un mot n'avait été prononcé.

— Hein! Philippe, dit enfin l'abbé avec un sourire, cela vaut mieux que du Chavigny cru et probablement un peu coriace. Je l'ai échappé belle!

Lussan sourit à son tour d'un air distrait et regarda la pendule en rocailles qui décorait la cheminée.

— Six heures du matin! dit-il; avons-nous passé si peu de temps dans ces affreuses carrières?

— Es-tu sûr que ce ne soit pas six heures du soir? Mais non, madame Courcaillet, qui prend soin de mon petit ménage, ne m'a pas encore apporté mes provisions. J'aurais cru que nous avions passé trois jours entiers dans ces trous noirs!... Mais, bon Dieu! mon pauvre Lussan, comme te voilà fait!

— Et toi-même, Chavigny, tu ne t'es pas vu encore?

En effet, la toilette des deux amis était dans le plus déplorable état. Une épaisse couche de boue recouvrait leurs vêtemens; leurs cheveux pendaient en mèches humides sur leurs tempes; leurs souliers étaient pleins d'eau.

— Nous sommes galamment accommodés! dit Chavigny d'un ton piteux. Eh bien! mon ami, le meilleur parti que nous ayons à prendre est de nous coucher, l'un sur ce sofa, l'autre sur le lit, et de dormir à la grâce de Dieu, jusqu'à ce que nous soyons remis de nos fatigues. Pendant ce temps, nos habits sécheront.

— Couche-toi, mon pauvre abbé, tu dois avoir besoin de sommeil maintenant... tu es pâle comme un cadavre, tes yeux se ferment malgré toi... Quant à moi, le peu de nourriture que je viens de prendre, ce moment de repos, la certitude d'avoir échappé à d'immenses dangers, m'ont subitement rétabli. Je songe que si la presse reste encore chez moi pendant cette journée, elle sera saisie. Un affidé de la police, que connaît l'abbé de la Croix, m'en a secrètement prévenu. Je vais donc aviser aux moyens de transporter sans retard tous nos ustensiles dans les galeries souterraines que nous venons de visiter.

— Que dis-tu? s'écria l'abbé en frissonnant; tu voudrais remettre les pieds dans ces souterrains où nous avons pensé périr d'une manière si terrible?

— Pourquoi non! Nous nous munirons cette fois de lanternes de rechange, et nous aurons les moyens de les rallumer... Ces carrières conviennent admirablement à mes projets, et il nous sera facile de prévenir toute espèce d'accident. D'ailleurs, Chavigny, je n'ai pas le choix; si la presse, aujourd'hui même, n'est pas mise en lieu sûr, je dois me résigner à la Bastille.

— Divinités propices, éloignez de nous ce malheur! dit l'abbé d'un air d'angoisses. Eh bien, Lussan, faut-il redescendre avec toi dans les carrières?

— Non, mon ami, je ne t'imposerai pas de sitôt un pareil sacrifice. J'ai sur moi la clef de la cave; la porte de la maison est toujours ouverte; il me sera commode de transporter ici, dans un fiacre, les parties les plus importantes de notre matériel; je cacherai le reste comme je pourrai jusqu'à ce soir, où je tenterai un nouveau voyage...

— Mais c'est un travail d'Hercule, dans l'état où te voilà! et puis, en plein jour... la curiosité des voisins...

— Il faut la braver en lui donner le change par quelque adroit mensonge. Enfin, Chavigny, de deux moyens je dois choisir celui qui seul présente quelques chances de succès. Quant à toi, tu ne saurais m'être d'aucune utilité. Hâte-toi donc de te coucher, mon cher abbé; pendant ce temps, je passerai dans ton cabinet de toilette et j'emprunterai peut-être à ta garde-robe de quoi me mettre en état de me montrer dans les rues.

Chavigny voulait insister pour s'associer aux projets de son ami, mais son accablement ne le lui permit pas. Le peu de vin généreux qu'il venait de boire lui montait au cerveau; ses idées se troublaient; il avait peine à balbutier quelques mots de suite. Il céda donc aux instances de Philippe, tandis que celui-ci passait dans le cabinet voisin pour réparer le désordre de sa toilette.

Bientôt il reparut frais et dispos. Sa vigoureuse organisation avait réagi déjà contre les fatigues et l'insomnie; ses yeux noirs brillaient de tout leur éclat; ses mains ne portaient aucune trace d'altération. Il avait lui-même rattaché et poudré ses cheveux; la boue des carrières avait disparu de son habit de velours. Des bas de soie et des souliers à boucles d'argent appartenant à l'abbé avaient remplacé les siens. Bref, il avait repris l'aspect de l'homme du monde, plein de respect pour lui-même, et rien ne rappelait plus dans quel fangeux abîme il venait de passer la nuit.

Chavigny, de son côté, était enfoncé jusqu'au menton dans ses draps de toile de Hollande; sa tête, surmontée d'un bonnet de coton qu'un large ruban bleu à rosette luxuriante, reposait sur un oreiller garni de dentelles. Il semblait déjà dormir; mais quand Philippe rentra, il ouvrit les yeux et lui tendit languissamment la main.

— Nous ressemblons, dit-il, à ces deux amis dont l'un court après la fortune, tandis que l'autre l'attend dans son lit... Mais toi, Lussan, tu es infatigable, tandis que le pacifique Morphée suffit pour m'abattre, moi chétif, et me réduire à merci... Cependant, je persiste à croire que tu devrais rester ici et laisser les choses aller comme elles pourront. Il est peut-être déjà trop tard pour sauver ta presse; si la police n'a pas encore fait de descente dans ta maison, c'est qu'elle n'est pas suffisamment informée, et que tu peux remettre sans inconvénient l'expédition à la nuit prochaine.

— Non, mon ami, l'abbé de la Croix m'a dit d'avoir toute confiance dans notre correspondant, et je ne veux pas négliger ses avis.

— Mais du moins, Philippe, sois prudent; ne rentre pas chez toi sans t'être assuré que tu le peux sans danger... Je ne sais pourquoi j'éprouve des pressentimens fâcheux :

Je ne rêverai plus que rencontres funestes,
Que faucons, que réseaux...

— Allons! courage, répondit Philippe, tout ira bien.

Et au moment de sortir il ajouta, pour se prêter au goût poétique de Chavigny :

Je reviendrai bientôt conter de point en point
Mes aventures à mon frère...

Puis, refermant la chambre, dont il glissa la clef sous la porte, afin que personne ne troublât le repos du petit abbé, il descendit rapidement l'escalier. Chavigny voulut le rappeler; il se souleva même sur le coude pour sortir de son lit; mais le sommeil et la fatigue l'emportèrent : il retomba sur son oreiller et s'endormit profondément.

Quand il fut dans la rue, Philippe de Lussan put s'apercevoir qu'il s'était exagéré ses forces. Il éprouvait une vive douleur aux articulations; ses jambes raidies se prêtaient difficilement aux mouvemens de la marche. Il eut la pensée de prendre un fiacre; mais ces automédons, comme on disait alors, n'étaient pas assez nombreux qu'aujourd'hui, et aucun ne se trouvait en vue à cette heure matinale. Il aurait eu honte de monter dans les brouettes et les chaises à porteurs qui voituraient de gros abbés et des femmes. D'ailleurs il demeurait dans la rue Saint-Germain-l'Auxerrois, et le trajet n'était pas assez long pour qu'il craignît de le faire à pied, malgré sa lassitude. Enfin, s'il faut le dire, après les secousses de la nuit précédente, il n'était pas fâché de se mêler aux agitations tumultueuses de la population parisienne, afin de dissiper les vapeurs noires qui obstruaient encore son cerveau. Il se lança donc à travers les rues bruyantes, en réfléchissant aux moyens, de transporter le plus promptement possible la précieuse presse en lieu de sûreté.

Paris, le matin, avait alors une physionomie particulière. D'abord, comme nous l'avons dit, les crieries des marchands ambulans étaient bien plus multipliées et plus bizarres que de nos jours; elles formaient une discordante musique, capable de réveiller les morts. La petite bourgeoisie, en cornette de nuit ou en bonnet de coton, affluait sur les portes pour faire ses achats. Des clercs en habit rouge se rendaient, en grignottant un petit pain, à l'audience de sept heures. Des moines quêteurs allaient de porte en porte, leur bissac sur le dos, recueillir les offrandes en nature. Des solliciteurs en habit noir, bien coiffés, élevant leur petit tricorne au-dessus de leur tête pour protéger leur frisure, sautillaient sur les pavés les plus propres, et se hâtaient afin d'arriver au lever de leurs protecteurs. Des carrosses gris, aux stores soigneusement fermés, conduits par un seul domestique, se glissaient furtivement le long des maisons, tandis que des phaétons tout dorés, bourrés de laquais devant et derrière, précédés de coureurs à canne d'argent et de chiens danois, éclaboussaient les passans et faisaient trembler les vitres. Le carrosse gris contenait un grand seigneur qui venait de

passer la nuit dans sa petite maison ; le phaéton doré, un sous-traitant qui se rendait à grand fracas dans ses bureaux. Parfois la foule besoigneuse et empressée s'arrêtait tout à coup, formait la haie et s'inclinait respectueusement; ces honneurs étaient rendus à un magistrat en robe et en simarre, qui, monté sur sa mule et suivi d'un domestique, se dirigeait vers le palais pour tenir audience.

Mais Philippe, à qui ce spectacle était familier, passait rapidement, quand, à l'entrée de la rue Dauphine, il fut heurté par un individu très affairé qui marchait en sens contraire. Absorbé par ses réflexions, il crut avoir été lui-même l'auteur du choc ; il se retourna donc pour adresser des excuses à celui qu'il craignait d'avoir offensé. Au même instant, le passant s'arrêtait dans la même intention et ils se trouvèrent face à face, le chapeau à la main.

L'inconnu portait des vêtemens noirs râpés ; d'amples lunettes d'argent couvraient une portion de son visage. Il était maigre, de grande taille ; on eût dit d'un pauvre savant, pratique ordinaire de ces bouquinistes qui étalaient leurs marchandises dans les galeries du palais de justice. Aux premiers mots de Philippe, il l'interrompit avec de grandes démonstrations de courtoisie.

— C'est moi, monsieur, qui suis coupable, dit-il, et l'on ne saurait être plus marri que je ne le suis de ma maladresse... Je suis votre très humble valet, monsieur.

Après cet échange de complimens, il n'y avait plus qu'à se retirer, chacun de son côté; Philippe s'éloignait déjà ; l'inconnu courut après lui.

— Mille pardons, monsieur, reprit-il d'un ton obséquieux, en s'inclinant très bas; n'est-ce pas à monsieur de Lussan, avocat au Châtelet, que j'ai l'honneur...

— C'est moi-même, monsieur, dit Philippe, qui crut devoir s'arrêter de nouveau ; en quoi puis-je vous servir ?

— Ah ! monsieur, s'écria l'inconnu avec enthousiasme, que je suis heureux de vous voir, de vous connaître ! Bien souvent, caché dans la foule du palais, j'ai écouté vos magnifiques plaidoyers à la chambre criminelle... Quelle chaleur ! quelle éloquence ! vous mettiez en mouvement toutes les fibres de mon âme... Je suis, monsieur, un de vos admirateurs les plus passionnés !

— Je vous remercie de vos bontés, monsieur, et je vous prie de me les continuer, répliqua Philippe fort ennuyé de ces longs complimens; mais vous me pardonnerez de vous quitter : une affaire pressante m'appelle chez moi...

— Quoi! vous allez chez vous? demanda l'homme noir avec vivacité; vous ne plaidez donc pas ce matin au Châtelet, comme on l'avait annoncé ? Dans ce cas, monsieur, je vous prierais, je vous demanderais à mains jointes de vouloir bien accepter une tasse de chocolat dans le café le plus voisin. Tout en déjeunant je vous apprendrais des choses vraiment dignes de votre attention. Mais vous ne voudriez pas accepter l'invitation d'un inconnu ; je m'appelle Salvien, et l'on me surnomme Salvien-aux-Lunettes, pour me distinguer de mes homonymes. Je suis homme de lettres. J'ai publié jadis, dans l'*Almanach des muses*, quelques modestes essais, et notamment un quatrain, un *Bouquet à Chloris*, qui fit grand bruit dans le monde littéraire et m'ouvrit les plus nobles maisons. Comme vous écrivez vous-même...

— Je ne croyais pas avoir mérité le titre honorable d'écrivain. Mais, encore une fois, monsieur Salvien, puisque tel est votre nom, des affaires pressées m'empêchent d'accepter votre invitation; je vous prie donc d'agréer mes excuses et mes remerciemens.

En même temps, il salua de nouveau et se remit en route d'un bon pas; mais ce maître-là ne donnait pas son compte de monsieur Salvien-aux-Lunettes. Il rejoignit Philippe aussitôt et ils s'avancèrent un moment côte à côte. Lussan ne savait comment se débarrasser de cet importun qui s'attachait à lui avec tant d'obstination.

Ils se trouvaient alors près du pont Neuf, et l'encombrement qui règne en tout temps sur ce point rendait impossible une conversation suivie. Salvien regarda par dessus l'épaule un autre individu qui marchait conofndu dans la foule, à vingt pas en arrière; puis, se rapprochant de Philippe, il lui dit à voix basse :

— Je suis un ami de l'abbé de la Croix... N'allez pas chez vous ou vous êtes perdu !

— Que voulez-vous dire? demanda Philippe stupéfait en s'arrêtant pour la troisième fois.

— Avancez toujours et ne me regardez pas de cet air effaré ; on nous observe, on pourrait se douter de quelque chose... Sauvez-vous, si vous m'en croyez; il vous sera facile de vous échapper au milieu de tout ce monde... Je vous poursuivrai, je crierai, je m'élancerai sur vous; mais n'hésitez pas à me repousser; n'y allez pas de main-morte, et s'il le faut, secouez-moi un peu rudement; je sais quelqu'un qui me récompensera... Allons, êtes-vous prêt? Partez... partez donc !

— Mais, enfin, monsieur, qui êtes-vous?

— Je vous l'ai dit: on m'appelle Salvien-aux-Lunettes; je pensais que mon nom vous était connu et que vous comprendriez au premier mot. Le révérendissime abbé de la Croix a dû vous apprendre... Enfin, je suis un homme de lettres, un auteur, un gazetier comme vous, et on doit s'assister entre confrères. Ainsi donc, monsieur, sauvez-vous et tenez-vous caché jusqu'à ce que le danger soit passé.

— Et pourquoi fuirais-je, monsieur? demanda Philippe à celui qui s'était nommé Salvien-aux-Lunettes. Pourquoi me cacherais-je? J'ai la conscience de n'avoir commis aucune mauvaise action.

Et il continuait de marcher d'un pas posé vers sa demeure.

— Une mauvaise action ! répliqua son étrange interlocuteur; il s'agit bien de cela ! Il y a des faits, fort louables en eux-mêmes, beaucoup plus dangereux que de mauvaises actions. Nous savons cela, nous autres !

Philippe songea tout à coup à l'ordre royal qu'il avait déchiré la veille avec si peu de cérémonie. Sans aucun doute, le danger venait de là ; mais qui l'avait si promptement trahi? Il ne voulut pas arrêter son esprit sur cette pensée, et se redressant fièrement, il dit à haute voix :

— Si j'ai encouru l'inimitié d'un personnage puissant, j'en subirai les conséquences. Il ne me convient ni de me cacher ni de fuir.

Salvien-aux-Lunettes le regarda d'un air d'étonnement mêlé d'admiration.

— C'est une âme de Spartiate ! dit-il en se mouchant dans un mouchoir troué ; enfin, monsieur, agissez à votre guise... Seulement, vous pourrez rendre témoignage de ma complaisance en temps et lieu ; ce qui va maintenant arriver, vous l'aurez bien voulu... Quant à moi, poursuivit-il en employant avec soin son mauvais mouchoir qu'il remit dans sa poche, et en enfonçant son vieux chapeau sur ses yeux, il m'est impossible d'attendre plus longtemps sans me compromettre et sans m'exposer à perdre ma place. Nous sommes cernés !... En conséquence, mille pardons, mon cher confrère, de la liberté que je prends, mais... je vous arrête au nom du roi !

Et il saisit Philippe par le bras.

Lussan resta tout interdit. La pensée ne lui était pas venue jusque-là que monsieur Salvien-aux-Lunettes, l'homme de lettres, le faiseur de quatrains, pût être un limier de police, quoique, hélas ! ces deux positions ne fussent pas toujours incompatibles à cette époque. Il ne songeait donc pas à la résistance. Cependant son *confrère* le retenait mollement, comme pour lui laisser le moyen de se dégager. Philippe n'en aurait pas eu le temps s'il en eût eu la fantaisie. Deux individus de mauvaise mine venaient de tourner l'angle du quai et lui barraient le passage par devant; le quidam qui semblait accompagner Salvien, accourait par derrière. C'eût été folie de lutter contre quatre hommes : aussi Philippe n'y songea-t-il pas.

— Je vous suivrai, messieurs, dit-il avec fierté; mais ne me touchez pas... Avez-vous un mandat d'arrestation?

— La lettre de cachet est entre les mains du commissaire, répliqua Salvien tristement.

— Ah ! une lettre de cachet ?... On me traite en grand seigneur ! Eh bien ! où est le commissaire maintenant?

— Rue Saint-Germain-l'Auxerrois, à votre logis, où il opère une perquisition.

En apprenant l'invasion de la police dans son modeste appartement, Philippe éprouva un grand serrement de cœur. Cependant il réfléchit que peut-être la presse n'avait pas été découverte dans le cabinet secret où elle était cachée ; d'ailleurs on se souvient qu'il avait brûlé la veille, à la première alerte, toute la partie de sa correspondance qui pouvait compromettre ses amis. Il reprit donc :

— Marchons, messieurs ; allons trouver le commissaire.

Et il s'avança d'un pas assuré, mais sans forfanterie. Les gens de police l'entouraient et surveillaient ses mouvemens, mais ils n'osaient porter la main sur lui. L'un d'eux voulut lui enlever son épée ; Salvien-aux-Lunettes, qui paraissait jouir d'une certaine autorité dans l'escouade, s'y opposa formellement.

— A bas les mains, Picat l'Edenté ! lui dit-il ; n'as-tu jamais *travaillé* avec des gentilshommes? Un drôle tel que toi, qui ne sait ni A ni B, oserait-il manquer de respect à un savant homme de lettres, à un illustre avocat qui sait la rhétorique, la philosophie, l'esthétique , la dialectique, la poésie et une foule d'autres sciences dont tu n'as jamais entendu prononcer le nom? Monseigneur le lieutenant de police avait bien ses raisons en me chargeant de cette arrestation. Certes, monsieur de Lussan n'eût pas souffert qu'un autre qu'un confrère lui signifiât les ordres de Sa Majesté.

— C'est bon, c'est bon, monsieur Salvien, répliqua Picat d'un ton bourru; vous rendrez compte aux supérieurs, cela ne me regarde pas. Mais tout de même vous êtes resté bien longtemps à jaser avec ce monsieur avant de vous décider à lui mettre la main au collet.

— Mettre la main au collet! Peut-on se servir de ces ignobles expressions! Mais je me tuerais à vous apprendre le beau langage, à tous tant que vous êtes. Si j'ai causé longtemps avec ce brave gentilhomme, c'est que les gens d'esprit aiment à échanger leurs idées; d'ailleurs, je tenais à m'assurer que je ne me trompais pas.

— Je ne dis pas le contraire, mais j'ai pu croire un moment... Dame ! il n'est pas nécessaire de tant bavarder pour empoigner un homme !

— Empoigner ! empoigner ! répéta Salvien-aux-Lunettes en détournant la tête avec dégoût; voilà encore de ces mots barbares qui me font soulever le cœur. Mais, dis-moi, monsieur le fier-à-bras, ajouta-t-il en baissant la voix et en clignant des yeux, crois-tu que monsieur de Lussan se fût beaucoup soucié de toi et de moi, si nous eussions été seuls pour l'arrêter? Regarde-le donc ! il nous eût jetés aussi haut qu'Hercule jeta jadis le pauvre Hylas.

Picat l'Edenté n'avait jamais entendu parler d'Hylas et d'Hercule, mais la haute taille et la vigueur apparente de Philippe de Lussan rendaient fort clair le raisonnement de son chef d'escouade, et il n'osa répliquer.

En tout autre moment, le prisonnier eût pu s'amuser des prétentions et des scrupules de ce singulier mouchard; mais l'inquiétude ne lui permettait pas d'écouter ce grotesque dialogue. On venait d'entrer dans la rue Saint-Germain-l'Auxerrois, et il voyait de loin un grand nombre de personnes arrêtées devant sa maison. La portière pérorait au milieu des commères qui obstruaient la rue, fort étroite en cet endroit ; les archers du guet gardaient la porte, et leurs uniformes annonçaient au quartier qu'il s'agissait d'une descente de justice.

Quand Philippe de Lussan apparut avec son cortège significatif de gens de police, tous les regards se tournèrent de son côté. La foule s'entr'ouvrit d'un air de compassion pour lui livrer passage. La portière, en le voyant prisonnier, se tordait les bras de désespoir. Elle semblait vouloir lui parler, mais on la repoussa, et Philippe dut la calmer par un signe amical, pendant qu'on l'entraînait lui-même dans l'intérieur de la maison.

A peine entré, il ressentit un grand crève-cœur. Cette presse à la conservation de laquelle il attachait tant d'importance avait été découverte par les limiers exercés de la police; en ce moment on la chargeait sur un chariot, dans la cour, avec tous ses accessoires et les caisses contenant les caractères. Les larmes vinrent aux yeux de Philippe.

— Trop tard ! murmura-t-il avec douleur, je viens trop tard !

— Bah ! lui dit Salvien à l'oreille en montant l'escalier obscur, nous savions déjà hier au soir que cette machine était chez vous. Quiconque se fût présenté cette nuit pour l'enlever eût été arrêté.

— Ainsi donc cette presse est l'unique motif de mon arrestation ?

— Il y a donc autre chose ? Chut ! pas un mot de plus, confrère, c'est déjà trop de moitié.

Philippe se félicita de ne pas avoir accepté la veille les services de Chavigny, car alors il eût certainement causé la perte du pauvre petit abbé.

Il entra dans sa chambre, pièce simple et sévère dont une exquise propreté faisait d'ordinaire tout l'ornement. Cette chambre et le cabinet attenant étaient remplis de livres, qui se trouvaient en ce moment épars sur le plancher. Un commissaire en robe, assisté d'un huissier et d'un exempt, procédait à l'examen de la bibliothèque et des papiers. La correspondance, grâce aux précautions de Philippe, n'avait pas fourni de pièces de conviction; en revanche la bibliothèque contenait bon nombre de brochures et d'ouvrages prohibés que les gens de justice mettaient à part, afin de les consigner dans le procès-verbal de perquisition.

A la vue du prisonnier, la figure refrognée du commissaire s'épanouit subitement.

— Ah ! vous l'avez donc trouvé ? s'écria-t-il ; qui de vous a fait ce beau coup ?

— C'est moi, monsieur le commissaire, me, me adsum qui feci, dit Salvien-aux-Lunettes d'un air glorieux, et j'ose affirmer qu'on n'a jamais arrêté un galant homme avec autant d'atticisme et d'urbanité.

— C'est bien, vous rédigerez un rapport que j'enverrai à monseigneur.

— Un rapport, oui, monsieur ; et ce rapport sera en vers ou en prose, en latin ou en français, comme on voudra. J'ose dire que monseigneur ferait bien de le livrer à l'impression et de le donner pour modèle à tous ses agens et inspecteurs; ils parlent souvent un français détestable et manquent à toutes les convenances de la langue et de la politesse.

Le commissaire interrogea Philippe uniquement pour constater son identité, car il ne s'agissait ici ni d'information ni de jugement. A son tour Philippe voulut voir la lettre de cachet: elle était estampillée du nom de Louis, ce nom qu'il avait vu récemment sur un acte de toute autre nature. La pièce était en règle et Philippe la rendit au commissaire en disant tranquillement :

— Il suffit, monsieur, exécutez votre mandat.

L'exempt s'avança, et le jeune homme lui remit son épée. Le commissaire lui-même fut touché de ce calme si plein de dignité.

— Monsieur, lui dit-il, je voudrais vous être agréable en quelque chose qui dépendît de moi. Peut-être souhaitez-vous d'annoncer aux personnes de votre famille ou de votre intimité le malheur qui vous frappe ? Ecrivez donc sous mes yeux une lettre que vous me remettrez ouverte; je prendrai sur moi de l'envoyer à son adresse.

Philippe eut d'abord la pensée d'écrire un mot à Chavigny pour l'engager adroitement à se tenir sur ses gardes; mais il réfléchit que prononcer le nom de son ami serait le compromettre. Il remercia donc le magistrat de sa bonne volonté et répondit qu'il n'avait à instruire personne de son arrestation.

— Mais votre père, le chevalier de Lussan... Je vois par une de ses lettres qu'il se vante de jouir d'un grand crédit à la cour. Ne pourriez-vous instruire votre père de ce fâcheux événement?

— Ce serait alarmer trop vite la tendresse paternelle de monsieur de Lussan, répliqua Philippe avec un sourire amer ; la rumeur publique l'instruira toujours assez tôt... Messieurs, je suis prêt.

Pendant cette conversation, un garde de la prévôté était allé chercher un fiacre; sur un signe du magistrat, l'exempt et deux autres soldats emmenèrent le prisonnier. Comme ils descendaient l'escalier obscur, Salvien se pencha vers Philippe :

— Je préviendrai qui de droit, dit-il amicalement; ayez l'esprit en repos. Entre confrères en Apollon, il faut bien s'entr'aider.

Philippe eût désiré savoir de qui voulait parler son bizarre ami; on ne lui laissa pas le temps de demander des explications. Le fiacre attendait dans la cour ; le malheureux jeune homme y monta suivi de ses trois gardiens, tandis qu'un quatrième prenait place à côté du cocher. Puis, les portières furent cadenassées, les stores baissés, et l'on partit sans que Philippe pût recueillir les regards sympathiques de la foule assemblée devant la porte.

On roula pendant près de trois quarts d'heure à travers les rues sombres et boueuses de Paris. Les passans, en voyant cette voiture hermétiquement close, avec un garde en uniforme sur le siège, devinaient facilement de quoi il s'agissait; on était habitué à de pareilles rencontres.

Enfin la voiture sembla franchir un pont-levis; puis on entendit un cliquetis de chaînes et de grilles de fer. On s'arrêta ; la portière s'ouvrit, et une voix rude invita le prisonnier à descendre. On était dans une vaste cour entourée de tours crénelées dont la masse sombre inspirait l'effroi.

VII.

L'HOTEL DE VILLENEUVE.

Depuis la scène violente qui avait amené une rupture complète entre la famille de Villeneuve et Philippe de Lussan, Thérèse était restée confinée dans sa chambre. Madame de Villeneuve, furieuse de la résistance de sa fille, refusait obstinément de la voir ; pendant deux jours la pauvre prisonnière n'avait eu aucun rapport avec les gens de l'hôtel, à l'exception de madame Durand, la gouvernante chargée spécialement de veiller sur elle.

Un moment Thérèse espéra recevoir la visite de son père, dont elle connaissait la vive tendresse, mais son espérance ne se réalisa pas. Le financier Villeneuve était un gros épicurien, sans fiel et sans malice, dont les femmes galantes de Paris exploitaient jusqu'à l'abus la fastueuse bonhomie. Passablement dissolu hors du logis, il conservait dans son intérieur les mœurs bourgeoises, les affections de famille d'un petit rentier. A toute autre époque et avec quelques millions de moins, le père de Thérèse eût mérité la réputation d'un homme rangé, austère peut-être; mais la contagion de l'exemple et une fortune princière avaient fait du bourgeois paisible un ridicule Mondor. Quoi qu'il en fût, monsieur de Villeneuve adorait sa fille. Quand il revenait le soir, Dieu sait d'où, il semblait trouver un plaisir infini à déposer un baiser sur le front de cette chaste enfant, qui lui demandait naïvement où il pouvait passer ainsi ses journées et une partie de ses nuits. Il aimait à écouter son charmant caquetage; il s'évertuait à lui causer des surprises agréables; il avait toujours dans ses poches quelque bijou, quelque bagatelle de prix à lui offrir. On eût dit qu'il voulait retremper dans un sentiment innocent son âme flétrie par des impressions moins pures.

Thérèse avait donc lieu de penser que son père se souviendrait d'elle dans sa disgrâce. Mais au logis, le fermier général acceptait humblement le joug de sa femme et n'aurait eu garde de transgresser ses ordres. Madame de

Villeneuve, de son côté, conservait une vive affection pour sa fille unique ; mais un désir qui avait toute la ténacité d'une idée fixe la dominait en ce moment, et une influence puissante que nous connaîtrons bientôt la poussait à la sévérité. Elle était ambitieuse, et l'homme d'argent ne pouvait pas alors, comme de nos jours, arriver à tout : il y avait plus loin qu'aujourd'hui du titre de banquier à celui de baron. Le fermier général et sa femme en faisaient fréquemment l'expérience dans le monde aristocratique ; la fille du chaudronnier millionnaire avait reçu plus d'une avanie de la part des grandes dames, qui pourtant recouraient à la caisse de son mari. Aussi, s'était-elle attachée avec passion au moyen qui se présentait de s'élever au rang des plus fières, et elle ne pouvait pardonner à sa fille d'avoir rendu impossible la réalisation de ces brillans projets. C'était elle sans aucun doute qui tenait monsieur de Villeneuve éloigné de Thérèse. La faiblesse paternelle eût peut-être encouragé la résistance de cette pauvre enfant, qui ne voulait pas sacrifier son bonheur à l'orgueil de sa famille.

Le soir du second jour, après l'arrestation de Philippe de Lussan, Thérèse était donc seule dans sa chambre, située au rez-de-chaussée de l'hôtel. Une porte-fenêtre s'ouvrait sur le jardin, de grande étendue, auquel on descendait par un large perron de pierre. Au bas du perron s'étendait un beau gazon, émaillé de pâquerettes et de boutons d'or, encadré de lilas et d'autres arbustes fleuris. Assise sur le seuil de la porte, dans une bergère dorée, Thérèse aspirait l'air pur, les yeux tournés vers les longues allées de ce splendide jardin, dont aucune habitation particulière de l'intérieur de Paris ne possède aujourd'hui le pareil. A ses pieds, on voyait une brochure qu'elle avait essayé de parcourir ; la tête penchée sur sa main, les yeux fatigués de larmes, elle s'assoupit insensiblement.

La nuit tombait ; l'air était tiède, chargé de moites exhalaisons printanières. A mesure que s'éteignaient les dernières lueurs du couchant, la lune élevait son orbe argenté au-dessus des arbres au feuillage rare encore. Les bruits de Paris ne se faisaient entendre que comme un murmure, et l'on eût pu se croire au fond d'une campagne solitaire, bien loin du fracas et des agitations d'une grande ville.

Derrière la jolie dormeuse l'appartement était sombre et de lourds rideaux de velours retombaient en draperies ; la forme blanche et gracieuse de Thérèse se détachait sur ce fond noir à la lumière nacrée de la lune. La jeune fille était enveloppée dans une ample robe de chambre de satin, dont les plis nombreux ne laissaient voir que son frais visage aux cils bruns, et une main d'albâtre qui reposait languissamment sur le bras du fauteuil. La brise du soir frémissait par intervalles dans les grands arbres du jardin ; un rossignol modulait avec timidité sa première chanson au sommet d'un marronnier ; un grillon sifflotait sa note douce et monotone dans la verdure du boulingrin, mais rien ne semblait devoir troubler ce sommeil, fruit de l'épuisement et de la douleur.

Au milieu de cette scène paisible, quand la nature caressait de ses mélodies, de ses parfums, de sa lumière, la jeune fille endormie, il sembla tout à coup qu'on se glissât vers Thérèse avec précaution. Sous les massifs de feuillage, une forme agile allait de place en place, s'arrêtait parfois, puis bondissait pour s'arrêter de nouveau. Chacune de ces haltes durait à peine quelques secondes ; on passait continuellement de l'une à l'autre des allées qui formaient comme un éventail autour du boulingrin, mais on se rapprochait chaque fois davantage de la charmante enfant, sans cependant se découvrir et sans sortir de l'ombre épaisse projetée par les arbres entrelacés.

Quel était cet être mystérieux ? La grille qui s'ouvrait sur la cour restait soigneusement fermée. Madame de Villeneuve, qui pouvait essayer sur sa fille l'effet d'une solitude absolue, avait expressément défendu à ses gens d'entrer dans le jardin qui communiquait avec l'appartement de Thérèse. Aucun habitant de l'hôtel ne pouvait donc s'y trou-

ver, surtout à pareille heure, et les murs paraissaient trop élevés, trop soigneusement entretenus pour qu'il eût été possible de les franchir. D'ailleurs, ces mouvemens vifs et désordonnés étaient-ils bien ceux d'un homme ? Ce personnage étrange s'élançait d'un lieu à l'autre avec une vigueur surhumaine, sans faire crier sous ses pas le sable des allées, sans que le froissement d'une feuille, le bris d'une branche sèche trahît sa présence. On l'entrevoyait tantôt ici, tantôt là, derrière le tronc raboteux d'une charmille ou derrière une touffe d'épine blanche ; mais l'ouïe la plus fine n'eût pu l'entendre quand il s'approchait, dans ses élans capricieux, jusqu'à moins de vingt pas de Thérèse. On eût dit de ces sylphes ou de ces lutins d'opéra qui folâtrent en silence autour d'une belle favorite et redoublent son sommeil du léger battement de leurs ailes. Mais celui qui voltigeait autour de mademoiselle de Villeneuve avait-il des ailes roses aux épaules, une couronne d'or sur la tête, une étoile brillante sur le front ?

Cependant Thérèse ne s'éveillait pas ; sa complète immobilité l'eût fait prendre pour une statue, n'eût été le mouvement de sa poitrine oppressée. Tout à coup sur la main qu'elle laissait pendre avec l'insouciance du sommeil, elle sentit quelque chose de brûlant comme un baiser. Elle tressaillit, poussa un cri perçant, et se leva par un mouvement d'irrésistible pudeur. Mais vainement regarda-t-elle de tous côtés. Un souffle, un courant d'air semblable à celui d'une porte qui s'ouvre parut glisser autour d'elle ; mais elle ne vit rien, n'entendit rien. Cette sensation brûlante et humide qu'elle éprouvait encore à la main attestait seule que la charmante dormeuse n'avait pas rêvé.

Madame Durand venait d'entrer avec une lumière. Thérèse, tout effarée, ne pouvait parler. Enfin, se remettant un peu, elle dit d'une voix étouffée :

— Fermez cette fenêtre et allumez les bougies... Qui donc est dans le jardin, madame Durand ?

— Et qui pourrait s'y promener si tard ? demanda la gouvernante en l'examinant avec curiosité ; madame en a défendu l'entrée jusqu'à ce que... enfin jusqu'à ce qu'elle en décide autrement. Mais qu'avez-vous donc, mademoiselle ? vous êtes toute tremblante.

— Ce n'est rien ; je m'étais assoupie là, sur le perron, et la fraîcheur du soir... Mais est-il bien vrai qu'il n'y ait personne au jardin ?

— Personne, mademoiselle.

— Allons, je me serai trompée. Quelque chose m'a fait peur et j'ai pu croire... Mais, encore une fois, je me suis trompée.

— Vous avez eu peur ? reprit la gouvernante, qui s'était empressée de verrouiller la porte-fenêtre ; en effet, il se passe ici des choses effrayantes depuis quelques jours.

— Je n'ai rien vu, madame.

— Mademoiselle ne veut pas en convenir avec moi, mais depuis que le suisse et sa femme ont retiré du grand puits cet homme, ce revenant, ce diable (car on ne sait pas au juste ce que c'était), on a fait des remarques singulières.

— Quoi ! madame Durand, est-ce Thérèse d'un ton de curiosité qui démentait ses paroles, allez-vous recommencer vos ridicules histoires ? Quelles remarques peut-on faire, je vous prie ?

— Mademoiselle est libre de ne pas me croire, mais rien de plus vrai. Le jardinier trouve chaque matin sur le sable de ces allées de nombreuses empreintes de pieds nus, et ces empreintes s'avancent parfois jusqu'au perron.

— Des empreintes de pieds nus, folle ! répliqua mademoiselle Villeneuve avec un frisson involontaire. Qui pourrait courir pieds nus dans le jardin pendant la nuit ?

— On l'ignore, mais le jardinier me montrait ces traces l'autre jour du côté de la serre. Elles étaient si légères, je l'avoue, que le pied d'un enfant pourrait à peine en laisser de moins profondes ; cependant la forme en était parfaitement visible.

Thérèse devint pensive.

— Bah ! dit-elle en affectant l'indifférence, ce sont là des

contes à votre façon. Laissons cela, j'ai bien d'autres soucis en ce moment.

Elle alla s'asseoir en soupirant à l'autre extrémité de la
chambre. La gouvernante l'observait à la dérobée.

— Mademoiselle a-t-elle encore besoin de mes services ?
demanda-t-elle enfin.

— Restez... Avez-vous bien fermé la porte et les fenêtres ?
Allumez encore ces candélabres et venez vous asseoir à
mon côté.

— Et mademoiselle ne veut pas me dire quelle est la
cause de sa frayeur ?

— Que sais-je ?... du malaise, un peu de fièvre peut-
être... Madame Durand, ma mère est-elle encore à l'hôtel ?

— Elle n'est pas sortie, quoique l'heure de la comédie
soit passée ; et monsieur, toujours impatient de partir à
l'issue du dîner, pour aller où il va tous les soirs, n'a pas
encore demandé sa voiture... Tous les deux sont dans le
cabinet des livres, où ils causent depuis plus d'une heure
avec madame l'abbesse du Val-de-Grâce. Ah ! mademoiselle, c'est qu'on racontait une grande nouvelle aujour-
d'hui !

La gouvernante s'arrêta, espérant sans doute que Thérèse lui demanderait quelle était cette grande nouvelle.
Thérèse garda le silence.

— Mademoiselle n'a pas confiance en moi, poursuivit
madame Durand avec un soupir tiré du fond de la poitrine ; elle ne veut pas me prendre pour confidente de ses
chagrins ; et pourtant j'ai été jeune aussi ; mon cœur est
plein d'indulgence.

— Eh ! qu'ai-je besoin de votre indulgence ? dit Thérèse
sèchement ; je n'ai rien à cacher et rien à confier.

— Mademoiselle est bien la maîtresse de ses secrets, reprit la gouvernante avec un nouveau soupir hypocrite ; et
pourtant je suis vivement touchée du malheur de ce bon
et généreux jeune homme, monsieur Philippe de Lussan !

À ce nom Thérèse tressaillit et ses yeux s'animèrent.

— Philippe de Lussan ! s'écria-t-elle ; ah ! qu'est-il donc
arrivé à Philippe... à monsieur de Lussan ?

Madame Durand eut peine à retenir un sourire de satisfaction. Puis, prenant un ton larmoyant, qui couvrait une
joie méchante, elle répondit :

— Peut-être ne devrais-je pas dire cela, mais il faudra
bien toujours que vous le sachiez... D'ailleurs, comme le
mal est sans remède, il vaut mieux vous résigner.

— Mais parlez, parlez, de grâce !

— Eh bien, monsieur de Lussan est depuis hier matin à
la Bastille.

Thérèse pâlit ; néanmoins elle ne poussa pas un cri.

Surprise et irritée peut-être de ce calme apparent, madame Durand raconta l'arrestation de Philippe avec tous
les commentaires inquiétans que son imagination pouvait
lui suggérer.

Mademoiselle de Villeneuve s'était assise et écoutait attentivement les fâcheuses nouvelles de la gouvernante.
Pas une larme ne tombait de ses yeux ; seulement un léger
pli sur son front trahissait le travail de sa pensée. Tout à
coup elle se redressa.

— Madame Durand, dit-elle d'un ton ferme, tout à
l'heure encore vous vous plaigniez de n'avoir aucune part
dans ma confiance ; il me prend fantaisie de mettre à l'é-
preuve votre zèle et votre dévouement ; êtes-vous prête ?

La gouvernante était une de ces âmes vénales pour qui
tout est spéculation, et elle attendait depuis longtemps
l'occasion qui se présentait en ce moment de créer un lien
secret entre elle et Thérèse ; elle répondit donc avec empressement :

— Ah ! mademoiselle, pouvez-vous en douter ? J'ai tant
de respect et d'affection pour vous ! Que souhaitez-vous
de moi ? Avez-vous une lettre à faire parvenir sans qu'on
le sache ? Faut-il me procurer des nouvelles...

— Il s'agit de choses plus graves. Votre condescendance à mes volontés peut vous coûter votre place à l'hôtel de
Villeneuve ; mais dans ce cas vous devriez compter sur

mon constant appui. Et tenez, ajouta-t-elle en ouvrant un
petit secrétaire de Boule, prenez ceci en attendant.

Elle retira ses deux mains pleines de bijoux et de diamans qu'elle voulut laisser tomber en cascade brillante
dans le tablier de la gouvernante. Celle-ci était éblouie ;
néanmoins, en femme prudente, elle refusa les dons de
l'innocente Thérèse.

— Miséricorde ! mademoiselle, à quoi me serviraient
toutes ces belles choses ? dit-elle ; d'ailleurs vous auriez
beau me les donner, on saurait toujours bien me les reprendre. Non, non, j'aime mieux, si je me compromettais pour
vous, m'en rapporter à votre justice, à votre libéralité. Je
suis pauvre et je vis de mon travail ; si j'étais chassée de
l'hôtel pour vous avoir obéi...

— Je considérerais comme un devoir de vous assurer
une existence tranquille, et vous savez que je tiens mes
promesses !

— Mademoiselle est si généreuse ! Eh bien ! qu'attendez-
vous de moi ?

— Il faut me fournir les moyens de sortir à l'instant de
l'hôtel. Je vais m'habiller ; vous, pendant ce temps, vous
prendrez soin d'écarter les domestiques, comme vous fîtes,
sans en être priée, le jour de la dernière visite de monsieur de Lussan, et vous irez me chercher un fiacre. Vous
m'avez entendue ? Partez... Pourquoi ne partez-vous pas ?

Madame Durand, déconcertée par l'impétuosité nouvelle
de cette jeune fille qu'elle avait toujours vue si calme et si
digne, ne savait à quoi se résoudre.

— Mais, mademoiselle, demanda-t-elle avec embarras,
ne pouvez-vous pas me dire où vous allez, quels sont vos
projets ?

— Que vous importe ? Mais je n'ai pas à cacher mes
intentions, qui sont pures. Je vais me jeter aux pieds du
roi et lui demander la liberté de Philippe de Lussan.

Madame Durand recula d'un pas.

— Le roi ! s'écria-t-elle stupéfaite ; y pensez-vous ! vous
une jeune demoiselle si honnête et si sage ! Et puis, le roi
est à Versailles ; on prétend même qu'il est malade. On ne
vous laissera jamais pénétrer jusqu'à lui.

— Je vais me rendre chez le bon vieux duc de Villequier ;
il est, dit-on, fort bien en cour, et il m'a toujours témoigné beaucoup d'amitié. Il ne refusera pas, j'en suis sûre,
de m'accompagner à Versailles et de me présenter au roi.

— Mais, mademoiselle, il est si tard !... Personne n'entre
la nuit dans un château royal.

— Nous attendrons l'ouverture des portes jusqu'à demain
matin. Le duc de Villequier me conseillera, me protégera.
Tout ira bien, pourvu que je voie le roi, qui connaît déjà
le chevalier de Lussan et s'intéresse à sa famille... Allons,
ma bonne Durand, hâtez-vous ! Tenez, si vous ne voulez
pas de mes bijoux, vous pouvez du moins accepter ceci.

Et elle prit dans le tiroir d'une chiffonnière un rouleau
d'or que la gouvernante, cette fois, ne refusa pas.

Madame Durand sentait parfaitement l'absurdité et les
inconvéniens sans nombre du projet de Thérèse. Mais peut-
être s'inquiétait-elle fort peu que la fille du fermier général compromît sa réputation par une folle démarche s'il
en devait résulter pour elle de gros bénéfices. Elle présenta donc encore quelques objections pour la forme ;
puis, feignant de se résigner à regret, elle sortit pour exécuter les ordres de Thérèse.

Elle revint au bout d'un quart d'heure annoncer que les
nombreux domestiques avaient été éloignés sous différens prétextes, et que le fiacre attendait à quelques pas de
la maison. Elle trouva la jeune fille tout habillée et prête
à sortir.

— Allons, mademoiselle, dit madame Durand avec inquiétude, il n'y a pas une minute à perdre... Madame l'abbesse du Val-de-Grâce vient de partir ; mais monsieur et
madame, contre l'ordinaire, ne sont pas sortis encore, et
si nous venions à rencontrer l'un ou l'autre sur notre
chemin...

— Me voici... Tenez, ma chère Durand, toute réflexion
faite, vous m'accompagnerez jusque chez le duc de Ville-

quier, car j'aurais peur de me trouver seule dans une voiture publique.

Elle jeta sur ses épaules une mantille de soie pour se garantir de la fraîcheur de la soirée ; puis, prenant le bras de sa compagne, elle l'entraînait vers la porte, quand tout à coup cette porte s'ouvrit et une voix sévère s'écria :

— Où donc allez-vous, mademoiselle?

La gouvernante poussa un cri d'effroi et s'enfuit; au même instant monsieur et madame de Villeneuve parurent devant Thérèse interdite.

Madame de Villeneuve avait un air dur et menaçant que sa fille ne lui connaissait pas. Son visage trahissait une sorte de résolution comme si, cette fois, elle eût voulu triompher à tout prix des résistances de Thérèse. Evidemment les sentimens de la mère se taisaient en ce moment devant ceux de la femme passionnée et ambitieuse. Le gros financier, qui l'accompagnait, avait un aspect beaucoup moins imposant : sa grande perruque à trois marteaux, son ventre luxuriant que contenait à peine une ample veste de drap d'or, ses dentelles, ses bagues de diamans, et surtout sa figure large, bonasse, à double menton, le faisaient ressembler à ce qu'on appelait alors un *père de comédie.* Appuyé sur sa canne, dont la pomme était enrichie de perles, il regardait sa fille avec ses gros yeux myopes, exprimant plus d'étonnement que de colère.

Aussi fut-ce vers lui que Thérèse, revenue de son premier saisissement, se tourna d'abord. Elle fondit en larmes, et se jetant au cou du financier, elle dit avec un accent de désespoir :

— Mon père, mon père, ayez pitié de moi!

Le bonhomme fut ému de ce touchant appel. Il laissa tomber sa canne, et retenant sa fille dans ses bras, il lui donna un gros baiser sur le front.

— Voyons, ma mignonne, qu'as-tu donc? demanda-t-il d'un ton affectueux; que se passe-t-il?... Morbleu! je ne veux pas, moi, que tu pleures!

— Est-ce ainsi que vous comprenez vos devoirs, monsieur? interrompit madame de Villeneuve avec indignation; est-ce ainsi que vous montrez du caractère à l'égard de cette enfant rebelle? Souvenez-vous de ce que disait tout à l'heure mon excellente amie madame l'abbesse du Val-de-Grâce!

Le fermier général repoussa sa fille, rajusta son jabot et sa perruque, puis se redressant d'un air qu'il croyait majestueux,

— C'est juste, reprit-il. Mademoiselle, répondez-nous... Où pouviez-vous aller à pareille heure avec cette coquine de Durand, une intrigante effrontée que je chasserai... si madame de Villeneuve y consent, toutefois.

— La Durand aura son tour; mais ce n'est de cette ingrate fille qu'il s'agit d'abord... Mademoiselle daignera-t-elle nous honorer d'une réponse?

La pauvre Thérèse était incapable de parler. Repoussée par son père et par sa mère, elle était tombée sur un siége, suffoquée de sanglots.

— Ma chère amie, dit timidement le financier à voix basse, nous l'effrayons par un excès de sévérité... Si nous employions les moyens de douceur pour commencer?

— Voilà comment vous êtes, monsieur! toujours aveugle pour cette fille obstinée... Mais je suis là, cette fois, et je ne souffrirai pas que vous vous écartiez de la ligne de conduite que nous nous sommes tracée, je vous en avertis.

Fort de cette permission tacite, le fermier général s'assit à côté de Thérèse ; il lui prit les mains, et lui parlant avec bonté, il arracha facilement à la naïve jeune fille l'aveu de la démarche qu'elle allait tenter quand son père et sa mère étaient entrés.

Le mari et la femme restèrent stupéfaits en apprenant cette incroyable nouvelle.

— Demander au roi la grâce du prisonnier! dit enfin madame de Villeneuve ; mais on vous a donc ensorcelée ?

— Et elle l'aurait obtenue! s'écria le fermier général; je vous garantis, madame, qu'elle aurait obtenu cette grâce. Mais, justes dieux! j'aimerais mieux la savoir dans cette grotte dont parle monsieur de Marmontel, et qui était remplie de serpens à *clochettes* (vous devez connaître cet ouvrage, madame) ; oui, j'aimerais mieux mille fois la savoir dans cette dangereuse caverne que dans le palais du roi. Mais, vous le voyez, une pareille idée n'a pu venir seule dans la tête de cette enfant : c'est cette Durand, cette scélérate de Durand qui a fait tout le mal!... Elle a beau être votre espionne, je vais la chasser sur l'heure.

— Mon père, je vous assure que cette pauvre femme...

— Restez, monsieur, dit madame de Villeneuve avec aigreur; madame Durand est à mon service et non au vôtre ; j'en agirai avec elle comme il me plaira. Toujours est-il que vos ménagemens envers votre fille peuvent avoir les résultats les plus fâcheux. Si elle avait accompli ce ridicule coup de tête, nous serions devenus la fable de la ville et de la cour. Ainsi donc, aucune hésitation n'est plus possible ; mademoiselle va s'expliquer à l'instant, et nous promettre une complète obéissance, ou bien nous accomplirons notre détermination.

Madame de Villeneuve vint s'asseoir devant la coupable, avec la gravité d'un juge qui prend place à son tribunal.

Le financier chiffonnait son jabot, aspirait bruyamment du tabac d'Espagne, et regardait à droite et à gauche d'un air de malaise. Enfin, il tira sa montre et dit avec embarras :

— L'heure me presse, madame, et l'on doit m'attendre quelque part. Vous n'avez pas besoin de moi pour persuader à votre fille...

— Vous ne m'échapperez pas ainsi, dit madame de Villeneuve ; la personne qui vous attend est faite pour attendre. Mais vous allez signifier vous-même vos volontés à mademoiselle, et si elle ne sait pas s'y conformer, nous agirons en conséquence.

Cette dureté appela de nouveau des larmes dans les yeux de la pauvre Thérèse; son père en eut pitié.

— De grâce, ma chère, reprit-il, ne la traitez pas si mal; je gage qu'elle aura réfléchi, qu'elle va céder... Allons, ma charmante, poursuivit-il en passant le bras autour de la taille de sa fille, ne soyons plus désobéissante. Tu nous aimes, n'est-il pas vrai? Eh bien! ne serais-tu pas contente d'entendre appeler ta mère *madame la baronne?* Et puis, ne serais-tu pas ravie de me voir au cou un beau cordon bleu, avec une plaque de diamans sur mon habit où il n'y a rien du tout? Oui, n'est-ce pas? Alors épouse le duc de Beausset, et tu seras duchesse, et je serai baron et cordon bleu, et je te donnerai, oui, cent mille écus pour acheter des diamans.

— Mais, mon père, dit Thérèse avec angoisse, je n'aime pas le duc de Beausset!

— Pardieu! belle raison! est-il besoin de s'aimer! demande à ta mère.

Un regard foudroyant de madame de Villeneuve lui coupa la parole.

— En vérité, monsieur, dit-elle avec ironie, vous avez une façon particulière de remplir vos devoirs; il faut que je vous vienne en aide, si vous le permettez. Mademoiselle, continua-t-elle d'un ton sec, vous le savez. N'eussiez-vous pas d'autres raisons de le haïr, l'insulte qu'il m'a faite en votre présence eût dû vous le rendre odieux. Mais aujourd'hui des événemens nouveaux se sont produits; on a reconnu monsieur de Lussan était un ennemi du roi et de la cour, un abominable libelliste, un infâme gazetier, et on l'a enfermé à la Bastille, d'où, selon toute apparence, il ne sortira plus. Il n'épousera donc personne, et les engagemens pris à son égard sont nuls de plein droit. D'un autre côté, ces faveurs royales dont monsieur de Lussan père, on ne sait par quel moyen, honteux peut-être, avait extorqué la promesse, peuvent encore se réaliser par le crédit de la famille de Beausset. Tout à l'heure l'abbesse du Val-de-Grâce nous en donnait l'assurance. Vous n'avez plus aucune raison pour vous refuser à ce mariage qui doit élever votre famille au comble des honneurs, vous

5

assurer à vous-même un haut rang dans le monde. Les deux jours que vous venez de passer dans une solitude absolue ont dû suffire à vos réflexions; aussi vous allez nous donner une réponse catégorique à l'instant même; et si vous vous obstiniez dans vos refus déraisonnables...

— A quoi faudrait-il me résigner, ma mère ? demanda la jeune fille humblement.

— Vous le saurez tout à l'heure, s'il y a lieu... mais j'aime mieux devoir votre obéissance à votre tendresse pour nous qu'à des menaces.

Thérèse essuya ses yeux.

— Ma mère, dit-elle avec une fermeté qu'on ne devait pas attendre de son état d'épuisement, il me serait doux de combler vos vœux et ceux de mon digne père. S'il s'agissait seulement de mon bonheur, je n'hésiterais pas à vous le sacrifier. Mais je suis engagée par une parole, sainte à mes yeux comme un serment, et violer cette parole, quand celui qui l'a reçue est malheureux, serait une odieuse lâcheté... Je vous supplie donc de ne pas m'imposer des obligations qui me laisseraient des remords éternels. Je suis pleine de respect pour vos désirs, je voudrais les satisfaire au prix de tout, excepté de ma conscience. Par pitié, n'exigez pas ce que je ne dois pas accorder ! Je ne prétends pas vous imposer mon choix, mais je vous en conjure, ne m'imposez pas le vôtre... et si je ne peux appartenir à celui que vous m'aviez d'abord désigné pour époux, si je ne dois plus le revoir sur terre, permettez-moi du moins de le pleurer en secret et sans honte.

Le fermier général détourna la tête pour cacher l'émotion que lui causait cette touchante réponse. Mais madame de Villeneuve frappa du pied.

— Phrases que tout cela ! dit-elle avec colère; voilà ce que nos maudits philosophes ont appris aux enfans!... à compter avec leurs parens, à discuter avec eux! Mais finissons-en; dois-je croire, mademoiselle, que c'est là votre dernier mot ?

Thérèse ne répondit pas.

— Il suffit, reprit madame de Villeneuve en se levant. Vous le voyez, monsieur, comme l'avait prévu notre amie, tous les moyens de douceur ont échoué contre l'opiniâtreté de votre fille.

— Ma chère, dit le fermier général avec timidité, Thérèse est encore dans le premier moment du chagrin et de la surprise; elle reviendra bientôt sans aucun doute à des sentiments meilleurs... Avant d'en agir rigoureusement avec elle, si nous attendions encore quelques jours ?

— Attendre ! voulez-vous donc faire de votre hôtel une prison ? N'avez-vous pas vu ce soir de quoi votre fille était capable? suborner les domestiques, tenter de s'enfuir pour aller courir les aventures, au risque de compromettre sa réputation et la considération de sa famille, cela ne vous donne-t-il pas la mesure de ce que nous aurions à craindre d'elle ? Non, non, je ne veux pas remplir ici plus longtemps l'office de geôlière... Mademoiselle, et vous persistez dans votre coupable désobéissance, préparez-vous à partir, dès demain matin, pour le couvent.

Le financier craignait peut-être une explosion de cris et de plaintes, mais Thérèse accueillit cet ordre avec résignation.

— Si j'étais assurée, dit-elle d'une voix altérée, de ne pas perdre la tendresse de mon père et de ma mère, le couvent ne m'effrayerait pas.

M. de Villeneuve n'y tint plus; il embrassa Thérèse avec transport.

— Je vous l'ai dit, madame, cette enfant n'est pas méchante, reprit-il d'un ton plus ferme, et je ne veux pas qu'on la traite trop cruellement...

Mais voyant sa femme froncer le sourcil, il ajouta :

— Tu iras au couvent, puisque ta mère le veut, ma petite Thérèse; mais tu ne seras pour cela fort éloignée de nous. Le couvent que ta mère... que nous avons choisi est l'abbaye du Val-de-Grâce, à quelques pas de notre hôtel, un couvent distingué s'il en fut; plusieurs princesses

du sang, des reines mêmes n'ont pas dédaigné d'habiter cette maison. J'irai chaque jour t'embrasser en revenant du contrôle général. Comme nous approchons des fêtes de Pâques, on répandra le bruit dans le monde que tu es entrée au Val-de-Grâce pour y faire une *retraite* avec les religieuses, et quand tu en sortiras, ce qui ne peut tarder si tu te montres bonne fille, on ne se doutera de rien. D'ailleurs on m'a promis que tu ne serais pas mise à l'ordinaire un peu maigre des nonnes.

— Vous oubliez de dire, monsieur, interrompit madame de Villeneuve, que mademoiselle sera là sous la direction d'une personne dont il n'est pas facile d'endormir la pénétration. Oui, madame de Mérignac, l'abbesse du Val-de-Grâce, est une maîtresse-femme, et nous lui avons donné carte blanche. Aussi mademoiselle devra-t-elle se bien tenir; on la surveillera de près, et si elle ne s'amendait pas bientôt, sa retraite pourrait se prolonger plus qu'elle ne pense.

— Madame, répondit Thérèse avec une grande douceur, s'il m'était permis de choisir entre le voile noir de la religieuse et le mariage dont vous parlez, je choisirais le voile.

Le fermier général fit un soubresaut.

— Ma fille religieuse ! s'écria-t-il involontairement.

De son côté madame de Villeneuve était consternée; elle aimait son enfant, comme nous l'avons dit, et sa dureté tenait surtout à sa conviction qu'une volonté énergique finirait par triompher des résistances de Thérèse. Or, le ton simple et résolu de la jeune fille témoignait qu'à son tour elle serait inébranlable.

— C'est bon, reprit madame de Villeneuve en pinçant les lèvres, l'abbesse nous rendra bon compte de ces résolutions hypocrites; on peut s'en rapporter à elle pour distinguer le vrai du faux. Mais brisons là... Monsieur, je vous rends votre liberté... Et vous, mademoiselle, tenez-vous prête pour demain matin de bonne heure.

Thérèse s'inclina sans rien dire. Son père s'était levé, mais il ne s'éloignait pas, partagé entre le désir de profiter de la permission accordée et celui de consoler la pauvre Thérèse.

— Allons, petite, sois gentille, dit-il d'un air d'angoisse en se posant tantôt sur un pied, tantôt sur l'autre; ma parole d'honneur ! je donnerais un million pour te voir contente. Peste soit de celui qui cause ton chagrin ! Ce n'est pas que le drôle ne m'ait vraiment bonne mine; et puis il parle comme un ange; et cette famille de Lussan est d'ancienne noblesse. Mais bah ! je ne voulais pas dire cela... Ne pense plus à ce coquin, ma fille, et je te donnerai des choses superbes, un petit carrosse pour toi, un tableau de Greuze, un collier de diamans... Allons, adieu, je suis pressé; quelqu'un m'attend...C'est un ecclésiastique, un évêque. Encore une fois, sois sage, je te reverrai demain matin avant ton départ, tu te pars... Adieu, ma mignonne.

Il embrassa sa fille, salua sa femme et s'enfuit. Une minute après on entendit le roulement de la voiture qui le conduisait chez son évêque... à l'Opéra.

Madame de Villeneuve avait suivi son mari des yeux avec un mépris qu'elle ne cherchait pas à dissimuler. Enfin elle se tourna vers Thérèse, toujours humble et tremblante.

— Il pourrait être faible, dit-elle en se raidissant secrètement contre ses propres impressions, mais je ne le serai pas, moi. Mademoiselle, il vous est encore permis de réfléchir jusqu'à demain. Je vous laisse; peut-être la nuit vous apportera-t-elle un bon conseil ; je le souhaite et je l'espère.

Thérèse voulut lui baiser la main, mais la mère irritée l'arrêta d'un geste glacial et sortit sans retourner la tête.

Demeurée seule, la pauvre enfant put enfin donner un libre cours à ses larmes. Tout l'accablait à la fois; Philippe était perdu pour elle, sa mère la repoussait, son père n'osait la défendre; elle n'avait plus en perspective qu'un mariage odieux ou l'austère vie du cloître. Dans son désespoir, elle éleva ses deux mains au-dessus de sa tête en disant tout haut :

— O mon Dieu! qui donc aura pitié de moi?

Alors, au milieu du silence profond de la nuit, elle crut entendre plusieurs coups légers frappés extérieurement à la fenêtre. C'était peut-être la réponse de cet être invisible qui depuis quelques heures errait autour d'elle. Mais la malheureuse fille n'avait pas conscience d'être la protégée d'un de ces *esprits frappeurs* dont on parle tant aujourd'hui ; ce bruit subit, dont la cause était inconnue, la fit tressaillir; elle tira vivement le cordon de la sonnette.

Une femme accourut; ce n'était plus la complaisante madame Durand, mais une vieille caméríste à mine revêche. Cette femme s'empressa de déshabiller Thérèse, qui la laissa faire machinalement. Néanmoins mademoiselle de Villeneuve voulut elle-même visiter les clôtures et rabattre les rideaux avant de se décider à se mettre au lit, où son repos ne fut pas troublé pendant le reste de la nuit.

Le lendemain matin, lorsque madame de Villeneuve entra chez Thérèse, celle-ci était déjà debout. Sur les meubles, on voyait quelques effets que la jeune fille semblait vouloir emporter. Cette circonstance était significative; la mère se mordit les lèvres.

— Je comprends, dit-elle,

Puis, s'adressant à la suivante ,

— Dites qu'on attèle! commanda-t-elle d'un ton bref.

Les préparatifs de départ furent bientôt terminés, et l'on vint annoncer que la voiture attendait dans la cour.

— Venez, mademoiselle, dit madame de Villeneuve froidement.

— Ma mère, avant mon départ, ne pourrai-je voir mon père, l'embrasser, comme il me l'a promis?

— Votre père, mademoiselle, ne pense guère à vous. Il n'est pas encore rentré de chez son évêque...

Et elle l'entraîna.

Au moment où Thérèse montait en voiture, le jardinier racontait avec terreur, au milieu d'un groupe de domestiques, qu'il venait de trouver de nombreuses traces de pieds nus dans les allées du jardin.

VIII.

LA BASTILLE.

Revenons à Philippe de Lussan, que nous avons laissé dans la première cour de cette terrible prison d'État, d'où, suivant un proverbe du temps, « un ange n'eût jamais pu tirer saint Pierre. »

Cette cour, à cause de l'élévation des tours massives qui l'environnaient, avait la forme d'un puits où ne pénétrait jamais le soleil. Un air humide et glacial y régnait en toutes saisons. Aucun bruit du dehors n'y arrivait. En revanche, les voitures qui amenaient les prisonniers éveillaient, en roulant sur le pavé, une foule d'échos lugubres, et produisaient un fracas semblable à celui du tonnerre.

Le fiacre s'était arrêté devant un corps de logis d'assez belle apparence, bien que les fenêtres en fussent soigneusement grillées. C'était l'habitation du gouverneur ou, comme on disait, le *gouvernement*. Quand le prisonnier et ses gardiens eurent mis pied à terre, l'exempt, chef de l'escorte, s'empressa de congédier le cocher. La voiture repassa le pont, qui fut aussitôt relevé. Alors on introduisit Philippe dans une pièce sombre et nue, servant de vestibule à l'appartement du gouverneur.

On respirait dans ce vestibule l'odeur fade, nauséabonde, écœurante, qui semble particulière aux hôpitaux et aux prisons. Sur de lourdes banquettes de bois, scellées aux murailles, étaient assis des porte-clefs, au costume brun, à la mine farouche, et plusieurs laquais en livrée appartenant au service du gouverneur. Les uns et les autres jouaient avec des cartes crasseuses, mais sans bruit ;

leurs chuchotemens ne pouvaient être entendus au delà du cercle étroit des joueurs.

Ces gens jetèrent un regard froidement curieux sur le prisonnier et ne se dérangèrent pas. Seul, le porte-clefs principal quitta la partie d'un air maussade et vint causer bas avec l'exempt.

— Monsieur le gouverneur a du monde, dit-il enfin tout haut, d'un ton bourru ; attendez un peu. Avez-vous fouillé le prisonnier ?

— Non.

— A quoi diable pensez-vous donc? Fouillez-le, ça vous distraira et ce sera de l'ouvrage de moins.

Sans plus de cérémonie, les gens de police s'empressèrent de vider les poches de Philippe. On lui enleva son argent, ses bijoux, son portefeuille ; on alla jusqu'à s'assurer s'il ne cachait pas quelque arme, quelque outil de métal dont il pût se servir plus tard pour opérer son évasion. Philippe, avec sa force supérieure, eût pu rendre ces honteuses investigations fort peu faciles. Mais il se laissa dépouiller tranquillement. Ces mains ignobles et mercenaires lui inspiraient sans doute du dégoût, moins toutefois que les hommes puissans qui se servaient d'elles comme d'instrumens pour opprimer et flétrir.

La besogne était à peine terminée quand le bruit d'une sonnette intérieure se fit entendre. Aussitôt le porte-clefs principal se précipita vers Philippe et ses gardiens, en leur disant avec rudesse :

— Des détenus vont sortir de chez le gouverneur et traverser cette salle. La règle ne permet pas que personne puisse les voir. Entrez ici ; allons donc! entrez, morbleu !

Et il les poussa dans une pièce voisine, dont il ferma la porte sur eux.

Les gens de police étaient trop bien faits aux usages de la Bastille pour s'étonner de cette circonstance; mais la brutalité du geôlier eût exaspéré Philippe et Philippe eût pu s'exaspérer encore de quelque chose. Machinalement il promena les yeux autour de lui. Il était dans une immense salle à manger où le gouverneur recevait à sa table les détenus privilégiés, et notamment ceux qui pouvaient payer cette faveur. On eût dit d'une de ces salles noires et enfumées des restaurans de *cent couverts*, aux barrières de Paris. Des chaises crasseuses entouraient une longue table toujours couverte d'une nappe malpropre. A l'odeur *sui generis* répandue dans toute la prison, se joignait dans cette pièce une autre odeur de rance et de moisi qui devait exciter fort peu l'appétit des pensionnaires délicats.

Du reste Philippe n'eut pas beaucoup de temps pour faire ces observations ; au bout d'une minute, le porte-clefs rouvrit la porte, et dit de sa voix rauque :

— Ils sont passés... venez.

Les gardiens restèrent dans l'antichambre, tandis que Lussan, précédé par le porte-clefs et suivi de l'exempt, était introduit auprès du gouverneur.

Il entra dans un cabinet poudreux, encombré de vieux cartons et de paperasses. Deux ou trois employés subalternes travaillaient devant les fenêtres grillées et ne levèrent même pas la tête à l'arrivée du prisonnier. Au milieu du cabinet, derrière un grand et lourd bureau, un homme d'une cinquantaine d'années, en habit brodé et en talons rouges, décoré de la croix de Saint-Louis, achevait de transcrire des notes sur un registre à fermoirs de cuivre. Sa figure était sèche et froide ; son regard sournois exprimait le soupçon. Il conservait sous son costume de cour la raideur d'un militaire ; toutefois ses formes avaient quelque chose de minutieux, de tatillon, qui sentait à la fois l'homme de bureau et le geôlier. Ce personnage était monsieur le marquis de Launay, ancien officier aux gardes du corps et présentement gouverneur de la Bastille.

Monsieur de Launay, son travail achevé, daigna enfin se tourner vers les arrivans. La noble prestance du jeune homme fit croire au gouverneur qu'on lui amenait un prisonnier d'importance. Aussi sa figure se dérida-t-elle légèrement, et il salua Philippe avec politesse.

— Eh bien! monsieur l'exempt, dit-il en étendant la

main pour recevoir la lettre de cachet, qui donc avons-nous ici? Un gentilhomme, cela se voit de reste, et même un gentilhomme qui a dû causer de grands ravages parmi les cœurs de la cour et de la ville! Il s'agit de femmes dans son affaire, on ne l'écoute pas. Hum! j'aime assez les pensionnaires de ce genre, et l'on ne m'en a pas envoyé depuis le duc de Richelieu.

Il se mit à lire attentivement la lettre de cachet, puis il causa bas avec l'exempt. A mesure que cette conversation se prolongeait, le visage du gouverneur s'assombrissait de nouveau.

— Un avocat, un gazetier ! murmura-t-il enfin avec dépit; est-ce donc pour de pareilles espèces que la Bastille est bâtie? Je n'ai plus que des prisonniers de rien. Je me plains, on ne m'écoute pas. Cette place n'est plus tenable !

Il froissait les papiers avec colère. Le porte-clefs demanda :
— Où le mettrai-je, monsieur le gouverneur?
— Vous êtes bien pressé. Cela va dépendre. . Je ne sais pas encore quel degré de considération je dois accorder à ce jeune gaillard. Vous vous appelez Lussan? continua-t-il en s'adressant au prisonnier.
— Philippe de Lussan, monsieur le marquis.
— Eh bien ! ici vous vous appellerez... comment pourrions-nous arranger cela? *Nassul* serait un peu bizarre... *Sullian* serait mieux... mettons *Sullian* pour l'euphonie... Vous l'entendez, messieurs, continua-t-il en s'adressant aux commis et au porte-clefs, le nouveau venu s'appellera Sullian.

Et il transcrivit sur son registre ce nom ainsi défiguré. Philippe s'efforçait vainement de comprendre : il ignorait qu'un prisonnier changeait toujours de nom en entrant à la Bastille.

Monsieur de Launay poursuivit d'un ton plus doux :
— Eh bien ! monsieur Sullian, quel prix pouvez-vous mettre chaque jour à votre pension ? Vous désirez sans doute conserver votre embonpoint, vos joues pleines et fraîches, pour que les belles dames vous reconnaissent à votre sortie... si vous sortez. Voyons, sans doute votre famille n'est pas extrêmement riche ; je ne vous proposerai donc pas une pension à trente et à vingt livres par jour, comme en ont payé tous les gentilshommes honorables confiés à ma garde jusqu'ici ; mais que dites-vous de quinze livres ? C'est le prix des gens de lettres et des ecclésiastiques. Monsieur de Voltaire, monsieur Linguet n'ont pas payé moins pendant leur séjour ici, et véritablement on ne peut pas vous faire grande chère pour quinze livres! Je ne veux pas gagner sur mes prisonniers, mais je n'entends pas non plus y mettre du mien.

Et il poussa un gros soupir.
— Pardon, monsieur le gouverneur, demanda Philippe stupéfait, je vous ai mal compris sans doute.
— Je parle pourtant assez clairement. Peut-être ce prix de quinze livres vous semble-t-il encore trop élevé... Nous avons aussi des pensions à douze livres, à dix livres même; mais on est fort mal, je ne vous le cache pas; les denrées sont chères, et l'on ne vous servir des mets bien recherchés; vous aurez du pain bis, de mauvais vin.
— Pardon, encore une fois, monsieur le gouverneur, mais pourriez-vous me dire où je suis ici?
— Où vous êtes? Eh ! morbleu ! vous êtes dans le château royal de la Bastille.
— C'est étrange, je me serais cru au cabaret de Ramponneau ou chez quelque gargottier des Porcherons.

Monsieur le marquis de Launay, que les mémoires du temps appellent par dérision le *traiteur* de Launay, à cause de ses spéculations bien connues sur la nourriture desprisonniers, se mordit les lèvres.
— Vous êtes hardi, jeune homme, reprit-il en lançant à Philippe un regard sombre, et je pourrais vous faire repentir de vos railleries. Mais finissons-en et fixez vous-même le prix de votre pension... Que dites-vous de huit livres ? C'est le plus bas, et l'on ne saurait vous fournir à moins une nourriture quelconque.
— Et si je ne pouvais ou ne voulais payer aucune pen-

sion, monsieur? Je suis le prisonnier du roi, n'est-il pas juste que le roi me nourrisse ?

Le gouverneur sauta sur son fauteuil.
— Qui diable m'envoie-t-on là ? demanda-t-il avec indignation. Quoi! pas même huit livres? Prenez-y garde, monsieur ! le roi nourrit fort mal ses prisonniers, je vous en avertis, et si vous en étiez réduit à l'ordinaire de la prison...Allons! vous devez avoir une famille,des amis qui s'imposeront des sacrifices pour vous?
— Je n'ai ni amis ni parens dont je veuille en cette circonstance invoquer le secours.
— Mais, du moins, reprit le gouverneur tremblant à la pensée que le prisonnier pût tomber complètement à sa charge, vous avez encore ces bijoux (et il montrait les objets dont les alguazils avaient dépouillé Philippe au moment auparavant); voici aussi votre bourse ; elle est un peu plate, mais il y reste quelques louis... Voyons, je consentirai ces effets qui doivent demeurer en dépôt au greffe de la maison, à vous avancer le prix de la pension à huit livres pendant quelques jours. D'ici peut-être vous aurez réfléchi. Vos parens seront venus à votre aide, ou bien le ministre aura jugé à propos de vous assigner un traitement convenable. En vérité, c'est une ruine d'être gouverneur de la Bastille.

Philippe ne voulut pas continuer cette honteuse discussion, et laissa échapper un signe d'assentiment dédaigneux. Alors, le gouverneur s'empressa de griffonner quelques mots sur son registre, remit un reçu du prisonnier à l'exempt qui se retira ; puis, se tournant vers le porte-clefs :
— Conduisez monsieur Sullian à la troisième Bertaudière, dit-il froidement.

Et il ajouta plus bas :
— C'est assez bon pour de pareilles gens... Huit livres ! des écrivassiers, des vagabonds... Huit livres! où allons-nous, mon Dieu! où allons-nous !

Monsieur le gouverneur continuait ses doléances que le porte-clefs conduisait déjà Philippe à la prison désignée.

On traversa plusieurs cours plus tristes encore que la première, des voûtes, des ponts-levis, des escaliers sans fin. Devant chaque porte il fallait s'arrêter cinq minutes pour mouvoir les serrures énormes, les verrous monstrueux dont elle était munie ; puis les portes s'ouvraient lentement avec des grincemens affreux. Plusieurs fois, en parcourant ces cours au pavé gras et couvert de moisissures verdâtres, Lussan leva les yeux vers les hautes tours qui les entouraient, espérant voir aux lucarnes quelque pâle figure de prisonnier; mais ces lucarnes, grillées ou à abat-jours ou grillées, semblaient ne jamais s'ouvrir. Dans les longs corridors, il ralentissait le pas et prêtait l'oreille pour surprendre une plainte, un gémissement; mais les murs épais de dix pieds étouffaient le bruit des voix humaines, et le plus morne silence régnait dans ce labyrinthe de cachots. Pendant tout le trajet, qui dura près d'un quart d'heure, il rencontra seulement deux ou trois porte-clefs qui se glissaient à côté de lui, muets comme des ombres, ou des sentinelles immobiles, appuyées sur leurs armes, à l'angle des passages obscurs.

Enfin, son conducteur s'arrêta devant une porte basse, à guichet, et en chercha longtemps la clef; cette clef trouvée, il resta plus longtemps encore à faire jouer la serrure et les gonds rouillés. Ils entrèrent dans une grande chambre ronde comme la tour dont elle formait un étage; une étroite fenêtre, aux vitres garnies de papier, afin qu'on ne pût regarder dans les cours, laissait à peine filtrer un rayon lumineux. Elle était voûtée, dallée en briques; par l'ouverture béante d'une large cheminée, l'air et la lumière arrivaient dans la prison beaucoup plus librement que par la fenêtre. Les murs étaient chargés de sentences et de vers, ouvrage des prédécesseurs de Philippe dans la troisième Bertaudière.

Le mobilier répondait au logement. Une couchette misérable, rongée par les vers et l'humidité; une chaise de paille, une table boiteuse, une cruche pour mettre de l'eau ; telles étaient les douceurs qu'offrait aux prisonniers l'*hospitalité du roi*, en son château de la Bastille. Encore Latude et Prévot de Beaumont se trouvaient-ils beaucoup moins bien partagés dans les terribles cachots de la forteresse.

Cependant Philippe, en prenant connaissance de sa future demeure, ne montra ni étonnement ni chagrin. Lui qui, peu d'heures auparavant, avait attendu si courageusement la mort dans les carrières de Paris, pouvait-il s'épouvanter d'une prison ? Il vint s'asseoir sur l'unique chaise de la chambre ; l'âme ne faiblissait pas, mais le corps était excédé de fatigue. On n'a pas oublié en effet que, depuis la veille, le malheureux jeune homme n'avait pu trouver un instant de repos, qu'il avait passé la nuit dans une activité extraordinaire, au milieu d'angoisses inouïes ; sa robuste organisation commençait à fléchir sous un fardeau qui surpassait les forces humaines.

Il y avait tant de dignité dans la contenance de Lussan que le porte-clefs, habitué sans doute aux lamentations des prisonniers pendant les premiers momens de la captivité, parut en concevoir une haute estime pour son nouvel hôte. Après avoir mis en ordre le pauvre mobilier de la prison, il s'approcha de Philippe un peu rêveur mais non abattu, et lui demanda d'un ton moins rébarbatif qu'à l'ordinaire s'il souhaitait quelque chose. Philippe demanda qu'on mît venir son linge et ses effets et pria qu'on lui apportât de quoi manger.

— Les effets ne peuvent tarder d'arriver au greffe, et on vous les remettra dès qu'ils auront été visités ; quant à la nourriture, l'heure du dîner est passée, et il vous faudra, selon toute apparence, attendre le souper.

— Il suffit. Mais du moins ne sauriez-vous me procurer un peu de papier et les objets nécessaires pour écrire ?

Le guichetier sourit.

— Du papier ? reprit-il ; c'est la chose qu'on se procure le plus difficilement ici. On n'en accorde qu'aux détenus extrêmement favorisés ; encore chaque feuille est-elle comptée, paraphée, et doit être représentée ouverte au gouverneur après qu'on s'en est servi. Or, aux termes où vous en êtes avec monsieur le marquis, je doute qu'il vous accorde cette faveur de sitôt !

— Soit, je prendrai patience, répliqua froidement Philippe.

Le porte-clefs le regarda sans rien dire, puis il sortit en hochant la tête. Le prisonnier entendit cinq ou six serrures et autant de verrous se refermer sur lui.

Plusieurs heures s'écoulèrent ; Philippe, épuisé au physique et au moral, restait dans une morne atonie sur son siège. Enfin, vers le soir, au moment où la chambre allait être plongée dans une obscurité complète, la porte se rouvrit avec le bruit de ferraille accoutumé, et le chef des porte-clefs parut accompagné d'un de ses subalternes. L'un portait une malle contenant les effets qu'on voulait bien laisser à la disposition du prisonnier ; l'autre avait au bras un grand panier où se trouvait le souper de Philippe. Une lanterne que l'on suspendit à la muraille permit de faire les préparatifs ordinaires.

Ces préparatifs étaient fort simples. On étendit sur la table une serviette crasseuse ; sur cette serviette, on plaça un gobelet, une assiette d'étain et un couvert de bois, les couverts de métal n'étant pas tolérés à la Bastille ; quant aux couteaux, on n'en voulut d'aucune sorte, de crainte que les prisonniers n'en mésusassent. Puis on servit du pain noir, une demi-bouteille de vin bis aigre, et je ne sais quelle viande froide et carbonisée, qu'on avait prob̄lement saupoudrée de cendre. C'était tout, et certes *mons. de Launay*, comme les lettres de cachet appelaient le gouverneur de la Bastille, ne pouvait à moins de frais nourrir ses pauvres pensionnaires.

Cependant, cette fois encore, Philippe ne voulut élever aucune plainte. Imitant le silence de ses geôliers, il se mit à table, et, grâce à son appétit, il surmonta son dégoût pour cette sordide nourriture. Pendant qu'il mangeait à l'écart, les porte-clefs s'occupaient de disposer le lit. Lussan

ne songeait plus à eux, quand, en rompant son pain, il trouva dans l'intérieur un petit papier soigneusement plié, sans doute un billet, un avis de quelque protecteur inconnu.

Philippe crut à une méprise ; il était à la Bastille seulement depuis quelques heures, et ses amis ne pouvaient encore chercher à correspondre avec lui. D'ailleurs, excepté l'étourdi Chavigny, malade et alité pour le moment, qui songeait à lui dans Paris ? Le chevalier de Lussan se montrait d'ordinaire assez peu soucieux d'un fils auquel il était devenu presque étranger. Selon toute apparence donc, ce billet avait une autre destination, et l'erreur de l'un des porte-clefs l'avait fait tomber entre les mains du nouvel hôte de la prison d'État.

Philippe eût bien désiré questionner ses gardiens ; mais un seul probablement coupable de cette infraction à la règle, et il pouvait être dangereux de mettre l'autre dans la confidence. D'autre part, il craignait de trahir le secret d'un compagnon de captivité. Un coup d'œil devait suffire à Lussan pour reconnaître la vérité ; mais comment lire le billet en présence de ces deux hommes dont un certainement était ennemi ? Il cacha le papier dans ses vêtemens, et attendit, pour en prendre connaissance, que ses gardiens se fussent retirés.

Ce moment arriva bientôt. Dès que Philippe eut expédié son mauvais souper, les porte-clefs se préparèrent à quitter la chambre, mais en emportant la lanterne. D'abord le prisonnier ne pouvait croire qu'à cette heure peu avancée on le laissât dans l'obscurité ; voyant les gens s'éloigner tout de bon, il rompit le silence pour demander une bougie.

— Ce n'est pas la règle de la Bastille, dit le guichetier bourru. On en parlera demain à monsieur le gouverneur ; pour cette nuit, vous vous coucherez sans lumière... Bonsoir.

Et la porte se referma brusquement.

Quel parti prendre ? Philippe essaya bien de s'approcher de la fenêtre ; mais les dernières lueurs du crépuscule étaient insuffisantes pour permettre de lire. Force fut donc de remettre la chose au lendemain matin, et de se coucher à tâtons sur le mauvais grabat de la prison.

Lussan était accablé de sommeil, car nous savons comment il avait employé la nuit précédente ; cependant une pensée l'empêcha longtemps de s'endormir. Pourquoi ce billet ne serait-il pas venu de Thérèse de Villeneuve ? Philippe ne voyait qu'elle qui pût l'aimer assez pour s'occuper ainsi de lui. Elle était riche ; l'or ouvre les portes et les consciences les mieux fermées. Cette supposition était absurde, car Thérèse à cette heure ne devait pas avoir connaissance de la captivité de son ancien fiancé ; d'ailleurs, que pouvait une jeune fille isolée, sans appui, toujours surveillée par une mère jalouse ? Mais rien n'est absurde pour l'imagination d'un jeune homme, d'un amoureux, d'un prisonnier. Cette idée, une fois entrée dans son cerveau, fit bouillonner son sang, lui donna la fièvre ; il se retournait sur son lit dans des angoisses inexprimables. Enfin pourtant la fatigue l'emporta sur son impatience, et malgré les cloches que les sentinelles, placées sur les remparts de la Bastille, sonnaient de quart d'heure en quart d'heure pour prouver leur vigilance, il tomba dans un profond sommeil ou plutôt dans une sorte d'engourdissement jusqu'au lendemain.

Aux premiers rayons du jour, Philippe, debout devant la fenêtre, cherchait à lire le billet qui lui était parvenu d'une manière si bizarre. Le style n'en était pas moins extraordinaire.

« L'aigle n'est pas fait pour languir dans la cage étroite
» de l'oiseleur ; le Seigneur lui a donné des ailes vigou-
» reuses pour qu'il vole vers le ciel, au dessus des nuages
» et de la tempête. Courage donc, jeune homme, et sache
» attendre ton jour et ton heure, car tu es l'élu de Dieu.
» Déjà les guerriers ont revêtu leur cuirasse et leur casque
» d'airain ; ils se sont armés de leur lance et de leur bou-
» clier pour opérer ta délivrance. Avant que le soleil ait

» parcouru deux fois sa carrière, les saints auront mani-
» festé leur pouvoir en ta faveur. »

Philippe éprouva d'abord une vive contrariété en reconnaissant que cet écrit n'était pas de Thérèse, comme il
en avait conçu l'espérance ; puis ses doutes revinrent sur
la possibilité que ce papier fût tombé par méprise entre
ses mains. Comment, en effet, lui, pauvre avocat au Châtelet, obscur écrivain d'un journal persécuté, se serait-il
reconnu dans ces dénominations ambitieuses d'*aigle aux
ailes vigoureuses* et d'*élu de Dieu*? Sans doute le style apocalyptique du correspondant autorisait des métaphores,
mais celles-ci paraissaient un peu bien tortes pour être
justes. D'ailleurs, quels étaient ces *guerriers* et ces *saints*
qui se préparaient à le délivrer « avant que le soleil eût
parcouru deux fois sa carrière ? » Évidemment cette lettre
était l'œuvre d'un fou, à moins qu'elle ne fût destinée à
quelque compagnon d'infortune qui avait la clef de ce
langage énigmatique.

En toute autre circonstance, Philippe eût donc jeté ce
papier de côté sans y songer davantage ; toutefois, ce qui
ne saurait émouvoir l'homme en liberté met en mouvement toutes les facultés du prisonnier. En dépit de lui-
même, Lussan réfléchit à cette étrange missive.

Parmi ses connaissances, une seule lui semblait capable
d'avoir écrit cette lettre singulière : c'était un certain
abbé de la Croix dont on a parlé déjà dans le cours
de cette histoire et que nous savons avoir été l'associé secret de Philippe pour la rédaction de la gazette. L'abbé de la Croix affectait une grande austérité, mais son existence problématique avait bien des fois exercé l'intelligence de son jeune collaborateur. Il vivait fort simplement
dans un modeste logement de la rue de la Harpe; cependant il disposait de sommes considérables, et il jouissait
d'un crédit occulte dont Philippe avait vu des effets sur-
prenans. Souvent il disparaissait de chez lui pendant plusieurs jours; personne ne savait ce qu'il devenait alors, et
lui-même s'inquiétait peu de donner des explications sur
ce point ; c'était pendant une de ces absences que la presse
confiée à Philippe avait été découverte.

L'abbé de la Croix se montrait aussi peu clair dans ses
paroles et dans ses écrits que dans ses actions ; il s'exprimait toujours par paraboles et par images empruntées à
la Bible et à l'Évangile. Quant aux doctrines qu'il prêchait
dans la publication commune, elles différaient peu des doctrines professées par les grands penseurs du temps; seulement elles étaient alliées à une sorte de néo-christianis-
me nébuleux qu'elles semblaient devoir exclure. Tout cela
cependant s'arrangeait sans doute à merveille dans l'esprit de l'abbé, dont les convictions étaient ardentes et passionnées. Philippe, un moment, l'avait considéré comme un
utopiste. Mais au milieu d'un fatras obscur, l'abbé de la
Croix laissait voir parfois des aperçus lumineux, des appré-
ciations élevées, des éclairs de génie qui rachetaient bien
des rêveries. Lussan le considérait donc comme un esprit
supérieur, malgré ses écarts, tandis que Chavigny, plus
frivole, ne se gênait pas pour le traiter de fou ennuyeux.

Leurs rapports avaient commencé dans des circonstances également étranges. Ils s'étaient rencontrés pour la
première fois dans un salon alors fréquenté par ce qu'on
appelait des philosophes et de beaux esprits ; Philippe
avait exprimé en présence de cet inconnu les opinions li-
bérales qui étaient les siennes, et l'abbé l'avait écouté
très attentivement, mais sans prononcer une parole, sans
donner un signe d'approbation ou d'improbation. Le lendemain, les jours suivans, le même personnage sembla se
multiplier sous les pas de Philippe ; quelque part qu'allât
celui-ci, dans les salons, sur les promenades publiques,
au Châtelet, il trouvait l'inévitable abbé, toujours attentif
et muet. Sauf les rares intervalles causés par les dispari-
tions périodiques de monsieur de la Croix, cette espèce
d'espionnage dura plusieurs mois. Enfin un soir, comme le
jeune avocat se promenait au Luxembourg, l'abbé l'aborda,
et lui prenant le bras, se mit, sans autre préambule, à lui
parler de lui-même avec une abondance, une sûreté de

jugement, une vérité d'analyse qui frappèrent Lussan. Son
interlocuteur semblait le connaître mieux qu'il ne se connaissait lui-même ; ses opinions, ses instincts, ses tendances, étaient jugés avec une élévation magistrale. Surpris de
l'inquisition minutieuse dont il devait avoir été l'objet,
Philippe voulut connaître à son tour l'original qui faisait
de lui ces études approfondies. Mais l'abbé ne se laissait
pas ainsi pénétrer. Lussan n'apprit rien de lui, sinon que
leurs opinions avaient beaucoup de ressemblance, et il
consentit à se charger de la rédaction d'un journal dont
monsieur de la Croix se trouvait déjà le fondateur. A partir de ce moment, des relations plus étroites avaient commencé entre eux, mais sans que le jeune homme en fût
beaucoup plus instruit sur le genre de vie, l'origine et les
projets de son collaborateur.

Tel était donc le personnage auquel Philippe attribuait
le billet qu'il venait de recevoir ; il reconnaissait le style
obscur et imagé, il croyait même reconnaître l'écriture
des manuscrits de palingénésie sociale que le nébuleux
abbé envoyait pour être publiés dans l'œuvre commune.
Mais là s'arrêtaient les indices. Comment monsieur de la
Croix avait-il pu lui faire parvenir cet écrit à la Bastille ?
Quels étaient ces *guerriers* et ces *saints* que l'on devait
employer pour sa délivrance ? Enfin, comment l'abbé, absent de Paris la veille, avait-il pu connaître si tôt son arrestation ? Philippe ne trouvait aucune réponse raisonnable à ces questions.

— Allons ! dit-il enfin après s'être fatigué la tête à chercher la solution de ces problèmes, mon attente ne saurait
être longue... Cette lettre a été écrite hier, et si vraiment
elle s'adresse à moi, la journée ne se passera pas sans que
je sois libre... Nous verrons bien.

L'heure du déjeuner arriva ; les porte-clefs entrèrent
pour servir le repas du matin et remplir les autres devoirs
de leur charge. Pendant qu'ils allaient et venaient autour
de lui, Philippe les observait à la dérobée, espérant que le
porteur du billet se ferait reconnaître par un signe, un regard furtif ; l'un et l'autre restèrent impassibles et silencieux.

Le déjeuner répondait entièrement au souper de la veille : même malpropreté, même préparation détestable. Cependant Philippe ne proféra encore aucune plainte ; il témoigna seulement, en laissant la moitié de son repas, de
sa répugnance pour cette repoussante nourriture. Dès
qu'il eut cessé de manger, les porte-clefs desservirent et
se retirèrent.

Philippe passa la journée à lire un volume de Molière
oublié dans sa malle par les alguazils du gouverneur.
Néanmoins il n'était pas assez absorbé par sa lecture pour
ne pas songer à la possibilité bien précaire de sa prochaine délivrance. Le moindre bruit lointain le faisait tressaillir ; un pont-levis qu'on abaissait, une porte roulant
sur ses gonds dans le corridor voisin, lui donnait des battemens de cœur. Mais bientôt le bruit cessait, et il reprenait son livre en soupirant.

Le dîner arriva, puis le souper, et aucun changement
ne s'était opéré dans la position du prisonnier. A l'heure
du souper il était nuit et les porte-clefs avaient dû se munir de leur lanterne. Comme ils se retiraient, Philippe leur
demanda de nouveau s'ils ne lui laisseraient pas de la lumière.

— Monsieur le gouverneur ne l'a pas permis, répliqua
le principal gardien d'une voix brève.

Et ils sortirent tous les deux sans autre explication.

Resté seul dans l'obscurité, Philippe, malgré son apparent stoïcisme, fut pris d'un profond découragement. Ce
vague espoir si promptement déçu, détermina dans son
âme une réaction cruelle. Il éprouva un de ces accès de faiblesse auxquels ne peuvent se soustraire les plus vigoureuses organisations après des crises répétées. Le souvenir de
toutes les personnes qu'il avait aimées et qu'il ne rever-
rait peut-être jamais se représentait à sa mémoire. Insensiblement sa tête se pencha sur sa poitrine et ses yeux se
remplirent de larmes.

Tout entier à ses rêveries mélancoliques, il ne songeait pas à se coucher, quoique la soirée fût très avancée. Enfin pourtant il allait se jeter sur son lit, quand un pâle reflet de flambeaux, passant sur sa fenêtre, annonça qu'une ronde traversait la cour. Au même instant des pas retentirent dans les corridors, le bruit se rapprocha rapidement et la porte s'ouvrit. Le gouverneur parut, précédé de plusieurs gardiens qui portaient des torches, et accompagné de deux autres personnes.

Cette lumière subite, ce tumulte, ce mouvement, cette visite inattendue, frappèrent Philippe de stupéfaction; il croyait encore rêver et restait en place, les yeux éblouis, sans prononcer une parole. Le gouverneur ne lui laissa pas le temps de se reconnaître.

— Monsieur Philippe de Lussan, dit-il en donnant à sa figure hargneuse son expression la plus aimable, j'éprouve une sincère satisfaction à vous annoncer que le roi vous accorde votre grâce et m'ordonne de vous remettre entre les mains de votre honorable père.

— Mon père! répéta Philippe ébahi.

— Eh oui, ton père, ingrat enfant! dit le chevalier de Lussan en venant l'embrasser; ton père que tu as oublié, et qui depuis deux jours remue ciel et terre pour obtenir ta délivrance.

Philippe rendit au chevalier ses caresses avec plus de chaleur qu'il n'avait jamais fait. Puis tout à coup il aperçut derrière son père un homme vêtu de noir, grand, maigre, à la figure ascétique, à l'œil pénétrant, qui s'avança vers lui en tendant la main.

— L'abbé de la Croix! s'écria le jeune homme avec un mélange d'étonnement et d'inquiétude en le reconnaissant.

On sait en effet que monsieur de la Croix était le principal complice de Philippe dans l'affaire de la presse clandestine, et il lui fallait une dose remarquable de témérité pour s'aventurer ainsi à la Bastille. L'abbé devina ce sentiment et y répondit par un sourire dédaigneux.

— C'est moi, reprit-il, qui le premier ai donné connaissance au chevalier de votre incarcération... Je suis allé le trouver au milieu des femmes de Samarie et des publicains; je l'ai conjuré de demander votre grâce à César, qui ne pouvait la refuser.

— César! répliqua le gouverneur, un peu surpris de l'expression; au fait Sa Majesté mérite bien ce nom. Mais vraiment monsieur le chevalier de Lussan jouit d'un crédit fort extraordinaire. L'ordre de mise en liberté est écrit tout entier de la main du roi, et jamais, à ma connaissance, pareille faveur n'avait été faite à des prisonniers de la Bastille, même aux plus grands seigneurs. Voyez, monsieur, continua-t-il en présentant à Philippe un papier qu'il tira de sa poche, et jugez de la bonté infinie de cet excellent prince.

Philippe lut machinalement; l'ordre était en effet de la main du roi et conçu en ces termes:

« Mons de Launay, je vous fais cette lettre pour vous
» dire que vous mettiez en liberté le sieur Philippe de Lus-
» san, que vous détenez par mes ordres dans mon château
» de la Bastille. La présente fait à d'autres fins, je prie
» Dieu, mons, qu'il vous ait en sa sainte et digne garde.

» LOUIS. »

— Et encore, dit le chevalier d'un air de fausse modestie, le roi était malade, alité; quand il a su qu'il s'agissait de mon fils, il n'a voulu s'en remettre à personne du soin de lui rendre au plus vite la liberté... Philippe appréciera, je l'espère, cette nouvelle grâce, et saura s'en rendre digne désormais.

— Fait-on de ma soumission une condition à mon élargissement? demanda Philippe avec raideur.

— Non, non, mon enfant, s'empressa de répondre le chevalier: tu es libre sans conditions; seulement je te crois trop juste, trop loyal, pour répondre par de nouvelles agressions aux faveurs dont on t'accable, pour retourner contre ceux que tu as offensés leur généreux pardon!

Philippe baissa la tête; il sentait qu'en effet son père avait raison, et que toute agression de sa part serait maintenant une noire ingratitude. Aussi voulut-il, dans un premier mouvement, refuser sa liberté, déchirer la lettre de grâce, comme il avait déchiré l'ordre qui devait lui assurer la main de Thérèse. Heureusement l'image de la charmante jeune fille se reproduisit à sa pensée dans ce moment de crise et apaisa ses sentimens tumultueux.

— Soit, murmura-t-il enfin; des rigueurs m'eussent trouvé inflexible, je suis désarmé par des bienfaits.

— Patience! jeune homme, dit l'abbé de la Croix à son oreille; le jour viendra bientôt où tu pourras sans honte combattre le lion et le dragon... L'arc est tendu, l'épée est déjà tirée.

Pendant cette conversation, le gouverneur avait envoyé chercher les bijoux restés au greffe, et il les restitua lui-même à l'ex-prisonnier. Celui-ci les remit distraitement aux porte-clefs qui étaient en train d'empaqueter son bagage.

— Monsieur, lui dit le marquis de Launay d'un ton doucereux, vous n'avez pas eu trop à vous plaindre, j'espère, du régime de la Bastille; mais si vous l'avez trouvé parfois un peu dur, il faut vous en prendre à vous seul: vous vous êtes montré beaucoup trop Spartiate, que diable! Vous parliez avec hauteur d'abord, et puis, pas une plainte, pas une prière... L'autorité doit se faire respecter! Je croyais n'avoir affaire qu'à un petit écrivassier. À un homme de rien, je ne pouvais pas fléchir. Je vous connais maintenant et j'ai regret de ne pas vous avoir traité d'une façon plus convenable; aussi, dans l'occasion, je m'efforcerais de vous prouver le cas que je fais de vous. En attendant, monsieur votre père, qui a si bien l'oreille du roi, voudra bien ne pas me desservir auprès de Sa Majesté...

Le chevalier rassura monsieur de Launay d'un ton protecteur.

— En revanche, ajouta-t-il, si je peux enfin emmener mon fils, je vous prie de nous congédier au plus vite... Vraiment, monsieur le gouverneur, le séjour de la Bastille n'a rien d'attrayant.

— À qui le dites-vous! répliqua mons de Launay en levant les yeux au ciel; si les détenus savaient le mal que je me donne à les garder... Allons! messieurs, habituellement on ne sort pas à pareille heure du château; mais un ordre autographe du roi doit avoir des priviléges... Vous partirez dès qu'une dernière formalité aura été remplie.

— Laquelle, monsieur?

— La bourse de monsieur de Lussan vient d'être restituée intacte... Or, deux jours de pension, à huit livres par jour, font seize livres; en y joignant les droits de geôlage et le pourboire de mes gens, nous trouverons vingt livres neuf sous et... voyons! combien de deniers?

Philippe s'empressa de couper court aux calculs du marquis de Launay en lui remettant une pièce d'or. Monsieur le gouverneur voulut rendre la monnaie, mais Lussan l'arrêta par un geste impatient.

— Soit, dit le gouverneur en souriant, le reste sera remis aux porte-clefs qui vous ont servi. Vous n'avez pas eu trop à vous plaindre de leur politesse, sans doute.

La figure des porte-clefs se rembrunit; ils savaient bien que la libéralité du prisonnier serait en pure perte pour eux et qu'ils ne verraient jamais aucune partie de sa pièce d'or (1).

Ces arrangemens terminés, Philippe et ses compagnons se mirent en devoir de partir. Le gouverneur marchait le premier pour faire ouvrir les portes et pour échanger le mot de passe avec les sentinelles. Les guichetiers suivaient chargés des bagages du prisonnier. La troupe s'avançait lentement à la clarté des torches; à chaque instant elle était obligée de s'arrêter pour remplir les formalités d'usage et laisser aux lourds pont-levis le temps de s'abaisser devant elle. Les chaînes grinçaient tristement,

(1) Si quelqu'un de nos lecteurs croyait que nous exagérons l'avarice du gouverneur de la Bastille, qu'il lise la *Police dévoilée*, de Manuel.

les serrures ne cédaient qu'avec effort, les portes tournaient à regret sur leurs gonds criards; on entendait comme des plaintes dans les longs corridors faiblement éclairés par de pâles réverbères; la vieille et avare Bastille semblait murmurer et se plaindre de voir sa proie lui échapper.

Enfin, on traversa la dernière cour, on franchit le dernier pont-levis. Le gouverneur s'arrêta poliment pour prendre congé; mais Philippe n'écoutait pas ses mielleux complimens. Il était libre! il rentrait dans la vie commune! Ces lumières qui s'agitaient devant lui, c'était le boulevard, c'était Paris; il tournait le dos à la maison d'État; le cauchemar était fini. Il respirait à pleins poumons la brise fraîche de la nuit, et cet air pur l'enivrait, comme quelques gouttes de vin généreux enivrent celui qui en a, depuis longtemps, perdu l'usage.

Aussi restait-il étourdi de l'autre côté du fossé de la Bastille, sans répondre aux salutations du marquis de Launay, qui s'empressa de rentrer avec ses acolytes et de faire lever le pont. Cependant, après une minute de recueillement, Philippe s'approcha de ses libérateurs, et leur dit d'une voix émue :

— Mon père, monsieur l'abbé, que je vous remercie!

— Où faut-il donc porter cela? demanda tout à coup une voix derrière eux.

C'était le porte-clefs qu'on avait chargé des bagages. Philippe parut embarrassé.

— L'impie Achab s'est emparé du champ du potier, dit l'abbé de la Croix, ou, pour parler selon le langage mondain, la police a mis le séquestre sur l'appartement de Philippe de Lussan, et il n'est pas probable que les difficultés légales soient levées avant demain... En attendant j'offre à mon jeune ami l'hospitalité.

— Permettez, reprit le chevalier de Lussan, je réclame la préférence pour mon petit logement de garçon... Hein! qu'en dis-tu, Philippe? Je te recevrai bien volontiers, si toutefois tu n'es pas trop sévère pour les faiblesses paternelles!

— Je ne voudrais pas gêner vos goûts, mon père, et déranger vos habitudes en quoi que ce fût, dit Philippe avec plus d'indulgence qu'il n'en avait jamais montré pour la vie licencieuse du chevalier; d'ailleurs la journée d'hier et celle d'aujourd'hui ayant été employées, de votre propre aveu, en démarches pour me tirer de la Bastille, vous n'aurez pas trouvé, je le gage, depuis deux jours le moment de faire une partie d'hombre ou de biribi.

— Comme tu le dis, mon garçon, répliqua le vieux joueur avec un soupir, et pourtant j'avais une revanche à prendre contre le petit Saimson, un mousquetaire noir qui m'avait gagné mes pistoles... Mais monsieur l'abbé de la Croix me serrait de si près, ou plutôt j'avais une si grande impatience de te revoir libre...

— Eh bien! mon père, allez demander votre revanche au petit Saimson; c'est votre heure, je crois, et vous devez avoir besoin de distractions... Quant à vous, mon cher abbé, poursuivit-il en s'adressant à monsieur de la Croix, sans savoir précisément de quelle nature sont vos occupations, je n'ignore pas que tous vos momens sont absorbés par de mystérieux devoirs, et j'aurais scrupule de vous en détourner. Je vais donc, avec votre permission à tous les deux, placer mes bagages dans un fiacre, et me faire conduire chez mon ami l'abbé de Chavigny, dont le canapé me servira de lit pour cette nuit.

Il donna ses ordres au porte-clefs, et on se mit en marche vers le boulevard afin de chercher une voiture.

— Véritablement, marmottait le vieux chevalier à part lui, je suis curieux de savoir si ce maudit mousquetaire noir aura conservé son infernale chance... Outre mes cent pistoles, il a gagné mille écus au fermier-général Ferrand. Hum! si l'on pouvait l'en débarrasser!... pourquoi pas? le sort n'est pas toujours contraire.

— Chavigny! pensait à son tour l'abbé de la Croix, un enfant frivole!... Mais qu'est lui-même ce jeune homme destiné à devenir le premier dans Israël?...,Enfin l'heure va bientôt sonner pour lui; ses yeux seront ouverts et il verra la lumière!

Puis se tournant vers Philippe, qui pensait à Thérèse :

— Mon jeune ami, reprit-il d'un ton solennel quoique à voix basse, je ne suis pas étranger à votre délivrance, vous le savez. Sans moi assurément vous gémiriez encore dans ce lieu de pleurs et de grincemens de dents, et peut-être un événement inattendu eût-il empêché plus tard... Enfin je ne veux pas me glorifier de mes œuvres comme le Pharisien qui prie tout haut dans le temple; mais si j'ai pu trouver grâce devant vous, je vous adjure de vous rendre, d'ici à trois jours, au lieu qui vous sera désigné par un écrit de ma main.

— Oh! oh! l'abbé, comme vous me dites cela! répliqua Philippe avec étonnement; certes je suis reconnaissant de votre zèle à me servir et je compte vous voir bientôt pour vous en remercier... Mais j'y songe, ajouta-t-il en souriant, vous me donnerez sans doute l'explication d'un certain billet que j'ai trouvé... sous ma dent, hier au soir ; vous me montrerez les *saints* et les *forts* qui ont pris la lance et le bouclier pour ma défense ?

— Ne riez pas, dit l'abbé d'un ton d'aigreur, car il est écrit : « Malheur à l'homme léger ! » Ceux dont vous parlez existent autour de vous, quoique vous ne les voyiez pas, et il serait aussi difficile de nier leur pouvoir que de nier la lumière du jour... Ne riez pas, car de grandes choses s'opéreront par eux, et vous serez élevé si vous êtes trouvé pur... Mais vous n'avez pas répondu : êtes-vous prêt à vous rendre, sur mon premier appel, à l'endroit qui vous sera désigné ?

— Très volontiers, mon cher abbé; seulement je voudrais savoir...

— Il suffit, j'ai votre promesse, et la parole du juste ne doit pas être donnée en vain.

Philippe savait à peine ce qu'il venait de promettre, et il fut presque effrayé de l'air sérieux de l'abbé. Mais le moment n'était pas favorable pour demander des explications; le porte-clefs venait d'arrêter un fiacre dans lequel il déposa les bagages du prisonnier libéré. Au moment où Philippe allait monter en voiture, monsieur de la Croix s'éloigna de vous, quoique vous ne se gêner les adieux du fils et du père. Celui-ci, faisant trêve à ses calculs et aux combinaisons avec lesquelles il comptait battre le mousquetaire noir Saimson, embrassa Philippe assez cordialement.

— Au revoir, mon garçon, dit-il , et ne me néglige pas trop. Ah! si tu étais un homme comme un autre, tu trouverais en moi un excellent père! Mais laissons cela. Te voilà hors de la Bastille et libre de te brouiller encore une fois avec le lieutenant de police. C'est fort bien ; mais n'y reviens plus, car si l'on te claquemurait de nouveau dans une prison d'État, je pourrais trouver beaucoup plus de difficultés à t'en tirer.

— Ainsi donc, mon père, vous avez usé tout votre crédit en ma faveur?

— Ce n'est pas cela ; mais le roi est malade, Philippe, et l'on n'augure pas bien de sa maladie. Les quelques mots qu'il a tracés pour ordonner ta mise en liberté lui ont coûté des efforts inouïs, et, s'il venait à mourir, mon crédit s'éteindrait avec lui.

Philippe serra convulsivement le bras de son père.

— J'ai perdu le droit de le maudire , reprit-il d'une voix sourde ; mais si ce que vous dites arrivait, ne serait-ce pas la fin des hontes, des scandales, qui corrompent et déshonorent la France ?

Il monta dans la voiture et partit aussitôt. Le chevalier le suivit des yeux en hochant la tête :

— Pauvre enfant ! murmura-t-il avec réflexion, s'il savait... Mais il ne saura pas... il ne saura jamais !

A deux pas de lui l'abbé de la Croix semblait l'écouter. Le chevalier s'approcha pour prendre congé ; mais l'abbé recula d'un air méprisant.

— Homme, qu'y a-t-il entre vous et moi ? dit-il; notre œuvre commune est finie... Adieu !

Et il s'éloigna d'un pas calme et fier.

IX.

LA MENDIANTE.

Le lendemain matin, Philippe et Chavigny déjeunaient tête à tête dans le petit appartement de la rue de Vaugirard. L'abbé écoutait attentivement le récit des angoisses de son ami sous les verrous de la prison et l'histoire de sa délivrance miraculeuse.

— Pauvre garçon! dit-il enfin en corrigeant son émotion avec un grand verre de chambertin, tomber ainsi de Carybde en Scylla, passer des carrières de Paris aux cachots de la Bastille! Et tu ignores quelle est la cause de la faveur inouïe dont jouit le chevalier de Lussan à la cour?

— Je l'ignore et je voudrais l'ignorer toujours, répliqua Philippe d'un ton sombre. Si tu m'aimes, Chavigny, ne m'oblige pas à réfléchir sur ce pénible sujet... Et toi, poursuit-il en affectant la gaîté comme pour donner le change à ses propres pensées, qu'as-tu fait pendant mon absence? As-tu donc accompli ton vœu d'attendre mon retour dans ton lit?

— O ingratitude humaine! s'écria Chavigny d'un ton tragi-comique. Justes dieux! vous entendez le blasphémateur de l'amitié, et vous ne le foudroyez pas! Sache, Oreste insensé, que je n'ai pas dormi plus de six heures consécutives après ton départ; au bout de ce temps, l'inquiétude à ton sujet m'a réveillé. Surmontant la faiblesse et les courbatures, je me suis traîné jusque chez toi. Un messager sinistre, sous les traits de ta portière, m'a révélé la catastrophe de la matinée. Alors, convaincu que j'allais être arrêté moi-même, je me suis rendu chez ton vieil usurier Bonnard; je voulais obtenir de lui quelques subsides, afin que nous ne fissions pas trop mauvaise figure en prison...

— Et il t'a refusé net?

— Il était absent, et je n'ai trouvé que madame Bonnard, la charmante Rosette, à qui j'ai récité mon quatrain encore inachevé. Ah! mon ami, quel succès! Elle souriait, et elle rougissait, et elle balbutiait. Tiens, juges-en plutôt; je vais tâcher de m'en souvenir... Oui, voyons... Bonnard rimait avec hasard, puis la rime féminine était...

— Tu me réciteras cela une autre fois, dit Philippe avec empressement. Enfin tu t'es tenu caché pendant ces deux jours?

— Moi! fi donc! En sortant de chez Bonnard, je suis rentré tranquillement ici.

— C'est juste; tu ne pouvais trouver de retraite plus sûre, car à la première alerte tu te serais réfugié dans les carrières...

— Miséricorde! s'écria le petit abbé en pâlissant; y songes-tu? Plutôt que de redescendre dans ces infernales carrières, je préférerais me précipiter du haut des tours de Notre-Dame. Et non, puisque tu étais arrêté, pourquoi ne serais-je pas allé te tenir compagnie à la Bastille?

— Pauvre tête folle et bon cœur! dit Philippe avec attendrissement en lui serrant la main; et à quoi cela eût-il servi? Selon toute apparence, nous eussions été séparés.

— Bah! bah! j'aurais mis quelque rubrique pour mater le de Launay... Enfin on n'a pas voulu de moi, et las d'attendre la police dans mon lit, comme j'avais attendu la fortune, j'allais t'envoyer les cinquante pistoles que je suis parvenu à tirer de ce ladre de Bonnard, quand tu es heureusement venu me surprendre.

En même temps, le petit abbé alla chercher dans un vase fêlé qui lui servait de coffre-fort une bourse assez bien garnie et la posa devant Philippe. Celui-ci la repoussa doucement.

— Merci, mon cher Chavigny, dit-il, je n'ai pas besoin d'argent; si j'en avais besoin, je n'aurais aucune honte de recourir à toi... Mais, si tu veux m'en croire, tu ménageras cette somme, car l'usurier Bonnard, malgré les vers ou plutôt à cause des vers que tu adresses à sa femme,

doit commencer à trouver ta signature un peu trop prodiguée!

— Tu dis vrai, Lussan de mon cœur, répliqua l'abbé avec un gros soupir; ce vieux coquin devient jaloux et ces cinquante dernières pistoles ont été fort difficiles à extraire... Mais je suis le neveu d'un évêque et je trouverai toujours des usuriers, qu'ils soient ou non mariés à de jolies femmes!... Eh bien! Philippe, tu te lèves; voudrais-tu déjà me quitter?

— Il le faut, Chavigny; je n'ai pas encore de nouvelles d'une personne...

— Je devine... mademoiselle de Villeneuve, n'est-ce pas? Je te croyais brouillé sérieusement avec la famille?

— Il est vrai, mais je ne peux maîtriser mon inquiétude, et je vais rôder autour de l'hôtel d'apprendre quelque chose au sujet de ma chère Thérèse.

— Y penses-tu? en plein jour? Tu dois être signalé aux gens de la maison; si l'on te voit, on te fera quelque avanie et tu n'apprendras rien. Je me charge moi-même d'aller aux renseignemens; personne ne me connaît, je trouverai bien un prétexte pour m'introduire dans l'hôtel, et ce petit collet noir, que je maudis pourtant chaque jour, pourra me servir de passeport.

— En effet, mais ta fâcheuse étourderie...

— Allons! aie confiance. Je serai prudent, et dans tous les cas, je ne compromettrai que moi. Je te rapporterai de bonnes nouvelles, tu peux y compter.

Malgré la répugnance de Philippe à mettre un tiers dans la confidence de ses secrets, il comprenait combien sa présence à l'hôtel de Villeneuve pouvait avoir d'inconvéniens. Il accepta donc la proposition du petit abbé, et après avoir fourni les renseignemens nécessaires à son ami, après l'avoir accablé de recommandations dont l'autre ne devait probablement pas tenir compte, il le laissa partir.

L'abbé rentra seulement au bout de deux heures, l'air soucieux et consterné.

— Eh bien? lui cria Philippe dès le seuil de la porte.

— Eh bien, mon ami, rien que de fâcheux à t'apprendre. Depuis ce matin, mademoiselle de Villeneuve est dans un couvent!

— Pauvre Thérèse! on aura voulu punir sa courageuse résistance. Et ce couvent, quel est-il?

— On n'a pu me le dire.

— N'importe! je la trouverai. Généreuse enfant, c'est pour moi qu'elle souffre! Mais n'as-tu pas vu madame Durand, cette gouvernante dont je t'ai parlé?

— Non. Figure-toi que je me suis présenté à l'hôtel de Villeneuve sous prétexte de quêter pour les Enfans rouges de la rue Saint-Jacques; ce n'était pas mal imaginé, n'est-ce pas? Aussi le suisse, qui d'abord m'avait fait une mine passablement rébarbative, s'est-il humanisé bientôt; je suis entré dans sa loge et je suis parvenu à le confesser. Depuis quelques jours, la physionomie autrefois si joyeuse de l'hôtel est entièrement changée; les portes demeurent closes, les domestiques ont les ordres les plus sévères de n'admettre dans la maison aucun étranger. Je me trouvais encore dans la loge quand madame de Villeneuve est rentrée; mais à travers les glaces de sa voiture, j'ai vu son visage si sombre, si mécontent, que cela m'a servi de prétexte pour ne pas l'aborder en ce moment; je me suis esquivé sans bruit, en annonçant que je choisirais une heure plus favorable pour implorer sa charité.

— Et monsieur de Villeneuve, n'as-tu rien appris de lui? Il idolâtre sa fille et il semblait heureux autrefois de nos projets d'union.

— J'ai entrevu sa bonne grosse figure au moment où je sortais. Il était venu dans le vestibule au devant de sa hautaine moitié qui lui parlait d'un ton fort irrité. Le digne financier est prédestiné sans doute à subir le joug des femmes, car je connais déjà certaine petite dame...

— Ainsi donc, interrompit Philippe sans écouter Chavigny, la pauvre enfant ne peut compter même sur l'appui de son père! Comment savoir... Cette gouvernante, madame Durand, aurait pu seule me donner quelques détails précis.

— Cette femme paraît être en disgrâce auprès de sa maîtresse ; cependant, on n'a pas voulu me dire si elle avait ou non quitté l'hôtel.

— Je vais m'en assurer sur-le-champ, dit Philippe en saisissant son chapeau.

Chavigny l'arrêta.

— A ton tour, Philippe, s'écria-t-il, prends garde aux imprudences. Une fausse démarche peut aggraver l'état déjà fort peu satisfaisant de tes affaires ; attends du moins à ce soir pour aller à la découverte... ou plutôt, ajouta-t-il en se frappant le front, il me vient une idée. Je consulterai une personne qui doit être parfaitement au courant de cette histoire, et je suis sûr que par elle...

— De qui veux-tu parler, Chavigny ?

— Que t'importe ! Tu as des préventions si singulières... Mais fie-t-en à moi ; bientôt peut-être je t'apporterai des nouvelles positives. Tu verras, tu verras !

Philippe, dans sa préoccupation, ne fit pas grande attention aux assurances du petit abbé, et il s'obstinait à partir pour aller sans retard aux informations. Enfin, cependant, il se rendit à l'avis de Chavigny, et promit d'attendre le soir.

Les deux amis ne tardèrent pas à se séparer. Philippe employa le reste de la journée dans son appartement à remettre en ordre ses livres et ses effets bouleversés par la police. Dès que la nuit fut tombée, il s'enveloppa d'un manteau et s'achemina vers le faubourg Saint-Jacques.

Le temps était pluvieux ; l'hiver semblait être subitement revenu. Un vent d'ouest, âpre et piquant, ballottait les rares lanternes chargées d'éclairer la voie publique. Très peu de piétons se montraient dans ce quartier écarté, rempli de couvents ; parfois seulement le passage d'un carrosse ou d'une chaise à porteurs venait troubler le silence de la rue.

Philippe se glissait rapidement le long des murs et se dirigeait vers l'hôtel, qu'un réverbère, suspendu au-dessus de la porte principale, faisait reconnaître de loin. En approchant, il ralentit le pas et chercha des yeux quelque domestique, quelque employé de la maison qui pût lui donner les renseignements tant désirés. Mais, pour l'intelligence de ce qui va suivre, nous devons entrer ici dans de nouveaux détails topographiques sur la demeure de la famille de Villeneuve.

Cette vaste habitation avait formé jadis deux hôtels contigus mais distincts ; chacun avec sa porte cochère et sa cour carrée entourée de bâtiments. L'un d'eux avait été longtemps la propriété des comtes de Grandmesnil, illustre et ancienne famille de robe. Mais les austères magistrats, ayant éprouvé des revers de fortune, s'étaient trouvés peu à peu dans la nécessité de vendre leur demeure héréditaire. Le financier Villeneuve occupait alors l'hôtel voisin où il était trop à l'étroit ; il acheta ce logis, que des présidents du parlement avaient royale habité, et après avoir mis les deux cours en communication par une voûte, il établit dans sa nouvelle acquisition ses écuries, ses bureaux et les logements de ses nombreux domestiques. Ainsi se réalisait le mot de la Bruyère à la reine de Palmyre, ce mot qui pourrait de nos jours tant d'applications : « Quelqu'un de ces pâtres qui habitent les sables voisins de Palmyre, devenu riche par les péages de vos rivières, achètera un jour à deniers comptants votre royale maison, pour l'embellir et la rendre plus digne de lui et de sa fortune. »

L'hôtel de Villeneuve avait donc deux entrées principales, l'une somptueuse, réservée aux maîtres et aux visiteurs de distinction : c'était celle que gardait un suisse à livrée éblouissante ; l'autre, située un peu plus bas, était destinée aux commis, aux fournisseurs et aux domestiques. La porte en restait à peu près constamment ouverte, afin qu'on pût entrer et sortir en toute liberté. Au fond de la cour de service on remarquait le fameux puits d'où le suisse et sa femme prétendaient avoir retiré le diable dans

un seau d'eau quelques semaines auparavant. A l'arrière-plan les grands arbres du jardin formaient de sombres et majestueux massifs.

Ce fut vers cette entrée banale que se dirigea Philippe de Lussan ; mais de ce côté encore la surveillance rigoureuse exercée depuis quelques jours à l'hôtel de Villeneuve n'était pas en défaut. Les deux larges battants de la porte cochère se trouvaient fermés, contre l'ordinaire ; on laissait seulement ouvert un étroit guichet sur lequel paraissait veiller un portier dont les fonctions habituellement étaient tout à fait nominatives. Pensant n'être pas reconnu, Philippe avait déjà franchi le guichet ; il se préparait à demander madame Durand, la surintendante de ce nombreux personnel de valets, quand il aperçut, à trois pas de lui, le maître d'hôtel causant avec le portier ; or, ce maître d'hôtel avait vu bien souvent Philippe, et ne pouvait manquer de le reconnaître. Le jeune homme se rejeta donc en arrière pour attendre que la conversation des deux fonctionnaires fût finie et que le fâcheux fût retourné à son devoir.

Mais la conversation se prolongeait, et la pluie commençait à tomber. Philippe se réfugia dans l'enfoncement formé par le porche de l'ancien logis de Grandmesnil. Là se trouvait un de ces bancs de pierre appelés montoirs, dont les magistrats se servaient autrefois pour se mettre en selle, quand ils se rendaient sur leur mule au parlement. Comme Philippe approchait du banc, une masse noire s'agita dans l'ombre, une forme humaine se dressa devant lui, en même temps qu'une voix chevrotante lui disait :

— La charité, s'il vous plaît.

Il aperçut alors une vieille mendiante installée en cet endroit, à l'abri du vent et de la pluie. Elle était enveloppée d'une mauvaise mante toute rapiécée, qui laissait voir seulement sa figure parcheminée, jaune, aux yeux éraillés, et la main ridée qu'elle tendait aux passants.

Cette rencontre devait beaucoup gêner Lussan ; néanmoins la condition de cette malheureuse créature, obligée, à cette heure et par ce mauvais temps, de solliciter la charité publique, l'émut de pitié ; il s'approcha d'elle et lui dit avec douceur :

— Il est bien tard pour mendier, ma bonne vieille ; il pleut et vous allez être fâcheusement mouillée. Retirez-vous ; si vous n'avez pas de gîte, voici de quoi vous en procurer une.

Et une pièce blanche tomba dans la main crasseuse de la mendiante. Celle-ci tourna et retourna l'aumône qu'elle venait de recevoir, puis elle regarda fixement Philippe à la clarté du réverbère, et dit avec vivacité en désignant l'hôtel :

— Est-ce que vous allez entrer là ?

— Que vous importe, bonne femme ?

— N'y entrez pas ! n'y entrez pas !... C'est la maison du mauvais riche, et le malheur y viendra tôt ou tard, vous pouvez m'en croire.

Elle se rassit sur le banc, et s'enveloppant dans sa mante, elle redevint immobile.

Philippe était surpris de la manière dont son aumône avait été reçue et des paroles singulières prononcées par la mendiante.

— Bonne femme, reprit-il, je connais en effet les personnes qui habitent cette maison, et je ne puis comprendre vos propos malveillans. Que vous ont-elles fait ? et si vous les considérez comme de mauvais riches, pourquoi vous arrêtez-vous à leur porte ?

La mendiante fixa encore sur lui ses yeux louches ; puis ses lèvres remuèrent, comme si elle eût prononcé des mots qu'on n'entendait pas.

— Éloignez-vous, partez ! dit-elle enfin d'une voix distincte.

Mais Philippe commençait à suspecter fort les allures de cette femme.

— Vous avez, ma chère, dit-il, une étrange façon d'invoquer la charité des gens et vous devez en effet trouver souvent de mauvais riches... Mais, à votre tour, pourquoi vous obstinez-vous à rester devant cette porte? Prenez garde, je pourrais bien charger le commissaire du quartier de vous poser cette question lui-même!

Ce nom du commissaire parut produire une certaine impression sur la vieille. Elle baissa la tête et répondit de ce ton pleurard, qui caractérise les mendians de tout sexe et de tout âge :

— Sainte Vierge! mon bon monsieur, voudriez-vous agir de rigueur avec une pauvre femme telle que moi? Je suis veuve, j'avais un état qui ne va plus, et je suis réduite à demander mon pain.... Sous cette porte on est à l'abri de la pluie. D'ailleurs, je rencontre souvent ici une bonne jeune demoiselle qui me donne de grosses aumônes en entrant ou en sortant, et c'est à cause d'elle que j'ai choisi cette place, quoique les autres personnes de la maison soient bien dures pour moi... Mais on dit que la jeune demoiselle est partie, et maintenant je n'ai plus à attendre grand'chose!

Cette allusion évidente à sa chère Thérèse disposa plus favorablement Philippe pour la mendiante. Cependant il demanda d'un air de sévérité :

— D'où vient alors que vous sembliez menacer la maison de quelque malheur prochain?

— Ai-je prédit malheur? Si cela est, il faut m'excuser, mon bon monsieur, car, voyez-vous, ma pauvre tête... Ensuite la jolie demoiselle était l'ange de cette maison; une créature de Dieu, comme elle, porte le bonheur partout où elle demeure, et quand elle part, le bonheur s'en va; n'est-il pas vrai, monsieur?

Malgré cette apparente naïveté, la voix de la vieille avait des intonations ironiques et sinistres.

— Mais enfin, reprit Philippe, avec fermeté, pourquoi rester à cette place puisque vous n'avez plus d'espoir d'y recueillir des aumônes?

— Que sais-je! le grand monsieur vient de rentrer dans sa voiture, et il ne m'a même pas regardée; la grande dame va rentrer à son tour, et je veux voir si elle sera plus charitable.

— Allons! tout ceci n'est pas clair. Prenez encore cette pièce et partez bien vite, sinon j'appelle les domestiques de l'hôtel et ils vous congédieront d'une manière qui sans doute ne sera pas de votre goût.

La mendiante accepta l'aumône, mais elle ne bougea pas, convaincue peut-être que Philippe n'oserait accomplir sa menace.

— La voie publique est à tout le monde, dit-elle d'un ton sec avec une espèce de rire guttural; personne n'a le droit de me chasser d'ici. Quant à vous, mon jeune monsieur, je ne peux que vous donner un bon conseil en échange de votre générosité : n'entrez pas dans cette maison!

La mendiante était peut-être folle et, à vrai dire, elle en avait toutes les allures; mais Lussan soupçonnait en elle un mystère qu'il voulait approfondir à tout prix; il en fut empêché par une circonstance inattendue.

Depuis un instant on entendait un bruit de voiture au bas de la rue; le bruit se rapprocha rapidement. Tout à coup un homme en livrée, qui frappait les pavés en cadence avec sa grosse canne à pomme d'argent, passa devant les interlocuteurs et alla heurter à la porte. Cette porte s'ouvrit aussitôt; le coureur s'élança dans l'hôtel en criant d'une voix retentissante :

— Voici madame!... Place à madame!

A ce bruyant appel, des laquais accoururent; les uns portaient des flambeaux, les autres s'empressaient d'ouvrir les deux battans de la porte cochère afin que la voiture ne fût pas obligée d'attendre. Le suisse sortit de sa loge, en passant à la hâte son baudrier de cérémonie. Bientôt toute la livrée fut à son poste, pour recevoir triomphalement la fille de l'ancien chaudronnier du quai de la Ferraille.

Philippe avait quitté la vieille et s'était réfugié sous l'auvent d'une boutique, de l'autre côté de la rue. A peine avait-il eu le temps de se jeter de côté, le visage couvert du pan de son manteau, qu'une carrosse arriva. Si promptement qu'eussent été les gens, ils n'avaient pu déranger assez vite les lourds battans de la porte, et la voiture dut s'arrêter pendant quelques secondes. A la lueur des torches, Philippe aperçut par la portière madame de Villeneuve en grande toilette et un élégant jeune homme qu'il reconnut pour le duc de Beausset.

Un sentiment de jalousie mordit le cœur de Lussan à la vue de son rival; cependant, il chercha des yeux la mendiante suspecte. Elle était accourue pour profiter de l'immobilité momentanée de la voiture et elle se mit d'un ton lamentable à demander l'aumône.

Aux sons désagréables de cette voix cassée, madame de Villeneuve, qui causait en souriant avec le duc de Beausset, se retourna vivement. Elle fit un geste de colère et de dégoût.

— Encore cette harpie! s'écria-t-elle; qu'on me délivre de cette affreuse créature qui me persécute sans cesse!

— La charité, ma bonne dame, la charité, s'il vous plaît! criait la vieille en étendant vers elle son bras décharné.

Mais en ce moment le passage était devenu libre. Le cocher à grandes moustaches lança dédaigneusement à la mendiante un coup de fouet dans le visage. La valetaille se mit à rire, et la voiture entra dans l'hôtel, dont la porte se referma sur-le-champ.

Lussan avait été révolté du mauvais traitement infligé sans cause à cette malheureuse femme. Quand la rue fut redevenue obscure et silencieuse, il voulut s'approcher de la mendiante pour la consoler; mais l'état dans lequel il la vit le détourna de ce dessein. Elle allait et venait d'un air d'égarement et de fureur, piétinant dans l'eau du ruisseau. Une de ses mains était posée sur son visage ensanglanté; elle agitait l'autre convulsivement.

— Ils m'ont battue! grommelait-elle d'un ton saccadé; il y en a qui ont le droit de me battre, mais pas les autres... Allons! l'heure est venue... qu'il les prenne! Pas un écu, pas un sou, des coups de fouet!... Oui, oui, les morts le veulent... Prends-les, prends-les donc!

Le capuchon de sa mante était tombé en arrière et laissait voir ses cheveux gris qui serpentaient en mèches hideuses sur ses épaules; elle se démenait comme une furie. Tout à coup elle se dirigea vers la porte de l'hôtel de Grandmesnil, et disparut dans la cour.

Philippe n'avait plus aucun doute que l'esprit de cette femme fût dérangé; néanmoins, il importait de s'assurer que dans son égarement elle ne se porterait pas à des excès contre les autres ou contre elle-même. Il n'hésita donc pas à la suivre dans la cour déserte et silencieuse. Malgré l'obscurité il la vit s'avancer à pas rapides vers le grand puits. Peut-être, emportée par sa folie, allait-elle s'y précipiter, et il eut peine à retenir un cri de terreur; mais il fut aussitôt rassuré. La vieille se baissa, prit une pierre et la laissa tomber dans le puits. Après avoir attendu quelques instans, elle en laissa tomber une seconde, puis une troisième. Alors elle fit entendre une espèce de ricanement sauvage, et revint en courant vers la porte de la rue.

— Oui, oui, venge-moi! murmurait-elle; prends-les, prends-les!

Lussan n'éprouvait plus que de la pitié pour cette pauvre femme, dont les chagrins et la misère avaient sans doute égaré la raison. Comme elle passait près de lui, il voulut l'arrêter pour essayer de la calmer par de bonnes paroles. En le reconnaissant, la vieille frappa du pied.

— Le jeune homme! encore le jeune homme! s'écria-t-elle dans une extrême agitation. Pourquoi n'êtes-vous pas parti? Que faites-vous ici? Sauvez-vous; vous êtes bon, vous; on ne vous veut pas de mal... Partez, vous dis-je! partez, au nom de Dieu!

— Et pourquoi cela? dit Philippe avec douceur; j'ai affaire dans cette maison.

— Restez-y donc, et qu'elle vous écrase, puisque vous le voulez! répondit la mendiante brusquement.

Elle s'élança dans la rue avec une légèreté dont on l'eût crue incapable et disparut.

Philippe restait indécis au milieu de la cour. Les paroles de la vieille avaient été prononcées avec un ton d'entraînement et de vérité qui pouvait donner à penser. Mais, après quelques instans de réflexion, il ne put s'empêcher de sourire.

— Certainement, pensa-t-il, les événemens récens ont troublé ma propre intelligence pour que j'accorde tant d'attention aux divagations d'une folle. Laissons cela, et songeons à ce qui m'amène ici.

Il se dirigeait déjà vers la loge du concierge, où brillait de la lumière, quand il crut entendre un bruit sourd et profond : on eût dit d'un coup de canon tiré à la distance de plusieurs lieues. En même temps, le sol, sous ses pieds, éprouva un léger tremblement. Philippe s'arrêta de nouveau, prêtant l'oreille ; il n'entendit rien. Persuadé qu'il était encore une fois dupe de son imagination, il allait se remettre en marche, mais le bruit retentit plus fort et plus distinct ; l'ébranlement du sol était tout à fait sensible ; il sembla même que des craquemens sinistres s'élevassent du côté des bâtimens.

Alors il se fit dans l'esprit de Lussan comme une lumière effrayante et subite. Les immenses carrières dans lesquelles il avait pensé périr deux jours auparavant, passaient, d'après la tradition, sous une partie de la rue Saint-Jacques. Il se représenta ces frêles piliers que le moindre effort pouvait détruire ; il se souvint de ces nombreuses constructions récemment englouties dans les vides, et il comprit qu'une pareille catastrophe menaçait l'hôtel de Villeneuve. Des circonstances d'abord obscures lui paraissaient maintenant claires et significatives : la rencontre de cette mendiante, chargée sans doute de faire le guet à la porte de l'hôtel ; ses paroles énigmatiques, ses menaces, jusqu'à ces pierres jetées dans le puits correspondant avec les carrières, et qui étaient sans doute un signal pour les malfaiteurs ses complices, tout cela s'expliquait d'une manière précise, et les explosions souterraines annonçaient que l'œuvre d'extermination s'accomplissait déjà.

Sûr de son fait, Lussan se mit à pousser des cris d'alarme, et sans songer que lui-même s'exposait au danger, il courut comme un insensé vers la voûte de communication entre l'hôtel de Grandmesnil et l'hôtel de Villeneuve proprement dit. Les domestiques, hommes et femmes, sortaient tout effarés, le cocher, qui ramenait ses chevaux à l'écurie, reconnut Philippe et lui demanda de quoi il s'agissait.

— Sauvez-vous ! répliqua le jeune homme d'une voix tonnante ; quittez la maison, réfugiez-vous dans le jardin. Mais fuyez, fuyez, ou vous allez périr !

— Mais qu'y a-t-il donc ?

— Un incendie ! un tremblement de terre !... l'hôtel va crouler... fuyez tous, ne perdez pas un instant !

L'énergie de la voix, du geste, du regard de Philippe, frappait ses auditeurs d'épouvante. Cependant ils restaient encore immobiles, quand un grondement subit retentit près d'eux, semblable au bruit du tonnerre ; un vieux bâtiment, formant l'angle de la cour de Grandmesnil, venait de s'écrouler.

Aussitôt une panique irrésistible s'empara des habitans de l'hôtel. Ils s'enfuirent éperdus dans toutes les directions en poussant des cris perçans. Ils couraient sans savoir où ils allaient, franchissant les obstacles et se heurtant souvent les uns les autres au milieu des ténèbres.

Philippe ne songeait déjà plus à eux. Il voulait sauver avant tout le père et la mère de Thérèse, qu'il savait être à l'hôtel en ce moment. Mais en aurait-il le temps ? Les murs se fendaient déjà, le sol commençait à se dérober sous ses pieds. Familier depuis longtemps des êtres de la maison, il s'élança vers les grands appartemens, situés, comme nous le savons, au rez-de-chaussée. Dans l'antichambre et dans le salon d'attente rien encore ne se ressentait de la catastrophe imminente ; les bougies étaient allumées ; les valets dormaient sur les banquettes. Quand Philippe parut au milieu d'eux pâle, haletant, l'œil égaré, ils crurent voir un spectre et se levèrent machinalement.

— Sauvez-vous, ou vous êtes perdus ! dit-il de sa voix vibrante.

Alors les domestiques entendirent les cris effroyables qui s'élevaient du dehors, et ils sortirent à leur tour. Un seul, vieux et un peu sourd, voulut se placer devant Philippe pour l'empêcher d'entrer dans le grand salon, alléguant que monsieur et madame de Villeneuve étaient en affaires et avaient défendu leur porte. Mais Philippe le repoussa vivement en s'écriant avec force :

— Malheureux ! il y va de la vie !

Et il passa.

Le salon était brillamment éclairé, suivant l'usage de chaque soir, et ces mille lumières faisaient ressortir les richesses inestimables qui s'y trouvaient entassées. Madame de Villeneuve et le duc de Beausset, personnage assez insignifiant, malgré ses salons rouges et son habit brodé, étaient assis sur un sofa ; le gros financier restait un peu à l'écart, étalant dans un fauteuil son ventre luxuriant. Une conversation confidentielle paraissait engagée entre la mère de Thérèse et le jeune duc. Madame de Villeneuve avait l'air très animé ; monsieur de Beausset baisait du bout des lèvres sa main chargée de diamans, tandis que le fermier général tambourinait distraitement avec ses doigts sur un guéridon voisin. S'agissait-il d'une rupture, ou bien machinait-on encore quelque chose pour vaincre l'obstination de Thérèse ? Philippe ne s'en inquiéta pas.

— Madame ! s'écria-t-il, monsieur de Villeneuve ! au nom de notre ancienne amitié, ne restez pas ici une minute de plus...

Cette apparition subite d'un prétendant évincé, son désordre, ces paroles auxquelles on pouvait trouver un sens menaçant, causèrent un saisissement inexprimable à ces trois personnes, qui se levèrent spontanément. Le duc porta la main à sa petite épée de parade, tandis que le financier s'écriait avec effroi :

— Lussan, ne me faites pas de mal ! vous savez bien qu'au fond j'ai toujours été votre ami !

Seule, madame de Villeneuve montra plus de colère que de crainte.

— Que nous veut cet homme ? demanda-t-elle avec hauteur ; il s'est donc évadé de la Bastille ? Comment a-t-on laissé pénétrer jusqu'ici ? Où sont mes gens ? Monsieur de Villeneuve, souffrirez-vous qu'on vienne ainsi nous braver ?

Philippe, au lieu de répondre, avait enfoncé d'un violent coup de pied une portière en glace qui s'ouvrait sur le jardin ; il revint aussitôt vers la mère de Thérèse.

— Ne songez pas à moi, dit-il avec volubilité ; fuyez de ce côté. L'hôtel va s'abîmer d'une minute à l'autre. Monsieur le duc... monsieur de Villeneuve... fuyez si la vie vous est chère !

Le gros financier, malgré son embonpoint et ses courtes jambes, était déjà dehors, aussi terrifié peut-être par le protecteur que par le danger même. Monsieur de Beausset hésitait encore ; quant à madame de Villeneuve, elle fronçait le sourcil et ne bougeait pas.

— Que signifie ce ridicule prétexte, cette sotte comédie ? reprit-elle en fureur ; je chasserai tous ces drôles qui me désobéissent.

Et elle avançait la main pour saisir le cordon de la sonnette.

— Écoutez ! dit Philippe en l'arrêtant par un geste impérieux.

Au milieu des clameurs confuses poussées par les gens de l'hôtel, on distingua le bruit d'une de ces explosions souterraines qui avaient déjà donné l'alarme à Philippe ; presque aussitôt un craquement épouvantable ébranla le salon.

— Sauvez-vous ! mais sauvez-vous donc ! répéta Lussan avec impétuosité.

Prompt comme l'éclair, le duc s'élança dans le jardin ; il venait enfin de comprendre qu'il ne s'agissait pas d'une mystification imaginée par un rival mécontent. Quant à madame de Villeneuve, elle refusait toujours de se rendre à l'évidence ; mais Philippe la saisit dans ses bras et l'emporta, malgré sa résistance et ses cris désespérés.

Au bas du perron qui s'étendait sur toute la façade du corps de logis, il retrouva monsieur de Villeneuve avec le jeune duc. Ils voulurent l'interroger.

— Plus loin, plus loin encore ! dit Philippe sans lâcher son indocile fardeau.

Ils le suivirent instinctivement. On traversa le boulingrin et l'on atteignit une allée où Lussan put enfin déposer la mère de Thérèse sur un banc de gazon.

Il était temps. Un fracas épouvantable s'éleva derrière eux et les força de se retourner. Les lumières qui brillaient aux fenêtres de l'hôtel venaient de s'éteindre ; on ne voyait plus maintenant qu'une masse noire et de forme changeante qui disparut bientôt elle-même dans un immense nuage de poussière. Cependant les roulemens, les détonations, les grondemens souterrains ne cessaient pas derrière ce voile lugubre ; le sol continuait à vibrer sous les pieds. Plusieurs fois on put croire que le génie de la dévastation avait interrompu son œuvre ; il y avait des intervalles de silence. Puis un nouveau craquement se faisait entendre, l'écroulement recommençait et se prolongeait d'une manière formidable ; la terre tremblait comme si elle eût été battue par de puissantes machines. Des crevasses, des excavations profondes se manifestaient dans les cours et dans les jardins. Le lendemain, on reconnut avec stupéfaction que l'un des plus grands arbres du parc s'était enfoncé jusqu'à la cime dans les vides ouverts au-dessous de lui (1).

En présence de ce terrible désastre, la frayeur elle-même se taisait. Les cris avaient cessé tout à coup ; chacun attendait immobile le coup qui pouvait terminer sa vie.

Enfin pourtant le bruit cessa ; le nuage de poussière se dissipa lentement et l'on put savoir, autant que le permettait l'obscurité, une idée de la catastrophe accomplie. Le corps de logis principal, où se trouvaient les appartemens particuliers de monsieur et de madame de Villeneuve et celui de Thérèse, formait maintenant un amas de ruines. Une espèce d'abîme occupait la place où l'on voyait ce bâtiment si peu de minutes auparavant. Les autres parties des deux hôtels, sauf quelques pans de mur, se tenaient encore debout ; mais elles étaient lézardées, chancelantes, et les gerçures du sol environnant témoignaient que la solidité de leurs fondations était sérieusement compromise. Deux pavillons latéraux, éventrés et ouverts, laissaient voir l'intérieur des chambres, les meubles comme suspendus sur les planchers brisés. Une lumière brillait encore dans une de ces chambres et répandait sur les débris une teinte lugubre.

Rassurés par le calme qui régnait déjà depuis quelques minutes, les maîtres de l'hôtel voulurent se lever et se rapprocher des ruines. Mais Philippe les retint.

— Attendez, dit-il, tout n'est peut-être pas fini, et il y aurait danger à s'aventurer dans l'obscurité... Un peu de patience, on ne peut tarder à venir.

En effet, des bruits divers, des cris, des lamentations commençaient à s'élever derrière les bâtimens qui restaient debout. On se cherchait, on se rappelait les uns les autres. Des flambeaux erraient dans les cours. Bientôt même, du côté de la rue, on entendit un frémissement sourd, continu, qui grandissait de minute en minute ; les habitans du quartier accouraient pour porter secours, la foule curieuse s'assemblait. Le guet parut bientôt afin de maintenir l'ordre ; on vit briller dans l'ombre les armes des soldats. Enfin la grille du jardin s'ouvrit ; une troupe de gens de la maison accourut avec des torches.

— Allons ! dit le financier en essuyant son front couvert d'une sueur froide, j'en serai quitte pour la perte de mon hôtel. Mais j'en ai plusieurs, et la portion de celui-ci qui

(1) Pareil fait s'est passé au Luxembourg en 1824. Un marronnier s'enfonça tout entier dans les carrières qui s'étendent au-dessous du jardin. On l'a replanté, mais il n'a jamais eu la même vigueur que les autres.

contient mes bureaux et ma caisse est demeurée intacte... Ah ! mon cher Lussan, continua-t-il d'un ton cordial, quel service vous nous avez rendu !

— En effet, dit le duc de Beausset extrêmement troublé, je dois reconnaître que monsieur de Lussan s'est conduit en véritable gentilhomme.

Ces éloges étaient un juste tribut payé au dévouement de Philippe ; mais que ne peut une femme irritée ? Madame de Villeneuve, frémissante encore du danger qu'elle venait de courir, interrompit avec aigreur :

— Laissez, messieurs... Il faudrait savoir avant tout comment monsieur de Lussan a été si bien instruit du danger que nous courions ; je réserverai mes remercîmens jusqu'à ce que ce point ait été éclairci.

Le révoltant soupçon que contenaient ces paroles ne parvint pas à exciter la colère de Philippe.

— Le hasard seul, madame, répliqua-t-il froidement, m'a donné connaissance de ce danger. Malgré les fâcheux préjugés de madame de Villeneuve contre moi, elle ne peut raisonnablement m'accuser d'avoir creusé les souterrains dont l'affaissement a causé la ruine de l'hôtel... Mais ma tâche est finie, ma présence n'est plus nécessaire et je me retire.

Il salua poliment et s'éloigna d'un pas rapide.

Au même instant, monsieur et madame de Villeneuve furent rejoints par leurs gens qui les cherchaient. On les avait crus perdus, ainsi que le jeune duc de Beausset, et leur salut paraissait tenir du miracle. Bientôt un nombre considérable de personnes étrangères à la maison et de voisins les entoura ; ils eurent besoin, pour s'en dégager, de l'assistance des soldats et des gens de police accourus pour empêcher le pillage des objets précieux que contenaient les décombres.

Du reste, par un heureux hasard, personne n'avait péri. Les cris d'alarme de Philippe, les bruits souterrains qui avaient précédé la chute du corps de logis principal, avaient mis en fuite ses habitans, et, comme nous l'avons dit, les communs, situés dans l'ancien logis de Grandmesnil, étaient à peu près intacts. Tout se réduisait donc à une perte matérielle assez considérable ; aussi, quand la foule réunie dans la rue apprit que le désastre n'avait fait aucune victime, les brocards et les quolibets eurent-ils beau jeu.

Quant au danger dont les excavations inconnues menaçaient continuellement ce quartier, la foule y songeait à peine. Sauf quelques propriétaires plus directement intéressés dans la question, la population parisienne commençait à s'habituer à ces catastrophes si fréquentes. Quand une maison croulait, on se contentait de donner l'explication banale : « Ce sont les souterrains qui s'étendent sous Paris. » On en parlait pendant quelques jours ; on faisait des contes absurdes, semblables à ceux que nous avons rapportés, puis on n'y pensait plus, et chacun retombait dans sa sécurité première. L'administration partageait cette indolence du public, et sans doute les embarras financiers de l'époque n'étaient pas étrangers à son indifférence.

Cependant cette fois, vu le rang et la fortune du propriétaire de l'hôtel ruiné, une enquête fut ouverte le lendemain sur la cause de l'événement. Philippe fut appelé devant le magistrat chargé de prendre des informations. Il raconta ponctuellement ce qui s'était passé entre lui et la mendiante, et finit par exprimer l'idée qu'une bande de malfaiteurs, cachée dans les carrières, pouvait opérer, dans un but inconnu, ces terribles dévastations. Le magistrat accueillit d'un air d'incrédulité ces révélations.

— De votre propre aveu, cette mendiante était tout simplement une folle, dit-il avec assurance ; quant à vos suppositions, si la suite de l'enquête les confirme, je ferai mon rapport et l'on avisera.

Puis il congédia Lussan, et celui-ci supposa que le rapport, quel qu'il fût, irait se perdre sans effet dans les cartons administratifs d'où les paperasses ne sortent plus.

X.

L'ABBESSE DU VAL-DE-GRACE.

Le Val-de-Grâce, avant la révolution de 1789, était une abbaye royale de bénédictines. Fondée par Anne d'Autriche, en action de grâces de la naissance d'un fils, qui fut Louis XIV, cette maison jouissait d'une grande importance. Anne d'Autriche ne s'était pas contentée de l'élever magnifiquement sur les dessins de Mansard, de la faire orner de peintures et de sculptures par les plus grands maîtres du temps, de la doter de revenus considérables; elle l'avait encore gratifiée de vases d'or, d'ostensoirs et de statues incrustés de diamans; elle lui avait accordé des privilèges extraordinaires. L'abbesse du Val-de-Grâce pouvait sceller ses lettres avec les armoiries de France; les cœurs de tous les princes et princesses décédés de la famille royale lui appartenaient pour son église, où ils étaient conservés dans de précieux reliquaires. De plus la première chaussure de chacun de ces princes ou princesses revenait de droit à ce couvent : aussi son trésor contenait-il la plus brillante collection de petits souliers, de mules en miniature et de brodequins brodés qu'il fût possible de voir. Tous ces avantages donnaient à l'abbaye du Val-de-Grâce une splendeur merveilleuse; la plupart des religieuses étaient de haute condition, et les familles les plus aristocratiques tenaient à honneur de compter une de leur filles parmi les professes.

C'était donc une très grande dame que madame de Tours de Mérignac, abbesse du Val-de-Grâce à l'époque où se passaient les événemens de cette histoire. Elle approchait de la cinquantaine; mais elle avait cet embonpoint blanc et mat, ce teint reposé, cette ampleur imposante que donne la vie claustrale lorsqu'elle n'est pas trop austère. Quoi qu'elle fût de taille médiocre, son port plein de dignité commandait le respect. Quand la noble supérieure se rendait au chapitre, appuyée sur sa crosse abbatiale, avec sa croix d'or au cou et sa bague d'améthyste au doigt, suivie de toutes les nonnes qui s'avançaient processionnellement, il était impossible de ne pas admirer sa démarche majestueuse et de ne pas s'incliner sur son passage.

En dehors du cérémonial public, madame de Mérignac ne dépouillait pas entièrement cette raideur hautaine qu'elle croyait une exigence de son rang; mais cette raideur était mitigée par ce ton langoureux, ces airs contrits et béats en usage dans les couvens. Elle excellait à cacher sa volonté despotique sous des formes bénignes, mielleuses, presque caressantes. Mais les pauvres filles qu'elle tenait sous sa dépendance ne se laissaient pas tromper à ces cajoleries de la voix; elles savaient que leur *révérende mère*, comme elles l'appelaient, n'avait jamais pardonné la faute la plus légère, n'était jamais revenue sur une décision prise, et ce ton maternel, tout confit en charité, ne les rassurait pas. Aussi l'abbesse était-elle détestée au fond des cœurs, et tout tremblait à son nom dans l'enceinte du monastère d'Anne d'Autriche.

Thérèse de Villeneuve habitait depuis plusieurs jours le Val-de-Grâce et n'avait encore vu l'abbesse qu'une fois, lorsqu'elle avait été présentée par sa mère à cette terrible dame. Pendant tout ce temps, elle était restée dans sa cellule, avec une sœur converse chargée de la servir, sortant seulement une heure ou deux par jour, afin de se promener dans les jardins du couvent. Elle n'avait reçu aucune visite de sa famille; mais elle savait par l'indiscrétion de sa gardienne que sa mère venait fréquemment dans la maison et s'enfermait pendant de longues séances avec madame de Mérignac. On lui avait appris l'accident de l'hôtel de Villeneuve, mais sans lui donner aucun détail sur cet événement, et, comme on avait pu le croire, sans lui dire quelle part y avait prise Philippe de Lussan, qu'elle croyait encore à la Bastille. Malgré la force d'âme de la

pauvre Thérèse, cette séquestration absolue, cette vie monotone et ascétique, ce silence, cette privation de nouvelles, avaient jeté dans son cœur un cruel découragement. Elle n'était pas vaincue mais domptée; son esprit avait perdu sa vigueur et son ressort; elle était tombée dans cette morne mélancolie qui est l'effet de l'épuisement moral.

Enfin, vers le milieu du troisième jour après la catastrophe de l'hôtel, la sœur converse vint annoncer tout essoufflée à Thérèse que madame l'abbesse demandait à la voir sur-le-champ. Sans bien savoir pourquoi, la pauvre petite ressentit un violent saisissement. Une voiture venait de quitter le Val-de-Grâce; sans doute sa mère avait chargé madame de Mérignac de quelque mission fâcheuse. D'ailleurs Thérèse conservait de sa première entrevue avec la supérieure une impression de crainte insurmontable, et elle était toute tremblante pendant que la religieuse l'aidait à s'habiller. Elle n'écoutait pas les minutieux renseignemens que sa compagne lui donnait sur le cérémonial à observer en présence de l'abbesse, chose grave, d'après la simple fille de service, et à laquelle la révérende mère attachait une extrême importance.

Sa toilette terminée, et cette toilette était des plus modestes, Thérèse se laissa conduire, à travers un grand nombre d'escaliers et de corridors, jusqu'à la pièce où l'attendait madame de Mérignac.

C'était un grand oratoire, boisé en chêne, avec des sculptures dorées, parmi lesquelles était prodigué l'écusson bleu aux fleurs de lis d'or. Plusieurs tableaux de religion, œuvres de grands maîtres français et italiens, décoraient cette pièce conjointement avec les portraits des abbesses qui avaient précédé madame de Mérignac dans le gouvernement du Val-de-Grâce. Une statue de la Vierge en argent ornait une espèce de niche pratiquée dans un panneau. Le reste du mobilier était luxueux, quoique d'un goût sévère; des rideaux bruns ne laissaient pénétrer dans l'oratoire qu'un jour affaibli, favorable aux méditations.

Madame l'abbesse, ses lunettes sur le nez, occupait un ample fauteuil dont le dossier était encore surmonté des armes de France. Un de ces beaux livres d'heures manuscrits, enluminés par les patiens *rubriqueurs* de la Renaissance, était ouvert sur ses genoux. Elle le feuilletait en marmottant tout bas, et elle priait dans cette attitude profane. Devant elle on voyait pourtant un superbe prie-Dieu d'ébène, incrusté de nacre et d'ivoire; mais une coussin de velours qui garnissait la marche du prie-Dieu, le petit chien favori dormait, enveloppé dans de longues soies, et c'eût été cruauté de déranger cette charmante bête; d'ailleurs, la noble abbesse avait des dispenses du pape pour prier assise.

La porte s'était ouverte en silence, et l'épais tapis qui couvrait le plancher amortissait le bruit des pas. Aussi, Thérèse et sa compagne se trouvaient-elles au milieu de l'oratoire, que madame de Mérignac ne paraissait pas encore s'être aperçue de leur arrivée. La sœur converse dit bas à Thérèse de s'arrêter et d'attendre que l'abbesse eût terminé la lecture de son office. Pour elle, les deux mains posées en croix sur la poitrine, les yeux humblement baissés, elle demeura immobile et muette.

Cette situation se prolongea pendant plusieurs minutes. Thérèse, peu habituée aux usages des couvens, ne savait quelle contenance garder. Il sembla pourtant que l'abbesse se hâtât de marmotter son office; les feuillets s'abattaient rapidement l'un sur l'autre. Enfin, elle ferma le livre, la posa sur le prie-Dieu avec ses lunettes, et, se redressant lentement :

— Retirez-vous, ma chère sœur, dit-elle; vous, mademoiselle, approchez.

La converse fit une révérence jusqu'à terre et sortit à reculons. Thérèse s'avança vers l'abbesse, qui lui montrait un siége à quelques pas. La jeune fille s'assit après s'être modestement inclinée.

Madame de Mérignac s'assura que les longs plis de sa robe noire et le col empesé de sa guimpe ne présentaient aucun détail qui pût nuire à la dignité de sa pose, puis elle dit de ce ton onctueux et caressant dont nous avons parlé :

— Je vais vous entretenir de choses fort sérieuses, mon enfant ; mais, avant tout, laissez-moi vous demander comment vous vous trouvez dans cette sainte maison, où, par une faveur spéciale, et pour être agréable à votre digne mère, mon amie d'enfance, j'ai bien voulu vous admettre. On a pris grand soin de vous, j'espère ; toutes les petites douceurs mondaines auxquelles vous êtes habituée ne vous ont pas manqué, n'est-ce pas ? c'est le vœu de votre famille et c'est aussi le mien.

Mademoiselle de Villeneuve répondit avec effort qu'elle avait été bien traitée, et qu'elle en remerciait madame l'abbesse.

— Il suffit ; vous n'êtes pas ici, ma fille, dans un couvent ordinaire, mais dans une abbaye de fondation royale, où, sans blesser en rien les règles de notre ordre, la vie peut être douce et facile ; vous vous en apercevriez, si votre séjour parmi nous venait à se prolonger. De plus, nous possédons au Val-de-Grâce des monumens historiques qui ont un grand intérêt pour les personnes bien nées, amies de la religion et de l'auguste famille de France... Et tenez, cet oratoire, par exemple, dans lequel moi, pauvre pécheresse, j'implore chaque jour la protection divine, a entendu souvent les prières de la reine Anne d'Autriche, notre illustre fondatrice, que Dieu veuille recevoir dans son saint paradis !

Ici l'abbesse fit le signe de la croix et leva les yeux vers le ciel. Elle reprit après une courte pause :

— Vous avez vu sans doute le trésor de notre église... Aucune chapelle de la chrétienté, pas même la chapelle Sixtine, à Rome, ne possède des vases sacrés aussi précieux par la matière et par le travail. Il y a, dit-on, à notre ostensoir, pour plus de deux cent mille livres de pierreries... Et puis ces cœurs de princes et de princesses qui reposent dans des urnes précieuses au milieu de nous, ne donnent-ils pas à notre abbaye une importance au moins égale à celle de Saint-Denis ? Nous possédons déjà vingt-deux de ces inestimables reliques... On n'a pas oublié de vous les montrer, sans doute ?

Thérèse répondit que, depuis son arrivée au Val-de-Grâce, elle était à peine sortie de sa chambre.

— Eh bien ! reprit l'abbesse, je donnerai des ordres pour qu'on vous montre ces merveilles. Vous verrez encore notre belle collection de souliers des enfans de France ; il y a notamment les souliers du grand Dauphin, en satin blanc avec des broderies en semences de perles, qui vous raviront d'aise. Ah ! ma fille, il ne nous appartient pas de nous enorgueillir de tant d'honneurs et de tant de richesses ; mais quel couvent dans le monde entier jouit de pareils priviléges ?

Mademoiselle de Villeneuve s'inclina en silence.

— Ce n'est pas tout, poursuivit madame de Mérignac avec complaisance, si la religion ne nous défendait toute espèce de vanité, je vous dirais que ce couvent est un couvent noble, où les noms les plus célèbres de la monarchie viennent se confondre. Nous avons en ici deux dames de Montmorency, trois de Rohan, une de Bonneval et plusieurs de Mortemart ; il n'est pas de grande famille qui n'ait été représentée parmi nous. Aussi une telle maison, quelle que soit sa naissance ou sa fortune, doit-elle se trouver fière d'être admise dans notre sainte maison.

L'abbesse fit une pause, et jeta sur Thérèse un regard oblique pour juger de l'effet qu'avait pu produire cet étalage pompeux des mérites de l'abbaye. Thérèse ne leva pas les yeux. La noble dame prit une prise de tabac dans une boîte de porcelaine de Saxe dont les peintures étaient bien un peu profanes, et demanda brusquement :

— Vous, mon enfant, auriez-vous quelque vocation pour le cloître ?

— Madame, balbutia la jeune fille, est-ce que ma mère voudrait me faire prononcer des vœux ?

— Il ne s'agit pas de cela. Je désire savoir, ma fille, si

Dieu a touché votre cœur et si vous consentiriez volontiers à entrer en religion... au Val-de-Grâce, par exemple ?

— Eh bien ! madame, si je dois dire toute la vérité...

— Mon enfant, je le permets... je l'exige !

— Madame, balbutia la pauvre Thérèse dans un mortel embarras, je ne sais si plus tard Dieu ne m'offrira pas une maison religieuse comme un refuge contre les orages de la vie ; mais, dans l'état actuel de mon esprit, je craindrais qu'un engagement téméraire...

— Il suffit, dit madame de Mérignac avec une légère nuance de mécontentement ; je savais bien que vous étiez encore sous l'influence du mauvais esprit du monde ; mais le dernier événement arrivé à l'hôtel de Villeneuve aurait pu changer vos dispositions. C'est un vrai miracle, en effet, que votre père et votre mère aient échappé à la mort dans la ruine de leur maison, et vous devez de grands remercîmens à la Providence, qui les a préservés. Vous-même, vous eussiez infailliblement péri si, par une grâce du ciel, vous ne vous étiez pas réfugiée parmi nous, car votre appartement a été, dit-on, complétement ruiné, et tout ce qui vous appartenait réduit en poussière..... Ces manifestations de la puissance divine étaient bien capables de toucher votre cœur... Mais n'en parlons plus : que la vocation vienne ou non, vous ne supposez pas, j'imagine, que la révérende mère de l'abbaye royale du Val-de-Grâce ait eu la pensée d'attirer des novices malgré leur volonté ?

Quoi qu'en dît la révérende mère, elle n'avait pas fait sans motif ce brillant éloge de son couvent. Elle voulait bien remplir ses devoirs d'amie à l'égard de madame de Villeneuve, de bonne parente à l'égard du duc de Beausset, mais elle eût préféré de beaucoup recruter une novice, seule héritière de plusieurs millions.

Thérèse se contenta de s'incliner de nouveau. L'abbesse reprit avec un redoublement d'airs doucereux et caressans :

— Votre détermination, ma chère fille, rend plus facile la tâche que j'ai acceptée de vous transmettre les volontés de vos excellens parens. Si vous n'optez pas pour le couvent, il faut opter pour le monde, et alors vous devez vous souhaiter un établissement qui vous y procure une position convenable. C'est à cet établissement que songe votre famille, surtout votre bonne mère ; préparez-vous donc à vous marier... dès ce soir !

— Ce soir ! s'écria Thérèse éperdue en se levant.

— Rasseyez-vous, ma chère, et écoutez-moi sans m'interrompre. Vous êtes follement éprise d'un homme indigne de vous, comme il arrive souvent aux jeunes filles. On m'a parlé d'un avocat philosophe et faiseur de pamphlets, qui avait eu l'art de se glisser dans votre maison et de vous éblouir par ses grands mots et ses beaux sentimens. Fort heureusement ce jeune drôle vient d'être jeté, pour offense au roi, dans les cachots de la Bastille, d'où l'on ne sortguère, et l'on prendra soin qu'il n'en sorte plus du tout. Il est donc inutile de songer à lui, à la société, et il ne faut plus songer à lui... D'un autre côté l'accident arrivé récemment à l'hôtel de Villeneuve a causé des pertes considérables à votre père, et l'on a hâte pour cette raison de vous marier. Vous connaissez le prétendant qui se présente. Le duc de Beausset, mon parent, promet à votre famille des avantages considérables ; il est lui-même jeune, beau, bien fait, riche, de grande naissance. Les Beausset sont alliés aux Mérignac par les Noailles, et madame de Beausset était fille d'un électeur souverain d'Allemagne.

— Madame...

— Silence ! Ne sauriez-vous écouter patiemment les personnes plus âgées que vous ? Dans l'état actuel des choses, madame de Villeneuve n'entend pas céder plus longtemps à vos caprices. Le Seigneur donne aux parens l'autorité pour qu'ils en usent dans l'intérêt de leurs enfans, incapables souvent de reconnaître le juste et le bien. Voici donc ce qui a été décidé : Cette nuit vous serez mariée au duc de Beausset, dans l'église du Val-de-Grâce, en ma présence et en présence des deux familles. Nous avons obtenu les dispenses nécessaires afin de rendre ce mariage régulier ; il aura donc son effet aux yeux du monde comme aux yeux de Dieu.

— Madame ! madame ! s'écria Thérèse dans des angoisses inexprimables, je ne peux pas épouser le duc de Beausset !

— Vous obéirez pourtant à votre mère, à vos amis, qui jugent mieux que vous-même de la situation présente ; plus tard vous les remercierez d'avoir pris la direction de votre destinée.

— Madame, je vous en conjure, n'exigez pas de moi ce sacrifice. Parlez à ma mère, et si vous avez jamais aimé...

— Ma fille, je n'ai jamais aimé que Dieu.

Ce mot cruel ôta tout espoir à Thérèse de fléchir cette femme ; elle cessa de supplier.

— Madame, dit-elle seulement en fondant en larmes, je ne saurais consentir à ce mariage.

— Vous y consentirez, mon enfant, répliqua l'abbesse avec un sourire hypocrite, parce que vous êtes une fille bien née, une jeune personne modeste, parce que vous êtes chrétienne. Vous ne voudrez pas donner un exemple de scandale aux pieds des autels, devant la majesté divine ; vous ne voudrez pas faire cette insulte à votre père, à votre mère, à la famille de Beausset, qui sera présente, ni à moi-même, je l'espère ; vous ne voudrez pas enfin outrager à ce point un honorable gentilhomme qui vous aime et va vous apporter un nom illustre à la place du vôtre... Vous consentirez, vous dis-je, car la résistance serait de la révolte, car cet éclat vous perdrait aux yeux de vos amis, vous rendrait ridicule aux yeux du monde... Allez, je vous connais mieux que vous ne vous connaissez vous-même ; vous n'aurez pas le triste courage de résister à la double autorité du devoir et de la religion, de braver les malédictions de vos parens, de fouler aux pieds la pudeur de votre sexe ; vous vous croyez forte ; eh bien ! nous verrons si, le moment venu, vous conserverez votre audace !

Thérèse baissa la tête sans répondre : elle comprenait combien l'abbesse avait raison. Elle qui eût bravé mille fois la mort pour rendre ce mariage impossible, se sentait impuissante et terrifiée devant le scandale qu'il lui faudrait soulever. Ses larmes redoublèrent ; madame de Mérignac la considérait avec une sorte de pitié dédaigneuse.

— Si, contre mon attente, poursuivit-elle, vous preniez parti pour un éclat déshonorant, je dois vous prévenir, chère petite, de l'effet que pourraient avoir votre ingratitude et votre obstination. Vous ignorez peut-être combien, dans l'état actuel de nos lois et de nos mœurs, l'autorité paternelle est absolue. Tout est permis à des parens dont les enfans se mettent en révolte. Sachez donc que nous avons des *in-pace* où nous enfermons les professes coupables de quelque infraction grave à notre règle. On y fait, dans le silence et l'obscurité, de bien tristes réflexions sur la désobéissance, sur la vanité de nos désirs. Or, je ne pourrais refuser à votre famille justement irritée de vous retenir dans ces lugubres cachots tant que vous ne seriez pas soumise à ses volontés ; ce serait un impérieux devoir pour moi de me montrer sévère envers une jeune rebelle qui méconnaîtrait à ce point les sentimens de la nature, les prescriptions de notre sainte religion.

Le contraste de ces horribles menaces avec l'accent d'indulgence et de bonté qui les accompagnait, frappait Thérèse d'épouvante ; sans doute celle qui pouvait parler si tranquillement de ces cruautés serait capable de les exécuter. L'abbesse devinait peut-être toutes les pensées de l'innocente jeune fille ; elle sourit.

— Allons, reprit-elle, je n'aurai pas besoin, je le vois, de recourir aux rigueurs salutaires ; vous vous montrerez digne de votre bonheur. Ne serez-vous pas bien à plaindre ? Vous échangerez votre nom actuel, qui, s'il faut l'avouer, sent un peu la roture, pour un nom illustre et un titre de duchesse ; vous aurez fortune, considération, haut rang ; cela ne saurait-il contrebalancer de sottes rêveries de petite fille ? Oui, vous serez heureuse... si toutefois, poursuivit-elle avec un soupir, il peut exister du bonheur en de-

hors du calme que donnent la vie régulière, la méditation et la pratique constante des devoirs religieux !

La pauvre Thérèse ne trouvait plus la force d'élever une protestation, une plainte.

— Maintenant, ma fille, continua l'abbesse d'un ton différent, retirez-vous dans votre cellule. et tenez-vous prête pour la nuit prochaine, à minuit. On vous fournira tout ce qui vous sera nécessaire pour la sainte cérémonie.

Elle agita une sonnette d'argent, et la religieuse qui servait Thérèse parut aussitôt.

— Sœur Catherine, dit la supérieure, reconduisez mademoiselle de Villeneuve à sa chambre, et... écoutez-moi.

Elle lui dit quelques mots à voix basse.

— Ma révérende mère peut être sûre de mon obéissance, répondit Catherine humblement.

Elle fit une révérence et prit la main de Thérèse pour l'entraîner. Alors seulement la jeune fille parut secouer l'espèce d'engourdissement qui s'était emparé d'elle. Au moment de sortir, elle dit d'une voix tremblante :

— Je ne veux pas vous tromper, madame, il me sera certainement impossible...

L'abbesse se retourna vers elle et la regarda froidement ; la malheureuse enfant ne put achever d'exprimer sa pensée.

— Emmenez mademoiselle, ma chère sœur, dit la supérieure.

La religieuse s'empressa d'obéir et Thérèse se laissa conduire sans résistance.

En rentrant dans sa chambre, mademoiselle de Villeneuve se jeta sur un siége avec accablement. Elle n'avait pas prévu le nouveau coup qui la menaçait ; le danger devenait pressant ; elle avait besoin de calme et de solitude pour se recueillir et prendre une décision. Mais elle comptait sans la politique tracassière des cloîtres. Pendant que morne et la tête baissée elle réfléchissait à l'horreur de sa position, la sœur Catherine se tenait debout devant elle et suivait chacun de ses mouvemens d'un air de curiosité.

— Mademoiselle, dit-elle enfin, notre révérende mère m'a recommandé de vous distraire, et notamment de vous montrer le trésor de notre église. Je vais chercher le sacristain, qui a toutes les clefs ; nous vous rejoindrons dans un instant pour vous faire admirer les merveilles que Dieu, dans sa miséricorde, a données à notre sainte maison.

— Ma sœur, répliqua Thérèse d'un ton suppliant, laissez-moi, je suis mal préparée en ce moment pour une pareille visite... Une autre fois, plus tard, je vous accompagnerai volontiers.

— La révérende mère veut que ce soit à l'instant même, répondit l'impassible Catherine.

— Mais je ne suis pas astreinte à votre règle et je n'ai pas promis obéissance à votre abbesse, dit Thérèse impatientée.

— Ici tout le monde doit être soumis aux volontés de notre mère spirituelle... Je vais chercher le sacristain.

Et la religieuse sortit.

Ce dernier trait mit le comble au désespoir de la pauvre enfant. Il était évident qu'on ne voulait pas donner à ses idées le temps de se rasseoir et qu'on avait résolu de la tenir constamment occupée jusqu'au moment de la cérémonie du mariage. Indignée d'une pareille tyrannie, elle fit un mouvement brusque et machinal ; un livre de piété, posé sur la table, tomba par terre ; il s'en échappa un billet caché.

Par un sentiment bien excusable chez une prisonnière, Thérèse releva ce papier avidement et en regarda la suscription. Quel fut son étonnement en lisant son nom sur l'adresse, en reconnaissant l'écriture et le cachet de son père ! La jeune fille, tremblante de joie, s'empressa d'ouvrir la lettre avant le retour de sa gardienne et elle lut ce qui suit :

« Ma chère enfant, je compatis à tes peines, mais je ne

puis et je n'ose ouvertement te protéger; ce serait un vacarme horrible avec ta mère, et tu sais combien j'aime mon repos. Cependant, je souffre de te savoir entre les mains de ces sottes béguines, car on les dit plus malignes que des singes. Il ne faut pas croire à toutes leurs menaces; mais elles ne manqueront pas de moyens de te tourmenter et j'ai hâte de te soustraire à leurs persécutions.

» Tu ne veux pas épouser le duc de B... Non, n'est-ce pas? Eh bien, franchement, je ne me soucie guère non plus de ce mariage, puisqu'il le déplaît. J'ai vécu jusqu'ici sans le cordon bleu et le titre de baron, et, ma foi, quand on est riche, on peut à la rigueur se passer de cela. Si donc tu persistes dans ton refus d'épouser, voici comment tu devras t'y prendre :

» Ce soir, avant l'heure fixée pour ce maudit mariage, tu t'échapperas sans qu'on s'en aperçoive. J'ai donné une grosse somme au nommé Philibert Aspairt, jardinier, portier ou sacristain du couvent, je ne sais trop lequel. Cet homme te fera sortir de la maison et te conduira dans une rue voisine où tu trouveras un carrosse gris avec mon vieux cocher Jean. Dans la voiture sera madame Georges, l'ancienne femme de charge, qui t'a toujours beaucoup aimée; tu monteras avec elle, et aussitôt Jean partira pour ma terre de Senlis, où tu pourras attendre tranquillement que la colère de madame de Villeneuve soit apaisée. Ta mère a beaucoup d'amitié pour toi, malgré ses idées de vanité : après t'avoir crue perdue, elle sera fort heureuse de te retrouver, et alors nous rirons bien tous ensemble du tour innocent que nous lui aurons joué.

» Je tâcherai d'aller te voir à Senlis, si je peux m'échapper; jusque-là ne te désole pas. On assure que tu es fort triste et fort abattue : tiens, pour te rendre un peu de courage, je te dirai qu'un certain prisonnier est sorti de la Bastille après deux jours de captivité. Il a dû employer de bien puissantes protections! Ne va pas te monter la tête au sujet de cette nouvelle; mais je voulais récompenser ce pauvre garçon pour certain service qu'il m'a rendu.

» Adieu donc, ma chère fille. Suis les instructions de ce Philibert, qui te remettra ma lettre, et compte toujours sur l'affection de ton père.

» TIMOLÉON DE VILLENEUVE, F. G. »

Nous ne saurions exprimer le ravissement de Thérèse à la lecture de cette lettre. L'authenticité n'en pouvait être mise en doute. La grosse écriture des nouvelles du financier, la bonhomie du style et des idées, jusqu'à certaines libertés que monsieur le fermier général prenait avec l'orthographe, étaient des signes caractéristiques. Thérèse pouvait s'étonner seulement que son père eût conçu la pensée d'un tel plan d'évasion et qu'il eût le courage de l'exécuter, au risque d'appeler sur sa tête les foudres de la colère conjugale; mais elle le savait bon, plein de tendresse pour elle, et cette hardiesse lui semblait toute naturelle.

Aussi la joie de la jeune fille était-elle sans bornes. Elle avait donc un protecteur! Son père, qu'elle avait cru jusque-là sinon impitoyable, du moins indifférent pour ses souffrances, voulait la soustraire à cette insupportable captivité. Et puis, elle recevait enfin des nouvelles de Lussan, pour qui elle acceptait tant de maux! Il était libre; elle pourrait le revoir. Monsieur de Villeneuve, d'après son propre aveu, était l'obligé de Philippe, et la jeune imagination de Thérèse fondait déjà sur ce fait les plus douces espérances pour l'avenir.

Avant qu'elle fût remise du trouble causé par cette bienheureuse lettre, elle entendit dans le corridor voisin les pas de la sœur converse qui revenait. Elle s'empressa de cacher le papier dans son sein, et de composer son visage, dont l'animation extraordinaire l'eût trahie.

— Mademoiselle, dit la religieuse, monsieur Philibert nous attend pour vous montrer le trésor de l'abbaye.

— Philibert! Philibert Aspairt? demanda Thérèse en tressaillant.

C'était le nom de l'agent secret dont parlait la lettre de son père.

— Je ne l'ai pas nommé ainsi, mademoiselle, reprit la sœur avec étonnement; nous l'appelons simplement monsieur Philibert ou le sacristain. Comment avez-vous appris son nom de famille?

— Que sais-je? balbutia Thérèse; si ce n'est vous, quelque autre personne l'aura nommé devant moi... madame l'abbesse peut-être... Mais allons, allons, ma sœur, continua-t-elle en se levant avec vivacité, ne perdons pas de temps; j'ai grande impatience maintenant de voir... ce que vous devez me montrer.

Cet empressement subit, aussi bien que les paroles échappées à Thérèse au sujet du sacristain, parurent éminemment suspects à l'espionne de sa supérieure. Elle se promit d'en rendre compte à sa supérieure et surtout de surveiller avec un soin particulier la jeune fille confiée à sa garde. Cependant elle ne dit rien et elles sortirent ensemble de la cellule.

Dans la cour elles trouvèrent le sacristain. C'était un homme de soixante ans, à figure douce et bienveillante. Son extérieur placide n'avait rien de l'hypocrisie assez fréquente chez les gens de sa profession; il affectait plutôt une espèce de brusquerie contrastant avec les formes humbles et félines des religieuses au milieu desquelles il vivait. En l'abordant Thérèse lui jeta un regard d'intelligence; mais Philibert, peut-être parce que sœur Catherine l'observait à la dérobée, ne parut pas s'en apercevoir; il se contenta de saluer froidement, puis agitant son trousseau de clefs, il se mit à marcher devant les deux femmes pour remplir son office.

On promena Thérèse d'une extrémité à l'autre de ce vaste couvent. On lui montra dans le plus grand détail les richesses qu'il contenait; les ouvrages d'orfèvrerie, objet de l'admiration de la chrétienté; les beaux reliquaires, conservés dans une sacristie particulière, et dont chacun contenait un cœur de prince ou de princesse de la famille royale. On étala devant elle toute la collection de petites chaussures princières dont madame l'abbesse était si vaine. Le sacristain remplissait avec une impassibilité merveilleuse les fonctions de cicerone; il récitait d'une voix monotone la notice historique relative à chacune de ces curiosités. Sœur Catherine, de son côté, semblait s'être départie de sa réserve glaciale; peu à peu elle en était venue à causer avec volubilité et à développer les trésors de son érudition spéciale. Thérèse l'accablait de questions pour l'occuper et pour fournir en même temps l'occasion à Philibert de lui glisser quelques mots à voix basse; mais le sacristain ne remarquait pas ce petit manège et conservait son apparente impassibilité.

Cependant le jour commençait à baisser et Thérèse avait vu tout ce qui pouvait dans l'abbaye mériter son attention. D'ailleurs, elle était lasse de cette longue promenade et aussi de ses efforts pour obtenir un signe d'intelligence qui ne venait pas. Il lui fallait donc rentrer à sa cellule sans savoir comment devait s'opérer son évasion; cette idée lui rendait ses incertitudes et ses craintes.

Comme on traversait un long et obscur corridor du rez-de-chaussée qui conduisait à la cellule de Thérèse, la jeune fille aperçut une porte basse et solide, munie de gros clous, et dont l'aspect était sinistre. Pour gagner du temps, elle s'arrêta devant cette porte avec une feinte curiosité.

— Et ici, ma chère sœur, demanda-t-elle, qu'y a-t-il donc? Où conduit cette porte de si mauvaise mine?

— C'est une entrée des souterrains, mademoiselle, répliqua la sœur converse; elle conduit à des in-pace dont la vue fait frémir... Pour moi, je n'y suis jamais descendue. On assure, mais c'est une superstition coupable, qu'une religieuse de l'ancien temps ayant été enfermée dans ces cachots pour une faute grave, y est morte en état de péché véniel, et que son âme revient quelquefois pour demander des prières... Mais j'ai tort de vous répéter cette histoire, à laquelle notre révérende mère nous défend de croire, et je devrai m'en confesser.

En même temps la timorée religieuse poussa un soupir.

— Ces souterrains sont-ils profonds ? demanda Thérèse distraitement.

— A vrai dire, personne n'a jamais eu le courage d'y pénétrer depuis longtemps ; mais monsieur Philibert en a les clefs, et peut-être sait-il....

— J'y suis descendu seulement une fois, répliqua le sacristain, et c'est une rude tâche, car l'escalier a plus de cent marches... Mais je me hâtai de remonter.

— Et pourquoi cela, monsieur Philibert ? demanda Catherine avec intérêt. Auriez-vous vu quelque chose de surnaturel ?

— Non, ma sœur ; mais je craignais de m'égarer et de périr au milieu des galeries qui se croisent en tous sens... Que Dieu nous préserve d'une pareille fin !

— Amen, monsieur Philibert, dit la sœur. Ainsi donc, il n'y a ni vivans ni morts dans ces caveaux ?

Le sacristain allait répondre quand plusieurs coups légers furent frappés intérieurement à la porte du souterrain, comme si quelque habitant de ces cachots eût voulu protester de son existence. Philibert recula d'un pas, Thérèse tressaillit ; mais la religieuse poussa un cri de terreur et s'enfuit à toutes jambes en répétant d'une voix étouffée :

— Le revenant ! de l'eau bénite ! Le revenant ! mes sœurs, à mon secours !

Thérèse elle-même avait grande envie de s'enfuir ; une fois déjà, la veille de son départ de la maison paternelle, elle avait entendu ce bruit inexplicable qui semblait être le langage d'un être surnaturel. Mais Philibert ne partagea pas sa frayeur ; riant d'un rire silencieux, il se tourna vers la jeune fille.

— Dieu nous protége, dit-il rapidement ; je désespérais de pouvoir vous parler, et je craignais que vos signes répétés n'inspirassent des soupçons à cette méchante sœur Catherine. Voilà qu'un rat, en grattant contre cette porte, nous a débarrassés d'elle.

— Un rat, monsieur Philibert ; le croyez-vous ?

— Eh ! que serait-ce donc ? Mais nous n'avons pas de temps à perdre ; sœur Catherine va revenir avec tout le couvent ; écoutez-moi. J'ai promis à votre père de vous rendre libre et je tiendrai parole. Ce soir, au coup de dix heures, trouvez-vous ici, dans ce corridor, devant cette porte. J'y viendrai de mon côté, en silence et sans lumière ; je vous guiderai par la main, et vous ne tarderez pas à revoir vos amis.

— Mais, monsieur Philibert, demanda Thérèse d'une voix encore émue par sa récente frayeur, comment pourrai-je m'échapper à l'heure indiquée ? vous le voyez, je suis gardée à vue.

— A dix heures, toutes les religieuses ont l'habitude d'aller chez la révérende mère lui demander sa bénédiction ; sœur Catherine n'aura garde d'y manquer, comme les autres. Vous profiterez de ce moment pour accourir ici, m'attendrez devant cette porte, que vous pourrez reconnaître facilement, même dans l'obscurité. Jusqu'à l'heure convenue, soumettez-vous docilement à ce que l'on exigera de vous ; ayez l'air d'être résignée à votre sort, afin de n'inspirer aucun soupçon.

— Je suivrai vos instructions, monsieur Philibert ; cependant je crains...

— Chut ! les voici.

En effet, sœur Catherine venait de reparaître à l'extrémité du corridor avec trois autres religieuses, l'élite du courage de la communauté. L'une portait un grand pot d'eau bénite, l'autre un goupillon, l'autre enfin un bout de cierge allumé pris sur l'autel. Toutes marchaient lentement en marmottant des prières et en faisant de nombreux signes de croix.

A la vue de Philibert et de Thérèse, si tranquilles devant la porte redoutable, les nonnes s'arrêtèrent.

— Mes chères sœurs, dit le sacristain brusquement, pour chasser le revenant, il faut vaudrait mieux vous toutes ces choses saintes ; car c'était un rat sans aucun doute.

— Un rat ! dit la prieure, qui se trouvait parmi les in-

trépides exorcistes ; sœur Catherine nous aurait-elle dérangé pour cela ?

— Elle a toujours une tendance à pécher par superstition ! observa doucereusement une des bonnes amies de la délinquante.

— Mes sœurs, s'écria sœur Catherine, je prends la sainte Vierge à témoin... Ce bruit était si extraordinaire... demandez plutôt à mademoiselle de Villeneuve.

— En effet, dit Thérèse, qui avait pitié de l'embarras de sa gardienne et qui soupçonnait du reste une ruse du sacristain, le bruit m'a paru fort et régulier.

— Parbleu ! dit le sacristain, s'il y a quelqu'un dans les caveaux, il est facile de s'en assurer.

Et il introduisit une clef dans la serrure. Toutes les religieuses furent sur le point de prendre la fuite ; mais la présence de la prieure les contint, comme leur présence contenait la prieure. Elles restèrent donc en place, armées, qui de son goupillon, qui de son eau bénite, pendant que Philibert ouvrait la porte des souterrains.

Elle céda sans difficulté ; une bouffée de cet air chaud et sépulcral dont nous avons parlé se répandit autour des assistans ; mais, comme on peut le croire, on ne trouva personne derrière la porte. Un escalier noir et tortueux semblait descendre dans un abîme. Le sacristain prit le bout de cierge que portait une des religieuses et éclaira les premières marches.

— Eh bien ! mes sœurs, dit-il en haussant les épaules, êtes-vous satisfaites ?

— Cela suffit, reprit la prieure avec sévérité ; je rendrai compte de cette affaire à la révérende mère, qui jugera s'il est permis à sœur Catherine de troubler nos pieux exercices par des rêveries superstitieuses. Ce soir, à la bénédiction, sœur Catherine aura de mes nouvelles.

Thérèse voulut intercéder pour la coupable ; elle croyait être sûre maintenant que Philibert, afin d'effrayer la sœur, avait lui-même frappé dans l'obscurité contre la porte du souterrain ; mais on lui répondit avec aigreur qu'il s'agissait d'une règle spirituelle à laquelle une laïque ne devait pas s'immiscer. Mademoiselle de Villeneuve dut donc se taire, et elle rentra chez elle avec Catherine, qui, de sa part, croyait fermement à la réalité d'une manifestation surnaturelle.

XI.

EXPLICATIONS.

Le même jour, Philippe de Lussan travaillait dans sa chambre de la rue Saint-Germain-l'Auxerrois, devant une table couverte de vieux livres et de cartes. On frappa ; Chavigny parut.

— Prépare une palme d'or pour le messager des bonnes nouvelles ! cria-t-il dès la porte ; ô Philippe, tu m'élèveras des autels, quand tu sauras que la fortune elle-même vient à toi sous la forme d'un chétif abbé *in minoribus* !

Philippe, habitué aux façons de son ami, marqua tranquillement la page qu'il était en train de lire ; puis il se tourna vers l'abbé.

— Qu'est-ce encore ? As-tu donc trouvé quelque rime longtemps cherchée ou découvert un usurier qui te prête sans intérêt ?

— Je vis économiquement et la rime n'est pas trop rebelle... Mais ce soir, Lussan, que diable fais-tu de ces bouquins et de ces paperasses ?

— J'ai commencé des recherches sur certaines localités qui n'ont pas le don de te plaire, si j'ai bonne mémoire ; il s'agit des carrières situées sous la rive gauche de la Seine...

— Au diable les carrières ! riposta Chavigny avec une grimace ; quand on m'en parle, il me semble qu'on m'étrille !... Eh bien ! qu'as-tu découvert dans tes in-folio poudreux sur ce lieu plein de délices ?

— Rien de bien précis. Les anciens historiens de Paris

mentionnent seulement ces excavations qui se trouvaient autrefois hors de la ville; la plus profonde obscurité enveloppe l'origine de ces carrières. Je lis cependant une pièce intéressante qui jette un peu de lumière sur la date de leur formation: c'est le procès-verbal de la reconnaissance des plus vieux édifices de Paris, exécutée en 1679 par ordre de Colbert. Il en résulte que les pierres employées à la construction de Saint-Étienne-des-Grès et du palais des Thermes de Julien, proviennent des carrières situées sous les faubourgs Saint-Jacques et Saint-Victor; et les inextricables galeries que nous avons parcourues dernièrement, bien contre notre gré, sous le Luxembourg et la rue Vaugirard, ont fourni les matériaux des parties les plus anciennes de Saint-Germain-des-Prés et de Notre-Dame-de-Paris.

— Pardieu! dit l'abbé, nous voici bien avancés! Nous pourrons maintenant nous enfoncer quand nous voudrons dans ces abominables trous noirs: nous n'avons plus rien à redouter, puisque nous savons qu'on en a tiré des palais romains, des abbayes et des cathédrales!... Tiens, je t'en supplie, Lussan, ne parlons plus de cela; nous en avons déjà trop parlé, car je suis sûr d'un effroyable cauchemar pour la nuit prochaine... Mais, par les neuf muses! à quoi bon te rompre la tête de semblables choses? que t'importent ces damnées carrières? Tu ne veux pas y redescendre, j'imagine!

— Qui sait? Elles servent maintenant de repaire à quelque redoutable association de brigands dont la ruine récente de l'hôtel de Villeneuve prouve l'audace et la scélératesse. Quel est le but de ces malfaiteurs en commettant de pareils crimes? Est-ce le pillage? est-ce une vengeance? On serait fort embarrassé de le dire; toutefois le mal grandit de jour en jour. Il faudrait qu'un homme courageux et dévoué prît l'initiative des recherches.

— Et cet homme courageux et dévoué, ce sera toi, n'est-ce pas? Mais as-tu réfléchi, Philippe, que les habitans de ces carrières, hommes ou diables, nous ont sauvé la vie dans cette nuit terrible où nous eûmes la folie d'aller leur rendre visite? Pour moi, je me représente encore cette lanterne qui marchait toute seule, puis certaine figure diabolique... Fi! l'horreur!

— Tu as raison, Chavigny, répondit Lussan; ces gens en nous rendant service nous avaient imposé l'obligation d'être discrets; mais l'épouvantable catastrophe de l'hôtel de Villeneuve dont nous affranchit de toute reconnaissance. Quel que soit le motif de leur conduite envers nous, ils ne méritent aucun ménagement. Oh! si le hasard me procurait un indice contre eux! si seulement je pouvais retrouver cette femme, cette vieille mendiante, leur espionne et leur complice!...

— Philippe, de grâce, laissons ce sujet, dit le petit abbé d'un air de malaise; si tu t'obstines à redescendre dans ces souterrains, il faudra bien que tu le suive, et mes cheveux se dressent sur ma tête à cette pensée... Tiens! je vais donner à tes idées une direction toute différente : ne t'ai-je pas dit que je t'apportais une bonne et grande nouvelle?

— Eh bien! de quoi s'agit-il?
— Quitte cet air nonchalant: il s'agit de Thérèse de Villeneuve.

— De Thérèse! s'écria Philippe; au nom du ciel, que sais-tu de mademoiselle de Villeneuve? Parle, parle donc!... Tu n'oserais pas, Chavigny, mêler ce nom à de frivoles plaisanteries!

— J'étais certain que tu prendrais feu dès le premier mot; mais, rassure-toi, ce nom, beau paladin, sera prononcé avec tout le respect dû à la dame de tes pensées... Tu n'ignores pas sans doute qu'elle est enfermée à l'abbaye du Val-de-Grâce, par ordre de sa famille?

— Un domestique m'a révélé cette circonstance le jour où l'hôtel s'est écroulé; mais, malgré tous mes efforts, je n'ai pu pénétrer dans le couvent et faire parvenir à Thérèse un mot de souvenir.

— Tu n'en es que là? Apprends donc que, par suite d'un complot tramé entre madame de Villeneuve et l'abbesse du Val-de-Grâce, ta bien-aimée Thérèse doit épouser la nuit prochaine le duc de Beausset.

— Impossible! Thérèse n'y consentira jamais.
— Soit! mais elle l'épousera. De quoi ne sont pas capables des femmes opiniâtres et passionnées? Promesses, menaces, séductions, elles n'oublient rien pour vaincre, séduire, entraîner. Que l'on doute, que l'on hésite un moment, on est perdu. N'espère pas trop de la résistance de Thérèse. Elle se plaindra, la pauvrette; mais que ferait-elle contre ces deux vieilles rusées dont une est sa mère? La partie serait trop inégale.

— Thérèse n'est pas une femme ordinaire ; elle se distingue par une haute raison, une grande force d'âme. Cependant, tu m'épouvantes, Chavigny. N'est-il aucun moyen de la soustraire à cet abominable complot?

— Il en est, Lussan; ce soir, avant l'heure du mariage, j'enlève ton infante à la barbe du Beausset, de l'abbesse et de la maman, je l'emporte sur un char de roses dans une chaumière à quelques lieues de Paris, et le berger Philippe, conduit par la main des amours, pourra pénétrer dans les bosquets fleuris où nichera la colombe.

— Pour Dieu! Chavigny, parle sérieusement.
— Rien n'est plus sérieux : ce soir, une voiture attendra mademoiselle de Villeneuve dans une rue voisine du Val-de-Grâce ; au coup de dix heures, ta Thérèse montera dans cette voiture, et fouette cocher! Les épouseurs et les invités pourront s'amuser à souffler, s'ils veulent, les flambeaux de l'hymen.

— Et c'est toi qui feras cela?
— C'est moi.
— Chavigny, encore une fois, n'abuse pas de ma patience!
— Tu prends ton foudre, Jupiter... Allons, il est prudent de m'expliquer, ou le fougueux Oreste finira par battre Pylade. Tu te souviens que l'autre jour, voyant ta mortelle inquiétude au sujet de mademoiselle de Villeneuve, je te promis de prendre des renseignemens auprès d'une personne que je suis à supposer parfaitement informée; j'ai tenu parole et je suis au courant, comme tu le vois, de tous les secrets de l'ennemi.

— Quelle est cette personne?
— Une amie à moi... Je fréquente, Lussan, il faut bien l'avouer, un monde passablement léger. Prêche-moi, si tu veux, mais...

— Passons; je t'ai déjà dit combien je désapprouvais cette conduite de la part d'un abbé.

— Abbé in minoribus! note bien ceci, in minoribus, ce qui change diablement la thèse et m'autorise à mener une vie fort indépendante... Mais tu fronces encore le sourcil ; je me hâte donc de revenir à mon sujet... Parmi mes connaissances se trouvent de jeunes et jolies femmes qui veulent bien m'accueillir avec bonté. Je compose des madrigaux pour elles, des chansons et des épigrammes contre leurs rivales, et mes honoraires sont de fort gracieux sourires.

— Mais, de par tous les diables! qu'y a-t-il de commun entre Thérèse et de pareilles créatures?

— Créatures! créatures! mais ne nous fâchons pas... Au nombre des nymphes charmantes qui daignent recevoir mes soins et m'admettre chez elles comme un ami sans conséquence, se trouve Sylvie Florival, de l'Opéra. Tu connais Sylvie, sans aucun doute? une grande blonde, des bras fort blancs et une taille qui fait jaunir d'envie la maigre Guimard.

Un mouvement de Philippe interrompit cette énumération des perfections de Sylvie. Chavigny continua :

— Cette aimable personne, comme tu le sais peut-être, est protégée par le fermier général de Villeneuve, le père de la Thérèse, et à vrai dire elle est grandement protégée. Hôtel, voiture, diamans, excellent cuisinier, rien ne lui manque. Il est impossible d'être plus généreux que le bon gros financier. Or, en abrégeant, monsieur de Villeneuve n'a rien de caché pour Sylvie, et Sylvie, de son côté, veut bien me prendre pour confident.

Un sentiment pénible se peignit sur le visage de Philippe ; cependant il ne dit rien.

— Tu vois d'ici le nœud de l'intrigue, poursuivit le petit abbé. Monsieur de Villeneuve, tourmenté dans sa maison par les impérieuses exigences de sa femme, vient se réfugier chez Sylvie et lui raconte ses tribulations domestiques. C'est ainsi qu'elle a connu le complot de madame de Villeneuve et de l'abbesse pour forcer Thérèse à épouser le duc de Beausset la nuit prochaine. Le bonhomme était désolé de la contrainte qu'on voulait imposer à sa fille, mais il n'avait pas le courage de s'y opposer. Sur ces entrefaites, j'arrivai chez Sylvie, et je tirai facilement d'elle toute la vérité. Elle riait en me contant cette histoire ; mais moi, pour la première fois, je parlai raison à cette folle ; je lui peignis, dans un discours pathétique, le malheur de la pauvre enfant qu'on allait sacrifier à l'ambition de sa mère ; je trouvai moyen d'éveiller sa sympathie féminine. Sylvie est une bonne créature ; d'ailleurs, elle n'était pas fâchée, je crois, de contrecarrer les plans de la despotique madame de Villeneuve. Elle se monta si bien la tête que le soir, quand le financier arriva, elle lui fit une scène affreuse sur la dureté de son cœur à l'égard de sa fille, sur son défaut d'énergie ; elle alla jusqu'à lui défendre de remettre les pieds chez elle, s'il souffrait que cette abominable iniquité s'accomplît. Le fermier général en perdait la tête ; mais comme, après tout, sa conscience lui reprochait déjà sa lâche complaisance pour les volontés de sa femme, il demanda des conseils, promettant de les suivre ponctuellement. Alors, ma bonne pièce de Sylvie lui soumit un plan dont j'étais l'auteur. Il s'agissait de gagner un concierge du Val-de-Grâce, ce qui n'était pas difficile pour un financier ; d'enlever la petite avant le mariage, et de la transporter dans un des châteaux de son père, qui en possède à foison. Toutes mes idées ont été adoptées ; et c'est ainsi, mon cher Philippe, que ton très humble ami et valet se croit sûr d'arracher ton amante aux intrigues dont il est enveloppée.

Philippe avait écouté d'un air de réflexion.

— Ainsi donc, dit-il en soupirant, le sort d'une pure et noble jeune fille est remis, par le tort de ses parents, entre les mains d'une courtisane et d'un étourdi !

— Ah ! sont-ce là tes remercîments ? répliqua Chavigny avec humeur ; il faut bien que les courtisanes et les étourdis protégent la vertu, puisque les abbesses et les matrones la persécutent. Sur ma vie, Philippe, tu es d'une austérité ridicule ! Tu tournes au stoïcien, au Paysan du Danube, et si tu n'y prends garde...

— Pardonne-moi, mon cher Chavigny, je suis injuste envers toi. Hélas ! ce n'est pas ta faute si les mœurs de notre temps sont si corrompues ! Tu t'abandonnes joyeusement au courant, tandis que je m'efforce de le remonter. Peut-être as-tu raison... Mais brisons là... Je te remercie de la part que tu as prise à cette affaire ; ton plan est simple, naturel ; les convenances les plus délicates y sont respectées, et je m'étonne seulement qu'il ait pu sortir de ta folle cervelle.

— A la bonne heure ! tes éloges sont rares, mon ami, et toujours accompagnés de restrictions ; néanmoins ils me gonflent d'orgueil... Eh bien ! maintenant tu sais tout ; que feras-tu ?

— Eh ! que puis-je faire ?

— Tu me le demandes, homme de glace et de neige ! On suit son amante, on lui parle, on l'enlève pour son propre compte, et on l'épouse.

— Je t'excuse de parler ainsi, car nous voyons les choses de points différens... Je ne suivrai pas ton conseil ; j'ai pour Thérèse autant d'estime que d'affection... Cependant je veux m'assurer par moi-même si le projet de fuite sanctionné par son père ne sera pas troublé par les violences de certaines autres personnes. Où se trouvera la voiture ?

— Dans le chemin de Notre-Dame-des-Champs, le long du mur du couvent des Feuillantines, à dix heures.

— C'est bien ! j'y serai.

— Je t'accompagnerai, Philippe ; ce soir, je viendrai te prendre, et nous irons en manteau couleur de muraille monter la garde autour de notre princesse fugitive.

— Chavigny, je te remercie, je n'ai besoin d'aucune assistance ; j'irai seul. Il est des sentiments si intimes et si délicats que personne ne peut être admis à les partager. Je te prie donc de respecter mes scrupules et de ne pas insister davantage pour m'accompagner.

— Mais songe donc ! si l'on poursuivait cette pauvre demoiselle ? si l'on venait en force pour la reprendre ?

— Je la défendrais jusqu'à la mort, et j'ai la confiance que je serais en état de protéger cette charmante fille.

La discussion se prolongea quelques instans sur ce sujet ; enfin, le petit abbé se leva pour se retirer.

— Voyons, Lussan, reprit-il, est-ce bien ton dernier mot ? Tu ne veux pas me permettre de t'accompagner ?

— De grâce, Chavigny, brisons là-dessus.

— Comme tu voudras. Mais je t'accompagnerai malgré toi.

— Prends garde, l'abbé ; si, par une de tes imprudences ordinaires, tu compromettais le succès de cette évasion, je ne te pardonnerais de la vie.

Pour toute réponse, Chavigny se mit à siffloter entre ses dents. Comme il allait sortir, on apporta une lettre de forme singulière et scellée d'un sceau emblématique ; elle avait été déposée chez le portier par un homme vêtu de noir qui s'était hâté de se retirer après l'avoir remise.

— Que peut être ceci ? dit Philippe en tournant et retournant le mystérieux paquet.

— Par la mère des amours ! dit l'abbé, si le diable écrivait, sa lettre devrait avoir cette tournure ! Que signifie ce cachet tout parsemé de triangles et de dragons à longue queue ? Et puis cette devise : *Feriatur leo* ; si je n'ai pas encore oublié mon latin, cela veut dire : « Que le lion soit frappé » ou bien : « Frappez le lion ! » Or, comme on n'a pas toujours sous sa main un petit lion de l'Atlas ou de la Nubie pour obéir au précepte, je trouve la devise passablement... baroque !

— Le contenu de ce papier n'est pas moins énigmatique, dit Philippe, qui venait de parcourir rapidement la lettre ; écoute donc :

« Les élus d'Israël vont se réunir dans le temple. Les
» victimes brûleront sur l'autel des holocaustes, et la nuée
» sainte descendra sur l'arche d'alliance. Ceins tes reins et
» prie, et purifie-toi dans la piscine ; lave-toi dans l'hy-
» sope et parfume ta chevelure ; car le puits de l'épreuve
» va s'ouvrir devant toi ; tes yeux seront dessillés et tu ver-
» ras la lumière ; tu prendras place parmi les saints et les
» forts ; tu marcheras, appuyé sur ta lance, à la tête de
» mon peuple. »

Ce factum apocalyptique ne portait aucune signature ; seulement une espèce de post-scriptum d'une écriture menue et presque illisible était un peu plus clair :

« Si Philippe de Lussan, disait-on, se souvient de la pa-
» role qu'il a donnée en sortant de la Bastille, il se trou-
» vera ce soir à l'heure de minuit dans la rue de la Harpe,
» au coin de la rue des Mathurins-Saint-Jacques. Une per-
» sonne s'approchera de lui et lui dira : *Hiram et Joppé.*
» Il devra répondre : *Feriatur leo.* Puis il suivra cette per-
» sonne et obéira en silence. La parole de l'homme sage
» n'est jamais donnée en vain. »

— Ma foi ! dit Chavigny, c'est tout à fait du Nostradamus ! Et tu ne sais pas, Philippe, de qui peut te venir ce joli billet doux ?

— A vrai dire, j'ai bien des soupçons ; les *saints* et les *forts* me rappellent certain avis que je reçus jadis à la Bastille.

— J'y suis. O abbé de la Croix, voilà de tes traits ! Maintenant je reconnais le style. Hein ! est-ce là un correspondant divertissant ! Et dire qu'il écrivait des articles de huit pages sur ce tou-là ! Etonnez-vous donc que la police ait saisi nos presses et envoyé mon pauvre ami Lussan à la Bastille ! Ah çà, quel parti vas-tu prendre ?

— Je ne sais trop ; refuser ce serait désobliger ce digne

abbé qui réellement m'a rendu service. Il s'agit d'une momerie ridicule, je le crains bien; cependant, si la sûreté de ma chère Thérèse n'exige pas ma présence à l'heure indiquée par cet écrit, je pourrai me rendre à l'invitation.

— Grand bien te fasse! Pour moi, j'aimerais mieux remplir cent bouts-rimés les plus disparates que de causer cinq minutes avec cet homme de bien. Peut-être même préférerais-je passer une heure ou deux dans certaines carrières. Mais non, pas d'hyperbole; les carrières seraient audessus de mes forces. Allons, je te quitte, Lussan ; puisse l'amour allumer pour toi son flambeau ! puisse l'abbé de la Croix t'être léger !

— Te reverrai-je bientôt, Chavigny?

— Plus tôt que tu ne penses peut-être. Jusque-là n'oublie pas de *frapper le lion* ; c'est une distraction comme une autre. Adieu.

L'abbé sortit en ricanant.

XII.

LA DISPARITION.

Comme nous l'avons dit, c'était un parti pris chez les religieuses de ne pas laisser à Thérèse une minute de réflexion pendant cette soirée. Quand elle rentra dans sa cellule, deux sœurs converses vinrent lui servir à dîner ; puis on apporta les vêtemens blancs dont elle devait se parer pour la cérémonie du mariage. Ils étaient riches et d'un excellent goût. Sœur Catherine, qui devait avoir été camériste de bonne maison avant d'entrer en religion, se chargea d'habiller, coiffer, *testonner* et *mirauder* la fiancée, avec l'aide d'une autre religieuse. De son côté, Thérèse, malgré ses craintes, ne restait pas indifférente au plaisir de s'admirer dans sa délicieuse parure, enveloppée dans un long voile de dentelle qui traînait jusqu'à terre. Tous les miroirs de la communauté avaient été mis en réquisition afin qu'elle pût se regarder à loisir ; la naïve enfant oubliait dans cette agréable occupation que ces préparatifs devaient être inutiles, et qu'il s'agissait d'un mariageo dieux auquel la mort même lui paraissait préférable.

Cependant, au moment où l'horloge du Val-de-Grâce sonna neuf heures et demie, mademoiselle de Villeneuve commençait à trouver très fade le plaisir de se voir. Elle s'assit, blanche et fraîche comme un lis, devant sa toilette, où brûlaient deux bougies ; elle écoutait avec une extrême distraction le babillage des nonnes qui tournaient sans cesse autour d'elle. Thérèse songeait que la voiture devait déjà l'attendre dans la rue voisine ; elle se demandait comment elle pourrait se débarrasser de ses incommodes gardiennes quand l'heure convenue avec le sacristain serait arrivée. Son inquiétude devenait plus visible de moment en moment. Un contre-temps nouveau redoubla ses angoisses; sa mère et madame de Mérignac, l'abbesse du Val-de-Grâce, entrèrent tout à coup dans la cellule.

L'abbesse avait un air calme et sûr d'elle-même. Madame de Villeneuve, au contraire, ne pouvait croire à la réalité du changement si prompt qu'on lui avait annoncé. Quoiqu'elle fût déjà parée pour la cérémonie, le mariage lui semblait encore impossible. Cependant, en trouvant sa fille tout habillée et résignée en apparence, un sourire de satisfaction s'épanouit sur ses lèvres.

Thérèse s'était levée avec empressement. A la vue de sa mère, de cette mère qui s'était montrée pour elle si injuste et si dure, les larmes lui vinrent aux yeux.

— Madame, dit-elle d'une voix humble, vous vous êtes donc enfin souvenue de moi?

L'émotion l'empêcha d'en dire davantage. Madame de Villeneuve, très émue elle-même, répondit avec une sévérité affectée :

— A qui la faute, mademoiselle ? N'est-ce pas vous dont la ridicule obstination... Mais allons ! s'interrompit-elle d'un ton radouci, on m'apprend que vous êtes devenue raisonnable et ce n'est pas le moment de vous adresser des reproches. Montrez-vous docile aux volontés de votre famille, mettez votre confiance dans vos protecteurs naturels, et ma tendresse vous sera rendue tout entière.

— Ma mère, balbutia la pauvre enfant dans un mortel embarras, je voudrais vous obéir, mais je crains... si le sacrifice que vous me demandez se trouvait au-dessus de mes forces...

— Qu'est-ce à dire ? N'êtes-vous pas décidée à la soumission? Nous auriez-vous trompées? Si je pouvais le croire... Chère abbesse, que me promettiez-vous donc?

Madame de Mérignac fronça le sourcil.

— Mademoiselle Thérèse a-t-elle oublié déjà notre conversation d'aujourd'hui? demanda l'abbesse; serait-elle assez ennemie d'elle-même pour ne pas étouffer ses absur des velléités de résistance? On est toujours assez fort pour accomplir un devoir ; et le premier devoir des enfans n'est-il pas d'obéir à la volonté de leurs familles?

Thérèse baissa la tête sans répondre. L'abbesse et madame de Villeneuve la crurent convaincue quand elle n'était qu'intimidée. La supérieure jeta sur son amie un regard de triomphe.

— Je vous l'ai dit, ma bonne, reprit-elle à voix basse en souriant dédaigneusement, notre succès est complet ; mais nous ne devons pas nous attendre que le sacrifice s'opère sans quelques regrets. Elle obéira, c'est là l'essentiel. L'âme d'une jeune fille est une cire molle qui reçoit toutes les empreintes; nous avons aussi passé par là.

— N'importe, ma chère abbesse, répliqua madame de Villeneuve, si nous réussissons, ce sera grâce à vous, grâce à votre adresse, à votre expérience du cœur humain ; c'est vous qui nous avez tracé ce plan de conduite, et je vois maintenant combien il était sage. La solitude, l'isolement et une certaine dose de fermeté domptent en effet les esprits les plus rebelles. A propos, je suis chargée de vous prévenir que monsieur de Villeneuve vous avancera volontiers les deux cent mille livres dont vous avez besoin pour les réparations de votre couvent; vous pourrez envoyer à la caisse quand vous voudrez.

Bien que cette nouvelle comblât secrètement les vœux de l'abbesse, madame de Villeneuve avait rapproché d'une manière trop crue les idées de service et de récompense pour ne pas blesser la fière religieuse.

— Madame, dit celle-ci avec son sourire doucereux, il ne s'agit en ce moment que de vos intérêts de famille.

Madame de Villeneuve s'empressa de réparer sa faute, et la conversation se poursuivit à voix basse.

Thérèse n'entendait pas ce que se disaient les deux matrones, mais elle devinait que sa mère était entièrement livrée aux suggestions d'une femme rigide et sans entrailles. Il ne lui restait d'autre parti que de se soustraire promptement au sort dont elle était menacée. Malheureusement l'heure d'aller rejoindre Philibert approchait, et l'entretien ne cessait pas. Les sœurs converses, debout dans un coin de la cellule, les mains posées en croix sur leur poitrine, ne faisaient pas plus mine de sortir.

Enfin madame de Mérignac se leva.

— Vous m'excuserez, chère madame, dit-elle à la mère de Thérèse ; mais voici l'heure où mes filles viennent chaque soir dans mon oratoire recevoir ma bénédiction ; c'est une sorte de réunion intime où je leur distribue l'éloge et le blâme, selon leurs actes de la journée, et aucune n'aurait garde d'y manquer... Sœur Dorothée, et vous surtout, sœur Catherine, vous allez m'accompagner.

— Je vous suis, ma révérende mère, répliqua sœur Catherine d'une voix tremblante, car elle devinait quelle réprimande l'attendait pour avoir osé parler du spectre de la religieuse.

— Quant à vous, mon amie, continua la supérieure en s'adressant à madame de Villeneuve, vous pouvez rester avec votre fille jusqu'au moment de la cérémonie... Cependant, ajouta-t-elle plus bas, vous feriez mieux peutêtre de ne pas vous exposer...

— A gâter votre ouvrage par une bévue! répliqua madame de Villeneuve de même. Vous n'avez rien à craindre de pareil... Mais soit ! nous éviterons ainsi quelque scène ridicule, et d'ailleurs je dois aller attendre à notre nouvel hôtel la famille de Beausset qui viendra nous prendre pour la cérémonie... Thérèse, poursuivit-elle tout haut en se tournant vers sa fille, je vous rejoindrai bientôt, et je compte vous retrouver digne de vous et de moi. Si vous justifiez mon espoir, demain matin vous quitterez l'abbaye du Val-de-Grâce et vous reviendrez auprès de nous jusqu'au jour où votre mariage sera publiquement reconnu... Il n'est pas de témoignages d'affection dont votre père et moi nous ne soyons disposés à vous combler si vous montrez de la déférence pour nos plus chers désirs.

En même temps elle s'approcha de Thérèse et déposa un froid baiser sur son front. A cette caresse, la première qu'elle eût reçue de sa mère depuis longtemps, la pauvre petite sentit son cœur se briser ; elle jeta ses bras autour du cou de madame de Villeneuve, et donnant un libre cours à ses sanglots, elle dit d'une voix déchirante :

— Oh ! ma mère... ma mère, pourquoi me mettre dans l'affreuse nécessité de...

Vous tromper, allait-elle ajouter, mais un regard de l'impitoyable religieuse retint sur ses lèvres l'aveu qu'elle était sur le point de laisser échapper.

Madame de Villeneuve, malgré son égoïste ambition, n'était pas entièrement insensible aux souffrances de sa fille unique. L'accent désespéré de Thérèse venait de remuer dans son cœur des fibres engourdies jusque-là. L'abbesse le devina.

— Allons, pas d'enfantillage, reprit-elle sèchement ; les larmes signifient encore moins que les paroles quand les actes seuls sont nécessaires. Du reste, madame de Villeneuve est parfaitement libre de s'attendrir avec sa fille, de renoncer même à ses projets, si telle est maintenant sa fantaisie ; pour moi je ne peux demeurer ici une minute de plus et je remonte dans mon oratoire.

— Et moi je retourne à l'hôtel, reprit madame de Villeneuve avec d'autant plus de dureté qu'elle avait une faiblesse à se faire pardonner ; mais vous m'avez mal comprise, ma chère abbesse : aucune considération ne pourrait changer mes résolutions et j'aimerais mieux n'avoir plus de fille que d'en avoir une rebelle à mes volontés !

Elle sortit et l'abbesse, qui, du seuil de la porte, dit à Thérèse éperdue :

— Un peu de patience, mon enfant ; sœur Catherine reviendra bientôt ; en attendant, lisez l'*Imitation* au chapitre des *Devoirs envers le prochain* ; cette pieuse méditation vous disposera bien au sacrement que vous allez recevoir. Bonsoir, ma fille.

Et Thérèse resta seule.

Jusqu'à ce moment, la jeune fille avait conservé des doutes sur les sentimens de sa mère à son égard ; elle s'était reproché de la désoler par sa fuite prochaine au lieu de s'adresser à son cœur maternel ; mais les cruelles paroles que madame de Villeneuve venait de prononcer en dernier lieu, avant de sortir avec l'abbesse, ôtaient tout espoir de la fléchir jamais.

— Allons, se dit Thérèse quand elle fut seule, en essuyant ses larmes, si ma mère m'abandonne, mon père du moins me protégera... Obéissons à mon père... L'heure va sonner, on m'attend déjà sans doute... Mon Dieu, veillez sur moi.

Elle écouta le bruit de voix et de pas qui s'éloignait. Quand le bruit eut cessé et quand les lumières portées par les religieuses eurent disparu, elle se mit en devoir d'aller rejoindre le sacristain. Elle jeta sur son bras une sorte de camail fourré d'hermine, dont elle comptait se couvrir pour se défendre contre le froid de la nuit, souffla les bougies, et, sans prendre le temps de rien changer à sa toilette de mariée, avec sa robe de satin blanc, ses voiles flottans, son bouquet de fleurs d'oranger qui s'épanouissait sur son corsage ouvert, elle s'élança rapidement hors de la cellule.

Le corridor était plongé dans une obscurité profonde ; mais Thérèse avait trop bien examiné les localités pour ne pas être sûre de retrouver le lieu du rendez-vous, même au milieu de la nuit. Elle marchait d'un pas léger et rapide. Si quelque religieuse eût traversé les cloîtres en ce moment, elle eût été frappée de terreur en voyant passer cette ombre blanche, aux draperies aériennes. Mais toutes les sœurs se trouvaient réunies en ce moment autour de la supérieure, et cette partie de l'abbaye était absolument déserte.

Bientôt elle atteignit l'extrémité du corridor, et, étendant la main, elle rencontra la porte garnie de gros clous qui fermait l'entrée des souterrains. Elle ne s'était donc pas trompée. Rassurée sur ce point, elle appela Philibert à voix basse. Personne ne répondit.

— Je suis arrivée trop tôt, pensa Thérèse ; le sacristain ne peut venir qu'à dix heures, et les dix heures sonneront seulement dans quelques minutes. Attendons.

Elle s'appuya contre la muraille pour apaiser les battemens de cœur causés par son émotion et par la rapidité de sa course. Cependant son cœur continuait à bondir dans sa poitrine, à la vérité sous l'influence d'un sentiment nouveau. Ses idées avaient brusquement changé de cours ; elle ne songeait déjà plus à la colère de sa mère et de madame de Mérignac, à l'espoir prochain d'embrasser son père et peut-être de revoir Philippe de Lussan ; la pusillanimité de la femme l'emportait maintenant sur les instincts de la fille et de l'amante ; elle songeait qu'elle se trouvait à la porte de ces souterrains dont on disait de si terribles choses, et la peur s'emparait d'elle.

Le souvenir de la lugubre histoire racontée par sœur Catherine lui revenait à la mémoire. Elle se représentait cette malheureuse religieuse, une victime de l'amour, sans doute, enfermée dans l'*in-pace* du Val-de-Grâce, où elle était morte de désespoir, de honte, de faim peut-être. N'assurait-on pas que derrière cette porte venait quelquefois gémir et se plaindre l'âme de la pauvre nonne défunte ? Thérèse elle-même n'avait-elle pas entendu, peu d'heures auparavant, à cette même place, un bruit intérieur que rien ne pouvait expliquer ? Ce bruit étrange, qui avait déjà frappé son oreille la nuit d'avant son départ de la maison paternelle, n'était-il pas quelque sinistre révélation d'un monde inconnu ? Thérèse en temps ordinaire eût ri de ces idées ; mais la solitude et la persécution rendent superstitieux ; à cette heure de la nuit, dans ce silence morne, devant cette porte lugubre, toute sa philosophie s'en allait. L'histoire du spectre de la religieuse et celle du bruit mystérieux se confondaient dans son esprit. C'était la pauvre victime de la règle monastique qui s'était faite entendre... Sans doute la religieuse était là encore, derrière cette planche ; elle écoutait, elle regardait, elle scrutait ce qui se passait dans l'esprit terrifié de Thérèse. La porte allait s'ouvrir, la nonne allait paraître, triste, silencieuse, livide. A cette pensée, la pauvre enfant sentait ses cheveux se dresser sur sa tête ; elle frissonnait sous ses voiles et ses fleurs de mariée.

L'horloge du Val-de-Grâce se mit à sonner dix heures, et les vibrations de la cloche se prolongèrent d'une manière effrayante dans la profondeur des cloîtres.

— Enfin !... le sacristain va venir ! pensa Thérèse ; je vais quitter cette horrible maison, respirer de l'air pur, embrasser mon excellent père peut-être...

A cette pensée, son sang circulait plus librement ; les sombres images qui flottaient devant ses yeux s'évanouissaient déjà.

Au moment où le son du dixième coup s'éteignait lentement, Thérèse crut reconnaître qu'une porte venait de s'ouvrir non loin d'elle ; une bouffée d'air lourd et humide frappa son visage. Cependant elle n'avait pas entendu les pas du sacristain.

— Philibert ! Monsieur Aspairt ! est-ce vous ? demanda-t-elle d'une voix étouffée.

Une main dure et froide comme du marbre saisit la sienne, et on l'entraîna, vers ce qu'il lui semblait, vers l'entrée des souterrains.

— Où me conduisez-vous ? demanda la pauvre enfant, dont la terreur imaginaire devenait une terreur réelle.

Une pression énergique de la main de marbre l'avertit qu'elle devait se taire ; puis, la personne inconnue qui la conduisait se mit à descendre les marches d'un escalier tournant, mais sans produire le moindre bruit ; on eût dit que ses pieds ne touchaient pas à terre. Thérèse, cédant à une force irrésistible, se laissait aller machinalement.

— Au nom du ciel ! monsieur Philibert, reprit-elle, parlez-moi... Nous ne pouvons sortir par la grande porte du couvent, n'est-ce pas ? Il y a de ce côté une issue secrète par laquelle nous atteindrons bientôt la rue où la voiture m'attend ? Le trajet sera-t-il long ? Ne courons-nous pas quelque danger à parcourir ces caves sans lumière ?

Même silence farouche et obstiné.

— Je ne veux pas aller plus loin, reprit Thérèse saisie d'une frayeur folle en cherchant à se dégager ; je veux retourner dans ma cellule. Laissez-moi... je ne veux pas vous suivre... je veux remonter... Laissez-moi, vous dis-je !

Pour toute réponse, elle sentit deux bras vigoureux la saisir par la taille et l'enlever, malgré ses efforts désespérés. On froissait brutalement sa fraîche parure et on descendait en tournoyant dans un abîme.

— Au secours ! mon père ! Philippe ! au secours ! Ce n'est pas Philibert... c'est un démon... un spectre... Qui êtes-vous ? au nom de Dieu, dites-moi du moins qui vous êtes !

On descendait toujours avec une inconcevable rapidité. La malheureuse enfant, ne pouvant obtenir un mot, allongea la main qu'elle avait libre ; cette main rencontra une chevelure inculte, puis une barbe hérissée, rude comme le poil d'un sanglier.

— Ce n'est pas Philibert ! s'écria-t-elle d'une voix éclatante en se débattant ; Philippe, Philippe, à mon secours !

Et elle s'évanouit ; on l'emportait comme le loup affamé emporte sa proie. . . . .
. . . .

Un peu avant dix heures, un homme, enveloppé d'un grand manteau, vint sonner à la porte principale du Val-de-Grâce, dont la façade était alors en partie masquée par une haute muraille. Philibert, une lanterne à la main, s'empressa d'aller ouvrir.

— Mon cher, dit avec aisance le visiteur, qui n'était autre que l'abbé de Chavigny, je suis un ami de la famille de Villeneuve et je dois assister à la cérémonie de cette nuit. Les invités sont-ils arrivés ?

Le sacristain éleva sa lanterne pour examiner ce personnage inattendu. La figure ordinairement joviale de Chavigny avait pris une expression sérieuse ; d'ailleurs ses vêtemens noirs, son rabat et son petit collet étaient faits pour inspirer du respect au portier d'un couvent. Philibert salua.

— Vous venez trop tôt, monsieur l'abbé, répondit-il ; mais vous pouvez entrer dans l'église, les cierges sont allumés à la chapelle de la Vierge, et vous attendrez en prières que la cérémonie commence.

— Mauvais plaisant ! reprit Chavigny en changeant de ton tout à coup ; la cérémonie ne commencera pas, vous le savez bien, et je pourrais rester en prières jusqu'au jugement dernier... Ecoutez-moi ; vous vous nommez Philibert, n'est-ce pas ?

Le sacristain répondit affirmativement.

— Eh bien, je connais vos arrangemens avec le père de la jeune demoiselle, et je suis envoyé par monsieur de Villeneuve pour m'assurer si ses volontés ont été ponctuellement exécutées. Mademoiselle Thérèse est-elle déjà partie ?

D'abord Philibert hésitait à montrer trop de confiance à ce personnage ; mais Chavigny parla si pertinemment du projet de fuite, il cita tant de particularités qui devaient être connues de monsieur de Villeneuve seul, que Philibert le prit vraiment pour un confident du fermier général.

— Allons, reprit-il, vous savez la vérité. J'espère, monsieur l'abbé, que vous ne m'en estimez pas moins ! Un au-

tre qu'un père n'eût pu me déterminer à favoriser de semblables projets, m'eût-il offert des millions ! Je ne crois donc pas avoir compromis le salut de mon âme. J'ai été père aussi ; j'avais une fille charmante... je l'ai perdue. Depuis ce temps, je ne puis voir souffrir une pauvre enfant sans être ému jusqu'aux larmes.

Et le sacristain avait en effet les larmes aux yeux.

— Eh ! mon ami, je suis bien loin de vous blâmer ; vous voyez que moi-même... Mais vous ne m'avez pas dit encore si vous aviez enfin retiré mademoiselle de Villeneuve des griffes de ces endiablées béguines ?

Ces expressions peu mesurées, surtout dans la bouche d'un abbé, firent ouvrir de grands yeux à Philibert ; mais au moment où dix heures sonnèrent.

— Dans un instant elle sera libre, répliqua le sacristain ; je vais la chercher.

Et il se dirigeait vers les cloîtres, dont la porte donnait sur cette cour extérieure.

— Alors, je vous accompagnerai, reprit effrontément Chavigny en le rejoignant ; je désire parler à mademoiselle Thérèse de la part de son père...

— Vous pouvez attendre ici, dit Philibert avec fermeté en s'arrêtant ; un abbé comme vous doit savoir que, par une bulle du pape, toute personne pénétrant sans autorisation dans un couvent cloîtré encourt les peines de l'excommunication.

— A vrai dire, je ne suis qu'abbé *in minoribus*, et je ne connais pas parfaitement les canons de l'Eglise... Mais je dois avoir les dispenses nécessaires, car je suis le neveu d'un évêque. Vous me permettrez donc...

— Je ne permettrai rien de contraire à mes devoirs de chrétien et de portier du Val-de-Grâce, dit Philibert, à qui les airs évaporés de Chavigny commençaient à donner des soupçons ; restez dans la cour ou bien entrez dans l'église ; mais ne me retenez pas davantage, car l'heure est passée, et une minute de retard peut tout perdre.

Il suspendit sa lanterne à la muraille, ouvrit la porte du cloître avec une clef de son trousseau et la referma sur lui.

Chavigny n'insistait plus pour l'accompagner ; aussi bien, en cherchant à pénétrer dans le couvent, il n'avait fait qu'obéir à son goût dominant pour les entreprises audacieuses. Il se mit donc à se promener en attendant le retour de Philibert.

Son attente ne fut pas longue. Bientôt le sacristain reparut pâle, les traits bouleversés ; il courut décrocher la lanterne et se disposait à rentrer dans le couvent.

— Eh bien ! demanda Chavigny, qu'est-il donc arrivé ? Pourquoi ne vois-je pas mademoiselle Thérèse ?

— Dieu le sait, monsieur ! répliqua Philibert avec précipitation ; la porte des souterrains, dont pourtant j'ai seul la clef, est toute grande ouverte, et dans l'escalier tournant on entend des cris, des lamentations... J'ai reconnu la voix de mademoiselle de Villeneuve... Comment cette enfant se trouve-t-elle là ? c'est ce que je vais apprendre maintenant que j'ai de la lumière...

— De quels souterrains parlez-vous donc ?

— Hé ! de ces anciennes carrières dont une entrée se trouve au Val-de-Grâce. Peut-être mademoiselle Thérèse ne me voyant pas venir, aura-t-elle essayé de s'échapper par là... Mais non, c'est impossible, puisqu'elle appelle du secours ! ... enfin, je vais descendre ; le père m'a donné de l'argent pour que je veille sur elle, je n'abandonnerai pas la pauvre petite !

— Malheureux ! s'écria Chavigny, mais vous ignorez à quels dangers, elle et vous, vous serez exposés dans ces terribles souterrains ! Du moins procurez-vous des armes, des provisions...

— Je n'en ai pas le temps... Tenez ! l'entendez-vous ?

Chavigny prêta l'oreille ; on saisissait en effet dans l'éloignement des sons faibles et déchirans.

— Thérèse touche de près à une personne qui m'est chère ! reprit-il chaleureusement ; mon ami, cette fois vous me permettrez bien de vous suivre ?

— C'est impossible, répondit Philibert ; ici est la limite que vous ne devez pas dépasser... Pour moi, j'ai déjà trop tardé.

Et il rentra dans le cloître sans écouter l'abbé qui le rappelait avec instances.

Chavigny demeura seul devant la porte, prêtant l'oreille aux bruits légers qui venaient de l'intérieur. Malgré sa frivolité habituelle, il éprouvait des angoisses inexprimables. Quel parti prendre ? fallait-il donner l'alarme au couvent ? Mais alors n'était-ce pas compromettre les projets de fuite de Thérèse, perdre Philibert, provoquer d'orageuses scènes de famille ? D'ailleurs à quels fâcheux commentaires cette aventure ne donnerait-elle pas lieu parmi les nonnes et plus tard dans le public ! Comment l'abbé expliquerait-il sa présence au Val-de-Grâce à pareille heure ? Il ne savait à quoi s'arrêter, quand des voix animées s'élevèrent dans la maison. Tout à coup la porte se rouvrit et sœur Catherine appela Philibert avec inquiétude. Ne recevant pas de réponse, elle courut à la loge occupée par le portier, et appela de nouveau. Enfin elle revint en toute hâte vers le cloître et dit d'un ton désespéré à une autre personne que Chavigny ne pouvait voir :

— Ma sœur, courez bien vite annoncer à notre révérende mère qu'un grand scandale vient d'arriver... On ne peut trouver nulle part le sacristain, et mademoiselle de Villeneuve a disparu de sa cellule.

Le petit abbé ne jugea pas à propos d'en entendre davantage ; sans doute cette nouvelle allait mettre l'abbaye en rumeur et amener des recherches qui pouvaient devenir embarrassantes pour lui. Aussi, s'apercevant que Philibert avait laissé intérieurement la clef à la porte de la rue, il s'empressa d'en profiter et sortit.

Cependant la pensée du danger auquel pouvait se trouver exposée Thérèse de Villeneuve continuait d'agiter son esprit ; dans sa mortelle incertitude, il résolut d'en référer à Philippe.

— Heureusement, pensa-t-il, ce cher Lussan doit être à deux pas d'ici. Il est plus prudent et plus avisé que moi ; il décidera de ce que nous avons à faire.

Il gagna rapidement la rue de Notre-Dame-des-Champs, voisine du Val-de-Grâce. En entrant dans cette rue étroite et sombre, il aperçut une chaise de poste arrêtée ; les portières étaient fermées ; le cocher, enveloppé dans ses fourrures, semblait endormi sur son siège. Mais le petit abbé ne songea pas à la voiture. Il se mit à rôder de çà et de là, et finit par découvrir, sous le porche de l'église Notre-Dame-des-Champs, un personnage immobile et muet, drapé comme lui dans un ample manteau : c'était Philippe de Lussan.

Celui-ci, en reconnaissant l'abbé, ne put retenir un mouvement de contrariété.

— Chavigny, dit-il avec humeur, je t'avais instamment prié...

— Chut ! il s'agit bien de cela ! Philippe, sais-tu ce qui se passe ?

Et l'abbé raconta comment Thérèse de Villeneuve s'était fourvoyée dans les carrières, comment le sacristain Philibert la cherchait en ce moment et comment enfin tout le Val-de-Grâce était en alarmes par suite de cette double disparition. Philippe fut frappé d'épouvante.

— Mais ils vont se perdre ! s'écria-t-il. Il doit y avoir là dessous quelque machination !... Peu importe toutefois, le plus pressé est de voler au secours de Thérèse.

— Oui, essaie un peu de forcer l'entrée d'une abbaye royale !... Même dans ce cas de nécessité pressante, le vieux sacristain n'a pas voulu me laisser franchir la porte du cloître ; juge comme nous serions reçus par ces nonnes rigoristes !... Ensuite il ne faut pas trop s'effrayer ; peut-être Philibert aura-t-il retrouvé mademoiselle de Villeneuve et l'aura-t-il ramenée dans sa cellule.

— Chavigny, Dieu m'en est témoin, dût Thérèse ne jamais m'appartenir, je voudrais la savoir hors de ces souterrains maudits où nous avons pensé périr nous-mêmes ! Si nous allions conter, soit à l'abbesse du Val-de-Grâce, soit à la famille de Villeneuve, ce que le hasard t'a révélé ?

— Dans ce cas, comment notre intervention serait-elle prise ? qui sait même si l'on voudrait nous croire ? D'ailleurs que de temps perdu !... Quant à moi, Lussan, j'avais une autre pensée. Crois-tu que ces excavations du Val-de-Grâce communiquent avec celles dont l'entrée se trouve dans mon logis de la rue de Vaugirard ?

— Sans aucun doute. J'approuve ton idée, Chavigny ; je puis descendre par l'escalier de la rue de Vaugirard et il me sera facile de gagner la portion des souterrains creusée sous le Val-de-Grâce.

— Facile ! et comment feras-tu ?

— Je m'aiderai d'une boussole, d'un fil conducteur, que sais-je ! Mais partons sans retard. Oh ! si ma Thérèse était tombée au pouvoir de ces gens qui se cachent dans les carrières et causent de si grands désastres !

— Cela ne serait pas impossible. Mais voyons, Philippe, es-tu bien résolu à t'aventurer de nouveau dans cet enfer ?

— J'y suis résolu.

— Il faut bien alors que je t'accompagne. Je t'accompagnerai.

— Toi ! oublies-tu donc l'horreur invincible que tu m'as témoignée pour ces souterrains, depuis le jour...

— Je n'oublie rien. Mais quand Thésée descendit aux enfers, Pirithoüs était inexcusable de ne pas l'y suivre pour l'aider à frotter Pluton et à enlever Proserpine. C'est décidé : si le diable nous tord le cou, il nous tordra de compagnie. Pas un mot, je suis aussi têtu que toi... Seulement nous devons avant tout nous assurer si la pauvre petite est encore dans les carrières, car il serait fâcheux de nous exposer sans utilité à des dangers fort réels.

— En effet, mais comment savoir ?...

— Bah ! tu es embarrassé de tout. Retournons au Val-de-Grâce et nous tâcherons, à la faveur du trouble causé par cet événement, d'apprendre la vérité.

— Nous ! Y songes-tu ?

— Fie-t'en à moi. Ramène le pan de ton manteau sur ton visage, ne souffle mot et laisse-moi faire.

— Allons ! je te suis ; mais du moins sois prudent, et surtout abrége, car le temps est précieux.

Ils gagnèrent de nouveau le faubourg Saint-Jacques, et Chavigny vint sonner à la grande porte du couvent. On resta quelques instans sans répondre.

— Que vas-tu dire ? demanda Philippe.

— Ma foi ! je n'en sais rien. La fortune favorise les audacieux !

En ce moment deux carrosses arrivaient au grand galop. Ils s'arrêtèrent devant l'abbaye, et pendant que des laquais allaient sonner à leur tour, les maîtres mirent pied à terre. C'étaient monsieur et madame de Villeneuve, d'une part, et de l'autre le duc de Beausset avec un vieillard couvert de décorations françaises et étrangères, qui semblait être son père. Les deux familles échangèrent quelques paroles à voix basse. Lussan et Chavigny s'étaient un peu retirés à l'écart pour n'être pas aperçus.

Enfin, on entendit tousser dans la cour ; Lussan et Chavigny, bien enveloppés de leurs manteaux, avaient suivi les interlocuteurs. La religieuse, les prenant pour des invités, les avait puis s'ouvrit et sœur Catherine parut une lanterne à la main. En reconnaissant madame de Villeneuve, elle se mit à pleurer et à sangloter :

— Ah ! madame, s'écria-t-elle, qu'allez-vous penser ? Quel malheur ! quel scandale ! Ce n'est pas ma faute, je vous jure ! La sainte Vierge sait que ce n'est pas ma faute !

— Bon Dieu ! chère sœur, qu'avez-vous donc ? demanda madame de Villeneuve avec inquiétude.

— Quelque miracle ! marmotta le gros fermier général en riant à demi.

— Serait-il survenu des obstacles au mariage ? demanda le vieux duc de Beausset d'un ton d'humeur ; en ce cas, je regretterais fort d'avoir veillé jusqu'à minuit, moi qui suis toujours couché à dix heures.

On était entré dans la cour ; Lussan et Chavigny, bien enveloppés de leurs manteaux, avaient suivi les interlocuteurs. La religieuse, les prenant pour des invités, les avait laissés passer; chacune des deux familles les considérait comme étant des amis de l'autre.

— Madame, dit la religieuse, montez dans le cabinet de la révérende mère, elle vous contera tout.

— Mais enfin que s'est-il passé? je veux le savoir !

— Bah! vous verrez que l'espiègle fiancée aura disparu au plus beau moment! fit le fermier général d'un ton goguenard.

— Monsieur de Villeneuve pourrait nous épargner des plaisanteries au moins déplacées, dit aigrement sa femme.

Mais l'observation du financier avait frappé sœur Catherine.

— Disparue! répéta-t-elle en s'arrêtant; vous savez donc, mon bon monsieur, qu'elle a disparu? Vous savez où elle peut-être? Oh! de grâce, tirez-nous de peine... Notre abbesse et toutes nos sœurs sont dans une mortelle inquiétude.

— Moi, ma chère, je ne sais rien du tout.

— Sœur Catherine, demanda madame de Villeneuve en saisissant le bras de la religieuse, de qui parlez-vous? Où est ma fille?

— Madame l'abbesse vous le dira... Venez.

— Je ne ferai pas un pas qu'on n'ait répondu à mes questions; Thérèse...

— Eh bien! madame, pendant que j'étais allée recevoir la bénédiction de notre révérende mère, mademoiselle Thérèse a quitté sa cellule. Philibert, notre sacristain, est parti sans doute en même temps qu'elle, car on l'a vainement cherché dans toute la maison.

— Est-il possible!... Ma fille! qu'est devenue ma fille ?

— Allons, allons, elle se retrouvera, que diable! dit le financier. Ne vous désolez pas tant, madame.

— Monsieur de Villeneuve! s'écria sa femme avec énergie, vous êtes du complot!... C'est là sans doute un de vos tours, car vous avez toujours désapprouvé ce mariage.

Elle se mordit les lèvres en s'apercevant que messieurs de Beausset père et fils l'écoutaient attentivement.

— Ma chère amie, balbutiait le financier avec embarras, je vous jure... je donnerais cent mille livres pour vous fussiez persuadée...

— Je vois ce dont il s'agit, dit sèchement le vieux duc de Beausset, fort morose en tout temps, mais que la privation de sommeil rendait en ce moment plus morose encore qu'à l'ordinaire: on ne savait sans doute comment retirer sa parole et l'on a imaginé cette comédie dans laquelle chacun a pris son rôle! Mais ni mon fils ni moi ne sommes dupes. On nous fait une insulte, une insulte grossière, et, si quelqu'un dans la famille de Villeneuve voulait en rendre raison...

— Mon père, s'écria le jeune duc avec empressement, c'est à moi surtout que cette insulte s'adresse, et je revendique le privilége...

— Moi, je ne rends raison de rien, dit le financier; mais morbleu ! si ma fille n'a pas de goût pour certains partis, je le comprends sans peine.

Il y eut une scène vive et animée entre ces quatre personnes. Chavigny profita de la confusion pour entraîner Philippe en lui disant à l'oreille:

— Partons; nous savons ce que nous désirions savoir.

— Laisse-moi, je veux m'offrir à monsieur de Villeneuve pour être son champion, pour rabattre l'orgueil de ces insolens gentilshommes!

— Voilà, mon cher, une folie qui vaut cent de mes folies les plus pommées... Pendant que tu tirerais l'épée avec messieurs de Beausset père ou fils, qui donc porterait secours à Thérèse ?

— On pourrait remettre la partie... Mais du moins laisse-moi les engager à visiter les souterrains...

— Tout avis donné par toi semblerait suspect. Souviens-toi comment on te reçut, de ton propre aveu, quand tu vins annoncer l'écroulement prochain de l'hôtel de Villeneuve. Ton intervention dans cette affaire gâterait tout. Agissons de notre côté et laissons agir les autres. Dans un instant les choses vont s'éclaircir. Le père, en voyant re-

venir vide la voiture qui attend dans la rue voisine, comprendra que le coup est manqué et que Thérèse ne peut être partie pour Senlis. Alors on visitera l'abbaye du haut en bas; on descendra dans les souterrains, et sans doute on retrouvera la petite, si, de notre côté, nous ne l'avons retrouvée déjà.

Tout en parlant, il avait ouvert la porte extérieure, à laquelle était restée la clef; ils sortirent du couvent, sans que personne fît attention à eux.

Philippe n'était pas entièrement convaincu par les raisonnemens de son ami; mais il ne voulut pas tarder davantage à exécuter son projet.

— Chavigny, dit-il d'un ton ferme, as-tu bien réfléchi aux dangers que nous allons braver? Es-tu bien décidé à me suivre?

— Je t'ai toujours dit, Lussan, que je te suivrais au diable, et cette fois, je pense, je tiendrai ma parole à la lettre.

— Soit donc! mais, avant de descendre dans les vides, je veux prendre chez moi certains objets qui peuvent seuls rendre nos recherches fructueuses; mon absence ne sera pas longue; dans une demi-heure je te rejoindrai rue de Vaugirard.

— Je vais t'y attendre. De mon côté, je me procurerai les provisions indispensables. Oh! cette fois, je te le jure, je ne serai pas pris au dépourvu, comme la première. Tu verras! tu verras!... Mais, dis donc, Philippe, ajouta Chavigny avec sa jovialité ordinaire, ne songes-tu plus que tu devais cette nuit *frapper le lion* en compagnie de ce bon abbé de la Croix ?

Philippe ne jugea pas à propos de répondre à cette plaisanterie de l'incorrigible étourdi. Après s'être concertés sur quelques autres points de détail, ils se séparèrent pour aller se préparer à leur périlleuse entreprise.

XIII.

LES VIDES.

La demi-heure convenue n'était pas écoulée que Philippe de Lussan arrivait tout en nage chez Chavigny. Il trouva celui-ci en train d'achever ses préparatifs, et certes il se fût agi d'un voyage de long cours, que ces préparatifs n'eussent pas été plus considérables. Les tables, les fauteuils étaient chargés d'une foule d'objets différens que le petit abbé se proposait d'emporter; c'étaient des pistolets et du chocolat, un flacon de liqueur et de la poudre, toutes les espèces alors connues de briquets et d'allumettes, cinq ou six paquets de bougies, des cervelas, un pain tout entier, enfin de quoi charger quatre hommes. Au milieu de ces choses hétérogènes, Chavigny allait et venait d'un air effaré.

— Ah! te voilà, dit-il à Philippe, je suis à toi... T'es-tu procuré ce qui peut nous être nécessaire?

Lussan exhiba le contenu de ses poches: un plan de Paris, une boussole en forme de montre, des crayons de diverses couleurs.

— Avec cela, dit-il, j'espère pouvoir nous diriger dans les carrières; j'ai fait ces jours-ci des études qui nous seront utiles peut-être... Mais voyons, Chavigny, n'es-tu pas prêt encore?

— Un moment donc! Parce que tu t'es muni d'une aiguille aimantée et de quelques paperasses, tu crois avoir pourvu à tout. Quant à des provisions, à de la nourriture, à du luminaire, tu n'y as pas plus pensé qu'aux cornes de Belzébuth. Heureusement j'y ai pensé pour toi... Prends ces deux briquets; les étuis, parfaitement clos, conserveront l'amadou sec, lors même que tu les tiendrais plongés dans l'eau pendant six mois; j'en ai deux semblables. Fourre aussi ces allumettes et ce paquet de bougies dans les poches de ton habit; nous pouvons être séparés, et il est bon de nous précautionner à tout événement. Ce chocolat est pour toi, et aussi cette demi-douzaine de brioches...

8

— Mais au nom du ciel! Chavigny, à quoi songes-tu? Chargés ainsi, nous serons incapables de nous mouvoir, et si l'on nous attaquait...

— Nous nous en battrons plus vaillamment si nous sommes assurés d'y voir clair et de ne pas mourir de faim après la victoire. Laisse-moi donc approvisionner la place afin que nous puissions tenir longtemps devant l'ennemi. Nous n'emportons rien qui ne soit rigoureusement nécessaire, et tu vas voir que je ne m'épargne pas moi-même!

Il entassa le reste des approvisionnemens dans un grand sac de chasseur, et jeta ce sac sur son épaule, ce qui produisait avec son costume d'abbé et son rabat de dentelles une singulière disparité. Vainement Philippe essaya-t-il de lui faire abandonner quelques-uns des objets les plus embarrassans ; Chavigny n'en voulut pas démordre.

— Allons! dit-il enfin en se tâtant avec complaisance, je crois que je n'oublie rien... Ah çà! Philippe, tu as des armes?

— J'ai mes pistolets et mon épée.

— C'est à merveille... Tiens, cette lanterne est encore pour toi; moi, j'ai l'autre, l'ancienne... tu sais? Et maintenant, je suis prêt à braver Pluton, Cerbère, Satan, la triple Hécate, Lucifer, tous les diables de la mythologie et de l'Ancien Testament!...

Ils sortirent de la chambre, descendirent l'escalier, et arrivèrent à la cave, dont Chavigny avait conservé la clef. A l'extrémité de cette cave apparut, au milieu des décombres, l'entrée des carrières. A cette vue, le beau courage de Chavigny parut fléchir; le souvenir des angoisses inexprimables qu'il avait éprouvées dans ces lieux formidables lui revint à l'esprit. Il s'arrêta; Philippe remarqua son trouble.

— Je crains, mon pauvre abbé, dit-il affectueusement, que tu n'aies trop présumé de tes forces. Il est temps encore de revenir sur tes pas. Grâce aux approvisionnemens dont tu viens de me charger, je puis impunément m'égarer. N'essaie donc pas de surmonter une répugnance bien naturelle.

— Ouais! reculer comme un poltron quand mes mesures sont si bien prises? Je n'ai pu me défendre contre un premier mouvement, mais c'est fini... Allons! tous les jours on n'éteint pas sa lanterne sans avoir les moyens de la rallumer... En avant! te dis-je. Si maintenant tu voulais revenir en arrière, je serais capable d'aller seul. C'est un défi que je me suis jeté à moi-même!

En même temps, il se mit à descendre légèrement, malgré son fardeau, l'interminable spirale de l'escalier en ruines; Philippe, le voyant si plein d'ardeur, n'hésita pas à le suivre; au bout de quelques instans leur pied toucha le sol blanchâtre des vides.

Là, les choses étaient absolument dans l'état où ils les avaient laissées. Toujours ce silence morne, ces galeries basses et étroites, soutenues de temps en temps par de frêles piliers. En abaissant leurs flambeaux, ils purent reconnaître la trace de leurs pas encore imprimée dans la boue argileuse; mais à côté de cette trace, ils en aperçurent une autre. C'était une empreinte, parfaitement distincte, de pieds nus; elle venait jusqu'à la première marche de l'escalier, puis, se repliant sur elle-même, elle allait rejoindre une galerie latérale où elle ne tardait pas à disparaître.

Les deux amis l'examinèrent avec intérêt. Elle appartenait sans doute au personnage inconnu qui leur avait rendu de si grands services lors de leur première descente dans les carrières.

— Oui, ces pas ne peuvent être que les siens, dit Philippe; cette trace est celle de notre libérateur quand, après mille détours, il vint déposer la lanterne sur la première marche de l'escalier...

— Et il n'usait pas de souliers à cette besogne, à ce qu'il paraît, dit Chavigny avec une gaîté forcée. Enfin, diable ou non, c'est toujours un bon diable... Ah çà, tu ne devines pas ,Lussan, quel peut être l'original qui vit ici pour son plaisir et s'amuse à faire des niches, bonnes ou mauvaises, aux pauvres vivans?

— D'après l'empreinte de son pied, ce paraît être un homme jeune et robuste. Quant à soupçonner pour quel motif une créature humaine accepte un pareil genre de vie, je le laisse à de plus sagaces... Mais toi, l'abbé, n'as-tu pas vu la figure de cet inconnu à la lueur rapide d'un pistolet, lorsque nous étions perdus dans les vides?

— Ce n'était certainement pas une belle figure, dit Chavigny d'un air de malaise; mais la flamme du coup s'éteignit si vite, que je ne saurais me rappeler aucune particularité de costume et de traits.

Tout en parlant, les deux amis parcouraient le couloir qui partait en droite ligne de l'escalier. Philippe avait tiré de sa poche des crayons noirs avec lesquels il faisait de temps en temps des marques sur les parois de la carrière, afin de pouvoir se reconnaître au retour.

Ils atteignirent ainsi le premier carrefour, où se croisaient un grand nombre de routes; cette fois, Philippe consulta son plan et sa boussole. Il choisit la galerie qui lui semblait se diriger le plus franchement vers le sud-est, et ils continuèrent d'avancer d'un pas rapide.

Bientôt ils remarquèrent avec inquiétude que les infiltrations du sol devenaient abondantes; souvent, ils étaient obligés de traverser des flaques d'eau d'une certaine étendue. Cependant, ils ne perdaient pas courage, et leur marche n'était pas ralentie, quand une flaque d'eau plus considérable que les autres les arrêta tout à coup. Ils élevèrent leurs lanternes de manière à projeter la lumière au loin. Jusqu'aux dernières limites du rayon lumineux, on ne voyait que cette eau froide, limpide, immobile. Chavigny lança une pierre de toute sa force; la pierre, en retombant, produisit ce bruit sourd et plein qui annonce les eaux profondes.

— Impossible de passer, dit Lussan avec chagrin; aussi bien, continua-t-il en consultant sa boussole, cette galerie tourne trop au nord; essayons d'une autre.

Ils revinrent au carrefour, et s'engagèrent dans un couloir qui leur parut encore devoir les conduire à leur but. Mais au bout d'une centaine de pas, le même obstacle se présenta: les eaux leur barraient de nouveau le passage.

— Fatalité! dit Philippe, c'est une inondation! nous sommes ici dans la partie de ces souterrains la plus voisine de la Seine, et nous voyons l'effet des infiltrations du fleuve.

— Une inondation dans cette saison de l'année, au mois de juin? Y penses-tu, Philippe; jamais la rivière n'a été aussi basse qu'en ce moment. Je le sais bien, moi, puisque j'ai passé deux heures, hier, à regarder, du haut du pont Neuf, un chat qui se noyait!

— Mais les eaux ont été fort hautes l'hiver dernier, et il leur faut plusieurs mois pour traverser l'épaisse couche de pierre qui s'étend au-dessus de nos têtes. Ici, les inondations doivent être en raison inverse de celles de la rivière, comme dans certains puits voisins de la mer, les eaux diminuent quand la marée monte et s'élèvent quand la marée baisse... Il faut encore changer notre itinéraire... Mon Dieu! mon Dieu! ne me permettrez-vous donc pas de secourir ma pauvre Thérèse?

Et ils rebroussèrent chemin.

— Philippe, dit enfin le petit abbé qui trottinait tout pensif derrière son compagnon, à mon avis, cette circonstance n'est pas absolument contraire à nos projets. Si la plus grande partie de ces souterrains est envahie par l'inondation, nous devrons opérer nos recherches dans un cercle plus restreint, et no re tâche en sera plus facile.

— Tu as raison, Chavigny; mais sommes-nous sûrs que les eaux n'aient pas coupé les communications entre l'endroit où nous sommes et les vides du Val-de-Grâce?

— Dans ce cas, Philippe, que ferions-nous?

— Tu retournerais à l'escalier de la rue de Vaugirard, et moi j'irais en avant, dussé-je avoir de l'eau jusqu'à la ceinture!

— Bon! crois-tu donc qu'un bain m'effraierait plus que

toi? Pourvu que je pusse élever ma lanterne et mon briquet au-dessus de l'eau, je te suivrais à travers les sept fleuves de l'enfer, qui sont : le Styx, le Léthé, le Ténare, l'Averne, le Cocyte, le Phlégéton et... et... ma foi ! j'ai oublié le septième.

Pendant cette conversation, ils étaient revenus au carrefour et Philippe avait de nouveau consulté sa boussole.

— Marchons tout à fait au sud, dit-il ; nous passerons sous le Luxembourg et les chartreux de la rue d'Enfer; dans cette partie des vides éloignée de la Seine, nous risquons moins de rencontrer l'inondation.

— Marchons au sud, répliqua Chavigny avec insouciance. Et pour se donner des forces, il se mit à grignoter une brioche qu'il arrosa d'un bon doigt de liqueur des Barbades.

Ils avaient pris une galerie montante, dont le sol était dur et solide ; malheureusement, elle faisait des détours continuels, et Philippe, peu familier avec l'usage de la boussole, n'en pouvait déterminer exactement la position relative. D'ailleurs, elle était interrompue à chaque instant par des ateliers qui ne permettaient pas d'en retrouver avec facilité le prolongement. Toutefois, le sol continuait à demeurer sec autour d'eux. L'inondation, qui avait gagné la portion des carrières situées approximativement sous les rues Cassette, de Tournon, et sous la place de l'Odéon, n'avait pas envahi ce côté. Ils croyaient donc pouvoir atteindre sans peine le Val-de-Grâce, quand un nouvel obstacle vint les arrêter : un éboulement obstruait la galerie.

Les deux amis ne purent retenir une exclamation de désappointement; mais à quoi servait la colère ? Il leur fallait encore une fois revenir sur leurs pas. Philippe, avant de s'éloigner, jeta machinalement un regard sur l'éboulement qui leur barrait le passage. Cet amas de pierrailles sans adhérence entre elles devait être tout récent ; il contenait des morceaux de bois, des pierres façonnées et même des fragmens de verre et de poteries.

— Voilà sans doute, dit Lussan, les débris d'une de ces maisons qui croulent à chaque instant sur la voie publique. Ces signes ne sauraient nous tromper.

— Ce sont peut-être les ruines de l'hôtel de Villeneuve, hasarda Chavigny.

— Non, non, répondit Philippe en jetant les yeux sur le plan de Paris qu'il tenait tout ouvert à la main : c'est plutôt la maison de la rue d'Enfer. Mais regarde ceci, Chavigny.

Et Lussan lui montrait un de ces piliers formés par les anciens créateurs des carrières avec cinq ou six moellons superposés. Celui-ci semblait avoir été miné ; mais une partie seule avait sauté, laissant à nu la pierre fracassée encore noircie par l'explosion.

— Mes prévisions étaient justes, poursuivit Philippe tristement: n'est-ce pas une main humaine qui a déterminé la chute de l'édifice dont nous voyons les débris?

— Tu as raison, et par le ciel ! il y a seulement quelques jours que cette mine a éclaté : la pierre conserve encore une odeur de poudre.

— Allons, ne nous arrêtons pas ici ; nous ne pouvons rien pour empêcher le mal accompli .. Mais, après le bonheur de retrouver saine et sauve ma pauvre Thérèse, je ne souhaiterais rien autant que de découvrir les auteurs de ces crimes abominables !

Il fallut donc pour la troisième fois revenir en arrière, et ils prirent une route libre et sûre en apparence. En revanche, l'infaillible boussole leur disait que ce couloir ne se dirigeait pas vers le Val-de-Grâce. Ils le suivirent néanmoins, espérant trouver bientôt une galerie latérale qui les conduirait plus directement au but de ce périlleux voyage souterrain.

Depuis une heure ils erraient dans les vides, quand leurs oreilles furent frappées d'un bruit sourd, régulier, continu ; on eût dit d'un lourd marteau résonnant sur l'enclume. Ils pensèrent d'abord que ce fracas venait de la surface du sol ; mais quel forgeron du quartier latin pouvait travailler à cette heure de la nuit? D'ailleurs, au frémisse-

ment du sol autour d'eux, comme à l'augmentation du bruit à mesure qu'ils avançaient, ils jugèrent que la cause en était dans les carrières mêmes.

Ils parcouraient alors une galerie qui, s'élargissant de plus en plus, semblait devoir se terminer par un vaste atelier. Ils précipitèrent le pas. De minute en minute les coups devenaient plus distincts, plus retentissans; bientôt même ils parurent s'élever tout près de nos chercheurs d'aventures. Aussi quel fut le désappointement de ceux-ci quand ils trouvèrent tout à coup la galerie barrée, non plus par un éboulement, mais par un mur solide en maçonnerie ! Ils s'arrêtèrent consternés.

— Ma foi ! le diable s'en mêle, dit le petit abbé. Les obstacles et les difficultés se multiplient d'une façon vraiment décourageante;

— Et pourtant nous ne devons pas nous décourager, reprit Lussan avec énergie ; nous ne devons pas reculer. Il faut absolument parler aux personnes qui sont derrière cette muraille; peut-être apprendrons-nous par elles des nouvelles de Thérèse. Chavigny, ne se trouve-t-il pas dans ton sac un crampon de fer, un marteau, un outil quelconque pour démolir ce mur?

— Démolir ce mur! Mais, avec des outils convenables, il nous faudrait au moins vingt-quatre heures, et nous n'avons rien qui puisse servir à cette besogne.

— Je vais briser mon épée, et avec le tronçon...

— Et comment te défendras-tu si nous trouvons des ennemis nombreux de l'autre côté? Ton projet ne vaut rien, cherchons mieux...Voyons, d'autres galeries doivent aboutir au carrefour où nous entendons ce bruit étrange; peut-être trouverons-nous, sur un autre point, des clôtures moins solides.

— C'est possible, mais le temps se passe ! Et Thérèse, ma pauvre Thérèse!

Ils s'enfoncèrent dans un autre couloir, et guidés par le bruit souterrain qui ne cessait pas, ils purent bientôt revenir vers le caveau habité. De ce côté un mur leur barrait encore le passage, mais il n'opposait pas un obstacle aussi sérieux que le premier à leur curiosité. Le ciel de la carrière, en pesant sur lui, l'avait fait fendre en plusieurs endroits. Les deux amis déposèrent leurs lanternes derrière un remblais; puis ils vinrent appliquer leur œil aux fissures, d'où s'échappait un rayon lumineux.

Un vaste caveau soutenu par des piliers en maçonnerie et éclairé par un grand nombre de lampes était devant eux. Ce caveau avait l'aspect d'une usine en activité. Il était encombré d'ustensiles et d'outils de diverses natures. On voyait çà et là des fourneaux, des creusets, des blocs de métal, des matras qui semblaient contenir des compositions chimiques. Une forge, dont la flamme était sans cesse excitée par un double soufflet, répandait une lumière éblouissante. Au ciel de la carrière on remarquait une machine de forme singulière, dont le lourd battant, toujours en mouvement, produisait ces coups sourds que les deux amis avaient entendus de loin. Cinq ou six personnes, en habit d'ouvriers et en tablier de cuir, travaillaient avec ardeur ; l'une faisait fondre le métal dans les fournaises, l'autre mettait en mouvement le pesant balancier, d'autres enfin maniaient des objets brillans et polis dont on entendait le son argentin sous les limes. Un petit vieillard vêtu de brun, en perruque bien poudrée, en souliers à boucles, allait et venait d'un air de maître et semblait diriger les travaux.

Les deux amis contemplaient avec stupéfaction cette scène inattendue.

— Parbleu ! dit enfin Chavigny, ce sont des alchimistes, des chercheurs du grand œuvre, des *souffleurs*, comme on disait jadis.

— Ce sont des faux-monnayeurs ! dit Philippe à voix basse.

— Bah ! pas possible... Tu as raison, poursuivit Chavigny après un nouvel examen, ce sont bien des faux monnayeurs... Mais,... attends donc... ne me trompé-je pas ? ce petit vieux en catogan et en habit tabac d'Espagne qu paraît être le chef de l'atelier, ne serait-ce pas... oui, ma foi ! c'est lui ! c'est le mari de Rosette, c'est monsieur Bonnard !

— Que dis-tu ? c'est usurier dont tu m'as tant parlé, ce prêteur sur gages...

— Il est devant toi, Philippe; je ne l'avais pas reconnu d'abord, parce que j'étais ébloui par la flamme de cette forge... Monsieur Bonnard un faux monnayeur ! voilà donc l'origine de sa grande fortune ! Et dire que je lui ai emprunté de l'argent, que peut-être, à mon insu, j'ai été le distributeur de ses écus frelatés ? Cela crie vengeance et je me vengerai... Je ne m'étonne plus maintenant si Rosette est toujours libre le soir ! Eh bien, Philippe, que décides-tu ? Démolirons-nous cette muraille pour causer une effroyable peur à ce vieux coquin et à ses complices? Ce ne sera pas difficile.

— A quoi bon? dit Lussan; évidemment ce caveau n'a pas de communication avec le reste des carrières, et ces gens tout occupés de leur coupable besogne ne pourraient nous fournir aucun renseignement .. Laissons-les donc en repos et continuons notre route... Dis-moi seulement, mon cher Chavigny, où demeure l'usurier Bonnard?

— Rue Saint-Hyacinthe, en face l'auberge du Plat d'Etain... Mais pourquoi cette question, Philippe?

— Selon toute apparence, ce caveau se trouve sous la maison de monsieur Bonnard, et cette situation peut servir à nous orienter... En supposant donc que nous soyons ici sous la rue Saint-Hyacinthe, nous n'avons qu'à tourner droit au sud pour atteindre le Val-de-Grâce.

Il se mit à consulter son plan de Paris et sa boussole; Chavigny, l'œil collé contre la crevasse du mur, examinait les faux monnayeurs.

— Partons, dit enfin Philippe; il faut découvrir une route qui aille vers le sud, et cette recherche peut être longue.

— Quoi ! ne jouerons-nous pas quelque bon tour à ce vieux fripon, qui se promène là fièrement les mains derrière le dos ? L'occasion est pourtant bien tentante... Continue ton chemin, Philippe, je te rejoins à l'instant.

— Que veux-tu donc faire?

— Une bagatelle... Tu vas voir.

Il joignit ses mains de manière à former une sorte de porte-voix; puis, appliquant cet appareil à la fente du mur, il cria d'une voix creuse et sépulcrale :

— Bonnard, ta femme te trompe et tu seras pendu !

Au premier son de cette voix humaine, le balancier s'était arrêté, le ronflement de la forge avait cessé; chaque ouvrier semblait frappé de terreur. Le chef, pâle et immobile, écoutait bouche béante.

Enchanté de l'effet qu'il produisait, l'espiègle abbé répéta par deux fois, d'une voix qu'il rendait de plus en plus lamentable, son lugubre avertissement :

— Bonnard, ta femme te trompe et tu seras pendu !

Puis il s'enfuit en riant aux éclats et en laissant les faux monnayeurs dans une consternation inexprimable. On avait interrompu les travaux; les lumières s'étaient éteintes subitement; les ouvriers couraient effarés vers un escalier situé de l'autre côté de l'atelier, sans écouter Bonnard qui les rappelait.

L'abbé, tout glorieux du succès de sa plaisanterie, rejoignit Lussan ; il le trouva sombre et mécontent.

— Tu es heureux, Chavigny, lui dit Philippe, de pouvoir rire, être joyeux... Mais tâchons, s'il est possible, de réparer le temps que nous font perdre ces difficultés sans cesse renaissantes.

Et il se remit en marche ; l'abbé, honteux d'avoir mérité ces reproches, l'accompagnait l'oreille basse.

Une demi-heure s'écoula encore. Les deux amis ne causaient plus; leur unique pensée maintenant semblait être d'avancer avec rapidité. Lussan était soucieux : il venait de s'apercevoir que la route, au lieu d'aller vers le sud, tournait insensiblement et semblait revenir sur elle-même. Il en prit une autre, puis une autre encore ; mais aucune ne suivait franchement la direction souhaitée. Un nouvel

incident vint faire diversion aux angoisses des jeunes gens.

Depuis quelques instants, ils entendaient dans le lointain cette psalmodie lente et solennelle dont Philippe avait été frappé déjà, lors de sa première visite aux carrières. Mais cette fois les chants devenant plus distincts, on put constater qu'ils différaient en tous points de ceux en usage dans le rit catholique, bien qu'ils eussent peut-être avec eux une commune origine.

— Que peut être cela? demanda Philippe.

— Bah ! cette portion de Paris est remplie de couvens; ce sont sans doute des moines bruns, ou blancs, ou noirs, qui chantent matines.

— Non, non, Chavigny, ces sons viennent des carrières mêmes ; ils ne nous arriveraient pas avec tant de netteté s'ils avaient traversé la croûte de pierre qui nous sépare du sol. Et puis, dans quelle église catholique as-tu jamais entendu ce rhythme bizarre, toi qui es neveu d'un évêque et abbé?

— *In minoribus*, Philippe, c'est-à-dire qu'il m'est permis d'être ignorant au sujet de... mais en effet, quel office du diable chantent donc ces gens-là ?

— Quels qu'ils soient, nous nous devons à nous-mêmes, nous devons au succès de notre entreprise, de chercher à voir ces inconnus, à leur parler. Peut-être ma pauvre Thérèse, perdue dans les souterrains, sera-t-elle venue implorer leur appui.

— Fort bien, Philippe ; mais, à en juger par les voix, ils sont extrêmement nombreux ; s'ils se cachent ainsi dans les entrailles de la terre pour chanter leurs cantiques, c'est qu'apparemment ils ne se soucient pas d'être observés par des profanes... Nous avons beau être vaillans, nous ne serions pas les plus forts.

— Je te devine, Chavigny ; tu n'as pas comme moi de raisons pour exposer ta vie... J'irai seul, et grâce à ma boussole, grâce aux signes que j'ai tracés sur les parois des carrières, il me sera facile de retrouver l'escalier de la rue de Vaugirard.

— Par les neuf muses ! ami Philippe, dit le petit abbé avec impatience, tu es vraiment insupportable ! Si j'écoute mon humeur frivole, tu m'accuses d'étourderie; si je parle de sages précautions à prendre, tu veux me congédier... Sache donc bien, une fois pour toutes, que je ne te quitterai pas d'une semelle tant que nous serons dans ces lieux d'abomination et de désolation. Je n'ai besoin ni de ta boussole, ni de tes cartes, ni de tes marques auxquelles je ne comprends rien... Marche, et je te suivrai.

— Allons ! j'ai tort d'avoir douté de toi, dit Philippe avec cordialité ; mais ne crois pas que j'aille imprudemment m'exposer à tomber dans un piège; nous ne braverons le danger que dans le cas d'absolue nécessité.

— Comme tu voudras, dit le petit abbé d'un air d'insouciance en grignottant une tablette de chocolat.

Ils arpentaient la galerie avec rapidité et se rapprochaient sensiblement du point d'où les chants semblaient partir. Tout à coup, au détour du couloir, ils aperçurent à une grande distance de nombreuses lumières devant lesquelles passaient et repassaient des ombres.

— Eteignons nos lanternes, dit Philippe, nous pourrions être aperçus... D'ailleurs, nous ne risquons pas de nous égarer.

— Un phare moins éclatant nous a dirigés dans un chemin plus long et plus compliqué, dit l'abbé en soufflant sa bougie ; mais que diable peuvent être ces hommes là bas? Des convulsionnaires? Des francs-maçons? des disciples de Swedenborg ?

— Nous allons le savoir... Chavigny, donne-moi ta main.

Il leur fallut encore près de dix minutes pour atteindre la partie des souterrains où brillaient les lumières. De moment en moment ils devaient redoubler de précautions pour ne pas être aperçus des mystérieux inconnus. Les chants cessaient par intervalles; alors une voix pleine et sonore récitait seule une sorte d'oraison. Quand les jeunes gens arrivèrent à l'extrémité de la galerie, ils se baissèrent et se mirent à ramper afin de ne pas attirer l'attention de plusieurs personnes chargées de garder l'entrée du passage. Enfin, ils se glissèrent dans un atelier qui servait de vestibule au lieu d'assemblée, et se postant derrière un pilier, ils purent contempler le plus merveilleux tableau.

XIV.

LE TEMPLE.

L'endroit où se tenait l'assemblée ne semblait pas faire partie des carrières que Lussan et Chavigny venaient de parcourir. C'était une sorte de temple souterrain qui, malgré sa parfaite conservation, remontait à la plus haute antiquité. Il avait pour support des pilastres engagés dans la muraille; les chapiteaux de ces pilastres, délicatement sculptés, rappelaient les plus beaux temps de l'art romain. Un grand nombre de drapeaux, aux couleurs de toutes les nations de l'Europe, ornaient la voûte conjointement avec de grandes lampes d'argent soutenues par des cordons de soie. Des trophées d'armes antiques et de drapeaux décoraient les murs; entre les trophées, des torchères de métal soutenaient des bougies qui répandaient un éclat éblouissant.

Au centre de l'enceinte s'élevait un autel doré, auquel on montait par plusieurs marches couvertes de riches tapis. Sur cet autel, visible de toutes les parties du temple, était posé un chandelier d'or à sept branches, où brûlaient des parfums, un coffret en bronze ayant la forme d'une église gothique, un livre ouvert écrit en lettres d'or, une épée ancienne, une crosse et une mitre. Tous ces objets, exposés à la vénération des assistans, semblaient être pour eux des reliques du plus grand prix.

L'assemblée se composait de deux ou trois cents personnes, disposées suivant un ordre hiérarchique; chaque catégorie était caractérisée par une place et un costume différens. Tout autour du temple régnaient des bancs de bois de chêne poli en forme de stalles. Le dernier rang de ces bancs était occupé par des hommes uniformément vêtus de robes noires, tête nue, une épée à la main; ils semblaient avoir un grade inférieur dans l'association et être chargés de servir les autres. Sur les premiers bancs, au contraire, étaient assis un grand nombre de personnages graves et pleins de noblesse. Leur costume consistait en un ample manteau de bure blanche; sur l'épaule gauche ressortait une croix octangulaire en drap rouge; un baudrier blanc soutenait leur épée. Enfin, sur une estrade surmontée d'un dais cramoisi, en face de l'autel, se tenaient les dignitaires de l'ordre. Quatre personnages, portant l'habit blanc et la croix rouge à l'épaule, étaient placés sur une même ligne; et au-dessus d'eux, dans un fauteuil massif assez semblable à un trône, on voyait le chef ou plutôt le pontife de cette mystérieuse association. Des hallebardiers aux riches costumes gardaient, appuyés sur leurs lances, toutes les issues du temple souterrain.

Le pontife était un homme de haute taille, d'une prestance et d'une majesté singulière. Il portait aussi le grand manteau blanc et la croix rouge à huit pointes, mais il avait sur la tête une mitre de forme bizarre, et tenait à la main un bâton de commandement surmonté d'une boule d'or sur laquelle étaient gravés des signes symboliques. Un livre ouvert était placé devant lui, et, dans l'intervalle des chants, il récitait seul des espèces d'oraisons.

On comprendra facilement la stupéfaction de Philippe et de son compagnon. Ce temple grandiose, ces trophées, ces lumières, cet autel brillant d'or, ces insignes vénérés, puis ces hommes en longs manteaux blancs et noirs, ces gardes, ces chants, cet appareil religieux, tout cela formait pour eux un spectacle magique, surtout après plusieurs heures passées dans le silence et l'obscurité des vides. Aussi croyaient-ils rêver, et Chavigny roulait de grands yeux effarés sans pouvoir prononcer une parole. Ils sentaient la nécessité de s'adresser à quelqu'un des sectateurs

de ce culte inconnu pour obtenir les renseignemens dont ils avaient besoin; mais la curiosité et une sorte de respect les tenaient cloués à la même place. Malgré le courage de l'un, l'effronterie de l'autre, ils attendaient dans l'ombre un moment plus favorable pour se montrer.

Cependant le chant continuait sur ce mode particulier dont nous avons parlé, et qui semblait avoir une origine orientale. Quand il cessa, le pontife se leva et lut de sa voix forte:

— « Tu étais, ô Israël, un grain de sénevé que je pris dans ma main et que je laissai tomber dans une terre féconde; tu devins un arbre immense, et les oiseaux du ciel se reposaient sur ta cime, et les nations s'asseyaient à ton ombre. Mais il est écrit dans ma loi nouvelle: tout arbre qui ne produit pas de bons fruits sera coupé et jeté au feu.

— Tes fruits, ô Israël, étaient remplis de cendre et d'amertume. Aussi j'ai envoyé mes bûcherons; l'arbre maudit a été coupé par la racine, et ses débris ont été dispersés sur la surface de la terre. »

Ici le chœur, accompagné par une musique cachée, entonna un chant triste et plaintif. Le célébrant poursuivit:

— « Les temps sont accomplis; Jérusalem est cachée sous l'herbe, et les reptiles du désert rampent dans les ruines du temple de Salomon. Jérusalem antique, je t'ai repoussée de mon sein, comme une fille ingrate et parjure; les ministres de ma colère ont détruit avec le fer et le feu ton sanctuaire profané par le culte de Baal et de Moloch. Mais je me rebâtirai sur une terre nouvelle un temple plus vaste et plus somptueux que le tien. Mes architectes et mes ouvriers sont à l'œuvre; le Liban se dépouillera encore une fois de ses cèdres, Ophir de son or, Saba de son parfums; le sang des génisses ruissellera de nouveau sur l'autel des holocaustes; le feu de mon sanctuaire ne s'éteindra jamais. — Quelle est cette milice sainte qui s'avance, à travers les âges, une épée à la main, pour frapper le lion et le dragon? — Je vous reconnais, vaillans soldats, je vous ai choisis parmi les saints et les forts pour exterminer mes ennemis. Par vous, j'exalterai les faibles et j'humilierai les superbes; par vous, mon nom sera respecté des gentils et des adorateurs des idoles; par vous, je reconstruirai mon temple de marbre et d'or, et tous les peuples du monde viendront se prosterner devant ma face. »

— Amen! Hosanna! répondirent les assistans.

Puis le chœur entonna un hymne de triomphe et d'allégresse.

Mais si curieux que fût ce cérémonial, les deux amis lui donnaient maintenant une attention distraite. Dans l'espèce d'homélie qu'ils venaient d'entendre, plusieurs expressions avaient éveillé leurs souvenirs. Ils regardaient surtout avec une extrême attention le pontife assis sur le trône en face de l'autel. Chavigny se pencha vers son compagnon:

— Philippe, dit-il, n'as-tu pas reconnu dans cette oraison certaines choses que tu as pu lire déjà dans une ou deux lettres à ton adresse? Hein! que penses-tu des *saints* et des *vaillans*, choisis pour frapper le *lion* et le *dragon*?

— En effet, ce rapprochement est remarquable; et toi, à ton tour, as-tu remarqué la ressemblance étonnante du personnage principal de cette assemblée avec...

— Cette ressemblance existe donc? Je n'osais exprimer ma pensée; et cependant cette voix, ces traits... oui, je n'en doute plus... c'est lui, c'est notre rédacteur d'articles apocalyptiques, c'est l'abbé de la Croix.

— J'avais cru le reconnaître aussi... Mais tais-toi, de grâce; on pourrait nous entendre.

— Eh! que nous importe maintenant? ce bon abbé peut être rien ennuyeux, mais il ne m'a jamais paru bien redoutable... Ah çà! quel rôle joue-t-il donc ici? Est-il évêque, roi, président, grand rabbin ou grand lama? Je veux être pendu, si je devine!

— Nous le saurons sans doute; mais tais-toi, te dis-je... on nous écoute.

En effet, un des hallebardiers qui gardaient l'entrée du

temple, entendant un léger chuchotement derrière lui, venait de se retourner. Un mouvement inconsidéré de Chavigny trahit les jeunes gens. Aussitôt le hallebardier s'écria :

— Sacrilége ! Profanation ! Des impurs se sont glissés dans le chapitre !

Ce cri d'alarme jeta l'assemblée dans un trouble inexprimable. Les chants se turent ; tous les assistans se levèrent, les uns avec une expression de colère, les autres avec une frayeur évidente. Au milieu de cette confusion générale, cinq ou six hallebardiers et autant de ces personnages vêtus de noir, initiés d'un ordre inférieur, s'élancèrent dans le couloir avec des armes et des flambeaux. En un instant les deux amis furent cernés ; des épées nues menacèrent leurs poitrines.

Chavigny avait saisi ses pistolets et voulait résister. Philippe l'en empêcha.

— Pas de violence dit-il ; Chavigny, je t'en conjure... Et vous, messieurs, ajouta-t-il en s'adressant aux assaillans, que nous voulez-vous ? Nous nous sommes égarés dans ces carrières, le hasard seul nous a conduits ici... Mais si la personne qui vous commande est vraiment monsieur l'abbé de la Croix, je vous prie de nous conduire à lui et je suis sûr...

— Quoi ! connaîtriez-vous notre illustre grand-maître ? demanda d'un air surpris un des sectaires.

— Pardieu ! si nous le connaissons ! s'écria Chavigny un peu ému de voir briller toutes ces épées : nous sommes avec lui comme les cinq doigts de la main ; l'abbé de la Croix, grand-maître de l'ordre de... Malte, c'est notre intime à tous deux !

Il y eut parmi les assistans un petit rire de mépris, comme si Chavigny eût lâché quelque grosse sottise ; mais un des personnages enmanteau blanc s'approcha et dit d'un ton d'autorité :

— Mes frères, conduisez ces profanes au grand-maître ; il décidera de leur sort.

Aussitôt on saisit les jeunes gens, qui ne firent aucune résistance, et on les entraîna dans le temple.

Leur présence produisit une vive fermentation dans l'assemblée ; on se précipitait vers eux pour les voir ; les gardes avaient peine à leur frayer passage à travers la foule. Les uns semblaient fanatisés et leur adressaient des injures, des menaces ; d'autres les regardaient avec une curiosité sombre et inquiète. Seul, au milieu de l'agitation générale, celui qu'on appelait le grand-maître conservait son sang-froid, attendant qu'on amenât devant lui les coupables.

Cependant cette impassibilité disparut dès qu'il eut jeté un regard sur eux. Un vif étonnement se peignit sur son visage austère ; il se leva précipitamment de son trône.

— Philippe de Lussan ! l'abbé de Chavigny ! s'écria-t-il ; comment se trouvent-ils ici ?

— Monsieur l'abbé, dit Philippe avec fermeté, je ne comprends pas la cause de ces outrages...

— Appelez-moi grand-maître, interrompit le pontife majestueusement : c'est le titre qui m'appartient dans cette enceinte.

— Je vous appellerai comme vous voudrez, mais je proteste contre les violences de ces gens qui semblent être à vos ordres. Mon ami et moi nous sommes descendus pour une affaire du plus haut intérêt dans les souterrains qui avoisinent votre lieu de réunion ; nous nous sommes égarés, et, attirés par vos chants...

— Il suffit, dit le grand maître. Mes frères, je prends sous ma protection ces deux hommes ; ils me sont également connus. L'un d'eux est un esprit léger et railleur, mais il est loyal selon le monde ; nous nous contenterons d'exiger de lui le serment d'usage. L'autre est précisément l'illustre néophyte que nous attendions ce soir, celui que je vous annonçais comme un vase d'élection, une urne remplie de parfums, une tour d'ivoire pour notre saint ordre. Et voyez, révérends précepteurs, chevaliers et écuyers servans du temple de Sion, le doigt de Dieu ne se montre-

t-il pas ici ? Ce néophyte, homme de peu de foi, glorieux de sa raison et de sa science terrestre, n'avait pas tenu compte de ses promesses ; il ne s'était pas rendu ce soir au lieu que je lui avais désigné, et où deux de nos frères devaient le prendre pour l'amener au puits de l'Épreuve. Obéissant à je ne sais quels misérables intérêts humains, il était descendu, avec son frivole compagnon, dans les allées souterraines qui s'étendent autour de ce lieu sanctifié ; il s'était perdu dans les ténèbres extérieures, quand le Seigneur l'a pris par la main, l'a conduit parmi nous, à la fontaine d'eau vive, comme autrefois l'ange conduisit Agar, prête à mourir de soif dans le désert de Pharan.

Le grand-maître parlait avec une chaleur extraordinaire, comme si vraiment il eût attribué cette rencontre à l'intervention divine. Cependant, quelques-uns des assistans, les plus vieux et les plus élevés en dignité, fronçaient le sourcil et hochaient la tête d'un air de défiance. L'un d'eux dit tout haut avec une fermeté respectueuse :

— Et le serment, illustre grand-maître !

— C'est juste, répliqua le pontife ; je remercie mon cher frère, le précepteur d'Italie, de m'avoir rappelé le devoir qui m'est imposé par nos immortels statuts... Apportez-moi donc l'Évangile, et ces chrétiens prêteront le serment selon la loi.

Un des personnages en manteau blanc prit sur l'autel un livre relié en velours sur lequel se détachait la croix rouge à huit pointes et le posa devant le grand-maître. On fit étendre la main à Philippe et à Chavigny sur l'Évangile, puis le grand-maître prononça la formule suivante :

« — En présence de Dieu, de la très sainte Vierge et de tous les saints, sur les mânes de mes ancêtres, sur la tête de mon père et de ma mère, sur le salut de mon âme immortelle, je jure de ne répéter ni à homme, ni à femme, ni à aucune créature humaine ce que j'aurai vu et entendu dans cette enceinte. Je jure ce n'en parler ni à épouse ni à confesseur, fût-ce au lit de la mort, ni de l'écrire, ni de le faire entendre par signes, à la clarté du soleil ou dans les ténèbres, dans un lieu profane ou dans un lieu consacré. »

Sur l'ordre du frère au manteau blanc, qui semblait être un maître des cérémonies, chacun des deux jeunes gens répéta d'une voix distincte :

— Je le jure.

« — Si je manquais à ce serment, poursuivit le grand maître, puissé-je être rongé de la lèpre comme Job, dévoré par les chiens comme Jésabel, brûlé par le feu du ciel comme Coré, Dathan et Abiron. — Que je sois maudit et anathème dans tous les membres de mon corps et dans toute mon âme ; anathème dans mes biens et mes serviteurs ; anathème dans mon père, ma mère et mes enfans, et les enfans de mes enfans, jusqu'à la septième génération. Amen. »

— Amen, répétèrent Philippe et Chavigny.

Alors ils furent libres. Le petit abbé semblait tout abasourdi de la solennité de ce serment ; mais Philippe disait avec un sourire amer à ceux qui l'entouraient :

— Eh ! messieurs, ce n'était pas la peine d'en demander si long... Il vous suffisait d'exiger notre parole d'honneur !

Le grand-maître feignit de n'avoir pas entendu cette observation passablement mondaine ; il se leva et s'adressant à l'assemblée :

— Mes frères, dit-il, le serment a été prêté selon nos rits immuables... Maintenant, laissez-moi conférer avec nos hôtes... Le chapitre est suspendu.

Aussitôt la foule cessa de se presser autour de l'estrade. Parmi les assistans, les uns se mirent à se promener dans l'espace vide autour de l'autel, les autres formèrent des groupes où l'on causait avec animation, bien que la sainteté du lieu et la présence du grand-maître parussent comprimer en partie l'expression de leurs pensées.

Philippe et Chavigny éprouvaient une grande impatience de s'entretenir en particulier avec l'abbé de la Croix, le chef suprême de l'association. Celui-ci, quand les dignitaires qui occupaient l'estrade avec lui se furent mêlés à la foule, entraîna Philippe dans un coin du dais sans avoir l'air de remarquer la présence de Chavigny.

— Philippe de Lussan, dit-il d'un ton de reproche, est-ce donc là ce que vous m'aviez promis? Le jour où Dieu s'est servi de moi pour vous tirer des cachots de la Bastille, n'aviez-vous pas pris l'engagement de vous rendre à mon premier appel?

— Je suis coupable, monsieur l'abbé, dit Lussan. Malgré mon peu de sympathie pour les réunions de cette nature, je n'aurais eu garde de manquer à ma parole si des circonstances de la plus haute importance n'en avaient décidé autrement... Mais votre temps sans doute est précieux comme le mien, et ce n'est pas le moment des longues explications. Par grâce, monsieur l'abbé, pouvez-vous me dire où nous sommes ici?

— Dans les substructions du palais des Thermes, dont les uns attribuent l'édification à Julien l'Apostat, les autres à Constance Chlore. Cette partie souterraine du palais a moins souffert que l'autre, comme vous voyez, des injures du temps et du vandalisme des barbares; on y pénètre par un escalier secret situé dans une maison de la rue de la Harpe. Depuis bien des années déjà elle sert de lieu de réunion aux débris de notre Ordre persécuté.

— Et cet Ordre, quel est-il? demanda Philippe.

— Quoi! mon fils, ne le savez-vous pas? reprit l'abbé d'un air surpris; ce costume historique dont nous sommes revêtus, cette croix à huit pointes, ces symboles si connus, ne vous l'ont-ils pas révélé? Vous voyez les descendans et les héritiers de ces illustres chevaliers du Temple qui, après avoir versé leur sang pour la foi en guerroyant contre les infidèles, furent martyrisés et mis au ban des nations par un pape avide de leurs trésors et un roi sanguinaire. Ces hommes vêtus de noir sont les écuyers ou servans qui aspirent au grade de chevalier. Ces personnages en manteau blanc sont les chevaliers-compagnons; les dignitaires qui siégeaient tout à l'heure au-dessous de moi, sous le dais, sont les précepteurs ou chefs des différentes loges que nous possédons chez toutes les nations de l'Europe, et moi, quoique serviteur indigne du saint Temple de Sion, je suis le chef de ce noble troupeau, je suis le grand-maître de l'Ordre!

— Ah çà, il existe donc encore des templiers? demanda Chavigny, qui s'était approché avec sa hardiesse ordinaire; je l'avais entendu dire, mais je ne pouvais y croire. Je m'imaginais, comme le vulgaire, que Jacques de Molay, brûlé vif il y a cinq cents ans, au temps de Philippe le Bel, avait été le dernier grand-maître du Temple, et que l'Ordre avait été aboli par une bulle du pape à la même époque.

— Monsieur l'abbé de Chavigny a dû longtemps étudier l'histoire et la théologie pour savoir cela, dit le grand-maître avec ironie; mais Jacques de Molay, avant de subir son martyre, avait transmis la grande-maîtrise à Marc-Larménius de Jérusalem, qui rallia les débris proscrits et dispersés de notre sainte compagnie. Depuis Larménius, le Temple compte une suite non interrompue de grands-maîtres, parmi lesquels figurent des noms illustres en Europe, et notamment celui de Philippe d'Orléans, régent de France.

— Ne vous offensez pas des doutes de Chavigny, dit Lussan avec un sourire; vos prétentions peuvent être fondées, mais au premier aspect elles choquent singulièrement les idées reçues: aussi ont-elles besoin, pour être admises, de s'appuyer sur des monumens plus sérieux qu'une simple tradition.

— Et ces monumens ne nous manquent pas, reprit le grand-maître avec orgueil; nous en avons de si importans, de si authentiques, que l'esprit le plus prévenu ne saurait les suspecter. Regardez sur cet autel: là se trouvent les trésors de l'Ordre du Temple, les reliques chères et sacrées que nous offrons à la vénération de nos frères dans certaines circonstances solennelles, comme celle d'aujourd'hui. Ces étuis de velours contiennent des chartes qui prouvent la succession régulière et incontestable des grands-maîtres depuis Hugues de Payens, fondateur de l'Ordre, jusqu'à nos jours. Ce coffre de bronze renferme les ossemens calcinés du bienheureux Jacques de Molay; cette crosse, cette mitre, cette épée, ont appartenu à l'illustre martyr...

Philippe se hâta d'interrompre cette énumération qui pouvait être longue.

— Monsieur l'abbé, dit-il avec distraction, il ne m'appartient pas de discuter la valeur des documens sur lesquels vous vous appuyez; d'ailleurs, je n'en aurais pas le loisir. Mon ami et moi, comme je crois vous l'avoir dit déjà, nous remplissons en ce moment une mission qui réclame toutes nos forces, toute notre activité, et si j'osais vous demander d'employer à nous rendre service le pouvoir dont vous jouissez ici...

— Parlez, mon fils, dit le grand-maître avec empressement; peu, bien peu de personnes, dans le cours d'une vie déjà longue, m'ont inspiré l'estime et l'affection que je ressens pour vous. Peut-être m'avez-vous méconnu, mais quoi d'étonnant, puisque vous vous méconnaissez encore vous-même? J'espère pourtant vous prouver bientôt quelle part je prends à votre bonheur, à votre élévation; déjà même, si vous l'aviez voulu... Mais parlez, en quoi puis-je vous servir? Vous m'êtes cher comme le jeune Benjamin à son père Jacob.

— Je vous remercie de cette amitié, grand-maître; mais je ne la mettrai pas à de trop rudes épreuves. Je désire seulement savoir si une femme, égarée comme nous dans les carrières, ne serait pas venue cette nuit implorer votre secours ou celui des membres de l'assemblée?

— Non, mon fils, je n'ai vu personne, et j'aurais été prévenu sur-le-champ d'un fait aussi grave que la rencontre d'un profane autour du temple. La galerie par laquelle vous êtes arrivés est le seul point de communication entre ce lieu et les souterrains dont vous parlez. C'est là que nous faisons subir à nos néophytes les épreuves de l'initiation; et il est sans exemple que l'on soit venu de ce côté troubler nos mystères. Mais auriez-vous assez de confiance en moi, mon fils, pour me dire quel est le but de ces questions?

Philippe lui apprit en peu de mots la disparition de mademoiselle de Villeneuve au couvent du Val-de-Grâce. L'abbé de la Croix réfléchit un moment.

— C'est une aventure incompréhensible, dit-il enfin; mais, depuis peu, certains bruits ont couru parmi nos frères sur ce qui se passait dans ces cryptes inexplorées. Elles sont hantées, dit-on, par un être méchant, insaisissable, qui peut voir dans les ténèbres, et dont les redoutables caprices se manifestent par d'affreux désastres à la surface du sol parisien... Et vous croyez, mon fils, que votre fiancée a pu tomber au pouvoir de ce monstre abominable?

— Je n'ai pas dit cela, monsieur; que le ciel m'en préserve! répliqua Philippe en pâlissant, j'ignorais même l'existence... En effet, ajouta-t-il avec une terreur croissante, l'intervention de cet être malfaisant pourrait seule expliquer certaines circonstances tout à fait obscures de cette disparition. On a certainement usé de ruse ou de violence pour entraîner Thérèse dans ces carrières. Mais alors le danger de cette malheureuse jeune fille est plus grand encore que je ne l'imaginais; nous ne devrions pas être ici... Pardon, monsieur l'abbé... pardon, grand-maître... Chavigny, es-tu prêt? Partons.

Philippe était dans un état d'agitation qui faisait peine à voir. Le grand-maître le retint par un geste amical.

— Mon fils, dit-il, je ne désapprouve pas votre tendresse pour Thérèse de Villeneuve; quoiqu'elle soit fille d'un de ces hommes qui se prosternent devant le Mammon d'iniquité, elle est chaste comme Rébecca et belle comme Rachel. Non, encore une fois, le Temple ne désapprouverait pas cette union et la favoriserait même de tout son pouvoir. Mais réfléchissez-vous à quoi vous vous exposez en poursuivant votre audacieuse entreprise? Ces carrières, abandonnées depuis des siècles, menacent ruine de toutes parts, et peuvent à chaque pas vous écraser sous leurs débris. Enfin, les gens mal intentionnés qui les fréquentent...

— Nous avons déjà parcouru plusieurs lieues dans ces souterrains, dit Philippe avec impatience, et vous nous voyez sains et saufs. D'ailleurs, Chavigny et moi nous sommes armés; à nous deux nous viendrons aisément à bout de plusieurs ennemis. Si donc vous ne pouvez nous être d'aucun secours...

— Un moment, un moment donc, imprudent jeune homme. Vous ignorez les grandes choses auxquelles vous êtes appelé, vous ignorez de quel prix est cette existence que vous jouez avec tant de témérité pour une femme! Mais puisque vous êtes si résolu, je vais vous servir comme vous le désirez.

Et se tournant vers un groupe de templiers qui se tenaient à quelque distance de l'estrade,

— Qu'on dise à Salomon Hartmann de venir sur-le-champ, commanda-t-il.

Aussitôt ceux à qui il s'adressait se dispersèrent pour exécuter cet ordre.

— Salomon Hartmann, dit le grand-maître à Philippe, est un Allemand du cercle de Westphalie. Il vint dans sa jeunesse s'établir en France, et exerça longtemps la profession de carrier aux environs de Paris. Il paraît qu'il menait, à cette époque, une vie fort irrégulière, s'adonnant à l'intempérance...

— Il buvait comme un templier! marmotta Chavigny.

Heureusement, pour la conservation de la bonne harmonie entre les deux amis et le grand-maître, celui-ci n'entendit pas la réflexion assez malsonnante du joyeux abbé.

— Devenu vieux, poursuivit-il, et voyant ses forces décliner, Salomon Hartmann se souvint qu'autrefois, en Allemagne, il avait reçu le premier grade de notre Ordre. Il parvint à découvrir le siège de la grande-maîtrise à Paris, et se fit reconnaître de nous par les signes d'usage. Si bas qu'il fût tombé, nous lui devions notre appui; nous le lui promîmes à la condition qu'il s'en rendrait digne. En effet, il s'est amendé, quoiqu'il succombe encore parfois aux faiblesses du vieil homme, et la garde de ce temple souterrain, aux heures où les chevaliers ne s'y réunissent pas, lui est confiée. Il vit donc la plupart du temps seul ici, et nul, dit-on, n'a pénétré plus loin que lui dans les carrières. Il pourra, sans aucun doute, nous fournir des renseignemens précieux.

— En effet, dit Philippe; et s'il consentait à nous servir de guide...

— S'il consentait? répéta le grand-maître avec un sourire. Sachez, mon fils, que tous ici, depuis le plus grand (et il en est de très grands) jusqu'au plus humble, doivent m'obéir aveuglément, selon le vœu qu'ils ont prononcé en entrant dans notre Ordre. Ma volonté est souveraine sur toutes les loges de notre rit éparses dans les quatre parties du monde... Mais voici Salomon Hartmann.

Un vieillard, vêtu de la robe noire des écuyers ou servans, fendait la foule pour arriver jusqu'au dais. Il était de haute taille et robuste encore, mais voûté; sa grosse tête carrée semblait attachée immédiatement sur ses larges épaules. Sa figure, encadrée d'une inculte barbe blanche, était une bonne figure germanique; l'intempérance, ce péché favori du vieillard, s'y manifestait par la protubérance et le brillant coloris du nez; en revanche, son regard avait je ne sais quelle vivacité qui pouvait être du fanatisme ou de la méfiance.

Cet homme, soit conscience de ses fautes passées, soit sentiment de son infériorité, paraissait pénétré de respect quand il monta sur l'estrade; il se prosterna presque jusqu'à terre devant le grand-maître.

— Hartmann, dit celui-ci d'un ton bienveillant, vous connaissez parfaitement, à ce qu'on assure, les vastes souterrains dont une partie sert à notre réunion; cela est-il vrai?

— Illustre grand-maître et révérend père, répliqua le vieillard avec un accent tudesque des plus prononcés, on n'a pas trompé votre révérence. Autrefois, une personne,

une seule, connaissait mieux les carrières que moi; mais cette personne est morte depuis longtemps.

— A merveille! Vous avez donc travaillé dans ces carrières?

— Moi!... Que le Seigneur nous pardonne nos péchés! Depuis bien des siècles, aucun ouvrier n'y a donné un coup de pioche ou de pince.

— Mais alors, comment avez-vous pu...

Salomon ne paraissait pas disposé à répondre franchement; le grand-maître remarqua son hésitation.

— Hartmann, reprit-il d'un ton ferme, au nom de vos vœux, je vous adjure de dire la vérité. Je suis votre père spirituel; mon pouvoir sur les frères du saint Temple de Sion est égal, sinon supérieur, à celui d'un confesseur... Je vous demande comment vous avez acquis les connaissances dont vous parlez?

— Eh bien donc, illustre grand-maître, répondit Salomon avec effort, votre révérence oublie qu'à l'époque où mes yeux s'étaient fermés à la lumière, où l'ivraie et les chardons avaient étouffé dans mon cœur les semences de la foi véritable, je vivais parmi les hommes de Béhal, insoucians de la loi du Christ et de la loi de César. Nous nous servions de ces carrières abandonnées pour introduire en fraude des marchandises dans Paris, et nous consumions à la perdition de notre âme les profits que nous retirions de cette industrie coupable.

— Je comprends. Et ces hommes dont vous parlez, ces complices de vos égaremens, fréquentent-ils encore ces carrières?

— Non, non, votre révérence; les uns achèvent leur vie de misère dans les prisons ou sur les galères du roi; les autres ont péri ignominieusement sur la place publique.

— Et vous seul, mon fils, poursuivit le grand-maître, vous avez été épargné par la miséricorde divine, afin de vous repentir et d'expier vos erreurs passées... Cependant, vous assurez que ces souterrains sont encore fréquentés par un personnage au sujet duquel on a seulement des données vagues et contradictoires. Le connaissez-vous?

Le vieux Salomon hésita de nouveau.

— Je ne puis nier que je sache quelque chose de lui, répondit-il enfin en baissant les yeux d'un air d'embarras; mais s'il plaît à Votre Révérence, il faut s'exprimer avec réserve sur une pareille matière.

Le grand-maître, jaloux de son omnipotence, allait insister pour arracher à Salomon le secret que celui-ci voulait cacher; Philippe de Lussan l'interrompit avec vivacité.

— Par grâce, monsieur, dit-il, réfléchissez à quelle importance le temps est pour moi. Je vous prie de demander à cet homme s'il existe une route souterraine conduisant de cette crypte à l'escalier du Val-de-Grâce, et s'il pourrait nous conduire jusque-là.

— Vous avez entendu? dit le grand-maître à Hartmann; je vous ordonne de répondre.

— Cette route existe, du moins elle existait autrefois, et il me serait possible de la retrouver. Mais dans les carrières on n'est sûr de rien: un jour le passage est libre, le lendemain il est fermé par un éboulement. Et puis il y a les inondations, et puis d'autres dangers encore.

— N'essayez pas de nous effrayer, bonhomme, dit Philippe avec fermeté, nous n'y réussiriez pas; aucune considération ne nous arrêtera. Je vous demande si vous pouvez, oui ou non, nous servir de guide jusqu'au Val-de-Grâce?

— Si notre révérend grand-maître me l'ordonne...

— Je vous l'ordonne, Salomon Hartmann; mais cela ne suffit pas. Vous allez encore me promettre d'aider ces jeunes gens de tout votre pouvoir dans leur entreprise.

Et le chef des templiers apprit en deux mots à Hartmann de quoi il s'agissait. Cette fois l'Allemand manifesta une véritable terreur.

— Ne me demandez pas cela, vénérable père, dit-il avec véhémence; si cette jeune fille est tombée au pouvoir de celui que j'imagine, je vous en conjure, ne vous mêlez pas de cette affaire. Vous ne savez pas combien il est dangereux de l'irriter, combien il est implacable dans ses vengeances! Depuis plusieurs années il est venu sans doute. bien des fois au seuil de ce temple, et il n'a jamais troublé nos saintes cérémonies; il ne s'est manifesté à nous par aucun acte d'aggression. Si vous l'offensez, les plus grands malheurs nous menacent. Je vous en supplie donc, sur la gloire de notre Ordre, sur votre précieuse vie, sur la vie de nos révérends frères du Temple, n'exigez pas que j'irrite celui dont nous parlons.

Ces craintes exprimées avec un accent convaincu produisirent quelque impression sur le grand-maître; mais il n'eut garde de laisser voir ce sentiment.

— Fût-ce l'Ennemi lui-même, dit-il à Salomon, vous exécuterez mes ordres. N'avons-nous pas été institués pour frapper le lion qui rôde sans cesse dans les ténèbres en cherchant une proie à dévorer? Le lion, c'est cet être inconnu, cet esprit méchant, ce démon de la nuit qui erre autour de nous dans les lieux bas et obscurs. Salomon Hartmann, souvenez-vous de vos vœux!

Philippe écoutait avec une impatience croissante ce verbiage mystique.

— Grand-maître, dit-il, j'exige seulement de Salomon Hartmann qu'il nous conduise à l'escalier du Val-de-Grâce. Quant au reste, mon ami et moi nous comptons sur notre courage.

Le vieil Allemand haussa les épaules avec dédain comme s'il eût senti l'inutilité du courage dont on faisait parade en sa présence. Le grand-maître reprit:

— Hartmann va vous guider, Philippe de Lussan; il sait, selon toute apparence, sur l'habitant des carrières des détails que je voudrais apprendre; mais vous avez hâte de partir, et nos frères attendent avec impatience la reprise des travaux; je l'interrogerai donc plus tard à ce sujet.

Puis, se tournant vers l'ancien carrier,

— Salomon, lui dit-il, vous allez quitter le costume de l'Ordre, qu'il vous est permis de porter seulement dans nos cérémonies. et vous reviendrez aussitôt. Maintenant, écoutez-moi, Salomon Hartmann: l'existence de ce jeune homme (et il désignait Philippe) est plus précieuse que dix des plus illustres existences de notre sainte association, la mienne fût-elle du nombre. Pour un cheveu qui tomberait de cette noble tête. vous auriez à verser des larmes de sang, et s'il lui arrivait malheur par votre faute, vous seriez maudit et anathème septante fois sept fois... A genoux, Salomon Hartmann!

Le vieillard se prosterna pieusement. Alors le grand-maître abaissa vers lui son bâton de commandement, ce célèbre Abacus, insigne de sa dignité; il lui mit la boule d'or dans les mains, tandis qu'il tenait l'Abacus par l'autre extrémité.

— Salomon Hartmann, reprit-il d'une voix vibrante, vous jurez par la loi du Dieu vivant, par votre salut éternel, par votre baptême, par notre Ordre auguste, de ramener ce jeune homme sain et sauf, fût-ce au péril de votre propre vie.

— Je le jure, répliqua le templier.

— Gloire à Dieu!... Allez en paix, Salomon Hartmann.

Le vieillard baisa la croix gravée sur l'Abacus et sortit. Philippe et Chavigny observaient tout avec curiosité.

— Je vois, Lussan, dit le petit abbé à voix basse, qu'on prend les plus grandes précautions pour ta sûreté; mais il me semble que l'on ne songe guère à la mienne... Sans doute il se passera par-dessus le marché. Cependant...

Un signe de son ami lui coupa la parole; le grand-maître s'était rapproché d'eux.

— Philippe de Lussan, dit-il tout bas, vous allez nous quitter, et quand vous serez rentré dans le monde, surtout si vos recherches ont un heureux résultat, vous nous oublierez peut-être encore une fois. Il est pourtant du plus haut intérêt que je puisse m'entretenir un instant avec vous. Seul je vous apprendrai des secrets d'une importance immense pour votre avenir... Me promettez-vous de

vous rendre enfin à mon invitation, quand j'aurai choisi le jour et l'heure?

— Ce serait de l'ingratitude après les services que vous m'avez rendus, répliqua distraitement Philippe, et si cette nuit des événements impérieux n'en avaient décidé autrement... Cependant, poursuivit-il, dans le cas où il s'agirait de m'initier à l'association dont il est le chef, monsieur l'abbé de la Croix pourrait me trouver quelque peu rebelle à ses volontés. Je n'aime pas ces formes emblématiques, ces symboles obscurs, quand la pensée peut étendre ses ailes et voler en plein soleil...

— Eh! n'est-il pas besoin de frapper vivement par des images les esprits vulgaires? dit le grand-maître d'une voix sourde en lui serrant la main. Ces formes et ces symboles n'existeront pas pour vous, Philippe de Lussan; du premier coup, vous verrez la vérité dans sa gloire et dans sa nudité... Notre Ordre comprend deux classes différentes: l'Institut militaire et l'Institut de l'initiation intime. Dans le premier, nous admettons des membres de tous les rangs de la société; nous faisons d'eux des instrumens de succès et de pouvoir temporel. L'autre, au contraire, le seul qui ait le secret de notre mission, est composé d'hommes éminens en dignités et en mérites. C'est avec ceux-là que je suis sûr d'avance de vous trouver une réelle sympathie.

— Eh bien! grand-maître, quand mon esprit sera plus calme, je m'empresserai de vous entendre.

— Amen donc, mon fils, et gloire à Dieu!

Tout en parlant, ils étaient descendus de l'estrade et se dirigeaient vers l'entrée des carrières, où Salomon Hartmann les attendait déjà en costume laïque. Comme ils franchissaient les rangs des écuyers ou frères servans, une voix rude dit à l'oreille de Philippe:

— Que le Seigneur soit avec vous, monsieur Sullian!

Philippe se retourna brusquement à ce nom, qui lui rappelait sa captivité. Il reconnut sous la robe de bure noire le porte-clefs en chef de la Bastille.

— Et avec votre esprit! dit quelqu'un de l'autre côté. Cette voix il reconnut, derrière d'amples lunettes d'argent, la figure doucereuse de Salvien aux Lunettes, l'espion de police poète qui l'avait arrêté.

Philippe répondit à cette double salutation par une inclination de tête. Le grand-maître sourit.

— Ce sont les instrumens nécessaires dont je vous ai parlé, dit-il à demi-voix.

On était sorti du temple. Au moment de s'enfoncer dans les souterrains, les deux amis firent halte pour prendre congé du grand-maître.

— Allez en paix, mes fils, dit-il, et Dieu vous préserve des embûches du démon de la nuit!... Salomon Hartmann, souviens-toi de tes sermens!

En même temps, il rentra dans le temple. Au bout de quelques minutes, les jeunes gens, entendirent les chants et la musique s'élever, comme un chœur d'esprits aériens, dans le silence des vides.

XV.

LE FONTIS.

Salomon Hartmann précédait les deux amis d'un pas rapide et assuré. De temps en temps il regardait Philippe et Chavigny à la dérobée, mais sans leur adresser une parole. Sa physionomie offrait un singulier mélange de flegme et d'inquiétude; d'ailleurs la répugnance qu'il avait montrée d'abord à se charger de cette mission pouvait raisonnablement mettre les jeunes gens en défiance, malgré la solennité de ses sermens.

On s'enfonçait de plus en plus dans l'immensité des vides; mais Philippe de Lussan crut s'apercevoir, à l'inspection de la boussole, que l'on ne se dirigeait pas vers le sud, comme semblait l'exiger la position relative du Val-de-Grâce. Il en fit l'observation à Salomon Hartmann, sans toutefois lui montrer d'injurieux soupçons.

— La route directe est barrée par un éboulement, répondit laconiquement le guide.

— Et celle-ci nous conduira-t-elle sûrement à notre but?

— Je l'espère; mais il peut arriver bien des changemens dans ces carrières en quelques heures.

— Et dites-moi, mon aimable ami, demanda Chavigny à son tour avec sa légèreté habituelle, courons-nous encore des dangers?

Le vieil Allemand secoua la tête.

— Vous voyez, dit-il en montrant les galeries croulantes, le moindre choc, un cri, un souffle d'air, peuvent déterminer la chute de ces blocs de pierre. Notre vie est entre les mains des esprits.

— De quels esprits parlez-vous, l'ami?

— Dans mon pays d'Allemagne, nous en connaissons de deux sortes : les esprits du bien ou de lumière, qui sont les anges ; les esprits du mal ou des ténèbres, qui sont les démons, les gnômes, les sylphes, les farfadets et les revenans.

— Quelle diable de doctrine est cela! Vos idées, me semblent un peu confuses sur la théologie. Mais j'aurais cru qu'en votre qualité de templier, vous aviez une grande vénération pour un autre esprit dont vous ne parlez pas.

— Et lequel, monsieur? demanda Salomon avec une surprise naïve.

— C'est l'*esprit*... de vin, autrement dit saint Bacchus; je gage que vous lui rendez un culte particulier. Et tenez, mon cher, comme il est bon d'avoir des amis partout, tâchez de nous rendre votre divinité favorable, en lui faisant des libations avec ceci.

Il offrit à Salomon un flacon de cristal plein d'une liqueur dorée qui, à travers le bouchon, exhalait un arome délicieux.

Le vieil ivrogne n'avait rien compris au verbiage railleur du petit abbé; mais la vue du flacon parut éveiller toutes ses facultés sensuelles. Ses yeux s'agrandirent démesurément, ses papilles gustatives se mirent en jeu. Après une courte hésitation, il saisit la bouteille, l'examina, la flaira et finit par la porter résolûment à sa bouche. L'accolade fut longue; plusieurs fois Salomon parut vouloir retirer le vase, sans y parvenir ; il lui fallut comme un douloureux effort pour l'arracher de ses lèvres. Puis le guide passa gauchement sa manche sur l'orifice du flacon, et le rendit à Chavigny, en murmurant d'un air de béatitude :

— C'est gentil... doux comme sucre !

— Je le crois bien ! le meilleur ratafia des îles qu'on puisse trouver à l'hôtel des Américains, un mélange de nectar et d'ambroisie... Allons, mon ami, encore un petit coup.

Salomon parut violemment tenté ; il avança la main, mais il la retira.

— Non, balbutia-t-il, j'ai juré sur l'*abacus*, par le saint temple de Sion. Et le frère de Francheville, notre précepteur, a défendu, sous peine d'anathème, de boire du vin ou de l'eau-de-vie jusqu'à l'excès.

— Mais le frère précepteur n'a pas parlé du ratafia des îles.

Cet argument parut sans réplique à Hartmann, qui saisit la bouteille et la vida presque complétement.

— Prends garde, dit Philippe bas à Chavigny ; tu vas le griser.

— Ne crains rien ; j'ai jugé l'homme ; un muid de cette boisson ne suffirait pas pour l'enivrer, et ce qu'il en a bu pourra peut-être lui délier la langue. D'ailleurs, tu en parles fort à ton aise, toi ; on a juré de te défendre jusqu'à la mort; mais moi, *corpus vile*, j'ai besoin de me faire un protecteur en cas de péril.

Bientôt, comme l'avait prévu Chavigny, le guide se montra plus expansif et plus ouvert. Il avait surtout des complaisances pour le petit abbé qui l'avait si bien régalé ; il

l'avertissait chaque fois qu'un obstacle menaçait ses pieds ou sa tête; Chavigny ne tarda pas à profiter de ces bonnes dispositions.

— Ah çà! maître Hartmann, demanda-t-il tout en marchant, vous connaissez sans doute parfaitement l'individu qui habite ces souterrains?

— Personne ne peut se vanter de le connaître bien, répliqua le vieil Allemand d'un ton laconique.

— Allons donc! Tout à l'heure, en causant avec votre grand-maître, vous paraissiez être au mieux avec ce personnage... Vous pouvez nous dire du moins comment il s'appelle?

— Un nom est utile quand on vit parmi les hommes ; mais quand on vit en dehors de l'humanité, sans aucun rapport avec ses semblables, à quoi pourrait-il servir?

— Enfin, ce personnage est-il jeune, est-il vieux ? vous avez dû le voir souvent?

— On ne le voit pas ; on le devine quand il passe dans l'ombre, et c'est tout.

— Cependant, encore une fois, vous le connaissez ?

— Je ne puis le dire... on le craint, on subit sa haine ou sa colère, on le cherche ou on l'évite, mais il ne se laisse jamais pénétrer.

— Voyons, mon ami, demanda Philippe, qui écoutait avec intérêt ce dialogue, vous me paraissez avoir un goût déterminé pour le merveilleux, comme tous vos compatriotes d'outre-Rhin. Néanmoins vous êtes trop sensé pour ne pas comprendre que cet homme ne saurait vivre ici sans le secours de ses semblables.

— J'oserais à peine affirmer que c'est un homme soumis aux mêmes besoins que nous.

— Tout ceci est bien extraordinaire, reprit Chavigny ; mais vous devez savoir quelle est la partie de ces souterrains qu'il fréquente habituellement?

— Il est tantôt ici et tantôt là ; il peut être à portée d'entendre nos paroles.

— Et le croyez-vous capable de nous attaquer?

— Il est redoutable comme le lion dévorant de l'Ecriture; malheur à moi si j'excite sa colère !

— Et d'où savez-vous que sa colère soit si terrible ?

Hartmann se mordit les lèvres et ne répondit pas.

— Ce vieux coquin est un complice de l'autre, dit Chavigny bas à Philippe, et sans doute il essaye de nous effrayer.

— Tu crois? Je penserais plutôt qu'il est démesurément effrayé lui-même.

Le petit abbé tira son flacon où restait un demi-verre de liqueur.

— Eh! frère Salomon, dit-il, ne voulez-vous pas finir ce ratafia?

Le guide s'était montré trop franchement ivrogne pour affecter des airs hypocrites. Il prit la bouteille et la vida d'un trait.

— A la bonne heure! reprit Chavigny, et maintenant, valeureux écuyer du saint temple de Sion, en vertu du principe *in vino veritas*, vous allez nous parler avec franchise de cet homme-diable avec lequel vous paraissez avoir vécu jusqu'ici en bon voisin. Vous conviendrez bien, j'espère, que c'est un scélérat de premier ordre, un monstre à face humaine ou non?

Salomon manifestait une terreur qui n'avait rien de joué.

— Ne l'insultez pas, dit-il en regardant par-dessus son épaule ; vous êtes un bon jeune homme, et je serais fâché qu'il arrivât malheur à vous et à votre ami... Ne l'irritez pas par des injures; car, je vous l'ai dit, il nous écoute peut-être.

— Qu'il nous écoute ou non, répliqua Chavigny, qui cependant ne put se défendre de frissonner un peu, cette fois, nous sommes trois hommes bien armés et munis de tous les objets nécessaires; il serait pas facile de nous effrayer avec des jongleries.

— Silence ! dit Philippe en s'arrêtant et en prêtant l'oreille.

On entendit alors, à une grande distance, des cris lamentables. Le vieil Allemand se troubla.

— Sauvons-nous, dit-il, c'est lui sans doute !

— Je vous défends de nous quitter, s'écria Lussan avec autorité ; souvenez-vous de votre serment ! vous devez nous guider, nous assister en tout ce que nous voudrons entreprendre. Marchez de ce côté, je vous l'ordonne. Il y a là une personne en détresse ; c'est celle que je cherche peut-être.

— Lussan, dit le petit abbé, la voix que nous venons d'entendre n'est pas une voix de femme.

— Chut ! écoutons encore.

Les plaintes avaient cessé ; mais, après une courte pause, elles se firent entendre de nouveau.

— Par ici ! dit Philippe ; tu as raison, Chavigny, je ne reconnais pas la voix de ma pauvre Thérèse... Mais il importe de secourir la personne inconnue qui nous appelle.

— Serait-ce l'homme-diable ? demanda Chavigny en regardant le guide.

— Décidément non, répondit Hartmann ; celui que vous nommez ainsi n'a pas besoin de nos secours et ne songerait pas à les réclamer.

Tout en parlant, on atteignit un de ces grands ateliers que nous avons décrits plusieurs fois. Celui-ci pourtant avait des proportions beaucoup plus vastes ; le ciel s'en élevait à quinze ou vingt pieds au-dessus du sol. Les parois n'étaient pas visibles dans l'espace éclairé par les lanternes ; on apercevait seulement une forêt de piliers dont quelques-uns avaient éclaté ; la carrière tout entière semblait menacée d'une ruine prochaine. De nombreuses crevasses se tordaient à la voûte comme des serpens noirs ; des pierres énormes, récemment détachées des bancs calcaires, encombraient le passage.

Le vieux Salomon observait avec attention cet aspect alarmant.

— Ne nous arrêtons pas ici, dit-il enfin d'une voix basse et étouffée ; ne parlez qu'en cas d'absolue nécessité et gardez que vos pieds ou même vos vêtemens effleurent les piliers... La plus légère imprudence peut nous coûter la vie.

— Il faut pourtant que nous trouvions ce malheureux dont nous avons entendu la voix, dit Philippe avec fermeté ; nous avons traversé des carrières tout aussi dangereuses. Ces galeries, qui se soutiennent ainsi depuis des siècles, ne sauraient-elles se soutenir encore pendant quelques minutes ?... Mais conduisez-nous, Salomon Hartmann ; je ne me reconnais plus au milieu de ce chaos.

Le vieux guide se recueillit pour s'orienter.

— Les cris venaient de là, dit-il en désignant un couloir à l'angle de l'atelier ; et cette galerie doit précisément nous conduire à l'escalier du Val-de-Grâce.

— Prenons-la donc, au nom de Dieu ! dit Philippe.

Et il courut sans s'inquiéter beaucoup des précautions recommandées par Salomon. Le courageux jeune homme allait s'engager dans le passage, quand l'Allemand, qui jusqu'ici avait marché lentement, sur la pointe du pied, comme s'il eût craint que le sol ne se dérobât sous lui, s'empressa de le rejoindre et le retint par le bras.

— N'allez pas loin, dit il de sa voix basse et pénétrante ; cette galerie est impraticable... regardez.

Et il montrait la voûte.

Mais, pour expliquer la défense du guide, nous sommes forcés de donner quelques détails techniques sur les carrières.

Il se forme souvent dans les vides sub-parisiens et en général dans les cavités souterraines, des éboulemens lents et presque insensibles, appelés *fontis* ou *cloches*. D'abord une petite pierre, un grain de sable se détache du ciel de la carrière et tombe sur le sol. Quelques heures plus tard, le lendemain, les jours suivants, de nouveau sable, de nouveau gravier croule encore ; insensiblement ces débris s'élèvent en pyramide, tandis que la voûte se creuse en dôme au-dessus. De ce moment la *cloche* est commencée ; elle va s'agrandir avec plus ou moins de rapidité, mais d'une manière continue. Souvent il faut plusieurs années pour qu'elle acquière des dimensions un peu considérables ; mais quand elle a pris un certain degré d'accroissement, le plus mince accident, le roulement lointain d'une voiture à la surface du sol, un simple changement atmosphérique, peuvent déterminer la chute d'une masse de terres qui comble, brise, écrase tout sur son passage.

Une cloche de ce genre s'était formée à l'entrée de la galerie que Philippe allait prendre. La pyramide intérieure masquait à peu près complètement l'ouverture du couloir, et les flambeaux pouvaient à peine éclairer les profondeurs du dôme qui la surmontait. Mais un point avait particulièrement excité les alarmes de l'ancien carrier : il venait de voir quelques grains de sable et quelques pierrailles se détacher de la voûte et tomber sans bruit sur le tas de décombres ; or, vu l'état du fontis, la circonstance la plus insignifiante en apparence pouvait causer un effroyable éboulement.

Salomon Hartmann exposa tout cela en quelques mots ; mais ni Chavigny, ni Lussan, plus prudent, ne paraissaient comprendre la grandeur du péril.

— Bah ! nous passerons ! dit Philippe.

— Oui, oui, nous passerons répéta l'abbé.

Comme le guide essayait encore de les retenir, les cris lamentables se renouvelèrent. La voix semblait s'être beaucoup rapprochée ; sans doute on avait aperçu de loin les lumières et on accourait en toute hâte. Bientôt même il fut facile de distinguer ces mots prononcés avec un accent déchirant :

— Si vous êtes chrétiens, secourez-moi !

Cette prière vainquit les dernières hésitations des deux jeunes gens ; ils voulurent s'élancer dans la galerie, mais Salomon Hartmann les saisit par leurs vêtemens et les contint malgré leurs efforts, en s'écriant avec colère :

— *Sapremen terteifle*, ne bougez pas... ce gaillard peut venir à vous aussi bien que vous pouvez aller à lui, et peut-être...

Il n'acheva pas : la catastrophe prévue arriva, prompte comme la foudre. Un léger craquement se fit au-dessus de leurs têtes ; au même instant, l'air, vivement refoulé, éteignit leurs lanternes ; ils se sentirent emportés, roulés avec une rapidité qui leur ôta l'usage de leurs sens.

On put croire pendant plusieurs minutes que tout avait péri. Enfin une voix s'éleva ; c'était celle de Lussan. Pris par cette masse de terre, heureusement molle et sans consistance, il avait été culbuté et entraîné à cinq ou six pas, sans avoir aucun mal. Cependant il dut employer sa vigueur peu commune pour se retirer du sable dans lequel il était presque enseveli. Sitôt qu'il put se rendre compte de la situation, il demanda vivement :

— Chavigny... Hartmann... où êtes-vous ?

— Je suis ici, mon frère, répondit le guide, et sain et sauf, je l'espère, par la protection du Dieu de Sion et de tous les saints du paradis.

— Et Chavigny, mon cher Chavigny ?

Personne ne répondit.

— Hâtez-vous de vous procurer de la lumière, dit Salomon ; le bon jeune homme est englouti dans l'éboulement. Vite, vite !

Philippe, à peine libre lui-même de ses mouvemens, s'empressa de chercher le briquet dont Chavigny avait eu la précaution de le munir, et il ralluma sa lanterne, qu'il n'avait pas lâchée dans sa chute. Alors on put avoir une idée exacte du désastre qui venait d'arriver.

La cloche avait entièrement disparu ; un gigantesque amas de gravier comblait maintenant l'entrée de la galerie et enterrait jusqu'à la cime les piliers de cette portion du carrefour. Heureusement, les trois hommes ne s'étaient pas trouvés sous le fontis au moment de la catastrophe. Ils avaient été saisis de côté et portés loin du centre par l'avalanche souterraine ; cette particularité avait sauvé deux d'entre eux ; mais la troisième, qu'était-il devenu ?

Le vieux carrier, à qui de pareils accidens étaient familiers, calcula promptement dans quelle direction il devait opérer ses recherches et se hâta de sonder avec ses mains ces terres mobiles, au risque d'ébranler de nouveau leur masse perfide. Philippe l'aidait de tout son pouvoir; mais ils avaient fouillé l'endroit où le malheureux abbé devait avoir disparu, et Chavigny ne se retrouvait pas.

— Il faut qu'il soit plus bas, dit Salomon, et je ne puis sans les outils nécessaires... Pauvre petit!

— Oh! mon Dieu! mon Dieu! s'écria Lussan en se tordant les mains de désespoir, j'aurai causé la mort de mon meilleur, de mon unique ami!

Tout à coup, un gémissement s'éleva derrière lui. Quelque chose s'agita faiblement à l'extrémité du monstrueux amas de terre qui avait failli les engloutir tous.

Philippe s'élança de ce côté, et il aperçut enfin Chavigny. La tête et une partie du bras paraissaient seuls hors du sable; mais la figure était décomposée, les yeux étaient fermés.

Lussan et le guide, avec une ardeur que justifiait l'imminence du danger, s'empressèrent de débarrasser leur compagnon du poids qui pesait sur sa poitrine et le suffoquait. Bientôt il fut complétement dégagé. Philippe, après s'être assuré qu'il n'avait aucune fracture, ouvrit ses vêtemens et se mit à lui frictionner la poitrine et les tempes pour rappeler la circulation suspendue. Sans aucun doute, Chavigny, comme ses compagnons, avait été roulé par l'éboulement et étourdi du choc; mais moins robuste pour supporter cette violente secousse, il s'était évanoui. Tout annonçait cependant que les secours n'étaient pas venus trop tard et qu'il ne tarderait pas à reprendre ses sens.

En effet, bientôt les couleurs commencèrent à reparaître sur ses joues, ses yeux se rouvrirent, puis, en même temps, de légères contractions des muscles de la face annoncèrent des souffrances intérieures.

— Eh bien, Chavigny, mon ami, mon frère, demanda Lussan avec anxiété, te trouves-tu mieux?

Le petit abbé reprit tout à fait connaissance et dit en souriant avec effort :

— Morbleu! Philippe, voici une fort sotte aventure.

Une toux sèche l'interrompit, et quelques gouttes d'un sang rouge vif parurent sur ses lèvres encore pâles.

— Grand Dieu! un vaisseau s'est rompu dans sa poitrine! s'écria Lussan avec douleur.

— Bah! ce ne sera rien, dit l'abbé en souriant toujours.

Il voulut se lever, et bien qu'il sentît de douloureuses contusions par tout le corps, il reconnut avec satisfaction qu'il pouvait se tenir debout et marcher.

— A la bonne heure! reprit-il; je craignais, mon pauvre Philippe, de devenir encore inutile et gênant pour toi, comme à notre première descente dans ces infernales carrières... Mais voyons, qu'allons-nous faire maintenant!

— Mon cher Chavigny, dit Philippe avec attendrissement, j'ai déjà trop abusé de ton affection, de ton dévouement... Cette dernière secousse peut avoir pour toi des conséquences funestes. Je ne te laisserai donc pas aller plus loin. Salomon Hartmann te reconduira jusqu'au temple souterrain, et te recommandera aux bontés du grand-maître en attendant mon retour.

L'abbé se mit à fredonner et essaya même d'exécuter un joyeux entrechat pour prouver qu'il ne ressentait plus aucun mal. Vainement Philippe employa-t-il toute son éloquence pour lui faire accepter l'arrangement proposé. Chavigny répondit par des bouffonneries d'abord, puis par un refus net. Il fallut donc lui céder, et on délibéra sur la route à prendre.

— Eh bien! et ce pauvre diable qui tout à l'heure appelait du secours, reprit Chavigny, ne tenterons-nous rien pour lui venir en aide?

Philippe, exclusivement occupé du danger de son ami, avait oublié le malheureux perdu sans doute dans les carrières.

— Nous ne pouvons plus rien pour lui, dit Salomon. Il n'est que trop probable qu'il a été écrasé par l'éboulement... Essayons pourtant de nous faire entendre.

Ils poussèrent de grands cris à plusieurs reprises; mais soit qu'en effet l'inconnu eût été écrasé, soit que le tas de terre qui s'élevait entre eux et lui empêchât toute communication, ils ne reçurent aucune réponse.

— Allons! dit Philippe tristement, la fatalité s'en mêle... Mais il doit y avoir une route pour tourner l'éboulement, et quand nous aurons atteint l'escalier du Val-de-Grâce, nous tenterons de nouvelles recherches.

Hartmann secoua la tête d'un air de doute et ils se remirent en marche pour atteindre ce but insaisissable qui reculait toujours devant eux.

XVI.

LA RENCONTRE.

Cette fois Philippe, jusque-là si résolu, éprouvait un découragement profond. Ils avaient fait déjà plusieurs lieues dans les vides et malgré leurs nombreuses aventures, ils n'avaient pu recueillir aucun éclaircissement réel sur le sort de Thérèse. La fatigue les accablait; ils venaient de courir un danger immense dont Chavigny ressentirait peut-être cruellement les suites; cependant, selon toute apparence, ces fatigues et ces dangers seraient sans compensation aucune et il leur faudrait retourner parmi les hommes sans résultat favorable.

Enfin, à l'extrémité d'un vaste carrefour, où l'on voyait des traces récentes de consolidation, Hartmann montra un escalier qu'il assura être celui du Val-de-Grâce. La petite troupe fit halte. Pendant que Chavigny se laissait tomber épuisé sur la première marche de l'escalier, Philippe promenait autour de lui un regard d'angoisse.

— Rien, dit-il avec abattement; aucun signe, aucun indice!... Hartmann, poursuivit-il en s'adressant au guide, la partie des vides qu'il nous reste à visiter est-elle plus considérable que celle que nous venons de parcourir?

— Trois fois plus, monsieur; vous n'avez pas idée de l'immensité de ces carrières (1) : elles s'étendent depuis le village d'Issy jusqu'au jardin des Plantes. La population entière de Paris pourrait s'y cacher.

— Cependant vous les connaissez toutes?

— Pas toutes, monsieur. Une personne aujourd'hui, une seule au monde peut-être, en a parcouru les innombrables détours.

— Vous voulez parler de ce personnage malfaisant qui habite ces souterrains et vous inspire tant d'effroi... J'ai pourtant décidé, Hartmann, que vous nous conduiriez à l'endroit où nous aurons le plus de chances de le rencontrer.

Le vieil Allemand manifesta un véritable désespoir.

— Ah! mon digne monsieur, dit-il, vous ne savez pas ce que vous demandez!... Nous y périrons tous, et si nous en réchappions cette fois, il saurait bien me punir plus tard de ma trahison.

— Souvenez-vous de votre serment au grand-maître.

— Oui, oui, j'ai juré sur l'Abacus, je le sais; mais je vous en conjure, mon bon monsieur, ne soyez pas trop rigoureux avec moi! Je suis vieux, mais je tiens encore à la vie! Si vous osiez attaquer celui dont vous parlez, je serais perdu!

— Je vous défendrai.

— Mais demain, dans huit jours, dans dix ans, je ne pourrai plus descendre seul au temple sans risquer d'être frappé par... l'homme de la nuit!

— Vous quitterez ces carrières; monsieur de la Croix vous trouvera quelque occupation... Enfin, voulez-vous, oui ou non, tenir votre serment?

— Je le tiendrai, répliqua Salomon avec un grand soupir; nous nous défendrons s'il le faut, et demain je ne m'ex-

(1) Nous donnerons à la fin de ce roman la délimitation précise des carrières sub-parisiennes, d'après des documens authentiques.

poserai pas à *ses* vengeances... Allons, messieurs, vous l'aurez voulu, ne vous en prenez qu'à vous de ce qui peut arriver... Je vais vous conduire à la fontaine; on *le* rencontre souvent dans un caveau qui en est voisin.

— Conduisez-nous à la fontaine, dit l'abbé en se levant.

— Non, pas toi, Chavigny, reprit Lussan; il faut que tu restes à cette place en attendant notre retour. Tu aurais la ressource, si nous tardions trop ou s'il nous arrivait quelque accident, de monter au Val-de-Grâce et d'implorer les secours des religieuses.

— Ouais! dit l'abbé avec une étourderie affectée, elles sont trop vieilles et trop laides. J'aime mieux les carrières.

Et sans vouloir écouter ses compagnons, il se mit en devoir de les suivre.

On reprit donc cette marche pénible, incertaine, désespérée, qui durait déjà depuis près de six heures. Sans doute en ce moment le jour était venu et Paris s'éveillait. Mille bruits divers remplissaient les rues; les ouvriers travaillaient en chantant; tout s'agitait, vivait, accomplissait sa tâche dans l'immense fourmilière humaine. Au contraire, dans ces bas-fonds de la tumultueuse cité, toujours même monotonie de silence, d'immobilité, de ténèbres; toujours ces éternelles galeries, étroites, blanches, s'étendant à perte de vue, interrompues de temps en temps par des ateliers aux piliers croulans, aux recoins sombres et mystérieux.

Un quart d'heure se passa encore. Le guide était morne et n'avançait qu'avec une extrême répugnance. Chavigny essayait vainement, par ses saillies, de donner le change sur ses souffrances intérieures. Philippe lui-même marchait lentement, l'air abattu et la tête baissée.

Comme on traversait un couloir humide et boueux, Lussan poussa un cri de joie et ramassa un objet qui faisait contraste par sa richesse et son éclat avec ces lieux horribles : c'était une guirlande de fleurs d'oranger à feuilles d'argent; elle semblait être tombée de la parure d'une fiancée peu de minutes auparavant. Philippe, après l'avoir examinée, la porta frénétiquement à ses lèvres.

— Thérèse a passé là! s'écria-t-il dans une agitation inexprimable: elle ne peut être loin. Regardez, mes amis, nous sommes enfin sur les traces de Thérèse! Nous allons la trouver! Nous la retrouverons, j'en suis sûr!

Le petit abbé examina la guirlande à son tour et partagea l'opinion de son ami. Comme il se livrait avec Philippe à l'espoir que devait leur inspirer cette découverte, Salomon, inclinant son flambeau, observait attentivement des traces empreintes sur la boue.

— Qu'est-ce encore? demanda Lussan avec impatience.

— Regardez, répondit le vieux guide; c'est bien *lui* plus de doutes maintenant.

Et il montrait des traces de pieds nus parfaitement distinctes.

— Mais je ne vois pas l'empreinte des pas de Thérèse, dit Philippe; elle a dû pourtant passer en cet endroit, puisque ces fleurs lui appartiennent.

— Sans doute *il* l'emportait dans ses bras, car les vestiges sont plus profonds qu'à l'ordinaire.

— Dans ses bras! répéta Philippe, dont les yeux lancèrent des éclairs; c'est donc un acte de violence! Oh! malheur, malheur sur moi! Ma fiancée, ma Thérèse, cet ange de candeur et de beauté, au pouvoir de ce monstre des ténèbres, de cet être farouche qui ne se révèle seulement que par des crimes et des ruines! Mais je le retrouverai, je lui arracherai sa proie! En avant, en avant donc! dussé-je périr ici, je délivrerai, je vengerai Thérèse!

Il saisit sa lanterne qu'il avait déposée à terre et se mit en route. Chavigny et le vieil Allemand, effrayés de l'état où ils le voyaient, restaient immobiles. Il se retourna impétueusement.

— Eh bien! ne venez-vous pas? reprit-il d'un air égaré; voulez-vous m'abandonner? Avez-vous peur? Soit, j'irai seul; aussi bien votre présence serait un embarras pour moi. Je suis prêt à sacrifier ma vie; je ne dois pas exposer la vôtre. Retournez-vous-en donc. Adieu... ne me suivez pas; je vous défends de me suivre!

Et il s'éloignait à grands pas. Chavigny, d'abord interdit, le rejoignit malgré sa défense.

— Philippe, dit-il d'un ton de reproche, est-ce bien toi qui me parles ainsi?

Lussan voulut le repousser avec dureté, mais comprenant aussitôt l'injustice de cette aveugle colère, il laissa tomber son flambeau et se jeta dans les bras de l'abbé.

— Mon généreux ami, murmurait-il en fondant en larmes, pardonne-moi, car je deviens fou!

Un pareil attendrissement était trop rare chez Philippe de Lussan pour ne pas émouvoir fortement l'âme impressionnable de Chavigny.

Salomon Hartmann crut le moment favorable pour hasarder de nouvelles instances.

— Mes bons messieurs, dit Salomon, tous les saints de l'ancienne et de la nouvelle loi me sont témoins que ce n'est plus dans mon intérêt que je parle; quoi que vous ordonniez, je vous obéirai, ainsi que je l'ai juré sur l'Abacus de notre illustre et vénéré grand-maître; mais vous ignorez à quoi vous vous exposez. Nous sommes ici entièrement au pouvoir de celui que vous menacez avec tant d'imprudence; il lui serait facile de nous écraser d'un mouvement de sa main. Et voyez, depuis que vous avez mis le pied dans ces souterrains, n'avez-vous pas rencontré continuellement des obstacles, des difficultés, des dangers qui semblent l'œuvre d'un être supérieur? Ce dernier accident, où nous avons pensé périr tous les trois, ne ressemble-t-il pas à un avertissement d'en haut? Qui sait même si les cris effrayans que nous avons entendus sortaient d'une bouche humaine, et s'ils n'étaient pas, comme ces hurlemens qui s'élèvent parfois la nuit dans les vieux châteaux de mon pays, une lugubre menace que les morts adressent aux vivans?

Hartmann parlait avec un accent convaincu; ses idées superstitieuses paraissaient sincères; néanmoins il ne parvint pas à ébranler la détermination de Lussan. Celui-ci, comme honteux de sa faiblesse, essuya ses yeux, releva la tête et dit froidement:

— Mon ami, hâtez-vous de nous conduire à la fontaine.

Le guide obéit en silence, et l'on suivit l'empreinte de pieds nus marquée dans la boue; mais bientôt le sol, devenant plus sec et plus dur, la trace disparut complètement. Cependant Hartmann avançait toujours. Parfois il tressaillait, son regard était fixe, comme s'il eût aperçu des formes hideuses dans la profondeur des corridors. Sans doute, en approchant de la portion des vides fréquentée par le ravisseur de Thérèse, il s'attendait à quelque nouvelle catastrophe d'autant plus redoutable qu'il ne pouvait en deviner la nature.

On atteignit pourtant la fontaine sans que rien eût justifié ces appréhensions. Cette fontaine, située à l'angle d'un atelier de peu d'étendue, consistait en un petit bassin taillé dans la roche. Il était plein d'une eau limpide et glaciale qui ne s'épanchait pas au dehors. Sans doute il avait été creusé pour les besoins des ouvriers inconnus qui, dans une haute antiquité, avaient exploité ces carrières, et rarement, bien rarement depuis, il avait servi à désaltérer des créatures humaines.

Philippe, en se penchant sur ces eaux transparentes, que la classique Chavigny comparait à celles du Léthé, eut une nouvelle joie. Il semblait qu'on fût récemment venu puiser à cette fontaine; quelques gouttes de liquide étaient répandues sur une pierre, et dans l'argile humide on remarquait encore des traces de pieds nus.

— Il est venu là! s'écria Lussan, et il n'y a pas longtemps. Voyez, voyez; les traces sont toutes fraîches!

— Ne vous fiez pas trop à de pareils signes, dit Salomon; la dessication est lente, presque insensible dans ces souterrains; demain, dans huit jours, dans un an, ces empreintes vous paraîtraient à peine moins nettes si des inondations ne les effaçaient pas.

Mais Philippe n'écoutait pas ces observations.

— Nous le retrouverons! dit-il avec opiniâtreté; je suis

sûr qu'il ne peut être loin. Montrez-moi le caveau qui sert parfois de retraite à l'homme des carrières.

— Sans doute le bruit l'aura fait fuir. Toutefois tenez vos armes prêtes, et si vous l'apercevez, ne l'épargnez pas. Tuez-le, ou nous ne retournerons jamais parmi les vivants!

Philippe et Chavigny s'armèrent chacun d'un pistolet. Le guide leur indiqua de loin une ouverture étroite pratiquée dans la paroi de la carrière.

— C'est là, murmura-t-il.

Philippe s'avança hardiment avec Chavigny, et ils pénétrèrent dans le caveau, tandis que Salomon se dissimulait derrière eux.

Ce réduit, à peine assez élevé pour qu'un homme de haute taille pût s'y tenir debout, avait un aspect sépulcral : on eût dit d'un angle rentrant de la carrière qu'on avait clos jadis, on ne sait dans quel but, par une muraille en pierres sèches, de manière à former l'encadrement d'une porte ; mais la porte manquait, et l'absence de ferrures prouvait qu'elle n'avait jamais été posée.

L'intérieur, nu et raboteux comme celui d'une grotte creusée par la nature, offrait pourtant des témoignages irrécusables d'habitation permanente. Des planches étaient posées sur le sol et recouvertes de paille; plusieurs vases de faïence, une lampe de fer, un coffret qui contenait des bougies, un grand sac de cuir rempli de poudre de mine et quelques outils à l'usage des carriers, étaient disséminés sur le sol ou sur un rebord qui semblait servir de table. Il va sans dire que l'habitant de ce triste lieu était absent ; mais on respirait encore cette fumée âcre que produit une lampe mal éteinte, et sans doute il avait quitté le caveau depuis fort peu de temps.

Philippe, malgré ses préoccupations, fit rapidement l'inventaire de ce bizarre mobilier.

— Voilà donc, dit-il, le repaire de cet être incompréhensible pour qui le mal semble être un besoin de nature! c'est là qu'il prépare ces crimes affreux qui produisent au-dessus de nos têtes la ruine et la dévastation!

— Quel abominable logis! remarqua Chavigny ; sur mon âme, si jamais son propriétaire est jeté dans les cachots du Châtelet ou de la Bastille, ce coquin pourra se croire dans un palais.

Comme Philippe examinait chaque chose avec une ardente curiosité, un objet blanc, tombé près de l'entrée du caveau, frappa son attention ; il s'empressa de le relever : c'était un mouchoir parfumé, enrichi de dentelles, et sur lequel étaient brodées les initiales de mademoiselle de Villeneuve.

— Elle est donc aussi venue là? s'écria-t-il ; mais qu'en a-t-il fait? où la cache-t-il ? Oh ! ma vie, ma vie tout entière pour la délivrance de Thérèse !

En ce moment Hartmann, qui s'était tenu en observation à la porte du caveau, rentra.

— Eteignez vos lumières, dit-il d'une voix étouffée; vous avez sans doute les moyens de les rallumer ?

— Je le crois parbleu bien! répliqua Chavigny ; mais que se passe-t-il donc ?

— Il vient, répliqua le guide avec un accent d'indéfinissable terreur.

— Qui donc?

— Lui! lui !... Mais éteignez vos lanternes et je vous expliquerai ma pensée.

Les deux amis se hâtèrent d'obéir, et Salomon Hartmann les entraîna hors du caveau. A l'extrémité d'une longue galerie apparaissait une lumière, semblable à un point rouge dans les ténèbres. On ne pouvait voir celui qui portait cette lumière, mais elle approchait rapidement.

— Il doit se passer quelque chose d'extraordinaire, murmura le vieil Allemand; à quoi peut-il servir un flambeau, puisqu'il a le don merveilleux de voir dans l'obscurité?

— Thérèse est peut-être avec lui! dit Philippe.

— Non, non, il est seul... mais, de grâce, ne parlez pas si haut; son oreille habituée au silence pourrait entendre votre voix, malgré la distance; écoutez plutôt mon plan :

nous allons nous cacher derrière les piliers qui sont à l'entrée de cette galerie; au moment où il passera, nous nous élancerons sans prononcer une parole, nous le saisirons et nous le mettrons hors d'état de fuir. Si pourtant il s'échappe, ce qui ne serait pas impossible, car il es. d'une force et d'une agilité prodigieuses, n'hésitez pas à tirer sur lui, car après une pareille agression il n'y aurait plus pour nous d'espoir de salut!

— Ce plan est excellent et il réussira. dit Philippe transporté; Chavigny, je compte sur toi... Maître Hartmann, servez-nous avec courage et fidélité; je rendrai compte au grand-maître de votre dévouement et je saurai bien vous en récompenser!

— Ne parlez pas de récompense, répondit le guide avec découragement; peut-être mon conseil vous sera-t-il funeste, peut-être en porterons-nous tous la peine; mais c'est une expérience à tenter... Allons! postons-nous bien vite... Il n'est pas à plus de trois cents pas de nous... Laissez-vous donc conduire; préparez vos armes, et n'oubliez pas de faire des signes de croix.

Philippe et Hartmann lui-même se placèrent à tâtons derrière les deux piliers qui s'élevaient à l'entrée de la galerie. Chavigny, moins robuste, et affaibli par sa chute récente, se tint un peu à l'écart pour les assister au moment décisif. Une fois postés, ils gardèrent un silence et une immobilité tels qu'il devenait absolument impossible de soupçonner leur présence.

La lumière continuait d'avancer, bien que son mouvement parût presque insensible. C'était une de ces lanternes qui projettent la clarté sur un seul point et laissent dans l'ombre tous les autres côtés. On eût dit d'une flamme glissant toute seule le long de la galerie et éclairant successivement les irrégularités et les accidents de la carrière. Les trois hommes devinèrent son approche en voyant les objets se colorer insensiblement autour d'eux. Ils se tinrent prêts, la main sur leurs armes, la poitrine haletante.

Enfin le rayon lumineux brilla dans le carrefour même, et l'on put entrevoir une forme vague, au pas furtif et léger. A peine eut-elle atteint le lieu de l'embuscade, que Philippe sauta sur elle en poussant un cri qui devait servir de signal à ses compagnons. Ils s'élancèrent à leur tour, mais quels qu'eussent été leur promptitude et leur adresse, ils n'embrassèrent que le vide. La lanterne était tombée par terre, et celui qui la tenait, glissant entre toutes ces mains menaçantes, s'était évanoui comme une ombre.

Cependant Philippe avait senti le courant d'air causé par le passage rapide d'une personne à côté de lui.

— Relève la lanterne, Chavigny, cria-t-il; il s'enfuit, il va nous échapper!

L'abbé se hâta d'obéir et Philippe entrevit un objet mobile dans les profondeurs obscures du corridor. Alors il n'hésita plus, et saisissant un de ses pistolets, il tira.

Le sable qui se détachait de toutes parts du ciel de la carrière, et les tourbillons de fumée produits par l'explosion, empêchaient de rien voir, mais une sorte de gémissement témoigna que le terrible messager de plomb avait atteint son but.

— De la lumière! s'écria Lassan avec énergie en s'élançant au milieu de la fumée; je l'ai touché, nous le tenons !

Surexcité par la lutte, il se précipitait en avant avec une sorte de frénésie. Il disparut bientôt dans l'obscurité, bien qu'on entendît toujours le bruit de ses pas et ses appels réitérés.

Tout à coup les appels cessèrent; un corps lourd tomba comme au fond d'un abîme.

— Philippe! s'écria Chavigny qui accourait éperdu; mon cher Philippe! attends-nous donc!

Il écouta. Un silence de mort régnait dans les vides.

— Dieu de Sion! dit Hartmann avec inquiétude, il vient d'arriver un nouveau malheur. J'aurais dû songer que ce combat, engagé contre le malin esprit ne finirait pas bien pour nous!

— Philippe! mon cher Philippe! répétait le petit abbé d'un ton d'angoisse.

— Attendez, reprit le guide en se frappant le front ; et moi qui ne songeais pas à la carrière basse ! Oui, oui, ce doit être cela... Venez par ici... C'est une ruse infernale !

Ils se détournèrent un peu de la ligne droite pour visiter un atelier que traversait la galerie principale. Hartmann, qui s'était emparé de la lumière, fit remarquer à Chavigny une trace de sang parfaitement visible sur le sol.

— Voyez, dit-il d'une voix étouffée, il est blessé. Oh ! s'il pouvait en mourir !

— Qui donc? mon pauvre Philippe?

— Non, non, l'autre, l'homme de la nuit.

— Eh! que m'importe que celui-là vive ou meure ! Philippe, où est-il ? qu'est-il devenu ?

Pour toute réponse, Hartmann lui montra une carrière inférieure ; on y descendait par cinq ou six marches à peine indiquées dans le roc. Ce second étage souterrain était encombré de pierres détachées de la voûte. Au bas de l'escalier était étendu Philippe privé de tout sentiment.

Il était facile de comprendre ce qui venait d'arriver. Serré de près, l'habitant des vides avait voulu s'échapper par cette galerie basse où la poursuite devenait plus difficile. Familier avec tous les détours et tous les accidens de ces lieux redoutables, il avait pu, malgré l'obscurité, gagner ce passage, comme on en jugeait à la trace de sang qui se prolongeait sur les décombres, de l'autre côté. Mais Philippe, dans son acharnement à la poursuivre, n'avait pas vu l'excavation et était tombé au fond de la carrière.

Chavigny et Hartmann descendirent en toute hâte pour lui porter secours. Le malheureux Lussan ne donnait plus aucun signe de vie ; son beau visage était couvert de contusions ; le sang lui sortait par la bouche et par le nez.

— Grand Dieu ! il est mort ! dit l'abbé avec un saisissement inexprimable.

— J'espère que non, dit Hartmann ; vous vous trouviez dans un état à peine moins alarmant tout à l'heure, et comme vous sans doute il n'est qu'étourdi par la violence du choc.

— Serait-il vrai ! Oh ! si je pouvais croire... Philippe ! Lussan ! m'entends-tu ? Il ne répond pas ; et voyez, voyez !

Il voulut soulever le bras droit de son malheureux ami ; ce bras paraissait inerte et flexible : il était cassé un peu au-dessous de l'épaule.

En acquérant cette conviction, Chavigny, dont l'organisation délicate et nerveuse était ébranlée déjà par ses souffrances personnelles, fut sur le point de s'évanouir. Cependant il se raidit contre cette défaillance imminente.

— Si nous le portions, dit-il, dans cette espèce de caveau où nous sommes arrêtés tout à l'heure ?

— C'est un endroit que je n'aime guère, répliqua le guide ; si l'autre revenait... Mais non, l'autre est peut-être aussi malade que celui-ci ; et à moins que le diable qui le protège ne puisse guérir subitement sa blessure, nous n'avons rien à craindre de sa part pour le moment. Transportons donc votre ami au caveau ; rien de mieux à faire maintenant.

Il enleva doucement le blessé. Chavigny voulut l'aider, mais Hartmann le repoussa, et lui donna pour tâche d'éclairer la marche. On monta l'escalier avec précaution ; néanmoins, le mouvement de transport arracha à Philippe des gémissemens qui navraient le cœur de l'abbé.

On atteignit le caveau, et Lussan fut déposé, avec le moins de secousses possible, sur le lit de paille. Alors on lava son visage ; on étancha le sang qui coulait de ses blessures ; le bras fracturé fut bandé de son mieux qu'on put avec un mouchoir. Chavigny, tout s'empressant autour de son ami, versait d'abondantes larmes, et ne s'apercevait pas que lui-même éprouvait par intervalles une toux sèche du plus alarmant caractère.

Ces soins ranimèrent un peu Philippe ; toutefois il n'avait pas repris connaissance ; les paroles qu'il prononçait de temps en temps ne présentaient aucun sens raisonnable.

— Eh bien ! monsieur, quel parti prendre à cette heure? demanda Salomon. Véritablement ce brave jeune homme a besoin de secours plus efficaces que ceux que nous pouvons lui donner ; mais vous et moi nous ne parviendrions jamais à le porter jusqu'au Temple.

— Et pourquoi non ? Essayons, monsieur Hartmann ; je suis plus fort que vous ne pensez !

— Vous, mon pauvre enfant, votre visage est aussi blanc que votre rabat où je vois mon bien-aimé Philippe... au bout de dix pas je serais obligé de vous porter vous-même, ce qui, pour le coup, excéderait mes forces, car je ne suis plus jeune... Non, non, il faut trouver un autre moyen.

— Alors conseillez-moi, mon cher Hartmann, car le déplorable état où je vous vois déchirait mon cœur... Cherchez vous-même un expédient... mais il faut sauver Philippe! il le faut!

— Consentiriez-vous à rester seul avec lui pendant que j'irais demander du secours au Temple? Sans doute notre illustre grand-maître s'empresserait d'envoyer chercher ce jeune gentilhomme pour lequel il paraît avoir tant d'attachement et de respect.

— Oui, je resterai seul avec Philippe... Mais, de grâce, partez à l'instant ; ne perdez pas une minute.

— Et vous n'aurez pas peur ?

— Que pourrais-je craindre maintenant ?

— Néanmoins ayez vos armes prêtes et tenez-vous sur vos gardes... Et puis, comme deux pistolets vous seraient inutiles, je vous prie de m'en confier un. J'ai une longue route à parcourir dans les carrières, et notre ennemi n'était pas aussi grièvement blessé que je l'espère... Dieu de Sion ! il ne me pardonnera jamais les événemens de cette nuit!

L'abbé lui remit ce qu'il demandait. Alors Hartmann alluma une lanterne, et après avoir exhorté l'abbé à la patience, il s'éloigna rapidement.

Le blessé n'avait pas repris connaissance et s'agitait sur sa paille en poussant des gémissemens plaintifs. Chavigny essaya de le soulager : il renouvela les compresses qui entouraient son front, et lui fit respirer un flacon de sels. Mais Philippe restait plongé dans le même anéantissement, et ses mouvemens convulsifs exprimaient l'impatience que lui causaient ces soins assidus. L'abbé cessa de le tourmenter, et il s'assit à côté de son ami, avec la sollicitude attentive d'une mère qui veille sur son enfant en danger de mort.

Si, dans ce moment, le personnage que Salomon Hartmann appelait l'homme de la nuit eût voulu se venger de ses agresseurs, il aurait eu bon marché de tous les deux. Philippe, d'ordinaire si beau, si fier et si hardi, offrait l'aspect d'un cadavre. Chavigny lui-même, malgré le pistolet belliqueusement posé sur ses genoux, était à peine dans un état moins affligeant. Sa tête vacillait sur ses épaules, son regard était éteint. Vus l'un et l'autre dans cette espèce de tombe, à la lueur incertaine d'une bougie, on eût pu déjà les croire rayés du nombre des vivans.

Les heures se passaient, et il semblait à l'abbé, dans sa cruelle impatience, qu'Hartmann eût dû être de retour depuis longtemps avec les secours annoncés, mais rien ne paraissait. Il tressaillait par intervalles ; un grain de sable détaché de la voûte, la chute d'une goutte d'eau dans l'éloignement, avaient suffi pour ranimer son espoir ; mais quand il prêtait l'oreille, il n'entendait plus que les battemens de son cœur et la respiration irrégulière et pénible de son compagnon.

Une fois, pendant cette longue et mortelle attente, l'abbé, en se penchant vers Philippe, vit tout à coup ses grands yeux noirs de son ami se fixer sur lui. En même temps Lussan lui demanda d'une voix qui n'avait rien perdu de sa sonorité :

— Chavigny, qu'as-tu fait de Thérèse? Je te la confie, elle est ma fiancée; défends-la jusqu'à la mort!

Ces paroles étaient trop évidemment l'effet de la fièvre

qui s'emparait du malade, pour que l'abbé crût devoir y répondre sérieusement.

Il engagea Philippe à se calmer, en assurant que tout irait bien.

— Le monstre s'est enfui, continua le malheureux Philippe avec un égarement croissant; il faut le suivre... Mais, tiens, tiens, le voici qui reparait là-bas... Oui, juste ciel! c'est lui et il emporte ma Thérèse!

— Où donc? demanda Chavigny en frissonnant.

— Là-bas, au fond de ce couloir obscur... il emporte un objet blanc qui s'agite et se débat; c'est Thérèse... Entends-tu ces cris déchirans? Elle m'appelle... courons, Chavigny... Courage! Thérèse, nous voici!

Il voulut se soulever impétueusement, mais aussitôt il retomba sur sa paille en poussant un cri de douleur.

La situation de l'abbé devenait intolérable. Quelques instans de plus, et la fatigue, l'émotion, les souffrances physiques et morales allaient le rendre lui-même incapable d'être d'aucune utilité à son ami; une sueur froide lui découlait du front, la tête lui tournait; à son tour il avait le délire, le vertige.

Enfin, son oreille, habituée au profond silence des carrières, fut frappée d'un bruit léger et lointain d'abord, qui s'accrut par degrés. Quelqu'un s'avançait vers lui; mais était-ce Hartmann qui revenait avec des secours, ou bien l'habitant dépossédé de ce caveau, qui allait revendiquer sa sombre demeure? Chavigny n'eut pas la force de se traîner jusqu'à l'entrée pour s'en assurer.

— Amis ou ennemis, murmura-t-il, dans un effort suprême, libérateurs ou assassins, qu'ils soient les bien-venus, car la mort serait un bienfait pour nous comme le salut!

Et il perdit connaissance à côté de Philippe, qui, épuisé par ses agitations, ne donnait plus signe de vie.

XVII.

LA DANSEUSE.

Depuis quinze jours, le chevalier de Lussan n'avait ni vu son fils ni reçu de ses nouvelles. Il semblait que cette circonstance dût être à peu près indifférente au vieux joueur, qui passait le jour à dormir et la nuit à courir les brelans; cependant il avait envoyé plusieurs fois aux informations chez Philippe. La portière de la maison avait toujours répondu au messager, avec force soupirs et lamentations, que le *bon jeune homme*, comme elle appelait son locataire, était sorti un soir dans une extrême agitation, et que depuis il n'avait pas reparu.

D'abord le chevalier ne s'était pas alarmé de cette absence; il n'avait fait que sourire, et avait murmuré en se frottant les mains :

— Allons! allons! l'enfant commence sans doute à se dégourdir. Vous verrez que le fripon se sera égaré dans le boudoir de quelque belle dame; mais il se retrouvera! Je savais bien que la glace finirait par se fondre, car bon sang ne peut mentir!

Néanmoins, le quinzième jour, monsieur de Lussan parut éprouver quelque remords de cette indifférence. Le temps était beau; un chaud soleil de mai descendait dans les rues sombres et étroites du vieux Paris. D'ailleurs la fortune avait été favorable la veille au chevalier; il avait gagné plusieurs rouleaux d'or; une certaine dame de son ancienne intimité lui avait souri; il avait convenablement digéré l'excellent dîner d'un personnage de qualité dont il était le parasite. Tout contribuait à ouvrir son âme aux impressions douces, aux sentiments de la nature. Il résolut donc de se lever de bonne heure et d'aller lui-même à la recherche de son enfant perdu.

Aussi, vers les deux heures, ce qui était grand matin pour lui, monsieur de Lussan, bien rasé, bien poudré, son chapeau sous le bras et sa canne à pomme d'or à la main,

sortait-il de la maison qu'il occupait dans le quartier du Marais. Il était vêtu de deuil, avec un habit noir sans boutons et des pleureuses aux manches ; non pas qu'il eût en ce moment aucun parent à pleurer, mais le roi Louis XV venait de mourir peu de jours auparavant, et la cour était en deuil. M. de Lussan, en qualité de chevalier de Saint-Louis, avait dû se conformer à l'usage et afficher dans ses vêtemens une tristesse que peut-être, comme tant d'autres, il ne portait pas dans le cœur. Il se rendit d'abord à la demeure de son fils, et là il lui fallut écouter les plaintes et les suppositions à perte de vue de la compatissante portière. Mais vainement demanda-t-il à cette femme des éclaircissemens réels sur la subite disparition de son locataire; elle ne savait rien. Le chevalier s'autorisa de son titre de père pour pénétrer dans l'appartement, et il en fit la visite avec un soin minutieux. Mais il ne s'y trouvait aucun papier, aucun signe qui pût mettre sur la voie des découvertes. A la suite de cet examen, il se retira, non sans avoir recommandé à la concierge de l'avertir dès qu'on aurait des nouvelles de Philippe, et appuyé cette recommandation d'une gratification suffisante.

Bien que sa sollicitude paternelle, comme on l'a vu, ne fût pas très vive, le chevalier, en quittant la maison de son fils, avait l'air soucieux. Il oubliait de sourire à toutes les femmes qui passaient; il marchait, les yeux baissés, avec une modestie qui ne lui était pas habituelle. Soit pour un motif, soit pour un autre, cette longue absence commençait à préoccuper vivement le vieux débauché. En cherchant parmi les connaissances de Philippe, qui pourrait lui fournir des renseignemens utiles, il se souvint de Chavigny, qu'il avait eu l'occasion de voir plusieurs fois en compagnie de son fils.

— Parbleu! pensa le chevalier, si quelqu'un peut me donner des nouvelles de mon jeune Caton, c'est ce galantin de petit abbé qui le suit comme son ombre. Chavigny est un joyeux garçon à qui il ne serait pas difficile d'arracher la vérité, dans le cas où ce secret lui aurait été recommandé... Allons! c'est décidé, je vais me mettre en quête de monsieur de Chavigny.

Et voici le chevalier sautillant de pavé en pavé pour se rendre rue de Vaugirard.

En approchant de la maison de l'abbé, il aperçut un magnifique carrosse arrêté devant la porte. Ce carrosse était flanqué de trois ou quatre grands laquais dont la riche livrée offrait toutes les couleurs de l'arc-en-ciel. Ces drôles ricanaient avec insolence au nez des passans, et ce divertissement semblait être si fort de leur goût, qu'ils ne virent pas une jeune dame, leur maîtresse, sortir du logis de Chavigny et s'avancer vers la voiture dont la portière restait close.

Cette dame, fort jolie et fort éveillée, était mise avec l'élégance la plus extravagante de l'époque. Son buste semblait jaillir d'un large panier qui l'obligeait à se tourner de côté pour franchir la porte de la maison. Sa coiffure compliquée et ses hauts talons rehaussaient encore sa taille naturellement souple et élancée. Elle était couverte de bijoux et de diamans dont aucun n'avait l'éclat de ses yeux pétillans de malice et d'impertinence.

Comme elle se dirigeait vers sa voiture, des plis légers qui ridaient son front et une petite moue gracieuse témoignaient que la belle avait de l'humeur. Aussi l'inattention de ses gens détermina-t-elle une explosion de sa colère. Le valet de pied, au lieu de remplir son office, s'amusait des lamentations d'un vieux bourgeois qui venait de crotter ses bas blancs dans la boue du ruisseau, quand il sentit un vigoureux soufflet brûler sa joue, en même temps qu'une voix irritée lui criait :

— Eh bien! faquin, est-ce que je te paye pour bayer aux corneilles?

Le pauvre diable se retourna tout étourdi. En reconnaissant sa maîtresse, il porta la main à sa joue sans rien dire, mais avec une expression comiquement piteuse. La capricieuse créature partit d'un éclat de rire dont les gammes folles et argentines se prolongèrent sans interruption.

Ce fut en ce moment que le chevalier de Lussan se présenta pour entrer chez Chavigny. Il avait vu de loin cet acte de justice expéditive, et il souriait complaisamment quand les regards de l'inconnue s'arrêtèrent sur lui. Aussitôt, elle prit un air sérieux, et sans s'occuper davantage du valet qui s'excusait de son mieux, elle examina le chevalier avec une liberté qui pouvait passer pour de l'effronterie. Le chevalier néanmoins, loin de s'en offenser, se redressa en chiffonnant son jabot et ses manchettes, donna un caractère plus engageant à son sourire, et finit par saluer avec tout l'agrément dont il était susceptible.

L'inconnue le regardait toujours.

— Je ne me trompe pas, dit-elle enfin quand le vieux joueur se trouva près d'elle : c'est monsieur le chevalier de Lussan !

Le chevalier voyait cette dame pour la première fois ; mais il était trop homme du monde pour manifester son étonnement.

— Moi-même, belle dame, répliqua-t-il en s'inclinant de nouveau, et prêt à vous servir, si j'en étais capable.

L'inconnue lui tendit la main.

— Ah ! monsieur, dit-elle d'un ton dolent qui contrastait avec sa gaîté et sa vivacité précédentes, c'est le ciel qui vous amène en ce moment !

Tout en parlant, elle s'élançait dans sa voiture. Le chevalier la soutint ; ce devoir de politesse accompli, il voulait s'éloigner, mais il sentit qu'on le retenait, et on lui dit avec pétulance :

— Montez, montez donc.

Le chevalier ne s'attendait pas à cette invitation, et il hésita quelques secondes; mais un geste d'impatience de la fantasque personne le décida. Il gravit le marche-pied et prit place, sans bien savoir ce qu'il faisait. Aussitôt, la belle inconnue donna ses ordres au valet de pied, la portière fut fermée, et la voiture partit de toute la rapidité de quatre vigoureux chevaux.

Monsieur de Lussan, stupéfait de l'aventure, ne trouvait pas une parole à dire. L'inconnue, de son côté, ne semblait déjà plus songer à lui et se livrait à de pénibles réflexions. Elle finit néanmoins par remarquer l'air effaré de son compagnon ; ses rires extravagants recommencèrent.

— Convenez, chevalier, dit-elle d'un ton railleur, que vous vous croyez en bonne fortune ?

— Eh ! mais, charmante, répliqua l'ancien roué de la régence, en faisant la bouche en cœur, ce ne serait pas la première fois, quoique jamais nymphe aussi séduisante...

— Vous vous vantez, chevalier, ou bien il y a si longtemps... Mais, en effet, ceci doit vous produire l'effet d'un enlèvement.

— On n'est plus enlevé à mon âge, belle dame, et on n'enlève pas au vôtre.

— Quoi ! ne me reconnaissez-vous pas ? ne savez-vous pas qui je suis ?

— Vos attraits sont de ceux qu'on ne doit pas oublier quand on les a vus une fois. Cependant, vous serez indulgente pour un de vos serviteurs dont les yeux sont un peu affaiblis... Je ne saurais me souvenir où j'ai eu le bonheur, la joie ineffable de vous rencontrer.

— Allons donc ! avez-vous oublié une joueuse à qui vous gagnâtes un soir douze louis chez la baronne de Fortville ?... Ah ! chevalier, vous n'étiez pas galant ce soir-là !

La baronne de Fortville était une présidente de biribi, chez laquelle se réunissait une société un peu mêlée.

— Attendez, attendez, dit le chevalier en ayant l'air de chercher ; vous êtes madame, vous êtes mademoiselle...

— Je suis Sylvie Florival, de l'Opéra..., une amie du fermier général de Villeneuve.

Le chevalier de Lussan, qui, malgré sa vie dissolue, avait conservé cette espèce de dignité superficielle qu'on appelle le sentiment du décorum, n'était pas très flatté de se montrer publiquement avec mademoiselle Sylvie Florival. Cependant il parvint à dissimuler cette impression et se blottit sans affectation au fond de la voiture, afin de ne pas être remarqué des passans.

— Je ne comprends pas, reprit-il avec sa galanterie minaudière, que j'aie pu tant tarder à reconnaître une de nos divinités de la danse, une émule de Zéphire, Terpsichore elle-même descendue de l'Olympe...

— Bon ! voilà que vous parlez comme ce pauvre petit abbé, interrompit la danseuse avec un profond soupir ; mais causons raison, si c'est possible...Tout à l'heure vous veniez sans doute prendre des informations au sujet de monsieur de Chavigny ?

— En effet. Mais connaissez-vous l'abbé de Chavigny ? l'avez-vous rencontré chez lui ?

— Hélas ! non, répliqua mademoiselle Sylvie d'un air triste ; disparu sans donner aucune nouvelle, disparu comme votre fils lui-même !

— Mon fils ! répéta le chevalier avec étonnement. Vous connaissez donc aussi mon fils, Philippe de Lussan ?

— Non, répondit naïvement la danseuse, je ne l'ai jamais vu ; il ne va pas où je vais et je ne vais pas où il va. Mais je sais que monsieur de Chavigny lui est dévoué jusqu'à la mort et qu'ils ne se quittent presque pas. Or, monsieur Philippe est absent depuis quinze jours ; et une vieille dévote, fort bégueule, que je viens de voir dans cette maison, m'a donné l'assurance que ce cher abbé n'était pas rentré chez lui depuis la même époque. Selon toute apparence, la même cause retient les deux inséparables.

— C'est fort probable en effet... Mais puis-je savoir, aimable enfant, quel intérêt vous prenez à ce monsieur de Chavigny ?

Mademoiselle Sylvie sourit avec embarras.

— Supposez qu'il soit mon parent... mon cousin, balbutia-t-elle.

— Je comprends, reprit le chevalier finement. Eh bien, mademoiselle, il me sera bien permis de vous demander où vous me conduisez ainsi ?

— Ah ! chevalier, j'aurais cru que peu vous importait avec moi. Mais, s'il faut le dire, je veux associer mes efforts aux vôtres afin de retrouver nos pauvres égarés, et nous allons dans une maison où l'on ne peut manquer de nous en donner des nouvelles.

— Quelle est cette maison ?

— Le nouvel hôtel de Villeneuve, au faubourg Saint-Germain.

Le chevalier fit un soubresaut.

— Quoi ! mademoiselle, vous oseriez?... Eh bien, moi, je ne peux pas, je ne dois pas me présenter à l'hôtel de Villeneuve... De grâce, ma charmante, laissez-moi descendre... je ne saurais aller plus loin.

— Vous ne voulez donc pas apprendre ce qu'est devenu votre fils... que vous aimez tant, à ce qu'on dit ?

— Je le veux, mais...

— Ecoutez-moi bien, reprit la danseuse avec gravité : madame de Villeneuve, j'en ai la conviction, pourrait dire où sont en ce moment monsieur Philippe de Lussan et l'abbé de Chavigny. Le jour de leur disparition, ils devaient l'un et l'autre prendre une part indirecte à certain projet auquel, s'il faut le dire, je n'étais pas plus tout à fait étrangère, et qui avait pour but de soustraire mademoiselle Thérèse de Villeneuve, une innocente, aux intrigues de sa mère qui voulait la marier contre son gré... Le coup manqua, j'ignore pourquoi ; toujours est-il que de ce moment mademoiselle Thérèse de Villeneuve, votre fils et ce cher cœur d'abbé Chavigny ont été escamotés comme au coup de baguette d'un magicien.

— Que dites-vous ? s'écria le chevalier au comble de l'étonnement; mademoiselle Thérèse...

— On ne sait pas non plus ce qu'elle est devenue, du moins à ce qu'affirme son père, qui, depuis cet événement, a perdu l'appétit et le sommeil. Mais sans doute on le trompe, ce pauvre homme, ce qui n'est pas difficile, et il y a là-dessous une machination de son impérieuse dame ou de cette méchante abbesse du Val-de-Grâce.

— Eh ! ma belle, que supposez-vous donc ?

— Je ne sais trop ; mais à partir du jour où le fermier

10

général a voulu jouer à sa femme un tour, qui n'était pas trop mal imaginé, on s'est caché de lui.

— De grâce, parlez plus clairement. Pensez-vous que mon fils et son ami aient été capables d'enlever mademoiselle de Villeneuve ? Cela, je l'avoue, m'étonnerait fort, eu égard au caractère de Philippe.

— Je ne pense rien. Mais, encore une fois, ces trois personnes ayant disparu le même jour, de la même manière, on peut raisonnablement admettre que toutes les trois sont mêlées aux mêmes événemens.

— Eh bien ! à supposer que mon fils ait enlevé mademoiselle de Villeneuve avec le secours de M. de Chavigny, quels motifs d'alarme pourrais-je avoir, je vous prie ?

— Dans ce cas, si l'un et l'autre eussent été libres de leurs actions, monsieur Philippe eût certainement écrit un mot pour vous rassurer, et Chavigny, après avoir assisté son ami de tout son pouvoir, se fût empressé de revenir à Paris, où il sait qu'on l'attend avec une vive impatience. Croyez-moi donc, chevalier, il y a là-dessous un mystère que nous avons intérêt à éclaircir, vous à titre de père, moi à titre d'amie. Certainement madame de Villeneuve n'est pas aussi ignorante qu'elle le dit sur le sort de sa fille, elle sait qu'on attend la petite dans sa rébellion, et probablement elle tient cette pauvre Thérèse en charte privée, afin de lui imposer ses volontés. Quant aux deux jeunes gens, peut-être ont-ils été jetés secrètement dans une prison d'État ; peut-être les a-t-on séquestrés dans quelque lieu inconnu jusqu'à ce que l'on n'ait plus rien à craindre de leurs entreprises et de leurs révélations... Au temps où nous vivons, on peut bien des choses quand on a des millions à sa disposition !

— Eût-on tout l'or du Pérou, dit le chevalier en pinçant les lèvres, il serait dangereux de s'en prendre à Philippe de Lussan. Mais il suffit, ma belle ; je commence à partager vos soupçons, et vous me décidez, malgré ma répugnance, à rendre visite à madame de Villeneuve. Je vais donc la voir, et, si l'absence de Philippe est due à la contrainte...

— Je vous accompagnerai, chevalier ; c'est entendu, n'est-ce pas ?

— Vous ! mademoiselle ?

— Et pourquoi non ? Madame de Villeneuve ne m'a jamais vue qu'en costume de théâtre, et elle ne pourra me reconnaître sous mes habits de ville. D'ailleurs, je ne me nommerai pas, et vous me présenterez comme une parente de l'abbé de Chavigny. Nous autres femmes, nous avons un tact particulier pour deviner ce qu'on veut nous cacher, et je suis fort impatiente de savoir comment se défenda cette fière madame de Villeneuve.

Le chevalier fit une grimace significative ; le rôle qu'on lui destinait dans cette affaire n'était pas du tout de son goût. Mademoiselle Sylvie Florival s'aperçut de sa répugnance.

— Quoi ! chevalier, demanda-t-elle avec aigreur, me refuseriez-vous cette grâce ?

— Mademoiselle... c'est que je crains... de vous compromettre...

— Rassurez-vous, mon cher : vous ne compromettez plus.

— Ne vous fâchez pas, charmante ; mais les termes où j'en suis avec la famille de Villeneuve ne sont rien moins qu'affectueux ; je risquerais de vous faire partager un mauvais accueil. Permettez-moi donc de descendre et de me présenter seul à l'hôtel de Villeneuve. Il vous est loisible de m'attendre à quelque distance de la maison, et je viendrai vous rendre compte du résultat de ma démarche. Je plaiderai chaleureusement, soyez-en sûre, la cause de mon fils et de votre ami.

— Comme il vous plaira, monsieur le chevalier, dit Sylvie d'un ton piqué en tirant un cordon de soie pour avertir le cocher de s'arrêter.

Le chevalier se confondit en excuses et en protestations. La danseuse l'écoutait à peine. Quand il fut descendu de voiture, il voulut renouveler sa proposition.

— C'est bon, c'est bon, interrompit Sylvie d'un ton d'ironie ; nous nous reverrons plutôt peut-être que vous ne pensez !

Elle referma brusquement la portière, et la voiture partit de nouveau, tandis que Lussan se rendait à pied au faubourg Saint-Germain.

A la même heure, madame de Villeneuve, enfermée avec l'abbesse du Val-de-Grâce, sa confidente ordinaire, dans un petit salon de son appartement particulier, était à demi couchée sur un canapé, d'un air languissant et abattu. Elle n'avait ni poudre ni rouge, si bien qu'on pouvait voir enfin sa figure pâle, maigre, ridée, empreinte en ce moment d'une profonde tristesse. L'abbesse, assise en face d'elle, conservait sous sa coiffe empesée, d'une blancheur de neige, cette sérénité hautaine, cette gravité doucereuse qui la caractérisait.

— Oui, chère abbesse, disait madame de Villeneuve en pleurant, nous avons été trop sévères avec cette malheureuse enfant ; nous l'avons poussée à bout, et elle n'aura pris conseil que de son désespoir. Je ne vous accuse pas ; mais pourquoi m'avoir mis dans la tête ce fatal mariage avec votre parent, le duc de Beausset ? C'est là l'origine de tout le mal. Et puis, qu'avais-je besoin de souhaiter pour monsieur de Villeneuve des distinctions dont il est si peu digne ? Ces sottes imaginations m'ont coûté ma fille unique, ma belle et douce Thérèse... Où est-elle maintenant ? Malade, morte peut-être !

Et madame de Villeneuve se cacha le visage dans son mouchoir.

— Allons donc, madame ! Qu'est devenue cette force de caractère que vous avez montrée jusqu'ici ? Thérèse se retrouvera, et le pis qu'il pourrait arriver serait que vous fussiez forcée de lui faire prendre le voile.

— Ah ! même à ce prix, je serais heureuse de la revoir. Ma pauvre Thérèse ! Mais vous, madame l'abbesse, vous, mon amie, comment n'avez-vous pas su mieux garder le dépôt précieux que je vous avais confié ?

— Quoi ! des reproches ? Pouvais-je penser que le père de cette enfant serait le premier à suborner mes gens pour la soustraire à ma surveillance ?

— C'est vrai, mon Dieu ! c'est vrai. Homme imbécile et lâche ! Aussi, ma chère abbesse, m'inspire-t-il à présent une horreur invincible ; je ne puis plus prendre sur moi de le recevoir, quoiqu'il assiège ma porte soir et matin.

— Ma fille, dit la religieuse, il ne faut pas écouter les suggestions de votre colère. Cherchons plutôt quelle conduite nous devons tenir au milieu des difficultés actuelles. Depuis l'inconcevable disparition de Thérèse, nous sommes parvenues à dérober au monde ce triste secret ; nous ne voulions pas, en l'ébruitant, risquer de ternir la réputation toujours si délicate d'une jeune fille ; mais il me semble impossible de le cacher désormais. Nous ne pouvons répéter plus longtemps, vous que Thérèse est au Val-de-Grâce, moi qu'elle est dans sa famille. Pour vous, pour moi, pour Thérèse elle-même, il faut que la vérité soit enfin connue.

— Oh ! ma mère, ma chère abbesse, songez-vous à l'effroyable scandale que va causer cette nouvelle ? Ma pauvre enfant, si elle revient jamais, sera déshonorée, et moi j'en mourrai de honte et de douleur.

— Il n'est aucun moyen d'éviter cette extrémité, madame, et il faut demander à Dieu la force de la subir avec résignation. Thérèse doit porter la peine de sa faute, et après tout, comme je vous le disais, il lui restera toujours la ressource du cloître. Le moment est venu d'agir énergiquement pour retrouver cette enfant rebelle et égarée, pour punir, s'il y a lieu, ceux qui ont pu contribuer à la tromper. J'ai quelque crédit auprès de gens puissants, et si vous le permettez...

— Eh bien donc, que comptez-vous faire ?

L'abbesse allait exposer son plan, lorsqu'un domestique annonça que le chevalier de Lussan demandait à se présenter.

Madame de Villeneuve fut tellement surprise, qu'elle fit répéter le nom au domestique.

— Le chevalier de Lussan ici, après ce qui s'est passé entre nous! dit-elle. Que peut-il me vouloir? Il est fier, et il lui faut un motif bien important... S'il allait me parler de ma fille! Enfin nous allons l'entendre.

— Quoi! ma chère, demanda la religieuse avec pruderie, allez-vous recevoir le chevalier dans ce négligé?

— Qu'importe! Je vous dis qu'il vient me parler de ma fille... Lajeunesse, introduisez monsieur de Lussan.

— Madame, dit le valet avant de s'éloigner, monsieur de Villeneuve souhaite vous voir dès qu'il *fera jour* chez vous.

— Dites que j'ai la migraine, que je suis en affaires, que je ne puis le recevoir... et introduisez monsieur de Lussan.

Le valet sortit, et quelques instans après le chevalier parut.

L'abbesse s'inclina cérémonieusement, et madame de Villeneuve l'imita, bien qu'elle eût une extrême impatience d'entrer en matière. Le chevalier, au contraire, était calme et souriant. Après les complimens d'usage, il s'assit avec une aisance parfaite dans un fauteuil que le domestique avait avancé en se retirant.

— Madame, dit-il, aux termes où nous en sommes, ma visite doit vous surprendre; mais si j'ai bravé votre déplaisir en me présentant chez vous, ce n'est pas sans de bonnes raisons que je vais vous soumettre.

— Je devine ce qui vous amène, chevalier, répliqua madame de Villeneuve avec empressement; vous pouvez parler devant madame, pour qui je n'ai rien de caché. Madame de Mérignac, abbesse du Val-de-Grâce.

Le chevalier salua.

— Comme ma présence, reprit-il, peut n'avoir rien d'agréable pour madame de Villeneuve, je dois sans retard exposer l'objet de ma visite; je viens...

— M'apporter des nouvelles de ma fille?

— Vous redemander mon fils.

Les deux femmes se regardèrent d'un air interdit.

— Votre fils! dit enfin madame de Villeneuve avec colère. Eh! qui songe à votre fils? Me l'avez-vous donné à garder?

— Non sans doute, madame, car je sais comment vous gardez votre propre enfant, riposta le chevalier avec son éternel sourire; mais vos délégations ne m'imposeront pas silence... Philippe de Lussan a quitté son logis au même moment que Thérèse de Villeneuve quittait le Val-de-Grâce; je viens vous demander quel peut être le lieu de leur retraite?

— L'entendez-vous, ma chère abbesse? s'écria madame de Villeneuve; on insulte à la douleur d'une mère! Monsieur, cette conduite est indigne d'un gentilhomme!

Et elle fondit en larmes. Le chevalier parut croire qu'il était allé trop vite et trop loin.

— Pardonnez-moi, madame, reprit-il d'un ton plus doux, je ne voulais pas vous offenser... Mais est-il bien vrai que vous n'ayez pas retrouvé les fugitifs et que vous ne les ayez pas fait enfermer séparément en lieu de sûreté?

— Non, par mon salut éternel! et plût à Dieu qu'il m'eût été permis de le faire!

— Je crois à ce regret... mais alors où se cachent donc ces malheureux enfans? car je persiste à penser qu'ils se sont réunis, en dépit de vous et de moi!

Madame de Villeneuve se couvrit le visage.

— Monsieur le chevalier, dit l'abbesse avec sécheresse, pourrait se tromper dans ses suppositions. Thérèse de Villeneuve a quitté le Val-de-Grâce en compagnie de Philibert Aspairt, notre sacristain, un homme âgé, dont les mœurs ont toujours été exemplaires, et qui n'eût jamais consenti à favoriser la sortie de cette jeune fille s'il n'eût cru devoir la remettre aux mains de son père lui-même. Sous la protection de Philibert, mademoiselle de Villeneuve est à l'abri de tout soupçon.

— Hum! le croyez-vous? demanda le chevalier d'un ton légèrement moqueur Eh bien! ma sœur, ou plutôt ma mère, pour augmenter encore votre sécurité, je vous dirai

que mademoiselle Thérèse est accompagnée, outre mon fils et votre très vertueux sacristain, d'un jeune saint qui a nom l'abbé Chavigny et qui assiste Philippe dans toutes ses prouesses. Il est impossible, en effet, que dans une société aussi édifiante, la réputation d'une demoiselle coure le moindre risque... Mais allons, continua-t-il en se levant, mes soupçons, je le vois, n'étaient pas fondés. Je ne doute plus que Philippe ne soit parfaitement libre de ses actions, et il ne me reste qu'à prier madame de Villeneuve d'excuser mon importunité.

En même temps, il fit mine de se retirer; mais la maîtresse du logis s'empressa de le retenir.

— Restez, chevalier, dit-elle en s'essuyant les yeux; quoique vous m'ayez traitée bien cruellement aujourd'hui, je ne puis oublier une ancienne et longue intimité dont la rupture m'a laissé souvent des regrets.

Le chevalier sourit avec satisfaction; le vieux renard s'attendait à cette ouverture. Il savait qu'en ce moment critique la femme du fermier général aurait de beaucoup abaissé ses prétentions à l'égard de sa fille; or, Thérèse, quoique compromise, était toujours l'héritière d'une fortune princière; Philippe l'aimait toujours, et monsieur de Lussan était tout prêt à profiter de cette occasion favorable pour renouer les anciens projets.

— Madame, dit-il d'un ton froid, ce n'est pas ma faute si les relations dont vous parliez ont cessé brusquement.

— Ne récriminons pas sur le passé, chevalier; il y eut sans doute des torts des deux parts... Toujours est-il que je suis bien punie de mon ambition, de mon orgueil de mère... Voilà les conséquences de ma fâcheuse obstination! Ces enfans, contrariés dans un amour que nous avions encouragé d'abord, se sont entendus pour se soustraire à notre autorité; car, je n'en doute plus, chevalier, c'est votre fils qui est cause de ce scandale...

— Franchement, madame, j'en suis convaincu, bien que j'aie cru jusqu'ici le sage Philippe incapable d'un pareil coup de tête... Mais rassurez-vous; Philippe de Lussan est un honnête homme, et il ne refusera pas la réparation que la famille de Villeneuve est en droit d'attendre de lui; je m'en porte garant.

— Cette réparation, monsieur le chevalier, dit madame de Villeneuve, nous la réclamerons, soyez-en sûr.

L'abbesse du Val-de-Grâce se redressa vivement.

— Prenez garde, ma chère amie! s'écria-t-elle, prenez garde aux engagemens téméraires!

Le chevalier se chargea de répondre à l'observation de la religieuse.

— Il n'y a de surprise et d'équivoque pour personne, madame, reprit-il; je dis que dans le cas où Philippe de Lussan, égaré par une folle passion, aurait décidé mademoiselle Thérèse à le suivre, dans ce cas seulement, mon fils ne refuserait pas d'effacer par un mariage cette faute commune... Maintenant je puis ajouter, pour la satisfaction de madame l'abbesse du Val-de-Grâce, que Philippe de Lussan n'est inférieur sous aucun rapport au duc de Beausset. Il y a dans son existence un secret important. Jusqu'ici des raisons de la plus haute gravité m'obligeaient à me taire; mais un événement récent me permet d'être un peu moins circonspect désormais, et si Philippe entrerait dans la famille de Villeneuve, je pourrais révéler à mon ancienne amie des choses qui la surprendraient et la rendraient fière.

En tout autre moment, cet aveu du chevalier eût fortement excité la curiosité de madame de Villeneuve; mais, troublée comme elle l'était, elle se contenta de répondre:

— Quel que soit le secret auquel vous faites allusion, chevalier, il ne peut plus être question entre nous du duc de Beausset, dont la conduite à notre égard, au dire de cette chère abbesse elle-même, a été des plus offensantes. D'ailleurs, je n'oublie pas que Philippe nous a sauvé la vie, à monsieur de Villeneuve et à moi; et, bien que je ne lui en aie pas témoigné toute la reconnaissance convenable, il est en droit d'attendre de ma part indulgence et affection. Oublions donc nos anciens griefs, et, puisque nous nous entendons maintenant, concertons nos efforts afin de retrouver au plus tôt ces imprudens enfans. Chère abbesse, que me disiez-vous donc de démarches à tenter auprès de personnes puissantes ?

Madame de Mérignac répondit avec humeur qu'à son avis un seul parti restait à prendre : c'était de s'adresser au lieutenant de police, qu'elle connaissait particulièrement et dont elle invoquerait la discrétion ; mais monsieur de Lussan n'a pas approuvé cette idée.

— Le secret de la police, dit-il, est le secret de la comédie. Ce que l'on aura dit au lieutenant de police sera répété demain matin au roi, à ses ministres, à leurs confidens, puis à leurs laquais, puis aux nouvellistes, puis à tout Paris, et Dieu sait comme on gloserait sur cette histoire. A parler franchement, je ne redoute plus rien de bien sérieux, du moment que la famille de Villeneuve n'est pas intervenue d'une manière hostile. Quatre personnes ne disparaissent pas ainsi pour longtemps; et nous pouvons nous attendre à recevoir bientôt...

En ce moment un laquais entra discrètement et informa monsieur de Lussan que la dame « qui était venue avec lui » demandait à le voir.

— Allons donc! dit le chevalier qui avait déjà complètement oublié sa rencontre à la porte de Chavigny, je suis venu seul.

— Et moi! monsieur, et moi? dit une voix rieuse derrière lui.

C'était mademoiselle Sylvie Florival, qui se glissa dans le salon.

XVIII.

LA LETTRE.

La présence de la danseuse parut produire sur les assistans l'effet de la classique tête de Méduse. Madame de Villeneuve se troubla ; le chevalier, confondu de tant d'audace, s'était levé et demeurait interdit. L'abbesse elle-même, sans savoir précisément de quoi il s'agissait, jetait sur cette évaporée des regards hautains.

Sylvie ne se laissa pas déconcerter d'abord par cet accueil glacial, et elle continuait de sourire. Sans doute elle comptait sur un incognito que le chevalier, dans son intérêt même, n'aurait garde de trahir. Mais elle s'aperçut bientôt, à la pâleur et à la contenance de madame de Villeneuve, qu'elle était reconnue, et son assurance tomba tout à coup. Elle comprit l'odieux de la démarche où l'avait engagée son étourderie, et, baissant les yeux, elle fit à la maîtresse du logis une humble révérence qu'on ne lui rendit pas.

— Madame, balbutia-t-elle dans un mortel embarras, je vous supplie d'excuser une *inconnue* (elle appuya sur le mot) qui, ne pouvant commander à son impatience, ose venir jusqu'ici chercher des renseignemens auprès de monsieur de Lussan...

— Ah! dit madame de Villeneuve avec ironie en lançant au chevalier un regard de feu, monsieur de Lussan est de vos amis? alors pourquoi ne vous présente-t-il pas?

— J'ai vu mademoiselle aujourd'hui pour la première fois, répliqua le chevalier impitoyablement.

Sylvie ne parut pas avoir senti cette injure.

— Madame, dit-elle avec une humilité croissante en s'inclinant presque jusqu'à terre, je sens bien que ma place n'est pas dans ce salon, et que je n'aurais pas dû m'y présenter. Mais puisque me voici, je vous supplie de mettre le comble à vos bontés en me donnant quelques éclaircissemens au sujet de monsieur de Chavigny, un de mes parens, le compagnon de monsieur Philippe de Lussan.

Madame de Villeneuve avait fini par reprendre un peu de sang-froid.

— Je pourrais, dit-elle avec dignité, me dispenser de répondre à ces questions... Je ne vous connais pas, je ne veux pas vous connaître... Cependant, si ma condescendance

doit me délivrer promptement de vos importunités, je vous dirai que je n'ai jamais vu monsieur de Chavigny, et que je ne sais rien de ce qui le concerne.

C'était un congé net et précis, mais mademoiselle Sylvie n'eut pas l'air de s'en apercevoir.

— Madame, reprit-elle, les larmes aux yeux, ayez pitié de mes poignantes inquiétudes, et pardonnez-moi si j'insiste pour savoir...

— Mademoiselle, interrompit sèchement le chevalier, qui avait à cœur de renier toute complicité avec la danseuse aux yeux de la mère de Thérèse, la réponse de madame de Villeneuve doit vous suffire, et une plus longue insistance aggraverait vos torts.

Cette fois Sylvie se pinça les lèvres.

— Je sais, dit-elle, que je dois tout souffrir de l'honorable dame devant laquelle je suis; mais si d'autres personnes osaient m'outrager, elles pourraient me trouver moins patiente et moins respectueuse.

Monsieur de Lussan, toujours occupé de la même pensée, se mit à rire avec affectation.

— Les menaces ne m'effraient guère, reprit-il; j'ai bravé le feu de l'ennemi sur les champs de bataille, je peux bien braver les coups de langue d'une fille d'opéra.

Ce propos fut un trait de lumière pour madame de Mérignac, qui, depuis un moment, s'efforçait vainement de trouver le mot de la charade qui se jouait devant elle.

— Une fille d'opéra! s'écria-t-elle avec une sainte colère; ah! je comprends enfin l'émotion de ma chère amie, madame de Villeneuve! Serait-ce là cette créature dont la conduite scandaleuse...

Sylvie se retourna comme si elle eût été mordue par une vipère, et retrouva subitement toute son impertinence.

— Eh! c'est, je crois, madame l'abbesse du Val-de-Grâce! dit-elle en paraissant l'apercevoir pour la première fois. Quel honneur pour moi de faire la révérence à la sainte gardienne des petits souliers royaux, à la pieuse conservatrice des chaussures de princes à la mamelle! Que votre chasteté, ma vénérable mère, ne s'alarme pas de se trouver si près d'une fille d'opéra; vous gardez les souliers de satin, et nous, nous les usons; tout se compense donc. Quant à scandaliser son prochain, n'est pas qui veut cause de scandale; c'est un attribut de la jeunesse et de la beauté, et bien des grandes dames peuvent regretter de ne plus scandaliser personne.

Si impérieuse et hardie que fût la noble abbesse, elle n'osa souffler mot. Le chevalier, afin sans doute de se concilier aussi les bonnes grâces de madame de Mérignac, crut devoir intervenir de nouveau :

— Mademoiselle, dit-il avec sévérité, votre conduite est affreuse. Vous n'eussiez jamais dû franchir le seuil de cette maison, et les insultes que vous prodiguez aux personnes estimables qui s'y trouvent rendent votre faute inexcusable.

— Allez-vous aussi prêcher la morale, chevalier de Lussan? interrompit Sylvie avec un écrasant mépris; ce rôle vous conviendrait bien peu. Voyez-vous ce tendre père qui, après avoir ruiné son fils aux tables de jeux et passé soixante ans dans les vices et la débauche, s'érige en professeur de délicatesse et de vertu sur ses vieux jours?... Mais pardon, pardon, madame, ajouta-t-elle d'un ton suppliant en se tournant vers madame de Villeneuve, il n'appartient pas à une pauvre créature telle que moi d'élever la voix en votre présence, et j'aurais dû savoir supporter plus courageusement les outrages... Je me retire donc; mais auparavant, de grâce, dites un mot, un seul, qui me rassure au sujet d'un ami malheureux dont l'absence me cause de cruels ennuis.

Madame de Villeneuve fit un geste d'impatience.

— Combien de fois, mademoiselle, faudra-t-il vous répéter que je ne connais nullement la personne dont vous parlez? En vérité, cette opiniâtreté pourrait donner d'étranges soupçons.

— Il y a des moyens de corriger ces filles insolentes, dit l'abbesse pleine de rage, et avec la permission de madame de Villeneuve, je m'arrangerai pour que celle-ci ne revienne plus la braver !

— Je crois, en effet, que si la sainte mère abbesse me tenait dans un de ses *in pace* du Val-de-Grâce... Mais c'est assez; j'attendrai sans crainte les résultats de sa colère, si terrible qu'elle puisse être, et je prie madame de Villeneuve d'oublier combien j'ai été coupable en pénétrant chez elle.

— Je vous ai dit, mademoiselle, répliqua la maîtresse de maison en détournant les yeux, que je ne savais, que je ne voulais pas savoir qui vous êtes... Finissons donc cette scène pénible et ridicule. Et vous, chevalier, puisque mademoiselle, à tort ou à raison, s'est introduite ici sous vos auspices, veuillez lui donner la main jusqu'à sa voiture.

En ménageant à la danseuse cette sortie honorable, madame de Villeneuve obéissait aux mœurs du temps, dont la tolérance en certaines matières pourrait aujourd'hui paraître excessive. Sylvie s'inclina très bas pour la remercier, et tendit sa main au chevalier, qui la prit avec répugnance en disant à madame de Villeneuve :

— Je dois vous obéir, madame, en tout ce que vous commandez.

Comme la danseuse, après une nouvelle et profonde révérence, se dirigeait vers la porte, sous la conduite de monsieur de Lussan, quelqu'un entra tout effaré, une lettre à la main; c'était le fermier général Villeneuve.

A sa vue, Sylvie ne put retenir un geste de surprise; son saisissement fut tel qu'elle resta immobile, malgré les efforts du chevalier qui voulait l'emmener pour éviter une scène plus fâcheuse encore que la première. Mais le gros financier paraissait hors de lui, et il ne reconnut pas la danseuse, bien qu'il se fût presque heurté contre elle. Les yeux lui sortaient de la tête; son visage était bouleversé. Il courut à sa femme en agitant le papier qu'il tenait à la main, et dit d'une voix haletante :

— Madame, madame, réjouissez-vous... Je vous apporte des nouvelles de notre fille.

— De Thérèse ? Est-il possible ! s'écria madame de Villeneuve.

Et elle s'élança vers son mari, oubliant tout le reste. Lussan et Sylvie, qui se trouvaient déjà sur le seuil de la porte, se retournèrent et prêtèrent l'oreille, sans qu'on parût s'apercevoir de leur présence.

— Vous avez reçu des nouvelles de ma fille ! reprit madame de Villeneuve éperdue. Où est-elle? que fait-elle? Pourquoi ne vient-elle pas?

— Madame, je ne sais que vous répondre... Lisez plutôt la lettre que je reçois à l'instant. J'ai pris à peine le temps de la parcourir, et elle me semble pleine d'obscurités.

Il remit à sa femme un papier grossier qui portait le timbre de la petite poste de Paris. Madame de Villeneuve l'ouvrit avidement et lut à haute voix :

« Mon cher père et ma chère mère, on me permet de
» vous écrire pour vous rassurer un peu à mon sujet, bien
» qu'il me soit défendu d'entrer dans aucun détail sur ma
» position présente. Il vous suffira donc de savoir que
» j'existe, et que dans ma triste captivité, dont je ne puis
» prévoir le terme, j'espère pourtant encore vous revoir.
» Je pense chaque jour, à chaque heure, aux personnes
» qui me sont chères; c'est ma seule consolation au milieu
» des mortelles angoisses où se consume ma vie.
» N'essayez pas de découvrir où je suis; on me menace
» des plus grands malheurs si vous faisiez des recherches
» qui, sans doute, hélas ! seraient inutiles. Croyez seule-
» ment que je serai toujours digne de vous ou que je ces-
» serai d'exister... Plaignez et aimez votre pauvre et affec-
» tionnée

» THÉRÈSE. »

Après avoir lu cette lettre touchante, quoiqu'elle portât des traces évidentes de contrainte, madame de Villeneuve demeura comme atterrée.

— Elle ne parle pas de Philippe, dit monsieur de Lussan à part.

— Il n'est pas question de Chavigny, pensa la danseuse.

— Le sacristain n'est donc pas avec elle? murmura l'abbesse.

Il y eut un moment de silence. Madame de Villeneuve reprit enfin d'une voix entrecoupée de sanglots :

— Ah! monsieur, quelles suppositions pouvaient être aussi affreuses que cette réalité? Ma fille est tombée entre les mains de brigands qui la retiennent prisonnière... Elle est perdue pour nous ! nous ne la verrons plus !

Et elle se livra aux transports les plus désordonnés de la douleur. Son mari essaya de la consoler avec sa bonhomie habituelle.

— Voyons, mon amie, reprit-il, soyez raisonnable; quoi que vous en disiez, tout n'est pas perdu. Il résulte de ce billet que notre pauvre Thérèse est bien portante, puisque elle a pu écrire, qu'elle n'a rien à se reprocher, enfin qu'elle habite Paris, comme l'indique le timbre de la poste... Il ne s'agit donc que de commencer des recherches au plus vite. Je vais remuer ciel et terre, mettre en campagne une armée de gens alertes et intelligens ; je ferai annoncer par les gazettes que je donne deux cent mille livres à celui qui découvrira où l'on cache ma fille ; je doublerai la somme, s'il le faut...

L'abbesse se leva.

— Avant toutes choses, dit-elle en prenant la lettre que la malheureuse mère tenait encore à la main, permettez-moi d'examiner ce papier à mon tour... Pendant qu'elle écrivait, cette chère enfant avait sans doute près d'elle quelqu'un qui l'espionnait; il serait possible... qui sait?

La religieuse posa sur son nez ses lunettes d'or et se mit à étudier avec une attention minutieuse la lettre de Thérèse. Elle la retourna dans tous les sens, comme si elle eût voulu trouver un sens caché dans une nouvelle disposition de mots; elle considéra surtout les marges et les espaces blancs. On attendait en silence le résultat de ses investigations.

Enfin elle s'avança vers la cheminée, où brillait un grand feu. Madame Villeneuve crut qu'elle voulait brûler la lettre de sa fille et s'élança pour l'en empêcher.

— Laissez, ma chère, dit madame de Mérignac avec un sourire, votre lettre ne court aucun danger... mais il existe dans les couvens, parmi les pensionnaires et même parmi les professes, certains secrets de correspondance que par état je suis obligée de connaître, car, d'après notre règle, je dois lire toutes les lettres qui entrent à l'abbaye ou qui en sortent.

La danseuse, qui demeurait toujours à l'écart avec le chevalier de Lussan, ne put retenir un sourire moqueur. madame de Mérignac approcha le papier du feu aussi près qu'elle put sans le brûler, et, après l'avoir exposé, pendant quelques minutes à cette forte chaleur, elle l'examina de nouveau. Alors elle eut la satisfaction de voir apparaître sur les marges des caractères roussâtres dans lesquels pourtant on reconnaissait déjà l'écriture de Thérèse.

— Je m'en dou'ais! s'écria la religieuse en les montrant d'un air de triomphe aux parens stupéfaits; cette petite a été élevée aux Visitandines, où de pareils secrets sont souvent mis en usage. On écrit avec du lait, du jus d'oignon ou de citron sur les pages blanches; les caractères restent invisibles jusqu'au moment où on les approche du feu... Ah! les Visitandines n'en font jamais d'autres! Mais on ne se laisse pas prendre à ces ruses anti-canoniques au Val-de-Grâce!

Tout en exhalant ainsi ses sentimens de jalousie contre un couvent rival, l'abbesse continuait de chauffer le papier, sur lequel des mots et des phrases reparaissaient à vue d'œil.

— Ah ! la vieille harpie! dit la danseuse bas à Lussan, que de correspondances amoureuses elle a dû déconcerter et que de pauvres amans elle a dû désespérer ! Je gage qu'elle a d'abord employé pour elle-même de semblables inventions.

Mais Lussan n'eut pas l'air d'entendre ces observations dénigrantes. Madame de Mérignac, qui avait résisté jusque-là aux demandes de monsieur et de madame de Villeneuve, impatiens de lire chaque mot de l'écriture sympathique à mesure qu'il devenait distinct, se releva, sa tâche achevée. Un texte nouveau était maintenant parfaitement visible, et elle put sans difficulté lire ce qui suit :

« Je me sers de quelques gouttes de lait qui me restent
» de mon déjeuner pour essayer de vous instruire de mon
» sort, à l'insu de mes gardiens. Ne me croyez pas quand
» je vous invite à ne faire aucune démarche pour me re-
» trouver; je crains tout au contraire des gens qui me re-
» tiennent prisonnière; ce sont des monstres inexorables.
» Au nom de Dieu, envoyez bien vite à mon secours! J'i-
» gnore le nom de famille de mes persécuteurs; mais la
» mère s'appelle Marthe et le fils Médard. Je ne sais non
» plus en quel endroit ils me forcent d'habiter; cependant
» la maison doit être située non loin des barrières, au midi
» de Paris; on y arrive par les souterrains qui passent
» sous le Val-de-Grâce. C'est là qu'on s'est emparé de
» moi.... On vient... ayez pitié... »

La pauvre enfant n'avait pu achever. Néanmoins, tout incomplets qu'ils fussent, ces renseignemens jetaient quelque lumière sur la disparition de Thérèse de Villeneuve.

— Je me souviens, en effet, dit l'abbesse d'un air de réflexion, que, le soir de l'événement, deux de nos sœurs trouvèrent la porte des souterrains ouverte et qu'elles prétendirent avoir entendu des plaintes étouffées sortir des caveaux. Mais j'attribuai leur récit à de sottes superstitions, et je défendis de le répéter. Ainsi donc, c'est par là qu'on a pu pénétrer dans l'abbaye pour s'emparer de Thérèse.... Mais alors, mes filles et moi nous ne sommes plus en sûreté, nous sommes exposées aux entreprises de ces scélérats inconnus!

— Ces souterrains, dit madame de Villeneuve à son tour, sans remarquer l'égoïsme révoltant de l'abbesse, sont probablement les mêmes qui ont déterminé la ruine de notre hôtel du faubourg Saint-Jacques, et maintenant voilà que notre fille chérie... Mais dans ces ténébreux repaires existe donc quelque fée impitoyable qui a juré la perte et l'extermination de notre famille!

Sylvie écoutait tout avec un intérêt extraordinaire. Depuis qu'on avait lu la partie secrète de la lettre de Thérèse, elle était inquiète et agitée.

Madame de Villeneuve poursuivit :

— Philippe de Lussan, le jour de la catastrophe de l'hôtel, nous dit quelques mots de ces redoutables carrières qu'il semblait connaître, et sans doute il pourrait nous aider en cette circonstance, mais où est-il maintenant, ce brave jeune homme pour lequel je me suis montrée si injuste ?... Enfin nous savons de quel côté nous devons diriger nos recherches. Monsieur, il faut réunir le plus de monde possible et visiter sans retard ces caveaux; il faut secourir ma bien-aimée Thérèse, la retrouver à tout prix! Ces noms qu'elle cite peuvent fournir aussi des indices précieux...

— Ce ne sont que des prénoms, reprit l'abbesse ; il y a bien des Marthe et des Médard dans ce quartier de Paris. Sans doute on ne doit pas négliger tout ce qui peut mettre sur la voie des découvertes ; mais le plus pressé, comme vous le pensez, madame, est de fouiller ces passages secrets dont se servent les scélérats pour venir troubler la maison du Seigneur. Je suis sûre maintenant qu'on y retient prisonnier notre bon Philibert; et le sacristain d'une abbaye royale ne peut se perdre ainsi.

— Eh bien, dit le fermier général avec agitation, je cours à l'instant chez le lieutenant de police, afin de me concerter avec lui sur les mesures à prendre.

— Je vous accompagnerai, s'écria madame de Villeneuve.

— Et moi aussi, dit l'abbesse.

Tout à coup Sylvie s'avança d'un pas modeste mais assuré dans le salon, après avoir échangé quelques mots avec le chevalier, qui la suivit d'un air effaré.

— Je supplie la famille de Villeneuve de m'écouter, dit-elle avec timidité ; elle ignore à quelles difficultés, à quels périls elle va se heurter peut-être, et je serais heureuse de pouvoir la mettre en garde contre de nouveaux malheurs.

Comme nous l'avons dit, le financier jusque là n'avait pas remarqué la présence de Sylvie et du chevalier de Lussan; il avait bien vu des ombres s'agiter à l'entrée du salon, mais il avait cru reconnaître des gens de service. Aussi rien n'égala son étonnement de se trouver tout à coup face à face avec les deux personnes qu'il s'attendait le moins à trouver dans l'appartement de sa femme. Il devint tour à tour pâle et cramoisi, fixant tantôt sur l'un, tantôt sur l'autre ses yeux hagards. Cependant c'était surtout la danseuse qui attirait son attention ; il semblait que la présence de Sylvie à cette place confondît son imagination. Il ne prononçait pas une parole et attendait l'événement dans des angoisses nexprimables.

Personne n'eut l'air de remarquer l'anxiété du fermier général. Madame de Villeneuve, quand la danseuse reparut, frappa du pied avec impatience :

— Encore vous, mademoiselle? dit-elle durement; vous croyez-vous donc le droit de vous mêler à nos intérêts de famille?

— Excusez-moi, madame, je vous en conjure, reprit Sylvie en joignant les mains; si peu d'estime que vous ayez pour moi, si frivole et méchante que vous me supposiez, je n'ai pu me défendre d'une vive émotion en apprenant la position affreuse où se trouve mademoiselle de Villeneuve... J'ai entendu parler de ces carrières où vous voulez tenter des perquisitions, et je sais quels obstacles rencontrera cette entreprise.

— Quoi donc! mademoiselle, avez-vous visité ces carrières, pour les connaître si bien?

— Peu importe comment je les connais, dit Sylvie en baissant les yeux; toutefois, mon concours ne serait pas inutile, je l'espère, à mademoiselle Thérèse, et je suis disposée à vous servir, si vous voulez bien accepter mes services.

— Me servir! vous, mademoiselle ? et comment?

— Je ne puis m'expliquer... Mais ayez confiance en moi et consentez à n'entreprendre aucune démarche jusqu'à demain. Je vais me mettre à l'œuvre sur-le-champ, et si demain, à l'heure où nous sommes, mademoiselle de Villeneuve n'est pas de retour parmi vous, vous serez libres de prendre telles mesures que vous jugerez convenable.

Cette proposition était si extraordinaire de la part de la danseuse, que tous les assistans ne savaient que penser.

— Vous pourriez me rendre ma fille ! s'écria madame de Villeneuve; mais donnez-nous du moins une idée des moyens que vous comptez employer...

— Il ne m'est pas permis, madame, de répondre à vos questions, car le secret que vous me demandez n'est pas le mien... D'ailleurs je n'oserais encore rien affirmer ; je puis me tromper dans mes suppositions, c'est seulement demain que j'aurai une certitude complète. Si donc d'ici à quelques heures je ne vous préviens pas de mon erreur par un message, c'est que j'aurai l'espoir de réussir dans le délai fixé... Je ne demande que quelques heures.

— Oh! mon Dieu, que faire? dit madame de Villeneuve dans un mortel embarras. Monsieur de Lussan, que me conseillez-vous?

— Cette fille paraît sincère, dit le chevalier avec réflexion.

— Croyez-la, ma chère, croyez-la! s'écria étourdiment le financier; je vous garantis sa bonne foi... Ce que j'en dis, balbutia-t-il en voyant sa femme se tourner vers lui, c'est par supposition, car enfin je ne connais mademoiselle que pour l'avoir vue par hasard sur la scène. Je ne suis pas de ces hommes qui... que...

Heureusement pour le pauvre fermier général, qui s'embrouillait de plus en plus dans ses explications, on ne l'écoutait pas. L'abbesse dit à Sylvie en dardant sur elle son œil perçant et sévère :

— Vous refusez de vous expliquer, mademoiselle, et vos réticences pourraient être fort mal interprétées... Vous venez presque d'avouer des rapports avec les ravisseurs de cette pauvre Thérèse : que diriez-vous si la famille de Villeneuve, sur un pareil aveu, s'adressait à la justice, qui saurait bien, elle, vous obliger à parler?

— On pourrait, madame, répondit la danseuse avec fermeté, me menacer des plus horribles tourmens que l'on ne m'arracherait pas un mot de plus.

Madame de Villeneuve paraissait réfléchir.

— Soit, dit-elle enfin avec entraînement, je me fierai entièrement à vous ; car vous ne voudriez pas, j'en suis sûre, tromper une mère au désespoir. J'attendrai donc jusqu'à demain avant de faire aucune tentative pour retrouver Thérèse; mais vous me la rendrez ! oh ! n'est-ce pas que vous me la rendrez?

— Ma chère amie, dit l'abbesse, pouvez-vous bien vous en remettre du sort de votre belle et chaste fille à une pareille créature ?

— Eh ! je la prendrais de la main du bourreau ! s'écria la malheureuse mère.

— Que cette vénérable dame se rassure, dit Sylvie aigrement ; je ne saurais, en quelques instans, apprendre à mademoiselle Thérèse le mensonge et l'hypocrisie qu'on enseigne dans certains couvens; on a échoué déjà auprès d'elle... Pour vous, madame, continua-t-elle en s'adressant à madame de Villeneuve, je vous remercie d'une confiance dont je suis touchée jusqu'aux larmes. Vous ne vous repentirez pas de m'avoir jugée digne de travailler à la délivrance de votre fille.

En même temps, elle voulut se retirer. Dans les transports de sa joie, le financier s'avança pour lui offrir la main.

— Restez, monsieur, lui dit la danseuse avec dignité ; vous avez eu raison de dire tout à l'heure que nous ne nous connaissons pas... C'est à madame de Villeneuve seule que je rendrai compte du résultat de mes efforts.

Et elle sortit brusquement.

Après son départ, un profond silence régna pendant quelques minutes dans le salon.

— Ah çà, ma chère, demanda enfin l'abbesse avec dédain, allez-vous, sur la foi de cette créature, passer encore une journée entière sans entreprendre quelque chose pour le salut de Thérèse ?

— N'avez-vous pas entendu que j'engageais ma parole ?

— Fort bien, dit madame de Mérignac en se levant pour partir, mais je n'ai pas engagé la mienne, moi. Mon devoir est de veiller à la sûreté de mes saintes filles, de retrouver mon sacristain ; et voici monsieur de Lussan qui doit être aussi très impatient de retrouver son fils et l'ami de son fils.

— En effet, dit le chevalier ; mais, comme madame de Villeneuve, je veux attendre à demain avant de faire aucune démarche. Un grand garçon de près de six pieds peut être laissé à lui-même pendant quelques heures encore. Il sera temps demain de songer à mon égaré ; voici l'heure du dîner de ma maréchale, et je ne saurais y manquer.

— A votre aise, chevalier; mais moi, je n'aime pas à remettre au lendemain. Il y a quelqu'un qui m'a gravement offensée ! Je ne veux pas dormir sur ma colère.

Monsieur de Lussan et l'abbesse prirent congé; le mari et la femme s'aperçurent à peine de leur départ. Madame de Villeneuve était plongée dans de profondes méditations.

— Monsieur, monsieur, dit-elle enfin avec exaltation en sortant de sa rêverie, croyez-vous que cette femme puisse nous rendre notre chère Thérèse ?

Elle ne reçut pas de réponse; le financier, craignant sans doute une scène conjugale, après ce qui s'était passé, venait de s'enfuir dans son appartement.

XIX.

LA RÉVÉLATION.

Au pied d'un des coteaux boisés qui s'élèvent dans le voisinage de Meudon, on voyait alors une habitation isolée où nous retrouverons deux des personnages principaux de cette histoire. A cette époque on ne songeait pas encore à donner aux maisons de campagne la forme des chalets suisses, de petits châteaux gothiques, ou de fermes en ruines, suivant les caprices parfois ridicules du goût actuel. Celle dont nous parlons était d'une ordonnance simple et sévère; elle consistait en un corps de logis à deux étages, que les hauteurs environnantes mettaient à l'abri des vents du nord et de l'ouest, sans le priver d'air et de soleil. Un beau jardin en dépendait, et à l'extrémité de ce jardin, une terrasse plantée de tilleuls permettait d'apercevoir, comme dans un panorama immense, la belle forêt de Meudon, la vallée plantureuse où coule la Seine en capricieux méandres, et tout au loin, à l'horizon, Paris, dont les dômes semblaient se baigner dans la vapeur et la fumée.

Le jour même où se passaient à l'hôtel de Villeneuve les événemens que nous avons fait l'objet de notre dernier chapitre, deux malades ou plutôt deux convalescens se promenaient lentement sur cette terrasse, assez indifférens en apparence aux beautés du site. On a deviné Philippe de Lussan et son inséparable ami le petit abbé de Chavigny. Philippe n'avait plus cette vigueur mâle que l'on admirait tant autrefois ; ses joues maintenant étaient creuses, blêmes; ses vêtemens noirs semblaient être devenus trop larges, en attendant que sa riche nature eût réparé les pertes causées par la souffrance. Un de ses bras, soutenu par une écharpe, paraissait condamné à l'immobilité. De l'autre il s'appuyait sur Chavigny, qui, toujours propre et coquet, témoignait néanmoins par sa pâleur, par ses yeux cernés et ses traits étirés, que lui aussi avait payé sa dette à la maladie.

Comme nous l'avons dit, les deux amis semblaient plus occupés de leurs réflexions intimes que du spectacle splendide du monde extérieur. Cependant le temps était magnifique ; le soleil brillait de tout son éclat dans un ciel d'azur; la campagne avait revêtu sa fraîche parure de feuillage et de fleurs. Les bois voisins retentissaient des chants printaniers du loriot, de la grive et du rossignol. Une brise tiède, chargée des émanations de la séve, soufflait par intervalles autour d'eux. En dépit des deux jeunes gens, cet air vivifiant, cette harmonie, ces effluves puissantes qui pénètrent tous les êtres, les réchauffent et les renouvellent, n'avaient pas manqué sur eux leur action ordinaire. Ils se redressaient peu à peu sous ce chaud soleil, comme des plantes étiolées par le froid et l'obscurité ; leurs poumons se dilataient, ils semblaient pomper la vie par tous les pores. Chavigny, d'une organisation plus impressionable, éprouva le premier les effets de cette température tonique et réjouissante ; bannissant les idées sombres qui troublaient son cerveau, il dit avec sa gaîté d'autrefois :

— Parbleu ! Philippe, voilà de ces temps où il fait bon vivre et où l'on est ravi de n'avoir pas laissé ses os dans certains trous noirs de notre connaissance... Je me sens tout ragaillardi et je serais disposé, comme le rossignol, à chanter mes amours et le printemps. Il y a si longtemps que je n'ai rimé ! Ce que nous voyons est bien capable d'inspirer ma muse... O Flore! ô Vénus ! ô Zéphire! ô Apollon, dieu du Parnasse!...

— Te tairas-tu, incorrigible fou! interrompit Philippe avec impatience; est-ce le moment de songer à de semblables billevesées? Tu as raison pourtant, poursuivit-il en se reprenant, voilà un temps délicieux... Eh bien, Chavigny, si nous en profitions pour retourner aujourd'hui même à Paris ?

— A ton tour, Philippe, je te renvoie cette épithète de ou dont tu me gratifiais si libéralement à tout propos... Tu te crois fort parce que tu commences à mettre un pied devant l'autre ; comme si tu n'étais pas cloué sur ton lit, il y a quatre jours encore, par cette abominable fièvre qui nous a causé tant de soucis ! Mais essaie donc de faire un mouvement un peu brusque, malheureux ! essaie donc d'étendre le bras, d'ôter ton chapeau, de tourner sur toi-même, et alors tu verras ce que tu éprouveras au bras, à la tête, aux jambes, partout, car en vérité, mon pauvre Philippe, quand on nous a conduits ici, tu n'étais que plaies et contusions.

— Bah ! bah ! tout cela est passé maintenant ; excepté ce bras maudit, dont je ne pourrai me servir de sitôt, le reste n'est que bagatelles... J'ai une constitution de fer.

— Et tu l'as bien prouvé, morbleu ! une pauvre mauviette comme moi eût été brisée en mille pièces dans cette affaire, et j'aurais défié le plus habile raccommodeur d'en rejoindre les morceaux. Mais, encore une fois, ce n'est pas une raison, parce que te voilà sur pied, de compromettre ta guérison par de nouvelles imprudences... Si tu n'es pas sage pour toi-même, au moins sois-le pour moi qui devrais te veiller encore nuit et jour, au grand détriment des fleurs de mon teint.

— C'est vrai, tu as raison, mon bon et fidèle ami, dit Philippe avec attendrissement ; tu es à peine remis toi-même de la rude secousse que tu as éprouvée dans les carrières, et tu tousses encore par momens d'une manière inquiétante ; ton aveugle dévouement pour moi m'impose l'obligation de me ménager... Je le voudrais, mais tu sais quelles idées m'obsèdent et me poursuivaient, m'as-tu dit, jusque dans le délire de la fièvre ; tu sais quels intérêts pressans, suprêmes, plus précieux que l'existence, nécessitent ma présence à Paris.

— Mais qu'y ferais-tu dans l'état où tu es ? A quoi serais-tu bon pour délivrer la pauvre petite de sa captivité, si toutefois elle n'a pas été délivrée déjà ? A quoi pourrais-je te servir moi-même ? Les redoutables champions que nous serions tous deux ! Un manchot et un paralytique ! D'ailleurs songe au chagrin que tu causerais à notre hôte, le digne abbé de la Croix, quand il viendrait ici pour nous rendre visite. La digne homme briserait son *abacus* en morceaux et jetterait sa mitre par-dessus les moulins.

— Chavigny, dit Lussan, parler sur ce ton de notre généreux protecteur, car nous lui devons la vie. N'est-ce pas lui qui nous a retirés mourans de ces formidables souterrains, qui nous a donné les premiers soins, qui nous a fait transporter dans cette maison, dont il est le maître, où il veille sans cesse, comme une providence, à tous nos besoins ? Pour moi, je n'oublierai jamais que, malgré les occupations dont je le suppose accablé, il est venu chaque nuit, pendant cette dernière crise, veiller à mon chevet avec toi, me prodiguer les consolations, les espérances... J'ai contracté envers l'abbé de la Croix une dette de reconnaissance que je voudrais pouvoir acquitter dans l'avenir.

— Ma foi ! cela se trouve à merveille, car l'illustrissime grand-maître paraît avoir sur toi certains projets qu'il ne m'appartient pas de pénétrer. Il te couve des yeux, et, soit dit sans t'offenser, il voudrait te voir guéri autant par affection pour toi que dans un but secret. De mon côté, je ne suis pas ingrat envers cet excellent homme, et si pour lui être agréable, il faut se faire templier, eh bien ! on se fera templier. J'ai déjà, je crois, un peu de vocation pour l'état ; et puis, l'habitude de ne voir, depuis quelques jours, que des affiliés à la sainte congrégation m'a inspiré le désir d'être affilié à mon tour : le médecin qui nous soigne, chevalier-compagnon du saint temple de Sion ; le jardinier qui bêche là-bas les plates-bandes, écuyer servant dudit Temple. Il n'y a pas jusqu'à notre vieille garde-malade que je ne soupçonne, à son goût prononcé pour le vieux Médoc destiné à notre usage...

— De grâce, Chavigny, laissons ce verbiage... N'as-tu rien appris du dehors depuis que nous sommes confinés ici, impuissans et inutiles ?

— Eh ! par Hercule, comment veux-tu qu'on s'occupe de nous ? Personne ne sait où nous sommes ; sans doute, on nous croit perdus. Tu n'as pas même encore eu la force d'écrire à ton père pour lui annoncer ton accident.

— Oh ! mon père n'est pas trop en peine de moi, répliqua Philippe avec amertume ; mon absence, sois-en sûr, n'aura pas dérangé ses habitudes, et il n'aura pas manqué à ses réunions de chaque soir autour d'une table de jeu... Je songerai pourtant à lui écrire ; c'est un devoir. Mais tu n'as pas compris ma question, Chavigny ; je voulais te demander si, pendant cette maladie où je n'avais plus ma raison, tu n'avais rien appris relativement aux événemens survenus dans les carrières ?

— Ah ! les carrières, nous y voici encore ! dit le petit abbé d'un ton boudeur ; tu es tenace, Philippe, et quoi qu'on tente pour éloigner un sujet de conversation, tu y reviens avec la constance d'un enfant mutin ; tu me ramènes toujours aux *carrières !* N'est-ce pas un souvenir bien divertissant ? Eh ! parbleu, je saurais bien t'entretenir de choses plus agréables ! Je pourrais parler, par exemple, de quelques jolies dames qui, là-bas, à Paris, m'honorent de leur attention. Il y a d'abord cette joyeuse Sylvie, et puis la charmante bourgeoise Rosette Bonnard, et puis une certaine marquise de trois étoiles...

Philippe poussa un profond soupir.

— Allons ! dit le pauvre abbé, tu le veux ? Soit donc ; revenons aux carrières... Mais je ne peux rien ajouter aux détails que tu connais déjà. monsieur de la Croix assure que quand on est venu nous chercher, nous étions seuls dans les vides et en fort piteux état, à ce qu'il paraît.

— Quoi ! n'a-t-on pas essayé de retrouver la personne qui implorait du secours lorsque nous avons été séparés d'elle par un éboulement ?

— A dire le vrai, mon cher Philippe, il n'a pas été possible de poursuivre longtemps les recherches. Salomon Hartmann n'était accompagné que de quatre personnes, sans compter ce pauvre vieil abbé, qui, tu le sens bien, ne pouvait servir à grand'chose. Il a fallu nous porter l'un et l'autre sur des brancards ; et en arrivant au temple souterrain, les porteurs étaient si effrayés des dangers qu'ils avaient courus, que ni les prières ni les ordres du grand-maître n'ont pu les décider à retourner dans les vides. Le vieux guide allemand a consenti pourtant à revenir encore une fois sur ses pas ; mais, selon toute apparence, il n'a pas osé aller bien loin, et il n'a fait aucune découverte.

— Mais le lendemain, les jours suivans, il a dû reprendre courage, recommencer les perquisitions ? Il ne pouvait laisser ainsi un de ses semblables exposé à périr de la plus effroyable mort !

— Tu juges des autres d'après toi, Philippe ; mais comment attendre d'un ancien carrier ce dévouement chevaleresque ? En réalité, cet homme a presque perdu l'esprit depuis les scènes affreuses dont il a été témoin. Le lendemain, quand on nous a eu prodigué tous les soins nécessaires, le grand-maître a voulu faire venir Salomon pour l'interroger sur les événemens de la nuit précédente ; Salomon avait disparu. Sans doute, redoutant la vengeance de l'habitant des carrières, il s'était enfui pour ne pas être exposé à le rencontrer de nouveau. Depuis ce moment, les recherches pour retrouver Hartmann sont demeurées inutiles.

Philippe était consterné.

— Toutes mes combinaisons avortent l'une après l'autre, murmura-t-il enfin ; chaque espérance à laquelle j'essaie de me rattacher se brise aussitôt. Mais tant qu'il me restera un souffle de vie, je ne renoncerai pas à mon dessein. Thérèse, pauvre Thérèse !

Pendant cette conversation, les deux amis, dont les forces étaient loin d'être complètement revenues, s'étaient assis sur une banc rustique, à l'extrémité de la terrasse. Au-dessous d'eux passait une route poudreuse qui, serpentant à travers les maisons de campagne et les vergers, allait se perdre dans l'éloignement, du côté de Paris. Depuis quelques instans une de ces massives voitures, alors en usage, se montrait ou disparaissait suivant les inégalités du chemin.

Chavigny reconnut bientôt le pesant véhicule.

— Voici l'abbé de la Croix qui vient nous faire sa visite quotidienne, dit-il, et le personnage noir qui l'accompagne est sans doute le médecin templier qui prétend nous guérir d'après les règles de l'art au temps du prophète Ézéchiel.

— Ils arrivent à merveille, dit Philippe en se levant avec impatience ; je désire ardemment d'avoir une explication avec notre hôte. Chavigny, allons les recevoir.

Chavigny voulut le soutenir pour traverser le jardin ; mais Lussan le remercia d'un air distrait. Comme ils arrivaient dans le salon où ils se tenaient habituellement, l'abbé de la Croix et le docteur y entraient par une autre porte.

— Mes enfans, que la paix du Seigneur soit avec vous ! dit le grand-maître.

Il parut surpris de voir les jeunes gens sur pied, les joues légèrement animées par l'exercice qu'ils venaient de prendre. Le médecin, gros homme à ventre saillant, dont la gravité toute charnelle contrastait avec la gravité intelligente et ascétique de l'abbé de la Croix, s'avança vers Philippe, s'inclina silencieusement et lui tâta le pouls. Après quelques instans d'examen, il dit d'un ton sentencieux :

— Deux et trois fois bénis sont les jeunes hommes. La nature, ou plutôt celui qui fait monter la séve dans les plantes et affluer le sang dans les veines des créatures plus nobles, rend presque inutiles les ressources de la science ; encore quelques jours, et sauf les lésions locales, ce malade sera guéri.

— Merci, docteur ! s'écria chaleureusement Philippe ; ah ! si vous saviez de quel poids vous me soulagez !

Mais le médecin n'écoutait plus s'était tourné vers Chavigny, qui ne voulant pas montrer la langue et se laisser tâter le pouls à son tour, se défendait avec sa jovialité accoutumée contre les entreprises du docteur. Pendant cette petite lutte, l'abbé de la Croix s'avança vers Philippe et lui dit du ton amical qu'il prenait toujours en lui parlant :

— Je ne saurais vous exprimer, mon fils, avec quelle joie je viens d'entendre notre excellent frère annoncer votre guérison prochaine ; ses paroles ont été douces à mon oreille comme les sons de la harpe de David aux oreilles de Saül. Vous savez, ajouta-t-il en baissant la voix, que le saint temple de Sion a sur vous de grands projets ; je compte les heures et les minutes en attendant que vous puissiez m'écouter et me comprendre. Mais bientôt, je l'espère, tes vœux seront exaucés, et vous accomplirez enfin les grandes choses auxquelles vous êtes appelé !

— Je ne sais de quels projets vous parlez, mon père, répliqua Philippe avec cordialité, mais il est bien peu de choses que je n'osasse entreprendre pour vous prouver ma reconnaissance de vos soins empressés. Je vous prierai pourtant de mettre le comble à vos bontés ; vous avez entendu l'arrêt du docteur ; permettez-moi donc de quitter au plus tôt cette maison hospitalière et de retourner à Paris avec vous.

Monsieur de la Croix recula d'étonnement.

— Y pensez-vous, mon fils ? Vous n'avez plus de maladie interne, il est vrai, mais votre bras n'est pas remis ; vous êtes d'une extrême faiblesse ; la moindre agitation pourrait déterminer une rechute.

— J'en courrai les risques, grand-maître. Vous, toujours si bien instruit de ce qui me concerne, vous ne pouvez ignorer combien est grand le danger de personnes qui me sont chères.

— En effet, dit l'abbé de la Croix avec réflexion, la famille de Villeneuve n'a reçu encore aucune nouvelle de la malheureuse enfant perdue.

— Vous le voyez donc, reprit Philippe avec feu, il faut que je me hâte de retourner à Paris. Malgré la fuite de Salomon Hartmann, qui eût pu nous rendre de si grands services, je veux remuer ciel et terre pour retrouver Thérèse.

L'abbé paraissait tout disposé à céder, mais la crainte que sa condescendance ne fût fatale au convalescent le retenait encore. Il appela le médecin, et ils causèrent un moment à voix basse. Le docteur vint de nouveau palper Philippe, et rendit compte au grand-maître du résultat de son examen.

— Allons ! s'il en est ainsi, reprit l'abbé de la Croix avec une satisfaction qu'il essayait en vain de cacher ; si vraiment, grâce à la vigueur inconcevable de votre tempérament, vous pouvez quitter sans danger cette maison, je vous rendrai votre liberté, à vous et à votre ami, un bon jeune homme, quoique un peu frivole, ajouta-t-il d'un ton bienveillant en regardant Chavigny. Mais si vous avez la force de retourner à Paris, ajouta-t-il avec empressement, vous aurez bien celle d'écouter les révélations que je dois vous faire et pour lesquelles j'attends depuis si longtemps une occasion favorable ?

— A l'instant même, monsieur l'abbé, répondit Philippe ; mais, pour abréger, si ces révélations ont trait à l'association secrète dont vous êtes le chef, je suis prêt à remplir les formalités nécessaires...

— Ne parlez pas avec cette légèreté, mon fils, de choses que vous ne connaissez pas encore, dit l'abbé d'un ton presque sévère ; malgré votre courage, vos entrailles tressailleront quand ma main aura enlevé le bandeau qui couvre encore vos yeux. Mais allons ! l'heure est venue... Vous, mes frères, ajouta-t-il en se tournant vers Chavigny et le docteur, laissez-nous et allez préparer tout pour notre départ.

Le docteur s'inclina profondément et sortit aussitôt. Chavigny, qui avait déjà auprès de l'abbé de la Croix les priviléges d'un enfant gâté, était sur le point de lâcher quelque joyeuse plaisanterie, mais il vit une expression si imposante sur les traits du grand-maître qu'il ne l'osa pas, et sortit en silence à son tour.

Demeuré seul avec Lussan, l'abbé de la Croix s'empressa de fermer la porte avec soin, puis revenant à Philippe, inquiet et surpris de ces préparatifs, il le fit asseoir et s'assit de même en face de lui.

— Mon fils, dit-il, après s'être un moment recueilli, j'aurai pitié de votre impatience et je serai aussi bref que possible. Cependant, comme vous l'avez deviné, il s'agit d'abord de notre sainte association, et je suis obligé d'entrer dans quelques détails sur son origine, son but et ses moyens.

— Encore une fois, grand-maître, interrompit Philippe avec vivacité, je ne refuse pas de subir toutes les épreuves d'initiation auxquelles vous pouvez soumettre vos néophytes ; je crois donc inutile...

— Paix, jeune insensé ! vous êtes comme l'enfant perdu dans les ténèbres qui repousse la main secourable d'un sage conducteur... Je dois vous donner ces éclaircissemens pendant que vous pouvez encore le comprendre, car aussitôt que j'aurais prononcé le mot fatal que je prononcerai, votre attention serait détournée de ces importans intérêts, et mes paroles glisseraient sur votre esprit comme l'eau sur l'airain.

En même temps il commença l'historique de l'ordre du Temple, il en exposa les doctrines et en expliqua les rapports avec les autres sociétés secrètes, qui s'étaient démesurément propagées à cette époque, non seulement en France, mais dans l'Europe entière.

— Mon fils, poursuivit-il, ces associations, quelle que soit la différence des formes, des rits, des nationalités, ont à peu près un but identique, à savoir la liberté, l'émancipation physique et morale des peuples. Sans doute ce principe n'est pas montré sans voiles à tous les initiés ; on le cache au vulgaire sous des symboles et des allégories ; les chefs de secte, les hommes d'élite seuls en reçoivent la formule comme un dépôt sacré, afin qu'ils puissent diriger leurs frères dans la voie traditionnelle. Cette communauté de tendances est la force principale de nos associations, et elle pourra, un jour ou l'autre, produire de magnifiques résultats. Or, mon fils, vous savez que j'ai soigneusement étudié vos sentimens, vos opinions, vos instincts, et, j'en suis sûr, vous ne refuserez pas de vouer votre existence à la défense et à la propagation de ces nobles idées. Arrivons donc à l'application et écoutez-moi avec la plus grande attention. Le roi vient de mourir...

— Louis XV n'existe plus ? demanda Philippe avec étonnement.

— Quoi ! ne le saviez-vous pas ? Mais, en effet, au moment de l'événement vous étiez encore dans le délire de la fièvre... Oui, il est mort, et son petit-fils Louis XVI vient de lui succéder.

— Puisse le nouveau roi, dit Philippe d'un ton sombre, donner de meilleurs jours à ce malheureux pays ! Puisse-t-il surtout effacer le souvenir de l'homme odieux dont le nom est synonyme d'égoïsme, de débauche et...

— Ne l'insultez pas ! s'écria le grand-maître impétueusement, en étendant la main comme pour lui fermer la bouche ; par grâce, si mérités que soient vos reproches, ne jetez pas la haine et l'outrage sur la tombe de... cet homme !

Philippe le regarda d'un air de surprise ; il y eut une pause de quelques instans.

— Mon fils, reprit enfin l'abbé avec plus de calme, je crains bien que vos vœux, au sujet de la monarchie, ne se réalisent pas. Regardez autour de vous ; la décomposition envahit l'état social ; les croyances s'affaissent ; la nation se détourne avec dégoût de ce qu'elle a respecté pendant tant de siècles. L'édifice craque de toutes parts ; les illusions ne sont plus possibles, il va crouler... La Jérusalem ancienne ne sera bientôt plus que cendre et poussière ; mais, du milieu des ruines, surgira la Jérusalem nouvelle, et c'est alors que les ouvriers du Temple devront se tenir prêts pour fonder sur le roc et édifier un monument indestructible...

— N'oubliez pas, grand-maître, interrompit Philippe avec impatience, que je n'entends rien aux paraboles orientales.

— Eh bien ! en termes vulgaires, mon fils, nous autres qui espérons pouvoir influer sur l'avenir, nous devons nous préparer pour le moment prochain où la révolution inévitable éclatera. Examinons la situation de la nation française. Ce peuple, fier et ardent, aspire incessamment à la liberté ; cependant, ses souvenirs de plusieurs siècles le rattachent encore à la monarchie. Par habitude, il faut qu'il sente au-dessus de lui quelque chose de puissant qu'il haïsse ou qu'il aime. Ce respect irréfléchi s'allie assez mal avec ses goûts d'indépendance ; mais c'est là une des singularités de notre caractère. Ce fait constaté, il faut donc chercher un moyen de satisfaire ce double instinct de la nation.

— Vous oubliez, monsieur, dit Philippe, qu'il est une forme de gouvernement où l'autorité n'est pas l'apanage d'un seul homme.

— Je vous entends, répliqua l'abbé de la Croix avec un sourire ; vous voulez parler des républiques de Rome et d'Athènes ; c'est là un beau rêve sans doute et qui pourra se réaliser un jour ; mais vu l'état de nos mœurs, de nos préjugés, si vous voulez, il ne se réalisera pas de sitôt. Or, demain, la succession de la vieille monarchie peut s'ouvrir et toutes les vierges prudentes doivent tenir leur lampe allumée pour recevoir l'époux. Voici donc à quoi beaucoup de bons esprits se sont arrêtés : il s'agirait de trouver un prince de sang royal, nourri d'études fortes et sérieuses, brave, généreux, loyal, désintéressé. Il faudrait encore, pour offrir à la faveur populaire plus de garanties, qu'il eût ignoré jusqu'à l'âge d'homme son origine et les hautes destinées auxquelles il pouvait être appelé. Ce personnage, connu seulement de quelques chefs de secte pour lesquels il serait *le roi de l'avenir*, ne se révélerait au monde qu'au jour et à l'heure favorables. Alors, soutenu

par les deux ou trois cent mille individus qui forment en France le personnel des sociétés secrètes et dont un grand nombre appartiennent aux plus hautes classes de la société, il se trouverait tout d'abord à la tête d'un parti important.

Ici le grand-maître de l'ordre du Temple s'arrêta pour juger de l'effet de ses paroles. Philippe l'avait écouté attentivement.

— Voilà, dit-il d'un air de réflexion, de la politique un peu aventureuse. Mais ne vous exagérez-vous pas l'influence possible des sociétés secrètes, dans le cas où ces grands événemens viendraient à se réaliser ?

— Je n'exagère rien, mon fils. Vous ignorez sans doute quel accroissement considérable ont pris depuis quelques années les associations maçonniques sur le sol français. Pas de ville, grande ou petite, pas de modeste bourgade qui n'ait une loge et souvent plusieurs, de francs-maçons, de rose-croix ou de templiers. Partout existent des centres d'action qui communiquent entre eux, et vous verrez de quel poids pèsera, en temps et lieu, cette organisation redoutable. Le pouvoir ne s'en inquiète pas, car il croit nous tenir dans sa main. Il envoie ses espions dans nos assemblées, et il nous suppose uniquement occupés de cérémonies théâtrales et vides, bonnes tout au plus pour amuser les imaginations puériles. L'idée mère, le principe secret qui donne l'impulsion et la vie à ce grand corps, lui échappe, et il s'endort dans sa sécurité. Il y a pourtant un prince du sang royal qui voudrait bien jouer le rôle de ce roi de l'avenir dont je vous parlais tout à l'heure : c'est le duc d'Orléans (1), qui vient de se faire nommer grand-maître de toutes les loges maçonniques de France. Mais malgré ses caresses et ses protestations, il ne nous inspire aucune confiance, et bien peu parmi nous voudront appuyer ses projets ambitieux.

— Mais alors, mon père, demanda Philippe avec étonnement, où trouverez-vous un prince qui remplisse toutes les conditions bizarres que vous exigez ?

— Il est trouvé ! répliqua le grand-maître d'une voix sourde.

Il se leva pour aller s'assurer encore que personne ne pouvait écouter ; puis, revenant à Philippe, il dit avec un accent de respect :

— Et c'est vous, monseigneur !

Philippe eut comme un éblouissement ; puis un éclair de colère brilla dans ses yeux.

— Monsieur, dit-il avec énergie, je croyais ce sujet de conversation assez sérieux pour rendre inexcusables de pareilles plaisanteries.

— Regardez-moi, répliqua le grand-maître avec douceur ; voyez ces rides creusées sur mon front par les méditations et l'insomnie, voyez ces cheveux blancs, ce costume austère ; ai-je donc l'air d'un bouffon ? Je vous le répète, monseigneur, vous êtes le sang royal, car vous êtes authentiquement le fils de feu roi Louis XV.

— Louis XV ! moi...

Tout à coup il s'élança vers l'abbé de la Croix et lui saisit le bras avec une force surhumaine.

— Eh bien donc, s'écria-t-il impétueusement, si vous n'êtes pas un bouffon, vous êtes un imposteur !... Moi ! le fils de ce roi odieux et méprisable, de ce roi que toute ma vie j'ai poursuivi de mes outrages et de mes malédictions ! Mais alors ma mère aurait été coupable, et je devrais... Oh ! tenez, tenez, avouez que pour le succès de quelque intrigue de votre politique tortueuse, pour la réalisation de quelque absurde utopie, vous avez besoin de torturer, de rendre fou un pauvre jeune homme impuissant et inutile tel que moi... Avoue-le, misérable, ou malgré ta vieillesse et tes cheveux blancs, je t'écrase comme une vipère !

Et il continuait à lui serrer le bras avec rage.

— Monsieur, répliqua l'abbé de la Croix d'un air de

_____
(1) Louis-Philippe, dit *Égalité*, père du dernier roi.

dignité froide, ces emportemens insensés peuvent-ils empêcher d'être ce qui est ?

Philippe le lâcha brusquement, se jeta sur un siége et se couvrit le visage de la main. Le grand-maître lui laissa quelques instants pour se calmer. Puis, reprenant place à côté de lui, il dit avec son accent affectueux :

— Pauvre enfant ! votre douleur me touche ; vos emportemens mêmes partent d'un sentiment si élevé, que je ne saurais vous les reprocher. Combien d'autres à votre place eussent été fiers d'apprendre que le sang des rois coulait dans leurs veines, même à la condition que leur naissance fût entachée d'illégitimité ! Mais si pénible que soit pour vous cette découverte, elle ne peut être l'objet d'un doute. Sans parler de votre extrême ressemblance avec les portraits du feu roi dans sa jeunesse, des lettres que j'ai vues établissent d'une manière précise votre naissance. Monsieur de Lussan, votre père putatif, conserve ces pièces dans une cassette d'ébène dont la clef ne le quitte jamais. Et à défaut d'autres preuves, ne pourrais-je pas citer la noble indignation dont vous veniez d'être saisi en apprenant ce que vous croyez être la honte de votre mère ? Ce sentiment était digne de votre père véritable, quand jeune, généreux, chevaleresque, il méritait le nom de Louis le Bien-Aimé.

᾿ — Et penser, reprit Philippe avec exaltation, que j'ai passé ma vie à le mépriser, à le haïr ! que tout à l'heure encore je regrettais de n'avoir pu suivre son corps pour jeter sur sa tombe pompeuse des insultes et des imprécations !

— Mon fils, Dieu sans doute a permis cette haine et cette colère pour punir la faute de ce roi voluptueux.

— Mais ma mère ! s'écria Philippe dans un nouveau transport de douleur ; parlez-moi de ma mère que je croyais si pure et si sainte, dites-moi qu'elle ne s'est pas laissé éblouir par le prestige du rang suprême, qu'elle a succombé par entraînement, par fatalité ! Vous qui savez tout, excusez-la, justifiez-la ! Oh ! je voudrais encore pendant des quarts d'heure de misanthropie, quand je prends en horreur l'humanité tout entière, pouvoir évoquer l'image pure et mélancolique de cet ange que j'appelais ma mère !

— A quoi bon, mon fils, réveiller de pénibles souvenirs ? reprit l'abbé de la Croix avec tristesse. Les papiers qui sont entre les mains de monsieur de Lussan vous mettront au courant de cette histoire. Qu'il vous suffise de savoir pour le moment qu'un concours de circonstances fatales causa, comme vous l'espériez tout à l'heure, la chute de la pauvre Lucile, votre mère. Elle avait seize ans à peine ; elle était douce et timide, elle ne chercha pas dans un déshonneur éclatant l'oubli et l'enivrement de sa faute. Aussi le roi ne la confondit-il jamais avec ces arrogantes favorites qui ont soulevé tant de scandale en France ; et, dans ses derniers jours, lorsque son cœur était devenu sec, lorsqu'il avait oublié jusqu'au nom de quelques-unes de ses anciennes maîtresses, il paraît avoir songé parfois avec complaisance à l'innocente créature dont il avait causé la chute.

» Lucile allait devenir mère, et pour elle-même, pour la noble famille dont elle descendait, il fallait cacher sa honte à tout prix. Alors on imagina le moyen qu'on a souvent employé depuis : on chercha un mari complaisant qui consentît à couvrir de son nom la faiblesse de la jeune fille. On proposa le chevalier de Lussan, joueur émérite, dont les dettes surpassaient de beaucoup la fortune patrimoniale ; mais il était d'une ancienne noblesse, il était chevalier de Saint-Louis, il avait des manières élégantes. Ces avantages aveuglèrent sur les défauts qui menaçaient Lucile et l'enfant à naître d'un funeste avenir. On présenta donc le chevalier à votre mère, qui, victime résignée, l'accepta en pleurant.

» Vous savez ce qu'il advint de ce mariage. Monsieur de Lussan conduisit sa femme en Normandie, dans une terre qui fut saisie et vendue plus tard ; c'est là que vous êtes né. D'abord le chevalier sembla vouloir vous combler l'un et l'autre d'égards et d'attentions ; mais bientôt, soit qu'il

crût n'être plus surveillé, soit qu'il s'ennuyât de la vie monotone d'un vieux château campagnard, il revint à Paris se livrer à ses goûts favoris, la galanterie et le jeu. Toutefois, il faisait chaque année un voyage de quelques jours à sa terre, où vous et votre mère vous viviez dans une retraite absolue. Peut-être alors avez-vous vu plus d'une fois la triste Lucile, le teint pâle, les yeux gonflés de larmes à la suite de quelque scène conjugale. Monsieur de de Lussan, toute sa conduite l'atteste, avait considéré ce mariage comme une sorte de marché. Il avait vendu son nom pour du crédit et de la fortune. Pressé de dettes, il trouvait juste de vous ruiner ; il avait mis son enjeu, il réclamait le vôtre. Lucile, dans son ardent désir de soustraire pour vous quelques débris de sa fortune à la rapacité de son mari, résistait de son mieux ; mais sans doute une parole cruelle, une perfide allusion au passé ne tardait pas à lui rappeler qu'elle avait perdu le droit de se montrer bonne mère, et il lui fallait céder. Ces luttes continuelles, la pensée qu'un jour vous pourriez lui demander compte de sa condescendance inexpliquée, l'inquiétude, les remords peut-être la minaient sans relâche ; elle s'éteignit peu à peu, à l'âge où les autres femmes trouvent dans leurs avantages extérieurs tant de douceurs et de triomphes. »

A ce tableau si vrai des chagrins maternels dont il avait été témoin pendant son enfance, Philippe s'attendrit et pleura. L'abbé poursuivit :

— Je n'ignore pas, mon fils, combien Lucile avait tort de craindre vos reproches au sujet de la perte de sa fortune. Vous avez constamment refusé de demander des comptes à celui que vous regardiez comme votre père ; vous avez accepté noblement la vie pauvre et occupée. Cependant cet homme vous ne l'aimiez pas, vous lui reprochiez avec raison d'avoir causé le malheur de votre mère, vous méprisiez ses mœurs et ses habitudes. Lui, de son côté, vous avait toujours montré une indifférence profonde, tout au plus cette bienveillance banale qui, pour certaines classes de la société, n'est que de la politesse. Néanmoins, dans deux circonstances récentes, il a paru se souvenir de vous. La première fois il s'agissait de vous faire obtenir la main de mademoiselle Thérèse de Villeneuve ; le chevalier de Lussan alla trouver Lebel, le premier valet de chambre du roi...

— Lebel ! s'écria Philippe en grinçant des dents, l'infâme Lebel ?

— Lui-même ; il connaissait toute l'histoire de votre mère et avait plusieurs fois servi d'intermédiaire entre le chevalier et le roi. Lebel, sachant quel tendre sentiment conservait son maître pour la mémoire de la pauvre Lucile, s'empressa de transmettre la demande de monsieur de Lussan ; alors le roi écrivit cet ordre que vous avez déchiré, dit-on, dans un mouvement excessif de délicatesse et de désintéressement. Peu de jours après vous fûtes arrêté et conduit à la Bastille sur un tort dont j'étais complice. Prévenu aussitôt, je pensai bien que le roi, quoiqu'il fût supposé avoir signé la lettre de cachet, ignorait votre incarcération. Je courus donc chez le chevalier, malgré le peu de sympathie que m'inspirait son caractère ; je le pressai, je le suppliai de se rendre à Versailles, de voir le roi, de solliciter votre grâce. Comme il hésitait, je l'entraînai dans ma voiture et nous partîmes pour la résidence royale, où, après bien des difficultés, le chevalier finit par pénétrer jusqu'à Lebel. Le roi était déjà atteint de la maladie dont il est mort ; cependant votre nom, celui de Lucile, parurent le frapper. Après avoir fait sur vous quelques questions qui témoignaient d'un véritable intérêt, il écrivit de sa main l'ordre de mise en liberté... Ah ! mon fils, vous ne pouvez comprendre combien un pareil acte de sa part, dans ce moment de souffrance, était significatif ! J'en ai eu la certitude aujourd'hui, si le roi eût pu vous voir, tout semblable à ce qu'il était dans sa jeunesse, il eût cru se retrouver en vous, il vous eût aimé autant qu'il pouvait aimer !

Philippe, en écoutant cette observation, fronça le sourcil et baissa la tête d'un air farouche.

— Monsieur, demanda-t-il, cette histoire qui, dites-vous, est la mienne, a-t-elle été communiquée à beaucoup de personnes?

— Non, mon fils; la plupart de ceux à qui elle fut confiée autrefois sont morts aujourd'hui, et le secret a été religieusement gardé. D'abord, du temps du feu roi, la Bastille eût puni la plus légère indiscrétion, et c'est depuis quelques jours seulement que le danger a diminué à cet égard. Ce motif, aussi bien que la honte d'avouer un mariage conclu dans de semblables conditions, a tenu toujours fermée la bouche du chevalier; aussi sa surprise fut-elle sans égale quand je lui prouvai, pour le décider à intervenir en votre faveur, que j'étais au courant des faits.

— Mais vous-même, monsieur, comment êtes-vous si bien instruit?

— Je dois au hasard les premiers indices de la vérité. Ma position m'oblige à être le confident d'un grand nombre de personnes; j'appris l'histoire de votre mère par les aveux d'un individu qui, si j'en crois ses remords, n'avait pas joué un rôle honorable dans cette affaire. Je vous avais vu deux ou trois fois chez madame de Brancas; cette révélation occupa vivement mon esprit; elle concordait avec des plans qui, depuis de longues années, étaient l'objet de mes méditations.Je voulus, en premier lieu,m'assurer de l'exactitude de ces renseignemens, et je les trouvai conformes en tout à la vérité. Une fois éclairé sur ce point, je songeai à vous étudier vous-même. Vous vous souvenez comment je m'attachai à vos pas; toutes vos paroles étaient pesées avec un soin scrupuleux. Quand il vous arrivait de plaider au Châtelet,chacune de vos pensées était méticuleusement commentée dans le secret de ma conscience. Pour comble de précautions, je vous associai à la publication d'une gazette du caractère le plus hardi, afin de vous donner l'occasion d'exprimer vos opinions sur l'état de notre société, sur les réformes que cet état réclame. Ces longues et minutieuses expériences vous ont toutes été favorables; je vous ai trouvé aussi prudent, aussi ferme et résolu dans le bien que courageux et dévoué; vous m'avez enfin paru complètement digne des hautes destinées auxquelles je veux vous appeler,et ce n'est pas ma faute, vous le savez, si j'ai tant tardé à vous les apprendre.

Philippe ne répondait pas et restait morne, l'œil fixe, le front appuyé sur sa main. Ce calme apparent, à la suite des transports causés par les premières révélations, parut de bon augure à l'abbé de la Croix.

—Mon fils, reprit-il après un moment d'attente, vous vous résignerez sans doute à une réalité que personne au monde ne peut changer. Cependant je ne vous presse pas encore de me donner une décision; il vous faut le temps d'habituer votre esprit à votre situation nouvelle et aux horizons nouveaux que je viens d'ouvrir devant vous. Votre parti une fois pris, nous agirons sans retard; nous mettrons en jeu les mille moyens d'action, les mille ressorts cachés qui sont à la disposition des sociétés secrètes. La magistrature est populaire depuis qu'elle est persécutée, nous vous pousserons activement dans cette voie. On annonce déjà que le nouveau roi va rappeler le parlement; il nous sera facile de vous faire atteindre aux plus hautes dignités de cette illustre compagnie. Ce sera le premier échelon, les circonstances aidant, pour monter plus haut encore. Et ne croyez pas, mon fils, que l'illégitimité de votre naissance puisse être, au jour décisif, invoquée contre vous. Vous êtes, selon la chair, le descendant de nos rois; leur sang coule dans vos veines, et si la loi politique vous répudie, la loi naturelle est pour vous. Peu à peu nous habituerons la nation à de semblables idées. Nous donnerons le mot à quelques-uns de nos écrivains les plus experts et les plus audacieux. Nos membres les plus influens ne se doutent de rien encore, mais...

— Que dites-vous, monsieur? interrompit impétueusement Philippe en se redressant; vos amis, les chefs des associations maçonniques, ignorent-ils encore mon secret?

— Oui, mon fils, je n'ai pas voulu leur révéler votre nom avant de savoir ce que vous auriez résolu; nous sommes restés jusqu'ici dans les généralités d'une théorie. Mais je puis en quelques heures les visiter tous, leur apprendre votre acceptation, e je suis sûr d'avance...

— Je vous le défends! s'écria Philippe d'une voix tonnante; malheur à vous, monsieur, si cette horrible vérité s'échappe jamais de votre bouche!... Ah! je voudrais pouvoir anéantir tous ceux qui la connaissent déjà! Si, vous et moi, nous en étions seuls dépositaires, je souhaiterais de me trouver au bord d'un gouffre pour vous saisir dans mes bras et me précipiter dans l'abîme avec vous!

Il se promenait avec agitation, les traits décomposés, la bouche écumante. Son bras brisé lui-même semblait se tordre dans l'écharpe qui l'enveloppait.

L'abbé de la Croix, déconcerté par cette explosion de sentimens fougueux, le suivait des yeux avec anxiété.

— Allons, mon fils, dit-il avec douceur, entendez la voix de la raison; peut-être, dans mon impatience de vous révéler cette histoire, n'ai-je pas employé assez de ménagemens, surtout quand la maladie augmente encore votre irritabilité naturelle... Je vous supplie seulement de prendre le temps de réfléchir; et vous finirez j'en suis sûr, par voir les choses sous un jour plus favorable.

— Jamais, jamais! s'écria Philippe avec une énergie presque frénétique; ambitieux rêveurs, inventeurs de ridicules systèmes, que me voulez-vous?... Moi, avouer hautement pour père un débauché qui ne m'inspire qu'horreur et dégoût, et cela parce que, roi lui-même, il descend de vingt rois, bons ou méchans? Que Dieu ne m'a-t-il fait le fils d'un portefaix honnête homme! et ma mère, pour laquelle j'avais tant de vénération et tant d'amour, j'irais la déshonorer à la face du monde? j'irais proclamer partout avec orgueil qu'elle n'était qu'une courtisane?

— Malheureux! interrompit l'abbé sévèrement, songez-vous de qui vous parlez?

— Une courtisane, vous dis-je! répéta Philippe dans un délire qui touchait presque à la folie; honte et malédiction sur elle pour m'avoir donné la naissance! honte et malédiction sur ce père exécrable! honte et malédiction sur moi, fruit infâme d'une passion criminelle! honte et malédiction sur l'humanité tout entière!

Et vaincu par la violence de ses passions, il tomba sur le plancher.

L'abbé épouvanté s'empressa d'ouvrir la porte pour appeler du secours. Quand le docteur et Chavigny accoururent, ils trouvèrent le malheureux jeune homme complètement évanoui.

XX.

LE JOURNAL DE THÉRÈSE.

« Pour occuper ma longue et poignante oisiveté, je veux écrire le récit de mes souffrances. Prisonnière dans une maison inconnue, livrée aux entreprises de gens méchans qui se sont emparés de moi, j'ignore combien de temps encore se prolongera ma rigoureuse captivité. Peut-être cet écrit, que je mouille de mes larmes, ne tombera-t-il jamais entre les mains des personnes chères auxquelles il est destiné; peut-être même les plaintes que m'arrachent mes angoisses seront-elles lues seulement par ceux qui les ont causées; et cependant je veux conserver l'espoir que cet exposé de mes douleurs et de mes misères passera sous les yeux de mes parens, de mes amis, dont le souvenir me devient plus précieux encore dans mon affreux abandon. Cet espoir, que rien pourtant ne justifie, pourra seul me donner le courage de revenir sur les tristes et inconcevables événemens de ces derniers jours.

. . . .

Quand je me rendis dans le corridor obscur du Val-de-Grâce, où je comptais trouver le sacristain Philibert Aspairt, je croyais que tous mes chagrins allaient finir. Aussi, malgré la frayeur puérile que m'inspiraient le silence, l'obscurité et je ne sais quels contes superstitieux des religieuses, n'éprouvais-je aucune inquiétude réelle. Cette démarche n'excitait en moi aucun remords, et je songeais déjà que mon père, qui m'attendait sans doute à la voiture, allait me combler de caresses en me voyant si belle sous mon costume de mariée.

L'heure convenue venait de sonner. Tout à coup une main saisit la mienne et m'entraîna vers un escalier voisin. J'appelai, on ne répondit pas ; je voulus résister, deux bras robustes m'enlacèrent. En proie au délire de la peur, je poussai des cris déchirans... Puis, la voix me manqua, mes idées se troublèrent, je n'avais plus la force de me débattre ; je sentais seulement que l'on m'emportait avec une vigueur surhumaine ; il me semblait que je tombais dans des abîmes de ténèbres dont je ne pouvais atteindre le fond.

J'ignore combien de temps je restai sans connaissance. Quand je revins à moi, j'étais dans une espèce de réduit souterrain où l'on voyait quelques meubles grossiers. On m'avait couchée sur la paille ; mes cheveux dénoués flottaient au hasard ; mon visage était inondé d'eau glaciale que l'on venait d'y répandre sans doute pour me ranimer. Une lampe, posée sur une tablette de pierre, m'éclairait à peine.

D'abord je crus rêver et je refermai les yeux ; un léger bruit m'obligea bientôt à les rouvrir. Je m'efforçai de me soulever sur ma paille et je vis, accroupi devant moi, un être hideux dont l'image ne s'effacera jamais de ma mémoire.

C'était un homme, très jeune encore. Sa grosse tête semblait n'avoir jamais eu d'autre coiffure que sa chevelure rousse, inculte, hérissée ; son visage était anguleux, maigre, d'une blancheur jaunâtre qui rappelait la teinte du vieil ivoire. Ses yeux, fauves et ronds comme ceux d'un oiseau de nuit, paraissaient avoir aussi la faculté de voir dans les ténèbres, et la faible clarté de la lampe suffisait pour les offenser d'une manière sensible. Ses membres étaient grêles, presque délicats ; si je n'avais eu la certitude qu'il était mon ravisseur, je n'aurais jamais pu croire cette chétive créature capable de m'emporter à travers ces souterrains avec autant de facilité.

Son costume, d'une simplicité grossière, consistait en une espèce de robe courte, en laine brune, serrée à la taille par une ceinture de cuir. Un petit sac, jeté sur son épaule, contenait sans doute quelques ustensiles nécessaires pour ses excursions souterraines. Ses jambes et ses pieds étaient complétement nus.

Ce personnage, assis sur ses talons à deux pas de moi, me contemplait avec une attention étrange. Aussi ne tardai-je pas à me sentir fascinée par ce regard profond, phosphorescent, qui tenait à la fois de celui du hibou et de celui du chat sauvage. Je me détournai, ne pouvant plus en soutenir l'éclat.

Aussitôt l'inconnu se releva d'un bond et vint se pencher sur mon visage. Voyant que j'avais repris mes sens, il se mit à sauter autour de moi ; il battait des mains avec une joie farouche ; en même temps il répétait d'une voix rauque :

— Oh ! oh ! oh ! Thérèse... oh ! oh ! oh ! Thérèse de Villeneuve... belle... belle... oh !

Ses mouvemens étaient vifs et rapides. Il s'arrêtait par intervalles pour me contempler de nouveau, puis il recommençait ses bonds et ses transports inexplicables.

Cependant je finis par m'enhardir ; puisant des forces dans l'excès même du désespoir, je me remis sur mon séant et je demandai :

— Qui êtes-vous ? que me voulez-vous ? pourquoi m'avez-vous conduite ici ?

Le son de ma voix parut lui plaire ; ses traits repoussans exprimèrent une sorte de ravissement ; mais il n'eut pas l'air de me comprendre et ne répondit pas.

— Je vous demande, repris-je, dans quel but vous vous

êtes emparé de moi ? Si je dois mourir, ne me laissez pas attendre la mort plus longtemps !

Cette fois mes paroles avaient frappé sa fruste intelligence. Il fit un signe énergique de dénégation.

— Non, non, mourir, répliqua-t-il dans son langage particulier ; avec moi, toujours, Thérèse... Toujours, toujours avec moi, belle Thérèse !

Je ne sais si, à mon tour, j'avais bien saisi sa pensée, mais je crus qu'il me menaçait d'une captivité éternelle, et mes larmes jaillirent avec abondance. Il ne s'en émut pas ; au contraire, il se rapprocha de moi, comme pour mieux me considérer, et, joignant les mains, il reprit avec son ricanement insensé :

— Oh ! belle... belle... Thérèse !

Bien qu'il parût étranger aux sentimens humains, je voulus essayer de le fléchir.

— Vous ne pouvez, repris-je en sanglotant, avoir la pensée de me retenir ici... Reconduisez-moi au couvent du Val-de-Grâce, ou du moins faites-moi sortir de ces souterrains, et je vous donnerai autant d'or que vous en pourrez souhaiter.

Cette proposition ne produisit aucune impression sur lui. Il restait plongé dans sa contemplation comme si j'eusse parlé une langue étrangère.

— Oui, je vous rendrai riche, continuai-je avec plus de chaleur ; votre existence ici doit être fort triste ; je vous fournirai les moyens de mener une vie plus heureuse...

Il m'interrompit en me faisant signe d'écouter. Je me tus machinalement et je prêtai l'oreille ; je n'entendis rien. Cependant mon ravisseur, dont les sens étaient sans doute plus exercés que les miens, éprouvait une inquiétude évidente. Je voulus parler, il m'imposa silence encore une fois.

Tout à coup des appels lointains parvinrent distinctement jusqu'à moi ; je vis briller un flambeau à l'extrémité d'une galerie. Je poussai un cri perçant à mon tour. Ce cri fut-il entendu ? se perdit-il dans l'immensité de ces cryptes funèbres ? Je l'ignore ; mais l'homme au pouvoir duquel j'étais tombée éteignit brusquement la lampe et me saisissant dans ses bras, m'emporta de nouveau, malgré ma résistance, avec une vitesse incroyable.

Où allions-nous ainsi ? Je ne pouvais le deviner. Il me semblait pourtant que nous faisions de nombreux détours ; par momens l'inconnu se baissait presque jusqu'à terre, de crainte sans doute que je ne me heurtasse au ciel des galeries ; mais ces mouvemens ne pouvaient ralentir sa course impétueuse. Les appels avaient cessé, la lumière avait disparu ; moi, de mon côté, je me taisais et je me laissais aller comme une masse inerte ; je n'avais plus conscience de moi-même ; il me semblait que mon âme, dégagée de son enveloppe terrestre, flottait déjà dans le vide noir et glacé de la mort.

Enfin l'homme s'arrêta, et je sentis qu'il me déposait doucement sur un banc de pierre. Au bout de quelques secondes, il battit le fusil et alluma une lanterne. Nous étions dans une espèce de réduit, semblable au premier, mais un misérable encore et moins garni de meubles grossiers. Mon ravisseur revint s'accroupir devant moi et retomba dans sa contemplation idiote. Malgré le trajet considérable qu'il venait de parcourir en me portant dans ses bras, aucune goutte de sueur ne se montrait sur son front de parchemin jauni, son haleine n'avait rien perdu de sa régularité, il souriait toujours de son sourire hébété. Toutefois, il tournait fréquemment la tête vers l'entrée du caveau, comme s'il eût conservé des inquiétudes au sujet de la personne que nous avions entrevue quelques instans auparavant. Il alla même à plusieurs reprises écouter dans la galerie voisine ; mais il revenait toujours darder sur moi ce regard de basilic dont je pouvais à peine supporter l'éclat.

Enfin, pourtant, il sembla qu'une impérieuse nécessité l'emportât sur le plaisir qu'il trouvait à me regarder. Il prit la lanterne et m'ordonna par signes de l'attendre en cet endroit, où il viendrait me rejoindre bientôt.

La pensée de rester seule et sans lumière me tira de mon engourdissement. Quelque horreur que j'eusse pour cet homme, la solitude, le silence et l'obscurité m'effrayaient presque autant que lui.

— Allez-vous m'abandonner ici? demandai-je en frémissant. Au nom de Dieu! ayez pitié de moi! La frayeur m'aura tuée avant que vous soyez revenu.

Mais cet être singulier ne sembla pas m'avoir entendue, et comme la longue habitude de vivre seul lui rendait pénible sans doute l'usage de la parole, il me fit signe de nouveau qu'il ne tarderait pas à revenir. Puis il prit la lanterne et s'éloigna, non sans retourner fréquemment la tête.

D'abord, j'eus la pensée de mettre à profit la liberté qui m'était laissée pour chercher une issue à ces souterrains, et d'échapper au sort, quel qu'il fût, dont j'étais menacée. Mais en songeant aux détours sans nombre que j'avais parcourus, je compris que ce projet était impraticable, surtout sans lumière. Force fut donc d'attendre à la même place ce qu'on déciderait de moi.

De longues heures s'écoulèrent, et l'homme ne revenait pas. Je n'osais ni bouger ni respirer. Mes membres étaient engourdis par le froid et l'humidité. Mon imagination malade me créait, dans les ténèbres opaques dont j'étais environnée, des spectres informes, des fantômes menaçans. Il y avait ces momens où je croyais entendre éclater tout à coup, au milieu du silence, des clameurs confuses, des rires et des hurlemens; j'en étais assourdie; je voulais fuir, mes jambes refusaient de me porter, et je m'éveillais en sursaut, tous les membres brisés.

Par intervalles aussi je revenais à moi; mes idées avaient alors une cruelle lucidité. Je m'effrayais du temps considérable qui s'était écoulé depuis le départ de l'inconnu; m'avait-on vraiment abandonnée? étais-je destinée à périr dans ce lieu de désolation? ne m'avait-on ravi au monde que pour me livrer aux tortures de la faim? A cette pensée mes angoisses redoublaient, et je retombais bientôt dans mes hallucinations, à peine plus affreuses que la réalité même.

Quelle horrible nuit! Et pourtant je ne savais pas encore combien mes terreurs étaient fondées; je ne savais pas combien j'avais été près de ne revoir jamais la lumière. Une fois j'avais cru entendre au loin un bruit bien caractérisé: c'était comme un coup de feu, suivi de cris perçans. Mais, pendant mes quarts d'heure lucides, je me disais que mes sens m'avaient trompée sur ce point comme sur les autres. Je demeurais donc plongée dans ma somnolence douloureuse, quand des gémissemens s'élevèrent à quelque distance et se rapprochèrent insensiblement.

— Qui va là? demandai-je, folle d'épouvante.

On ne me répondit pas; les gémissemens se rapprochaient toujours, et finirent par se faire entendre dans le caveau même. J'étais incapable de fuir; la voix me manquait. Enfin des étincelles brillèrent; on battait le fusil à quelques pas de moi; puis la flamme bleuâtre d'une allumette me laissa voir d'abord une main tremblante et la forme indistincte d'un corps humain; quand une lampe eut été allumée, je reconnus mon ravisseur.

Mais quel changement s'était opéré en quelques heures dans toute sa personne! Il se traînait à peine; sa pâleur avait pris une teinte cadavéreuse; ses vêtemens étaient en désordre, souillés de boue et de poussière, comme s'il eût soutenu récemment une lutte acharnée. Il avait à la naissance du col une blessure d'où le sang s'échappait en abondance; le sol en était déjà tout inondé.

Je ne manquais pas de raisons pour haïr et redouter cet homme; cependant son état excita ma pitié.

— Malheureux! m'écriai-je, vous êtes blessé!

J'arrachai un fichu que je portais sous ma mante et j'essayai de bander la plaie. Il ne me parut ni reconnaissant ni fâché de mes soins; il s'y prêtait avec une indifférence farouche. Quand j'eus terminé ma besogne, il m'annonça

par signes que nous devions nous remettre en route sur-le champ.

— Où voulez-vous donc me conduire? balbutiai-je avec effort.

Il prit la lampe et je le suivis. Que pouvais-je faire?

Il semblait impossible de se reconnaître au milieu des galeries qui se multipliaient devant nous; mais mon guide n'hésitait jamais, et la route devait lui être familière. Toutefois, nous n'avancions qu'avec une extrême lenteur. Les émotions et les fatigues de cette nuit d'horreur m'avaient brisée; de son côté, l'inconnu, épuisé par la perte de son sang, marchait très difficilement; souvent il était obligé de s'arrêter et de se soutenir contre les parois de la carrière.

Pendant une de ces pauses, qui devenaient de plus en plus fréquentes et plus longues, je lui demandai timidement :

— Qui donc vous a blessé? Serait-ce la personne dont nous avons entendu les cris dans le caveau?

L'homme continua de gémir.

— Quoi! repris-je, ne connaissez-vous pas votre ennemi?

Il me répondit enfin d'un ton sombre où il y avait pourtant plus de tristesse que de colère :

— Lussan.

Je faillis tomber à la renverse.

— Lussan! m'écriai-je, est-ce de Philippe de Lussan que vous parlez? serait il ici? aurait-il déjà connaissance de ma position? Oh! alors tout espoir ne serait pas perdu pour moi! Mais, par ce qu'il y a de plus sacré, dites-moi si c'est Philippe de Lussan qui vous a blessé!

On se tut et on se remit en marche péniblement.

J'aurais donné la moitié de mon existence pour obtenir l'explication de ce mystère. Ne me trompais-je pas? Cet homme à moitié sauvage, qui semblait avoir désappris le langage humain, n'avait-il pas prononcé un nom pour un autre? Quelle probabilité, en effet, que Philippe de Lussan se trouvât dans les carrières! Cette idée était absurde, insensée, et pourtant je ne saurais dire combien le vague espoir que Philippe pût être à portée de me secourir me donna d'énergie et de courage. Dans ma position affreuse, il me semblait que Philippe, seul au monde, aurait assez d'intrépidité, de prudence et de dévouement pour opérer ma délivrance. Mais ce fut vainement que je renouvelai mes instances pour savoir la vérité; l'inconnu restait aussi impassible que si je me fusse adressé aux blocs de pierre épars dans les galeries.

Enfin nous atteignîmes le but de cette longue et douloureuse marche : c'était un escalier tournant, que je pris pour celui du Val-de-Grâce. Sans doute mon ravisseur, se voyant grièvement blessé et inquiet d'ailleurs des recherches auxquelles ma disparition allait donner lieu, s'était décidé à me ramener dans la pieuse maison dont il m'avait arrachée par surprise. Aussi, malgré la sévérité de l'abbesse, malgré les persécutions (pardonnez-moi, ma mère!) auxquelles j'allais sans doute être en butte de nouveau, mon cœur battait de joie dans ma poitrine. Je me trouvais pleine d'ardeur pour supporter les accidens ordinaires de la vie, dès que j'aurais quitté ces horribles souterrains, que j'aurais vu la lumière et respiré l'air pur. Dans ma joie, je me sentais disposée à l'indulgence envers l'homme qui m'avait fait éprouver ces cruelles émotions; je me proposais de solliciter des secours en sa faveur en arrivant au milieu des bonnes religieuses.

Nous commençâmes donc à gravir l'escalier; mais c'était une rude tâche pour l'inconnu et pour moi. Mon compagnon, après avoir monté deux ou trois marches, était obligé de s'arrêter. Une sueur froide se répandait sur son visage; sa respiration ressemblait au râle d'un mourant. Touchée de compassion, maintenant que je croyais ne plus avoir rien à craindre, je le soutins de mon mieux. L'homme ne m'adressa ni un mot ni un signe de remercîment; d'ailleurs en ce moment il lui restait à peine assez de présence d'esprit pour reconnaître où il était.

Comme nous arrivions enfin au sommet de l'escalier,

mon compagnon tomba évanoui. Je relevai la lanterne que sa main défaillante venait de laisser échapper. Nous étions dans un petit couloir voûté que fermait une porte épaisse. Je poussai des cris ; mais personne ne vint. Alors je courus vers la porte et je frappai des pieds et des mains ; sans doute mes coups étaient trop faibles pour être entendus. Ne sachant plus que faire, je saisis une pierre et je me mis à frapper avec une sorte de rage. Enfin une grosse clef grinça dans la serrure ; la porte tourna sur ses gonds, et je fus si éblouie par la clarté du jour que je fermai vivement les yeux.

Quand j'essayai de les rouvrir, j'entrevis devant moi une vieille femme, couverte de sordides haillons. Je m'aperçus en même temps avec épouvante que je n'étais pas au Val-de-Grâce.

— Ah ! c'est vous, la belle ! dit la vieille d'une voix railleuse, je vous attendais... Eh bien, où est-il donc, lui ? Vous laisse-t-il aller seule, maintenant qu'il vous tient ?

Et elle se mit à rire.

— Si vous parlez de la personne qui m'a conduite ici, répondis-je sans bien savoir ce que je disais, elle est là... dans un état qui réclame votre assistance.

Je lui montrai le corps de l'inconnu, gisant dans le couloir. La vieille femme m'écarta brusquement et alla l'examiner.

— Il est mort ! dit-elle enfin avec plus de colère que de douleur.

— Non, non, répliquai-je, il n'est que blessé, et peut-être...

La vieille s'aperçut sans doute de son erreur ; car ses traits se détendirent un peu.

— Allons ! aidez-moi à le transporter, dit-elle impérieusement.

J'obéis, bien que je pusse à peine me soutenir moi-même ; nous portâmes le blessé dans la chambre où j'étais entrée d'abord et nous le déposâmes sur un affreux grabat qui s'y trouvait.

Alors la vieille ouvrit une chambre voisine et me prenant par le bras, me dit d'un ton menaçant :

— Écoutez, la belle demoiselle, c'est pour vous que mon fils a reçu ce mauvais coup... mais par tous les diables de l'enfer, s'il en meurt, vous mourrez aussi !

En même temps elle me poussa ou plutôt elle me jeta dans une espèce de réduit sombre et malpropre où elle m'enferma.

Mon malheur venait de recevoir un grand adoucissement ; d'abord je revoyais la lumière du soleil dont je me croyais privée pour toujours ; et puis, malgré les menaces et les manières brutales de ma vieille hôtesse, la captivité sous la garde d'une personne de mon sexe me semblait infiniment moins redoutable.

Je me trouvais maintenant dans une petite chambre qui devait faire partie d'un édifice très ancien, peut-être même d'une tourelle, comme j'en jugeais à la forme régulière de cette pièce. Elle recevait le jour de deux fenêtres dont les embrasures profondes montraient l'épaisseur peu ordinaire des murailles. Ces deux fenêtres étaient grillées. L'une, trop élevée pour que je pusse l'atteindre, avait la forme d'une lucarne ; le châssis à demeure était couvert de poussière et de toiles d'araignées. L'autre s'ouvrait sur une espèce d'enclos rempli de décombres, d'herbes sauvages et d'arbustes rabougris. Un grand mur environnait cet enclos et ne permettait de rien voir au delà.

La chambre était carrelée en briques, usées et disjointes en beaucoup d'endroits. Le plafond à poutres saillantes avait une teinte enfumée ; les murailles étaient nues. Les meubles consistaient en un lit de sangles garni d'un seul matelas, une table de bois blanc, deux chaises de paille et un vieux coffre que les vers semblaient ronger depuis cent ans dans un coin obscur. Une chose me frappa surtout : le lit, la table et les deux chaises étaient entièrement neufs ; cette partie du mobilier, qui tranchait avec les teintes foncées et la mine refrognée du reste, semblait n'avoir pas encore servi et avoir été apporté là seulement de la veille.

Il n'en fallait pas tant pour réveiller mes alarmes, et j'eus tout le loisir de me livrer aux réflexions que m'inspirait cette circonstance, car une partie de la journée s'écoula sans que personne entrât dans ma prison. Probablement la femme que j'avais vue, tout occupée de la blessure de son fils, m'avait oubliée. Lasse de penser, je vins m'asseoir près de la fenêtre, et, à travers la grille, je regardai dans l'enclos, espérant que quelqu'un pourrait s'y promener à portée de ma voix ; mais rien ne parut ; selon toute apparence, mes gardiens étaient les seuls habitans de la maison. Par-dessus les murs de l'enclos, on n'apercevait ni arbres ni bâtimens ; sans doute des terrains vagues s'étendaient au delà. Néanmoins, j'avais la certitude que je n'étais pas éloignée de Paris ; j'entendais des sons de cloche ; ce brouhaha immense qui résulte de mille bruits divers et qui est comme la voix d'une grande ville parvenait nettement jusqu'à moi. Parfois le vent m'apportait des clameurs lointaines, le grondement d'une voiture, le claquement d'un fouet ; mais à quoi me servait de me savoir si près de créatures humaines, quand j'étais dans l'impossibilité de réclamer leur appui ?

Depuis la veille, je n'avais pris aucune nourriture, et j'éprouvais une faiblesse extrême ; une soif ardente me brûlait la gorge ; de plus, mes yeux se fermaient malgré moi, et je pouvais à peine me soutenir assise. Mais la solitude où l'on me laissait était trop précieuse pour que j'osasse appeler, et pour rien au monde je n'eusse voulu m'endormir dans cette maison suspecte. Je demeurai donc immobile, la tête appuyée contre le mur, dans un état de somnolence maladive qui avait du moins pour résultat d'éteindre la pensée et le souvenir.

Je fus tirée de ma torpeur par l'entrée de ma gardienne. Cette femme tenait à la main un morceau de pain et une tasse de lait qu'elle déposa sur la table. Puis elle s'approcha de moi et me dit avec rudesse :

— Allons, petite, ne voulez-vous pas manger une bouchée ? Ce n'est pas là un de ces beaux déjeuners comme vous en aviez chez votre richard de père, mais il faut se contenter de ce que l'on a... Et quand vous souffririez un peu à votre tour, où serait le mal ?

Malgré ce ton bourru et haineux, je ne jugeai pas à propos de refuser ce qu'on m'offrait ; je pris avidement la tasse et je la vidai à moitié d'un seul coup ; puis je me mis à rompre le pain d'une main frémissante. La vieille suivait tous mes mouvemens avec une curiosité cruelle.

— Je gagerais, ma belle demoiselle, reprit-elle d'un ton d'ironie, que vous n'aviez jamais eu ni faim ni soif ?

Hélas ! c'était vrai, ou du moins je n'avais jamais connu, comme ce jour-là, de telles souffrances. Pendant que je faisais honneur à ce frugal repas, je demandai à cette femme des nouvelles du blessé. Elle sourit et cligna ses yeux rouges et éraillés.

— Ah ! ah ! dit-elle, vous commencez à vous intéresser à lui ? Ça se trouve à merveille. Mais, rassurez-vous, petite, sa blessure ne sera rien ; quelques jours de repos et il n'y paraîtra plus. Pourtant, vous devrez bien l'aimer pour le dédommager des maux que vous lui avez causés !

Ces paroles me rappelèrent toutes mes terreurs. Je laissai tomber le morceau que je portais à ma bouche.

— Que dites-vous, madame ? Votre fils ! mais je ne le connais que par la violence qu'il a exercée envers moi, et j'ignore même son nom !

— Bah ! bah ! vous autres demoiselles du grand ton vous faites toujours des simagrées. Mon fils est jeune. Croiriez-vous qu'il n'a que dix-neuf ans ? Et puis il se propose de vous rendre bien heureuse. Voyez donc un peu comme il s'est mis en dépense pour vous ! Des meubles qui n'ont jamais servi... des folies, quoi ! Mais il faut obéir quand il commande.

— Madame, ces meubles ont donc été préparés pour moi ?

— Et pour qui donc ? Ils ont bien coûté trente bonnes livres. On veut vous gâter, et on sait que vous êtes habituée aux grandeurs.

— Mon Dieu! est-ce que je dois rester longtemps ici?
La vieille se mit à ricaner.

— Est-elle donc simple, cette petite! reprit-elle; eh!
pardieu! vous serez désormais de la famille. Vous tiendrez
compagnie à mon fils quand il reviendra des carrières;
vous le distrairez, car il n'est pas gai tous les jours. Ensuite il faut convenir qu'il est devenu moins maussade depuis qu'il est amoureux de vous; maintenant il parle quelquefois et il oublie souvent de me battre. Vous l'apprivoi-
serez tout à fait, si vous savez vous y prendre!

Elle eût pu continuer longtemps sur ce ton; j'étais tellement atterrée que je ne comprends pas comment je ne
tombai pas morte à ses pieds. »

XXI.

SUITE DU JOURNAL DE THÉRÈSE.

« La vieille remarqua mon trouble.

— Eh bien! eh bien! allez-vous vous lamenter pour si
peu de chose? dit-elle avec un accent de raillerie. Ce que
c'est pourtant que la jeunesse! Voyons, soyez raisonnable.
Vous serez bien traitée ici. Je ne suis pas méchante, et
puis, s'il faut le dire, je vous veux du bien. Vous ne vous
souvenez pas de moi, peut-être; mais moi, je vous connais
et je sais que vous n'écraseriez pas le pauvre monde sous
les roues de votre carrosse comme votre orgueilleuse
mère. Oui, vous avez été bonne pour moi, et bien vous en
a pris, car si je ne m'en étais souvenue tout à l'heure,
quand j'ai cru que mon fils était mort à cause de vous,
je vous eusse étranglée de mes propres mains!

Je regardai cette femme avec plus d'attention, et je crus
reconnaître les traits d'une mendiante à laquelle j'avais
souvent fait l'aumône à la porte de l'hôtel de Villeneuve.

— Quoi! demandai-je avec étonnement, est-ce donc vous
que je trouvais toujours sur mon passage peu de temps
avant mon départ pour le Val-de-Grâce?

— Oui, oui, c'était moi, et vous m'avez donné en al-
lant et venant plus d'une pièce blanche. Mais, quoique
nous soyons pauvres, ce n'était pas pour vos aumônes que
je restais en faction devant votre hôtel... J'avais de la besogne par là, et ça s'est bien connu depuis!

Je ne cherchai pas le sens de ces dernières paroles;
prompte à saisir l'à-propos, je m'écriai chaleureusement:

— Si vous me connaissez, madame, et si vous m'avez
trouvée compatissante envers vous, je vous supplie d'avoir
pitié de moi. Plutôt que d'accepter le sort dont je suis menacée, je me briserais la tête contre les murailles. D'ailleurs, réfléchissez, je vous prie, que vous ne sauriez me
retenir longtemps prisonnière. Mon père et ma mère, dont
je suis l'unique enfant, ne négligeront rien pour me retrouver; la personne qui a poursuivi votre fils de si près et
qui l'a grièvement blessé ne m'abandonnera pas non plus!

La vieille haussa les épaules avec dédain.

— Vous ne vous briserez rien du tout, ma belle, répliqua-t-elle, et vous eussiez aussi bien fait de ne pas parler
de votre père et de votre mère, car ils ne sont pas en odeur
de sainteté chez nous. Quant à celui qui a frappé mon fils,
nous n'avons plus rien à craindre de lui; on l'a retiré mourant d'une carrière basse où il était tombé.

— Quoi! Lussan? demandai-je d'une voix haletante.

— Tiens, vous saviez cela? dit la vieille avec étonnement. Eh! oui, c'était l'avocat Lussan... Mais mon fils
se serait laissé couper en morceaux plutôt que de lever la
main sur lui. Et pourtant on dit que l'avocat est votre galant, friponne!

Je ne répondis pas; ce dernier coup mettait le comble
à mon désespoir. Comment Philippe avait-il été prévenu
du danger que je courais? Son intervention me semblait
toujours inconcevable. Mais ce bon et généreux Philippe
était en danger de mort à cause de moi, il n'y avait plus
à en douter, et cette pensée m'accablait.

Cependant la vieille poursuivait d'un ton d'assurance:

— Ecoutez, petite, n'essayez pas de nous effrayer, vous
n'y réussiriez pas. Tout à l'heure, vous avez vu l'escalier
par lequel vous êtes montée ici; que mon fils ait seulement la force de gagner cet escalier, et une fois dans les
carrières il ne craindrait pas l'univers entier. De tous ceux
qu'on enverrait à sa poursuite il n'en reviendrait pas un,
s'il le voulait bien; et si on le poussait à bout, il saurait se
défendre d'une manière telle qu'on en parlerait encore
dans cent ans.

— Eh bien, madame, je ne menace plus, dis-je en joignant les mains et en fondant en larmes. Je vous supplie
de me rendre la liberté, de me renvoyer à ma famille, qui
doit être dans une horrible inquiétude à mon sujet. En
revanche, je suis riche; fixez une somme pour ma rançon.
Sur un mot de moi, mon père vous ouvrira son coffre-fort,
et vous pourrez y puiser à pleines mains.

Cette fois j'avais frappé juste; les yeux rouges de la
vieille pétillaient d'avidité.

— Est-ce bien possible? dit-elle avec hésitation; on donnerait beaucoup, beaucoup d'argent?... Mais non, ajouta-
t-elle aussitôt avec brusquerie, on me tuerait!

Malgré ses craintes, je voyais qu'elle balançait toujours.

— Madame, repris-je en me jetant à ses pieds, ayez confiance en mes paroles et vous ne vous en repentirez pas.
Laissez-moi partir, et je vous jure de ne révéler à qui que
ce soit les événemens de cette nuit. La somme que vous
exigerez vous sera remise sur-le-champ... Et tenez, je
puis vous offrir déjà quelques objets qui ne sont pas sans
valeur.

On se souvient que j'étais en costume blanc de mariée,
costume bien fripé, hélas! et souillé de boue. Je m'avais
conservé un magnifique collier et des pendans d'oreille en
diamans; je portais aux bras des bracelets moitié diamans
et moitié perles. Soulevant la mante de voyage dont j'étais
encore enveloppée, j'ôtai ces bijoux que je fis chatoyer aux
yeux de la vieille.

— Oh! que c'est beau! murmura-t-elle en allongeant sa
main noire et crochue. Et combien tout cela peut-il va-
loir, ma belle enfant?

Je l'ignorais; ces bijoux étaient un cadeau de mon père
et je ne m'étais jamais inquiétée de leur prix; cependant
je ne crus pas devoir montrer d'hésitation.

— Vingt ou trente mille livres, répondis-je; mais ce ne
sera rien auprès de ce que vous pourrez obtenir de ma
famille, si vous me rendez la liberté.

Ma gardienne maniait les bijoux avec un tremblement
de plaisir; elle les éloignait ou les rapprochait de son visage pour mieux admirer leur éclat. Les diamans surtout
semblaient la fasciner.

— Trente mille livres! marmotait-elle; une grosse fortune pour de pauvres gens. Mon Dieu, que ça brille! Et
ce sont de vraies perles, de vrais diamans?

Tout à coup elle me lança un regard oblique, plein de
ruse et de méchanceté.

— Ah çà! dites-donc, petite, reprit-elle en ricanant, allez-vous porter maintenant ces pierreries? A quoi cela
vous servirait-il, puisque personne ne vous verra? Et cette
robe blanche, ces affiquets, ces falbalas, ne les quitterez-
vous pas aussi? Je vais vous procurer des habits plus convenables avec lesquels vos bijoux jureraient fort vilaine-
ment. Donnez-moi donc ces fanfreluches; je vous les garderai, je vous les rendrai... plus tard.

Et elle avançait cauteleusement sa main ridée.

Je vis qu'elle n'osait pas me dépouiller par force de mes
bijoux; je ne sais quel instinct m'avertit que je me réser-
vais sur elle un puissant moyen d'action en retenant ces
objets précieux. Je les cachai donc sous ma mante, et je
dis avec fermeté:

— Non, madame, vous ne les aurez pas.

Les traits de la vieille prirent une expression menaçante.

— Eh! eh! petite sotte, vous oubliez... Si vous ne me
les donnez pas, je pourrai bien les prendre!

Et elle marchait sur moi comme pour employer la force.

Je courus à la fenêtre. Dans l'enclos qui s'étendait au-dessous, j'avais remarqué un puits qui semblait extrêmement profond. Je passai ma main remplie de perles et de diamans à travers les barreaux, et je dis à la vieille :

— Laissez-moi, ne me touchez pas, ou tout cela sera jeté dans ce puits sans profit pour personne.

— Ne faites pas cela, je vous le défends ! s'écria la mégère.

— Alors n'avancez pas davantage, ou sinon...

— Ah ! ah ! vous voulez me mettre en colère, je crois !

Et elle courut sur moi, le bras levé ; la terreur m'arracha des cris. La vieille s'arrêta effrayée à son tour.

Au même instant une porte s'ouvrit ; une espèce de spectre, drapé dans une couverture, le cou et la tête empaquetés de linges, se précipita dans la chambre. C'était le fils.

Je n'oublierai jamais l'expression formidable de ces grands yeux ronds et fauves, quand il apparut ainsi devant nous. La vieille parut l'implorer du geste ; mais il bondit vers elle avec impétuosité, et elle poussa des plaintes douloureuses. Le monstre !

C'en était trop ; je tombai évanouie en éparpillant autour de moi les perles et les diamans que j'avais voulu défendre.

Quelle triste et cruelle situation que la mienne ! Séparée du monde, de mes amis, de ma famille ; toujours enfermée dans une chambre étroite où pénètrent à peine un peu d'air et de lumière, à la merci de deux êtres capables de tous les crimes, je n'ai plus d'espoir qu'en Dieu. Ma santé s'altère sensiblement. Oh ! si je pouvais mourir ! Peut-être ainsi la Providence m'épargnerait un crime ; car, j'y suis résolue, au premier outrage que l'on tentera contre moi, j'en finirai avec cette odieuse existence.

Ce n'est pas que je n'aie tenté déjà de me soustraire à mon insupportable captivité. L'autre jour, j'étais seule à ma fenêtre, je regardais les petits oiseaux qui chantaient dans les arbres de l'enclos ; quelques fleurs sauvages s'épanouissaient au milieu des orties et des ronces. Oh ! comme j'enviais les fleurs et les oiseaux ! Le soleil au dehors était si beau, l'air si doux ! Mais ces précieux dons du ciel ne sont pas faits pour moi.

Comme je restais pensive, j'entendis des enfans qui jouaient derrière le mur. Je ne pouvais les voir, mais leurs voix joyeuses arrivaient jusqu'à moi ; je supposai que de ce côté se trouvait un terrain inculte où se réunissaient les petits garçons du voisinage. Que pouvais-je attendre d'enfans étourdis ? Cependant je résolus de faire une de ces tentatives désespérées dont le hasard seul peut amener le succès. Appuyant mon front contre la grille de la fenêtre, je m'écriai de toute ma force avec un accent plaintif :

— Au secours !

Aussitôt les appels et les bruyans ébats cessèrent de l'autre côté de la muraille ; sans doute les petits espiègles, surpris par ce cri sinistre qui traversait l'air au-dessus de leurs têtes sans qu'ils sussent d'où il était parti, se consultaient entre eux.

— Au secours ! au secours ! répétai-je avec plus de force.

Après une nouvelle pause, je vis tout à coup apparaître au-dessus du mur une tête blonde et bouclée, une charmante tête de garnement avec de grosses joues roses et des yeux bleus effarés. Sans doute l'enfant avait profité de quelque accident du sol pour grimper jusque-là. Peut-être aussi ses jeunes compagnons l'avaient-ils hissé sur leurs épaules, car j'entendais une espèce de dispute à demi-voix derrière la clôture.

Encore une fois, quel service pouvais-je attendre d'un pareil protecteur ? Mais il conterait sans doute son aventure à ses parens, et tous les moyens sont bons à la Providence pour secourir les affligés. J'agitai donc mon mouchoir afin de mieux attirer son attention, et je répétai d'un ton déchirant :

— Au secours ! au secours !

Le pauvre petit parut fort troublé de ma détresse ; j'allais lui adresser, malgré la distance, quelque parole plus précise, quand je sentis qu'on me retirait vivement en arrière, et la fenêtre fut refermée avec fracas. Ma vieille gardienne était accourue comme une furie.

— Ah ! c'est ainsi, méchante créature ! dit-elle ; vous voulez nous mettre dans l'embarras, et vous appelez à votre aide les polissons du quartier ! Eh bien, morbleu ! la fenêtre sera clouée, et nous verrons si vous en serez plus à l'aise.

Je tremblais qu'elle n'exécutât sa menace ; ma seule jouissance était de respirer à la fenêtre. Heureusement elle ne parut pas y songer plus tard, et elle se contenta de me surveiller d'assez près pour m'empêcher de renouveler ma tentative.

Du reste, rien n'est venu confirmer mon espoir que cette circonstance aurait pu éveiller la curiosité de quelque personne charitable du voisinage. Je n'ai même plus entendu le bruit des enfans derrière les murs de l'enclos, soit que le récit de leur jeune camarade ait excité leurs alarmes, soit que mes persécuteurs aient employé quelque ruse pour les décider à porter ailleurs leur joie naïve.

Ma pensée revient toujours à Philippe de Lussan, qui expie peut-être par de cruelles souffrances ses courageux efforts pour me sauver. Bon et généreux Philippe ! Si je pouvais acquérir la certitude qu'il n'est pas en péril, je supporterais mes maux avec plus de courage. Je sais maintenant qu'il ne se trouvait pas seul dans les carrières, et on suppose que ses amis sont venus à son aide. Mais on ne veut pas me donner d'explications à ce sujet ; peut-être mes persécuteurs ne savent-ils rien eux-mêmes. O mon Dieu ! mon Dieu ! protégez les jours de mon pauvre Philippe !

Ma gardienne est entrée dans quelques détails sur elle et sur son fils. Elle s'appelle Marthe ; elle est veuve d'un carrier qui paraît lui avoir laissé quelque argent, quoiqu'elle refuse d'en convenir, car elle est de la plus sordide avarice. Elle a exercé autrefois je ne sais quelle infâme profession ; mais depuis quelque temps elle n'a pas d'autre état que la mendicité, et encore elle a dû y renoncer depuis que j'habite sa maison, vu qu'elle n'a jamais été absente plus de quelques instans. Son fils porte le nom de Médard, et elle m'a dit avec un singulier sourire qu'il était carrier comme lui. C'est lui, j'en ai la certitude, qui cause ces effroyables écroulemens de maisons dont Paris est épouvanté ; c'est lui notamment qui a renversé l'hôtel de Villeneuve... Quel est le but de tant de crimes dont la pensée seule donne le frisson ? Je ne puis le deviner ; mais Marthe m'a fait entendre que ces événemens n'étaient que le prélude d'une grande et terrible catastrophe dont il serait parlé dans toute la France... Ensuite, peut-être cette femme, qui trouve son plaisir dans le mal, a-t-elle voulu seulement m'effrayer !

On m'a forcée, il y a quelques jours, d'entrer dans la chambre du farouche Médard ; il est déjà en pleine convalescence ; mais la vieille Marthe, en m'adressant les plus affreuses menaces, m'a entraînée dans la pièce où se trouvait son fils. Couvert d'une vieille houppelande, il était à demi-couché sur deux chaises de bois. La maladie avait répandu sur son visage une teinte verdâtre ; ses yeux ronds et fixes semblaient encore s'être agrandis, et quand il les tourna vers moi, j'éprouvai un malaise inexprimable. Il ne manifesta par aucun signe la satisfaction que pouvait lui causer ma visite ; il demeura immobile ; seulement, en quelque partie de la chambre que j'allasse, je sentais ce regard attaché sur moi.

La vieille Marthe m'obligea de m'asseoir en face de Médard, et elle dit d'un ton flagorneur :

— Mon garçon, c'est ta bonne amie qui vient te voir ; ta santé l'inquiète, cette chère enfant. Eh ! eh ! eh !

12

Elle ne reçut pas de réponse; alors elle se mit à bavarder seule avec volubilité. Les oreilles me bourdonnaient, je n'entendais plus; il me sembla pourtant qu'elle faisait un éloge pompeux de son fils et qu'elle m'exhortait à oublier « mes orgueilleux parens. » Je souffrais le martyre; et quoique je ne comprisse pas tout ce que disait cette femme, la rougeur de la honte couvrait mon visage.

Médard parut deviner mes tortures, car tout à coup il leva la main et poussa une exclamation brève et gutturale; la vieille s'arrêta.

— Allons! voilà que tu te fâches encore, dit-elle avec impatience; il faut bien que je parle pour toi, puisque tu ne peux ou ne veux plus parler comme un chrétien.

Un nouveau geste plus impérieux lui imposa silence. Au bout d'un moment, Marthe se leva en grommelant pour vaquer à ses occupations, et je me sauvai dans ma prison, où je donnai libre cours à mes larmes.

Plusieurs autres visites ont eu lieu depuis, et toutes ont présenté des circonstances analogues. Malgré mon trouble, j'ai fait quelques remarques relatives à ce terrible Médard. Il paraît passer sa vie dans des appréhensions continuelles. La porte d'entrée de sa chambre est toujours soigneusement cadenassée en dedans; il se lève au moindre bruit, comme s'il allait prendre la fuite. L'autre porte, qui s'ouvre sur l'escalier des carrières, reste au contraire toujours entre-bâillée pour offrir un refuge au besoin. Je n'ai aperçu aucune espèce d'arme; sans doute l'adresse et la ruse semblent plus sûres à cet homme que les fusils et les épées. En revanche la pièce qu'il occupe renferme des instrumens de forme bizarre que je crois être à l'usage des ingénieurs. Les murs sont couverts de plans diversement coloriés, qui ne portent aucune indication, et dont Médard seul connaît l'emploi. Ces plans paraissent être son ouvrage. Il ne serait donc pas dépourvu de toute instruction, quoique des instincts féroces, l'habitude de l'obscurité et de la solitude, aient tracé une profonde ligne de démarcation entre lui et le reste de l'espèce humaine?

Les jours se succèdent sans apporter de changement à ma situation. Médard est à peu près complétement guéri; hier, quand nous entrâmes dans sa chambre, nous trouvâmes qu'il était allé faire une promenade dans les formidables souterrains où il passe sa vie. Il faut que je m'échappe bientôt ou que je me décide à mourir!

Je n'ai pas dit encore comment j'étais parvenue à obtenir de la vieille Marthe la permission d'écrire.

Depuis le jour où cette méchante femme avait voulu m'enlever mes bijoux, ils étaient restés en ma possession. Sans doute Médard, qui ne semble avoir aucune idée de la richesse et des avantages qu'elle procure, avait défendu à sa mère de me tourmenter à ce sujet. Mais quoiqu'elle n'osât plus essayer de prendre mes pierreries par force, je la voyais fort disposée à les accepter si je les lui offrais. Dernièrement donc je lui proposai de lui donner un de mes bracelets de diamans, si elle consentait à m'apporter un cahier de papier, de l'encre et des plumes. Elle refusa d'abord, puis elle marchanda et elle finit, moyennant le bracelet et les boucles d'oreilles, par me remettre ce que je demandais. A partir de ce moment, j'ai pu écrire ce triste récit que ne liront peut-être jamais les personnes chères auxquelles il est destiné!

J'ai voulu plusieurs fois attacher un billet à quelque objet pesant que j'aurais lancé par la fenêtre, au delà du mur de l'enclos; mais après diverses expériences, j'ai reconnu que le mur était trop élevé, trop éloigné de moi pour que je n'eusse le moindre espoir de réussir, et j'ai dû renoncer à cet expédient.

Si je pouvais, en sacrifiant le reste de mes bijoux, décider Marthe elle-même à se charger d'une lettre pour ma famille. Mais Marthe se défiera; elle voudra voir la lettre, car elle sait lire, et elle craindra de s'exposer à la colère de son redoutable fils... Eh bien! j'écrirai sous ses

yeux; la lettre ne contiendra rien en apparence qui puisse lui porter ombrage; mais je me servirai d'un secret que m'a révélé une de mes compagnes de couvent... Mon Dieu, soutien du faible, protégez ma ruse innocente!

Marthe n'a pas cédé sans difficulté; elle craignait quelque piége. Heureusement l'éclat de mes pierreries lui avait donné une sorte de vertige, et après s'être assurée que ma lettre contenait seulement des consolations vagues et insignifiantes, elle n'a plus résisté à mes prières. Elle ignore que j'ai écrit sur les marges avec du lait, et que ces caractères, invisibles d'abord, deviennent parfaitement lisibles quand on les approche du feu... Elle a juré de la manière la plus solennelle de jeter cette lettre à la poste, et j'en suis sûre, elle n'osera pas enfreindre ce serment, car à défaut d'une religion éclairée, j'ai reconnu en elle une superstition sans bornes.

Mon père et ma mère vont donc enfin recevoir de mes nouvelles! Mais est-il certain qu'ils songeront au stratagème que m'a inspiré la gêne insupportable où je vis? Le secret de ces encres sympathiques, comme on appelle certaines liqueurs, est bien connu; mais, dans le trouble causé par l'arrivée de ce papier, s'aviseront-ils d'y chercher autre chose que ce qui frappera d'abord leurs regards?

Et pourtant sur cette lettre repose ma dernière espérance!

Pendant que Marthe était sortie pour aller jeter ma lettre à la poste, le sombre et taciturne Médard est entré dans ma chambre. Il a repris son costume particulier; il va et vient continuellement de la maison aux carrières. Comme il marche pieds nus, je ne l'entendis pas venir. Je m'occupais de relever mes cheveux devant un morceau de glace étoilé, quand tout à coup le miroir me refléta les traits repoussans du fils de Marthe. Je me réfugiai tremblante à l'autre extrémité de la chambre.

Médard ne prit pas garde à l'impression qu'il produisait. Sans m'adresser aucun salut, aucune marque de politesse, suivant son habitude, il vint s'asseoir dans un coin, le dos tourné à la lumière, qui semble produire un effet désagréable sur lui, et il se mit à me regarder avec sa fixité ordinaire. Toutefois, son regard avait en ce moment un éclat inaccoutumé; une rougeur fiévreuse colorait ses joues de cadavre, et j'entendais le bruit saccadé, irrégulier de son haleine.

Je cherchai la cause de cette agitation; ses yeux ne se détachaient pas de moi. Je voulus prendre sur un siége la petite mante dont je recouvre toujours mes autres vêtemens; je n'en eus pas le temps. Le monstre s'élança d'un bond prodigieux, m'enleva de terre et me serra contre sa poitrine avec un transport frénétique.

Je me débattis en criant; mes efforts ne pouvaient rien contre les bras de fer qui m'étreignaient. Cependant, mes cris parurent surprendre Médard; il me lâcha si brusquement que je pensai tomber à la renverse.

— S'il vous reste un seul sentiment humain, lui dis-je d'un ton déchirant, épargnez-moi!

Il continuait à me considérer avec son admiration farouche, et il murmurait:

— Belle! jolie! ma femme Thérèse... Thérèse de Villeneuve!

Je résolus de tenter un suprême effort pour fléchir cet être brutal. Je me jetai à ses genoux.

— Monsieur Médard, lui dis-je, pourquoi me persécuter ainsi? que vous ai-je fait? Si, comme je le suppose, vous avez une vengeance à exercer contre mon père, ne vous suffit-il pas d'avoir renversé notre hôtel de la rue Saint-Jacques? Pourquoi vous en prendre à moi, inoffensive créature? Mais si je dois porter la peine d'un autre, tuez-moi, et ne m'avilissez pas!

Mes paroles le frappèrent sans l'émouvoir. Il répondit avec difficulté, mais avec une sombre énergie:

— Méchant Villeneuve... Villeneuve a tué mon père... pas vengé... rien vengé!

— Mon père a tué le vôtre ! m'écriai-je. Oh ! monsieur Médard, c'est une calomnie, ne la croyez pas. Mon père est le plus doux, le plus pacifique des hommes !

Quelque chose comme un sourire passa sur la physionomie repoussante de l'homme des carrières ; mais il se tut.

Je repris mes supplications ; je l'adjurai, au nom de ce père mort, au nom de la religion, d'avoir pitié de moi. Il ne m'écoutait plus.

Tout à coup, il se pencha de nouveau pour me saisir ; je me rejetai vivement en arrière, et dans ma précipitation, je me heurtai le front contre l'angle d'un meuble. Le sang jaillit. Pendant que je me traînais, étourdie du coup, vers un siége, il demeura impassible.

— Allons ! bégaya-t-il ; demain ma femme ! demain, demain !

Et il rentra dans sa chambre, indifférent pour l'état de souffrance et de désespoir où il me laissait. Sitôt qu'il fut sorti, je me hâtai de fermer la porte et je me jetai mourante au pied de mon lit.

Ces terribles mots de *demain sa femme*, qu'il a prononcés plusieurs fois, retentissent sans cesse à mon oreille. Demain, si je ne suis pas délivrée de ma prison, sera ma journée dernière... J'ai dérobé à Marthe un couteau propre à mon dessein... Mon père, ma mère, Philippe, vous tous qui m'aimez, venez à mon secours !

XXII.

JEANNETON POUGEARD.

Nous devons maintenant revenir à Sylvie Florival, que nous avons laissée au moment où elle quittait l'hôtel de Villeneuve.

La fille d'Opéra se fit reconduire chez elle au galop de ses chevaux. Une heure après, elle sortait furtivement, seule et à pied, de la splendide maison qu'elle occupait rue de la Chaussée-d'Antin, à quelques pas de l'hôtel de la Guimard. Un changement remarquable s'était opéré dans son extérieur. Plus de poudre, plus de mouches, plus de paniers et de hauts talons : la robe de satin broché à grands ramages était remplacée par une tunique d'indienne, relevée sur le côté, qui laissait voir un jupon de même étoffe, un peu trop court, et deux jambes fines ornées de bas à coins rouges. Une cornette basse et des couleurs plats complétaient ce costume. La fière danseuse s'était métamorphosée en grisette, mais en grisette sémillante qui, grâce aux mœurs du temps, eût pu faire bientôt une fortune de danseuse. Sylvie ne tarda pas à en avoir la preuve pendant qu'elle se glissait en frétillant le long des maisons pour gagner le boulevard. La nuit commençait à tomber ; les coureurs de ruelles remarquèrent cette ombre pimpante, et les galans propos, les œillades, les sourires se multipliaient sur son passage. Mais Sylvie n'était pas disposée pour le moment à jouir de son triomphe, et, dans le but de couper court à ces hommages, parfois assez peu respectueux, elle arrêta le premier fiacre vide qu'elle rencontra, monta dedans, et disparut aux regards de ses admirateurs d'occasion.

Au bout d'une heure, ce qui n'était pas trop si les fiacres d'alors ressemblaient à ceux d'aujourd'hui, elle arrivait à l'extrémité de la rue d'Enfer. Là, elle congédia la voiture, après avoir payé grassement le cocher, et quoique la nuit fût déjà sombre, quoique ce quartier fût boueux et peu fréquenté, elle se mit à trottiner sur la chaussée de l'ancienne route d'Orléans, alors appelée la *Voie creuse*.

A mesure qu'elle avançait, les maisons devenaient de plus en plus rares et prenaient un aspect misérable ; ce n'étaient plus que des cabarets borgnes et des masures habitées par les ouvriers des carrières voisines. Cependant Sylvie continuait sa route sans crainte. Vers le milieu du faubourg, dans un isolement complet, on voyait un bâtiment de très ancienne construction, avec deux tourelles et des fenêtres dont la forme primitivement ogivale avait été dénaturée plus tard ; le tout noir, branlant et de la plus mauvaise mine. Un grand portail et une cour délabrée séparaient cette morose construction de la voie publique. Par derrière s'étendait un vaste enclos où les orties et les ronces avaient pris des proportions formidables. Cette habitation s'appelait la *Tombe-Issoire*; c'était là, suivant la tradition, que le fameux brigand dont nous avons parlé avait habité longtemps ; on assurait que dans un grand nombre de personnes avaient péri victimes de ses cruautés ; enfin c'était là qu'il avait été pendu et enterré, bien que personne ne pût montrer la place, mais il fallait bien justifier ce nom de *tombe* donné au bâtiment, et les traditions ne sont jamais embarrassées pour si peu.

Le logis de la Tombe-Issoire appartenait alors à l'ordre de Saint-Jean-de-Latran ou de Malte. Le commandeur de cet ordre, qui habitait la rue Saint-Jean-de-Beauvais, avait deux maisons de campagne ; l'une était située rue de Lourcine, l'autre était la Tombe-Issoire. Mais, depuis bien des années, cette dernière étant devenue tout à fait inhabitable, les commandeurs avaient cessé de la regarder comme un lieu de plaisance. On l'avait louée successivement à un cabaretier qui s'y était ruiné, l'aspect hideux de ces vieux murs ne poussant pas à la gaieté et à l'ivrognerie ; puis à un marchand de fourrages qui avait refusé bientôt d'y risquer ses marchandises et sa personne. Au temps de cette histoire, des carriers se servaient de l'enclos pour y déposer leurs matériaux. La maison, quoique tombant en ruines, était habitée on ne savait pas trop par qui ; mais chaque trimestre le trésorier de l'ordre recevait exactement le prix du bail ; on ne demandait jamais de réparations, et sa révérence ne tenait pas à en apprendre davantage.

Or, ce fut précisément vers cette habitation de lugubre mémoire que se dirigea Sylvie. Depuis longtemps le portail armorié avait perdu son couronnement, et la porte était tombée de vétusté. Cette porte était remplacée maintenant par une clôture en planches, grossière mais solide, dans laquelle on avait pratiqué un étroit guichet. A côté de ce guichet pendait un bout de corde crasseux correspondant à une sonnette ; mais il fallait de l'habitude pour le trouver par cette soirée obscure. La danseuse le saisit comme par instinct et l'agita résolûment ; le bruit lointain d'une cloche fêlée lui fit espérer que son appel serait entendu.

Néanmoins plusieurs minutes s'écoulèrent avant que les habitans de la Tombe-Issoire donnassent signe de vie. Sylvie Florival s'impatientait de demeurer ainsi exposée aux fâcheuses rencontres, quand elle entendit enfin un pas pesant dans la cour, et quelqu'un s'avança en toussant avec effort. On s'arrêta derrière la porte, sans doute pour reconnaître la visiteuse à travers les fentes ; puis on demanda d'une voix cassée et grondeuse :

— Qui est là ? qui vient nous déranger si tard ?

La personne qui parlait était évidemment de fort mauvaise humeur ; Sylvie n'en tint pas compte.

— Eh ! Marthe Pernet, demanda-t-elle, Marthe la Plieuse, est-ce bien vous ?

Cette interpellation dut causer quelque émotion de l'autre côté du guichet, car on ne se hâta pas de répondre.

— Qui diable peut encore m'appeler ainsi ? murmura-t-on ; je croyais... Qui êtes-vous ? poursuivit-on à voix haute, et que me voulez-vous ?

— Quoi ! Marthe, ma chère marraine, ne reconnaissez-vous pas ma voix ? Je suis la petite Jeanneton Pougeard, votre filleule !

— Jeanneton ! répéta la voix cassée ; elle n'est pas morte ? Et d'où peut-elle sortir ? Voilà plus de six ans qu'on n'a entendu parler d'elle.

— Je vous conterai cela, marraine ; mais ouvrez-moi. Nous ne pouvons causer ainsi.

Marthe parut hésiter.

— C'était autrefois une folle créature, marmottait-elle entre ses dents, et elle ne paraît pas être beaucoup plus sage aujourd'hui, mais je l'accueillerai en souvenir de son père. Au moins, demanda-t-elle tout haut, es-tu seule, Jeanneton?

— Eh! marraine, avec qui donc voulez-vous que je sois?

La vieille pourtant s'assura du fait avant d'ouvrir, et dès que Sylvie eût passé le guichet, elle s'empressa de le barricader avec soin.

L'obscurité empêchait de procéder immédiatement à une scène de reconnaissance. Les deux femmes traversèrent la cour et se dirigèrent vers une salle basse où l'on voyait un peu de lumière, tandis que la danseuse disait gaîment:

— Ah! marraine, toujours défiante! vous avez toujours peur qu'on ne vous enlève votre trésor... C'est encore maintenant comme autrefois.

— Mon trésor, sotte! répliqua Marthe avec aigreur; où donc as-tu vu que j'avais un trésor? Je suis une pauvre femme, et depuis le malheur de mon mari, j'ai supporté bien des misères... Mon ancien état ne va plus; aujourd'hui les gens aiment mieux *plier* leurs morts eux-mêmes; il n'y a plus d'eau à boire. Dans le bon temps, quand on m'appelait chez un bourgeois, j'avais un petit écu pour ma peine, sans compter que le linge des défunts, et par-ci par-là quelque bijou oublié sur le corps, m'appartenaient de droit; malheureusement ces temps-là sont passés et la vie est bien dure!

Sylvie, en écoutant la vieille, avait fait un mouvement de dégoût; mais elle s'empressa de cacher cette impression.

Marthe venait d'introduire sa visiteuse dans une ancienne cuisine voûtée dont les murs moisis et humides étaient argentés par la bave des limaçons. Il fallait se glisser entre les décombres du fourneau et de la cheminée pour atteindre un petit coin où quelques pots de terre ébréchés annonçaient que la vieille avait établi son office. Une lampe de ferblanc, posée sur une table vermoulue, éclairait faiblement une portion de la pièce; le reste était plongé dans l'obscurité. Il régnait là une température glaciale qui pénétrait jusqu'à la moelle des os.

Mais cette fois la danseuse ne montra ni étonnement ni dégoût. Elle se contenta de promener un long regard autour d'elle en murmurant:

— Rien ici n'est changé, excepté moi peut-être, ajouta-t-elle plus bas.

Marthe avait saisi la lampe et tournait lentement autour de Sylvie pour l'inspecter en détail; après mûr examen, elle reprit d'un ton moins maussade:

— C'est vraiment Jeanneton Pougeard, la fille au pauvre père Pougeard, l'ami de mon défunt. Comme te es devenue grande depuis six ans, ma fille! et puis tu es mise aussi richement qu'une princesse; aurais-tu fait fortune, par hasard?

— Pas encore, marraine, répliqua Sylvie avec un sourire fin qui donnait à penser; cependant les affaires ne vont pas mal et ma bourse est bien garnie.

Marthe, jusqu'à ce moment, n'avait su comment recevoir sa filleule; elle devint fort démonstrative en acquérant la certitude qu'on ne venait rien lui demander.

— Que je t'embrasse donc, chère petite! reprit-elle en frottant son museau de fouine contre le frais minois de la danseuse; comme te voilà grande et jolie! Il me semble que c'était hier que je te voyais courir pieds nus dans le ruisseau... Ah çà, tu as donc pris un bon état? Il faudra m'apporter tes économies; je te les garderai. Les jeunesses, ça mange tout en rubans et en cornettes, et ça ne se réserve rien pour les mauvais jours.

— J'y ai bien pensé, marraine; je vous apporterai mon argent à ma première visite...

— A merveille, tu as raison, répliqua la vieille avec empressement; voilà une bonne fille!... Comme ton pauvre père eût été content de te voir si proprette et si jolie! Tu sais qu'il n'a pas eu de chance...

— Je sais, balbutia Sylvie en détournant les yeux.

— Oh! mon Dieu, oui!... pris le même jour que mon pauvre défunt, et ils ont fini ensemble, là-bas, sur la place de Grève...

— Assez, madame, assez! murmura la danseuse d'une voix étouffée.

— Ça te chagrine, je le comprends, reprit l'impitoyable vieille; ensuite, j'aurais cru que ton père. Quoi qu'il fût bon homme au fond, tu n'avais que douze ans quand il te vendit pour quelquesécus à des saltimbanques qui passaient, et il y aurait bien à redire là-dessus... D'autre part, tu n'étais pas trop heureuse chez lui; il buvait tout ce qu'il gagnait, et quand il était ivre... Enfin les saltimbanques avaient promis de t'apprendre leur état et de te mettre le pain à la main; il paraît qu'ils ont tenu parole. Mais depuis quand es-tu à Paris? où travailles-tu maintenant, à la foire Saint-Laurent ou bien au Cours-la-Reine? Je voudrais tant te voir avec tes habits couverts de paillettes!

— Je vous conterai cela plus tard, marraine; parlons un peu de vous et des vôtres. Votre fils Médard, comment se porte-t-il? pourquoi ne le vois-je pas?

— Il travaille dans les carrières, répondit Marthe laconiquement.

— Mais il rentrera ce soir, sans doute?

— Cela n'est pas sûr.

Sylvie respira; l'absence de Médard était une condition nécessaire pour la réussite de ses projets. Elle reprit:

— Écoutez, marraine; depuis six ou sept ans nous ne nous sommes pas vues, et je souhaite que nous fêtions un peu mon retour. J'étais autrefois un peu gourmande; c'est encore de même aujourd'hui; nous allons faire une petite collation d'amies. Seulement, comme je ne veux pas vous induire en dépense, voici pour payer les provisions que vous allez acheter... n'épargnez rien et régalons-nous du mieux possible.

Un louis de vingt-quatre livres tomba dans la main de Marthe.

La danseuse espérait que sa marraine sortirait pour acheter des provisions et la laisserait seule dans la maison; elle s'était trompée. Marthe tourna et retourna la pièce d'un air avide et finit par l'enfouir dans une de ses vastes poches.

— Comme tu y vas, ma mignonne! reprit-elle; l'or coule entre tes doigts comme si l'on n'avait qu'à se baisser pour en ramasser. Ne faut pas être dépensière; s'il te reste beaucoup de pièces semblables à celle-là, apporte-les-moi, je les garderai. Mais il n'est pas besoin de sortir pour chercher de quoi nous régaler, j'ai toujours dans ma chambre quelques petites friandises en réserve; montons, et tu verras que nous ne serons pas trop à plaindre. Quant à ton or, je te le rendrai... plus tard. Ma filleule ne doit rien payer chez moi.

Sylvie était vivement contrariée; mais elle parvint à dissimuler son désappointement. Marthe lui fit monter un escalier en ruines. Après quelques détours, on entra dans une chambre sombre et poudreuse, remplie de meubles éclopés, de loques sordides, d'objets cassés et sans valeur. Sur une table boiteuse la vieille déposa sa lampe et un reste de bougie allumé qui peut-être avait été volé dans une église. Ensuite elle alla chercher au fond d'une armoire plusieurs assiettes raccommodées, contenant des biscuits rongés par les rats et saupoudrés de poussière, des échaudés qui dataient de six mois au moins et quelques fruits secs. Elle disposa tout cela symétriquement sur la table avec deux verres communs et une bouteille qu'elle retira d'une cachette. Puis elle approcha deux fauteuils de tapisserie dont la couleur était problématique depuis longtemps et elle invita Sylvie à prendre place.

— Voilà ce que j'appelle une collation dans le bon genre, dit-elle en promenant sur ces apprêts un regard de complaisance; tu vas te régaler, friande! mais on ne retrouve pas tous les jours des filleules cousues d'or telles que toi... Ah! j'ai vu un temps où j'en faisais souvent des collations fines, soit seule, soit avec une compagne, à côté du lit des morts que nous étions chargées de garder! On ne nous refusait pas mille petites douceurs et du vin vieux, et du café et des viandes froides, sans compter que notre besogne achevée, nous emportions toujours dans notre tablier quelques objets qu'on avait laissé traîner par hasard devant nous... Mais goûte-moi cela, ma chère, ajouta-t-elle en débouchant la bouteille et en remplissant les verres ; sens-tu comme ça embaume? C'est du madère aussi vieux que moi, et tes maîtres les saltimbanques t'en ont rarement offert de pareil!... A ta santé, ma fille !

Le vin, qui provenait de contrebande, était délicieux en effet; mais comme on peut le croire, les commentaires dont Marthe accompagnait le régal n'étaient pas de nature à mettre Sylvie en appétit. La danseuse touchait à peine son verre du bout des lèvres, tandis que Marthe vidait prestement le sien.

Après une courte pause, Sylvie reprit d'un ton dégagé qui prouvait l'empire qu'elle avait sur elle-même :

—Vraiment, marraine, je regrette que Médard ne soit pas là pour nous aider à fêter ma bien-venue !

—Médard, répliqua la vieille, dont le vin semblait déjà délier la langue ; tu ne sais guère, ma fille, de qui tu parles. Le madère ou la piquette sont tout un pour lui. Une fois, il entra dans la cave des Chartreux, et il trouva des vins exquis dont il m'apporta quelques bouteilles. Quant à lui, il n'eut même pas l'idée d'en goûter. Il pourra vivre huit jours avec de l'eau et un morceau de pain noir... Tu te souviens combien il était sauvage pendant son enfance ; mais ce n'était rien au prix de ce qu'il est aujourd'hui.

— Eh ! eh ! marraine, dit Sylvie en souriant, on pourrait peut-être l'apprivoiser !

— Je te comprends, friponne ; mais, crois-moi, tu y perdrais tes jolies mines, et tu serrerais pour rien les cordons de ton corset. Médard n'est pas un homme comme les autres ; il passe des semaines entières dans les souterrains. Quand il en sort, la lumière l'éblouit, et il ne voit plus ; il a perdu l'habitude de parler, il ne comprend même plus ce qu'on lui dit, et à la moindre contrariété, il vous bat comme plâtre. Va donc apprivoiser un ours de cette espèce ! Je ne suis pas heureuse avec lui, ma fille; et cependant, pour rien au monde, je ne voudrais me séparer de lui ! Son père me battait ; il fait comme son père, le cher enfant !

Et par forme de consolation, la vieille se versa un grand verre de madère.

— Mais, bon Dieu ! Marthe, demanda la danseuse avec une feinte naïveté, à quoi Médard peut-il donc employer le temps dans ces vilaines carrières ?

Marthe eut un mouvement de défiance; mais elle se ravisa presque aussitôt.

— On peut te parler franchement, à toi, répondit-elle ; tu es la fille de Pougeard, le compagnon et l'associé de mon défunt, de Pougeard qui a péri le même jour et de la même mort... Ça pourra donc te faire plaisir de savoir que Médard s'occupe de nous venger tous.

— Il nous venge, et comment cela? De qui nous venge-t-il ?

— De ceux qui ont condamné ton père et le sien, de tous ces gros bourgeois si fiers et si heureux, des gens de ce quartier qui nous montrent au doigt et nous haïssent, de tous ces gueux de Parisiens qui voulaient nous massacrer, mon fils et moi, le jour où nous allâmes assister nos pauvres martyrs là-bas, sur la place de Grève. Trouves-tu donc qu'il ait tort?

— Il a raison, marraine, il a raison; seulement je ne puis comprendre.

— Tu ne comprends pas que lorsqu'on sait se diriger dans les carrières, on peut facilement renverser des maisons, des rues entières si l'on veut... C'est mon pauvre défunt qui le premier a conçu cette idée. Quand il était là-bas, au Grand-Châtelet, il nous fit venir et il donna ses ordres à Médard ; il lui remit un plan des carrières, qu'il avait dressé lui-même, et il lui fournit toutes les indications nécessaires. Pour nous animer davantage, il exigea que nous fussions présens à son supplice... Depuis ce temps, Médard n'a pas négligé sa tâche ; il est nuit et jour dans les car-

rières à calculer des positions, à prendre des mesures. Parmi ceux qui ont persécuté nos pauvres hommes, plusieurs ont été déjà cruellement punis, témoin ce misérable traître de Canivet qui les vendit tous... Mais ce n'est rien encore ; Médard a de grands projets en tête... Je ne peux dire de quoi il s'agit, mais ne t'amuse pas trop, d'ici à quelque temps, dans le quartier qui s'étend entre le Luxembourg, l'Observatoire et le Val-de-Grâce, car tu pourrais t'en trouver mal.

Et Marthe se mit à rire comme s'il s'agissait d'une excellente plaisanterie.

Sylvie était glacée d'horreur ; elle n'osait parler, de crainte que l'altération de sa voix ne trahît ses secrètes pensées.

—Ensuite, reprit la vieille avec expansion en attaquant un flacon de liqueur qu'elle était allée chercher dans sa cachette, la besogne avance lentement, surtout depuis que mon fils est amoureux.

—Amoureux ! répéta la danseuse, à qui ce mot rappelait le véritable but de sa visite.

—Ah ! ah ! ah ! cela t'étonne, ma chère? Voilà pourquoi je disais tout à l'heure que tu perdrais tes peines à faire la coquette avec mon fils... Une autre a pris l'avance.

— Et cette femme, où donc Médard l'a-t-il vue, puisqu'il ne sort jamais?

—Je ne sais trop... je crois dans le jardin d'une maison où il s'était introduit pour prendre des mesures... C'est la fille d'un gros financier archi-millionnaire auquel nous avons rendu un bœuf pour un œuf, soit dit sans reproche.

Et l'horrible vieille, tout à fait ragaillardie par la boisson, continua de ricaner en râlant.

— Allons donc, marraine, reprit Sylvie, qui affectait l'incrédulité, vous voulez vous moquer de moi; si Médard osait se présenter chez une demoiselle comme celle dont vous parlez, il serait indubitablement bâtonné par les laquais... D'ailleurs, je ne sais comment est votre fils aujourd'hui ; mais à l'époque où je quittai Paris, il ne promettait pas d'être beau.

— Ah ! tu es piquée, petite ! dit Marthe en continuant de rire ; tu avais sans doute jeté ton dévolu sur notre Médard, et tu l'injuries parce qu'il n'est pas pour toi. Mais, sache-le bien, mon fils, beau ou laid, voit sa bonne amie quand il veut, lui parle quand il veut, sans craindre d'être bâtonné par des laquais.

— Impossible... vous voulez vous moquer de moi, marraine, et cela n'est pas bien.

— Ah ! c'est comme ça? dit la vieille piquée à son tour; douteras-tu encore, mademoiselle Saint-Thomas, quand je te dirai que la princesse en question est ici, dans cette maison, à deux pas de nous? Pour preuve, continua-t-elle en tirant de sa poche une clef massive, voici la clef de la cage où je garde notre bel oiseau.

— Quoi! Sylvie en affectant toujours l'incrédulité, la fille de cet archimillionnaire dont vous parliez?

— La fille unique d'un fermier général, ma mignonne, rien que cela... Et, tiens je songe que j'aurais dû lui porter son souper ; mais elle mange si peu, qu'elle peut bien se passer de souper pour une fois.

La danseuse garda un moment le silence.

— Marraine, reprit-elle en versant elle-même à la vieille une rasade de liqueur que Marthe se mit à siroter, puisque vous m'affirmez la chose, je dois vous croire; mais je gagerais que votre fille de fermier général est laide comme le péché ?

— Dusses-tu en enrager de jalousie, elle est plus jolie que toi.

— Je voudrais bien voir cela, dit Sylvie avec une moue dédaigneuse ; marraine, montrez-moi cette merveille, je vous en prie.

— Oh! pour cela non, répliqua Marthe avec fermeté; si Médard le savait... miséricorde! Figure-toi, ma chère, que cette fille est son idole; il ne pense plus qu'à elle et il abîmerait la terre entière pour la conserver... Il m'a commandé, à la première alarme, de me sauver avec la petite dans les carrières, et une fois là, il saurait bien nous défendre, quand même tous ces brigands de Parisiens se mettraient à nos trousses... Non, tu ne peux la voir; car si Médard remontait d'un moment à l'autre, il nous tuerait toutes les deux !

— Ma foi ! marraine, je n'en courrai pas le risque, reprit Sylvie avec une terreur bien jouée; n'en parlons plus... aussi bien, poursuivit-elle en se levant, il est tard et ce quartier est désert... Il ne me reste qu'à vous remercier de votre bon accueil et à retourner chez moi.

— Et où demeures-tu donc, mignonne ?

— Aux Porcherons; mes patrons ont construit près de là une tente où nous donnons des représentations superbes; vous viendrez nous voir, j'espère ?

— Sans doute, sans doute... Mais vraiment, Jeanneton, tu demeures bien loin et il y aurait conscience à laisser courir une fillette à pareille heure. Es-tu donc obligée de rentrer ce soir chez tes maîtres ?

— Oh ! mon Dieu ! non, marraine; pourvu que je sois rendue demain matin...

— Hum ! voilà une liberté qui ne fait ni ton éloge ni celui de tes patrons... Eh bien, ma chère, si tu n'es pas pressée, pourquoi ne passerais-tu pas la nuit ici ? Décidément je crois que Médard ne remontera pas de ce soir; d'ailleurs, je n'ai pas souvent l'occasion de causer et de me donner un peu de bon temps; reste donc... nous finirons nos gâteaux et notre bouteille de liqueur... Quand nous serons fatiguées de bavarder, tu te coucheras avec moi, ou je te dresserai un lit par terre; et demain matin, après déjeuner, je te renverrai de bonne heure.

C'était précisément là que Sylvie voulait amener Marthe; elle éleva pourtant quelques objections pour la forme, et parla du soin de sa réputation, ce qui parut divertir beaucoup la Plieuse.

— Allons ! marraine, puisque vous le voulez, reprit-elle en paraissant se décider tout à coup, soit, je passerai la nuit chez vous. J'ai sur moi une portion des économies dont je vous ai parlé et je craindrais les mauvaises rencontres. Tenez, ajouta-t-elle en présentant à Marthe trois nouvelles pièces d'or, puisque vous voulez bien être ma trésorière, prenez ceci, je vous prie; je vous réclamerai cet argent quand j'en aurai besoin.

La vieille ouvrait de grands yeux.

— Et c'est à danser sur la corde que tu gagnes tout cela ? dit-elle en frissonnant de joie; quelle bénédiction du bon Dieu ! Tu m'apporteras le reste, n'est-ce pas ? En as-tu encore beaucoup, de ces chers jaunets brillans ?

— A peu près autant, marraine.

— Mais c'est charmant, ma mignonne ! tu viendras tout m'apporter demain soir, c'est entendu, et je te promets un nouveau régal... Quel bon état que le tien ! Si je n'étais pas si vieille, je t'aurais priée de me l'apprendre; ça vaut bien mieux que de plier les défunts.

Tout en parlant, elle était allée à son armoire, où les louis disparurent sans bruit; elle revint avec un supplément de provisions, et la collation continua sur nouveaux frais.

Cependant, comme on peut le croire, Sylvie trouvait fort peu de charmes à ce repas grossier, dans cette maison lugubre, en compagnie de cette mégère. Sans doute ce que nous savons de son origine et de sa première jeunesse semblait devoir la rendre peu difficile sur le choix de ses plaisirs et de ses sociétés. Mais de si bas qu'on soit partie, les instincts s'épurent et s'élèvent bien vite dans la vie élégante. Elle laissa donc la vieille s'exalter par son bavardage et par ses fréquentes rasades; quant à elle, pensive et presque silencieuse, elle se contentait de porter son verre à sa bouche à longs intervalles. Un hardi projet germait dans son esprit, et il lui fallait attendre pour l'exécuter que l'horrible Marthe fût arrivée à un degré d'ivresse qui endormirait sa pénétration ordinaire.

Ce moment semblait approcher rapidement. Déjà les yeux de la Plieuse devenaient clignotans; sa bouche était pâteuse, et elle bredouillait, sans toutefois ralentir le flux de paroles qu'elle lançait comme au hasard. Aucun de ces signes ne restait inaperçu pour Sylvie.

— Marraine, reprit-elle enfin, j'ai beau faire, je ne peux m'empêcher de songer à cette ruijaurée... Je veux m'assurer si elle est vraiment aussi jolie que vous le dîtes.

— Je te le répète, Jeanneton, c'est impossible, répliqua mollement la vieille.

— Pourquoi cela, marraine ? Je jetterai seulement un coup d'œil sur cette fameuse beauté. Sans doute elle est endormie à cette heure; nous ne l'éveillerons pas. Vous voyez bien qu'il ne peut y avoir aucun inconvénient. Allons ! votre belle prisonnière est sans doute dans la chambre de la tourelle, entrons-y. Ce sera l'affaire de quelques instans.

Elle prit le bougeoir sur la table d'un air de résolution.

— Soit, dit Marthe, si tu y tiens tant... Mais tu m'apporteras le reste de tes jaunets, n'est-ce pas ?

— Oui, oui, je vous le promets.

Et elle sortit de la chambre; Marthe suivit en chancelant. Mais déjà Sylvie ne s'occupait plus d'elle que médiocrement; jeune et forte, elle se croyait sûre désormais d'exécuter son plan, même en dépit de cette ignoble créature.

La danseuse connaissait de longue date les êtres de la maison. Elle traversa rapidement un corridor qui séparait la chambre de Marthe d'un autre corps de logis. La vieille bronchait et haletait derrière elle en marmottant:

— Pas si vite, pas si vite, donc... Peste soit de l'étourdie ! Ce que c'est pourtant que la jalousie !... Ah ça ! dis donc, Jeanneton, tu ne vas pas écouter les jérémiades de la petite ? Elle a une langue dorée, vois-tu, et elle en dégoise ! — Je ne l'écouterai pas, si vous voulez; mais hâtez-vous d'ouvrir.

On était arrivé à la porte de la tourelle; la vieille en chercha lentement la clef dans ses vastes poches. Cette clef trouvée, il s'agissait de l'introduire dans la serrure; mais la main de Marthe était si tremblante, sa vue était si troublée, que l'opération présentait certaines difficultés. Sylvie, impatientée, saisit la clef, ouvrit la porte et entra précipitamment.

Thérèse était sans lumière dans cet affreux galetas où régnait une odeur nauséabonde. Cédant à la fatigue et à l'accablement, elle venait de s'assoupir; complètement habillée et enveloppée dans sa mante, elle était assise sur une chaise de paille et reposait la tête appuyée sur le lit de sangle. La malheureuse enfant n'avait jamais dormi autrement depuis qu'elle habitait la Tombe-Issoire !

Au bruit que firent les deux femmes, elle s'éveilla en sursaut; et tandis qu'elle s'appuyait sur une main pour ne pas tomber, elle posait l'autre devant ses yeux éblouis en s'écriant:

— Qu'y a-t-il ? que me veut-on ? Grâce ! grâce !

La vieille se mit à rire méchamment de sa frayeur; quant à Sylvie, elle contemplait la jeune prisonnière avec une curiosité mêlée d'une profonde pitié.

Hélas ! la pauvre Thérèse était bien changée depuis sa captivité. Ses fraîches couleurs n'existaient plus; ses joues étaient creuses, ses yeux cernés. Ses mouvemens, quand ils n'étaient pas précipités par la terreur, avaient une langueur maladive; une tristesse poignante se trahissait dans le timbre de sa voix. Ses vêtemens blancs de mariée, n'étant plus de mise depuis longtemps, avaient été remplacés par une robe grossière et un petit fichu qu'elle devait laver elle-même. Malgré cela, Thérèse semblait toujours belle, mais de cette beauté mélancolique, expressive, qui s'adresse au cœur.

Sylvie examinait avec un douloureux étonnement cette héritière d'une immense fortune dans sa navrante détresse, cette charmante reine des salons dans son cruel abaissement, et comme les dissipations mondaines n'avaient pas encore fermé le cœur de la danseuse aux émotions douces, elle ne put retenir ses larmes.

— Mademoiselle, balbutia-t-elle en prenant la main de

Thérèse, mademoiselle de Villeneuve... oh! que je vous plains!

Ces paroles amies, les premières qu'elle eût entendues depuis longtemps, parurent causer à Thérèse une impression agréable. Elle regarda Sylvie à son tour.

— Vous me plaignez? dit-elle chaleureusement; alors, protégez-moi...

Puis, craignant déjà, dans sa défiance de prisonnière, d'être allée trop vite, elle reprit avec plus de réserve:

— Qui donc êtes-vous, mademoiselle?

— Mon nom vous est inconnu, répliqua Sylvie en rougissant légèrement; sachez seulement que j'ai promis de vous sauver, et si vous prenez confiance en moi, je réussirai, je l'espère.

— Que dites-vous? s'écria Thérèse toute palpitante; oh! mademoiselle, il serait cruel de m'abuser!

— Je ne vous abuse pas, et vous en aurez bientôt la preuve si vous consentez à me suivre.

— Vous suivre? Grand Dieu! dit la pauvre enfant dans un trouble inexprimable, je crois rêver. Mais où voulez-vous me conduire? J'ignore qui vous êtes, et vos rapports actuels avec mes persécuteurs devraient peut-être... Mais, pardonnez-moi; ces larmes, cette voix affectueuse, ne peuvent mentir. Ce n'est pas un nouveau piège que l'on me tend; non, ce n'est pas un piège; à quoi bon?

— Nous n'avons pas de temps à perdre, interrompit Sylvie; si le fils de cette femme rentrait tout à coup, je ne pourrais plus rien pour vous. Je vais vous conduire à vos parens; mais avant de quitter cette maison, je dois vous dire quelle condition je mets à mes services.

— Oh! parlez, mademoiselle; quelle que soit cette condition, je l'accepte d'avance.

— La voici: Vous promettez de ne jamais dénoncer à la justice les personnes qui se sont emparées de vous et qui vous retiennent ici prisonnière. Si odieuse qu'ait été leur conduite, je ne saurais souffrir qu'il leur arrivât aucun mal.

— Je n'ai jamais songé à me venger; je n'ai donc pas de mérite à faire cette promesse.

— Je m'attendais à cette générosité. Maintenant, prenez ici les objets qui vous appartiennent, et hâtons-nous de partir.

Les dispositions de Thérèse ne furent pas longues; elle ramassa les feuillets épars de son journal, les plia et les cacha dans son sein; ce fut tout, et elle se rapprocha de Sylvie pour annoncer qu'elle était prête.

Cependant la vieille Marthe, ne pouvant plus se tenir sur ses jambes, était tombée sur une chaise et avait écouté, d'un air hébété, la conversation précédente entre les deux jeunes filles.

— Ah çà! Jeanneton, bégaya-t-elle enfin, que diable chantes-tu donc avec la bonne amie de mon fils? J'ai mal entendu sans doute, mais on croirait... vraiment la chose est si drôle que je ne peux m'empêcher d'en rire.

Sylvie ne chercha plus à dissimuler son mépris.

— Marthe, dit-elle sèchement, vous allez nous faire sortir d'ici sur-le-champ l'une et l'autre, et j'espère que vous n'aurez pas de sitôt la satisfaction de nous revoir.

— Oh! oh! sur quel ton tu le prends, Jeanneton, ma mie! répliqua la vieille, qui commençait à se dégriser; toi, tu peux sortir quand tu voudras et te dispenser de revenir; quant à cette petite, c'est une autre histoire.

— Mademoiselle de Villeneuve va pourtant m'accompagner, je l'ai résolu... Allons! Marthe, conduisez-nous, ou plutôt remettez-moi les clefs.. nous ne resterons pas ici un moment de plus.

— Ouais! qu'est cela? s'écria la vieille en s'efforçant de se lever.

Mais elle ne put y parvenir; Sylvie sourit dédaigneusement.

— Vous avez besoin d'un peu de repos, reprit-elle; allez dormir, ma chère, et donnez-moi vos clefs...

— Je ne te les donnerai pas, abominable coquine! répliqua la vieille.

— Alors, je les prendrai.

En même temps, elle se jeta sur Marthe; celle-ci se débattit, trépigna, grinça des dents; mais l'ivresse avait paralysé ses forces; Sylvie n'eut pas de peine, après une lutte courte, à lui enlever le précieux trousseau qui devait assurer la délivrance de Thérèse.

Marthe, se voyant vaincue, se mit à pousser d'effroyables hurlemens. La danseuse ne s'en inquiéta pas; prenant par la main Thérèse qui tremblait, elle lui dit d'un ton encourageant:

— Venez, mademoiselle, et ne craignez plus rien.

Elles allaient sortir. La mégère, par un effort de volonté, avait enfin réussi à se lever; elle s'élança vers Thérèse et la saisit par ses vêtemens.

— Je ne vous laisserai pas aller! s'écria-t-elle; dussiez-vous me couper les mains, je ne vous lâcherai pas! Quand Médard reviendrait, il me tuerait sûrement pour me punir de ma sottise!

— Allons! allons! Marthe, répliqua Sylvie en dégageant Thérèse, vous vous entendrez toujours avec votre fils, car vous êtes dignes l'un de l'autre... Mais ne retenez pas mademoiselle de Villeneuve; elle ne peut pas, elle ne veut pas rester plus longtemps dans cette maison où vous l'avez si cruellement tourmentée.

— Et c'est toi, traîtresse! qui me joues ce tour infâme! s'écria la vieille.

Elle se répandit en effroyables injures contre sa filleule. Thérèse fit un mouvement d'horreur qui n'échappa pas à Sylvie.

— Ne l'écoutez pas, dit la danseuse avec confusion; les injures qui s'échappent continuellement de sa bouche ne doivent pas être entendues de vos chastes oreilles.

Ces paroles rejetèrent sur Thérèse l'atroce colère de la vieille Marthe.

— Allez, allez, dit-elle avec un sourire haineux, qu'elle reste ou qu'elle parte, cette belle demoiselle, si riche et si fière, n'en est pas moins la femme de mon fils; oui, sa femme, quoique le prêtre et le notaire n'aient pas été conviés au mariage.

Sylvie recula en pâlissant; Thérèse tressaillit, mais elle avait seulement un vague instinct de ce que Marthe avait voulu dire.

— Je suis une pauvre fille opprimée, dit-elle avec noblesse, et depuis deux semaines je me trouve exposée aux coupables entreprises de ces méchantes gens; mais il me restait un dernier moyen de salut: c'était de me donner la mort, et j'y étais déjà toute préparée!

— Ah! je savais bien! s'écria Sylvie.

— Voyez-vous cette bonne âme! reprit la vieille avec son infernal sourire. Qui ne se laisserait tromper à ses airs d'innocence, si l'on n'avait la certitude qu'elle est la femme de mon fils depuis le jour où il l'apporta ici, évanouie, à travers les carrières?

La malheureuse enfant était tombée sur le carreau sans connaissance. Pendant que Sylvie s'empressait de la secourir, Marthe disait d'un air triomphant:

— Eh bien! emmène-la donc maintenant!

La danseuse, à force de soins, parvint à rappeler Thérèse à la vie, et elle lui disait, pour achever de la ranimer:

— Ne croyez pas les odieuses allégations de Marthe; elle ment, j'en suis sûre.

— C'est la vérité pure, la vérité du bon Dieu! répliqua la vieille en ricanant.

Cependant, le temps s'écoulait, et Thérèse était incapable de marcher ou même de parler. Tout à coup retentit un cri rauque et sauvage qui semblait sortir des entrailles de la terre.

— C'est lui qui m'appelle, s'écria la Plieuse en battant des mains; il vient, il vient enfin, et il va vous mettre l'une et l'autre à la raison!

Elle répondit par un cri pareil; c'était sans doute un signe de reconnaissance entre la mère et le fils, pour le cas où quelque danger eût menacé Médard dans la maison.

La situation était affreuse; la présence du terrible habitant des carrières allait renverser tous les plans de Sylvie.

Aussi la courageuse fille n'hésita-t-elle plus. Elle saisit Thérèse dans ses bras, s'empara de la lumière et se dirigea vers la porte, qui se trouvait entr'ouverte.

Marthe, dans un suprême élan de rage, se traîna sur les mains pour tâcher de se cramponner à la robe de Sylvie ; mais la danseuse sut éviter, malgré son fardeau, les atteintes de l'ignoble vieille. Comme elle sortait, elle entendit un hurlement dans la pièce voisine, et en se retournant elle aperçut deux grands yeux qui flamboyaient au milieu de l'obscurité : c'était Médard.

Sylvie se crut perdue ; sa compagne et elle allaient périr sans doute dans les redoutables étreintes du monstre. Heureusement sa présence d'esprit ne l'abandonna pas ; comme Médard s'élançait déjà, elle repoussa vivement du pied la solide porte de chêne, qui se referma ; aussitôt elle tourna la clef et tira les verrous.

Sûre de ne pas courir un danger immédiat, elle s'arrêta un moment pour respirer. Dans l'intérieur de la chambre on entendait des gémissemens, des lamentations et en même temps une sorte de rugissement qui n'avait rien d'humain. Bientôt des coups, appliqués avec une vigueur extraordinaire à la porte même, prouvèrent qu'on essayait de l'enfoncer. Ce bruit parut réveiller la pauvre Thérèse, anéantie.

— Fuyons! s'écria-t-elle ; de grâce, mettez-moi à terre... Je pourrai marcher... sinon ne me laissez pas tomber vivante entre leurs mains!

— Nous sommes sauvées! dit Sylvie.

Elles descendirent rapidement l'escalier, traversèrent le vestibule et la cour ; la danseuse ouvrit la porte extérieure avec la clef dont elle était munie ; enfin elles se trouvèrent saines et sauves sur la voie publique.

On était au milieu de la nuit ; ce quartier mal famé paraissait désert ; cependant ces jeunes filles, si belles et si faibles toutes les deux, n'éprouvaient plus aucune crainte ; ne venaient-elles pas d'échapper à un danger auprès duquel tous les autres ne semblaient plus rien ?

Après une nouvelle pause, Sylvie prit le bras de sa compagne, et elles coururent vers l'extrémité du faubourg. Thérèse se laissait entraîner sans savoir où elle était ni où elle allait. Bientôt les maisons devinrent plus fréquentes ; des réverbères commençaient à briller ; des bruits vagues s'élevaient dans diverses directions. On pouvait déjà se croire sous la protection des honnêtes gens.

Les jeunes filles atteignirent ainsi une rue large et éclairée ; une voiture stationnait dans un angle rentrant. Sylvie poussa un soupir de soulagement et courut de ce côté en demandant d'une voix essoufflée :

— Est-ce vous, Lafleur?

— C'est moi, mademoiselle.

Un valet ouvrit la portière ; les deux fugitives se précipitèrent dans la voiture.

Elles pouvaient enfin respirer en liberté, après tant d'émotions. Quand elles furent remises, Sylvie dit à sa compagne :

— Mademoiselle, je n'ose vous recevoir chez moi... Apprenez-moi donc où vous désirez qu'on vous conduise.

Mademoiselle de Villeneuve ne répondit pas, et il fallut que la danseuse répétât sa question.

— Mon amie, ma protectrice, dit enfin la pauvre Thérèse d'un ton d'égarement, vous qui m'avez déjà rendu de si grands services, mettez le comble à vos bontés en me donnant les moyens de me cacher aux yeux du monde entier... Père, mère, amis, je ne suis plus digne de me présenter devant ceux que j'aime!

XXIII.

LE SALON DE LA DANSEUSE.

Sylvie Florival, ou Jeanneton Pougeard, selon que l'on voudra donner à la libératrice de Thérèse son nom réel ou

son nom de théâtre, se trouvait dans un mortel embarras. Il eût été cruel de laisser mademoiselle de Villeneuve livrée à elle-même dans un pareil moment ; d'un autre côté la danseuse éprouvait, comme nous l'avons vu, certains scrupules de conduire chez elle la charmante fille du fermier général. Sylvie, au milieu des désordres où elle vivait, avait conservé cette délicatesse des âmes qui ne sont pas naturellement vicieuses. Nous connaissons maintenant son histoire ; élevée dans le crime et la misère, vendue de bonne heure par son père à des saltimbanques, elle avait mené la vie aventureuse de ces artistes de bas étage, jusqu'au jour où sa grâce et son talent réel pour la danse l'avaient fait accueillir à l'Opéra. C'eût été miracle si la fille abandonnée eût pu traverser sans souillure toute cette fange, surtout à une époque de dépravation universelle. Mais, malgré le masque de légèreté moqueuse dont elle se couvrait d'ordinaire, elle ressentait un grand respect pour les femmes qui, plus heureuses qu'elle, avaient droit à l'estime et à la considération du monde. Aussi craignait-elle de profaner par un contact trop intime cette innocente enfant que les circonstances avaient rapprochée d'elle.

— Mademoiselle Thérèse, dit-elle avec émotion, reprenez un peu courage, revenez à vous. Cette horrible fille a menti certainement ; je la sais si méchante qu'elle est fort capable d'avoir inventé ces horreurs pour se venger de vous et de moi. Il faut vous efforcer de les oublier et surtout ne les révéler à qui que ce soit au monde ; oui, croyez-moi, le mieux est de garder sur cette calomnie le plus profond secret... Mais vous ne m'avez pas dit, poursuivit-elle, où vous désirez qu'on vous conduise. Voulez-vous rentrer au Val-de-Grâce, où l'abbesse vous recevra sans doute avec empressement, ou bien souhaitez-vous qu'on vous ramène à l'hôtel de Villeneuve ?

— Je... je ne sais pas... Ma tête se perd. Par pitié, mademoiselle, accordez-moi l'hospitalité pour quelques heures!

— Je le voudrais, répliqua Sylvie avec embarras ; mais votre présence chez moi pourrait avoir certains inconvéniens.

— Que craignez-vous? Si modeste que soit votre demeure, ne sera-t-elle pas un palais auprès de la maison où je viens de passer quinze jours?

Thérèse, en parlant ainsi, ne songeait qu'au costume de sa compagne, costume qui était celui d'une petite ouvrière ; elle ne s'était même pas aperçue qu'elle se trouvait dans un somptueux carrosse, sous la garde de laquais galonnés. Dans sa fiévreuse agitation, elle ne remarquait rien ; et d'ailleurs, la fille du financier comprenait à peine que tout le monde n'allât pas en voiture à six chevaux.

Son observation appela un sourire sur les lèvres de la danseuse, qui reprit :

— Eh bien! soit, puisque vous le voulez. J'arrangerai tout pour le mieux. Seulement, mademoiselle, continua-t-elle avec un peu de confusion, vous me saurez peut-être tard, s'il y a lieu, qu'en vous conduisant chez moi, j'ai cédé à vos instances.

Elle fit arrêter la voiture, dit quelques mots au valet de pied, et on se remit en route.

Pendant le trajet, la danseuse prodiguait à la pauvre Thérèse les consolations les plus tendres ; mais Thérèse ne répondait pas, n'écoutait pas ; la tête appuyée contre la paroi du carrosse, elle restait plongée dans une sorte de léthargie.

Il était près d'une heure du matin quand on atteignit le quartier de la Chaussée-d'Antin, alors peu bruyant et peu fréquenté. Enfin la voiture s'engouffra sous une porte cochère dont les deux battans s'écartèrent comme par enchantement, suivit une avenue de jeunes arbres, et vint s'arrêter devant un élégant pavillon.

Des domestiques accoururent au bruit avec des flambeaux ; mais Sylvie leur fit signe de se retirer, et ces gens, habitués aux mystères de leur maîtresse, obéirent aussitôt. Il ne resta là qu'une vieille femme de chambre, d'un extérieur décent, qui dit à la danseuse avec humeur :

— Est-ce vous, mademoiselle? Bon Dieu! peut-on rentrer si tard? j'étais dans une mortelle inquiétude et j'ai dit plus de cinquante *Pater* et autant d'*Ave* à votre intention!

— C'est bon, c'est bon, Marguerite, interrompit Sylvie, qui venait de mettre pied à terre malgré l'obscurité, vous me conterez cela tout à l'heure. Mais dites-moi, la chambre où couche votre nièce Gothon, quand elle vient vous voir à Paris, est-elle en état?

— Certainement, mademoiselle, car demain ou après-demain la chère enfant doit arriver avec sa mère. Que la sainte Vierge les protége toutes les deux!

— Fort bien; vous allez donner cette chambre à une jeune demoiselle qui est là dans le carrosse, et vous veillerez à ce qu'elle ne manque de rien.

— Une demoiselle? Seigneur Dieu! de qui s'agit-il donc? Écoutez, mademoiselle, je suis obligée de servir pour gagner ma vie; souvent je dois fermer les yeux et ne pas trop écouter ce qu'on dit de çà et de là... Mais que je n'entende jamais une messe si une femme comme on en voit parfois occupe la chambre de Gothon, une honnête fille qui a été rosière dans son village!

— Paix! Marguerite; votre langue, ma chère, prend avec moi certaines libertés que je ne saurais souffrir.

Mais Marguerite était une gouvernante privilégiée, et les menaces ne pouvaient la calmer. Toutefois, malgré l'apparente rigidité de sa vertu, elle savait fort bien s'accommoder des avantages et des profits du vice. Après quelques mots d'explication de sa maîtresse, elle se radoucit.

— Allons, reprit-elle, puisque c'est vraiment une personne honnête... Mais pourquoi, bonté du ciel! ne pas la recevoir dans votre appartement tout doré, où elle serait cent fois mieux que dans la pauvre petite chambre de Gothon?

Cette conversation, comme on peut le croire, avait eu lieu à voix basse. Quand elle fut terminée, Sylvie se rapprocha de la voiture et invita Thérèse à descendre. Mademoiselle de Villeneuve ne paraissait pas avoir conscience de ce qui se passait et restait, blottie au fond du carrosse. Quand on l'appela, elle descendit machinalement, mais elle était si faible qu'elle tomba presque dans les bras de Sylvie et de la gouvernante.

Au bout de quelques minutes, elle fut installée dans une petite chambre proprette où l'on avait prodigué les gravures de religion, les enfans Jésus de cire et les chapelets bénits. La dévotion la plus exagérée se manifestait là dans mille détails, et l'on se fût cru à cent lieues de l'Opéra, des danseuses et de toutes les pompes mondaines.

Thérèse restait accablée toujours. Pendant que Marguerite mettait tout en ordre, Sylvie prit place à côté de mademoiselle de Villeneuve et renouvela ses consolations affectueuses. Thérèse gardait toujours un morne silence.

— Allons, reprit la danseuse tristement, il faut laisser son cours à cette douleur; demain peut-être je vous trouverai plus raisonnable. Calmez-vous, mademoiselle; tâchez de prendre un peu de repos, vous en avez besoin après ces terribles secousses... Vous êtes ici chez vous, et Marguerite vous servira. Demain, à l'heure qui vous conviendra le mieux, on vous conduira chez vos parens. En attendant, disposez de tout ce qui m'appartient comme étant à vous.

Cette touchante bonté parut enfin tirer Thérèse de son apathie.

— Pardonnez-moi, mademoiselle, ma chère bienfaitrice, dit-elle en fondant en larmes; je dois vous paraître bien ingrate... J'ai manqué jusqu'ici de la force et de la présence d'esprit nécessaires pour vous remercier de l'immense service que vous m'avez rendu. J'ignore même quel est votre nom, votre rang dans le monde; et cependant ce serait une grande consolation pour moi de vous prouver ma reconnaissance pour votre dévoûment... Vous avez en moi désormais une amie qui ne vous manquera pas tant que Dieu m'ordonnera de vivre pour souffrir!

Sylvie elle-même s'était attendrie; cependant elle répondit avec fermeté:

— Gardez votre amitié, mademoiselle de Villeneuve; elle est trop précieuse pour qu'une pauvre créature telle que moi ose l'accepter. Nous ne devons jamais nous revoir, et nous devons oublier l'une et l'autre cette fatale soirée... Je ne mérite aucune reconnaissance; le sort m'avait unie par des liens assez étroits à vos persécuteurs; c'était mon devoir de vous arracher de leurs mains. Permettez-moi seulement de vous rappeler que vous avez promis le secret sur la manière dont s'est opérée votre délivrance. Je vous demande ce secret pour moi, que vos aveux pourraient jeter dans de mortels embarras, pour vous-même, qui avez le plus grand intérêt à ce que ces événemens soient inconnus du monde entier.

Puis, sans paraître s'apercevoir que Thérèse lui tendait les bras, elle lui baisa cérémonieusement la main et s'échappa toute troublée.

Cependant une pareille impression ne pouvait être de longue durée chez la danseuse. A peine eut-elle traversé la cour et mis le pied dans le vestibule de son appartement, que ses fâcheuses idées s'envolèrent une à une comme une bande de corbeaux effarouchés par le chasseur. Deux ou trois valets bâillaient en attendant qu'on les congédiât; elle s'informa des personnes qui s'étaient présentées dans la soirée.

— Il y a d'abord, répondit l'un d'eux respectueusement, monsieur de Villeneuve, le fermier général; il est revenu par trois fois différentes et il paraissait bien désolé de ne pas trouver mademoiselle...

— Et on l'a toujours renvoyé?

— Il le fallait bien, puisque c'était l'ordre.

— Quels étaient les autres visiteurs?

— Ils sont nombreux, mademoiselle, et vous trouverez leurs noms sur cette liste. Mais il en est deux qui se sont établis dans le salon en affirmant qu'ils ne pouvaient se dispenser de vous voir. Ils sont venus séparément et ils ne se connaissent pas; cependant ils se font assez grise mine, si j'en crois Jasmin, qui s'est glissé dans le salon pour voir comment ils employaient le temps.

— Ah! ah! dit la danseuse avec une moue de mécontentement, voilà des cavaliers passablement insolens, et tout à l'heure sans doute il faudra les mettre à la porte par les épaules... Que tout le monde se tienne prêt pour accourir au premier coup de sonnette! Et tu ne sais pas, Comtois, qui peuvent être ces personnages qui ont eu l'impertinence de vouloir attendre mon retour?

— L'un deux a positivement refusé de dire son nom; c'est un grand, au teint blême, vêtu d'un mauvais habit noir, et il a des papiers dans sa poche. On croirait qu'il ne dîne pas tous les jours; ce doit être être un savant ou un auteur.

— Eh! mais vraiment, maître Comtois, vous devenez physionomiste. Et l'autre?

— C'est cet abbé que mademoiselle reçoit quelquefois.

— Un abbé! s'écria Sylvie en tressaillant: est-ce que ce serait... T'a-t-il dit son nom?... Mais parle donc, imbécile! comment s'appelle cet abbé qui m'attend?

— Mademoiselle est si vive!... Il s'appelle, je crois, monsieur l'abbé de Chavigny.

— Chavigny! s'écria Sylvie transportée; il est sain et sauf! il est enfin revenu!... Où est-il? où est-il donc?

On s'est étonné peut-être que Sylvie, à qui le petit abbé semblait si cher et qui était allé demander de ses nouvelles à madame de Villeneuve elle-même, n'eût pas questionné madame Marthe au sujet de Chavigny pendant sa visite à la Tombe-Issoire. Mais rien n'avait pu faire présumer à la danseuse que l'abbé connût même l'existence des carrières sub-parisiennes; il ne lui avait pas dit un mot de sa première descente dans les vides en compagnie de Philippe de Lussan. Sylvie ne soupçonnait plus aucun rapport possible entre l'enlèvement de mademoiselle de Villeneuve et la disparition des deux amis, sans quoi elle n'eût pas man-

13

qué de presser Marthe sur ce chapitre, au risque de toutes les conséquences.

Elle ignorait donc quels dangers l'abbé avait couru en travaillant à la délivrance de Thérèse, et elle attribuait son absence à quelqu'une de ces étourderies dont il était fort coutumier.

Cependant, en apprenant son retour, Sylvie voulut écarter les gens pour s'élancer dans le salon. Comtois, en valet jaloux de la considération de sa maîtresse, s'opposa respectueusement à son passage.

— Mademoiselle, reprit-il, oublie peut-être que son costume... sans doute un costume de théâtre... pourrait prêter aux interprétations.

Sylvie, en effet, ne songeait pas que sa petite robe de toile et son bonnet rond étaient peu convenables pour recevoir de la compagnie.

— Maroufle! dit-elle en riant. Mais tu as raison, je ne peux me montrer ainsi ; je vais m'habiller. Dis à Marguerite... ou plutôt non, je ne saurais attendre ! je m'habillerai bien toute seule.

Et elle disparut lestement par une porte latérale.

Pendant que Sylvie change de costume avec cette rapidité en usage au théâtre, nous allons la précéder au salon où Chavigny l'attendait en effet avec le personnage vêtu de noir que les valets avaient pris pour un auteur.

Le salon de la danseuse, petite pièce basse, avec d'épais tapis, des meubles moelleux et de triples rideaux pour déconcerter la curiosité du dehors, ressemblait en beaucoup de points au boudoir d'une lorette moderne. Mille futilités artistiques, des chinoiseries que madame Dubarry venait de mettre à la mode, des statuettes en marbre ou en porcelaine de Saxe, encombraient les étagères; dans tous les coins brillait, à la clarté de deux torchères d'argent chargées de bougies, quelque chose de rare et de précieux. C'était un luxe effronté, mais un luxe qui n'avait rien de sévère, un luxe de femmelette ou de courtisane, fragile et frivole comme la maîtresse du logis.

Au milieu de cet élégant réduit, on remarquait tout d'abord le sémillant abbé de Chavigny, soigneusement frisé, en jabot et en manchettes de Malines, sa jambe fine et nerveuse dessinée par un bas de soie bien tiré. Assis devant un guéridon de laque, il écrivait de temps en temps quelques mots sur un papier musqué et satiné, avec une plume dont les barbes étaient tressées d'or. Parfois, il se levait et se promenait à pas lents, comme pour aider au travail de ses pensées, et tout cela avec l'aisance gracieuse de l'homme à qui la richesse ne saurait imposer. Son compagnon, au contraire, laissait voir un embarras, un malaise, une admiration grossière qui témoignaient d'habitudes fort différentes. Il dissimulait sous son fauteuil ses souliers crottés à fibules noires, et frottait sa maigre échine contre le dossier de velours, comme s'il eût voulu profiter de l'occasion pour brosser le drap crasseux de son habit. Renversé en arrière, il tournait machinalement ses pouces, ou bien examinait les objets d'art qui ornaient le salon avec l'attention minutieuse d'un huissier dans l'exercice de ses fonctions.

Sans doute, il ne pouvait exister beaucoup de sympathie entre ces deux hommes, et ils se lançaient de temps en temps des œillades qui n'avaient rien d'amical. Chavigny, arrivé le soir même à Paris, avait trouvé installé chez la danseuse ce personnage crotté qui ne lui revenait pas. Celui-ci, de son côté, avait paru fort contrarié de l'arrivée du jeune abbé. Après s'être salués, ils avaient échangé quelques paroles, mais sans avoir pu deviner mutuellement le but de leur visite chez Sylvie. Bientôt Chavigny, pour passer le temps, s'était mis à composer un impromptu qu'il comptait réciter à la danseuse quand elle rentrerait, et depuis trois heures il suait sang et eau afin de mener à bien son improvisation.

L'abbé, malgré ses efforts, n'avait pu griffonner encore que cinq ou six vers chargés de ratures ; tout à coup il s'arrêta devant l'homme à l'habit noir, et lui dit d'un ton légèrement méprisant :

— Eh ! mon cher, ne seriez-vous pas par hasard un disciple d'Apollon ?

— En effet, monsieur l'abbé, autrefois, dans ma jeunesse, j'ai tenté par-ci, par-là, un pèlerinage à la fontaine d'Hippocrène... Je suis l'auteur du fameux *Bouquet à Chloris* qui parut dans l'Almanach des Muses de 1750 ; sans aucun doute, vous connaissez ce quatrain célèbre, qui m'a valu jadis d'excellens dîners chez des gens de qualité ?

— Vous n'en paraissez pas plus gras, l'ami... Mais n'avez-vous composé que ce quatrain ? Votre muse n'est pas féconde, ce me semble !

— Ma foi ! monsieur l'abbé, répliqua l'inconnu malicieusement en jetant un regard oblique sur le papier raturé, la vôtre n'a pas non plus de dispositions à devenir mère d'une nombreuse famille... J'avouerai que je travaillai sept mois entiers à mon quatrain ; aussi ne s'y trouvait-il pas un mot qui ne portât coup. Depuis ce temps des occupations plus sérieuses, des travaux d'un ordre plus élevé...

— Sept mois ! dit dédaigneusement Chavigny ; je n'en demanderais pas davantage pour écrire un poëme épique en douze chants... Eh bien ! mon cher, je cherche en ce moment une rime à *pupitre*; combien me demanderiez-vous de jours pour la trouver ?

— Pas un, car je puis vous servir sur-le-champ; la rime est *belître*, monsieur l'abbé

— En vérité, monsieur, vous avez dû vous exercer longtemps pour être si prompt à la riposte ; sans doute ce qui vous fait le plus défaut, ce n'est pas la rime, mais la raison.

— Parbleu, monsieur l'abbé, je suis plus favorisé que d'autres, qui n'ont ni raison ni rime.

Il y eut une pause, et les deux rimailleurs se regardèrent un moment comme Trissotin et Vadius durent se regarder quand ils se rencontrèrent *seul à seul* chez Barbin.

— Monsieur, dit enfin l'abbé, je ne vous prends pas en traître; je compte vous attaquer en vers dès que je saurai votre nom, et je vous accorderai dix-huit mois pour méditer votre réponse.

— Je pourrai vous répondre plus tôt, monsieur l'abbé de Chavigny, quoique peut-être en mauvaise prose, répliqua l'inconnu avec un sourire sinistre ; mais pourquoi dans l'*Almanach des muses*, dès que je saurai votre nom ? pourquoi pas dans votre gazette *La Voix de la vérité*, où vous publiiez de si formidables épigrammes contre madame Dubarry, du temps du feu roi ?

Chavigny ne put retenir un mouvement de frayeur.

— Ma foi ! dit-il enfin en se remettant, si vous savez cela, il faut que vous soyez le diable en personne... Mais je ne le renierai jamais mes vers, et, dût-on m'emprisonner pour le reste de mes jours, je soutiendrai que les épigrammes n'étaient pas mauvaises.

— Ah ! mon pauvre abbé ! si quelqu'un qui s'y connaît n'en avait pas jugé différemment, vous seriez depuis longtemps à la Bastille.

— Va donc pour la Bastille ! s'écria le poëte enflammé de colère ; mais, à moins d'être un ignare, un Midas à oreilles d'âne, un Zoïle stupide...

— Bon! voilà l'abbé qui défend ses vers, s'écria derrière lui une voix railleuse.

Chavigny se retourna vivement et aperçut la maîtresse du logis qui riait aux éclats.

En quelques minutes la danseuse s'était improvisé un charmant négligé, plein de fantaisie et de laisser-aller ; puis, elle paraissait si joyeuse, elle riait de si bon cœur en montrant la double rangée de perles enchâssées dans le corail de ses lèvres, que la colère de l'abbé s'évanouit comme une fumée. Il oublia ses vers, ses rimes et les quolibets, et les gens de mauvais goût; il s'élança vers Sylvie, mit un genou en terre devant elle et lui baisa la main avec transport en s'écriant :

— O amour ! ô délire ! le ciel s'ouvre, Vénus elle-même descend sur la terre... c'est la reine des Muses et des Grâces, c'est la divine Sylvie !

— Allons, trop poétique abbé, répliqua la danseuse en continuant de rire, je ne suis qu'une mortelle, et je vous supplie de parler en simple prose. Au lieu de m'assourdir avec ces sornettes, tâchez d'obtenir votre pardon pour les quinze jours que vous avez passés sans venir. Où étiez-vous? que faisiez-vous? Je vous préviens que je veux tout savoir, et si vous me trompez, malheur à vous!

En même temps elle s'avançait vers un sopha où elle s'assit, sans accorder même un regard à l'homme noir qui saluait jusqu'à terre. Chavigny, tout au plaisir de revoir la jolie danseuse, ne songeait pas davantage à l'inconnu.

— Ah! charmante, reprit-il, plaignez-moi. Pendant ces quinze mortels jours, non-seulement j'ai été privé de votre douce présence qui est nécessaire à ma vie comme la rosée à la fleur, mais encore j'ai été victime d'Hippocrate et du dieu d'Epidaure.

— Cela veut-il dire que vous avez été malade?

— Oui, malade pour mon compte et pour le compte d'un ami bien cher...

— Monstre! une femme peut-être?

— Fi donc! il n'existe pour moi qu'une femme au monde, et elle était ici... L'ami dont je parle est ce pauvre Philippe de Lussan, qui vient d'échapper à un grand danger.

— En est-il échappé? J'en suis charmée pour... les personnes qui s'intéressent à lui. Mais vous ne me donnerez pas ainsi le change, mauvais sujet; il me faut d'autres détails. Où étiez-vous donc?

— Ah! par pitié, belle Sylvie, ne m'obligez pas à évoquer ces atroces souvenirs, dit Chavigny avec une grimace plaisante: il y a là des aventures qui feraient dresser les cheveux sur la tête, et d'autres qui donneraient la colique rien que d'y penser. Imaginez d'un côté un voyage en enfer et de l'autre une élégie chez un apothicaire; le tout sent le soufre et la thériaque... pouah! Pendant ces quinze jours je n'ai pas eu d'idée gaie, je ne voyais autour de moi que des visages moroses, je vivais de tisane; mon unique occupation était de gémir ou de pester tout haut et tout bas. Ce soir seulement, Lussan et moi, nous sommes arrivés à Paris, et j'espérais qu'en passant les barrières, la joie nous reviendrait un peu; mais ce diable de Philippe était d'une humeur massacrante, et je l'ai planté là quand je l'ai eu commodément installé dans son logis; il m'a presque battu parce que je voulais savoir le motif de certaine conférence entre lui et un vieil abbé qui nous sert de Mentor. Bref, je suis accouru près de vous, ma charmante, vous la déesse des jeux et des ris, afin d'échapper aux noirs démons qui me poursuivent; et en effet, depuis que j'ai mis le pied dans ce temple de la beauté, depuis surtout que je suis en présence de l'aimable objet qui fait battre tant de cœurs, mes idées redeviennent riantes, ma muse se rechauffe, les nymphes secouent autour de moi leurs guirlandes parfumées...

— Enfin, mon pauvre abbé, vous êtes venu chez moi pour vous distraire un peu. Soyez le bien-venu; moi-même j'ai besoin en ce moment d'effacer de mon esprit certaines impressions qui ne sont pas précisément couleur de rose. J'ai été fort occupée aujourd'hui d'une personne qui vous intéresse, et si je pouvais vous conter... Mais laissons cela; puisque vous voici, vive la joie! et à demain les affaires sérieuses. Avez-vous soupé, l'abbé?

— Soupé? hélas! oui... avec un verre d'eau d'orge et une mince, très mince tartine de confitures.

— Infortuné! Mais vous êtes enfin échappé à vos bourreaux, et nous allons voir si mon maître d'hôtel pourra nous mieux traiter.

— Un petit souper en tête-à-tête! s'écria Chavigny; ô jour trois fois heureux!... Ah çà! poursuivit-il plus bas avec une sorte d'inquiétude, vous n'attendez donc personne à souper?

— Personne. Je ne relève désormais que de moi-même et de Therpsycore, la déesse de la danse.

— Serait-il possible! Chère Sylvie! vous êtes la belle des belles, et je vous adore!

— Adorez-moi donc à distance, et sonnez pour le souper.

Tous les deux se levèrent, et alors ils se trouvèrent face à face avec l'inconnu, qu'ils avaient complètement oublié pendant ce rapide entretien, et qui les regardait d'un air narquois. Sylvie parut confuse, et Chavigny fronça le sourcil.

— Monsieur, dit l'abbé d'un ton hautain, pourquoi restez-vous là quand nous causons?

— Eh! monsieur l'abbé, c'est qu'apparemment vous causez quand je suis là.

— Mais enfin que nous voulez-vous?

— Oui, dit Sylvie en reprenant son assurance, qui êtes-vous? quel est le but de votre visite à pareille heure?

— Mademoiselle, reprit l'inconnu avec une affectation de dignité, je suis un ami des arts et des muses, et j'aurais peut-être autant de droits que l'abbé de Chavigny à être reçu chez une belle dame. Je suis l'auteur du célèbre Bouquet à Chloris que vous avez pu lire en 1750 dans l'Almanach des muses.

— Sylvie n'était pas née, dit l'abbé en minaudant.

— N'importe! mon quatrain est connu de la postérité comme il le fut des contemporains, et il passe avec juste raison pour le chef-d'œuvre des Bouquets à Chloris... Mais ce n'est pas tout; j'ai composé encore un ballet, mêlé de poésie, comme ceux que Molière composait pour le roi Louis XIV, et j'ai la certitude qu'à la scène il obtiendrait le plus brillant succès. Malheureusement l'intendant des menus, à qui j'ai demandé un ordre de représentation à l'Opéra, n'a pas voulu m'accorder cette faveur, parce qu'il n'y a pas de rôle dans la pièce pour une danseuse qu'il protége...

— Ah çà, que prétend donc cet original? demanda Sylvie impatientée à demi-voix.

L'homme noir avait fort bien entendu cette observation; il n'en continua pas moins imperturbablement:

— Si mademoiselle Sylvie Florival voulait écouter mon opéra, j'ai l'espoir qu'elle userait de toute son influence pour le faire représenter au plus tôt. Je lui donnerais le rôle d'une nymphe timide dont elle s'acquitterait à ravir; elle aurait surtout un pas de deux avec Vestris qui enlèverait la cour et la ville.

— Voudrait-il nous lire son opéra séance tenante? dit la danseuse alarmée.

— Et c'est pour lui rompre la tête de tout ce fatras, s'écria Chavigny avec colère, que vous venez à onze heures du soir chez mademoiselle, que vous forcez sa porte, que vous vous installez dans son salon, malgré ses gens? Savez-vous, monsieur, que vos façons me semblent fort inconvenantes?

— Je ne compte pas lire mon opéra ce soir à mademoiselle, répliqua l'homme noir avec la même tranquillité; je n'ai pas eu la précaution d'apporter mon manuscrit, et d'ailleurs...

— Eh bien! alors, s'écria Chavigny perdant patience, délivrez-nous au plus vite de votre présence. Vous voyez que mademoiselle m'invite à souper, et votre face de hibou suffirait pour mettre en fuite le plaisir et les ris.

— Vraiment, monsieur de Chavigny, dit l'inconnu d'un ton moqueur, je ne saurais, dans l'intérêt de votre salut, souffrir pareille chose. Souper en tête-à-tête avec une danseuse! vous, un abbé!

— In minoribus! s'écria l'abbé; distinguez bien, in minoribus!

Puis, se redressant brusquement comme s'il eût regretté ce premier mouvement, il reprit d'un ton rogue:

— Et que vous importe, mon cher?

— Il m'importe si bien que ce souper n'aura pas lieu; et si mademoiselle doit absolument passer la soirée avec quelqu'un, ce sera en compagnie de son très humble serviteur.

— Avec vous, impertinent? Dites donc, l'ami, souhaitez-vous d'avoir les os rompus, par hasard?

— Vous ne me romprez pas les os, monsieur l'abbé, et vous, mademoiselle, vous me suivrez sans résistance. Pour opérer ce double prodige, je n'ai qu'un mot à dire : *Ordre du roi.*

En même temps il tira de sa poche un papier qu'il déploya majestueusement.

— Une lettre de cachet ! s'écria Chavigny.

— Une lettre de cachet ! répéta Sylvie avec amertume ; ah ! l'abbesse du Val-de-Grâce n'a pas perdu de temps !

L'homme noir parut un moment de son triomphe.

— Je vous disais bien, reprit-il en souriant, que le souper n'aurait pas lieu... Mais rassurez-vous, mademoiselle, ajouta-t-il avec un air de magnanimité quasi royale, nous éviterons le scandale et le bruit. Vous allez demander votre voiture, et nous y monterons ensemble comme s'il s'agissait d'une petite promenade dans Paris. J'ai une réputation d'exquise urbanité à conserver, et j'y tiens.

Chavigny avait envie d'étrangler le modèle d'urbanité.

— Monsieur, lui dit-il les dents serrées, les gens de cet hôtel sont nombreux, et si mademoiselle disait un mot, on pourrait bien vous couper les oreilles.

— Seriez-vous sûrs, mon cher abbé, de vous trouver les plus forts ? J'ai pris aussi certaines précautions ; cette maison est cernée par mes gens à moi, et au premier signal...

— Mais vous n'êtes donc pas un poëte, un auteur, comme vous vous en vantiez tout à l'heure ?

— Et pourquoi ne le serais-je pas, monsieur l'abbé ? Ne peut-on servir à la fois les Muses et monsieur le lieutenant de police ? Ne peut-on écrire des procès-verbaux d'arrestation et des quatrains ou des sonnets ? Tenez, je ne veux pas garder plus longtemps l'incognito : je suis le fameux Salvien, surnommé *aux lunettes.* J'ai la confiance de monsieur le lieutenant de police pour toutes les opérations qui demandent du savoir-vivre, du moelleux, l'habitude du monde ; les gens de lettres, les artistes et les femmes rentrent dans ma spécialité. J'ai arrêté monsieur de Voltaire, monsieur Caron de Beaumarchais, mademoiselle Clairon, et demandez-leur s'ils ont à se plaindre de moi ! Votre ami Philippe de Lussan, monsieur l'abbé, peut vous dire aussi comment je sais allier la politesse à la fermeté, la fraternité littéraire au devoir du magistrat. Allez, allez, n'est pas arrêté qui veut par Salvien aux Lunettes ! Ainsi, voyez comme je m'y suis pris pour exécuter mes ordres au sujet de mademoiselle Sylvie *de* Florival. Je suis venu à son hôtel, seul, à pied, avec l'air modeste d'un pauvre rimailleur ; je l'ai attendue sans impatience, sans esclandre, et je ne la troublerai nullement dans ses préparatifs de départ, pourvu qu'elle me promette de ne pas chercher à s'échapper...Hein ! sont-ce là des procédés, et croyez-vous que tout le monde soit arrêté avec ces manières de gentilhomme et de chevalier ?

Chavigny et surtout Sylvie avaient peine, malgré leur consternation, à s'empêcher de rire de ces singulières prétentions. La danseuse reprit d'un ton résolu :

— Bah ! tout cela ne saurait être bien grave ; j'ai la conscience de n'avoir pas commis de crimes énormes et quelques jours de captivité satisferont sans doute la vindicative abbesse... Ainsi donc, mon cher abbé, ce qui me reste de mieux à faire est de suivre docilement ce galant monsieur Salvien.

— Non, Sylvie, les choses ne peuvent se passer ainsi ! s'écria Chavigny furieux ; je veux bâtonner ce maraud, assommer ce drôle !

— Allons ! allons ! l'abbé, sachez vous résigner. Tout n'est qu'heur et malheur, mon pauvre Chavigny ! Il n'y a pas plus de cinq minutes que je me croyais sûre de souper joyeusement ici, en votre compagnie, et il me faut aller souper en prison.. La vie est pleine de retours semblables, et j'en ai déjà éprouvé de plus frappans encore !

Ceci était dit avec une teinte profonde de mélancolie.

— Sylvie, reprit l'abbé, cet emprisonnement en effet ne saurait inspirer de sérieuses inquiétudes ; il s'agit sans doute de quelque grande dame que vous aurez rendue jalouse et qui se venge ; les belles prisonnières telles que vous savez toujours se tirer d'affaire. Mais c'est moi que je plains !

— Voulez-vous bien vous taire, vilain égoïste ! Vous allez me donner la main jusqu'à ma voiture. Vous le voyez, monsieur, ajouta-t-elle coquettement en se tournant vers Salvien aux Lunettes, je ne résiste pas ; je n'ai pas d'épée à vous remettre, mais si vous voulez mon éventail... ce sont nos armes à nous autres femmes !

— Gardez votre éventail, mademoiselle, répliqua Salvien en minaudant d'une manière grotesque, il ne saurait être en de meilleures mains... Ah ! continua-t-il en soupirant, si tous nos cliens reconnaissaient avec autant de bonne grâce les égards que l'on a pour eux, le métier serait un vrai paradis !

— Et il n'en est pas toujours ainsi, à ce qu'il paraît ? Mais allons, monsieur Salvien, maintenant que je suis prisonnière sur parole, je vais profiter de votre complaisance pour faire librement mes préparatifs de départ. Oh ! ne craignez rien, je ne quitterai ce salon qu'avec vous.

Sylvie sonna ; un domestique parut.

— Attelez sur-le-champ, commanda-t-elle, et dites à Marguerite que je veux lui parler.

Le valet s'inclina et sortit. La danseuse s'approcha du guéridon sur lequel Chavigny avait essayé de griffonner des vers, et traça rapidement ces quelques mots :

« Ayez toute confiance dans la personne qui vous remet-» tra ce papier... Adieu ! — N'oubliez pas votre promesse, » mais oubliez **VOTRE LIBÉRATRICE.** »

Comme elle achevait ce billet, dont l'orthographe, il faut bien le dire, n'était pas irréprochable, Marguerite entra dans le salon. Sylvie la prit à part.

— Eh bien ! demanda-t-elle à demi-voix, cette pauvre enfant...

— Elle pleure toujours comme une Madeleine, mademoiselle ; cependant elle est calme, et je l'ai décidée à se coucher dans le lit de Gothon.

— A merveille. Ecoutez, Marguerite, je pars à l'instant pour un voyage.

— Sainte Vierge ! vous, mademoiselle ?

— Je resterai absente deux jours, huit jours, je ne sais combien ; mais vous recevrez prochainement des instructions sur ce que vous aurez à faire. En attendant je vous confie la garde de cette pauvre jeune fille qui est en ce moment dans la chambre de Gothon. Ayez pour elle les plus grands égards ; obéissez-lui comme à moi-même. Demain matin vous lui remettrez le billet que voici... Si alors elle vous questionne, vous aurez soin de ne pas lui dire un mot de vrai... Ne vous rebiffez pas, très dévote Marguerite ; ces mensonges sont à bonne intention, et votre directeur jésuite vous prouvera que dans ce cas le mensonge est œuvre pie... Qu'elle ignore mon nom et tout ce qui me touche ; je compte sur vous pour lui donner le change. Aussitôt qu'elle témoignera le désir d'être conduite chez elle, vous l'accompagnerez vous-même dans une voiture de place ; mais vous prendrez garde qu'elle ne puisse voir ni le nom de la rue ni l'extérieur de la maison où nous sommes... Avez-vous bien compris ?

— Parfaitement, mademoiselle ; mais, bon Dieu ! quel est donc cette petite pleurnicheuse qui...

— Paix ! songez à mettre en paquet les effets dont pourrais avoir besoin en voyage, et placez le paquet da la voiture.

— Je vais obéir, mademoiselle ; cependant, permettez-moi de vous demander...

— Nous partons dans cinq minutes, et si vous ne vous dépêchez, ma bonne Marguerite, je risque fort de partir sans le moindre vêtement de rechange.

Et elle poussa doucement la vieille grondeuse hors du salon.

Peu d'instans après, le domestique vint annoncer que la voiture attendait. Sylvie se leva en affectant une gaîté qu'elle n'éprouvait pas peut-être. Chavigny, tout en la conduisant, semblait retenir une grande envie de pleurer. Salvien-aux-Lunettes venait le dernier, afin sans doute de ne pas perdre de vue sa prisonnière.

Comme l'on traversait le vestibule, Sylvie se pencha vers l'abbé, et lui dit avec un mélange d'enjouement et de tristesse :

— Vous êtes volage, Chavigny ; si ma détention se prolonge, vous m'oublierez, j'en suis sûre !

— Pouvez-vous le croire, Sylvie ! s'écria l'abbé chaleureusement, vous la plus belle, la plus adorable des divinités ? Je ne vais songer qu'à vous, votre image sera toujours présente à mon cœur ! Je jure...

— Ne jurez rien, mon pauvre Chavigny ; je vous connais bien : avant cinq minutes peut-être vous regretteriez votre serment !

— Sylvie, je vous proteste...

On arrivait à la voiture autour de laquelle se tenaient plusieurs domestiques portant des flambeaux. A cette brillante clarté on put alors apercevoir deux ou trois personnages de mauvaise mine, dont les costumes sordides contrastaient avec la livrée des laquais de la danseuse. C'était la milice de Salvien aux Lunettes.

— Vous le voyez, mademoiselle, dit celui-ci en souriant, je m'étais précautionné à tout hasard. Avec votre permission, mes gens vont remplacer les vôtres derrière la voiture, et l'un d'eux montera sur le siége à côté de votre cocher ; moi je prendrai la liberté de vous tenir compagnie dans le carrosse. Hein ! l'on n'est pas plus accommodant, j'espère !

— Vous êtes le modèle du genre, monsieur Salvien, et l'on reconnaît dans vos paroles comme dans vos actions l'homme qui a du savoir-vivre et de la littérature !

Sylvie, moitié sérieuse, moitié railleuse, dit quelques mots encourageans aux valets, qui, comprenant enfin la vérité, paraissaient consternés ; elle tendit la main à Chavigny et monta dans la voiture.

— Où me conduisez-vous ? demanda-t-elle au suppôt de police. A la Bastille, sans doute ?

— A la Bastille, non, mademoiselle ; mais au For-l'Evêque.

— La plus ignoble prison de Paris, dit la danseuse avec amertume. Madame de Mérignac fait bien les choses !... Allons, adieu, mes amis ; adieu, mon cher Chavigny !

— Sylvie, ma pauvre Sylvie !

— Allez, monsieur l'abbé, vous ne tarderez pas à venir la rejoindre, dit Salvien d'un ton railleur en passant la tête à la portière, si vous continuez à composer des épigrammes aussi mauvaises que par le passé !

Chavigny lui montra le poing, mais le carrosse disparut rapidement dans la nuit.

XXIV.

LE RETOUR.

A la suite de son évanouissement, Philippe de Lussan avait exigé qu'on le reconduisît sur l'heure à Paris. Vainement l'abbé de la Croix, le docteur templier et Chavigny s'étaient-ils évertués à lui prouver le danger de ce voyage précipité ; force avait été de se soumettre à ses exigences, et tous les quatre avaient quitté Meudon le soir même dans le carrosse du grand-maître.

Le trajet se fit en silence. En arrivant à Paris, l'abbé de la Croix voulut absolument reconduire Lussan jusqu'à sa demeure de la rue Saint-Germain-l'Auxerrois. Rentré chez lui, Philippe, après avoir remercié ses amis de leur intérêt affectueux, témoigna le désir d'être seul. Le vieil abbé avait peut-être encore compté sur la possibilité d'un entretien particulier ; voyant qu'il n'obtiendrait rien en ce moment, il consentit enfin à prendre congé, et se retira en disant avec emphase biblique :

— Mon fils, nous nous reverrons bientôt, et sans doute alors vos sentimens seront différens. En attendant, je n'oublierai pas ces paroles de notre divin maître : « Qui cherche trouve, et l'on ne peut s'empêcher d'ouvrir à celui qui heurte. »

Philippe ne se débarrassa pas aussi facilement de Chavigny. Celui-ci, curieux comme une femme, souhaitait fort d'apprendre l'objet de cette conversation mystérieuse qui paraissait avoir bouleversé la raison de son ami. Il était donc resté le dernier, dans l'espoir d'obtenir quelques explications sur ce point ; mais au premier mot qu'il prononça, Lussan lui déclara qu'il ne pouvait répondre à de pareilles, questions et que Chavigny l'obligerait de ne lui en adresser jamais. Le petit abbé n'était pas habitué à cette brusquerie de la part de « son cher Oreste » ; il en fut piqué, et les deux jeunes gens se séparèrent assez froidement. Chavigny résolut alors d'aller chercher des distractions auprès de Sylvie ; nous savons comment il les trouva.

Demeuré seul, Lussan fit quelques préparatifs de toilette et se rendit chez le chevalier, dans une rue paisible du Marais. Malheureusement il était neuf heures du soir ; le chevalier, qui dînait tous les jours en ville et passait toutes les nuits hors de chez lui, ne devait pas rentrer avant le lendemain matin. Philippe apprit cette nouvelle d'un vieux domestique taciturne et morose qui servait le chevalier depuis plus de trente ans. Il en fut vivement contrarié ; mais il fallut bien ajourner l'entrevue qu'il comptait avoir avec son père putatif et rentrer chez lui.

Il passa une nuit très agitée. Le lendemain, dès qu'il crut pouvoir se présenter, il se mit en route pour le Marais. Il était près de midi ; néanmoins le maître et le valet dormaient encore. Philippe dut attendre le lever du chevalier dans un petit salon, véritable salon de joueur où des objets du plus grand prix se trouvaient confondus avec des meubles pauvres et surannés. Enfin il entendit une toux asthmatique derrière lui et monsieur de Lussan, déjà rasé, poudré et habillé pour sortir, parut, appuyé sur le bras de son vieux serviteur. Malgré ces soins minutieux de toilette, son visage parcheminé ne différait guère de celui d'une momie égyptienne. D'ailleurs un nuage était répandu en ce moment sur son visage, et Philippe était assez au courant des habitudes du chevalier pour deviner la cause de ce chagrin. La chance n'avait pas été favorable la nuit précédente au joueur.

Celui-ci, malgré sa préoccupation, parut voir avec quelque chagrin l'air souffrant de Philippe.

— Ah ! te voici enfin, mon enfant, dit-il d'un ton de cordialité ; j'étais fort en peine de toi quand Laurent m'a fait connaître ton retour... Mais pour Dieu ! Philippe, où te cachais-tu donc, que personne à Paris n'ait pu me donner de tes nouvelles ?

Philippe répondit en peu de mots qu'un accident sans gravité l'avait retenu malade à la campagne.

— A la bonne heure ; mais c'était mal apprécier ma sollicitude paternelle que de ne pas m'informer de cet événement ; j'accusais déjà certaines personnes de ta disparition, et, ma foi ! si je ne t'avais pas vu aujourd'hui, j'allais employer les grands moyens...

— Je ne croyais pas, monsieur, occuper une aussi large place dans votre cœur, et c'est précisément au sujet de nos rapports mutuels que je désire avoir un entretien sérieux avec vous.

— Un entretien sérieux ! reprit le chevalier en le regardant avec inquiétude ; hein ! qu'y a-t-il donc ?... Tiens, je gage, Philippe, que tu vas me parler de la succession de ta mère ! Sur mon honneur ! je ne pouvais plus mal tomber... le biribi de la nuit dernière m'a mis à sec ; si, du ton côté, tu es mal en fonds, tout ce que je puis faire est de partager fraternellement avec toi un couple de louis que je viens de découvrir dans le coin d'un tiroir.

Et il se mit à rire d'un rire forcé qui ne tarda pas à dégénérer en toux.

— Avec votre permission, monsieur, il s'agira de questions bien autrement importantes que ces questions de fortune, sur lesquelles je suis, vous le savez, d'une grande indifférence...

— En effet tu as le désintéressement et l'humeur libérale de...

Il s'arrêta et se mordit les lèvres.

— De mon père, voulez-vous dire ? acheva Philippe.

Le chevalier se remit aussitôt sur la défensive.

— Oui, oui, reprit-il avec un mélange de bonhomie et de légèreté, je suis assez généreux quand la fortune du jeu ne m'a pas été contraire... Mais il est des momens, mon pauvre Philippe, où ma libéralité se trouve à quia... comme aujourd'hui, par exemple ; j'ai perdu cette nuit plus de deux cents pistoles contre le petit Saimson.

Évidemment, le rusé vieillard ne se souciait pas de venir sur le terrain brûlant où Philippe voulait l'amener. Philippe, de son côté, éprouvait quelque embarras à entamer l'explication.

— Monsieur, dit-il enfin, j'irai droit au but. On m'a révélé certaines particularités relatives à ma mère. Vous savez sans doute de quoi je veux parler?

— Moi! dit le chevalier avec un étonnement affecté, que je sois pendu si je te comprends ! Ta mère était une douce et bonne créature, un peu romanesque, à qui j'ai toujours témoigné les plus grands égards, et c'est tout ce qu'une femme de qualité peut raisonnablement exiger de son mari quand la lune de miel est passée depuis longtemps.

— Pas un mot de plus à ce sujet, s'écria Philippe d'un ton farouche; n'éveillez pas certains souvenirs que je veux, que je dois laisser dormir en ce moment. Oui, ne me forcez pas à me rappeler vos torts envers ma mère, quoique je sache à peu près maintenant quelles excuses vous essayeriez d'alléguer.

— Ah ! vous savez...

— Je sais, monsieur, que je ne suis pas votre fils.

Le chevalier, quoiqu'il s'attendît peut être à cet aveu, fit un soubresaut. Toutefois, il ne voulut pas se découvrir encore.

— Parbleu ! mon pauvre Philippe, dit-il en ricanant, c'est de ta part une fantaisie fort originale de me dire là en face des choses pareilles? Que diable! on a beau être philosophe et se tenir au-dessus des préjugés vulgaires....

— Je vous en supplie, monsieur, répondez avec franchise: le fait est-il faux ou vrai?

— Voilà, mon garçon, une demande passablement offensante pour ta mère et pour moi ! En ta qualité de docteur *in utroque jure*, tu devrais connaître certain principe de droit romain. Tu es né en légitime mariage, tu portes mon nom ; après moi, tu seras mon héritier, dans le cas où je laisserais un héritage; dix-neuf enfans sur vingt se contenteraient d'un état si bien établi, sans poursuivre des investigations assez indiscrètes.

— N'espérez pas m'échapper par ce badinage ; on m'a donné les détails les plus circonstanciés sur votre mariage de pure forme avec ma mère, et l'on m'a nommé mon père véritable.

— Qui vous a-t-on nommé?

— Un grand personnage, mort récemment.

— Mais encore... son nom?

— Le roi Louis XV, murmura Philippe avec effort.

Le chevalier se leva, et ses manières changèrent tout à coup.

— Monsieur, reprit-il avec solennité, vous rendrez témoignage, le cas échéant, que je n'ai pas dit un mot, fait un signe qui pût vous inspirer de pareilles idées ; il irait pour moi d'une prison d'État pendant le reste de ma vie, et c'est un logement peu désirable à mon âge. Une seule personne a pu vous le donner: c'est ce vieux sermonneur qu'on appelle l'abbé de la Croix; il me laissa entrevoir quelque chose de semblable le jour où il vint me prévenir que, par l'erreur d'un subalterne, vous aviez été mis à la Bastille. Me suis-je trompé ? N'est-ce pas de l'abbé de la Croix que vous tenez ces renseignemens?

— De quelque part qu'ils viennent, c'est à vous de les démentir ou de les confirmer.

Monsieur de Lussan réfléchit.

— Je crois, dit-il enfin, qu'il n'est plus possible de nier. Ces rapports sont exacts, monsieur.

Philippe soupira comme si jusqu'à ce moment il eût espéré que les allégations de l'abbé de la Croix pussent être démenties. Le chevalier, au contraire, se tenait debout et

respectueux devant son fils putatif; telle était encore à cette époque la vénération de la noblesse pour la royauté, que ce vieillard perdu de vices et de débauches croyait devoir s'incliner devant un peu de sang royal égaré dans les veines d'un pauvre enfant obscur : ce respect n'était pas servilité mais religion.

Le chevalier devina les sentimens secrets de Philippe.

— Vous vous rappelez, monsieur, reprit-il doucement, combien de fois j'ai combattu vos fatales préventions à l'égard de votre auguste père : je ne pouvais, sans trahir un secret que j'avais juré de garder, vous faire comprendre l'odieux de vos constantes attaques contre le feu roi ; il ne les ignorait pas, et tout froid, tout égoïste, tout indifférent qu'on le supposât, il en était douloureusement affecté, car aucun de ses enfans illégitimes ne l'occupait autant que « l'enfant de la pauvre Lucile, » comme il vous appelait.

En dépit de lui-même, Philippe ne put se défendre d'un sentiment d'orgueil; mais ce sentiment dura peu.

— Il suffit, monsieur, reprit-il avec dignité; maintenant il m'importe surtout de savoir si vous et... le confident ordinaire des amours du roi (il n'eut pas la force de prononcer le nom odieux de Lebel), vous avez seuls connaissance de la vérité.

— Et qui donc la saurait, monsieur? Sauf votre ami, cet abbé de la Croix qu'on assure être le chef de quelque secte maçonnique, qui donc aurait osé jeter un regard curieux dans de pareils intérêts? C'est là un secret de grand poids, et j'ose vous prier vous-même de réfléchir à l'usage que vous en ferez. Ce qui vous a tiré de la Bastille sous le dernier règne pourrait fort bien vous y rejeter sous celui-ci.

— Je ne l'oublierai pas, monsieur, et mon but à cette heure est précisément d'empêcher que ne sorte du cercle étroit où il a été enfermé jusqu'ici. J'ai confiance dans la discrétion de l'abbé de la Croix, et ce... Lebel, si j'en crois la renommée, est le confident de bien d'autres histoires, sur lesquelles sa sûreté même l'oblige à se taire. C'est donc à vous surtout, monsieur, que je recommanderai un silence absolu. Nul ne doit soupçonner que notre parenté est purement fictive. Rien ne sera changé dans nos rapports ; ils devront même paraître plus tendres de votre part, plus respectueux de la mienne. Monsieur de Lussan, je le sais aujourd'hui, vous n'étiez pas la seule cause des larmes que je voyais verser à ma malheureuse mère ; toutefois, vos torts envers elle seraient assez grands pour exciter ma colère, maintenant que vous ne pouvez exiger de moi la soumission d'un fils ; eh bien, je vous les pardonnerai tous si vous voulez me promettre, me jurer que jamais mon secret ne sortira de votre bouche.

— Rassurez-vous, monsieur. Certaines positions sont assez peu avouables aux yeux du monde ; d'un autre côté, je ne sais trop comment serait prise une révélation positive de ma part, et, ainsi que je vous l'ai dit déjà, je me sens peu de goût pour une prison d'État. Ayez donc l'esprit tranquille en ce qui me regarde.

— Il suffit, monsieur; votre intérêt comme votre honneur me garantit votre discrétion. Mais à l'appui des événemens qui ont accompagné ma naissance il existe des preuves matérielles, des correspondances, des papiers dont j'exige la remise immédiate entre mes mains.

— Des papiers! balbutia le vieux de Lussan ; vous a-t-on aussi parlé de papiers?

— Il en existe certainement, et comme ils ont appartenu à ma mère, ils m'appartiennent de droit. Ils sont contenus dans une cassette d'ébène que je me souviens d'avoir vue bien souvent pendant mon enfance.

— Mais cet abbé de la Croix a donc un lutin à son service? Je vais aller vous chercher cette cassette... aussi bien je crois me souvenir maintenant qu'il s'y trouve, entre autres choses, un écrit cacheté que je devais vous remettre seulement dans le cas où vous connaîtriez le nom de votre père véritable. Cette condition étant remplie, le dépôt qui m'était confié va vous être restitué.

Et il se dirigea vers la porte.

Philippe avait deviné aux hésitations de son père putatif

qu'il y avait dans la cassette certaines pièces importantes que le chevalier n'eût pas été fâché de retenir par devers lui. Aussi dit-il avec fermeté :

— Si monsieur de Lussan, pour ménager ma tendresse filiale, ou pour d'autres motifs, croyait devoir dérober à ma vue quelqu'un de ces papiers, je lui rappellerais que je tiens essentiellement à connaître *tout* ce qui se rapporte à cette affaire.

— Vous devenez défiant, monsieur, dit le chevalier en s'arrêtant ; mais je ne veux fournir aucun prétexte à des soupçons qui m'offenseraient de la part d'une autre personne.

Et il sonna son vieux valet, auquel il donna ses ordres ; une minute après, Laurent parut avec le coffret.

Aussitôt que le domestique fut sorti, Philippe prit la clef des mains du chevalier et ouvrit la cassette avec émotion. Elle était pleine de lettres, dont chaque liasse portait une annotation écrite par la malheureuse Lucile. Le premier objet qui frappa ses yeux fut un portrait en miniature entouré jadis d'une garniture de diamans ; mais cette garniture avait été arrachée plus tard, sans doute par le chevalier, un jour que les chances du jeu lui étaient défavorables. Le portrait représentait un homme jeune et beau, dont la ressemblance avec Philippe était frappante ; aucun insigne ne décelait le roi, et pourtant une méprise semblait impossible : c'était bien Louis XV, si plein de grâce et de majesté dans sa jeunesse. Outre le portrait, la cassette contenait plusieurs joyaux qui devaient avoir été d'un grand prix ; mais la plupart des pierreries qui les ornaient autrefois avaient aussi disparu. Au fond de la boîte se trouvait un paquet, entouré d'un ruban noir et scellé de plusieurs cachets, sur lequel était écrit de la main de Lucile : *Pour mon fils.*

Philippe allait rompre l'enveloppe de ce paquet ; le chevalier lui dit :

— Il vous faudrait beaucoup de temps et d'attention pour dépouiller convenablement ces paperasses ; ne feriez-vous pas mieux de prendre la cassette et de l'emporter chez vous, où vous pourriez l'examiner à loisir ?

— Non, non, monsieur, répliqua Philippe avec chaleur ; je ne saurais maîtriser mon impatience.

— Soit, ce salon est à votre disposition... Seulement je vous prie de m'excuser si je ne vous tiens pas compagnie ; une affaire m'oblige à sortir... et justement il s'agit d'une personne qui vous est bien chère !

— De qui voulez-vous parler, monsieur ?

— Ne le devinez-vous pas ? de mademoiselle Thérèse de Villeneuve.

Philippe tressaillit à ce nom, comme s'il sortait d'un songe ; toutes les pensées violemment refoulées depuis quelques heures par la révélation de son origine royale, se ranimèrent à la fois. Il repoussa le paquet dans la cassette, dont il laissa tomber le pesant couvercle, et il s'écria impétueusement :

— Thérèse ! elle est donc retrouvée ? Oh ! de grâce, monsieur, dites-moi ce que vous savez de Thérèse !

Le chevalier lui raconta comment, la veille, il avait été entraîné à l'hôtel de Villeneuve par Sylvie, comment était arrivée une lettre alarmante de Thérèse, comment enfin Sylvie avait témoigné l'espoir de délivrer, ce jour-là même, la jeune fille prisonnière. Philippe écouta ce récit avec une grande attention.

— Et croyez-vous, monsieur, que cette Sylvie puisse tenir sa promesse ?

— Elle montrait une certaine assurance... Au reste je vais le savoir, car voici l'heure convenue et je me rends à l'hôtel de Villeneuve... Mais pourquoi, monsieur, ne m'accompagneriez-vous pas ? Quelques jours ont bien changé la face des choses... Monsieur et madame de Villeneuve vous recevront à bras ouverts.

— Moi ! serait-il possible !

Le vieux de Lussan lui fit part encore de sa récente réconciliation avec la famille de Villeneuve, qui ne s'opposait plus au mariage projeté jadis entre Philippe et la fille du fermier général.

— Seulement, monsieur, poursuivit-il en clignant des yeux, s'il m'est permis de vous donner un avis, je vous conjure de ne prendre aucun engagement à la légère... Une jeune demoiselle qui disparaît ainsi pendant quinze jours... Les mauvais bruits se répandent si vite !

— Pas un mot de plus à ce sujet, monsieur ! j'estime et j'honore Thérèse autant que je l'aime, et de pareils soupçons... Mais est-il bien vrai que les derniers événemens seuls aient modifié les sentimens hostiles de madame de Villeneuve à mon égard ? Ce changement ne proviendrait-il pas plutôt de quelque allusion imprudente à ma naissance ?

— Sur mon honneur, non, monsieur. Peut-être pourrait-on sans inconvénient confier ce secret à la mère de votre fiancée ; mais jusqu'ici elle ne sait rien, je vous en donne ma parole...

— Qu'elle ignore donc toujours la vérité... Monsieur de Lussan, je n'ai fait d'exception pour personne, vous entendez ? pour personne ; et j'aimerais mieux renoncer à Thérèse elle-même que d'admettre qui que ce fût dans cette pénible confidence !

Le chevalier renouvela sa promesse de discrétion à toute épreuve.

— Eh bien donc, rendons-nous sans retard à l'hôtel de Villeneuve, reprit Philippe ; mais que faire de cette cassette ? Elle contient des objets d'un trop grand prix pour que je consente à les séparer.

— Mon vieux Laurent va la porter chez vous avec toutes les précautions convenables.

Comme cette proposition semblait laisser à Philippe un reste de défiance, le chevalier ferma la cassette et lui en remit la clef.

— Le coffre est doublé de fer, dit-il, et ces paperasses enfumées de prix réel que pour vous... Quant aux autres objets qu'il contient, poursuivit-il avec un sourire un peu cynique, leur valeur maintenant est purement historique, grâce au guignon fâcheux qui m'a poursuivi à certaines époques de ma vie... La fortune est une déesse bien inconstante !

Cette réflexion quasi-philosophique fut la seule excuse que le joueur émérite allégua pour avoir soustrait de la cassette une somme considérable en pierreries. Mais Philippe ne daigna faire aucune observation sur ce point ; l'on monta dans un fiacre et l'on partit.

Pendant le trajet, le jeune homme acheva de chasser de son esprit les idées qui l'obsédaient depuis la veille. Il ne songeait maintenant qu'au plaisir de la revoir peut-être, à Thérèse dont aucun obstacle ne le séparait plus. Une vive émotion s'emparait de lui à mesure que l'on approchait de l'hôtel ; cependant lorsque la voiture s'arrêta devant la porte cochère, il eut la force de dire au chevalier :

— N'oubliez pas, monsieur, qu'aux yeux du monde nous devons toujours être père et fils.

Au moment où ils entraient dans l'antichambre, la porte du salon s'ouvrit. Monsieur et madame de Villeneuve se précipitèrent au devant des survenans. Ils avaient entendu le bruit d'une voiture, et ils accouraient dans l'espérance de voir quelques minutes plus tôt leur fille chérie. Un vif désappointement se peignit sur leur visage.

— Ce n'est pas elle ! dit tristement le gros fermier général.

— Non, ce n'est pas elle, ajouta la mère ; mais, reprit-elle aussitôt avec un accent de surprise et de joie, voici monsieur Philippe dont l'absence était l'objet de tant d'alarmes... Lui, du moins est sain et sauf ! Soyez le bien venu, monsieur Philippe ; vous allez peut-être me donner des nouvelles de Thérèse, et après elle il n'était personne au monde dont je désirasse autant le retour !

Elle lui tendit la main pour entrer au salon, tandis que le fermier général accablait les deux Lussan de politesses empressées mais distraites.

Cet accueil, si différent de celui qu'il avait reçu de madame de Villeneuve dans une autre circonstance, enhardit Philippe ; il répondit avec convenance à la cordialité qu'on lui témoignait. Mais ce père et cette mère au désespoir ne pouvaient s'occuper longtemps d'un autre sujet que de leur enfant perdue ; à peine était-on assis, à l'abri de l'espionnage des gens, qu'ils adressèrent à Philippe des questions pressantes sur la part qu'il avait pu prendre à la disparition de Thérèse. Le jeune homme leur fit alors, avec modestie et simplicité, le récit de son excursion dans les carrières en compagnie de Chavigny. Tout en glissant sur certains points secondaires, d'une nature délicate, il exposa comment il avait poursuivi le ravisseur de mademoiselle de Villeneuve dans les souterrains du Val-de-Grâce, et comment un fatal accident était venu le réduire à l'impuissance.

— Ainsi donc, généreux enfant, reprit madame de Villeneuve dans un transport de reconnaissance, c'est pour ma fille que vous avez bravé tant de dangers, c'est pour elle que vous avez reçu cette blessure dont vous n'êtes pas guéri encore?... Vous nous aviez déjà sauvé la vie, à monsieur de Villeneuve et à moi, lors de la ruine de notre hôtel de la rue Saint-Jacques, et moi, ingrate et méchante, je n'avais reconnu ce service que par des injures... Pardonnez-moi donc, Philippe, en attendant que Thérèse elle-même (si Dieu consent à nous la rendre !) implore mon pardon. Quant à votre ami, ce bon et dévoué jeune homme qui a voulu vous assister dans vos courageuses recherches, vous nous le présenterez bientôt, n'est-ce pas? et nous pourrons lui exprimer de vive voix notre gratitude... Mais ce que vous venez de nous raconter ne nous donne aucun éclaircissement nouveau sur le sort de Thérèse ; d'un autre côté, nous ne pouvons commencer aucune recherche sans savoir revu cette femme qui, sans qu'on sache pourquoi, est intervenue dans cette affaire et nous a fait de si belles promesses... mais elle nous a trompés sans doute, ou elle s'est trompée elle-même, car elle ne revient pas ! Vous le voyez, monsieur de Villeneuve, cette Sylvie ne revient pas.

— Madame, répliqua le financier avec embarras, j'ai déjà envoyé trois ou quatre fois chez elle ; ses gens disent toujours qu'elle est sortie. Mais peut-être...

— Chut ! écoutez, interrompit madame de Villeneuve en prêtant l'oreille elle-même.

Une voiture venait encore d'entrer dans la cour.

— Oh ! pour le coup, la voilà !

La porte s'ouvrit ; ce fut l'abbesse du Val-de-Grâce qui parut.

— Ah ! ma chère abbesse, dit la maîtresse du logis en courant au devant d'elle, avez-vous des nouvelles de ma fille ?

— Malheureusement non, madame ; cependant j'espère que bientôt...

— Mais où donc peut être cette Sylvie, cette femme qui m'a promis de me ramener Thérèse? demanda madame de Villeneuve, absorbée par une idée fixe.

— Quoi ! mon amie, comptez-vous sur la parole d'une pareille créature? répliqua l'abbesse avec un sourire de pitié ; quant à moi, je n'ai pas été sa dupe un seul instant. C'est une de ces filles déhontées qui se glissent parfois chez les gens de qualité et qui essaient de s'imposer à force d'effronterie. Celle-ci a voulu se rendre importante en vous promettant monts et merveilles ; mais comment aurait-elle connu la retraite de Thérèse? Elle vous a impudemment menti, et je puis vous donner l'assurance qu'elle ne viendra pas.

— Comme vous dites cela ! on croirait que vous savez où elle est !

— Je le sais ; elle est en prison, au For-l'Evêque.

Et l'abbesse sourit béatement.

— En prison, Sylvie ? s'écria le gros financier, et pourquoi ? qu'a-t-elle donc fait ?

— Ce qu'elle a fait, monsieur ? dit madame de Mérignac d'un ton rigide ; n'est-elle pas venue braver madame de Villeneuve chez elle, exciter un affreux scandale ? n'a-t-elle pas eu l'audace de m'insulter, moi, la supérieure d'une abbaye royale ? Où en serions-nous si l'on ne mettait des bornes aux insolences de ces femmes-là ? Aussi hier, en vous quittant, je suis allée chez une auguste princesse, tante du roi, pour lui demander une lettre de cachet qui m'a été accordée sur-le-champ. La nuit dernière, la danseuse a été arrêtée sans bruit et conduite au For-l'Evêque, où elle pourra réfléchir à loisir sur les dangers de son escapade.

Le fermier général était pourpre de colère ; cependant il n'osait protester contre la cruelle vengeance de la religieuse, quand madame de Villeneuve dit avec impatience :

— Ah ! madame l'abbesse, vous vous êtes trop hâtée, ce me semble. Que savez-vous si votre précipitation ne nuira pas à la délivrance de ma fille ?

— Oui, reprit le financier enhardi par cette observation, pourquoi l'avoir mise au point de remplir sa promesse, cette pauvre Sylvie ? Elle est intelligente, adroite, pleine de ressources, et je suis sûr qu'elle eût réussi. La jeter en prison ! Tenez, madame, c'est mal, c'est indigne, cela !

Un regard méprisant de l'abbesse lui coupa la parole, et il se rassit tout bouleversé.

— Je m'attendais bien, reprit madame de Mérignac sèchement, à trouver monsieur de Villeneuve parmi les défenseurs de cette fille ; mais il me permettra de ne pas répondre à ses reproches. Quant à vous, ma chère, poursuivit-elle en se tournant vers madame de Villeneuve, je vous répète que les assertions de cette aventurière ne devaient vous inspirer aucune confiance. Elle s'était vantée d'un crédit qu'elle n'avait pas, et si vraiment, contre mon attente, elle connaît les ravisseurs de votre fille, elle est entre les mains de quelqu'un qui, bon gré, mal gré, saura bien lui arracher la vérité.

— Et qui donc, madame ?

— Tout bonnement le lieutenant de police, que je quitte à l'instant. Je lui ai conté tout ce que je savais au sujet de la disparition de Thérèse. Il a paru extrêmement frappé de cet événement. Après m'en avoir fait répéter plusieurs fois les circonstances les plus importantes, il m'a dit qu'il voulait à tout prix pénétrer enfin le secret de ces anciennes carrières, dont l'existence est cause de tant d'accidents et de tant d'inquiétudes dans Paris. Aujourd'hui même, après avoir interrogé cette demoiselle Sylvie Florival, il mettra ses agens en campagne ; j'en ai l'assurance formelle.

Un vif mécontentement se peignit sur la physionomie de madame de Villeneuve.

— Madame l'abbesse, dit-elle avec colère, vous prenez trop de soin. Ne pouviez-vous attendre pour provoquer ce déplorable éclat que j'eusse épuisé tous les autres moyens de retrouver ma malheureuse fille ?

La religieuse se pinça les lèvres.

— A merveille, reprit-elle ; mais je suis chrétienne et je sais me résigner à l'ingratitude. D'ailleurs, madame, il ne s'agit pas seulement de mademoiselle de Villeneuve dans cette affaire : il s'agit aussi de la sûreté de la sainte maison dont je suis supérieure ; il s'agit surtout de l'existence de notre cher sacristain Philibert Aspairt. Quoiqu'il ait failli une fois, en me repoussant pas certaines offres, c'était un bon et fidèle serviteur du Val-de-Grâce ; il m'appartient de protéger tous ceux qui tiennent de près ou de loin à la communauté dont je suis la mère spirituelle.

Pendant cette conversation, les deux Lussan étaient restés un peu à l'écart. Tout à coup Philippe se leva.

— Madame l'abbesse, dit-il avec intérêt, le brave homme qui s'aventura seul dans les carrières à la recherche de Thérèse n'est-il donc jamais revenu au Val-de-Grâce ?

Avant de répondre, l'abbesse regarda froidement Philippe, qu'elle ne reconnaissait pas, bien qu'elle eût pu le voir d'autres fois à l'hôtel de Villeneuve. La maîtresse du logis présenta Lussan et dit en peu de mots quels efforts il avait faits pour retrouver, peu d'heures après l'enlèvement, la jeune fille perdue.

— Mais alors, monsieur, reprit l'abbesse, c'est à vous que je demanderai si vous n'avez pas rencontré notre pauvre Philibert pendant cette affreuse nuit que vous avez passée dans les souterrains.

— Hélas! madame, je crains de n'avoir qu'un malheur à vous annoncer. C'était sans doute Philibert que nous entendîmes appeler au secours, quand nous errions dans les vides. Sa lumière s'était éteinte, soit par accident, soit qu'elle eût été consumée tout entière. Nous fûmes séparés de lui par un éboulement où mes deux compagnons et moi nous courûmes risque de la vie. Plus tard, ma chute et ma blessure nous empêchèrent de renouveler nos recherches, et si, depuis cette époque, cet homme n'est pas revenu, on ne peut plus douter maintenant...

— Achevez. Ne croyez-vous pas qu'il aurait pu se sauver?

— Non, madame; sans lumière et sans guide, la chose était absolument impossible. Il aura péri dans l'éboulement qui a pensé nous engloutir nous-mêmes, ou bien, à bout de forces et de courage, il se sera laissé tomber à la place où il se trouvait, et le désespoir, la faim...

Toutes les personnes présentes ne purent s'empêcher de frémir; et nous devons dire, dès à présent, que les suppositions de Philippe étaient fondées. On n'entendit plus parler du pauvre sacristain; seulement, onze ans après ces événemens, les ouvriers employés à la consolidation des carrières sous Paris découvrirent un amas d'ossemens auxquels tenaient encore quelques lambeaux de vêtemens; un trousseau de clefs placé à côté fit supposer que c'étaient là les restes de Philibert (1).

Les assistans restaient glacés d'horreur, quand un bruit de voix s'éleva dans l'antichambre; on eût dit des exclamations de surprise et de joie. Puis la porte s'ouvrant tout à coup, laissa voir une personne interdite et comme indécise sur le seuil.

Monsieur et madame de Villeneuve, pâles et haletans, jetaient sur elle des regards effarés; elle demeurait immobile, silencieuse, les yeux baissés. Enfin un double cri partit à la fois:

— Ma fille!
— Ma pauvre Thérèse!

C'était Thérèse en effet. Le père et la mère s'élancèrent vers elle en fondant en larmes.

Pendant un moment, la jeune fille passa des bras de l'un dans ceux de l'autre; ce n'étaient que transports et baisers convulsifs. Philippe et les autres personnes qui se trouvaient dans le salon partageaient, à des degrés différens, cette irrésistible émotion, et par la porte entr'ouverte, on voyait tous les domestiques de l'hôtel, groupés dans l'antichambre, contenir avec peine leur ardente curiosité.

Néanmoins, on ne tarda pas à remarquer la singulière contenance de Thérèse. Morne, l'œil sec, la pauvre enfant recevait d'un air hébété, sans les rendre, les caresses dont on l'accablait. D'une maigreur presque diaphane, elle eût été méconnaissable pour des indifférens. Son regard avait quelque chose de terne et de voilé; une expression assez semblable à celle de l'idiotisme remplaçait sa physionomie vive et mobile. Son costume même contribuait à lui donner un aspect étrange et nouveau pour ceux qui l'entouraient. Elle portait une robe de toile commune; un bonnet rond contenait sa belle chevelure en désordre.

L'abbesse qui, seule, conservait son sang-froid au milieu de cette scène de famille, vit tout cela d'un coup d'œil; elle s'empressa d'aller fermer la porte afin de couper court

(1) Nous avons vu dans les carrières le tombeau que l'administration des mines a fait élever à Philibert Aspairt, employé au Val-de-Grâce, qui s'était égaré dans ces souterrains et y avait péri misérablement. Le corps, en effet, ne fut retrouvé que onze ans après la disparition de ce malheureux, bien qu'à cette époque plus de deux cents ouvriers travaillassent continuellement dans les vides. Qu'on juge par là de l'immensité de ces galeries. *(Note de l'auteur.)*

aux observations des domestiques. Philippe, qui, par discrétion, ne s'était pas montré d'abord, osa enfin s'approcher de Thérèse et lui prit les mains avec tendresse en lui disant:

— Chère Thérèse, vous nous êtes donc enfin rendue!

Mais cette voix, si puissante autrefois sur mademoiselle de Villeneuve la trouva indifférente. La jeune fille ne parut même pas surprise de voir chez sa mère ce fiancé qui en avait été banni peu de temps auparavant. Sans rien dire, elle se laissa conduire à un siège où elle s'assit machinalement.

Philippe ne put retenir un geste d'étonnement douloureux. Madame de Villeneuve elle-même finit par s'alarmer de cette inexplicable stupeur.

— Mais parle-nous, ma Thérèse! reprit-elle en embrassant de nouveau sa fille. Qu'as-tu donc? n'es-tu pas contente de te retrouver au milieu de nous? Nous avons eu des torts envers toi; nous les effacerons désormais à force de soins et de tendresse. N'es-tu pas notre enfant chérie? Tous tes vœux seront comblés, je te le promets.

— Oui, oui, petite mignonne, dit le financier à son tour, nous sommes résolus à ne te plus contrarier jamais... je te donnerai autant d'argent que tu en pourras porter, et tu le jetteras par les fenêtres, si tu veux... oui, tu le jetteras par les fenêtres, et ça me fera plaisir, morbleu!

À tout cela, Thérèse ne répondait que par un sourire idiot.

— En vérité, dit l'abbesse à madame de Villeneuve, la chère petite paraît honteuse de se montrer sous ce costume de servante... Bon Dieu! d'où sort donc cette malheureuse enfant?

— En effet, dit la mère, qui alors seulement remarqua le pauvre accoutrement de Thérèse; ma fille, qui donc a pu te mettre dans ce pitoyable état?

— Je... je ne sais pas, balbutia mademoiselle de Villeneuve.

— Quoi, mon enfant, tu ne sais pas quels étaient les misérables qui s'étaient emparés de toi? Il faut pourtant que nous les retrouvions afin de te venger!

Les yeux de Thérèse brillèrent d'un éclat subit.

— Oui, oui, reprit-elle avec égarement, vous me vengerez... vengez-moi!

Sa voix vibrante fit frémir tous les assistans.

— Calme-toi, ma chère fille, reprit doucement la mère, et dis-nous où est située la maison de ces méchans qui t'ont si cruellement traitée?

— Je ne sais pas.

— Allons! dit madame de Villeneuve à demi-voix avec un profond soupir, je crois que nous n'obtiendrons rien d'elle en ce moment. Il faut qu'elle ait eu l'esprit frappé de quelque terrible catastrophe... Ne la tourmentons pas; nous la questionnerons quand elle aura pu recueillir ses idées.

— Permettez, madame, dit l'abbesse, je pense au contraire qu'il faut profiter de son trouble passager...Voyons, mon enfant, continua-t-elle en s'adressant à Thérèse, vous savez du moins qui vous a retirée des mains de ces brigands?

— Je ne m'en souviens plus, répliqua la pauvre petite, à qui chaque parole semblait coûter un pénible effort.

— Allons, cherchez bien... ne serait-ce pas une femme, par exemple?

— Oui, je crois que c'était une femme.

— Et elle était jeune et jolie, n'est-ce pas? demanda le financier involontairement; elle était élégante, gaie, un peu étourdie même?...

— Elle était mise pauvrement et elle semblait *les* connaître depuis longtemps. Mais elle était bonne; elle s'est querellée avec eux, et puis elle m'a emmenée.

Le fermier général parut tout désorienté.

— Ainsi, poursuivit l'abbesse, cette femme, après vous avoir délivrée, vous a conduite ici?

— Non, il me semble que c'était une autre, une vieille... Elle m'a fait monter dans une laide voiture, et elle est par-

14

tie en toute hâte, après m'avoir déposée dans la cour de l'hôtel.

Ces détails incomplets, l'apparente contradiction qui régnait entre eux, le ton sombre qui les accompagnait, tout prouvait que l'infortunée jeune fille ne jouissait pas complétement de sa raison. A mesure que cette conviction entrait dans l'esprit des assistans, une grande consternation se peignait sur leurs visages.

— Mademoiselle, dit pourtant la froide et égoïste abbesse, je voudrais vous demander encore...

Philippe ne put se contenir davantage.

— Eh ! madame, dit-il avec indignation, n'aurez-vous pas pitié d'elle ? Ne voyez-vous pas qu'elle est incapable de vous entendre et de vous répondre ?

— C'est vrai ! s'écria madame de Villeneuve ; il y a cruauté à la presser de questions quand elle est sous le poids d'un grand saisissement... Viens, ma fille chérie, je vais te conduire moi-même à ta chambre. Tu te reposeras, tu reprendras tes sens. Pauvre enfant, tu as donc bien souffert ! Mais désormais je veux exaucer tous tes désirs ; je me suis bien repentie de mes rigueurs envers toi, je veux que tu sois heureuse.

— Heureuse ! répéta Thérèse.

— Oui, heureuse... Et tiens, ajouta madame de Villeneuve en désignant Philippe, dans ton trouble tu n'as pas encore remarqué un ancien ami qui t'a donné pourtant des preuves nombreuses de dévouement... Sa présence ici, après ce qui s'est passé, n'est-elle pas significative ?

Cette fois, Thérèse regarda Philippe avec une expression d'intelligence. Un sourire se joua un moment sur ses lèvres comme un vent léger à la surface d'un lac tranquille. Philippe s'empressa d'approcher, croyant que la jeune fille allait enfin lui dire un mot affectueux, mais tout à coup elle le repoussa et se cacha le visage en s'écriant avec une terreur inexplicable :

— Non, non, je ne dois pas le voir ! je ne le verrai pas ! Laissez-moi, laissez-moi ! je ne veux pas le voir !

On se regardait avec stupeur.

— Mademoiselle, dit Philippe d'un ton suppliant, que vous ai-je donc fait ? Oubliez-vous des promesses sacrées !

— Je n'ai rien promis ! s'écria Thérèse d'une voix saccadée ; laissez-moi !... Je ne sais ce que vous voulez dire... un couvent et un voile de religieuse, voilà ce qu'il me faut maintenant.

— Un couvent ! s'écria l'abbesse ; est-ce bien là votre volonté, ma fille ? Dieu a-t-il enfin touché votre cœur ?

— Mon amie, dit madame de Villeneuve bas en sanglotant, songez en quel état elle est...

— Il n'appartient à personne, reprit la religieuse avec aigreur en élevant la voix, de gêner une vocation sincère ! Et pourquoi Thérèse, à la suite de ces cruelles épreuves, ne sentirait-elle pas le besoin de se consacrer à Dieu ? Dans ce cas, je rappellerais à notre chère enfant que le couvent du Val-de-Grâce est l'asile le plus convenable.

— Le couvent du Val-de-Grâce, interrompit Thérèse, qui tressaillit à ce nom, je n'irai pas. Cette porte, ces souterrains, ce corridor obscur... Il m'emporterait encore... Je ne veux pas aller au Val-de-Grâce !

— Mais cette porte dont vous parlez est maintenant condamnée, et je la ferai murer dès les gens de police...

— Madame, s'écria Philippe, dont tout le sang bouillonnait d'impatience, est-ce bien le moment de traiter de pareilles matières !

Et comme l'abbesse, subjuguée par la force de la vérité, gardait enfin le silence, il poursuivit en s'adressant à mademoiselle de Villeneuve avec un accent de l'âme :

— Vous souffrez, pauvre Thérèse, et dans l'excès de vos douleurs vous méconnaissez l'affection de vos amis. Mais ils ne se décourageront pas ; ils ne cesseront pas de vous plaindre et de vous aimer ; ils attendront que le repos, les soins et la tendresse de vos parens, aient dissipé les rêves affreux qui vous poursuivent encore, et alors...

— Oui, oui ! s'écria madame de Villeneuve, ma pauvre fille est malade ; elle a la fièvre, le délire ; sa raison est

perdue... mais ce soir, demain, il n'y paraîtra plus... Excusez-la, messieurs ; je vais la conduire à sa chambre... Viens, ma Thérèse, mon enfant bien-aimée... Pourquoi me regarder ainsi ? pourquoi trembler ? que peux-tu craindre auprès de ta mère !?

Et elle voulut prendre sa fille dans ses bras, tandis que le financier s'avançait d'un autre côté pour soutenir Thérèse ; mais celle-ci se dégagea brusquement de leurs étreintes en s'écriant avec un désespoir farouche :

— Ne m'embrassez pas, ne me touchez pas !... Mon père, ma mère, je ne dois plus jamais recevoir vos caresses... jamais, jamais, jamais... je suis maudite !

Et elle se sauva dans une pièce voisine, où monsieur et madame de Villeneuve s'empressèrent de la suivre. L'abbesse elle-même ne tarda pas à les rejoindre.

Restés seuls au salon, les deux Lussan prêtaient l'oreille avec anxiété ; on entendit pendant quelques minutes des cris perçans, auxquels se mêlaient les sanglots de la mère au désespoir, les lamentations du financier. Mais bientôt les cris s'affaiblirent et cessèrent tout à fait. Philippe, immobile, le cou tendu, les yeux pleins de larmes, écoutait toujours ; le chevalier s'approcha de lui...

— Il serait indiscret, dit-il à voix basse, de demeurer ici plus longtemps. Notre présence pourrait être une gêne pour cette famille si cruellement frappée. Partons, monsieur ; nous enverrons plus tard chercher des nouvelles ; mais, dans de pareilles circonstances, des parens doivent souhaiter d'être seuls.

— Que dites-vous ? demanda Philippe en tressaillant. Le trouble de Thérèse est dû seulement à une indisposition passagère, à un accès de fièvre qui ne laissera aucune trace.

— Dieu le veuille, monsieur ! Mais il n'a est pas de même des événements qui ont à ce point troublé la raison de cette pauvre enfant. Tenez, Philippe, écoutez un conseil sage : vous vous êtes déjà trop engagé peut-être envers Thérèse de Villeneuve ; mais on vous repousse, par respect pour vous-même, n'insistez pas davantage. Je soupçonne dans tout ceci quelque honteux mystère.

— Assez ! monsieur, pas un mot de plus ! interrompit Philippe avec véhémence ; vous outragez un ange de candeur et de pureté !

Le chevalier n'osa répliquer ; cependant il insista pour emmener Philippe, qui allait céder, quand l'abbesse du Val-de-Grâce rentra dans le salon.

— Que la sainte Vierge, dit-elle d'un air hypocrite, daigne protéger les maîtres de cette maison ! leur fille est à jamais perdue pour le monde... elle est folle !

XXV.

MONSIEUR BONNARD.

Chavigny, après avoir vu Sylvie partir pour le For-l'Evêque, avait regagné tristement son logis. Cependant il n'en dormit pas moins douze heures de suite dans son lit bien moelleux, et quand, vers midi, il se fut décidé à se lever, il fit largement honneur au succulent déjeuner que lui servit la dévote fruitière chargée du soin de son petit ménage. Le repas achevé, ses réflexions au sujet de la jolie prisonnière semblèrent moins cuisantes, et ses soupirs commencèrent à prendre des proportions plus raisonnables. Enfin, tout en dégustant un verre de madère, qu'une âme charitable lui avait recommandé comme un puissant digestif à l'issue du déjeuner, le petit abbé se souvint de son ami Philippe.

— Parbleu ! dit-il, l'amour ne doit pas étouffer l'amitié. Voyons donc si notre cher Oreste est toujours dans ses fureurs.

Il s'habilla et sortit.

Philippe ne se trouvait pas chez lui ; pour attendre son retour, Chavigny alla se promener au Cours-la-Reine, et pensa encore à Sylvie. Au bout de deux heures de promenade et de rêverie, il revint; Philippe n'était pas encore rentré.

— Tout me manque à la fois, murmura l'abbé d'un air désappointé, l'amitié et l'amour!

Il reprenait déjà le chemin de sa maison, quand une idée lui vint:

— Eh! mais, pensa-t-il, toutes les femmes qui veulent bien agréer mes hommages ne sont pas en prison! Si j'allais voir, pour m'égayer un peu, cette chère Rosette? Ce n'est qu'une petite bourgeoise et elle n'a pas les grâces de Sylvie, mais... Parbleu! j'irai chez madame Bonnard; aussi bien ma bourse est vide et je chamaillerai avec son coquin de mari; cela me distraira.

Cette résolution prise, l'abbé s'assura que son costume était irréprochable et il se mit en route pour la rue Saint-Hyacinthe, où demeuraient les deux époux.

La maison de l'usurier était une de ces vieilles bicoques noires et sombres comme il s'en trouve encore un grand nombre dans le quartier des écoles. L'abbé s'engagea dans une allée raboteuse et un escalier capricieux où les faux pas étaient faciles; mais il connaissait les êtres, et il atteignit sans accident le premier étage. Là, il saisit à tâtons un vieux pied de biche qu'il agita magistralement.

Ce fut madame Bonnard elle-même qui ouvrit; en reconnaissant le visiteur, elle eut un mouvement de crainte.

— Vous, monsieur! dit-elle bas, venir à pareille heure, quelle imprudence! mon mari est là.

Et elle indiquait furtivement du doigt une pièce voisine dont la porte était restée entr'ouverte.

— Ah! Bonnard est là, s'écria Chavigny joyeusement; que je le voie donc, ce digne homme!... Voici bien longtemps que je ne l'ai vu mon ami Bonnard!

Et il entra d'un pas assuré. D'ordinaire l'abbé n'avait pas ces façons cavalières et victorieuses quand il se présentait chez son ami l'usurier; aussi Rosette frémissait-elle en songeant aux suites possibles de l'étourderie de Chavigny, et elle eût bien voulu lui donner un avertissement secret, mais il était trop tard.

L'abbé se trouvait dans une espèce de bureau, encombré de registres et de papiers; derrière un solide grillage en fil de fer, monsieur Bonnard trônait sur un fauteuil de cuir. Nous avons déjà entrevu ce personnage: c'était, comme nous l'avons dit, un homme d'une soixantaine d'années, gros et court, aux vêtements proprets. Des lunettes, posées sur son nez crochu, abritaient ses yeux petits, brillans, pleins d'astuce et de méchanceté. Il était assis dans l'ombre, derrière le grillage de sûreté, de sorte qu'on ne le voyait qu'imparfaitement; en revanche, ses visiteurs devaient s'arrêter en face d'une fenêtre qui éclairait largement leur visage. Cette disposition savante permettait à l'usurier d'observer les autres sans être observé lui-même dans certaines transactions d'une nature suspecte.

Mais Chavigny n'eut garde d'occuper cette place réservée au commun des cliens; il alla tourner le bouton d'une petite porte pratiquée dans la clôture en grillage, et envahit sans cérémonie la partie du bureau où se tenait monsieur Bonnard. Celui-ci, stupéfait de tant d'audace, s'était accoudé sur le registre qu'il était en train de compulser et lançait sur l'intrus des regards furibonds. Chavigny, toujours intrépide, se laissa tomber sur un siége, en disant avec gaîté:

— Je gage, mon vieil ami, que vous me croyiez perdu? Pendant cette longue absence, vous pensiez sans doute que j'avais été enlevé par quelque grande dame amoureuse, ou emporté par le diable de la poésie... Il n'en était rien, mon cher Bonnard; me voici revenu. J'ai été malade, voyez-vous, et le mal seul a pu me faire négliger les charmes et les grâces que l'on trouve ici.

Tandis que l'abbé débitait ces choses, l'usurier faisait à sa femme des signes impérieux comme pour lui intimer l'ordre de sortir. Chavigny s'en aperçut; il alla prendre Rosette par la main et la conduisit au siége qu'elle occupait habituellement, en disant d'un air de galanterie:

— Comment! me priver de l'aimable présence de la di-

vinité qui embellit ce séjour? Morbleu! je ne le souffrirai pas... vous êtes un vilain jaloux, père Bonnard; quand on a une jolie femme, on ne peut l'accaparer pour soi seul; que diriez-vous d'un fou qui voudrait réserver exclusivement à son usage la lumière du soleil?

Rosette, bien qu'elle ne méritât pas ces éloges ampoulés, était une brune vive et piquante, aux yeux noirs et veloutés. Elle n'avait pas, comme disait Chavigny, les allures sémillantes et coquettes de la danseuse Sylvie; sa robe montante, ses façons bourgeoises, un peu gourmées, contrastaient avec la mise et les manières agaçantes de « la prêtresse de Terpsichore. » Mais son petit air de pruderie lui donnait un charme particulier aux yeux des galantins qui fréquentaient le bureau de monsieur Bonnard, et peut-être l'usurier avait-il calculé l'influence que pouvaient exercer les beaux yeux de sa femme sur les fils de famille qu'il aidait à se ruiner.

Toutefois monsieur Bonnard ne passait nullement pour un mari complaisant, et les libertés que prenait Chavigny étaient de nature à mettre sa bile en mouvement. Saisissant de ses mains crispées les deux bras de son fauteuil, il dit avec l'accent d'une rage mal contenue:

— Je ne savais pas, monsieur, que nous fussions d'intimes amis, et j'espérais être à tout jamais privé de l'honneur de vos visites.

— Ah! vous dites cela à cause des petits vers que j'avais adressés à madame Bonnard, reprit nonchalamment Chavigny; que voulez-vous! je ne sais pas bouder; et puis votre femme est si jolie, que je me décide à vous retirer ma pratique. Ses yeux sont comme un aimant qui m'attire toujours ici, bien plus fortement encore que le métal contenu dans votre caisse!

La petite bourgeoise semblait trouver un tour prodigieusement galant aux complimens de son adorateur; néanmoins elle le regardait d'un air suppliant comme pour l'engager à se montrer plus réservé.

— Ah çà, vous moquez-vous? reprit l'usurier, dont la voix devenait de plus en plus tremblante de colère; venez-vous encore chez moi pour débiter des fadeurs à ma femme? Si vous n'avez rien autre chose à dire...

— La, la! est-il donc bourru, ce cher ami! Eh bien! s'il faut l'avouer, Plutus aussi bien que Vénus m'amène ici, deux divinités aveugles, comme vous savez, maître Bonnard. J'aurais besoin d'une cinquantaine de pistoles, aux mêmes conditions que par le passé; j'espère que mon oncle l'évêque ne se fait pas tirer l'oreille pour payer mes lettres de change, mon vieux Bonnard?

— C'est possible, répliqua l'usurier avec ce ton sec et dur qui est l'apanage de la profession; mais je n'ai pas d'argent.

— Quoi! pas même de ces écus brillans qui se confectionnent dans les caves et dont le métal coûte si peu?

La physionomie de monsieur Bonnard devint sombre comme la nuit, et il s'empressa d'abaisser ses lunettes sur ses yeux.

— Je ne vous comprends pas, monsieur... bégaya-t-il; n'avez-vous pas toujours reçu de moi de bonnes espèces ayant cours? Vous appartient-il d'insinuer que je rogne les pièces qui entrent dans ma caisse, comme certains coquins de juifs que la police ne surveille pas assez?

— Ai-je dit que vous rogniez les écus? Foin de moi dans ce cas! je me serai mal expliqué... Mais approchez donc un peu, madame Bonnard, que l'on vous admire plus à l'aise. Sur ma foi, mon ami, votre femme a quarante bonnes années de moins que vous, et tout le monde la prend pour votre fille.

— Monsieur!

— Allons! vous voulez avoir l'air d'en être jaloux; mais ne sait-on pas que vous la négligez beaucoup, cette charmante enfant, et que vous vous absentez tous les soirs, peut-être même une partie des nuits, sans qu'on puisse deviner où vous allez?

Cette fois l'usurier devint livide.

— C'est... c'est une calomnie! balbutia-t-il après être resté quelques secondes comme étourdi du coup; je suis un homme rangé, paisible, et je défie aucun de mes voisins de m'avoir vu dans les rues passé huit heures du soir !

— Et pourtant vous n'êtes pas chez vous... je le sais bien, moi, que diable !

Madame Bonnard, qui ne comprenait rien à ces aveux imprudens du petit abbé, lui lançait toujours des œillades pour l'engager à se taire, mais Chavigny n'en tenait pas compte.

— Eh bien, Bonnard, reprit-il, et ces... cent pistoles que vous devez me prêter, n'en finirons-nous pas ?

L'usurier restait immobile comme s'il n'eût pas entendu, puis il ouvrit précipitamment un grand coffre de fer qui se trouvait près de lui et en tira une poignée de pièces d'or qu'il posa sur la table, presque sans compter.

— Mais à quoi pensez-vous donc aujourd'hui ? Et la lettre de change à souscrire ! et l'escompte à retenir ! Ma foi ! je finirai par croire que vous avez quelque mauvaise affaire qui vous trotte par la cervelle.

Bonnard, sur qui chaque mot de Chavigny semblait produire l'effet de la *moleta* sur le taureau des jeux espagnols, griffonna machinalement un billet que l'abbé signa. Toutefois celui-ci, contre son habitude, n'empêcha pas l'or qu'après avoir examiné chaque pièce une à une et en avoir soigneusement vérifié le titre. Pendant cette opération, l'usurier semblait être sur des charbons ardens.

— Allons, c'est à merveille, reprit enfin Chavigny ; je savais bien que vous étiez trop rusé pour... Ah çà ! maintenant que je suis en fonds, mon ami Bonnard, je vous veux régaler avec votre aimable femme. Que diriez-vous, par exemple, d'un fin petit souper chez Ramponeau ?

L'usurier s'excusa sur l'obligation où il serait peut-être de sortir dans la soirée.

— Alors, reprit l'abbé, je ne vois qu'un moyen d'arranger la partie: c'est de faire porter ici par un traiteur du voisinage de quoi nous régaler tous. De la sorte vous pourrez avoir part au festin, et c'est vous sera permis d'aller à vos occupations dès que l'envie vous en prendra. Vous ne vous gênerez pas pour moi, j'espère ?

Cette proposition de faire apporter le souper du dehors n'avait rien d'inconvenant selon les idées du temps; cependant Rosette s'attendait à la voir repousser avec indignation par son mari. Elle s'était trompée.

— Quoi ! monsieur l'abbé, demanda Bonnard avec humilité, vous voulez... vous exigez...

— Je n'exige rien; mais je désire égayer votre charmante moitié, que vous négligez déplorablement, mons Bonnard, et c'est fort mal à vous ! Quelles sont donc les occupations qui vous forcent à vous éloigner ainsi chaque soir ? Savez-vous ce que vous risquez à ce jeu ? Quelque jour, au moment où vous y penserez le moins, vous entendrez ce cri retentir à vos oreilles : « *Bonnard, ta femme te trompe, et tu seras pendu !* »

Pour le coup, l'usurier tressaillit comme au son de la trompette du jugement dernier; ces paroles étaient précisément celles qu'il avait entendues au fond du souterrain où il se livrait à la fabrication de la fausse monnaie. Il se crut perdu et jeta les yeux vers un coin de son cabinet où il avait sans doute caché des armes pour une circonstance semblable. Mais l'air innocent de Chavigny le rassura un peu; le petit abbé, toujours calme et jovial, ne semblait avoir mis aucune intention menaçante dans les paroles qu'il venait de prononcer. Après un moment d'hésitation, Bonnard sembla prendre son parti tout à coup.

— En vérité, monsieur l'abbé, dit-il en grimaçant un sourire, ma femme et moi nous ne saurions refuser une invitation présentée d'aussi bonne grâce. Vous devez être un joyeux convive, et nous ne manquerons pas, j'en suis sûr, de nous bien divertir en votre compagnie.

— A la bonne heure, père Bonnard ! reprit Chavigny ; je savais bien que vous finiriez par vous décider ; car vous êtes un homme de sens qui entendez la raison. Eh bien, ajouta-t-il en se levant, maintenant que tout est convenu, je vais aller commander notre souper. Au revoir, père Bonnard. A

bientôt, charmante ! Mais ne vous habillerez-vous pas un peu pour cette petite fête? Ne quitterez-vous pas ces coiffes sempiternelles et surtout cette robe de matrone qui vous enveloppe depuis le menton jusqu'à la racine des doigts? Porter un pareil costume, c'est outrager les dieux qui vous ont faite si jolie !

En même temps le gaillard d'abbé embrassa la bourgeoise, toute honteuse de ses éloges, tourna sur les talons et sortit en fredonnant.

Demeurée seule avec son mari, madame Bonnard s'avança vers l'usurier, qui paraissait plongé dans de sombres réflexions.

— Mon ami, dit elle timidement, que décidez-vous ? Voulez-vous donc accepter cette invitation ?

— Et pourquoi non, ma chère ? répliqua son mari d'un ton doucereux; monsieur de Chavigny est un jeune homme civil, spirituel, et ses lettres de change sont exactement acquittées par son oncle l'évêque ; nous devons des égards à une pareille pratique. Allez donc vous faire belle... bien belle, entendez-vous ?

Puis il ferma sa caisse, ses registres, et sortit.

Moins d'une heure après Chavigny revenait, toujours fredonnant, à la maison Bonnard, avec un bataillon de cuisiniers et de marmitons qui portaient des mannes remplies de mets délicats. Le couvert était déjà mis dans un petit salon d'assez mesquine apparence; une vieille femme de ménage avait étalé sur la table toutes les ressources du buffet en porcelaine et en argenterie. Mais l'abbé, fort épicurien, ne trouva pas ces dispositions suffisantes ; il indiqua lui-même la place de chaque plat et l'ordre dans lequel ils devaient être apportés. Comme la nuit tombait, il fit abaisser les rideaux des fenêtres et allumer tous les flambeaux de la maison. De la sorte le salon prit un air de somptuosité et de fête qui était nouveau pour lui.

Madame Bonnard ne tarda pas à paraître dans sa plus riche toilette ; une robe de satin laissait voir ses blanches épaules et ses bras demi-nus. Se cornettes gracieuse était remplacée par une coiffure à la poudre qui lui séyait à ravir. Cependant la bourgeoise n'avait pas osé mettre le rouge et les mouches, atours réservés aux femmes de qualité, et elle n'en était pas moins jolie. Chavigny fut de cet avis, car à la vue de Rosette il oublia les soins importans dont il était occupé, et courut à la maîtresse du logis.

— A la bonne heure ! dit-il en l'examinant avec complaisance ; voilà ce que j'appelle se faire honneur des dons de la nature. Vous seriez digne d'être duchesse !

Madame Bonnard n'était pas insensible à ces complimens, mais une pensée secrète troublait sa joie.

— Monsieur de Chavigny, dit-elle à voix basse en l'entraînant dans un coin, un mot seulement pendant que nous sommes seuls. Prenez garde ; mon mari se doute de quelque chose ou nourrit un mauvais dessein.

— Bah ! bah ! répondit l'abbé d'un ton léger, je sais ce qui lui trouble la cervelle. Il a plus peur de moi que je n'ai peur de lui. Bannissez donc toute inquiétude, ma belle, et ne songeons qu'au plaisir.

Cependant, madame Bonnard allait insister sur l'avis qu'elle avait donné, quand le retour du mari vint interrompre cette conversation.

L'usurier avait endossé, pour la circonstance, un triomphant habit brun chocolat, à boutons d'acier, qu'il ne sortait qu'aux grands jours. Sa physionomie n'offrait plus le caractère sombre et contraint qu'elle avait pendant la journée; on eût dit d'un honnête négociant qui, fatigué du tracas des affaires, bannit le soir toute préoccupation importune pour se réjouir en famille.

On se mit à table ; monsieur Bonnard se montra gai et grand appréciateur de la bonne chère. Sa femme était d'abord plus réservée et ne pouvait surmonter un reste de défiance. Habituée à trembler devant l'usurier, qui jouait volontiers vis-à-vis d'elle le rôle de Bartholo vis-à-vis de Rosine, elle n'osait se livrer à sa bonne humeur naturelle. Cependant, elle finit par se laisser prendre à l'entrain irrésistible de Chavigny. Celui-ci, une serviette bien blanche passée sous le menton, découpait, servait à boire, donnait des ordres aux domestiques, et tout cela sans cesser de rire, de jaser, de débiter des madrigaux, des sonnets et des impromptus où Bacchus et Flore, Iris et Vénus, les Grâces et l'Amour revenaient à chaque mot. Madame Bonnard ne comprenait pas toujours ces complimens mythologiques à son adresse, mais elle leur trouvait d'autant plus de finesse et elle en riait comme une folle. Ainsi encouragé, le petit abbé redoublait de verve, si bien qu'il dépassait parfois les bornes de la galanterie permise, même aux abbés graveleux de ce temps-là.

Cependant une harmonie parfaite semblait régner entre ces trois personnes, et monsieur Bonnard n'avait pas l'air d'entendre les quolibets passablement irritans que lui décochait souvent Chavigny. Une seule fois il saisit le sens d'une plaisanterie dans laquelle il s'agissait de Vénus, de Vulcain et de Mars. Il blêmit, ses traits se contractèrent d'une manière si effrayante que sa femme s'arrêta brusquement au milieu d'un éclat de rire. Mais Bonnard domina bientôt cette impression; il saisit son verre, le vida d'un trait, et quand il le posa sur la table, sa figure avait repris le masque de bonhomie riante dont elle était couverte auparavant.

La nuit était venue depuis longtemps; il commençait à se faire tard. Les garçons de restaurant se retirèrent, leurs services n'étant plus nécessaires; la vieille femme de ménage, qui ne demeurait pas dans la maison, était partie déjà, les poches pleines, annonçant qu'elle ne reviendrait que le lendemain. L'heure à laquelle Bonnard s'absentait d'ordinaire était passée; mais il ne songeait pas à quitter la table. Vainement Chavigny lui avait-il dit plusieurs fois :

— Ne vous gênez pas pour moi, maître Bonnard; allez à vos affaires... les affaires avant tout, maître Bonnard!

L'usurier ne bougeait pas; il continuait de plaisanter et de boire, en invitant son hôte à l'imiter. Grâce à ses nombreuses libations, Chavigny se trouvait déjà fort échauffé; ses discours devenaient de plus en plus imprudens et provocateurs. En revanche, madame Bonnard se montrait beaucoup moins gaie, moins bruyante; le signe menaçant qu'elle avait surpris sur le visage de son mari et d'autres indices, visibles pour elle seule, lui avaient rendu ses secrètes appréhensions. Mais elle s'efforçait de cacher sa crainte, en attendant l'occasion favorable d'en faire part à Chavigny.

Cette occasion ne tarda pas à se présenter. Après avoir consulté plusieurs fois sa grosse montre d'argent, le maître du logis se leva, annonça brièvement qu'il serait bientôt de retour et sortit. Aussitôt Chavigny jeta sa serviette au loin et s'écria d'un ton joyeux :

— Victoire, ma chère Rosette! nous en sommes enfin débarrassés! Sur ma parole, je craignais d'avoir choisi des vins trop délicats... Le bonhomme y prenait goût.

Mais madame Bonnard tremblait de tous ses membres.

— Monsieur de Chavigny, dit-elle avec épouvante, je ne sais ce qui se passe, et je ne puis comprendre par quels moyens vous avez pu décider Bonnard à vous sacrifier ses goûts et ses habitudes; mais, j'en suis sûre, il se prépare à vous jouer un mauvais tour. Croyez-moi donc, profitez du moment favorable; sauvez-vous pendant que vous le pouvez encore; partez, je vous en conjure, partez à l'instant, ou il vous arrivera malheur.

Chavigny sourit.

— Un malheur! je n'en crains pas d'autre que celui d'être éloigné de vous, ma jolie Rosette! Le prétexte est bien choisi, mais je ne m'y laisserai pas prendre, petite rusée!

— Par pitié pour vous-même, monsieur de Chavigny, reprit-elle d'un ton suppliant, soyez raisonnable... Vous ne connaissez pas mon mari; il est implacable dans ses haines. Ou je me trompe fort, ou ce soir vous l'avez mortellement offensé. N'attendez son retour.

— Chansons! que puis-je craindre de ce vieux fou? Sans être un Achille, je viendrais fort aisément à bout de lui, surtout si vous deviez être le prix du combat, trop séduisante Hélène!

— Mais il peut trouver des secours, il peut vous tendre un piège... Chavigny, si vous m'aimez, ne restez pas ici une minute de plus... Mon mari va revenir.

— Je vous aime et je ne pars pas... Mordieu! toutes les belles dames de Paris semblent s'être donné le mot pour me congédier quand j'ai le plus envie de rester! Je me trouve bien ici, et je ne bougerai non plus qu'un terme... Quant à votre vieux jaloux, qu'il vienne donc, et, d'un mot, je le ferai rentrer sous terre!

— Ce mot, tu ne le prononceras pas! dit quelqu'un derrière lui.

En même temps, l'abbé, qui tournait le dos à la porte, entendit des trépignemens de ce côté; on lui jeta sur la tête une serviette, des mains vigoureuses se posèrent sur sa bouche, tandis que d'autres paralysaient ses mouvemens. vainement essaya-t-il de se débattre, d'appeler au secours: il ne put y parvenir; et bientôt des cordes lui serraient jusqu'à entrer dans sa chair lui ôtèrent toute velléité de résistance.

Dans le premier moment madame Bonnard avait poussé de grands cris, mais soit qu'elle eût été bâillonnée elle-même, soit que les menaces de son terrible mari l'eussent obligée à se taire, Chavigny n'entendit bientôt plus, à travers son voile, que des sons inarticulés. D'ailleurs les trépignemens continuaient autour de lui, et on ne lui laissa pas le temps de faire des observations. Dès qu'il fut solidement garrotté, il se sentit soulevé par les mêmes mains robustes et il fut emporté rapidement.

On descendit l'escalier de la maison et l'on traversa une cour intérieure dans le plus grand silence. Puis deux ou trois portes s'ouvrirent et se refermèrent, et les porteurs, ne craignant plus sans doute d'être entendus, se mirent à causer entre eux en toute liberté. On respirait maintenant un air épais et humide comme celui d'une cave, et quand on descendit un interminable escalier tournant, le malheureux abbé ne douta plus qu'il ne fût tombé entre les mains des faux monnayeurs dont il avait surpris le secret, et qu'ils ne le portassent à leur atelier des carrières.

— Morbleu! pensait le pauvre Chavigny, qui, grâce à une pointe d'ivresse, conservait sa gaîté dans cette horrible crise, les galanteries ne m'ont guère réussi depuis deux jours! Mais cette aventure-là pourrait finir plus mal pour moi que celle d'hier. Sexe enchanteur que j'aime tant, me seras-tu donc toujours fatal!

Une violente secousse interrompit ces réflexions. On était arrivé au pied de l'escalier; une lourde porte avait tourné sur ses gonds rouillés, et on avait jeté l'abbé comme un ballot sur la terre nue.

La douleur fut sur le point de lui arracher des gémissemens, mais il se contint par amour-propre; d'ailleurs son bandeau venait de se détacher, et il pouvait enfin se servir de ses yeux, ce qui était une compensation à la manière un peu brutale dont on lui en avait rendu l'usage.

Comme il l'avait pensé, il se trouvait dans l'officine de faux monnayeurs qu'il avait entrevue lors de son excursion dans les carrières en compagnie de Philippe de Lussan. Cette salle souterraine était éclairée par une lampe de fer qui pendait à la voûte, et l'abbé reconnut facilement la forge, le balancier, les creusets, instrumens caractéristiques de la coupable industrie qui s'exerçait dans ces caveaux.

Les ravisseurs étaient au nombre de cinq ou six; à leurs costumes on pouvait les prendre pour les ouvriers employés à la fabrication de la fausse monnaie. Leurs mines féroces ne promettaient rien de bon. Ils causaient entre eux dans une espèce d'argot et semblaient attendre quelqu'un qui seul avait le droit de commander.

Cette personne parut enfin, une lumière à la main : c'était Bonnard; sans doute il était resté en arrière afin de s'assurer du silence de sa femme. En entrant, il jeta un regard vers l'endroit où le pauvre abbé gisait dans une immobilité complète, et, après avoir déposé sa lumière sur une enclume, rejoignit ses compagnons, qui reprirent leur conversation avec plus de vivacité qu'auparavant.

Il s'agissait du sort de Chavigny, et un dissentiment éclata parmi les parties délibérantes. Bonnard, que son désir de vengeance n'aveuglait pas sur les conséquences possibles d'un meurtre, semblait pencher pour un moyen terme, tandis que les autres ne se montraient pas disposés aux ménagemens. Vainement l'usurier déployait-il toute sa rhétorique, les faux monnayeurs n'en démordaient pas.

— Voyez-vous, maître, disait avec rudesse un gros forgeron, au cou tors, aux bras noirs et nus, qui semblait être le chef de l'opposition, il s'agit de notre peau à tous. Vous dites que ce freluquet d'abbé a surpris notre secret; alors n'y allons pas par quatre chemins et mettons-le hors d'état de nous dénoncer. Rien de plus facile, et si vous êtes tous des poules mouillées, je me chargerai seul de cette besogne.

En même temps, il saisit un marteau de forge et voulut s'élancer vers Chavigny, qui frémissait de tous ses membres; heureusement, Bonnard parvint à retenir ce forcené.

— Allons, Pierre, reprit-il de sa voix la plus insinuante, sois raisonnable, mon garçon; que diable! je hais ce papillon d'abbé plus que toi; mais je tiens à ma peau, comme tu dis, autant que tu peux tenir à la tienne. Il sera toujours temps d'en venir à ton moyen. Peut-être cet abbé maudit a-t-il parlé à quelqu'un aujourd'hui de l'intention où il était de me rendre visite; d'ailleurs, plusieurs personnes l'ont vu chez moi ce soir, et j'ignore si l'on ne viendra pas me demander compte de sa disparition. Il faut donc attendre encore un peu avant de prendre un parti décisif, et si nous pouvons sans inconvénient, d'ici à quelques jours, en finir avec ce jeune drôle, je te l'abandonnerai volontiers.

— Mais alors qu'en ferons-nous ici? demanda Pierre le Tors à demi convaincu.

— Nous l'emploierons comme ouvrier, ou plutôt comme apprenti, répliqua Bonnard avec ironie; depuis longtemps tu demandes un petit garçon pour souffler ta forge, et pas un de vous n'a eu l'esprit jusqu'ici de voler un enfant dans la rue pour remplir cet office; eh bien! par tous les diables, monsieur l'abbé te rendra le service que saint Ouen rendait à saint Éloi: il soufflera pendant que tu forgeras.

Cette saillie excita l'hilarité des assistants, et ils furent désarmés. Pierre le Tors, flatté d'avoir un aide, ne résistait plus que pour la forme.

— Fort bien, maître; mais quand nous quitterons notre travail le matin, ce muguet-là tentera de s'évader...

— Tu es fou, Pierre; comment y parviendrait-il? Briserait-il les trois portes de l'escalier?... Et quant à cette muraille à travers laquelle il nous fit l'autre jour une si rude peur, tu sais quelles précautions nous avons prises?

— Allons! soit, dit le forgeron; aussi bien j'ai besoin d'un souffleur et je me charge d'apprendre l'état à ce fainéant d'abbé; s'il ne marche pas droit, il verra de quel charbon je me chauffe... Mais c'est assez; puisque tout est convenu, il est inutile de perdre notre temps... À l'ouvrage donc! et ne lanternons pas.

Aussitôt tous les ouvriers se mirent en devoir de reprendre leur travail accoutumé. On alluma des torches; les uns se préparaient à fondre le métal dans les creusets, les autres disposaient le balancier, d'autres enfin promenaient la lime sur les pièces récemment fabriquées pour en faire disparaître les défectuosités. Bonnard s'approcha de Chavigny, le débarrassa de son bâillon et de ses liens.

— Allons! levez-vous, monsieur l'abbé, dit-il d'un ton goguenard; vous savez sans doute ce que l'on attend de vous? Pour la première fois vous allez employer vos blanches mains à quelque chose d'utile. Ce soir, à table, vous me compariez à Vulcain, un dieu forgeron des anciens temps; morbleu! vous forgerez aussi, et vous trouverez peut-être dans votre mythologie une histoire pour vous consoler.

— Monsieur, dit le pauvre Chavigny suffoqué d'indignation, votre conduite est abominable... Il valait mieux me tuer tout d'un coup; et j'aimerais mieux mourir...

— Ta! ta! ta! l'abbé, vos souhaits pourraient se réaliser bientôt; mais, en attendant, vous soufflerez pour votre nouveau patron, Pierre le Tors, qui n'est pas tendre, je vous en avertis. Vous aimeriez mieux sans doute conter fleurette aux femmes à la barbe de leurs benêts de maris? mais chaque chose à son temps, et le temps de souffler est arrivé.

— Approche ici, l'abbé, cria Pierre le Tors, qui venait de remplir de charbon le fourneau de la forge.

Chavigny resta immobile et ne répondit pas.

— Ah! c'est comme ça? dit le forgeron d'une voix de tonnerre.

Il s'élança vers Chavigny, qui ne put s'empêcher de trembler en le voyant venir. Il prit le frêle abbé par le collet et le porta près de la forge, malgré sa résistance. Là, il le remit sur ses pieds, glissa entre ses doigts une grosse corde noire qui communiquait avec le soufflet; puis, serrant lui-même la main du patient dans la sienne, il le força de tirer la corde par un mouvement régulier et cadencé.

— De cette façon, dit-il; ni trop vite ni trop lentement. Je te donne cinq minutes pour l'apprentissage.

Il retira sa main pour voir comment s'y prendrait son élève; mais celui-ci, bien que ses doigts fussent presque brisés, redevint immobile dès qu'il fut livré à lui-même.

— Ah! ah! nous y mettons de l'entêtement, je crois! reprit le forgeron en serrant avec une vigueur nouvelle la main délicate de Chavigny.

Les traits du pauvre abbé se contractèrent de douleur; des larmes jaillirent de ses yeux; mais il tira le cordon par un mouvement saccadé et convulsif.

— À la bonne heure! dit Pierre le Tors en se remettant à sa besogne.

— Eh! eh! je savais bien qu'il viendrait à bout de vous! reprit Bonnard en ricanant, quand je vous disais qu'il était brutal! Vraiment, l'abbé, que vous vous y prenez à merveille? Ce que c'est que l'instruction et l'intelligence! on est propre à tout. Vous soufflez déjà comme si vous n'aviez fait autre chose de votre vie. Ah! si certaine dame pouvait vous voir!

Le pauvre Chavigny baissa la tête; il était pâle de honte, de douleur et de rage. Mais il soufflait.

Les faux monnayeurs avaient quitté l'atelier vers la fin de la nuit, et l'abbé était resté seul. La lampe éclairait faiblement les établis maintenant abandonnés, la forge éteinte, le balancier immobile. Au grincement des limes, au retentissement des marteaux avait succédé le silence des carrières sub-parisiennes. Le pauvre Chavigny était épuisé de fatigue; néanmoins il oubliait d'aller s'étendre sur une botte de paille destinée à lui servir de lit. Assis à l'écart, il s'abandonnait aux plus tristes réflexions.

Pendant les premiers momens, il avait espéré trouver quelque moyen de s'échapper. Le bruit de trois portes qui s'étaient refermées derrière les faux monnayeurs prouvait l'inutilité de toute tentative de ce côté; mais il chercha la muraille dont les crevasses lui avaient permis jadis de donner à Bonnard un avertissement effrayant. Malheureusement de ce côté encore, tout projet d'évasion était devenu inexécutable. Une nouvelle et épaisse muraille s'élevait devant l'ancienne; il eût fallu plusieurs jours et un grand nombre d'hommes pour démolir ce massif de maçonnerie. D'ailleurs Chavigny, eût-il eu la force et le temps d'accomplir cette tâche, eût encore hésité à s'aventurer sans guide dans ces affreux souterrains où, par deux fois différentes, il avait pensé périr.

Il était donc venu s'asseoir triste, découragé, maudissant sa fatale étourderie. L'humiliation à laquelle l'avait condamné la haine ingénieuse de Bonnard l'exaspérait; mais quand il songeait que d'un moment à l'autre il pouvait tomber assommé sous le marteau du féroce forgeron ou être assassiné pendant son sommeil par l'implacable usurier, il sentait ses cheveux se dresser sur sa tête. En dépit de tout cela, je ne sais quelle vague espérance vivait encore au fond de son cœur. Alors que tout l'abandonnait et qu'un miracle seul semblait pouvoir le sauver, il attendait encore un événement fortuit qui lui fit reprendre sa place parmi les vivans.

Comme il se livrait à ses rêveries, il crut entendre un léger bruit à l'autre extrémité du caveau. De ce côté se trouvait un puits creusé dans le roc. Le tuyau semblait monter jusqu'à la surface du sol, bien que l'orifice en fût sans doute soigneusement caché; au niveau de l'atelier, une large ouverture, pratiquée dans le tuyau, permettait aux ouvriers de puiser l'eau nécessaire à leur travail. Or, le bruit semblait venir du puits, et quelques graviers, tombant dans les eaux inférieures, confirmaient cette supposition.

Chavigny ne devait pas compter de trouver des amis parmi les gens qui hantaient ces affreux souterrains. Cependant il ne quitta pas sa place et attendit l'événement.

Il tenait les yeux fixés sur l'ouverture du puits, quand il vit tout à coup des pieds nus s'agiter dans l'intérieur; au même instant, une espèce d'ombre s'élança sur la margelle, et de là dans l'atelier, avec la légèreté d'un chat. C'était l'homme des carrières, le ravisseur de Thérèse.

Chavigny jusqu'alors n'avait fait qu'entrevoir ce hideux personnage; aussi, quand il put distinguer la barbe et les cheveux incultes de Médard, ses gros yeux phosphorescens, son accoutrement bizarre, éprouva-t-il cette horreur qu'inspirait d'ordinaire à ses semblables le farouche enfant de la nuit. L'abbé, malgré l'incrédulité dont il se vantait, était fort superstitieux, et nous nous souvenons qu'il avait eu déjà la velléité d'attribuer à un pouvoir surnaturel les événemens accomplis dans les carrières. L'aspect de Médard réveilla ce sentiment, et Chavigny sentit une sueur froide couler sur son front. Il retenait son souffle et cherchait à se dissimuler derrière un pilier, dans l'espoir de n'être pas aperçu.

Mais Médard paraissait sûr de n'être pas seul dans l'atelier des faux monnayeurs. Il s'était arrêté sous la lampe suspendue à la voûte, et promenait autour de lui son regard de feu. Bientôt ce regard se tourna vers Chavigny et demeura obstinément attaché sur le pauvre petit abbé, qui subissait la fascination anxieuse du rouge-gorge devant la couleuvre.

Plus d'une minute s'écoula sans que l'un ou l'autre fît le moindre mouvement, sans qu'une seule parole fût échangée. Enfin Médard dit avec effort, comme si sa langue eût perdu l'habitude d'exprimer sa pensée :

— Chavigny!... l'ami de Lussan!

L'abbé tressaillit en se voyant si bien connu, et l'étonnement prit peu à peu, dans son esprit, la place de la crainte.

— Je suis, en effet, celui que vous dites, répliqua-t-il; mais, vous-même, qui donc êtes-vous?

Il ne reçut pas de réponse. Le silence menaçait de se prolonger de nouveau, quand Chavigny reprit :

— Connaissez-vous les gens qui me retiennent ici?

Médard fit un geste de mépris, mais sans daigner parler.

— Si je ne me trompe, continua l'abbé, qui s'enhardissait de plus en plus en trouvant cet homme plus sauvage que méchant, nous nous sommes rencontrés déjà. Quand Philippe de Lussan et moi nous étions perdus dans ces carrières, n'est-ce pas vous qui avez eu la charité de nous sauver en promenant devant nous une lanterne qui nous montrait le chemin?

On répondit distraitement par un signe affirmatif.

— Eh bien donc, homme, sorcier ou fée, ne pourriez-vous me rendre le même service? Je ne vous cacherai pas que je donnerais tout au monde pour être hors d'ici.

Nouveau signe affirmatif de Médard.

— Quoi donc! vous consentiriez à m'assister dans ma détresse? s'écria l'abbé, qui se leva d'un bond; ce serait fort obligeant de votre part. Ma foi, nous partirons quand vous voudrez.

L'homme des carrières était devenu pensif. Bientôt il dit d'un accent dont rien ne saurait rendre le désespoir :

— Thérèse! Thérèse!...

Puis il laissa tomber sa tête hérissée sur sa poitrine, et de grosses larmes roulèrent sur ses joues.

L'abbé demeura tout interdit, mais décidément il n'avait plus peur.

— Si c'est de mademoiselle Thérèse de Villeneuve que vous parlez, reprit-il, vous pouvez m'en donner des nouvelles : n'est-ce pas vous qui l'avez enlevée du couvent du Val-de-Grâce?

— Perdue! perdue! répliqua Médard en grinçant des dents.

Et il se mit à se promener d'un pas saccadé, en tournant toujours sur lui-même comme une bête féroce dans une cage trop étroite. Il finit cependant par se calmer un peu et vint reprendre sa place en face de l'abbé; mais, soit qu'il ne sût comment s'exprimer, soit qu'il se défiât encore de Chavigny, il gardait toujours le silence.

— Ah çà! mon cher, dit l'abbé impatienté, si réellement vous avez le pouvoir de me tirer d'ici, qu'attendez-vous pour m'en donner la preuve? J'ai hâte de quitter ces maudits souterrains, où je trouve toujours fort peu d'agrément, je vous assure.

Après de nouvelles hésitations, Médard reprit d'une voix sourde :

— Une... condition.

— Ah! vous voulez m'imposer des conditions avant de me délivrer? Soit! voyons, de quoi s'agit-il?

— Vous chercherez Thérèse.

— Mais où la trouver?

— Vous êtes l'ami de Lussan.

— Mais si Lussan lui-même ne sait pas ce qu'est devenue mademoiselle de Villeneuve? Enfin, supposons que je parvienne à la découvrir dans Paris...

— Vous lui direz qu'elle se rende le troisième jour, à partir d'aujourd'hui, à neuf heures du soir, sous l'Arbre-Mort, non loin de la barrière Saint-Jacques... je l'attendrai.

— Ma foi! mon cher, je ne voudrais pas vous offenser, mais vous me chargez là d'un singulier message pour une jeune demoiselle sage, bien élevée, et fille d'un millionnaire... Et si elle refusait de se rendre à votre invitation, qu'arriverait-il?

— De grands malheurs, répliqua l'homme des carrières, rien ne m'arrêterait plus... une partie de Paris, un monceau de ruines... Les familles écrasées... partout des larmes et du sang... partout des pleurs et des cris... et mon père, mon père, serait vengé!

Chavigny n'avait plus envie de rire; Médard parlait avec cet enthousiasme aveugle qui produit les grandes actions et les grands crimes. Son genre de vie, ses habitudes misanthropiques, un sentiment violent, exalté par la solitude, les ténèbres et le silence, avaient évidemment influé sur sa raison; la destruction était chez lui un redoutable instinct qui, dans l'occasion, pouvait dominer tous les autres. On avait donc à craindre qu'il réalisât ses terribles menaces, et l'abbé, pour sa part, l'en croyait fort capable. Cependant il reprit avec étourderie :

— Vous avouerez, mon cher, que vous avez trouvé un moyen tout neuf de faire accepter vos rendez-vous. Mais il suffit, ajouta-t-il d'un ton plus sérieux, car il sentait déjà qu'il était allé trop loin, je mettrai mes soins à remplir votre commission, bien qu'elle présente certaines difficultés.

— Jurez! dit Médard d'un air de défiance.

— Soit, je le jure.

Le résultat de cette négociation parut calmer l'esprit malade de l'homme des carrières; son visage s'éclaircit et il poussa un soupir de soulagement.

Après une courte pause, il invita Chavigny par gestes à prendre la lampe suspendue à la voûte, puis il se dirigea vers le puits et monta sur la margelle; puis, s'aidant des genoux et des mains, il se glissa dans le tuyau supérieur et ne tarda pas à disparaître. Au bout d'une minute, une espèce de grognement parti d'en haut avertit Chavigny d'imiter cette manœuvre, ce que le pauvre garçon se trouvait fort empêché. Il était monté sur la margelle à son tour; au-dessous de lui miroitait l'eau du puits, limpide et profonde; au-dessus, un conduit cylindrique s'élevait perpendiculairement; quelques aspérités à peine visibles devaient servir à poser le pied. Il fallait être un ramoneur émérite pour tenter une pareille ascension.

Le guide sembla comprendre la difficulté. Il descendit une seconde fois et prit la lampe, qu'il déposa sur une pierre saillante. Alors, saisissant Chavigny d'une main, il l'enleva comme il eût pu faire d'un enfant. Après l'avoir hissé de cette manière à la hauteur de sept ou huit pieds, il atteignit une nouvelle ouverture dans laquelle ils se glissèrent tous les deux.

Nous savons déjà que dans certaines parties des vides, existent deux étages superposés ; tel était le cas de la portion où les faux monnayeurs avaient établi leur atelier. Des pentes douces ou des degrés, rongés par le temps et par les inondations, réunissaient les carrières basses aux carrières hautes, de telle sorte qu'on pouvait passer des unes aux autres sans difficulté.

Chavigny et Médard se trouvaient donc maintenant à l'étage supérieur, et l'abbé ne tarda pas à reconnaître ces galeries inextricables dont il avait conservé de si pénibles souvenirs. L'homme des carrières se mit en route de son pas rapide et silencieux ; Chavigny suivit, sa lampe à la main.

Ils allaient si vite que toute conversation était impossible. L'abbé pourtant eût bien désiré savoir où on le conduisait, mais le guide ne répondait pas à ses questions.

A chaque instant on changeait de galerie et de direction ; il semblait que l'on tournât sans cesse autour d'un même point. Médard, au milieu de ces routes innombrables qui se croisaient en tous sens, ne montrait ni embarras ni hésitation. Comme on traversait un carrefour hérissé de gros piliers en désordre, il s'arrêta tout à coup et fit remarquer au petit abbé que plusieurs de ces piliers étaient minés ; des mèches soufrées étaient déjà disposées afin qu'on pût au premier moment mettre le feu à la poudre.

— Le Val-de-Grâce, dit-il avec un sourire effrayant.

— Le Val-de-Grâce ! répéta Chavigny ; est-ce donc par là que nous allons sortir des carrières ? je ne vois pas l'escalier. Êtes-vous sûr que les religieuses... Ah çà ! l'ami, quoique je n'aime pas les béguines, vous y regarderez à deux fois, je l'espère, avant de leur faire faire cet effroyable saut !

Médard n'eut pas l'air de l'entendre ; et, au lieu de chercher l'escalier, comme Chavigny s'y attendait, il s'enfonça de nouveau dans les vides.

Après un quart d'heure de marche à travers des souterrains dont l'état de délabrement n'était rien moins que rassurant, l'homme des carrières, s'arrêtant une seconde fois, montra plusieurs piliers minés comme ceux du Val-de-Grâce.

— L'Observatoire ! dit-il avec son laconisme sinistre.

Chavigny comprit alors que l'on lui faisait faire ces longs détours : on avait voulu qu'il vît de ses yeux l'immense danger dont les principaux édifices de la rive gauche étaient menacés.

— Allons donc ! ceci n'est pas sérieux, reprit-il ; en quoi vous ont offensé les pacifiques astronomes qui sont là-haut à supputer le cours des astres et à déterminer le vent qui souffle ? Je m'explique sans peine que vous désiriez vous venger de vos ennemis ; mais confondre tant d'innocens avec les coupables...

Médard lui lança un regard si dur, que l'abbé n'osa continuer son plaidoyer en faveur des savans. D'ailleurs le guide se remit en marche avec son agilité ordinaire, et force fut de le suivre.

Il montra encore des piliers minés sous le magnifique couvent des Chartreux ; et bientôt on entra dans un vaste carrefour que l'abbé crut reconnaître pour l'avoir traversé déjà. Les mines étaient multipliées en cet endroit d'une manière effrayante.

— Le Luxembourg ! murmura Médard.

Et il passa.

— Voyons, mon cher, dit Chavigny, je vous ai mal compris... Renverser une portion de Paris, détruire ses plus superbes monumens, ce serait de la barbarie, du vanda-

lisme, de la démence ! Erostrate, pour avoir incendié le temple d'Ephèse, fut voué à l'exécration de la postérité, et, comme lui, vous porteriez la peine d'un acte sauvage.

Médard haussa les épaules d'un air sombre.

— Ah çà, mais, reprit Chavigny impatienté de ce silence obstiné, savez-vous que c'est une grande imprudence à vous de me prendre pour confident de ces abominables projets ? En remontant là-haut, je pourrais m'adresser à des gens qui sauraient bien vous empêcher de les exécuter.

L'homme des carrières accueillit cette menace avec un imperceptible sourire de dédain ; puis, étendant le bras, il dit froidement :

— L'escalier...

L'abbé reconnut en effet l'escalier qui conduisait à son domicile de la rue de Vaugirard. Sa joie fut extrême en se voyant à l'abri de tout danger, et sa hardiesse s'accrut d'autant.

— Grand merci, reprit-il ; vous venez de me rendre, je dois en convenir, un véritable service, car le Bonnard n'avait pas de bonnes intentions à mon endroit. Vous n'êtes donc pas aussi méchant que vous voulez le paraître ? En revanche, je vous supplie d'être raisonnable et de rentrer en vous-même. Comment ! pour une petite fille qui ne se soucie pas de vous, vous abîmeriez la moitié de Paris ! Encore une fois, c'est de la démence !

— Thérèse ! murmura Médard avec un désespoir sombre, Thérèse !... dites-lui de venir.

— Hum ! mon brave garçon, lors même que je parviendrais à trouver mademoiselle de Villeneuve, je n'ose vous assurer qu'elle acceptera votre invitation. Songez donc... si vous aviez la moindre idée du monde, des convenances sociales...

— Montez, interrompit brusquement Médard, montez vite !

— Cependant, mon cher...

— Montez... vous avez juré... Si Thérèse vient, elle décidera. J'attendrai trois jours ; si le soir du troisième elle se rend à l'Arbre-Mort, tout sera bien... Sinon, malheur sur tous, malheur sur moi !... Partez.

Ce ton péremptoire n'admettait pas de réplique ; cependant Chavigny crut devoir épuiser son éloquence pour démontrer à ce fou sanguinaire l'absurdité de son projet. Médard ne l'écoutait plus ; il avait tiré de sa poche un long morceau d'amadou qu'il alluma.

— Montez ! répéta-t-il rudement.

Chavigny continuait ses exhortations avec force allusions mythologiques, quand il vit l'homme des carrières s'avancer vers un enfoncement de l'escalier, l'amadou à la main.

— Bon Dieu ! s'écria-t-il, quelle est donc votre pensée ?

Le taciturne Médard lui montra la mèche soufrée d'une mine destinée à faire sauter l'escalier.

— Comment ! comment ! reprit le pauvre abbé tout effaré, vous voulez...

— Montez donc !

Et Médard posa l'amadou sur la mèche, de telle sorte que le feu ne pouvait manquer de s'y communiquer bientôt.

— Mais cet homme est possédé du démon !... Un moment, un moment, vous dis-je ! ne vous pressez pas tant... Laissez-moi du moins quelques minutes pour le sauver.

Et Chavigny franchissait les marches quatre à quatre, tombant et se relevant à chaque pas, suant, haletant, criant sans obtenir de réponse. Il n'était pas encore au sommet de l'escalier qu'il croyait déjà sentir l'odeur du soufre. Sa lampe s'était éteinte dans la rapidité de sa course, et il se servait autant de ses mains que de ses pieds pour gravir les marches délabrées. Enfin il arriva ou plutôt il tomba dans l'espèce de cave qui précédait l'entrée des carrières ; mais quoique meurtri, hors d'haleine, il s'empressa de la traverser et atteignit enfin la cour.

Il était temps ; à peine se trouvait-il en plein air, ébloui par la clarté du jour naissant, qu'une explosion profonde retentit sous ses pieds et fut suivie aussitôt d'un roulement lugubre. Le sol fut ébranlé ; Chavigny crut que les maisons voisines allaient s'écrouler sur sa tête. Cependant tout resta en place, le bruit s'éteignit bientôt, et le pauvre abbé se hâta de regagner son appartement, où il demeura pendant quelques instans sans mouvement et sans voix.

XXVI.

LE JEU DE PAUME.

On se souvient que le chevalier, en partant pour l'hôtel de Villeneuve, avait promis à son fils putatif d'envoyer la cassette contenant les précieux papiers au logis de Philippe, rue Saint-Germain-l'Auxerrois. Aussi, peu d'instans après, Laurent, le coffret sous le bras, se mettait-il en devoir d'exécuter les ordres de monsieur de Lussan.

Le vieux valet de chambre se piquait d'être plutôt l'ami que le domestique de son maître, dont il avait partagé la bonne et la mauvaise fortune ; il ne portait pas de livrée ; son costume propre et bien rangé l'eût fait prendre pour un honnête rentier du Marais, dont il avait les habitudes paisibles et régulières. Quand il sortit de la maison, il salua d'un petit sourire de protection la fille du concierge qui lui adressait une profonde révérence, envoya un signe familier à l'épicier d'en face et à la laitière d'à côté, ses fournisseurs ordinaires ; puis il se mit à remonter la rue en s'efforçant de préserver de la boue ses chaussures bien cirées, et avec d'autant plus de raison qu'il les cirait lui-même.

Il n'était pas encore à cent pas du logis quand il se trouva près d'une chaise à porteurs qui stationnait à l'angle de la rue. Cette chaise paraissait vide et les rideaux qui en garnissaient intérieurement les vitrages étaient baissés. Les deux porteurs, leur bricole serrée autour du corps, se reposaient nonchalamment sur la borne.

Comme Laurent passait, le nez au vent, la portière de la chaise s'ouvrit tout à coup, et un homme vêtu de noir s'élança sur le pavé. Ce personnage fit signe aux porteurs d'attendre à la même place ; puis, hâtant le pas, il rejoignit Laurent, qui continuait de s'éloigner, et lui toucha l'épaule.

— *Frappez le lion*, dit-il à demi-voix.

Le vieux domestique tressaillit et s'arrêta. Après avoir envisagé celui qui venait de parler, il répondit du même ton :

— *Que le lion soit frappé !* et salut à l'illustre grand-maître.

L'abbé de la Croix l'entraîna sous une porte cochère et lui dit avec autorité :

— En vertu de la sainte obédience, je vous ordonne, frère servant du saint temple, de répondre en toute vérité. Philippe de Lussan est venu chez son père ce matin ?

— Oui, cher et illustre grand-maître.

— Ils ont eu ensemble une longue conversation, et ils se sont *tout* dit ? vous m'entendez... *tout ?*

— C'est vrai.

— Je m'y attendais. Maintenant, que contient cette cassette ? les papiers, sans doute ?

— Oui, grand-maître, et j'allais les porter au logis de monsieur Philippe.

— Il n'en manque aucun... même des plus importans ?

— Aucun ; monsieur Philippe n'a pu que jeter un coup d'œil dans le coffret ; monsieur le chevalier l'a emmené aussitôt.

— C'est à merveille. Je veux visiter cette cassette avant lui ; ouvrez-la.

— Mais, grand-maître, c'est que... je n'ai pas la clef.

— Ne l'avez-vous pas ouverte une fois déjà quand vous m'avez révélé... Frère servant du temple, que dit le texte sacré ? « Tu obéiras au grand-maître comme à Dieu lui-même. »

— Eh bien, votre révérence saura qu'il existe un secret pour ouvrir la serrure en pressant un ressort, et que j'ai vu plusieurs fois monsieur le chevalier faire usage de ce secret. Mais nous ne pouvons ici, dans la rue...

— C'est juste.

L'abbé de la Croix jeta les yeux sur les maisons environnantes. Les cafés ne manquaient pas à cette époque, sans être toutefois aussi communs qu'aujourd'hui ; mais un personnage grave tel que le grand-maître de l'ordre du Temple eût craint de se compromettre en pareil lieu. Il aperçut un vieil édifice qui semblait avoir été un couvent ; mais depuis longtemps ce bâtiment n'était plus consacré au culte : une inscription, suspendue au-dessus de la porte, annonçait qu'il servait maintenant de jeu de paume. L'abbé s'engagea dans une allée sombre qui conduisait à la salle principale, et Laurent le suivit.

Le jeu de balle, abandonné de nos jours aux écoliers et aux rares amateurs des promenades publiques, se trouvait déjà bien déchu, sous Louis XVI, de son ancienne splendeur. Le temps n'était plus où toute la population parisienne, depuis les plus grands seigneurs jusqu'aux plus humbles gens de métier, venait, dans les locaux consacrés à ce divertissement, exercer sa vigueur et son agilité, où chaque quartier de Paris eût son jeu de paume et souvent plusieurs. Ces établissemens commençaient à tomber en désuétude par toute la France. Il en existait pourtant encore un certain nombre dans les villes de province, et l'on sait de quels grands événemens celui de Versailles devint le théâtre une dizaine d'années plus tard. Paris en comptait alors huit ou dix, aujourd'hui démolis ou affectés à d'autres usages. Celui dans lequel nous introduisons nos personnages était un des plus remarquables.

Il consistait en une chapelle gothique dont la voûte, très élevée, ne pouvait être facilement atteinte par la balle. Les fenêtres en ogives, qui avaient conservé leurs vitraux, étaient garnies d'un léger réseau de fil de fer pour les garantir du choc des projectiles. Les joueurs occupaient la nef principale ; les chapelles latérales étaient réservées à ceux qui éprouvaient le besoin de se reposer à la suite de ce violent exercice. On avait disposé le long des murailles des bancs et des tables grossières sur lesquelles on servait les rafraîchissemens alors en usage.

Bien qu'il n'y eût pas grand monde en ce moment dans le jeu de paume, ce vaste et sonore édifice retentissait d'un bruit continuel. Les joueurs, l'habit bas et la raquette à la main, s'évertuaient à se renvoyer *l'éteuf* en poussant de grands cris. Parfois de vives discussions s'élevaient entre eux au sujet de la valeur d'un coup, et ils s'adressaient tous à la fois au marqueur, qui, debout sur son estrade, ne savait auquel entendre. Dans ce cas, on recourait, pour juger le différend, à de vieux amateurs qui, groupés sous les arcades, venaient admirer la force et l'adresse des autres, ne pouvant plus exercer les leurs. Quelques-uns de ces jugemens étaient acceptés avec déférence ; d'autres étaient violemment contestés, et le fracas de la querelle ébranlait les échos majestueux du bâtiment gothique.

Dès que l'abbé parut avec le domestique dans un des bas-côtés de l'église, plusieurs hommes désœuvrés vinrent avec empressement lui offrir une partie de paume : c'étaient des joueurs de profession qui, ayant acquis dans cet exercice une grande supériorité, ne trouvaient plus personne qui voulût se compromettre avec eux. Mais ils furent reçus d'un air si sec et si hautain que les pauvres diables retournèrent bien vite à leur place, sans en demander davantage.

Monsieur de la Croix s'établit dans une chapelle solitaire, qui recevait la lumière d'une rosace de vitraux coloriés d'une teinte admirable, quoique couverts de poussière. Il s'assit devant une table encore humide de vin et fit signe à Laurent de l'imiter. Pendant que celui-ci s'efforçait de trouver le ressort qui devait ouvrir la cassette, l'abbé dit avec son emphase habituelle :

— Vous voyez, mon frère, un exemple de la désolation du lieu saint. Il est livré à la profanation et à l'impiété des Gentils ; les imprécations et les blasphèmes ont remplacé es chants pieux des lévites... Mais un jour viendra où les

15

vendeurs seront chassés du sanctuaire, où le temple, puri-
fié d'eau lustrale, entendra de nouveau les cris des victimes et les cantiques sacrés !

Après avoir donné à son inférieur cette leçon mystico-
philosophique, le grand-maître commença l'examen des
papiers contenus dans la cassette que le domestique venait enfin d'ouvrir.

Cet examen durait depuis une demi-heure déjà ; Laurent,
les bras croisés sur la poitrine, attendait en silence. Monsieur de la Croix semblait chercher dans cet amas de paperasses une pièce dont il savait l'existence et qu'il ne pouvait découvrir. Deux ou trois fois, les joueurs, soit malice,
soit maladresse, avaient poussé la balle de son côté. L'abbé
ne s'émouvait ni de leurs évolutions continuelles ni de leurs
criailleries assourdissantes. Absorbé par son travail, il ne
remarquait même pas la présence d'un homme enveloppé
d'un manteau qui, appuyé contre un pilier, à quelques pas,
l'observait avec une grande curiosité.

Enfin l'abbé trouva le paquet entouré d'un ruban noir
qui avait déjà frappé l'attention de Philippe. En dénouant
ce ruban, il découvrit que le paquet était double ; il se
composait d'un papier négligemment plié et de la lettre,
scellée de plusieurs cachets, sur laquelle Lucile avait écrit
de sa main « *pour mon fils ;* » c'étaitsans doute le testament
de la malheureuse mère.

Malgré la sainteté d'un pareil acte, monsieur de la Croix
parut fort tenté d'en déchirer l'enveloppe.

— Si ce jeune homme, pensait-il, était initié à notre
saint ordre, je serais en droit de briser ces cachets ; mais
les portes du temple ne se sont pas encore ouvertes devant
lui ; il erre toujours dans le désert stérile et sans eau.

Et il mit le testament de côté en soupirant. Il fut bien
dédommagé par la découverte du second papier : c'était
précisément la pièce qu'il cherchait. Après l'avoir lue et
relue, comme pour en peser chaque mot, il l'enferma
dans son portefeuille en murmurant :

— Que le nom de Dieu soit béni ! Je sauverai cet enfant opiniâtre de sa propre imprudence. Qu'il le veuille ou
non, il ne se soustraira pas à ses grandes destinées !

Il ferma la cassette et dit à Laurent d'un ton d'autorité :

— Prenez et partez. Souvenez-vous que le silence le plus
absolu doit couvrir ce qui vient de se passer ici.

— Cependant, illustre grand-maître, si monsieur Philippe venait à s'apercevoir qu'il lui manque une pièce es-
sentielle...

— Il ne s'en apercevra pas... Allez en paix, vous dis-je.
Le frère docile et dévoué recevra sa récompense devant le
chapitre.

Cette promesse, qui flattait sans doute quelque désir secret du vieux Laurent, apaisa ses scrupules. Il s'inclina
humblement, et reprenant le coffret sous son bras, il s'empressa de quitter le jeu de paume.

Avant de partir lui-même, l'abbé de la Croix voulut s'assurer qu'aucune personne n'avait épié ses actions. Les joueurs
qui avaient lancé la balle de son côté ne songeaient déjà
plus à cette espièglerie sans importance, et s'étaient remis avec ardeur à leur partie. D'autre part, certains oisifs
avaient bien remarqué ce petit groupe isolé, si différent de
ce que l'on voyait là d'ordinaire ; mais leur éloignement
et l'obscurité de la chapelle avaient dû empêcher leurs
observations d'être précises. L'abbé ne prenait donc
aucun ombrage quand son regard d'aigle rencontra le personnage dont nous avons parlé ; celui-ci, toujours appuyé
contre un pilier, suivait des yeux chacun des mouvements
du grand-maître.

Monsieur de la Croix fronça le sourcil ; mais sentant bien
que le parti le plus sage était de s'esquiver sans rien dire,
il ne songea pas à demander la cause de cette inquisition.
Comme il passait près de l'inconnu pour sortir, on lui
dit à voix basse :

— *Frappez le lion* et respect à l'illustre grand-maître !

L'abbé s'arrêta stupéfait en entendant le salut des initiés.

— *Que le lion soit frappé !* répondit-il après un moment
de doute. Est-ce vous, frère Salvien ?

Salvien, écartant son manteau, laissa voir les larges lunettes d'argent auxquelles il devait son surnom.

— Depuis quelques instans, j'ai reconnu votre révérence,
reprit-il ; mais vous étiez fort occupé en compagnie d'un
frère qui est, je crois, le valet de confiance du chevalier de
Lussan, et je n'osais approcher.

— Peut-être aussi n'étiez-vous pas fâché de m'observer
à mon insu et de pénétrer le secret de l'affaire qui m'a-
menait ici ? dit l'abbé sévèrement. Frère Salvien, prenez
garde, vous jouez un jeu difficile entre César et nous. Mais
nous avons des châtimens terribles contre les frères par-
jures et traîtres !

Salvien sourit imperceptiblement ; sa position particulière
dans l'association lui permettait presque de traiter de puissance à puissance avec le grand-maître. Cependant, il répondit d'un ton fort humble :

— Votre révérence m'accuse à tort : je ne saurais hésiter
entre le Temple et César. Depuis longtemps déjà j'ai fait
mes preuves. Un mot de ma bouche à monsieur le lieutenant de police eût pu attirer toutes sortes de persécutions
sur notre sainte milice, mais je n'ai pas une âme vénale ;
j'ai le cœur haut, l'intelligence fière d'un ami des lettres et
des arts. Si seulement votre révérence avait voulu écouter
le quatrain que je composai jadis et qui me donna tant de
célébrité...

— Brisons là, interrompt l'abbé avec empressement, je
dois demeurer étranger à toutes les choses profanes. Mais
que faites-vous ici ? continua-il ; vous aviez un motif sans
doute pour entrer dans ce lieu de plaisir et de dissipation ?

— En effet, grand-maître, répliqua Salvien, je guette un
certain drôle. Je crains de me tromper ; mais regardez ce
marqueur de jeu de paume et dites-moi si vous ne recon-
naissez pas... Allons ! il s'aperçoit que nous l'observons et il
nous tourne le dos, il enforce son chapeau sur ses yeux.
Tout à l'heure, quand il s'oubliera, nous pourrons l'examiner à loisir. En attendant, grand-maître, j'ai d'importantes nouvelles à vous apprendre.

L'abbé de la Croix avait jeté distraitement les yeux sur
l'homme qu'on lui indiquai ; mais le marqueur se retournant avec affectation d'un autre côté, il était impossible de
voir son visage.

— Quelles nouvelles, frère Salvien ? demanda le grand-
maître ; de quoi s'agit-il donc ?

— De choses graves pour notre ordre, Votre Révérence.
Le lieutenant de police s'est enfin ému des plaintes qui
lui arrivent de toutes parts au sujet de ces fameuses
carrières. Une dame puissante, du Val-de-Grâce,
est venue conter à monseigneur l'enlèvement de mademoiselle de Villeneuve et du sacristain de l'abbaye. Aon
s'est souvenu de la ruine de l'hôtel de la rue Saint-Jacques, de la maison Canivet, et de tant d'autres accidens
récens dont on avait nié jusqu'ici la cause véritable. Monseigneur a déclaré qu'il allait ordonner une enquête sérieuse sur
l'état de ces carrières, et pour commencer, une troupe de
nos gens est descendue aujourd'hui dans les vides par l'escalier du Val-de-Grâce.

— Que me dites-vous, frère ! s'écria l'abbé ; mais alors
on a pu pénétrer par cette voie dans le temple souterrain
où nous célébrons nos mystères, et vous savez que le secret
le plus absolu... Pourquoi ne m'avoir pas prévenu plus tôt ?

— J'avais passé la nuit à conduire une prisonnière au
For-l'Évêque ; ce matin seulement j'ai entendu parler de
l'expédition. J'ai sollicité la faveur de l'accompagner, pré-
textant une grande curiosité de visiter ces souterrains, et
cette permission m'a été accordée.

— Dans ce cas, vous pouvez m'apprendre...

— Rassurez-vous, grand-maître ; nous sommes descendus en effet dans ces carrières, mais nous ne sommes pas
allés bien loin. Toutes les galeries aboutissant à l'escalier
se trouvent fermées par des éboulemens.

— Que me dites-vous? Cependant j'ai moi-même parcouru librement ces passages il y a moins de trois semaines.

— C'est possible ; mais un ingénieur qui nous accompa

gnait a cru reconnaître dans ces bouleversemens l'effet de
la mine, et cette mine avait dû éclater depuis peu, car on
sentait encore l'odeur de la poudre. Quoiqu'il en soit, après
avoir fait une dizaine de pas en tous sens, il nous a fallu
remonter fort désappointés.

— Tout ceci est fort étrange. Et que pensait-on parmi
vos gens de ces singularités?

— Bien des choses, illustre grand-maître; on croit
qu'une bande de scélérats est cachée dans ces carrières.
Monsieur de Sartines ne s'en tiendra pas à cette première
épreuve; on va chercher quelque autre escalier, et l'on
sait qu'il en existe plusieurs. Toutes les personnes qui peuvent fournir des renseignemens sur les souterrains seront
appelées à l'hôtel de la police. Et si mademoiselle de Villeneuve elle-même pouvait parler...

— Mademoiselle de Villeneuve est donc revenue?

— Depuis ce matin; l'abbesse du Val-de-Grâce l'a dit à
notre chef. Il y a encore une personne qui pourrait, à ce
qu'il paraît, donner des renseignemens précieux : c'est la
danseuse Sylvie. Enfin on va interroger monsieur Philippe
de Lussan, l'abbé de Chavigny, vous-même peut-être. Vous
sentez que, l'affaire venue à ce point, il n'y aura plus
moyen de rien ménager. Monsieur de Sartines croit qu'il y
va du salut d'une moitié de Paris.

— Bien, bien, frère Salvien! reprit le grand-maître avec
agitation; je vous remercie de cet avertissement. Il faut
que je me tienne prêt. Surtout ne dites pas que la loge du
Temple communique avec les carrières.

— Croyez-vous qu'on l'ignore?

— Eh bien alors, raison de plus pour que je prenne mes
précautions. Adieu, frère Salvien; les intérêts de notre ordre me réclament, mais vos services ne seront pas oubliés
devant le saint chapitre.

En même temps l'abbé voulait s'éloigner.

— Un moment encore, illustre grand-maître, reprit Salvien-aux-Lunettes; ne m'avez-vous pas dit que vous atta-
chiez une grande importance à retrouver ce vieil ivrogne
d'Allemand qui s'est enfui de la loge dont il avait la garde?

— Il est vrai; maintenant surtout Salomon Hartmann
rendrait les plus grands services. Seul il a quelque connaissance de ces carrières souterraines, seul il pourrait
donner des renseignemens positifs sur les gens qui les fréquentent.

— Il faut donc que je m'empare de lui sur-le-champ.
Mais c'est un gaillard encore robuste, il fera résistance, et
je n'ai ici aucun de mes hommes...

— Il est ici? demanda l'abbé d'un air surpris.

— Eh! certainement; c'est lui que je guette; c'est ce
marqueur du jeu de paume... Mais qu'est-il devenu? Da
par tous les diables, ce coquin se serait-il enfui pendant
que nous causions?

En effet, l'individu suspect, se voyant l'objet d'une attention soutenue de leur part, s'était éclipsé. Cependant il
avait pu sans exciter les réclamations des joueurs. Néanmoins, Salvien, qui, sous ses lunettes d'argent, avait l'œil
perçant de sa profession, le vit de loin se glisser furtivement le long des bas-côtés de l'église et gagner une petite
porte à l'autre extrémité du bâtiment.

— Le voici! le voici! dit Salvien; il fuit tout de bon...
Que faire?

— Courez après lui, arrêtez-le.

— Mais je n'ai pas de mandat.

— Dites-lui que je lui ordonne de venir... En vertu de
l'obéissance que vous avez jurée l'un et l'autre, je vous
somme de comparaître devant moi dans le plus court délai. Partez donc; vous savez où vous me retrouverez.

— Adieu donc, illustre grand-maître; volens aut nolens,
je vous le ramènerai.

Et Salvien se mit à la poursuite de Salomon Hartmann,
tandis que l'abbé quittait précipitamment l'église d'un
autre côté.

XXVII.

LE RENDEZ-VOUS.

Le lendemain, Philippe de Lussan, assis devant son bureau dans son modeste appartement, examinait à son tour
le contenu de la cassette apportée la veille par le domestique de son père. Jusqu'à ce moment, les cruelles inquiétudes que lui causait l'état de Thérèse l'avaient détourné de
ce soin important. Mais dans une visite faite le matin à
l'hôtel de Villeneuve, il avait appris que la jeune fille se
trouvait beaucoup plus calme, et il était rentré chez lui,
l'esprit assez libre pour étudier et comprendre les mystères
de sa naissance.

Depuis plusieurs heures, il parcourait ces vieux papiers
et il pouvait maintenant apprécier avec exactitude les événemens qui avaient agité l'existence de sa mère. Cette histoire était à peu près celle de beaucoup d'autres victimes des
passions égoïstes de Louis XV. Lucile, issue d'une famille
noble, avait été élevée par une vieille tante, d'un esprit
faible et borné, qui habitait une sorte de petit château à
deux lieues de Marly. Le roi, dans une de ses chasses,
avait rencontré par hasard la jolie Lucile, alors âgée de
seize ans à peine, et avait ressenti pour elle une passion
violente. Aussitôt d'abominables agens s'étaient ingéniés
pour tromper l'innocente jeune fille. La chose n'avait pas
été difficile; une bonne vieille femme et une naïve enfant ne pouvaient soupçonner les piéges qu'on leur tendait. D'ailleurs Louis, à cette époque, était jeune, beau,
spirituel; Lucile le prenait pour un simple officier de la
cour avec lequel un mariage serait possible. Elle connut
seulement la grandeur de sa faute le jour où le séduc-
teur, pressé par elle de tenir des promesses solennelles,
lui dit enfin avec tristesse : « Je suis le roi. »

Tout cela était raconté longuement par les correspondances de la cassette, et aucun doute ne pouvait s'élever
sur l'authenticité de l'histoire, sur les intrigues coupables
employées pour perdre Lucile. Il y avait une liasse de
lettres brèves, mais passionnées, écrites de la main du roi
et signées du nom qu'il avait emprunté. D'autres lettres,
écrites par Lebel et par certains personnages de l'intimité de Louis, prouvaient surabondamment la séduction et
le mariage honteux qui en avait été la conséquence.

Philippe restait pensif, la main posée sur ces papiers
épars, et les larmes roulaient lentement sur ses joues.

— Je savais bien, disait-il avec douleur, qu'elle était
digne encore de mon respect, de ma tendresse! Comment,
si jeune et si candide, eût-elle pu déjouer cette trame
infernale?

Après un moment de silence, il essuya ses yeux et reprit son examen.

Il trouva bientôt, parmi les autres papiers qui remplissaient la cassette, le testament dont nous avons parlé.
Il l'ouvrit avec recueillement. Cette pièce était ainsi conçue :

« Puissiez-vous, mon fils, ne jamais lire cet écrit que je
» trace à ma dernière heure, car lorsque vous le lirez,
» vous connaîtrez mon triste secret. Toute ma vie, je me
» suis efforcée de vous le cacher. Noble et droit comme
» vous promettez de l'être, vous ne pourriez que me mé-
» priser et me haïr en apprenant ma honte. Mais, après
» moi, qui sait si le hasard ou quelque intérêt étranger
» ne vous instruira pas de la fatale vérité, et si ma mé-
» moire n'aura pas à comparaître devant vous? Dans cette
» prévision, j'ai voulu que tous ces papiers vous fussent
» remis, pour vous permettre de comparer la faute à
» l'excuse.

» Et maintenant, mon fils, mon généreux Philippe, par-
» don pour ta coupable mère; si tu savais par combien
» de douleurs elle a expié sa chute!... Eh! ne l'expie-t-elle
» pas encore en mourant à la fleur de l'âge, en te quittant
» sitôt, cher et doux enfant, quand tu aurais tant besoin

» de sa tendresse! Oh! je t'en conjure, ne me maudis
» pas, ne me méprise pas! Et quand l'univers entier
» m'aurait en horreur, ouvre-moi dans ton cœur un refuge
» contre la réprobation de tous !

» Je souhaite pourtant, si le hasard vous fait découvrir
» la vérité, qu'elle ne soit jamais révélée au monde ; non
» que je veuille usurper une estime que je ne mérite pas,
» mais parce que le scandale aggraverait encore ma faute
» aux yeux de ma conscience.

» Tel est mon vœu ; mais c'est à peine si j'ose exprimer
» un vœu devant mon fils, devant mon juge. Peut-être,
» Philippe, quand vous serez devenu homme, ne verrez-
» vous pas les circonstances de votre naissance sous le même
» jour que moi ; peut-être éprouverez-vous quelque or-
» gueil d'avoir pour père un roi puissant ; peut-être enfin,
» car il faut tout prévoir, ruiné par celui qu'on m'a
» donné pour époux, aurez-vous besoin d'appui, de pro-
» tection. Dans ce cas, mon fils, je vous en conjure, n'hé-
» sitez pas à sacrifier ma mémoire ; je dois recueillir ce
» que j'ai semé, et tout me semblerait bien, pourvu que
» vous fussiez heureux. Vous pourrez donc, sans scrupu-
» le, faire usage de la pièce que vous trouverez jointe à
» ce testament par un ruban noir. C'est un écrit que le
» roi me remit le jour où je le vis pour la dernière fois ;
» il avait une larme dans les yeux en me le présentant.
» Puisse, malgré les torts et les fautes de votre père, cette
» larme lui être profitable !

» Cet écrit, Philippe, pourra vous ouvrir la voie des
» honneurs ; il est votre héritage, il ne m'appartient pas
» de vous en frustrer. Mais que je serais fière et heureuse,
» mon fils, si, au lieu de voir en moi la maîtresse d'un roi,
» on n'y voyait jamais qu'une femme simple et obscure,
» sans reproche devant les hommes et devant Dieu !

» Quoi qu'il arrive, pardonnez-moi, pleurez sur moi.

» Votre pauvre mère, LUCILE. »

En achevant cette lecture, Philippe laissa tomber sa tête
dans ses mains.

— Oui, oui, chère et malheureuse femme, reprit-il enfin,
ce vœu que tu n'exprimes qu'en tremblant sera exaucé...
Tu connaissais l'enfant, mais tu as douté de l'homme, et
l'homme réalisera toutes tes espérances. Ces espérances,
je les avais déjà prévenues ; jamais, de mon aveu, personne ne saura notre lamentable histoire!

Après un instant de silence il poursuivit la revue du petit
nombre de papiers que contenait encore la cassette. Il éprouvait surtout une grande curiosité de lire celui que Louis
avait remis à sa mère au moment de leur séparation. Que
pouvait être cet acte? une reconnaissance? Non, sans
doute ; Louis XV, malgré sa jeunesse lors de la naissance
de Philippe, eût été incapable d'une pareille imprudence.
Un brevet honorifique ou bien un brevet de pension sur
la cassette royale? Philippe se perdait en conjectures et
fouillait inutilement le coffret. Pensant que cet écrit s'é-
tait détaché du testament et s'était mêlé aux lettres nombreuses qui couvraient la table, il se disposait à les compulser de nouveau, quand il s'arrêta tout à coup :

— Qu'importe? dit-il ; qu'ai-je besoin de cet unique et
misérable souvenir d'un père qui ne m'a pas connu? Irais-
je donc, cet acte à la main, demander le prix du déshonneur de ma mère?

Il se leva, saisit tous les papiers, même le testament de
Lucile, et les entassa dans la cheminée ; mais, au moment
d'en approcher le feu, il hésita.

— Je puis encore choisir, dit-il d'un air de profonde réflexion ; il dépend de moi peut-être de parvenir tout d'un
coup aux honneurs et à la fortune. Le monde, ce monde
corrompu qui nous entoure, sera plein d'indulgence pour
les faiblesses de Lucile en songeant à celui qui en fut la
cause. Moi-même, malgré la tache de ma naissance, je verrai les têtes les plus fières s'incliner sur mon passage. Que
ne pourrai-je pour le bien des hommes quand on saura
que le sang royal coule dans mes veines? D'ailleurs, que
perdrais-je au change? Je passe pour le fils d'un vieux li-
bertin, joueur et peu considéré. Au contraire, on saura
que je suis le fils de ce roi si noblement doué par la na-

ure, dont l'avénement fut salué par les acclamations
joyeuses de tout un peuple. A la vérité, c'est le même prince
qui, par son insouciance, ses débauches, ses prodigalités,
a entraîné la France sur une pente fatale où elle peut périr ; c'est ce roi, l'ami de Lebel et de Maupou, l'amant de
la Pompadour et de la Dubarry, le maître du Parc-aux-
Cerfs, le héros des petits soupers de Choisy et de Marly!
Non, non, mille fois non ! s'écria-t-il en frappant du pied
avec violence, je renie cette paternité honteuse!... J'aime
mieux le joueur !

En même temps il mit le feu à cet amas de paperasses.
Debout devant la cheminée, Philippe regardait en silence
l'élément destructeur accomplir son office ; de temps en
temps il repoussait au milieu des flammes quelque lettre
égarée. Quand le dernier fragment de papier eut disparu,
quand la dernière étincelle eut couru en serpentant sur les
feuilles noircies, il leva les yeux au ciel et dit à demi-
voix :

— Ma mère... pauvre Lucile !... es-tu contente?

Puis il vint s'asseoir devant son bureau et demeura plongé dans ses méditations.

On frappa doucement à la porte, et Chavigny entra. Philippe se trouvait dans un de ces momens où l'âme épuisée
est le plus accessible aux émotions tendres; aussi accueil-
lit-il le petit abbé avec plus d'expansion encore qu'à l'ordinaire.

— Ah! c'est toi, Chavigny, dit-il en lui tendant la main ;
je ne t'ai pas vu depuis deux jours, et je craignais que ma
brusquerie, ma mauvaise humeur, ne t'eussent indisposé
contre moi... Il ne faut pas me garder rancune, mon pauvre ami : si tu savais quelles cruelles épreuves je viens
de traverser!

— Je le saurais, reprit Chavigny d'un ton de reproche,
si Oreste avait la moindre confiance en Pylade ; mais, sous
le ridicule prétexte qu'on est étourdi, le seigneur Oreste
se cache de moi... Allons, tiens, je ne veux pas te faire de
scène en ce moment, car j'ai trop de choses à te dire.

Soyons amis, Lussan, c'est moi qui t'en convie!

Mais causons en prose. Comment va ton bras malade?...
Que vois-je ! plus d'écharpe ! un bras qui devait être tenu
dans une immobilité complète pendant quarante jours!...
Une écharpe, morbleu! une écharpe bien vite, ou je vais
prévenir tous les chirurgiens du pays!

— Bah! mon bras est parfaitement remis ; je n'y sens
plus aucune douleur... Mais toi-même, cher abbé, comme
te voilà pâle et changé! Tu paraissais mieux portant quand
nous avons quitté la maison du grand-maître, à Meudon...
Sans doute, depuis notre retour à Paris, tu songes trop,
suivant ton expression, « à semer de roses le chemin de
la vie... »

— De roses ! s'écria l'abbé ; dis plutôt que je le sème de
chardons et d'épines. D'où crois-tu que je sors à cette heure?

— Que sais-je !

— Des carrières, mon ami, de ces abominables carrières
où je finirai sans doute par laisser mes os. Cependant, cette
fois-ci les torts sont de mon côté, je l'avoue. Quand il s'a-
git de femmes aimables, je ne sais plus rien prévoir... Écoute-moi donc, Philippe ; c'est une véritable épopée.

En même temps, il rendit compte de sa visite à la maison
Bonnard, de ses imprudences, de sa captivité dans l'atelier
des faux monnayeurs, et finalement de sa délivrance par
l'homme des carrières, ainsi que des conditions auxquelles
il avait obtenu sa liberté. Philippe était stupéfait.

— Il faut que ce misérable ait perdu l'esprit, dit-il enfin,
et sa stupidité passe toute croyance. Quant à toi, tu as été
bien imprudent, Chavigny, et tu as failli le payer cher. Mais
tout ceci doit être pris en sérieuse considération... Il ne s'a-
git plus de sauvegarder des intérêts privés, si respectables
qu'ils soient, mais de prévenir un désastre public. Il est de
ton devoir d'avertir l'autorité.

Cela se trouve à merveille, car je viens de recevoir
chez moi un ordre de monsieur le lieutenant de police
qui m'invite à comparaître devant lui, ce soir même. Si

comme je le suppose, il s'agit d'une enquête au sujet des carrières, tu as dû recevoir un pareil ordre, Philippe?

— En effet, dit Lussan, qui au milieu de ses graves préoccupations avait oublié cette circonstance, je suis convoqué moi-même pour ce soir. Eh bien, Chavigny, nous dirons ce que nous savons, tout en ménageant certains intérêts étrangers. Seulement, il est à craindre que d'ici à ce soir, ce méprisable chef de faux monnayeurs ne se soit mis à l'abri des recherches.

— C'est justement ce que je demande. Réfléchis donc, Philippe; cet homme est un usurier, c'est vrai; un faux monnayeur, je ne le conteste pas; il n'attendait que le moment favorable de m'assassiner, cela n'est que trop évident. Enfin, il m'a mis sous la dépendance d'un grand coquin de cyclope qui m'a brisé les doigts et m'a condamné à la plus poignante humiliation. Tout cela crie vengeance. Mais, morbleu! songe que j'avais bien aussi quelque chose à me reprocher envers ce scélérat de Bonnard. J'avais voulu séduire sa femme, et quant à lui, je l'avais réellement vilipendé d'une manière un peu trop forte. Voilà pourquoi je ne m'empresse pas de l'envoyer à la potence, et pourquoi je lui laisse le temps de déguerpir, ce qu'il ne manquera pas de faire quand il s'apercevra de ma fuite. D'ailleurs, je dois bien cela à cette pauvre petite Rosette, une charmante femme et tout à fait complètement innocente des crimes de son indigne mari!

— Ces scrupules partent d'un sentiment généreux, Chavigny; mais tu oublies que l'autre, l'homme des carrières, poursuit ses abominables desseins; tes hésitations peuvent amener les plus grands malheurs.

— Bah! nous avons trois jours devant nous. Ce soir, monsieur de Sartines saura tout; en attendant, Philippe, j'ai une grâce à te demander.

— Une grâce, à moi?

— A toi-même. Il faut que tu me présentes sans retard à mademoiselle de Villeneuve, dont je viens d'apprendre le retour, et que je m'acquitte du message dont je suis chargé pour elle.

— A quoi penses-tu donc, l'abbé? Tu voudrais...

— Je veux tenir ma parole, l'eussé-je donnée au diable en personne! dit Chavigny avec fermeté. L'homme des carrières nous a déjà sauvé la vie à tous deux en nous tirant de ces maudits trous noirs, et pour toute récompense il a reçu un coup de pistolet dont, soit dit en passant, il ne se sent pas plus aujourd'hui que si la balle eût rebondi contre une armure de fer. Le dernier service qu'il m'a rendu, en m'arrachant des griffes de Bonnard et de ses cyclopes, m'a touché. D'ailleurs, comme je te l'ai dit, j'ai juré et je veux à tout prix tenir mon serment... Aide-moi donc de bonne volonté à parvenir jusqu'à mademoiselle de Villeneuve, ou je mettrais fin aux folies compromettantes pour m'acquitter de ce devoir de conscience, je t'en avertis.

— Eh bien! soit, dit Philippe après un moment de réflexion; je sais d'avance quelle sera la réponse de Thérèse à cette odieuse et ridicule proposition. Tu ne prétends pas sans doute, Chavigny, obtenir une conversation particulière de mademoiselle de Villeneuve?

— Pas le moins du monde; on ne m'a pas recommandé le secret, et je remplirai mon message devant autant de témoins que l'on voudra.

Philippe ne résista plus, et les deux amis s'empressèrent de se rendre à l'hôtel du fermier général.

Madame de Villeneuve se trouvait seule dans le petit salon, et elle lisait toute en larmes le journal de sa fille. Elle accueillit l'abbé, que Philippe lui présenta, comme elle eût accueilli une ancienne connaissance. Elle le remercia chaleureusement de son dévoûment pour Thérèse.

— Ah! messieurs, ajouta-t-elle avec émotion en montrant le papier qu'elle tenait encore à la main, si vous saviez combien cette pauvre enfant a souffert! Elle habitait un bouge sans air et sans lumière; pendant quinze jours elle n'a vécu que de pain et de lait, elle n'a pas dormi dans un lit.

— Madame, demanda Philippe avec sympathie, ce journal vous apprend-il la cause du sombre désespoir qui mine mademoiselle Thérèse? donne-t-il quelque moyen de retrouver ses abominables ravisseurs?

— Hélas! non, monsieur de Lussan; maintenant qu'elle est en sûreté près de nous, elle ne devrait plus songer au passé; et pourtant elle est toujours dévorée par une tristesse qui va parfois jusqu'à l'égarement. Je l'ai pressée de m'en dire la cause, elle garde le silence. Elle ne peut indiquer non plus la situation de la maison où elle a passé de si terribles momens; elle a quitté de nuit cette maison et elle ne paraît se souvenir de rien... Ah! si la danseuse voulait parler, elle nous aiderait à découvrir la vérité; car je n'en doute plus, c'est à elle que ma fille doit sa délivrance... Mais Sylvie est cruellement irritée de la manière dont l'abbesse du Val-de-Grâce a récompensé ses services, et elle a bien raison!

— Que dites-vous, madame? demanda Chavigny; cette Sylvie dont vous parliez, serait-elle par hasard...

— Une de vos connaissances? répliqua madame de Villeneuve avec un faible sourire; oui, oui, elle est votre amie, votre parente, que sais-je! Enfin elle s'intéresse fort à vous, car elle a osé venir ici me demander de vos nouvelles, à moi!

Et madame de Villeneuve raconta en peu de mots la visite de la danseuse. L'abbé n'avait pu s'empêcher de rougir en apprenant que Sylvie s'était présentée comme sa parente; mais cette impression s'effaça bientôt.

— Pauvre fille! dit-il avec émotion quand madame de Villeneuve l'eut mis au courant des faits; eh bien! madame, c'est elle qui a délivré mademoiselle Thérèse; j'ignore par quels moyens, mais c'est elle, j'en ai la certitude... J'étais présent quand on vint l'arrêter, et certaines circonstances dont je me souviens, certaines paroles qu'elle laissa tomber... Oh! madame, souffrirez-vous plus longtemps cette iniquité?

— J'ai déjà songé à demander la grâce de Sylvie, dit madame de Villeneuve, et je sais comment l'obtenir de la vindicative abbesse. Ayez l'esprit en repos, monsieur de Chavigny; cette fille sera bientôt rendue à ses amis... Aussi bien, c'est peut-être le seul moyen de la décider à des aveux de la plus grande importance pour nous.

L'abbé n'osa pas remercier, et l'on s'entretint pendant quelques instans sur ce sujet. Enfin Philippe instruisit madame de Villeneuve de l'aventure de Chavigny dans les carrières et de la singulière requête qu'il s'était chargé de présenter à Thérèse.

La prétention de Médard exaspéra d'abord la fière dame; elle refusa d'un air d'indignation d'en parler à sa fille. Mais les instances de l'abbé, les représentations plus raisonnées de Philippe la décidèrent enfin.

— Je consens à tenter cette épreuve, reprit-elle en soupirant, et peut-être, comme vous l'espérez, messieurs, aura-t-elle pour résultat de faire sortir Thérèse de son mutisme obstiné... Je vais passer chez ma fille et la préparer à vous recevoir... En attendant, prenez ce cahier, Philippe, et vous verrez qu'au milieu de ses angoisses, la pauvre enfant pensait toujours à vous.

Lussan n'avait pas eu le temps de parcourir les pages si pathétiques et si naïves qu'on venait de lui confier, quand madame de Villeneuve reparut et pria les deux amis de la suivre.

— Je ne vous ai pas nommé, dit-elle à Philippe; j'ai annoncé seulement une visite. Elle n'a refusé ni accepté. Oh! mon Dieu! qui la rendra vive, gaie, aimante comme autrefois!

On entra dans un boudoir élégant. Thérèse, enveloppée d'un peignoir blanc garni de dentelles, qui contrastait par sa richesse avec les pauvres ajustemens qu'elle portait la veille, était assise dans une bergère. Elle tournait le dos à la porte, et quand les visiteurs s'avancèrent, elle ne bougea pas. Elle attendit nonchalamment qu'ils se fussent approchés d'elle; alors seulement, à la vue de Philippe, elle tressaillit et poussa un petit cri d'effroi. Puis elle se renversa dans sa bergère, en cachant son visage dans ses mains.

Philippe était consterné de cet accueil.

— Thérèse, chère Thérèse, dit-il d'une voix très émue, ne me reconnaissez-vous pas? N'avez-vous plus une bonne parole pour celui qui vous aime tant?

La malheureuse jeune fille se taisait toujours.

— En vérité, mon enfant, dit madame de Villeneuve avec quelque impatience, je ne te comprends pas. Maintenant que te voilà un peu reposée, tu devrais mieux te souvenir des usages du monde... et si quelqu'un avait droit à ta reconnaissance, à tes égards, ne seraient-ce pas monsieur de Lussan et monsieur l'abbé de Chavigny, son ami, qui se sont exposés pour toi aux plus grands dangers?

Thérèse parut accomplir un douloureux effort.

— Qu'ils reçoivent mes remercîments tous les deux balbutia-t-elle sans les regarder. Je sais ce qu'ils ont fait pour moi... Que Dieu les récompense de leur dévouement inutile!

Après ce peu de paroles, elle retomba dans sa morne apathie, l'œil fixe, la tête penchée sur sa poitrine.

Madame de Villeneuve reprit bientôt :

— Ma chère enfant, monsieur de Chavigny, par l'effet du hasard, est chargé de certaines communications passablement impertinentes, comme tu vas en juger. Mais nous craignons que tu ne sois pas suffisamment forte...

Thérèse redressa la tête et regarda sa mère.

— Il s'agit, poursuivit celle-ci, de cet affreux scélérat que tu appelles, je crois, Médard...

A ce nom, Thérèse devint tremblante, mais elle ne parla pas.

— Monsieur de Chavigny, dit madame de Villeneuve, acquittez-vous de votre message.

Ainsi interpellé, le petit abbé transmit à la jeune fille, avec toutes sortes de ménagemens et de circonlocutions exigées par les convenances, la demande incroyable de Médard.

Thérèse resta morne et impassible pendant quelques instans. On attendait sa réponse avec anxiété.

— Il veut me voir! dit-elle enfin d'un air égaré; ah! que ne puis-je avoir le don de l'anéantir d'un regard quand je me trouverai face à face avec lui! Mais dussé-je en mourir moi-même... J'IRAI!

— Que dites-vous, Thérèse? s'écria madame de Villeneuve; vous voulez accepter cette entrevue?

— Oui.

— Thérèse, dit Lussan presque fou de surprise et de terreur, songez-vous que ce misérable est capable de vous entraîner encore dans ces souterrains?

— Mes amis veilleront sur moi, dit Thérèse en frissonnant.

— Mais alors, ma fille, mon enfant chérie, s'écria madame de Villeneuve, quel puissant motif as-tu donc pour braver un pareil danger?

— N'avez-vous pas entendu de quelle épouvantable catastrophe Paris est menacé? Monsieur de Chavigny n'en a-t-il pas vu les terribles préparatifs? Je me dois à moi-même d'employer tous mes efforts pour prévenir ces calamités.

Madame de Villeneuve et les deux jeunes gens sentaient bien qu'il y avait une autre raison pour déterminer Thérèse à cette inconcevable démarche, mais aucun d'eux n'osait en faire l'observation. Thérèse s'aperçut elle-même peut-être que l'on n'avait pas foi entière dans ses paroles ; elle se leva brusquement.

— Ma mère, dit-elle d'un ton saccadé, il le faut. Ne m'interrogez pas, mais il faut que j'aille à ce rendez-vous. Je verrai cet homme, et peut-être... j'espère... Mais non, je n'espère rien, je ne dois plus espérer. Oh! malheureuse! malheureuse!

Et elle s'enfuit.

Madame de Villeneuve était anéantie : une épouvantable vérité commençait à frapper son esprit. Elle restait les bras pendans, accablée sous le poids d'un immense chagrin. Philippe n'était pas moins troublé.

— Suivez-la, madame! dit-il; ne la quittez pas! Elle a besoin de vos secours, de votre tendresse... Nous nous reverrons bientôt.

La mère s'était levée par un mouvement automatique, et elle allait sortir. Tout à coup elle s'arrêta, et se tournant vers Lussan :

— Monsieur Philippe, bégaya-t-elle, n'interprétez pas dans un sens défavorable... je crois... c'est-à-dire, je suis sûre...

Elle ne put achever ; les larmes lui coupèrent la parole, et elle sortit brusquement à son tour.

Alors Philippe vint prendre le bras de Chavigny, qui, pendant cette scène, avait gardé une réserve pleine de délicatesse, et ils quittèrent l'hôtel.

D'abord ils marchèrent à grands pas et comme au hasard. Chavigny se laissait conduire avec cette complaisance qu'on a pour l'égarement de la douleur. Pas un mot n'avait été échangé entre les deux amis et cependant ils s'étaient compris. Ils traversaient une rue peu fréquentée, quand Philippe parut enfin revenir à lui et ralentit le pas.

— Eh bien! Chavigny, dit-il d'une voix altérée, nous comptions que le récit de ton aventure pourrait amener quelques éclaircissemens sur l'histoire de cette pauvre fille... nous ne nous étions pas trompés.

L'abbé balbutia quelques mots inintelligibles.

— Je ne t'entends pas! reprit Philippe avec une sorte d'impatience. Que penses-tu de tout ceci?

— Moi?... rien... ce que tu voudras, mon pauvre Philippe.

— Quoi! tu n'as pas un avis, un conseil, une consolation?

— Allons, mon ami, puisque tu le veux, je te conseillerai... de ne pas trop presser ton mariage avec mademoiselle de Villeneuve...

— Tais-toi! s'écria Philippe; tu as donc compris comme moi?... La pauvre Thérèse!... Oh! tiens, tiens, Chavigny, continua-t-il avec une énergie effrayante, j'en mourrai!

Et il se remit à courir en entraînant toujours le petit abbé, qui s'efforçait vainement de le calmer.

XXVIII.

L'ARBRE MORT.

Le soir prescrit pour le rendez-vous, Philippe et Chavigny, après avoir franchi la barrière d'Enfer, s'avançaient le long de la Voie-Creuse. La nuit tombait, et de grands arbres, qui ombrageaient la route, rembrunissaient encore les teintes du crépuscule. Quelques lumières commençaient à briller dans les bicoques clairsemées le long du chemin. Derrière ces bicoques s'étendaient de vastes terrains nus. Les grandes roues de fer qui servent à monter les fardeaux du fond des carrières se dessinaient en noir sur le ciel rouge encore des feux du couchant. Excepté le chant rauque d'un passant aviné et le grondement lointain d'un coche qui se hâtait lourdement, afin d'arriver à Paris avant la nuit close, rien ne troublait le silence de la soirée.

Les deux amis avaient repris ces légers manteaux couleur de muraille alors fort en usage pour les promenades nocturnes. Ils avaient des armes et marchaient d'un bon pas, en regardant autour d'eux d'un air de défiance. L'abbé dit enfin à son compagnon.

— Ah çà! Philippe, nous ne devons pas être éloignés maintenant de l'endroit où ces gens de police nous attendent. Mais dis-moi donc pourquoi tu m'as fait prendre briquets et bougies? Est-ce que réellement tu aurais l'intention de redescendre dans les trous noirs?

— Peut-être. Si nous ne pouvons nous emparer de ce scélérat, il faudra bien l'aller chercher dans son repaire!

— Diable! murmura Chavigny, et cette pauvre Sylvie qui sort de prison justement ce soir!

Puis, voyant Lussan froncer le sourcil :

— Bon, poursuivit-il, voilà que tu prends encore la mouche. Maisne peut-on élever un temple à l'amitié tout en consacrant un pauvre petit coin à l'amour, vilain jaloux? Enfin laissons cela. Seulement, si nous devons descendre encore cette nuit dans le royaume des ombres, j'en suis à me demander par quelle entrée nous opérerons la descente : l'escalier du Val-de-Grâce et celui de la rue de Vaugirard ont été détruits par Médard ; je viens d'apprendre de notre joyeux ami l'abbé de la Croix que la galerie qui mettait les carrières en communication avec le temple souterrain avait sauté également. Restait l'atelier de ces coquins de faux-monnayeurs, que j'ai bien été forcé de dénoncer lors de notre entrevue avec le lieutenant de police ; mais quand les estafiers sont arrivés chez Bonhard, la maison était vide. Ainsi que je le prévoyais, le vieux coquin, ne me trouvant plus dans son maudit étouffoir et se doutant bien que je cherchais à me venger, s'est enfui avec sa pauvre petite femme et tous ses trésors. Toutefois, je suis sûr que tôt ou tard il sera pendu, et j'aime autant n'être pour rien dans l'affaire. Le plus curieux est que la trappe donnant accès dans l'officine des faux-monnayeurs n'a pu être retrouvée, malgré les recherches les plus minutieuses. Ce n'est donc pas encore par là que nous pénétrerons dans les gouffres du Ténare.

— Il existe certainement dans ce quartier une autre entrée des souterrains : c'est celle qui aboutit à la maison où Thérèse est restée si longtemps prisonnière. Malheureusement Thérèse n'a pu donner aucun renseignement à ce sujet. La danseuse Sylvie semblait être mieux instruite, mais elle s'est renfermée dans le silence le plus obstiné. Vainement monsieur de Sartines l'a-t-il pressée, suppliée, menacée même : elle n'a rien voulu dire.

— Tu as raison! répliqua Chavigny ; il a tant tourmenté cette pauvre petite que, lorsqu'elle a traversé l'antichambre, elle était toute en larmes. Cependant ce monsieur de Sartines, qui tranche du Minos et du Rhadamante, n'est pas, malgré sa perruque et son air rogue, un juge des plus austères. Et si la pauvre Sylvie avait voulu... Mais à propos de monsieur de Sartines, Philippe, sais-tu que ce grand personnage t'a reçu avec une distinction vraiment extraordinaire? D'abord, à la vue, il s'est récrié sur ta ressemblance avec le feu roi dans sa jeunesse ; ensuite, il t'a fait asseoir dans un beau fauteuil roté, tandis que moi, ton ami, ton égal, je restais sur mes jambes pendant près de deux heures. Et puis, quelle attention il donnait à chacune de tes paroles! Quelle déférence il affectait pour te avis! Et quand on a parlé de ta courte détention à la Bastille, comme il avait l'air honteux et peiné de ce qu'il appelait sa *bévue!* comme il s'excusait humblement!... En vérité, Lussan, si je ne te connaissais aussi bien, j'aurais pu croire que tu étais un prince déguisé, tant ce terrible seigneur te montrait d'égards et de respect!

— Allons donc! fou, interrompit Philippe avec humeur en détournant les yeux ; l'abbé de la Croix avait reçu audience avant nous ; sans doute il aura dit à monsieur de Sartines que je pourrais fournir des renseignemens précieux sur ces carrières inconnues ; et comme le lieutenant de police attache une haute importance à ces renseignemens, il a cru devoir me flatter par quelques attentions particulières... Il n'y a pas, il ne peut y avoir autre chose.

— Crois-tu? Mais alors pourquoi n'a-t-il pas eu les mêmes attentions pour moi? J'avais pourtant à lui faire des révélations non moins importantes que les tiennes.

Cette question parut embarrasser Lussan ; mais la conversation fut interrompue. Les deux amis arrivaient en ce moment à l'extrémité du faubourg, et se trouvaient devant la dernière maison, cabaret de mauvaise apparence comme il en existe aux approches des grandes villes. Au delà, l'on ne voyait plus que des plaines rocailleuses et mal cultivées. Sur ce terrain vague se dressait isolément un vieil orme, mort et desséché depuis longtemps, aux branches duquel on suspendait parfois, pour l'exemple, les voleurs qui infestaient la route du Midi. Cet arbre était situé à

deux cents pas environ de la voie publique, et l'on distinguait à peine sa lugubre silhouette.

— Je crois que nous sommes arrivés au lieu du rendez-vous, dit Philippe à voix basse, et cette maison est sans doute celle où l'on doit nous attendre.

— Joli endroit! grommela Chavigny en jetant un regard vers l'arbre mort ; donner rendez-vous sous une potence! ce monsieur Médard a d'étranges idées!

— Tais-toi, interrompit Philippe ; ne prononce pas ce nom si tu veux que je conserve le sang-froid dont je vais avoir besoin peut-être.

Une vingtaine de personnes étaient réunies dans la salle basse du cabaret, éclairée par deux chandelles. Les unes paraissaient être des ouvriers ; elles avaient des pics, des pioches et diverses espèces d'outils à l'usage des carriers. Les autres se reconnaissaient au premier aspect pour des hommes de police. Tout ce monde causait à voix basse et buvait, en attendant le moment d'agir.

Quand les deux amis entrèrent, Salvien, qui semblait être le chef de la troupe, accourut au devant d'eux. Il salua Chavigny d'un « Bonjour, confrère, » qui parut irriter fort le petit abbé ; en revanche, il salua jusqu'à terre Philippe de Lussan.

— Nous vous attendions avec impatience, monsieur, dit-il respectueusement ; vous le voyez, nous sommes peu nombreux, mais nous n'avons que des hommes de choix. Vous allez me donner vos ordres pour les poster convenablement, avant l'arrivée de la fille du fermier général ; car nous agirons sous votre direction, et monseigneur le lieutenant de police nous a recommandé de vous obéir comme à lui-même...

— C'est un honneur tout à fait inespéré, répliqua Philippe un peu sèchement ; pour moi, je n'avais d'autre but, en venant ici, que de veiller à la sûreté de mademoiselle de Villeneuve, et mon ami et moi, nous suffirons sans peine à cette tâche.

— Cependant monseigneur avait espéré, au cas où nous serions obligés de poursuivre le malfaiteur dans les carrières...

— Et comment l'y poursuivrions-nous? Tous les escaliers dont on a parlé ont été détruits récemment ; s'il en existe d'autres, ils vous sont inconnus.

— En êtes-vous sûr, monsieur? dit Salvien avec un sourire d'orgueil en baissant la voix. Qu'y a-t-il d'inconnu pour la police de monsieur de Sartines? Nous savons maintenant quelle est la maison où mademoiselle de Villeneuve est restée longtemps prisonnière : c'est le vieux logis de la Tombe-Issoire, situé à quelques pas d'ici. On le présume du moins, car on n'a pu acquérir de certitude à cet égard. Monseigneur avait d'abord la pensée de faire cerner la Tombe-Issoire par beaucoup de monde et de faire arrêter tout ce qui s'y trouverait ; mais les malfaiteurs, au premier bruit, se fussent réfugiés dans les carrières, et Dieu sait de quoi ils eussent été capables en se voyant perdus! Monseigneur a donc préféré attendre l'effet de l'entreprise de cette nuit ; seulement, depuis deux jours le logis et l'enclos de la Tombe-Issoire sont entourés d'éclaireurs qui rendent un compte exact de ce qui s'y passe. Si nous parvenons ce soir à nous emparer de cet insaisissable drôle quand il viendra sous l'arbre mort, nous choisirons un autre moment pour visiter les carrières; sinon, nous avons l'ordre de fouiller le vieux bâtiment, de chercher l'escalier et de pénétrer dans ces souterrains pour en déloger à tout prix le scélérat. C'est à vous, monsieur, de voir si vous voulez nous aider de vos conseils et de votre expérience.

— Oui, oui, je le veux, répondit Philippe qui surmonta ses scrupules en songeant à Thérèse ; mais avant d'exposer la vie de tant de personnes, j'aurais besoin de certaines indications.

— On assure qu'il existe un plan de ces carrières dressé autrefois par des coquins de contrebandiers. Monsieur de Sartines donnerait de grosses sommes pour posséder ce plan, qui nous épargnerait bien des fatigues et des dangers.

Mais on ne sait ce qu'il est devenu. Cependant, nous avons ici quelqu'un qui pourra nous être utile... Eh! monsieur Hartmann, où êtes-vous donc?

Un homme qui buvait seul dans un coin de la salle se leva lentement et s'approcha d'eux; alors Philippe reconnut la face large et enluminée du vieil Allemand qui lui avait déjà servi de guide dans les carrières.

— Est-ce vous, Salomon Hartmann? demanda-t-il avec joie; en ce cas, nous réussirons. Si nous devons descendre encore une fois dans les vides, nul mieux que vous n'est capable de nous conduire.

— Oui, oui, je connais assez bien ces maudites carrières, pour mon malheur, grommela le vieillard d'une voix sourde, car j'ai la certitude que cette fois je n'en sortirai plus.

— Vous, mon ami? et d'où vous vient une pareille pensée?

— Refuseriez-vous de tenir la promesse que vous avez faite à monseigneur? demanda Salvien aux Lunettes.

— S'il n'y avait eu que le lieutenant de police pour m'obliger à venir ici, dit Hartmann d'un ton mélancolique, je serais bien loin... Mais un autre auquel j'ai juré obéissance jusqu'à la mort m'a imposé ce devoir et je l'accomplirai, quoi qu'il doive m'en coûter... Venez, monsieur de Lussan, continua-t-il; nous verrons comment nous devrons nous y prendre; votre ami peut vous accompagner, mais personne autre, car il ne faut pas nous montrer en grand nombre autour du lieu de rendez-vous. Nous avons affaire à un homme aussi défiant que rusé et qui voit la nuit comme le jour.

En même temps il sortit avec Philippe et Chavigny, tandis que Salvien, réduit forcément à un rôle subalterne, restait avec ses gens dans la salle du cabaret.

La nuit était tout à fait tombée; le ciel resplendissait de mille étoiles. Cachés sous les arbres qui bordaient le chemin, Hartmann et ses deux compagnons examinèrent les localités, comme un général d'armée étudie le terrain sur lequel il compte livrer bataille. La plaine, au centre de laquelle se trouvait l'arbre mort, était complètement découverte; la lune, qui se levait en ce moment, commençait à l'éclairer de ses blancs rayons. Aucune maison n'était plus rapprochée du lieu du rendez-vous que le cabaret, éloigné pourtant de cinq ou six cents pas; seulement à une centaine de pieds de l'arbre, on apercevait une petite construction basse et délabrée qui semblait être une logette à serrer les outils.

Hartmann observa soigneusement tous ces détails; il dit enfin en hochant la tête:

— L'endroit est bien choisi, ma foi! et une surprise ne sera pas facile... Malgré tout cela, si l'amour n'avait pas endormi sa méfiance ordinaire, le farouche Médard n'aurait eu garde de s'aventurer ainsi!

— Tenez, Hartmann, dit Philippe, vous connaissez cet homme mieux que vous ne voulez en convenir; je vous adjure de me dire ce que vous savez de lui.

— Oui, reprit Chavigny gaiement, et ne nous parlez plus de gnomes, de farfadets, d'esprits élémentaires et de toutes les autres billevesées de votre mythologie allemande, comme vous fîtes une certaine nuit. Ah! père Hartmann, vous êtes un vieux madré, et vous voulûtes alors nous effrayer.

— Messieurs, répliqua le vieillard avec gravité, on n'est pas menteur pour chercher à persuader aux autres ce que l'on croit soi-même. Je ne puis vous dire en ce moment tout ce que je sais de Médard; mais je puis assurer une chose, c'est qu'il me tuera cette nuit.

— Vous, Salomon?

— Allons donc, vous voulez rire!

— C'est à un jeune et beau gentilhomme tel que vous de rire et de plaisanter, dit tristement Hartmann à Chavigny; vous verrez, avant que le soleil de demain soit levé, si je me suis trompé.

— Mais alors, quelle raison avez-vous...

— Je ne puis le nier, mes bons messieurs, je connais Médard depuis longtemps. Avant le jour où vous êtes descendus dans les vides, j'avais eu quelques relations avec lui et je l'avais ménagé comme on peut ménager le diable, par peur et par force. En vous guidant, suivant les ordres de sa révérence notre illustre grand-maître, j'étais sûr qu'il ne me pardonnerait pas cette espèce de trahison; aussi, quand vous avez été hors de danger, me suis-je cru en droit de penser à ma propre sûreté. Néanmoins, je ne me serais peut-être pas encore décidé à déserter le saint ordre du Temple et à quitter le grand-maître, mon bienfaiteur; mais, dans la nuit qui suivit cette excursion, je vis en rêve le terrible Médard me regarder avec des yeux menaçans et secouer sur moi le ciel d'une carrière. La nuit suivante, j'eus le même rêve, et je voyais si distinctement la face blême et les grands yeux ronds de Médard, je sentais si douloureusement mes os craquer et ma poitrine se défoncer sous le poids des rochers éboulés, que la réalité eût à peine été moins effrayante. Vous savez ce que signifie un songe qui se représente ainsi deux fois avec les mêmes circonstances... Quoique je ne sois pas plus poltron qu'un autre, je quittai tout, je me sauvai dans Paris, où je fus par trouver un misérable emploi pour vivre. On a découvert ma retraite, on m'a retourné de toutes les façons... Enfin me voilà, mais mon songe est revenu la nuit dernière, et j'en ai conclu que je ne saurais éviter mon sort.

Salomon parlait avec un accent de simplicité et de conviction.

— Bah! dit Chavigny en ricanant, vous autres Allemands vous êtes tous conflts en mysticisme et en superstitions! Chaque fois que vous avez rêvé de pareilles sottises, vous vous étiez endormi, je le gage, avec une pinte d'eau-de-vie à votre chevet?

— Ou ce qui est plus probable, reprit Philippe, les scènes dont vous avez été témoin dans les vides ont si violemment surexcité votre imagination et produit ces rêves sinistres. Allons! mon ami, ce sont là de vaines chimères, et demain, je l'espère, vous pourrez vous en moquer vous-même!

— Des messieurs savans comme vous doivent s'y connaître mieux que moi, répliqua humblement Hartmann; cependant, sans parler des songes que Joseph expliqua chez Pharaon, l'on rencontre à chaque pas dans la Bible... Mais, ajouta-t-il aussitôt d'une voix sourde en posant la main sur le bras de Philippe, est-il bien vrai que vous ayez conçu une haine profonde contre Médard et que vous soyez résolu à le tuer?

— Je le hais en effet, répliqua Philippe, et il me semble que ce serait une action louable de délivrer l'humanité de ce monstre abominable!

— Tuons-le donc, monsieur, dit l'Allemand avec énergie. Pour arrêter l'effet de la fascination, il suffit d'écraser la tête du serpent; de même, pour empêcher l'action du sortilége, il faut tuer le sorcier. Je n'ai plus que ce moyen et j'en userai.

— Quoi qu'il arrive, cet homme ne peut éviter longtemps le châtiment que ses crimes ont mérité. Mais avant de le punir, il faut songer aux moyens de nous emparer de sa personne, et c'est vous, Hartmann, qui devez nous fournir.

Ainsi rappelé aux exigences de la situation, Hartmann se mit de nouveau à examiner les localités environnantes. Il reprit après un moment de réflexion:

— Cette vieille masure noire que vous voyez là-bas est la Tombe-Issoire, où demeure Médard, selon toute apparence; c'est par là qu'il viendra, c'est par là qu'il fera retraite. C'est donc là qu'il faut exercer la plus active et la plus rigoureuse surveillance. Plusieurs hommes garderont ce chemin et se jetteront sur l'ennemi tous à la fois quand il passera. Les ouvriers avec leurs outils se rendront le long de l'enclos de la Tombe-Issoire; à la première alerte ils abattront un pan de mur, ce qui n'est pas très difficile, car les murs sont bien vieux, et ils tâcheront de pénétrer dans la maison; l'important est de garder l'entrée des souterrains. Malheureusement je ne suis pas certain qu'il n'y ait pas dans le voisinage un autre puits par lequel Médard pourrait monter dans la plaine ; mais, pour plus de sûreté, vous deux et moi, nous allons nous glisser derrière ce petit bâtiment qui est voisin de l'arbre mort ; nous serons ainsi à portée de veiller sur la jeune demoiselle et presque d'entendre la conversation. Cette fois, Dieu aidant, nous viendrons bien à bout du scélérat!

Ces dispositions étaient sages, et Philippe s'empressa de les mettre à exécution. Il rentra dans le cabaret et donna ses ordres à Salvien en conséquence. Aussitôt la troupe entière se divisa par groupes. Pendant que Salomon allait poster les carriers et les gens de police autour de la Tombe-Issoire, Philippe lui-même posait un cordon de sentinelles autour de l'arbre mort. Ces sentinelles étaient soigneusement cachées par des inégalités de terrain, et elles devaient, à un signal convenu, se réunir rapidement pour agir selon les circonstances.

Ces arrangemens terminés, Chavigny et le vieil Allemand se dirigèrent avec précaution vers la logette. Philippe allait les suivre quand le roulement d'une voiture se fit entendre du côté de Paris.

— Voici sans doute mademoiselle de Villeneuve, dit-il à l'abbé ; je désire lui dire quelques mots avant qu'elle tente cette bizarre aventure. Allez vous mettre en embuscade, je ne tarderai pas à vous rejoindre.

Et il remonta seul la grande route, en prenant soin de se tenir à l'ombre des arbres.

Bientôt le carrosse s'arrêta, et Philippe l'atteignit au moment où la famille de Villeneuve mettait pied à terre. Le père et la mère semblaient désespérés et conjuraient Thérèse à voix basse de ne pas aller plus avant. La jeune fille, enveloppée d'une mante de soie noire, se montrait inébranlable.

— Mon père, ma mère, dit-elle d'un ton résolu, il faut que j'aie un entretien avec cet homme, fût-ce au péril de ma vie... et voici quelqu'un, ajouta-t-elle en apercevant Philippe, qui vous donnera l'assurance que je ne cours aucun danger!

— Je l'espère, dit Philippe en saluant avec tristesse, mais il vaudrait mieux peut-être ne pas en tenter l'épreuve.

Il apprit à monsieur et à madame de Villeneuve quelles mesures on venait de prendre, et ces détails parurent calmer en partie leurs inquiétudes. Thérèse interrompit bientôt cet entretien.

— L'heure va venir, dit-elle avec une impatience fébrile. Mon père, ma mère, restez ici ; dans quelques minutes, je serai de retour. J'aperçois l'arbre où l'on doit m'attendre.

Et elle voulait s'éloigner.

— Mademoiselle, dit Philippe, vous me permettrez bien de vous accompagner jusque-là ?

Thérèse, sombre et préoccupée, ne fit aucune réponse.

— Monsieur de Lussan, je vous la confie, dit madame de Villeneuve en embrassant sa fille ; veillez bien sur elle, ne la perdez pas de vue.

— Je donnerais cent mille livres, grommela le financier, je donnerais un million pour qu'elle fût déjà revenue saine et sauve !

Mais Thérèse était partie d'un pas rapide, et elle remarquait à peine que Philippe marchait à son côté. Ils avaient fait une partie du trajet en silence, quand Lussan dit enfin :

— Je ne voudrais pas vous alarmer, mademoiselle ; mais il serait éventuel contre laquelle vous devrez vous tenir en garde... Ce misérable, par amour ou par haine, car tous les sentiments se ressemblent dans cette âme atroce, pourrait vous tuer avant qu'il fût possible de venir à votre secours.

La jeune fille sourit avec dédain.

— Thérèse, chère Thérèse, poursuivit Philippe, comment voulez-vous que vos amis s'expliquent cette incroyable condescendance de votre part?

Elle ne répondit pas et continua d'avancer d'un pas inégal. Au bout d'un moment, elle dit brusquement :

— Vous paraissez avoir quelque autorité sur les gens qui

doivent veiller à ma sûreté ; empêchez-les donc de se porter à quelque violence envers... celui qui m'attend.

— Quoi ! mademoiselle, vous voulez...

— Je ne veux pas être l'amorce d'un piége ; je ne veux prendre aucune part directe ou indirecte à un guet-apens. Je ne saurais m'associer à tout ce qui aurait l'apparence d'une trahison. J'exige que l'on respecte la liberté et la vie de cet homme tant qu'il sera près de moi, et lui-même ne se rend coupable d'aucune offense.

— Ce que vous demandez peut ne pas dépendre de moi ; cependant, je m'efforcerai de satisfaire ces inconcevables scrupules.

— Merci ; et maintenant, séparons-nous. Il ne faut pas qu'on nous voie ensemble. Je compte sur votre parole.

Elle s'était arrêtée.

— Thérèse, dit Philippe avec angoisse, Thérèse, au nom du ciel ! dites-moi ce que vous espérez en vous exposant ainsi?

— Rien, répliqua-t-elle d'une voix sourde.

Et elle s'avança vers l'arbre mort, tandis que Philippe, après l'avoir suivie des yeux, se dirigeait vers la logette.

A la clarté de la lune on pouvait voir tous les mouvemens de Thérèse pendant qu'elle traversait la plaine. La plus complète solitude semblait régner autour d'elle, tant ses défenseurs étaient soigneusement cachés ; le silence de la campagne devait avoir quelque chose d'effrayant pour une jeune fille timide. D'ailleurs elle ne pouvait ignorer à quel sinistre usage avait souvent servi ce vieil arbre desséché qui s'élevait, comme une potence naturelle, en regard du grand chemin. Néanmoins son courage ne fléchit pas, sa marche ne fut pas ralentie, et elle ne s'arrêta qu'au pied du gibet, choisi pour lieu de rendez-vous.

Elle attendit pendant quelques instans ; personne ne paraissait ; sur toute cette surface plane et unie qui l'environnait, elle n'apercevait aucune apparence de créature humaine. Elle craignit de venir trop tard ; peut-être avait-il connaissance du piége et ne voulait-il pas s'exposer au danger d'être pris. Cependant Thérèse restait immobile, l'heure convenue n'étant pas encore passée.

Enfin un frôlement se fit entendre dans les hautes herbes, derrière la jeune fille ; une ombre sembla sortir de terre et s'avança vers elle d'un pas silencieux. Elle ne tarda pas à reconnaître le costume particulier, les traits livides, les yeux hagards de l'habitant des carrières.

Thérèse, à la vue de l'auteur de tous ses maux, frissonna et voulut s'enfuir. Mais elle surmonta cette première impression ; pâle et glacée, elle demeura en place et s'appuya contre le tronc de l'arbre pour ne pas tomber à la renverse.

Médard vint se poser devant elle et la regarda d'un air d'admiration farouche, sans parler. Puis il désigna successivement par un mouvement du doigt tous les endroits où étaient cachés les défenseurs de Thérèse, comme pour rappeler à quels dangers il s'exposait en venant à ce rendez-vous ; mais en même temps un sourire d'inexprimable dédain témoignait combien peu de dangers lui inspiraient de crainte.

Thérèse rompit enfin ce pénible silence.

— Monsieur Médard, balbutia-t-elle, j'ai voulu vous voir pour...

Elle ne put achever ; sa frayeur revenait plus forte que jamais ; elle mesura furtivement du regard la distance qui la séparait du petit bâtiment derrière lequel Philippe et ses compagnons devaient être cachés. Cependant Médard attendait, bouche béante, qu'elle continuât de parler ; le son de voix de Thérèse semblait plus doux à son oreille que la plus suave musique.

— Encore ! encore ! dit-il avec une sorte de ravissement.

Mademoiselle de Villeneuve fit un effort suprême.

— Eh bien ! monsieur Médard, reprit-elle, on m'a dit, pour me déterminer à venir ici, que vous étiez sur le point d'exécuter de cruels projets. Je ne puis croire que vous ayez conçu la pensée, comme on l'assure, de renverser une partie de Paris, de sacrifier un nombre immense de

16

victimes innocentes à je ne sais quelle implacable vengeance. Ce serait un crime monstrueux que Dieu certainement ne laisserait pas impuni !

Médard se taisait ; peut-être ne comprenait-il pas. En revanche, le timbre harmonieux de la voix de Thérèse le tenait comme sous un charme.

— M'entendez-vous, monsieur Médard ? poursuivit la jeune fille. Auriez-vous vraiment conçu cet effroyable dessein ? S'il en est ainsi, renoncez-y, je vous en conjure; n'avez vous pas assez causé de maux jusqu'à présent? n'avez-vous pas fait verser assez de larmes?

Ces paroles pénétrèrent enfin jusqu'à la grossière intelligence de l'homme des carrières.

— Non, répondit-il d'un air sombre ; renverser, écraser, tuer, ruine et sang, voilà ce que je veux. Mais, ajouta-t-il en saisissant la mante de mademoiselle de Villeneuve, si Thérèse vient avec moi, je pardonne ; plus de vengeance, plus de colère, plus rien.

— Laissez-moi, laissez-moi ! s'écria Thérèse en se dégageant; pour l'empire du monde je ne consentirais pas à retomber en votre pouvoir. Mais si je ne peux vous faire renoncer à ces projets insensés, apprenez que des yeux vigilans sont ouverts sur vous et qu'on ne vous permettra pas de les accomplir. Je devrais en rester là, reprit-elle en baissant la tête, et rompre cet entretien ; mais il faut que je vous adresse encore une question à laquelle je vous supplie de répondre avec sincérité.

La pauvre enfant s'arrêta, ne sachant comment aborder un point délicat. Médard était retombé dans sa contemplation muette.

— Monsieur Médard, bégaya Thérèse en scindant chaque parole, le soir où je quittai votre maison en compagnie d'une femme inconnue, votre mère vous accusa d'un crime odieux... Au nom du Dieu vivant, ce crime est-il réel?

Et telle est la hardiesse de l'innocence qu'elle osa le regarder en face. Son visage s'était légèrement empourpré; elle était si belle que l'homme des ténèbres en fut comme ébloui.

— Ma mère ! répondit-il avec agitation, ma mère... elle vous a tourmentée ? Elle est méchante. Voulez-vous que je la tue ? je la tuerai.

— Malheureux! s'écria Thérèse épouvantée, vous seriez capable... Ah! qu'ai-je besoin de vous interroger maintenant? Puisque vous oseriez commettre un tel crime, vous n'avez pas dû reculer devant un autre à peine moins odieux. Ne m'approchez pas, ne me touchez pas, vous me faites horreur !

Mais Médard ne se connaissait plus; sans s'inquiéter de cette aversion qui éclatait avec tant d'énergie, il saisit la jeune fille dans ses bras en poussant un rugissement où se résumaient les passions les plus sauvages, et l'emporta.

— Au secours! Philippe! au secours! s'écria mademoiselle de Villeneuve.

Mais déjà Philippe, qui n'avait pas perdu Thérèse un instant de vue, s'élançait de son embuscade avec la rapidité de l'éclair; Chavigny venait un peu plus loin, puis Salomon Hartmann qui courait avec une légèreté au-dessus de son âge. Les gens de police, disséminés dans la plaine, se levaient aussi de toutes parts et accouraient pour cerner le ravisseur.

Celui-ci se trouvait pourtant encore au centre d'un vaste espace vide, et telles étaient son agilité, sa vigueur, qu'il pouvait échapper à ses nombreux adversaires. Malgré son fardeau, il bondissait avec facilité; ses pieds nus semblaient à peine toucher la terre. Il se dirigeait d'abord vers les premières maisons du faubourg, comme pour gagner la Tombe-Issoire; mais une bande ennemie lui barra le passage. Alors il revint vers le petit bâtiment; de ce côté un homme seul se trouvait à portée de lui couper le chemin; mais cet homme était non moins robuste et non moins courageux que lui. Lussan ne tarda pas à l'atteindre et lui arracha Thérèse, qui tomba mourante sur l'herbe.

— Ne l'épargnez pas, Philippe ! s'écria-t-elle d'une voix éclatante; vengez-nous l'un et l'autre, car il nous a séparés pour toujours !

Philippe fondit sur Médard l'épée à la main, et l'on put croire qu'un combat à mort allait s'engager entre eux. L'habitant des carrières en effet parut d'abord vouloir attendre l'assaillant; mais soit qu'i eût un motif secret d'éviter la lutte, soit que l'approche de Chavigny et de Salomon Hartmann dût rendre cette lutte inégale, il se retourna tout à coup et continua de fuir dans la direction de la logette.

— Suivons-le, cria Philippe à ses compagnons déconcertés par la vivacité extraordinaire des mouvemens de Médard.

Mais autant eût valu disputer de vitesse avec le chamois des Alpes. En trois bonds, le fugitif atteignit la petite construction et disparut par derrière. Quand Philippe l'atteignit à son tour, il ne trouva plus trace de son ennemi.

Qu'était devenu Médard ? Il ne pouvait s'être réduit en vapeur comme le feu follet dont il avait les allures vagabondes et la légèreté. La lune éclairait les environs de la logette; les touffes d'herbes, les mottes de terre, étaient parfaitement visibles à cinquante pas à la ronde ; mais rien de vivant ne se montrait.

Cependant, en faisant le tour de la petite construction, Philippe s'aperçut que la porte en était ouverte ; évidemment son adversaire s'était réfugié là.

— Hâtez-vous ; nous le tenons ! s'écria-t-il.

Les deux autres accoururent; mais Philippe, sans attendre qu'ils l'eussent rejoint, entra dans le bâtiment où il avait cru entendre du bruit.

— Un moment ! s'écria le vieil Allemand avec inquiétude, n'avancez pas sans lumière. Prenez garde, je vous en conjure !

Déjà certains signes avaient averti Philippe de la nécessité d'être prudent, et il demeura immobile; bien lui en prit, car à peine Salomon Hartmann eût-il allumé une bougie, que le bouillant jeune homme aperçut à fleur de terre un puits dont il était séparé seulement par la largeur de son pied ; un pas de plus, et il se fût précipité dans le gouffre.

On se trouvait dans un réduit destiné primitivement à serrer les outils des carriers du voisinage, mais abandonné depuis longtemps. Au centre s'enfonçait le puits dont nous avons parlé, sans margelle et sans garde-fou d'aucune espèce. La large dalle qui servait à le couvrir habituellement était rejetée de côté. Une poutre, traversée de distance en distance par des chevilles, de manière à former une espèce d'échelle, se balançait dans l'abîme; elle était retenue à son extrémité supérieure par un bout de câble enroulé autour d'un gros anneau de fer. Or, on jugeait aux faibles secousses communiquées à la poutre que quelqu'un était encore en train de descendre cette périlleuse échelle d'une longueur considérable.

— Voici cette entrée des carrières que je ne connais pas, mais dont je soupçonnais l'existence, dit Salomon Hartmann; le coquin va nous échapper!

— Suivons-le donc! dit Philippe avec ardeur en prenant la bougie des mains de Salomon et en mettant le pied sur l'échelle vacillante.

— Y penses-tu? s'écria le petit abbé avec épouvante; ceci est de la dernière imprudence! Je te supplie de réfléchir...

— Toi, Chavigny, dit Philippe sans s'arrêter, je te confie le soin de veiller sur Thérèse, que tu devras trouver à quelques pas d'ici... Ramène-la jusqu'à sa voiture; ne la quitte pas que tu ne l'aies remise entre les bras de son père et de sa mère. Tu me réponds d'elle.

— Mon ami, écoute-moi, de grâce! Je voudrais...

— Jeune homme, jeune homme! s'écria le carrier alarmé, soyez donc raisonnable... vous n'avez pas l'habitude de nos échelles; vous vous exposez trop!

Mais Lussan ne les entendit plus, et la lumière qu'il portait apparaissait maintenant à plus de dix pieds au-dessous de l'ouverture du puits.

— Allons, dit le vieil Allemand d'un ton solennel en s'adressant à Chavigny désespéré, il faut que le sort s'accomplisse!... Quelqu'un doit accompagner ce brave jeune homme, ce sera moi. Vous, monsieur l'abbé, remplissez la mission dont vous êtes chargé, puis vous ordonnerez aux gens de police de se rendre en toute hâte à la Tombe-Issoire et de descendre dans les carrières par l'escalier qui aboutit à ce bâtiment. Recommandez-leur de garder soigneusement la galerie qu'ils trouveront à gauche en bas de l'escalier; Médard doit passer par là nécessairement pour gagner les quartiers où il a établi ses mines, et si l'on ne veille pas bien de ce côté, de grands malheurs vont arriver. Qu'ils ne bougent pas de ce poste avant de nous avoir vus, et qu'ils se tiennent bien en garde contre les surprises. Maintenant, adieu; si vous ne me revoyez plus, priez pour moi.

— Nous nous reverrons bientôt, mon vieil Hartmann, dit Chavigny avec agitation; mais à votre tour ne quittez pas Philippe; votre expérience pourra lui être du plus grand secours. Préservez-le des dangers de sa propre témérité... Tenez, prenez ceci, ajouta-t-il en lui remettant le petit paquet qu'il avait apporté sous son manteau; ces objets pourront vous être utiles.

L'Allemand mit distraitement le paquet dans ses vastes poches et se pencha vers le puits; la lumière que tenait Philippe lui apparut terne et sans rayons comme une étincelle près de s'éteindre.

— Il est déjà loin, reprit-il; n'oubliez pas mes recommandations, monsieur l'abbé: la galerie à gauche, c'est le poste important. Quant à votre ami, ne craignez rien pour lui; si quelqu'un doit périr, la victime est toute prête.

En même temps il fit le signe de la croix et se mit à descendre l'échelle avec une rapidité que pouvait seule donner une longue pratique.

XXIX.

LE GOUFFRE.

Nous allons suivre d'abord Philippe et le vieux carrier dans leur voyage souterrain.

Comme nous l'avons dit, Salomon Hartmann descendait lestement l'incommode échelle, et il ne pouvait tarder de rejoindre Philippe. Une circonstance nouvelle l'obligea bientôt à se hâter.

Lussan, dont le bras, récemment fracturé, n'avait pas encore recouvré sa force habituelle, éprouvait une fatigue extraordinaire. Ses mains crispées ne pouvaient plus le soutenir. Pris de vertige, il restait suspendu en poussant des cris de détresse.

Salomon Hartmann devina de quoi il s'agissait.

— Courage! cria-t-il, me voici... retenez-vous fortement à l'échelle.

Lussan obéit, mais il sentait ses forces diminuer peu à peu.

Le carrier franchit plusieurs échelons à la fois, au risque de perdre l'équilibre, et atteignit enfin le malheureux Philippe. Il commença par le débarrasser de la bougie qui gênait ses mouvemens, puis, le saisissant d'une main vigoureuse, il le soutint pendant quelques momens pour lui donner le temps de reprendre ses sens.

Pendant qu'ils étaient dans cette position périlleuse, l'échelle à laquelle ils se cramponnaient leur parut éprouver un léger balancement. Ils attribuèrent d'abord cette circonstance au hasard; mais le balancement ne tarda pas à devenir plus sensible, et il fut évident qu'une personne placée en bas, dans l'ombre, s'efforçait de leur faire perdre l'équilibre.

— Le scélérat voit dans quel embarras nous sommes, murmura Salomon; il m'a reconnu sans doute, et comme c'est à moi qu'il en veut...

Les oscillations devenaient si fortes et si rapides, que le vieil Allemand dut donner toute son attention à sa sûreté et à celle de son compagnon; une secousse plus vigoureuse que les autres lui broya les doigts contre la cage du puits.

— S'il continue ainsi, nous n'en réchapperons pas, dit-il en retenant avec peine un cri de douleur; jetons d'abord cette bougie qui lui permet de calculer ses coups.

Il laissa tomber la lumière, qui s'éteignit, et ils demeurèrent dans une obscurité complète.

— Maintenant, tenez-vous bien, dit-il là-bas à Philippe, c'est mon tour!

Hartmann avait eu le temps de remarquer plusieurs pierres à demi détachées du revêtement du puits, à portée de sa main. Il acheva de les desceller par un effort désespéré, et tout croula dans l'abîme. Ils écoutèrent si quelque cri de douleur ne succéderait pas à ce fracas subit; ils n'entendirent rien, mais le balancement avait cessé.

— Ah! ah! le jeu commence à n'être plus de son goût! dit Hartmann; et maintenant, mon jeune monsieur, je vous en conjure, hâtons-nous de descendre avant que le scélérat ne revienne à la charge... si toutefois vous ne préférez pas remonter là-haut dans la plaine; hein! qu'en dites-vous? la chose ne serait guère plus difficile.

— Non, dit Philippe avec fermeté, je suis mieux... continuons.

— Comme vous voudrez, répliqua le carrier en soupirant.

Au bout de quelques minutes, Philippe, malgré la vive surexcitation causée par l'imminence du danger, sentit le vertige revenir. Une nouvelle pause pouvait tout perdre; aussi ne se plaignit-il pas, et il continua d'aller jusqu'à ce que la force lui manquât tout à fait. Alors il se laissa glisser au hasard, croyant que sa dernière heure était arrivée. Mais ses pieds rencontrèrent tout à coup le sol des carrières, et il s'affaissa sur lui-même, épuisé de fatigue.

Bientôt Hartmann fut à ses côtés et s'empressa d'allumer une autre bougie; mais déjà Philippe s'était relevé, honteux de cette faiblesse involontaire. Ils se trouvaient maintenant dans un couloir peu élevé, comme tous ceux de ce système de carrières, mais large, droit, et en état parfait de conservation.

— Je ne suis jamais venu dans cette galerie, dit Hartmann d'un air de réflexion; c'est sans doute une de celles dont les chefs se réservaient le secret, mais je crois savoir où elle aboutit. Courage! mon jeune monsieur, ne nous arrêtons pas ici. L'homme de la nuit n'est pas loin, et certainement il pense à nous. De deux choses l'une : ou bien en ce moment il s'occupe de nous tendre un piége, ou bien il a gagné les carrières situées sous la ville pour faire jouer ses mines, si nos gens de la Tombe-Issoire ne sont pas arrivés à temps pour intercepter le passage. Dans les deux cas, nous ne devons pas lui laisser un moment de répit, et il faut le poursuivre vigoureusement.

— Je suis prêt, dit Philippe, qui avait repris dans ce court moment de repos toute son ardeur; et si nous rencontrons le monstre, vous verrez que je n'éprouverai pas de nouvel accès de faiblesse. Merci toutefois, brave homme, pour l'assistance que vous m'avez prêtée; j'espère vous en prouver ma reconnaissance.

— Votre reconnaissance, mon bon monsieur, dit Hartmann en secouant tristement la tête, n'empêchera pas d'arriver ce que le sort a résolu. Enfin, que la volonté de Dieu s'accomplisse! Marchons. Mais avant tout, prenez ceci. (Et il remettait à Philippe des bougies et un briquet qu'il avait retirés du paquet de Chavigny.) Ces objets sont plus précieux ici que tout l'or et tous les diamans de la terre. On ne sait ce qui peut arriver, et nous devons nous précautionner pour le cas où nous serions séparés.

Philippe accepta distraitement ce qu'on lui offrait; puis, tenant d'une main une bougie allumée, de l'autre son épée nue, il se mit à suivre d'un bon pas la longue galerie qui s'ouvrait devant eux.

Il n'existait aucune ambiguïté sur la route qu'avait dû

prendre Médard en quittant le puits de descente. Mais bientôt on traversa des ateliers d'une extrême irrégularité, comme on en rencontre fréquemment dans ces vastes excavations. L'habitant des vides pouvait s'être caché là, et il importait de ne pas le laisser en arrière. Salomon scrutait avec une grande attention les déblais, les crevasses, les piliers. Parfois, il prévenait son compagnon à voix basse, et ils s'arrêtaient brusquement l'un et l'autre, espérant qu'un faible bruit, le roulement lointain d'un caillou, le craquement du sable, trahirait la marche furtive de leur ennemi, devant ou derrière eux. Souvent aussi Hartmann se penchait pour voir si la terre n'avait pas conservé une trace récente de pas ; mais le sol de cette portion des carrières était pierreux et ne pouvait recevoir aucune empreinte.

On continua d'avancer aussi rapidement que possible dans la direction de la Tombe-Issoire.

— Je commence à croire, disait Hartmann, que Médard aura essayé de gagner les carrières lointaines de Paris. Peut-être aura-t-il été happé au passage par nos gens ; dans ce cas... Mais non, non, ajouta-t-il d'un air soucieux, il est trop fin pour se laisser prendre, et tant qu'il sera vivant, nous aurons tout à craindre de lui.

On atteignit enfin un grand carrefour auquel venaient aboutir plusieurs routes. Mais le carrier reconnut tout d'abord celle qui devait le conduire à la Tombe-Issoire, et il allait la prendre, quand un bruit semblable à un gémissement parut tout à coup sortir d'une des galeries latérales. Il s'arrêta et Philippe en fit autant, mais le bruit ne se renouvela pas.

— Il y a quelqu'un de ce côté, dit le vieil Allemand, et comme nous n'apercevons pas de lumière, ce ne peut être que Médard. Quel parti prendre ? Je ne connais pas ce canton et peut-être le bruit que nous venons d'entendre a-t-il pour but de nous attirer dans un piège.

— Vraiment, Hartmann, répliqua Philippe avec impatience, vous exagérez la finesse et les ressources de cet homme. Nous sommes sur ses traces, il ne semble même pas fort éloigné de nous ; pourquoi ne le suivrions-nous pas ? Que craignez-vous donc ?

— Je ne pourrais le dire ; mais si vous saviez comme moi de quoi Médard est capable ! Enfin, suivons-le, puisque vous le voulez. Quelle qu'elle soit, on ne peut échapper à sa destinée !

Et ils s'enfoncèrent dans la galerie.

Dès les premiers pas, ils s'aperçurent que ce passage n'avait pas été creusé par la main des hommes et qu'il devait être l'ouvrage de quelque torrent souterrain. Il était tortueux, plein d'inégalités. Par moments, la voûte s'abaissait tellement, qu'il fallait se courber jusqu'à terre pour avancer ; nulle part il n'était possible de marcher deux de front. La route était encombrée de grosses pierres arrondies par le travail des eaux ; la roche, déchirée d'une manière bizarre, laissait voir çà et là des débris fossiles, des coquillages et de grands ossemens d'animaux antédiluviens. L'air devenait lourd et chaud ; la flamme des bougies pâlissait dans cette atmosphère chargée de gaz méphitiques ; il s'en exhalait une fumée fétide qui restait suspendue sans se déformer au ciel de la galerie.

Philippe et Hartmann avançaient avec effort les sinuosités capricieuses de cet aqueduc naturel. Leur respiration était pénible, les émanations de leurs flambeaux les suffoquaient, l'air vital manquait à leurs poumons. Cependant, tel était leur désir d'atteindre l'ennemi, que ni l'un ni l'autre ne parla de revenir en arrière. Plusieurs fois ils avaient cru entendre du bruit en avant ; sans doute les localités dangereuses n'étaient pas aussi familières à Médard que les carrières voisines, et la sûreté de sa marche s'en ressentait.

Hartmann, qui marchait le premier, fit halte un moment pour reprendre haleine, et Philippe l'imita. Aussitôt qu'ils furent immobiles, ils entendirent de nouveau le bruit de pas.

— Je crois que nous le tenons, dit le **carrier** avec une expression de joie ; il est pris comme dans une nasse... Mais, dites-moi, monsieur de Lussan, l'endroit où nous sommes ne semble-t-il pas disposé tout exprès pour servir de tombe aux pauvres créatures qui osent s'y aventurer ?

— Si c'est une tombe, ce sera donc celle de ce misérable qui est l'effroi de l'espèce humaine, répliqua Philippe avec énergie, et il mourra comme il a vécu !

— Oui, oui, répliqua le vieil Allemand, à qui cette idée parut sourire, c'est lui qui doit mourir ici ; de cette manière le sort sera conjuré... Cependant défiez-vous ; nous pouvons avoir l'homme de la nuit sur les bras au moment le plus inattendu.

En même temps ils se remirent en route, rampant plus souvent qu'ils ne marchaient, se blessant les mains déchirées par les angles de rocher et ils haletaient de fatigue. L'air se viciait de plus en plus ; les bougies ne donnaient presque plus de lumière et semblaient d'un moment à l'autre devoir s'éteindre. Sans doute l'invisible personnage qu'ils poursuivaient avec tant d'acharnement souffrait des mêmes maux, car ils entendirent à différentes reprises une toux convulsive qu'on s'efforçait vainement de comprimer.

Enfin la galerie s'élargit, les sons devinrent moins sourds, et quoique l'air n'eût pas perdu ses propriétés malfaisantes, on sentait qu'il circulait en plus grande abondance. Philippe et Hartmann purent enfin se tenir debout, avancer d'un pas rapide. Mais au moment où la route ne présentait plus de difficultés sérieuses, le carrier s'arrêta tout à coup en poussant une exclamation de surprise.

Le chemin aboutissait à un abîme dont la lumière des flambeaux ne pouvait éclairer l'étendue. On entrevoyait vaguement un vaste entonnoir tout jonché de roches abruptes. Au-dessus du gouffre, la voûte, au lieu de s'élever, s'abaissait en cul-de-lampe et semblait menacer ruine. La partie la plus saillante du cône renversé était hérissée de stalactites transparentes comme du cristal.

Évidemment c'était encore à l'action des eaux qu'était due cette excavation du genre de celles appelées par les gens de l'art *puits, puisard, gouffre*. Les eaux avaient disparu depuis longtemps, mais on en retrouvait partout la trace, et la galerie que venaient de parcourir les explorateurs semblait elle-même avoir été le déversoir de ces courans souterrains. Sans doute, à une époque reculée, des infiltrations s'étaient produites à travers les couches de pierre supérieures, accident connu dans les carrières sous le nom de *criblage* ou *forage* des couches ; c'était alors que les stalactites avaient dû se former. Les eaux ne pouvant de même traverser les bancs inférieurs, plus compactes et plus durs, s'étaient agitées pour trouver une issue et, suivant quelque ancienne fissure, avaient ouvert la galerie dont nous avons parlé. Au fond de l'entonnoir, de grandes spirales prouvaient la violence des courans et des tourbillons ; les roches elles-mêmes témoignaient par leur désordre et leurs formes bizarres de la puissance du choc qu'elles avaient dû supporter dans ce cataclysme mystérieux, accompli loin du regard des hommes.

Philippe contemplait ces sombres lieux avec une stupéfaction mêlée d'horreur. Il fut tiré de sa contemplation par Hartmann, qui lui disait :

— Le piège n'était pas mal imaginé ; un pas de plus, et je me rompais le cou ; heureusement, je me défiais de quelque chose de semblable ; Médard ne peut nous échapper... Vous, mon jeune monsieur, qui avez de bons yeux, ne le voyez-vous pas au milieu de ces grosses pierres plantées là comme un jeu de quilles ?

Lussan promena son regard autour de lui ; mais il n'aperçut rien.

— Il ne peut être loin pourtant, continua le carrier ; sans doute il nous voit et nous entend... Je vais descendre dans le puisard tandis que vous veillerez à l'entrée de la galerie, et nous finirons bien par le trouver.

Il n'était pas impossible, en effet, de descendre dans le

gouffre, malgré l'escarpement de ses bords. Cette espèce d'entonnoir présentait, en face de la galerie, une profonde échancrure où les cailloux et les rocs accumulés pouvaient, à la rigueur, servir de degrés. Hartmann planta sa bougie tout allumée dans un tas de gravier, et se mit à descendre à reculons en s'appuyant sur les mains. Philippe voulut lui faire comprendre le danger d'une pareille entreprise. Le vieil Allemand persista dans son projet.

— Du moins, avez-vous des armes? dit Philippe; si vous veniez à rencontrer Médard...

— Songez à vous-même, répliqua Salomon, qui se perdait déjà dans les ténèbres du gouffre; attention! le gibier va se lever.

Force fut donc à Philippe d'attendre le retour de son compagnon.

Le plus souvent Hartmann était invisible au milieu des blocs noirs qui hérissaient la pente, ou bien il se distinguait à sa mobilité seule des objets environnans. En revanche le silence profond de ces souterrains permettait d'entendre le craquement du sable sous ses pas, le bruit de son haleine oppressée et même le frottement de ses vêtemens contre les pierres du gouffre.

D'après ces indices, Philippe reconnut qu'Hartmann était arrivé environ aux deux tiers de la pente et qu'il rôdait péniblement parmi d'énormes roches superposées, dont le moindre mouvement pouvait déranger l'équilibre.

— Eh bien? demanda-t-il.

— Rien encore, répliqua le carrier, dont la voix semblait rauque et pénible. J'ai beau chercher, et pourtant il est là, j'en suis sûr.

Pendant quelques instans encore, Philippe, qui ne pouvait plus le voir, l'entendit s'agiter dans l'obscurité. Enfin un bruit sec, semblable au choc de deux corps durs, s'éleva du puisard; il fut suivi d'un soupir ou d'un gémissement; quelques cailloux roulèrent; le gravier cria sous une pression inaccoutumée, puis tout redevint silencieux.

Qu'était-il arrivé? Peu de chose sans doute : un accident, un faux pas, une chute sans gravité. Et cependant Philippe éprouvait de mortelles angoisses.

— Hartmann! s'écria-t-il, où êtes-vous?

L'écho répéta sourdement les derniers sons qu'il venait de former.

— Hartmann! reprit-il en se penchant sur l'abîme au risque d'y tomber lui-même, je vous en conjure, faites-moi savoir où vous êtes!

Comme il achevait ces mots, il crut voir une forme humaine surgir du fond du gouffre et remonter vers lui en bondissant de roche en roche. Incertain, hésitant, il n'avait pas encore songé à se mettre en défense quand on se jeta sur lui avec impétuosité. Il fut renversé du coup; son épée et sa bougie lui échappèrent, et se sentit contenu par deux bras de fer qui semblaient devoir l'étouffer.

Il y eut une lutte d'autant plus dangereuse qu'elle se passait au bord d'un précipice où les adversaires pouvaient rouler l'un et l'autre. Le combat était éclairé seulement par la lumière pâle et lointaine de la bougie qu'Hartmann avait plantée dans le sable, à l'entrée de la galerie. Lussan ne pouvait donc voir son ennemi, mais à la vigueur extraordinaire de l'attaque, il reconnut le terrible Médard.

Toutefois, il n'avait été terrassé que par surprise, et dès qu'il eut recouvré sa présence d'esprit, il essaya de reprendre l'offensive. Elevé à la campagne, il avait eu souvent, dans son enfance, l'occasion d'exercer sa force corporelle. Aussi, ne tarda-t-il pas à se dégager, et il voulut à son tour maîtriser les mouvemens de l'assaillant. Ils luttèrent ainsi quelques instans avec des chances égales; mais bientôt un désavantage marqué se manifesta du côté de Philippe. On n'a pas oublié que la fracture de son bras n'était qu'imparfaitement guérie; cette circonstance le privait d'une partie de sa vigueur; aussi ne tarda-t-il pas à se trouver renversé, incapable de résistance, sous son robuste adversaire.

Jusqu'alors aucune parole n'avait été prononcée, aucun cri n'avait été poussé de part ni d'autre. Philippe, se voyant vaincu, appela d'une voix étouffée :

— Hartmann! à mon secours!

Aucune réponse ne sortit des profondeurs du gouffre sur lequel les deux adversaires étaient comme suspendus. Mais l'homme des carrières dit avec une sorte d'ironie sombre:

— Hartmann ne viendra pas... mort.

— Misérable! reprit Philippe en faisant de nouveaux efforts pour se délivrer, vous l'avez donc assassiné?

— Il m'avait trahi.

— Eh bien, qu'attendez-vous pour me traiter comme lui? auriez-vous imaginé quelque torture afin de me rendre la mort plus cruelle? Je ne veux aucune grâce d'un monstre tel que vous!

Médard, ne pouvant cesser de contenir les mouvemens du vaincu, parut pris d'une mélancolie fort singulière dans un pareil moment.

— Philippe de Lussan, dit-il enfin dans son langage particulier, moi, pas ennemi; sauvé la vie à vous et à votre compagnon dans les carrières.

— De pareils services peuvent-ils excuser vos crimes passés et ceux plus abominables encore que vous voulez commettre? Infâme ravisseur de Thérèse, qu'avez-vous fait de cette belle et pure jeune fille?

— Thérèse! oh! Thérèse! murmura Médard avec un accent d'indéfinissable souffrance.

— Ne prononcez pas ce nom! Comment un scélérat, rebut de l'espèce humaine tel que vous, ose-t-il... Et moi, lâche inutile, qui ne peux la venger!

Médard restait immobile et pensif.

— Vous ne savez pas? dit-il enfin, ma mère a menti! Et moi j'ai battu la vieille comme la battait mon père.

Mais Philippe ne pouvait comprendre la portée de cet aveu; il fit un mouvement brusque aussitôt comprimé et il dit :

— Allons! finissons-en! Malheur à vous si vous ne me tuez pas, car je vous poursuivrai sans paix ni trêve jusqu'à ce que je vous aie tué.

L'homme des carrières parut hésiter.

— Non, dit-il enfin; vous méchant envers moi... vous m'avez poursuivi, blessé... vous m'avez pris Thérèse... Mais rien contre vous; mon père l'a commandé, j'obéis à mon père!

En même temps il desserrait lentement les bras; Philippe, au comble de la surprise, ne songeait pas à profiter de la liberté qu'on semblait vouloir lui rendre.

— Mais qui donc êtes-vous? demanda-t-il. D'où votre père et vous m'avez-vous connu?

— Je suis le fils de Lubin Pernet... Souvenez-vous de la prison du Châtelet... Mon père l'a voulu.

Il se leva et s'élança vers la galerie et disparut avant même que Philippe eût pu voir ses traits.

Revenu de sa stupéfaction, le jeune homme s'empressa de se lever à son tour; néanmoins il demeurait irrésolu à la même place.

— Allons! reprit-il après quelques instans de réflexion, il n'est pas permis d'être généreux envers un pareil scélérats. Qu'importe qu'il ait épargné ma vie par deux fois différentes, puisque l'injure de Thérèse n'est pas vengée? Je veux prendre ma revanche de cette défaite; il faut que je délivre enfin la société de ce fléau!

Il allait donc s'engager dans le passage, quand il se souvint d'Hartmann, le malheureux guide qu'il avait oublié au milieu de ces péripéties. Il revint au gouffre et appela d'une voix forte; cette fois comme les autres, il ne reçut pas de réponse.

— Quelle que soit la gravité des circonstances, dit-il, je n'abandonnerai pas ce brave homme... Peut-être n'est-il qu'évanoui; essayons de le secourir.

Et prenant la bougie, il descendit dans le gouffre.

Il n'avançait que lentement et avec des difficultés extrêmes; les pierres qui couvraient la pente se dérobaient sous ses pieds, et il avait besoin du secours de ses mains pour se soutenir debout. En dehors de la petite sphère lumineuse que formait son flambeau, il ne voyait que des rochers droits et nus entre lesquels s'enfonçaient des cavités ténébreuses. Il sondait du regard ces espaces sombres, et il cherchait à se souvenir dans quelle direction la voix du vieil Allemand s'était fait entendre pour la dernière fois ; mais il ne savait plus s'orienter au milieu du chaos qui l'environnait. Ce fut donc par l'effet du hasard qu'il atteignit l'endroit fatal. Il allait franchir une espèce de ravine, toute parsemée de fragmens de coquilles, quand il aperçut au-dessous de lui une masse immobile. Il en approcha la lumière ; c'était un être humain, c'était Hartmann.

Philippe se laissa glisser dans la ravine et retourna le corps, dont la face était posée contre terre. Le carrier n'avait pas conservé un souffle de vie. Il avait été frappé, par surprise sans doute, d'une pierre pesante à la tempe gauche ; l'os avait été complétement brisé par la violence du coup, et la mort avait dû être instantanée.

Philippe lâcha tristement la main inerte mais tiède encore dont il venait de consulter le pouls.

— Le malheureux ! murmura-t-il, ses pressentimens ne l'avaient pas trompé. Est-il donc possible qu'une sorte de fatalité préside à la destinée des hommes ? Mais que faire maintenant ? Hartmann, quand j'étais moi-même presque un cadavre, me porta dans ses bras, me prodigua les soins les plus empressés ; je le porterai de même, et si je ne peux rien de plus, je lui procurerai une sépulture chrétienne.

Il se mit en devoir de tirer le pauvre guide hors du gouffre. Cette entreprise présentait de grandes difficultés, eu égard à la raideur et à la mobilité du sol. Cependant, Philippe y parvint et amena le corps sur l'espèce de plate-forme qui précédait la galerie. Alors il s'agenouilla, fit une courte prière et quitta ce lieu lugubre.

Après quelques instans d'une marche pénible, il atteignit le carrefour qu'il avait traversé précédemment avec Salomon Hartmann, et il n'eut pas de peine à reconnaître la galerie qui devait le conduire à la Tombe-Issoire. Il la suivit avec ardeur ; là du moins, il n'était plus suffoqué par des exhalaisons pestilentielles, et si ancien que fût ce corridor, on y reconnaissait l'ouvrage des hommes. D'ailleurs, il s'attendait, de moment en moment, à voir briller les flambeaux de ses gens dans le lointain.

Plusieurs fois dans ce trajet, il fut frappé d'un grondement sourd, semblable au roulement souterrain des eaux ; mais comme la voûte et le sol étaient secs autour de lui, il ne s'en alarma pas. Cette portion des carrières en effet se trouvait trop élevée, trop éloignée de la Seine et de la Bièvre, pour être sujette aux inondations qui, chaque année, envahissent les vides de l'intérieur de Paris. Il n'éprouva pas la même sécurité à l'égard d'un autre bruit qui bientôt attira son attention. Au fond d'une galerie latérale, des coups de pioche ou de marteau retentissaient avec une grande vigueur. Il regarda de ce côté, il n'aperçut pas de lumière ; il appela, le bruit cessa tout à coup. Ce mystérieux travailleur ne pouvait être que Médard. Mais Philippe savait maintenant quelle était son impuissance pour s'opposer seul aux desseins de ce redoutable enfant de la nuit. Aussi, bien que ce bruit sinistre annonçât sans doute quelque nouveau danger pour lui et pour les gens qui pouvaient être en ce moment dans les carrières, se décida-t-il à poursuivre sa route afin de chercher du secours.

Dès que la lumière de son flambeau ne fut plus visible, les coups recommencèrent avec une force nouvelle.

XXX.

LA RÉTRACTATION.

Cependant, Chavigny n'ayant pu, à son grand regret, accompagner Philippe, cherchait mademoiselle de Villeneuve afin de veiller à sa sûreté. La pauvre Thérèse, appuyée

contre l'arbre mort, n'était pas remise encore de la terreur que lui avait causée la tentative audacieuse de Médard. En voyant quelqu'un s'approcher, elle tressaillit et voulut s'enfuir.

— Ne craignez plus rien, mademoiselle, dit le petit abbé avec politesse : Lussan est à la poursuite du scélérat.

Thérèse parut enfin reconnaître Chavigny.

— C'est vous, monsieur, dit-elle avec égarement, qui m'avez apporté le message de cet homme abominable ? Ah! pourquoi vous ai-je écouté ?

— Mademoiselle, je n'étais qu'un messager forcé. A vrai dire, je pensais que vous rejetteriez bien loin cette demande, et je suis désolé d'en avoir été porteur, puisque l'aventure n'a pas tourné à votre gré.

— N'en parlons plus, n'en parlons plus, dit la jeune fille avec véhémence. Le reste des jours se passera dans un cloître. Mais partons, monsieur, je veux rejoindre mon père.

Comme ils se dirigeaient vers la grande route, ils rencontrèrent une troupe de gens de police sous la conduite de Salvien. Au milieu d'eux se trouvait le fermier général, qui, ne pouvant maîtriser son inquiétude, avait laissé sa femme dans la voiture et accourait tout haletant au devant de Thérèse. En la retrouvant saine et sauve, il la serra dans ses bras avec effusion, mais la jeune fille ne lui rendit pas ses caresses.

— Venez, venez, mon père, dit-elle d'une voix sombre, tout est fini !

Et elle l'entraîna rapidement vers la voiture, sans s'apercevoir que le pauvre financier était hors d'haleine et pouvait à peine la suivre.

Chavigny, voyant mademoiselle de Villeneuve sous la sauvegarde de son père, s'approcha de Salvien, qui s'informait avec curiosité des derniers événemens et lui transmit les instructions d'Hartmann, afin qu'on occupât au plus vite les souterrains de la Tombe-Issoire. Mais Salvien ne parut pas pressé d'exécuter le plan proposé.

— Par Pégase ! dit-il avec ironie, mon cher confrère en Apollon se mêle, je le crois, de me donner des ordres ! Mais je ne suis pas plus disposé à le reconnaître ici pour maître que sur le Parnasse.

— A mon tour, je n'ambitionne d'être ni votre maître ni votre confrère en quoi que ce soit, riposta le petit abbé avec aigreur.

Mais, songeant aux dangers de Philippe, il se repentit de sa vivacité et reprit d'un ton conciliant :

— Allons, allons ! monsieur Salvian, ce n'est pas le moment de recommencer notre sotte querelle. Si Médard parvient à gagner des carrières qui s'étendent sous Paris, de grands malheurs, peut-être la destruction d'un quartier de la ville, en seront la conséquence. Dans ce cas, eussiez-vous composé les quatrains de l'*Almanach des Muses* ou du *Mercure de France*, vous encourriez une responsabilité qui pourrait vous paraître trop pesante !

Devant de pareilles considérations, en effet, l'agent de police crut devoir imposer silence à ses rancunes de poëte.

— C'est juste, reprit-il ; monseigneur ne me pardonnerait pas la moindre omission dans une affaire de cette importance. Mais restez avec moi, monsieur de Chavigny ; vous avez déjà visité ces souterrains, vous pourriez fournir des indications précieuses. Afin de ne pas troubler désormais la bonne harmonie entre nous, il ne sera plus question ni de quatrain, ni d'épigrammes, ni de rime, ni d'hémistiche, jusqu'à nouvel ordre ; est-ce entendu ?

L'abbé grimaça un sourire, et, a trêve ainsi conclue, on convint des mesures à prendre immédiatement. Deux hommes furent laissés à l'entrée du petit bâtiment où se trouvait le puits des carrières, avec ordre d'arrêter toute autre personne que Philippe ou Hartmann qui se présenterait à cette issue ; puis le reste de la troupe se dirigea vers la Tombe-Issoire, que des agens cernaient déjà, comme nous l'avons dit.

On se trouva bientôt près de Thérèse et de son père ; ils se préparaient à remonter dans la voiture où madame de

Villeneuve les attendait avec une grande anxiété. En les apercevant, Salvien fut frappé d'une idée.

— Nous croyons être sûrs, dit-il à Chavigny, que la maison où mademoiselle de Villeneuve a été retenue prisonnière n'est autre que la Tombe-Issoire... Si donc cette demoiselle voulait nous guider, elle nous épargnerait bien des tâtonnemens et une grande perte de temps.

— Vous avez raison; mais la pauvre enfant est si troublée, que c'est à peine si j'ai pu tirer d'elle quelques paroles sensées.

— Le tout est de savoir s'y prendre avec les belles dames! répliqua Salvien avec fatuité.

Il s'approcha de la voiture qui allait partir et présenta sa requête en minaudant. Le père et la mère se récrièrent sur ce nouveau retard; mais Thérèse répondit avec un empressement fiévreux :

— Oui, oui, j'y consens... Oh! si je pouvais aider en quelque chose au châtiment de cet infâme !

Elle descendit précipitamment de voiture, sans même regarder Salvien qui lui offrait la main d'un air de galanterie; monsieur et madame de Villeneuve descendirent de même avec regret; mais la vue de leur nombreuse escorte parut les rassurer, et ils ne firent aucune difficulté de marcher ainsi protégés.

Quand on arriva devant la vieille et sombre habitation, deux ou trois individus, qui rôdaient à l'entour, vinrent échanger quelques mots à voix basse avec Salvien. Celui-ci écouta leur rapport en souriant :

— Ah ! ah ! dit-il, je ne m'attendais pas ce soir à pareille capture... Et vous êtes sûrs que personne n'est sorti?

— Personne.

— A merveille.

Puis se tournant vers Thérèse ,

— Eh bien, mademoiselle, demanda-t-il, reconnaissez-vous cette maison?

Mais mademoiselle de Villeneuve, en venant jusque-là , n'avait fait que suivre un premier mouvement, et le souvenir de sa promesse à Sylvie se présentait à sa mémoire.

— Non, répliqua-t-elle avec embarras ; mais c'est assez... je ne veux pas rester ici davantage... Mon père, ma mère, retournons à l'hôtel; je vous en supplie !

Cette résolution subite ressemblait trop à un caprice déraisonnable pour que monsieur et madame de Villeneuve s'y rendissent sans observation. D'ailleurs, le financier avait grand désir de voir arrêter les scélérats qui lui avaient causé tant de maux, et la mère, de son côté, souhaitait vivement de visiter cette maison où sa fille avait tant souffert. Salvien coupa court à leurs hésitations.

— Je prendrai la liberté d'insister, dit-il d'un ton doucereux qui n'excluait pas la fermeté du commandement, pour que mademoiselle daigne consentir à pénétrer avec nous dans la maison... Il est des points sur lesquels elle seule pourra nous éclairer... Si elle ne reconnaît pas l'extérieur de la Tombe-Issoire, elle en reconnaîtra sûrement le dedans.

Et sans attendre de réponse, il alla frapper à la porte.

— Quelle imprudence ! dit Chavigny ; vous voulez donc donner l'alarme à ces gens? Avez-vous oublié les précautions extrêmes qui vous sont recommandées ?

— Ayez l'esprit en repos, répliqua Salvien d'un ton un peu sec ; le malfaiteur est encore dans les carrières, où monsieur de Lussan et Hartmann le poursuivent sans doute... Ce qui reste dans la maison n'est pas bien redoutable, je le sais.

Comme il achevait ces mots, on vit briller une lumière à travers les ais mal joints qui servaient de clôture. Tout le monde se tut. On entendit les verrous glisser péniblement, comme s'ils eussent été mis en mouvement par une main inexpérimentée. Enfin la porte s'ouvrit et une jeune femme, modestement vêtue, parut sur le seuil, une lampe à la main.

— Ma libératrice! s'écria Thérèse stupéfaite.

— Sylvie!

— La charmante Sylvie !

C'étaient Chavigny et le fermier général qui avaient poussé ces dernières exclamations, et ils rougirent avec embarras dès qu'elles furent parties. Mais une voix forte domina toutes les autres :

— Au nom du roi! disait Salvien aux Lunettes avec autorité.

Déjà ses gens s'étaient emparés de la porte, si bien que Sylvie n'eût pu la refermer, en eût-elle eu la volonté. Mais la danseuse n'y songeait pas; effrayée d'abord, elle sembla se rassurer et dit à Thérèse avec mélancolie:

— Ah! mademoiselle, est-ce là ce que vous m'aviez promis?

Thérèse essaya de balbutier quelques excuses.

— Je ne vous reproche rien, interrompit Sylvie en soupirant; ce qui arrive devait arriver tôt ou tard, et j'aurais dû songer qu'il ne dépendait pas de vous peut-être de me garder le secret... Enfin c'est Dieu sans doute qui amène ici la famille de Villeneuve dans un pareil moment. Entrez aussi, messieurs, dit-elle à Salvien et à ses acolytes, vous n'avez à craindre aucune résistance; vous trouverez seulement dans cette maison une vieille femme mourante qui bientôt ne relèvera plus que de la justice d'en haut.

Sans attendre l'invitation de Sylvie, les gens de police s'étaient répandus de tous côtés.

— Les carrières! mademoiselle, lui demanda Salvien; avant toutes choses, montrez-nous l'entrée des carrières!

— Je vais vous conduire moi-même à l'escalier des souterrains, dit Sylvie en marchant devant eux ; mais j'espère que la famille de Villeneuve voudra bien s'arrêter quelques instans dans la chambre voisine, où elle pourra entendre des choses du plus grand intérêt pour elle... Hâtons-nous, car la mort peut venir plus tôt que l'on ne pense !

Thérèse, qui reconnaissait sa lugubre prison, tremblait de tous ses membres.

— Eh! qui donc se meurt? demanda-t-elle en se serrant contre sa mère.

— Marthe... votre persécutrice... Son fils, devenu furieux parce qu'elle vous avait laissé partir, l'a cruellement maltraitée; elle ne saurait vivre maintenant plus de quelques heures... Consentez à la voir et peut-être ne vous en repentirez-vous pas.

Thérèse hésitait.

— Cette femme m'épouvante, dit-elle en frissonnant; cependant, si mon père et ma mère y consentent, je la verrai, ne fût-ce que pour lui dire que je lui pardonne.

On était arrivé à la chambre qui communiquait avec les carrières. Plusieurs hommes de police restèrent pour garder la maison; les autres allumèrent des torches, et, après avoir reçu les instructions nécessaires, se mirent en devoir de descendre l'escalier tournant, sous la conduite de Salvien. Chavigny allait les suivre.

— Peut-être, dit Sylvie avec embarras, la présence de monsieur de Chavigny, l'ami dévoué de monsieur de Lussan, ne serait-elle pas inutile dans la chambre de Marthe.

— A vos ordres, mademoiselle, répondit l'abbé; mais ce pauvre Philippe qui m'attend...

Toutefois il promit à Salvien de le rejoindre bientôt dans les carrières, et il suivit la famille de Villeneuve.

Comme on traversait un corridor pour gagner la chambre de la malade, Thérèse dit à Sylvie :

— Ah! mademoiselle, comment avez-vous osé revenir dans cette horrible maison ? Je pensais que vous-même vous ne pouviez, sans courir les plus grands dangers...

— Ces dangers, répliqua modestement la danseuse, j'ai su les éviter. Un odieux mensonge pèse sur la destinée d'une pauvre enfant que j'aime déjà, bien que je doive refuser son amitié; ce mensonge je veux en obtenir la rétractation à tout prix. Si l'on demandait pourquoi une folle créature, vouée depuis sa naissance à une vie de désordre, ose intervenir dans ces intérêts délicats, je dirais qu'après avoir commis bien des fautes, elle a cherché peut-être à les racheter par une bonne action; que, mise pour la première fois en contact avec la personnification la plus aimable de la candeur et de l'innocence, elle essaye de prouver qu'elle eût été digne elle-même, en d'autres circonstances, de l'estime des honnêtes gens. Peut-être aussi souhaite-t-elle d'acquitter quelques dettes de reconnaissance, de combler les vœux de personnes... amies...

— Mademoiselle , interrompit Thérèse en fondant en larmes, je crois vous comprendre ; vos généreux efforts seront inutiles, j'en suis sûre maintenant!

Sa voix s'éteignit dans les sanglots.

— Et moi, dit madame de Villeneuve, je ne puis que soupçonner un affreux secret. Mais j'attends tout du noble dévouement de mademoiselle Sylvie Florival, et je la supplie de ne pas se laisser effrayer par les dangers, s'il en existe encore.

Monsieur de Villeneuve et Chavigny n'osaient parler; mais le financier faisait de gros yeux blancs, et Chavigny essaya de saisir en secret la main de Sylvie, qui se détourna brusquement, à la grande surprise du petit abbé.

— Madame, poursuivit la danseuse, j'espère n'avoir rien à craindre ici désormais. Ce soir, en sortant de prison, j'ai voulu risquer une démarche auprès de Marthe, et je suis venue ici accompagnée à la Tombe-Issoire, ne sachant encore comment j'y serais reçue. J'ai trouvé entr'ouverte la porte extérieure, qu'on tenait autrefois si soigneusement fermée. Soupçonnant quelque malheur, je suis entrée et j'ai vu la mère de Médard seule et abandonnée sur son lit de mort. Alors j'ai congédié les gens qui m'accompagnaient et je me suis installée au chevet de Marthe. Quelques bonnes paroles ont apaisé cette femme, et j'emploie tous les moyens pour lui arracher un aveu que je ne peux obtenir... Peut-être tout à l'heure serai-je plus heureuse.

— Oui, vous serez plus heureuse, dit madame de Villeneuve avec entraînement. Courage, mon enfant, courage!

Thérèse ne dit rien, mais elle jeta sur la danseuse un regard plein d'angoisses et de prières.

On s'était arrêté devant la porte de la chambre de Marthe. Au moment d'entrer, Sylvie dit tristement :

— Je perdrais peut-être le peu d'estime que j'inspirais encore quand on connaîtra ma basse et honteuse origine, mais je ne reculerai devant aucun sacrifice... Allons!

Et elle pénétra la première dans la chambre.

Nous avons déjà décrit cette pièce encombrée de meubles boiteux et de friperie dégoûtante. Madame de Villeneuve eut recours tout d'abord à son flacon, et le financier à sa tabatière. Une chandelle éclairait cet intérieur repoussant. Les rideaux de serge, rapiécés de mille couleurs différentes, étaient relevés et permettaient de voir la malade couverte de loques immondes, livide, les yeux vitreux, les traits déjà décomposés par les approches de la mort.

Elle ne parut pas s'apercevoir de l'arrivée de plusieurs personnes inconnues ; sans doute sa vue et son ouïe n'avaient plus leur finesse ordinaire, quoiqu'elle jouît encore pleinement de ses facultés intellectuelles. Sylvie fit signe aux arrivans de rester immobiles ; puis, s'approchant du lit, elle dit d'un ton caressant :

— Eh bien! marraine, il me semble que vous êtes mieux! ne pourrais-je rentrer chez moi? Je reviendrais vous voir demain.

La vieille s'agita péniblement sur sa couche.

— Demain, dit-elle d'une voix râlante, demain tu ne trouveras plus personne... me laisseras-tu mourir toute seule, comme un chien derrière un buisson, toi qui es ma filleule? Reste donc; quoique tu m'aies joué un vilain tour, j'aime mieux te savoir près de moi qu'une étrangère... qui me volerait.

— Mais songez donc, marraine, si Médard remontait des carrières, vous m'avez dit qu'il m'en voulait beaucoup au sujet de cette affaire de mademoiselle de Villeneuve?

— Oui, reprit-elle, il ne remontera pas... Depuis trois jours il n'est monté qu'une fois... En me voyant dans l'état où il m'a mise, il est resté immobile devant mon lit pendant quelques minutes, puis il est reparti sans m'adresser un mot; je suis seule, toute seule, et ça fait peur, à certains momens!

— Je reste donc, marraine, au risque de ce qui pourrait

arriver ; mais n'avez-vous rien à me dire? N'avez-vous pas de recommandations à m'adresser?

— Des recommandations? Si... si... j'en ai; écoute. Quand ça sera fini, et je crois que ce ne sera pas long maintenant, n'envoie pas chercher de plieuse... ce sont des coquines qui volent les effets des pauvres morts... Je le sais bien, moi qui suis de l'état! mais surtout, ma chère Jeanneton, n'oublie pas que je veux être enterrée avec ceci (et elle montrait sous son oreiller un sac crasseux qui paraissait fort lourd) : ce sont de vieilles hardes auxquelles je tiens, ajouta-t-elle avec e Tort; Médard te laissera faire, car, bien qu'il ait toujours été brutal, il n'était pas intéressé, et cela me rendait indulgente pour ses défauts... Il ne m'a jamais demandé compte de l'argent de son père; non pas que j'aie de l'argent, je suis une pauvre femme et j'ai mendié toute ma vie!

— Je remplirai vos intentions, marraine, autant que je le pourrai, dit Sylvie doucement; mais n'avez-vous pas commis quelque méchante action, proféré quelque mensonge dont vous vous repentez à cette heure solennelle ?

— Des mensonges! de méchantes actions! répliqua la vieille avec un hideux sourire; tu te moques, petite ; il me faudrait plus de temps qu'il ne m'en reste pour te souvenir de tout cela.

— Cependant, marraine, il est des choses qui se sont passées tout récemment et qui ne peuvent encore être sorties de votre mémoire. Ainsi, par exemple, ne m'avez-vous pas dit, au sujet de cette pauvre demoiselle, Thérèse de Villeneuve...

Les traits de Marthe se crispèrent.

— Ne me parle pas d'elle! ne prononce pas ce nom ! c'est elle qui est cause de tous nos malheurs... Depuis que Médard a vu cette mijaurée, il n'a plus de cœur à la besogne, il ne songe plus à l'ouvrage qui lui a laissé son père... Ainsi, par exemple, il avait promis ces jours-ci de malmener ces maudits Parisiens, et c'eût été bien à lui de donner nombreuse compagnie à sa pauvre mère qui va mourir... Mais il ne pense plus à rien qu'à son idole !

— Allons, marraine, dit Sylvie, qui sentait la nécessité de paraître abonder dans le sens de l'horrible mégère ; peut-être Médard est-il fort embarrassé ; la police est descendue dans les carrières, et il ne peut manquer tôt ou tard d'être pris.

— Prendre Médard dans les carrières ? dit la vieille avec son rire douloureux, cela fait pitié ! Jeanneton, je vais te dire un secret: on ne prendra jamais Médard, à moins d'avoir la peau que mon pauvre défunt avait tracé de ces souterrains et qu'il remit à son fils avant d'aller à la place de Grève.

— Et ce plan, où est-il, marraine?

— Bah! Médard l'a toujours sur lui. Mais je suis bien fatiguée, Jeanneton ; laisse-moi reposer un peu.

Et elle tourna son visage d'un autre côté.

— Pardonnez-moi, marraine, reprit Sylvie opiniâtrement, mais il est un point sur lequel il faut que vous me répondiez avec franchise. La famille de Villeneuve est dans le plus grand désespoir au sujet d'une parole que vous avez prononcée le soir où je suis venue vous rendre visite.

— Je te dis de ne plus me parler de ces gens-là ! interrompit la malade d'un air de malaise; tu m'obsèdes, tu me tourmentes ! Est-ce qu'ils t'auraient donné de l'argent pour cela?

— Personne ne m'a donné d'argent, Marthe ; mais il me semble que vous ne pourriez mourir en paix avec un crime sur la conscience.

Marthe s'agita convulsivement et ne répondit pas.

La danseuse elle-même garda le silence; on eût dit qu'elle était lasse d'efforts inutiles. Cependant, après une courte pause, elle reprit :

— Marraine, votre obstination même prouve que vous n'avez pas dit la vérité. Je vous conjure...

— Encore !... Oh ! tu as mauvais cœur comme ton père... Je suis épuisée... Que me demandes-tu?

— Je vous demande, reprit Sylvie lentement et en accentuant chacune de ses paroles, s'il est vrai que Médard se soit rendu coupable d'un crime abominable envers une personne évanouie?

Un frémissement courut dans l'auditoire. Sylvie étendit le bras pour recommander l'attention et le silence.

Marthe continuait de s'agiter, comme si elle eût voulu échapper à cette torture morale.

— Eh bien, non! dit-elle enfin d'une voix distincte. A quoi te servira-t-il, à toi, une sauteuse des rues, de savoir cela? Qui te croira, si tu veux le répéter? Non, non, Médard est incapable... C'est un enfant qui ne songe qu'à tuer, à détruire, à exterminer... J'avais inventé cette histoire pour désoler la petite pécore... Es-tu contente, maintenant, et me laisseras-tu en paix?

Thérèse ne se contint plus; sa joie éclata en sanglots et en transports bruyans.

— Mon père! ma mère! s'écria-t-elle, embrassez votre fille!... elle est encore digne de vous!... O mon Dieu! mon Dieu! avoir tant souffert par un mensonge!.. Et Philippe, où est-il? Quand je suis si heureuse et si fière, pourquoi Philippe ne se trouve-t-il pas près de moi?

— Mademoiselle, dit Chavigny avec empressement, Philippe est dans les carrières, et si vous souhaitez que je me mette à sa recherche...

— Oui, oui, vous qui êtes son ami, allez le prévenir. Qu'importent les autres crimes de ce Médard?... Oui, cherchez Philippe, dites-lui que je l'aime, que je n'ai jamais aimé que lui! Dites-lui... mais non, vous ne pouvez lui dire cela... Je ne sais plus où je suis, ce que je fais.... C'est maintenant que je suis vraiment folle!

Et elle tomba dans les bras de son père et de sa mère, à peine moins émus qu'elle-même de ces révélations inattendues.

Cependant Marthe avait paru frappée d'étonnement au bruit de ces voix nouvelles qui s'élevaient dans sa chambre. Elle ouvrait avec effort ses yeux ternes qui ne pouvaient plus voir, et elle demanda d'un ton irrité :

— Jeanneton, qui est là? qui a parlé? J'ai cru reconnaître... Coquine, tu m'as trahie!

— Soyez calme, marraine, et ne regrettez pas d'avoir réparé le mal que vous avez fait!

— Le mal que j'ai fait, misérable créature!... Tu m'as trompée, tu t'entendais avec les richards... Et moi qui croyais à ton repentir de la dernière affaire! moi qui me confiais à toi!... Je te connais maintenant; tu n'accompliras pas mes dernières volontés; tu me voleras, tu mangeras mon argent avec les galans... Tiens, va-t'en; laisse-moi, ou je vais appeler Médard... Va-t'en, te dis-je! J'aime mieux mourir seule... Je te hais... Je voudrais pouvoir t'étrangler, te mordre, te...

La force lui manqua, la parole expira sur ses lèvres écumeuses. Sylvie s'approcha de la famille de Villeneuve muette d'horreur et de dégoût.

— Tout est fini, dit-elle avec un profond soupir; mesdames, rien ne doit plus vous retenir dans cette maison maudite... Et si vous en sortez fières et heureuses, vous me permettrez bien de regretter qu'il n'en puisse être ainsi de moi!

Et elle se cacha le visage dans ses mains.

— Pauvre Sylvie! murmura l'abbé à voix basse. Quel courage!

— Mademoiselle, reprit Thérèse avec effusion, vous avez déjà repoussé mon amitié, et cependant c'est à vos généreux sacrifices, à votre dévouement, que je devrai désormais des jours tranquilles!... Oh! ne me direz-vous pas comment je puis vous prouver ma gratitude sans bornes?

Et elle embrassa Sylvie avant que celle-ci eût pu s'en défendre.

La danseuse se hâta de se dégager.

— Mademoiselle, reprit-elle humblement, je suis déjà trop récompensée... La plus simple marque d'estime d'un ange tel que vous est une faveur inappréciable pour une pauvre fille telle que moi.

Tous les assistans avaient les larmes aux yeux. Madame de Villeneuve s'approcha de Sylvie à son tour.

— Nous allons nous retirer, dit-elle, car notre pauvre enfant a grand besoin de repos. Un domestique restera ici et nous apportera des nouvelles des amis que nous laissons dans cette maison. Quant à vous, mademoiselle, je compte vous revoir bientôt. Si vous refusez les remercîmens de Thérèse et ceux de toute autre personne, vous ne refuserez pas les miens, je l'espère.

— Ma chère amie, dit le financier, permettez-moi de m'associer...

— Paix, et partons! interrompit sèchement madame de Villeneuve.

Sylvie prit la lampe et les précéda jusqu'à la porte extérieure de la Tombe-Issoire.

— Madame, dit-elle d'un ton mélancolique à la mère de Thérèse, nous nous reverrons si, contre votre désir, nous ne nous revoyons jamais. Mon histoire va sans doute se répandre dans Paris, et mon origine, mon passé, mes relations actuelles causeront du scandale. Je ne l'attendrai pas. Dès que j'aurai rendu les derniers devoirs à la misérable femme que vous venez de voir, je suis décidée à quitter la France et à n'y revenir jamais.

En même temps elle fit une profonde révérence, et elle rentra dans la maison.

Comme elle se dirigeait vers la chambre de Marthe, elle se trouva face à face avec Chavigny, qui semblait l'attendre.

— Charmante, dit-il en essayant encore de lui prendre la main, j'avais grande impatience de vous exprimer mon admiration.

Mais elle le repoussa.

— Quoi! monsieur, interrompit-elle froidement, oubliez-vous donc que vous devez porter une bonne nouvelle à monsieur Philippe de Lussan dans les carrières?

— J'y vais, ma divine Sylvie, et nul autre que moi ne la lui portera, fallût-il pour cela traverser les sept fleuves de l'enfer, assommer Cerbère et rosser Caron. Mais je suis resté pour vous dire que vous êtes aussi bonne que belle, et...

— Assez, monsieur de Chavigny. Les circonstances ne conviennent pas à un pareil langage. Quant à moi, je n'ai qu'un mot à vous dire : Adieu! adieu pour toujours!

Et sa voix devenait tremblante.

— Que dites-vous, Sylvie? Cette résolution de partir serait-elle sincère? Cruelle! vous savez bien que je ne puis vivre loin de vous, et si vous partiez...

— Madame Bonnard vous consolerait, dit Sylvie en lui lançant un regard étincelant.

Et elle rentra dans la chambre, dont elle referma la porte sur elle.

L'abbé était d'abord consterné de cette rupture; mais il ne tarda pas à reprendre sa gaîté.

— Bah! murmura-t-il, c'est une scène de jalousie et rien de plus. Nous connaissons cela et nous savons comment s'apaisent ces fières divinités. Pensons à Philippe.

Et il courut à l'escalier des carrières.

XXI.

L'AQUEDUC D'ARCUEIL.

Cependant Philippe de Lussan poursuivait sa marche dans les vides. Plus il avançait, plus les routes souterraines étaient larges et élevées; il se trouvait en effet près de l'entrée principale des carrières, située à la Fosse-aux-Lions, non loin de la barrière Saint-Jacques. C'était par là que les chariots nécessaires à l'extraction de la pierre pénétraient autrefois dans ce vaste labyrinthe, et encore aujourd'hui, après plusieurs siècles, on peut reconnaître les ornières tracées par de lourds véhicules sur le sol des galeries.

Philippe commençait à s'inquiéter de ne pas rencontrer Salvien et sa bande. La Tombe-Issoire lui avait paru éloignée d'un millier de pas seulement du puits de descente, et il marchait depuis plus d'une demi-heure sans avoir pu l'atteindre. A la vérité, Hartmann avait assuré que pour passer de la portion des carrières située sous la plaine de Montsouris à celle beaucoup plus considérable qui s'étendait sous Paris, il fallait nécessairement traverser la galerie de la Tombe-Issoire, que devaient occuper les gens de police. Si donc Philippe ne les avait pas rencontrés, c'était que sans doute il n'avait pas franchi cette limite. Mais aussi, car il fallait tout prévoir, peut-être les hommes de Salvien ne s'étaient-ils pas trouvés à leur poste; dans ce cas Lussan avait pu dépasser la galerie sans le savoir et il s'enfonçait de plus en plus dans l'immensité des souterrains.

Cependant son anxiété ne fut pas de longue durée. Au détour d'un couloir, il aperçut des flambeaux; il appela, on lui répondit avec empressement; au bout de quelques minutes, il rejoignit Chavigny, accompagné de deux autres personnes.

Le petit abbé avait appris de Salvien, qui gardait avec son monde le passage désigné, que l'on n'avait aucune nouvelle de Philippe. Sérieusement alarmé, il s'était fait suivre de deux ouvriers carriers, et s'était mis avec eux à la recherche de son ami.

A la vue de Philippe épuisé de fatigue et les traits décomposés, Chavigny lui dit affectueusement :

— Il t'est arrivé quelque nouvelle mésaventure, mon pauvre Lussan, et vraiment l'on ne peut attendre autre chose dans ces régions infernales! Mais te voilà seul. As-tu rencontré Médard? Où est Hartmann?

— Hartmann a payé de sa vie son dévouement à notre cause.

En même temps Philippe raconta brièvement la fin tragique du vieux carrier et sa propre lutte avec Médard.

— Pauvre garçon! Et tu as été terrassé? Cela ne m'étonne pas; quoi que tu dises, tes forces ne sont pas encore complètement revenues, et je sais par expérience que l'homme des carrières a la poigne solide. Mais j'ai de quoi panser la blessure faite à ton amour-propre, et mon baume sera plus puissant que le dictame de Crète, si vanté par Pline le naturaliste.

Philippe apprit alors l'aveu important que Sylvie venait d'arracher à Marthe Pernet dans la maison de la Tombe-Issoire.

En écoutant son ami, il s'était subitement transfiguré; la rougeur avait reparu sur ses joues, son œil éteint s'était ranimé.

— Chavigny, s'écria-t-il, ne me trompes-tu pas? Cette odieuse vieille a-t-elle désavoué clairement, nettement, son abominable mensonge?

— Clairement, nettement, de la manière la plus formelle, tu peux m'en croire. Thérèse t'aime toujours; elle a voulu que je t'en apportasse sur-le-champ l'assurance.

— Attends, reprit Philippe frappé d'un souvenir; Médard, de son côté, a prononcé un mot qui doit confirmer la rétractation de l'affreuse mégère. Comme je lui reprochais son crime envers Thérèse, il m'a dit avec sa rudesse habituelle : « Ma mère a menti. » Cette parole, que je ne comprenais pas d'abord, je me l'explique maintenant. Oui, oui, c'est cela, plus de doute! Thérèse, ma chère Thérèse, vous m'êtes donc enfin rendue!

Et il versa des larmes, mais des larmes de bonheur.

Chavigny lui exprima par une cordiale pression de main la part qu'il prenait à sa joie, et après lui avoir laissé le temps de se calmer,

— Eh bien! Philippe, demanda-t-il, où est Médard en ce moment?

— Je n'oserais rien affirmer, répondit Philippe en s'essuyant les yeux, car tout ce qui touche cet homme est incompréhensible. Cependant, j'ai des raisons de penser qu'il se trouve encore dans cette portion des vides, et qu'il se prépare à quelque acte désespéré.

— Dans ce cas, rebroussons chemin bien vite, dit Chavigny avec effroi, et allons chercher des secours à la Tombe-Issoire..... Quatre personnes ne peuvent rien contre ce redoutable Médard. Nous ne viendrons à bout de lui qu'en l'attaquant avec beaucoup de monde ; partons donc.

Philippe, bien qu'il ne partageât pas la frayeur du petit abbé, sentait la nécessité d'un renfort pour cerner Médard et s'emparer de sa personne. Il se laissa donc conduire vers la galerie de la Tombe-Issoire qui n'était pas éloignée; et, grâce aux remarques de Chavigny et de ses compagnons, aucune erreur de route n'était à redouter désormais.

Chemin faisant, les deux amis s'entretenaient de ce terrible habitant des carrières, qui, depuis peu, jouait un rôle si important dans leur existence. Les nuages dont il était d'abord enveloppé commençaient enfin à se dissiper; on connaissait maintenant son nom réel, son origine, et les mobiles du singulier genre de vie qu'il avait embrassé. Le fils de Lubin Pernet, fidèle au serment qu'il avait fait au supplicié, avait accepté le legs d'une monstrueuse vengeance contre une population entière. Ainsi s'expliquait sa réclusion dans ces souterrains avec lesquels il voulait s'identifier, ainsi s'expliquait la ruine du logis de la rue d'Enfer, appartenant à un homme qui avait trahi l'association des contrebandiers, celle de l'hôtel de Villeneuve, dont le propriétaire s'était montré le plus ardent à poursuivre Pernet et ses complices, celle enfin de plusieurs autres maisons occupées par des officiers de justice du Châtelet. Médard en était là de sa vengeance, quand son amour pour Thérèse, et plus tard sa blessure, étaient venus interrompre sa redoutable besogne. Mais à en juger par les préparatifs que Chavigny avait vus sous les principaux monumens de la rive gauche, il avait repris avec activité son œuvre infernale, et d'un moment à l'autre il pouvait la couronner par une catastrophe sans exemple dans les fastes du crime.

Les jeunes gens se communiquaient leurs réflexions à ce sujet, quand un bruit semblable à l'explosion d'une arme à feu de gros calibre retentit derrière eux, comme pour confirmer leurs craintes. La petite troupe s'arrêta pour écouter; mais le bruit ne se renouvela pas.

— As-tu entendu? reprit Philippe; c'est encore une mine qui vient d'éclater. Heureusement le bruit n'était pas dans la direction de Paris, et un éboulement dans la plaine ne saurait avoir des suites bien fâcheuses.

— Mais si ce n'est pas contre Paris que le coup est dirigé, reprit le petit abbé avec un redoublement de frayeur, c'est contre nous alors, et nous ferions bien de ne pas nous attarder dans ces parages... Allons, mes amis, poursuivit-il en s'adressant aux deux hommes qui les suivaient, marchez comme si vous aviez le diable à vos trousses, et vraiment le diable lui-même serait moins à craindre.

Les carriers, fort effrayés déjà, n'eurent pas besoin qu'on leur répétât cette invitation. L'abbé, glissant son bras sous celui de son ami, obligea Lussan lui-même à doubler le pas.

— Chavigny, dit Philippe avec réflexion en cédant toutefois à l'impulsion qu'on lui donnait, je ne sais quels sont actuellement les projets de Médard, mais je ne puis croire que nous ayons personnellement quelque chose à craindre de cet homme. Il nous sauva la vie la première fois que nous nous égarâmes dans les carrières; il t'a soustrait récemment à la vengeance des faux-monnayeurs; enfin tout à l'heure encore, quand j'étais en son pouvoir, il a épargné mes jours. Je trouve en lui je ne sais quelle générosité brutale que je ne puis comprendre.

— Hum! Philippe, ne comptons pas trop sur cette générosité pour l'avenir. Médard nous écoutait sans doute la nuit où nous étions perdus dans les vides; en entendant prononcer son nom, il se souvint des recommandations de son père et il nous secourut. Depuis ce temps, tu es demeuré sacré pour lui et il te l'a prouvé tout à l'heure encore. Quant à moi, il m'a tiré des griffes de Bonnard uniquement pour me charger du message qu'il voulait envoyer à mademoiselle de Villeneuve; et s'il m'a épargné dans d'autres circonstances, c'était par considération pour toi. Mais, encore une fois, ne nous fions pas à cette magnanimité; elle peut se lasser d'un moment à l'autre, et si Médard se trouvait en danger sérieux par notre fait, je doute qu'il voulût encore sacrifier sa sûreté à la nôtre.

— Tu peux avoir raison, Chavigny, et pourtant il y a dans ce caractère énergique une grandeur étrange qui me confond. Un seul sentiment humain vit dans ce cœur de tigre : le respect de la volonté paternelle; mais ce sentiment est viril, puissant, indomptable, et il a produit les plus merveilleux résultats. Comment comprendre en effet qu'à l'âge où l'air, le soleil, la joie et les plaisirs sont un impérieux besoin, ce jeune homme, presque cet enfant, se soit enfermé dans ces ténébreux abîmes, qu'il ait voulu y vivre seul, manquant des choses les plus nécessaires à l'existence, au milieu de dangers sans nombre, soutenu seulement par un inexorable instinct de destruction ?

— N'as-tu jamais vu, Philippe, des animaux domestiques devenus sauvages ? Ceux-là sont bien plus farouches et plus cruels que les autres animaux de leur espèce qui sont nés dans les bois. Ainsi de Médard : ses facultés faussées, dès l'origine, ont produit une véritable aberration de nature. Tu as tort de dire que son âme féroce ne renferme qu'une passion; elle en contient deux, les plus simples et les plus instinctives, l'amour et la haine ; l'amour pour une femme, la haine pour le reste de la société. Quant aux choses extraordinaires, elles ne doivent pas nous étonner : ses sens ont dévié de leur voie naturelle comme ses sentimens ; il a presque perdu l'usage de ses yeux et de sa langue, il est vrai, mais sa sagacité s'est prodigieusement développée et ses perceptions ont acquis une incroyable finesse. Toutefois les aveugles de naissance exécutent des actes plus merveilleux encore, et je pourrais citer des faits...

Chavigny en était là de sa dissertation, qui menaçait de se prolonger, quand on vit briller à quelque distance un grand nombre de lumières.

— Voici notre monde, interrompit Philippe, et quoiqu'il en soit de ces suppositions, nous devons nous employer de tout notre pouvoir à la capture de cet homme devenu la terreur de son espèce. Seulement, Chavigny, par reconnaissance, par curiosité ou par n'importe quel autre sentiment que je ne saurais définir, je voudrais épargner la vie de Médard Pernet.

En ce moment, de grands cris attirèrent son attention. Les gens de la galerie, craignant une attaque dans ces lieux nouveaux pour eux, et ne pouvant d'ailleurs reconnaître les survenans, à cause de la distance, leur intimaient l'ordre de s'arrêter et les menaçaient de leurs armes. Philippe se fit reconnaître. Peu de minutes après, il était dans la galerie où l'on faisait si bonne garde.

Il s'y trouvait une vingtaine de personnes, chacune avec un flambeau. Mais cette grande clarté ne paraissait pas rassurer ces gens, habitués à des expéditions d'un autre genre.

— Ah ! monsieur de Lussan, dit Salvien d'un ton de reproche, avez-vous pu nous laisser si longtemps dans l'embarras?... Où étiez-vous donc? Avez-vous retrouvé le scélérat que nous cherchons?

Philippe lui apprit la mort tragique du pauvre Hartmann.

— Diable ! dit Salvien, ceci peut nous donner une idée de ce que nous avons à craindre dans ces souterrains. Mais que ferons-nous en l'absence d'Hartmann, qui était notre conseiller et notre guide?

— Nous poursuivrons notre entreprise, et Dieu nous permettra peut-être de la mener à bonne fin... Mais êtes-vous sûr, monsieur, que Médard n'ait pu traverser ce passage sans être aperçu?

— Je vous en donne ma parole, monsieur; nos hommes sont en alerte, et le bourdonnement d'une mouche leur ferait dresser les oreilles... Chacun d'eux aimerait mieux tenir tête à trois voleurs en plein soleil que d'être seulement dix minutes seul dans le silence et l'obscurité de ces caveaux.

— Monsieur Salvien, quelques hommes suffiront pour garder cette galerie ; choisissez les plus fermés, les plus prudens, et recommandez-leur une vigilance extrême. La moindre inattention peut tout perdre... Avec les autres, nous allons battre les carrières que je viens de parcourir, et peut-être le meurtrier d'Hartmann ne pourra-t-il nous échapper.

Salvien s'empressa de prendre ses dispositions en conséquence. On choisit pour garder la galerie six hommes d'élite, et Philippe leur recommanda lui-même de ne quitter ce poste sous aucun prétexte. Avec le reste de la troupe on forma une sorte de corps expéditionnaire destiné à traquer l'ennemi dans les passages peu nombreux qui s'étendaient sous la plaine de Montsouris. Avant de partir, Lussan dit à Salvien qu'il croyait nécessaire d'épargner, autant que possible, la vie de Médard.

— Et pourquoi cela, monsieur? ce malfaiteur est si dangereux qu'on doit au contraire le tuer comme une bête féroce... et le plus tôt ne sera que le mieux, car il trouverait, j'imagine, quelque moyen de renverser ces voûtes sur nos têtes.

— Mais il importe à la sûreté de Paris d'avoir des renseignemens exacts sur ces excavations, et depuis la mort d'Hartmann, ce scélérat seul est capable...

— Oui, oui, reprit Chavigny ; Médard possède un plan des carrières dont il faut s'emparer à tout prix, et ce plan, à ce que je viens d'apprendre, il le porte toujours sur lui.

— Que dites-vous? s'écria Salvien ; ce plan qu'on a tant cherché, dont monsieur de Sartines désire si ardemment la possession ? Je veux avoir ce papier ; je veux l'apporter à monseigneur cette précieuse conquête, dût-il en coûter la vie à tous les vauriens qui ont jamais mis le pied dans ces carrières !... On fera ce qu'on pourra, monsieur de Lussan, pour ménager ce drôle auquel vous semblez vous intéresser, mais le service avant tout ; j'ai mes ordres.

Et il donna des instructions à ses subalternes, tandis que Philippe se contentait de murmurer :

— Soit... mais cette conquête peut être plus difficile et plus périlleuse que vous ne le pensez... Dieu nous garde tous de nouveaux malheurs!

On se mit en marche, après s'être compté, de peur que quelque imprudent ne se perdît dans les vides à l'insu de ses compagnons. La troupe active se composait maintenant d'une quinzaine d'hommes; chacun d'eux tenait d'une main une bougie allumée et une arme de l'autre. Vu le peu de largeur de la galerie, on ne marchait qu'un à un, et cette longue file de lumières produisait à distance l'effet le plus pittoresque.

Bientôt la route se bifurqua ; un embranchement, celui que Philippe avait parcouru déjà, conduisait au gouffre; l'autre suivait une direction inconnue.

Il fallait donc que la troupe se divisât de même, et l'on s'arrêta pour délibérer. Mais à peine eut-on fait halte, qu'un bruit faible et sourd s'éleva dans la galerie du gouffre et alla toujours croissant. Tout le monde devint attentif; alors on distingua une sorte de mugissement lointain, continu, semblable à celui d'une cascade, mais près de la troupe un murmure irrégulier, comme celui d'un courant d'eau.

— D'où peut provenir ce bruit? demanda Philippe ; tout à l'heure, je n'avais rien entendu de pareil.

— Hum ! on dirait d'une inondation, répliqua Chavigny; *unda sonat*...

— Non, non, s'écria Philippe ; ce ne peut être cela... Ces carrières ne sont pas sujettes aux inondations, comme celles de l'intérieur de Paris. D'ailleurs les eaux qui proviennent d'infiltrations n'arrivent qu'avec une lenteur extrême...

— Il faut que vous vous trompiez, monsieur, dit un carrier avec épouvante, car elles viennent au galop.

Philippe haussa son flambeau pour voir de plus loin; aussitôt la lumière se refléta entraînée rougeâtre sur une surface brillante et mobile. Avant qu'il eût pu se rendre compte de ce nouveau phénomène, le grondement devint plus fort, et un flot boueux envahit la galerie. Et quelques secondes tous les assistants eurent de l'eau jusqu'à la cheville, et le flot montait encore.

Une panique s'empara des ouvriers et des gens de police.

— Sauvons-nous, dit une voix, ou nous allons être noyés!

— Retenez-les, monsieur Salvien! s'écria Philippe avec énergie; c'est le moment de la crise... on a compté sans doute sur notre frayeur pour opérer une diversion et échapper à nos poursuites... Voyons, braves gens, fuirez-vous pour si peu?

— Un simple bain de pieds! dit Chavigny.

— Halte! cria Salvien; et cependant, monsieur, continua-t-il en s'adressant à Lussan, si l'eau continue à s'élever, la position ne sera bientôt plus tenable.

— Bon! il n'y a pas encore de danger. Mais d'où peut donc provenir cette inondation inattendue? Tout à l'heure ces galeries étaient sèches comme la main.

— Parbleu, ce n'est pas bien difficile à deviner, dit un ouvrier qui travaillait habituellement dans la plaine voisine de la Tombe-Issoire: nous sommes ici sous l'aqueduc d'Arcueil, qui conduit les eaux de Rungis à Paris, et quelqu'un aura crevé l'aqueduc.

Philippe se souvint alors de l'explosion qu'il avait entendue peu de momens auparavant.

— Eh bien! mon ami, continua-t-il, les eaux qui passent par l'aqueduc d'Arcueil sont-elles abondantes?

— Elles alimentent plus de cent fontaines tant privées que publiques, répliqua l'ouvrier (1).

— Il est impossible de rester ici plus longtemps, dit Salvien avec terreur; sauvons-nous ou nous périrons.

Dès que le chef eut poussé ce cri d'alarme, les inférieurs se crurent en droit de ne pas montrer de courage. Sans écouter les plaintes et les menaces de Philippe, ils battirent précipitamment en retraite dans la direction de la Tombe-Issoire. Par malheur, on avait déjà de l'eau jusqu'à mi-jambes, et le courant avait une violence extrême, de sorte qu'il n'était pas facile d'avancer avec rapidité; d'ailleurs, le peu de largeur de la galerie ne permettait pas qu'on pût se devancer les uns les autres. On criait donc, on se poussait, on se heurtait, et plusieurs des fuyards, perdant l'équilibre, tombèrent dans l'eau, d'où ils ne se retirèrent que souillés de fange. Ces cris, ces luttes, ces ombres mouvantes, le roulement des flots, le reflet des lumières, formaient, sous ces voûtes sombres, une scène de bruit et de confusion.

Lussan était resté en arrière avec Chavigny, qui riait joyeusement de cette déroute.

— Prenez garde, criait Philippe, ne vous séparez pas. Il y aurait plus de danger à s'égarer dans des galeries inconnues qu'à braver ces eaux inoffensives. Surtout, veillez à ce que l'homme des carrières ne puisse profiter du désordre pour s'échapper.

Mais on ne l'écoutait pas et chacun des fuyards semblait beaucoup plus occupé de sa sûreté que du succès de l'entreprise.

Philippe dit au petit abbé, qui continuait à prendre fort gaiement son parti de l'inondation :

— Si nous allions seuls à la recherche de Médard? Qu'en dis-tu, Chavigny? Les eaux qu'il a déchaînées lui-même ne sauraient être un obstacle plus sérieux pour nous que pour lui.

— Les eaux ne sont pas hautes, il est vrai, mais elles montent toujours, et nous pourrions rencontrer quelque cavité où nous en aurions beaucoup par-dessus la tête. D'ailleurs, que ferions-nous? Il vaut mieux...

— Chut! interrompit Philippe.

Il avait cru entendre clapoter les eaux derrière lui; il se retourna brusquement.

(1) Le fait de l'inondation des carrières par les eaux d'Arcueil n'est pas une invention de l'auteur. En 1774, l'aqueduc n'apportait presque plus d'eau à Paris; la plus grande partie se perdait dans les vides, alors inconnus, de la plaine de Montsouris. Il fallut reconstruire complètement une portion de cet aqueduc et lui donner une direction nouvelle. Ces grands travaux furent commencés en 1777.

— Qu'est-ce donc? demanda Chavigny.

— Rien... on eût dit que quelqu'un marchait tout près de nous; mais c'est une erreur, ces lâches sont déjà loin. Allons, tâchons de les rejoindre, puisqu'il le faut.

Et ils s'avancèrent guidés par les lumières qui formaient toutes sortes d'évolutions bizarres. Plusieurs fois dans le trajet ils crurent entendre derrière eux le bruit qui avait attiré déjà l'attention de Lussan; mais n'apercevant rien, ils ne s'en inquiétèrent pas et ils arrivèrent à la galerie de la Tombe-Issoire.

Là encore tout était en désordre. Les sentinelles, effrayées par les cris de leurs camarades, par l'invasion et le bruit des eaux, avaient déserté leur poste. La troupe entière s'était réfugiée au pied de l'escalier, que l'inondation n'atteignait pas encore; plusieurs hommes avaient même gravi les premières marches, comme pour remonter à la surface du sol. L'entrée des galeries, qu'il était si important de garder, demeurait libre.

— Drôles! s'écria Philippe avec colère, est-ce ainsi que vous remplissez votre devoir? Monsieur Salvien, n'avez-vous pas de honte? Que les sentinelles regagnent bien vite leur poste, ou peut-être...

Il n'acheva pas : un spectre noir venait de surgir tout à coup près de lui et de passer presque à portée de sa main. C'était Médard. Lussan le reconnut à son costume caractéristique, à sa chevelure inculte et hérissée. Sans prononcer une parole, Philippe se précipita vers l'agile jeune homme; mais l'eau, qui gênait ses mouvemens et rejaillissait en écume autour de lui, l'empêcha de l'atteindre. Médard, au contraire, rapide comme la pensée, traversa la galerie au milieu des gens de police stupéfaits; puis, tournant brusquement, il disparut dans l'un des corridors abandonnés qui conduisaient sous Paris.

A cette vue, Philippe poussa un cri de désespoir.

— Suivons-le! dit-il énergiquement. Au secours! Suivons-le, ou de grands désastres sont inévitables : il va mettre le feu aux mines!

Son accent, son geste, son regard électrisèrent tous les auditeurs; la plupart s'élancèrent. Mais leur ardeur ne tint pas contre l'obstacle que leur opposaient les eaux toujours montantes. Au bout de quelques pas, ils restèrent en arrière. Une personne rejoignit pourtant Philippe et se tint à ses côtés: c'était l'abbé de Chavigny, qui, souple et léger comme Médard lui-même, ne voulait pas, cette fois, que son ami bravât le danger sans lui.

Ils avançaient rapidement; mais la nécessité de conserver leurs bougies allumées retardait leur marche; bientôt même la lumière de Philippe s'éteignit, malgré ses précautions. Il ne marcha pas pour la rallumer, bien qu'il en eût les moyens : c'eût été perdre un temps précieux, et l'on entendait toujours Médard piétiner dans l'eau à trente pas en avant. L'homme des carrières lui-même semblait avoir perdu une partie de sa vitesse dans l'inondation; il se heurtait fréquemment aux parois des galeries : cet instinct presque miraculeux qui le dirigeait habituellement au milieu des ténèbres semblait en défaut. Les chances des poursuivans et du poursuivi se trouvaient donc à peu près égales, et nul n'eût pu dire en ce moment quel serait le vainqueur.

Une circonstance inattendue rendit à Médard tous ses avantages. Les eaux avaient rencontré sur leur passage une de ces carrières basses dont nous avons parlé plus haut; elles s'y engouffraient en grondant, et jusqu'à ce qu'elles eussent rempli ces vastes bas-fonds, les galeries situées au delà devaient être à l'abri de l'inondation. Aussi Médard ne tarda-t-il pas à se trouver sur un terrain sec, et il en profita pour accélérer sa course. Mais Philippe à son tour sortit enfin du courant et continua de le serrer de près. Vainement Chavigny, qui sautillait à quelque distance en arrière, le suppliait-il, tout épuisé et haletant, de l'attendre : son ami sentait trop le prix de chaque seconde qui s'écoulait pour se rendre à cette invitation.

On courut ainsi avec une ardeur effrénée pendant plus d'un quart d'heure, et on devait avoir franchi un espace considérable. Plusieurs fois on avait traversé des carrefours où il eût été facile de perdre la trace du fugitif; mais toujours une circonstance, un indice quelconque avait trahi sa véritable direction. Médard, en effet, malgré son habitude d'errer sans lumière dans ces souterrains, ne pouvait aller beaucoup plus vite que Philippe, éclairé, quoique imparfaitement, par le flambeau de Chavigny. Philippe avait donc fini par gagner du terrain, et il n'était pas facile de lui donner le change.

Un moment vint pourtant où le brave jeune homme se trouva fort embarrassé. La galerie se divisait en deux branches. Laquelle des deux avait suivi Médard? Mais Philippe se balança pas; pendant que Chavigny prendrait l'une, lui prendrait l'autre, et ainsi l'un des deux se trouverait inévitablement sur la piste de l'homme des carrières. Il cria donc à Chavigny :

— A gauche, vite !

Et il se jeta dans le corridor de droite, tandis que l'abbé, trompé par cet avertissement, s'enfonçait résolument dans l'autre.

Alors Philippe se trouva dans d'épaisses ténèbres ; mais un bruit léger qui s'élevait par intervalles en avant l'avertissait qu'il était bien sur les traces du fugitif. D'ailleurs il semblait que Médard lui-même, rassuré par l'obscurité, eût ralenti sa marche ; aussi Lussan continua-t-il à se diriger en tâtant du couloir, et malgré les difficultés, il avançait toujours.

Malheureusement il atteignit ainsi un atelier de forme irrégulière au milieu duquel il ne put se reconnaître. Il fallut donc enfin s'arrêter ; il écouta, espérant que le bruit des pas de Médard lui servirait à s'orienter ; mais aucun autre bruit que le roulement lointain des eaux, qui peut-être déjà étaient en marche pour le rejoindre, ne vint frapper son oreille.

Il n'y avait donc plus à hésiter ; il chercha le briquet que le pauvre Hartmann lui avait remis pour se procurer de la lumière ; qu'on juge de son désappointement, l'amadou avait été imbibé d'eau pendant l'inondation, et ne pouvait plus prendre feu.

Philippe était consterné. Il avait bien un pistolet chargé, et il lui eût été facile, en déchirant une de ses manchettes et en la plaçant dans le bassinet, de suppléer à l'usage de l'amadou ; mais il se fût ainsi privé d'une arme nécessaire, sans compter que l'explosion eût certainement donné l'alarme à l'homme des carrières et précipité peut-être la catastrophe que l'on redoutait. Il résolut donc de recourir à ce moyen qu'au dernier moment et d'attendre à la même place qu'on vînt à son secours. Il savait que Chavigny ne l'abandonnerait pas ; et sans doute le petit abbé, après avoir suivi jusqu'au bout le couloir qu'il avait pris, allait revenir sur ses pas pour se mettre en quête de son ami disparu.

Lussan ne s'effraya donc pas outre mesure de sa position. Le carrefour où il était paraissait assez vaste, et des routes rayonnaient dans tous les sens. Il vint se placer, autant qu'il put, vers le centre, et tournant lentement sur lui-même, il essaya de voir et d'entendre ce qui se passait dans les galeries environnantes.

Longtemps cet examen n'eut aucun résultat ; tout restait noir et silencieux. Découragé, Philippe allait recourir au moyen qu'il avait en réserve de se procurer de la lumière, quand il vit au loin comme un éclair, que suivirent à intervalles réguliers des éclairs semblables. Il devint attentif. Partout autour de lui des ténèbres compactes, uniformes, profondes, excepté sur le point éloigné où se montrait cette lueur rapide et passagère. Bientôt il reconnut les étincelles que l'on produit en battant le briquet ; puis une flamme brilla d'une manière permanente : on venait d'allumer un flambeau.

Qui pouvait être le personnage perdu comme lui dans ces souterrains? Chavigny? Le petit abbé avait pris une direction tout opposée. Quelqu'un des hommes de police? Ils craignaient trop de s'égarer pour marcher autrement qu'en troupe nombreuse. Frappé d'un soupçon, Philippe

se dirigea vers cette flamme mystérieuse, au risque de rencontrer encore sur son chemin quelque gouffre ou quelque carrière basse où il serait englouti.

Il ne tarda pas à s'apercevoir qu'il avait quitté le carrefour et qu'il parcourait un couloir dans lequel la marche était facile. Il en profita pour avancer d'un bon pas. La lumière ne demeurait pas immobile ; elle changeait au contraire continuellement de place ; par momens une ombre s'interposait et la cachait en partie. A mesure qu'il approchait, Philippe distinguait une forme humaine qui allait et venait avec une vivacité singulière.

Enfin Philippe atteignit l'extrémité de la galerie et il se trouva dans un atelier de grandes dimensions. Un homme s'agitait au milieu de cet atelier, et tout occupé d'une besogne inconnue, il n'avait pas entendu Philippe, que ses faux pas fréquens auraient eu tant à trahir. Il allait de place en place, s'arrêtant un moment à chacune. Lussan, caché par un bloc de rocher, n'eut besoin que d'un coup d'œil pour reconnaître Médard Pernet.

En ce moment de crise, lorsqu'il devait se croire poursuivi par de nombreux ennemis, l'homme des carrières ne pouvait être occupé que de projets de vengeance et d'extermination. Une circonstance redoubla encore les alarmes de Lussan. En examinant avec attention l'atelier où il se trouvait, il se souvint de l'avoir traversé déjà ; bientôt même, aux ruines d'un escalier qui paraissait avoir été récemment détruit, à la forme particulière de certains rochers, à la couleur des bancs de pierre, à la disposition des lieux, il reconnut d'une manière positive les souterrains du Val-de-Grâce.

Pendant que Philippe restait invisible et silencieux, l'homme des carrières continuait son travail. Il posait au pied de chaque pilier un objet de petit volume qu'il tirait d'un sac de cuir suspendu à son cou. Après s'être arrêté ainsi devant la plupart des piliers de la circonférence, il se dirigea vers un pilier central, plus solide que les autres. Alors, grâce au peu de distance qui les séparait, Philippe put voir distinctement de quoi il s'agissait. Tous les piliers étaient minés, et Médard en ce moment plaçait des mèches dont la combustion lente lui laisserait le temps de fuir. En un mot, le Val-de-Grâce allait sauter, et, selon toute apparence, la plupart des grands édifices publics construits sur les vides auraient le même sort que le magnifique couvent d'Anne d'Autriche.

En acquérant cette certitude, Philippe éprouva une mortelle anxiété. Il ne pouvait laisser s'accomplir ce crime abominable ; mais que faire? Crier? Ce serait peut-être accélérer la catastrophe. S'élancer sur le scélérat? Mais le résultat de la lutte n'était pas douteux : Philippe seul était impuissant à dompter son agile et robuste ennemi.

Pendant qu'il réfléchissait, le danger devenait de plus en plus imminent. Médard avait fini ses dispositions. Il se leva, prit dans son sac un morceau d'amadou qu'il partagea en bandes égales ; puis il toucha d'une de ces bandes la flamme de la bougie et s'approcha du pilier central...

Quelques secondes plus tard et une immense désastre allait désoler Paris. Sans savoir ce qu'il faisait, Philippe saisit un pistolet, ajusta Médard et lâcha la détente.

Un cri rauque, furieux, semblable au rugissement d'un lion, retentit dans la profondeur des vides. Au même instant, la lumière que tenait Médard tomba par terre, menaçant de s'éteindre tout à fait.

Philippe n'avait pas cédé, comme nous l'avons dit, à une volonté déterminée. Le coup parti, il se repentit de cet acte nécessaire, et courut en avant pour secourir le blessé s'il en était temps encore. Il trébucha dans l'obscurité contre un corps humain. Il s'empressa de relever le flambeau. Médard, frappé au front d'une balle mortelle, palpitait tout sanglant à ses pieds.

Le malheureux pourtant respirait encore, et Philippe essaya de le soulever dans ses bras. Mais le mourant se tordit convulsivement pour se dégager ; devenu libre, il murmura d'un ton déchirant :

— Thérèse !... oh ! Thérèse !...

Puis il s'affaissa de nouveau sur le sol de la carrière, éprouva quelques spasmes, et demeura dans une immobilité de mort.

Philippe contemplait tristement ce corps inanimé.

— C'était un monstre de férocité! murmura-t-il; pourtant il n'y avait peut-être qu'un homme au monde qui aurait dû épargner sa vie, et cet homme c'était moi.

Des cris d'appel, des lumières lointaines vinrent l'arracher à ces réflexions. Chavigny, ne trouvant pas son ami, était retourné à la Tombe-Issoire demander du renfort, et on errait au hasard dans les vides, quand le coup de pistolet tiré par Philippe avait donné l'éveil. En un instant on eut rejoint Lussan.

— Qu'y a-t-il donc, mon ami? demanda l'abbé avec inquiétude; que s'est-il passé?

Philippe montra le cadavre étendu à ses pieds.

— Messieurs, dit-il, notre mission est finie. L'être farouche qui, caché dans ces souterrains, faisait trembler une belle et grande ville, n'existe plus. Maintenant la société peut reprendre possession de ces dangereux abîmes; le génie de la destruction est vaincu.

— Eh! monsieur de Lussan, répliqua Salvien en ricanant, que nous disiez-vous donc d'épargner ce coquin-là? Vous vouliez sans doute vous le réserver pour vous seul?

— En vérité, Philippe, demanda le petit abbé avec étonnement, je ne puis croire que ce soit toi...

— Dieu l'a voulu, interrompit Philippe en détournant les yeux.

Cependant Salvien s'était penché sur le corps défiguré de Médard Pernet et visitait ses poches avec une dextérité merveilleuse. Bientôt il se releva; il tenait à la main un papier crasseux qu'il examina rapidement.

— C'est cela! Victoire! Je l'ai trouvé! s'écria-t-il transporté.

— Qu'est-ce que ce papier? demanda distraitement Chavigny.

— Un chiffon qui vaudra son poids en billets de caisse; quelque chose de plus précieux, monsieur l'abbé, que tous les vers que vous pourriez faire et tous les quatrains que je pourrais composer... C'est le plan des carrières! Paris est sauvé, et le nom de Salvien aux Lunettes passera décidément à la postérité!

Chavigny haussa les épaules et se retourna vers Philippe, qui demeurait sombre et rêveur.

— Allons! ami, lui dit-il, quittons ces maudits souterrains, et cette fois, je l'espère, pour n'y plus revenir... A quoi penses-tu donc?

— Je pense aux grandes choses qu'eût pu accomplir cet homme s'il eût employé au bien l'énergie, l'abnégation, la constance qu'il a déployés pour être le fléau de son espèce!

Dès le lendemain de ce jour, une armée d'ouvriers et d'ingénieurs habiles s'emparait de ces carrières redoutables qui ne devaient plus avoir de mystères désormais et qui allaient devenir les *Catacombes.*

XXII.

FESTONS ET ASTRAGALES.

Deux mois après ces événemens, nous retrouvons les personnages principaux de cette histoire au château de Milly-la-Princesse, situé à quelques lieues de Paris, dans une situation délicieuse, au bord de la Marne. Cette belle habitation appartenait alors à monsieur de Villeneuve, et, au moment où nous reprenons ce récit, elle était le théâtre d'une fête splendide que donnait le fermier général pour célébrer le mariage de sa fille unique avec Philippe de Lussan.

C'était le soir d'un beau jour d'été; le soleil couchant s'enveloppait avec une magnificence grandiose de nuages enflammés. Ses derniers rayons allumaient comme des phares étincelans les girouettes dorées du château et les vitres des mille fenêtres qui s'alignaient sur la façade. Tou-

tes les grilles, toutes les portes de cette demeure jadis princière étaient hospitalièrement ouvertes. Dans les cours sonores, dans les vastes parterres disposés en terrasses, on apercevait des groupes brillans et animés. Le roulement des voitures qui amenaient de Paris ou des châteaux voisins de nouveaux invités ne cessait pas d'un instant; et pendant que les aristocratiques visiteurs se hâtaient dans leurs riches toilettes pour prendre part aux plaisirs de la soirée, des cris joyeux, des chants, des coups de fusil au dehors, attestaient que les habitans du petit village de Milly se réjouissaient aussi à leur manière et sans tant d'apprêts.

Mais c'était dans le parc, auquel on descendait des jardins par un large escalier ce marbre, que devait avoir lieu la fête. Ce parc, planté à l'anglaise, était alors, par son étendue, par sa situation pittoresque, une des merveilles du genre. Il touchait à la Marne, comme nous l'avons dit. La tranquille rivière alimentait les jets d'eau, les cascades artificielles, les ruisseaux gazouillans qui donnaient le mouvement à la vie à ces lieux délicieux. C'était elle encore qui formait un grand et beau lac dont les eaux tranquilles se montraient capricieusement à travers des massifs d'arbres fleuris. Au centre du lac s'élevait une île, verte comme une émeraude, dont un petit temple de marbre couronnait le faîte.

Qu'on juge du spectacle merveilleux que devaient présenter ces superbes jardins ainsi envahis par ce monde élégant! A la douce lueur qui venait encore du ciel, dans une atmosphère tiède et transparente, on pouvait admirer cette société fardée et poudrée, à la fois majestueuse et frivole, qui restera, malgré tout, comme type de la société française avec ses grandes qualités et ses grands défauts. Parmi les invités du fermier général Villeneuve, ce n'était que soie et velours, ornemens d'or et de diamans. Les femmes avec leurs grandes robes de moire ou de satin broché, leurs amples paniers, leurs épaules nues, leurs bras à demi cachés dans des flots de dentelles, agitant leurs éventails comme nos sceptres, avaient l'air d'autant de reines. Les hommes eux-mêmes ne s'affublaient pas encore de ce costume lugubre d'importation anglaise qui attriste nos réunions modernes; la mode autorisait encore les couleurs éclatantes réservées maintenant à l'autre sexe. Ils le cédaient à peine en parure aux femmes elles-mêmes avec leurs habits brodés, leurs vestes de brocart, leurs larges boutons brillans, leurs épées à riche poignée, leurs perruques parfumées. Et puis ils étaient vifs, galans, spirituels; on savait encore causer à cette époque; un niveau inexorable n'avait pas été passé sur toutes les intelligences, sur toutes les bouches; on osait avoir des idées à soi. Chacun restait fidèle à son caractère: l'abbé muguetait, le mousquetaire ne songeait qu'à se battre, et le financier, tout gonflé de son importance, s'inclinait pourtant d'une manière affable devant le pauvre poète râpé qui venait lui offrir la dédicace d'un sonnet.

Tel était le monde qui se pressait dans les ombreuses avenues du parc de Milly, et, bien qu'à cette époque pas plus qu'aujourd'hui on ne dût se fier aux apparences, la joie la plus franche semblait régner parmi les hôtes de monsieur de Villeneuve. Ce n'étaient, dans les groupes de jolies femmes et de sémillans cavaliers, que gais propos, fines reparties, rires moqueurs; et ces rires s'harmoniaient avec le babillage des cascades, avec les jets d'eau, avec les chants du grillon perdu dans la verdure, avec le frémissement de la brise naissante dans les grands arbres, avec les mélodies douces et lointaines d'une musique cachée.

Au moment où le soleil venait de se coucher, une voix s'éleva dans les groupes qui disait:

— Aux nacelles! aux nacelles! On va s'embarquer sur le lac et on se réunira à l'île de Cythère.

— Allons à Cythère, dirent les jolies femmes.

— Nous vous y suivrons, répétèrent en chœur les abbés et les pages.

Et l'on courut vers les bords du lac, afin de trouver place dans les nacelles.

Une charmante flottille était préparée dans une petite

anse qui servait de port à cette mer en miniature. Cette flottille se composait de vingt ou trente barques fraîchement
peintes qui affectaient les formes les plus gracieuses. Les
unes ressemblaient aux gondoles vénitiennes avec leur
proue relevée en éperon, les autres à des galères antiques,
les autres à des dauphins couverts d'écailles azurées, d'autres enfin à des sirènes dont la queue verte servait de
gouvernail. Quelques-unes de ces barques portaient des
pavillons, de couleur éclatante, qui se balançaient à la
brise du soir; toutes étaient enjolivées de guirlandes de
fleurs naturelles dont les parfums se mêlaient aux suaves
émanations de la campagne.

On envahit tumultueusement ces jolies embarcations;
comme elles ne pouvaient transporter la compagnie tout
entière en un seul voyage, il fallait se hâter afin de se
trouver parmi les privilégiés. Pendant un moment ce fut
une joyeuse confusion; les dames perdaient leurs rubans
dans la presse, les cavaliers embarrassaient leurs épées de
parade dans les jambes de leurs voisins; on chiffonnait
les dentelles, on dérangeait les perruques. Enfin le bruit
cessa, l'ordre se rétablit peu à peu. Toutes les nacelles
étaient chargées à couler bas et présentaient l'image de
corbeilles remplies de satin, de pierreries et de fleurs. Alors
la musique lointaine donna le signal du départ. Toutes ensemble s'éloignèrent du bord et s'éparpillèrent sur la surface du lac; les spectateurs de la rive les poursuivaient
d'acclamations joyeuses en attendant leur tour.

Les avirons frappaient l'eau en cadence, et la flottille
voguait doucement vers l'île assignée pour lieu de rendez-
vous. En tête des embarcations s'avançait une microsco-
pique nacelle dont les évolutions rapides excitaient l'admiration de tous les assistans. Elle avait la forme d'un cygne,
dont le col sinueux et le bec doré s'allongeaient en proue;
les rames blanches imitaient les grandes ailes de l'oiseau
voyageur. Un homme vêtu d'un habit de velours nacarat à
broderies d'or maniait ces rames dont le moindre mouvement communiquait une impulsion à la nacelle. A l'arrière, sur une draperie de cachemire à franges d'or, on
voyait une jeune femme vêtue de moire blanche, les bras
et les épaules chargés de diamans. Ces deux personnages
étaient les héros de la fête; c'étaient Philippe de Lussan
et sa charmante épouse.

Thérèse, la tête légèrement inclinée sur le bord de la
nacelle, contemplait en silence son cher et beau Philippe,
dont chaque mouvement développait les nobles proportions.
Philippe s'en aperçut, et comme la compagnie se trouvait de
beaucoup en avant des autres, il lâcha les rames, vint
s'asseoir à côté de sa femme, et lui prit la main qu'il
pressa contre ses lèvres avec amour.

— Thérèse, chère Thérèse, dit-il d'une voix pénétrante et
avec émotion, est-il possible que tant de bonheur me soit
réservé! J'ose à peine en croire mes sens... Qui m'eût dit,
dans cette nuit funeste où j'errais dans les carrières de
Paris pour vous arracher au pouvoir d'un abominable ravisseur, qu'un jour viendrait comme celui-ci, où je serais
comblé de toutes les félicités humaines?

— Ne rappelez pas ces horribles souvenirs, mon Philippe, répliqua Thérèse avec un léger accent de terreur en
posant son doigt effilé sur les lèvres de son mari; ces affreuses images troubleraient notre joie si pure. Oh! mon
Philippe, je puis donc vous exprimer sans honte mon orgueil et mon bonheur d'être unie à vous par des liens in-
dissolubles!

Et elle appuya son front rougissant sur l'épaule de Philippe.

— Cher ange, reprit-il non moins attendri, n'est-ce pas
à moi plutôt d'être fier et surpris de cette prospérité,
moi, pauvre et obscur, qui me vois l'époux d'une créature céleste, entouré de toutes les splendeurs de l'opulence?... Mais, Thérèse, je vous aimais tant que j'avais oublié votre richesse!

— Pauvre et obscur, Philippe? reprit Thérèse en le regardant tinement; mon ami, malgré votre modestie, aurez-vous donc toujours des secrets pour moi?

— Que voulez-vous dire, Thérèse? je ne vous comprends pas.

— Bon, bon! vous ne voulez pas m'accorder encore
toute votre confiance... mais je la mériterai, je la mériterai, j'en suis sûre, et, en attendant, je saurai tempérer
mon affection par le respect...

— Du respect! Oh! ma Thérèse, ce n'est pas là le sentiment que je veux vous inspirer... Mais en effet, depuis
quelques jours, toutes les personnes qui m'approchent ont
avec moi un air embarrassé, cérémonieux; votre excellent père, madame de Villeneuve elle-même, ne m'abor-
dent plus qu'avec des formes glacialement polies... Voyons,
chère Thérèse, ne m'expliquerez-vous pas ces étrangetés?

— En ignorez-vous vraiment la cause, vilain dissimulé,
dit Thérèse d'un ton boudeur; mais allons! vous serez
peut-être moins discret quand vous connaîtrez la surprise
qu'on vous réserve là-bas à l'île de Cythère.

— Une surprise?

— Oui, oui, mais j'ai promis le secret; ne m'interrogez
pas.

— Ma Thérèse, ne me fais pas languir; apprends-moi,
de grâce...

— On nous écoute, dit vivement la jeune femme en
montrant que toute la flottille venait de les rejoindre; éloignez-vous de moi; si l'on vous voyait!...

Puis se renversant de nouveau sur ses coussins, elle dit
en souriant:

— Ramez, ramez, mon beau batelier; je me sens reine
quand je vois vos mains employées à me servir.

Philippe voulait la questionner; mais toute conversation
intime était devenue impossible; les nacelles l'entouraient
et mille regards curieux se fixaient sur lui et sur Thérèse.
Il reprit donc les rames: le cygne parut étendre de nouveau ses ailes blanches, et se glissa gracieusement à la
surface du lac.

Bientôt il se trouva bord à bord avec une barque plus
grande et plus ornée que les autres. Cette barque, tendue
d'étoffes précieuses, contenait les personnages les plus importans de la fête après les nouveaux époux: c'étaient d'a-
bord monsieur et madame de Villeneuve, lui vêtu de drap
d'or de la tête aux pieds, elle aussi chargée de pierres précieuses autant qu'elle en pouvait porter, et reluisante sous
un soleil; puis haute et puissante dame l'abbesse du
Val-de-Grâce, avec son voile noir, sa guimpe blanche et
son orgueilleuse croix d'or. Les usages du temps ne l'ex-
cluaient pas de cette fête mondaine, et assise sur des coussins, à côté de madame de Villeneuve, elle conservait cet
air hypocrite et austère qui imposait tant à ses nonnes. A
l'extrémité du bateau était comme relégué le chevalier de
Lussan, qui avait pourtant mis ses plus riches dentelles et
son plus large ruban de Saint-Louis, afin de représenter
dignement le père de Philippe.

Quand le cygne passa près de cette barque, madame de
Villeneuve se leva pour essayer une révérence; le gros financier fit coup sur coup cinq ou six inflexions de tête; le
chevalier salua du geste avec ses grands airs de cour; il
n'était pas jusqu'à madame de Mérignac qui n'inclinât sa
tête altière et ne parût adresser à Philippe un sourire à la
fois fier et respectueux.

Mais le nouveau marié ne remarqua pas en ce moment
l'empressement singulier dont il était l'objet. Il jeta dans
la gondole, que conduisaient deux rameurs en livrée, un
regard avide et demanda d'un ton affectueux:

— Bonne mère, monsieur l'abbé de Chavigny n'est-il pas
encore venu vous saluer? Personne ne l'a-t-il vu?

— Non, monsieur, répliqua madame de Villeneuve d'un
ton de profonde déférence; mais, si vous le vouliez, on
pourrait envoyer une voiture à Paris...

— Merci, bonne mère; il arrivera sûrement ce soir...
me l'a promis.

En même temps il donna quelques coups d'avirons, et le
beau cygne reprit sa course ou plutôt son vol sur les eaux
bleues.

La flottille atteignit ainsi le but du voyage, et le débarquement fut aussi gai que l'embarquement. Bientôt toute la compagnie fut déposée sur le gazon qui couvrait le sol de l'îlot, et pendant que les barques retournaient chercher des passagers sur l'autre rivage, les arrivans se répandirent allégrement dans l'île de Cythère.

Cette île, œuvre de l'homme, ainsi que toutes les merveilles du parc de Milly-la-Princesse, était plantée d'arbustes qui formaient çà et là de petits bosquets pleins de fraîcheur et d'ombre par la chaleur du jour. Le centre s'élevait en pyramide, grâce à des rochers factices apportés à grands frais, et le sommet de cette pyramide était couronné, comme nous l'avons dit, par un temple de marbre au milieu duquel se trouvait un groupe d'Houdon, Vénus et l'Amour.

Ce fut vers ce point que se dirigea bientôt toute la compagnie; on suivit plusieurs petits sentiers qui contournaient le rocher, de manière à montrer successivement les beaux paysages qui se déroulaient à cette élévation. Le temple consistait en une colonnade à jour, de forme circulaire; ces légers portiques, en se dessinant sur le ciel rouge encore des feux du couchant, rappelaient quelque belle ruine d'Athènes ou de Sparte. Autour du groupe qui représentait l'Amour perçant sa mère d'un de ses traits, étaient disposés de vastes gradins de marbre sur lesquels prirent place la plupart des invités.

Une certaine agitation régnait dans les coteries particulières; on disait qu'une communication importante pour la famille de Villeneuve et pour les nouveaux époux allait être faite à l'assistance, et la curiosité était vivement excitée. Les regards se tournaient vers monsieur et madame de Villeneuve, radieux et souriant tous les deux, comme des triomphateurs; on cherchait à découvrir sur leurs traits épanouis la nouvelle encore inconnue. Heureusement les impatiens n'eurent pas à attendre longtemps; les gondoles venaient d'amener à l'îlot le reste des invités. Dès que ceux-ci eurent pris place à leur tour, monsieur de Villeneuve, sur un signe de sa femme, se leva d'un air embarrassé.

— Messieurs et amis, dit le financier rouge comme une pivoine, j'ai pensé que vous partageriez notre joie pour les faveurs inespérées dont le roi veut bien combler notre famille à l'occasion du mariage de mademoiselle de Villeneuve. J'ai donc la satisfaction de vous annoncer que notre bien-aimé gendre, Philippe de Lussan, est nommé conseiller au parlement de Paris, qui va reprendre ses séances...

Un murmure courut dans la foule.

— Je n'ai pas sollicité cette faveur, s'écria Philippe au comble de l'étonnement, et je ne puis comprendre...

Madame de Villeneuve lui demanda le silence par un geste suppliant.

— Ce n'est pas tout, continua le fermier général; le roi, dans son inépuisable bonté, s'est souvenu de mes longs services administratifs. Je viens d'être nommé baron et chevalier du Saint-Esprit.

Des applaudissements, des félicitations, dont quelques-unes avaient pourtant un caractère ironique, s'élevèrent de toutes parts. On entoura de nouveau cordon bleu et la nouvelle baronne avec empressement. Philippe eut part aux complimens sur les accablant, mais il semblait que l'on considérât plutôt sa nouvelle dignité comme étant au-dessous de lui qu'au-dessus. Du reste, il écoutait à peine, et répondait distraitement. Profitant de l'agitation causée par ces nouvelles, il s'approcha du chevalier, appuyé tristement contre une colonne, et le conduisit à l'écart.

— Monsieur, lui dit-il, je ne puis douter maintenant que mon secret ne soit connu, et je dois supposer que, malgré vos promesses solennelles, vous, vous seul...

— Monsieur, je vous assure...

— Parlez avec franchise; il m'importe de connaître jusqu'à quel point ma nouvelle famille et mes nouveaux amis sont instruits de ce qui me touche.

— Mais quel intérêt, monsieur, dit le chevalier avec un accent de vérité, aurais-je donc à révéler cette histoire ? Vous voyez déjà ce qui en résulte pour moi d'une indiscré-

tion à laquelle je suis complètement étranger; on me tourne le dos, on me délaisse, et peut-être ne trouverai-je pas ce soir un invité assez abandonné de Dieu et des hommes pour faire ma partie !

Philippe se frappa le front; puis, prenant de nouveau le chevalier par la main, il le ramena dans l'assemblée:

— Messieurs, dit-il à voix haute, la faveur inattendue que je viens de recevoir personnellement est due aux longs et honorables services de MON PÈRE, le chevalier de Lussan.

Des chuchotemens, des sourires équivoques accueillirent cette déclaration; le chevalier en fut si confus qu'il se hâta de disparaître. Philippe était désespéré; dans le but de donner le change à l'opinion, il allait peut-être lâcher quelque parole imprudente, quand un nouvel incident vint détourner l'attention.

Un jeune et pimpant cavalier en habit de velours orange, embarrassé d'une longue épée qui lui battait les jambes, venait de saluer avec une grâce musquée madame de Villeneuve et Thérèse. Ce devoir rempli, il se disposait à se mêler à la foule qui l'observait avec curiosité, quand une voix s'écria tout à coup:

— Eh ! morbleu ! c'est monsieur l'abbé de Chavigny !

— L'abbé ! répliqua le cavalier orange avec indignation en se redressant. Allez chercher des abbés ailleurs !

— Quoi ! monsieur de Chavigny, pas même... in minoribus?

— Pas même in minoribus... et quiconque me donnera ce titre fera connaissance avec mon épée.

— En effet, votre épée sort de la boutique du fourbisseur, dit le malin interlocuteur, et elle n'a pas beaucoup de connaissances encore.

— Eh bien! monsieur, sortons ; nous irons là-bas dans un coin du parc, et j'espère vous prouver...

En ce moment Philippe, qui avait reconnu la voix de son ami, accourut précipitamment.

— Ah! te voici donc enfin! s'écria-t-il ; je t'attendais avec une impatience... Mais de quoi s'agit-il? Je croyais avoir entendu le bruit d'une querelle.

Chavigny demeura confus en reconnaissant Philippe.

— Pardonnez-moi, dit-il, mais on m'insulte.

— On l'appelle monsieur l'abbé, répliqua l'interlocuteur en ricanant.

— Encore!... Palsambleu ! je vais châtier l'insolent qui se permet...

— Flamberge au vent donc, monsieur l'abbé! je vous attends de pied ferme.

En même temps, celui qui venait d'exciter si vivement la colère de Chavigny sortit de l'ombre d'une colonne et montra les traits d'un vieillard, presque impotent, mais redouté pour la malice de ses saillies. Il se mettait en garde avec la béquille sur laquelle il appuyait d'ordinaire sa marche chancelante, et semblait provoquer son adversaire.

Tous les assistans éclatèrent de rire, et Chavigny lui-même ne put s'empêcher de partager leur hilarité. Il tendit la main au vieillard, qui la serra en souriant, et la paix fut faite.

Philippe s'empressa d'entraîner l'étourdi. Ils descendirent le sentier de la colline et vinrent s'arrêter dans un joli bosquet à travers lequel commençaient à briller les illuminations du parc.

— Ah çà ! demanda Philippe avec indulgence dès qu'ils furent à l'abri des observations indiscrètes, m'expliqueras-tu ce que signifient ce costume, ces manières batailleuses?

— Cela signifie, monsieur, que j'ai jeté aux orties le petit collet. Mon oncle l'évêque a bien voulu reconnaître enfin que je n'avais aucune vocation pour l'Église ; il me laisse libre de suivre la carrière qui me conviendra. Je compte donc m'engager dès demain dans les mousquetaires ou dans les chevau-légers. Mais pardon, pardon, monsieur, ajouta-t-il en se reprenant, je ne devrais pas vous parler avec tant de liberté. La force de l'habitude...

Philippe le regarda d'un air étonné.

— Et toi aussi ! dit-il avec amertume ; toi, mon ami le plus dévoué et le plus cher ; toi, le compagnon de mes dangers, tu te montres froid, cérémonieux... Oh ! il faut que je sache enfin le mot de cette énigme... Chavigny, je t'adjure de me répondre avec sincérité. Soit ici, soit à Paris, tu as entendu dire quelque chose au sujet de ma naissance ?

— Comment pourrais-je le nier ? votre histoire fait en ce moment l'objet des conversations de tout Paris, et les faveurs royales dont votre famille et vous, vous venez d'être comblés vont certainement confirmer les bruits qui se répandent. On assure que le feu roi Louis XV...

— Il suffit, interrompit Philippe avec un soupir. Dieu m'est témoin que je n'ai négligé aucun moyen pour cacher au monde ce triste secret !

Et il ajouta plus bas :

— Pardon, pardon, ma pauvre mère !

Comme il restait silencieux et rêveur, Chavigny, qui l'observait à la dérobée, reprit avec embarras :

— Ainsi donc, il est vrai, monsieur... monseigneur... je n'ose...

— Veux-tu donc me rendre fou ! dit Philippe avec véhémence ; est-ce ainsi que tu me parles ? tu ne me tutoies plus, tu es gêné devant moi !... Chavigny, qu'est devenue notre bonne amitié d'enfance, cette amitié éprouvée par tant de traverses et de sacrifices mutuels ?

La voix de Philippe était vibrante, son œil humide. L'ex-abbé n'y tint plus ; il se jeta dans les bras de son ami, moitié riant, moitié pleurant.

— Ma foi ! s'écria-t-il, sois prince, fils de roi, sois le diable si tu veux, mais tu seras toujours mon Oreste et je serai ton Pylade, en dépit de l'Olympe et du Parnasse !

Ils demeurèrent un moment réunis dans une cordiale étreinte.

— Ingrat ! dit enfin Philippe, quelle opinion avais-tu donc de moi ?... Écoute, Chavigny ; j'ignore encore l'origine des bruits dont tu parles ; mais je dois prévenir mes amis et mes proches que la moindre allusion en ma présence à ces événemens passés me causerait un violent chagrin, et ils s'en abstiendront, je l'espère. Toute autre personne qui se permettrait de toucher devant moi cette corde délicate aurait à se repentir de sa hardiesse... Mais laissons cela, continua-t-il avec effort ; causons de toi, de ton absence prolongée... Quel événement a donc pu t'empêcher d'assister à mon mariage ?

— Rien de moins que l'arrivée à Paris de mon vénérable oncle, l'évêque de Bayeux. Ah ! mon pauvre Philippe, quelles scènes et quels sermons ! mais tout s'est arrangé, mon oncle s'est laissé fléchir, et nous nous sommes entièrement réconciliés.

— S'il en est ainsi, je t'excuse ; mais je croyais qu'un autre motif, quelque amourette peut-être...

— Des amourettes ? reprit Chavigny d'un ton piteux, quels souvenirs viens-tu de réveiller ? J'ai le cœur déchiré !

— Toi, mon pauvre abbé, demanda Philippe avec distraction.

— Abbé ?... morbleu !... Philippe, si tout autre que toi me nommait ainsi... Mais, pour en revenir à mes amours, imagine que Vénus et Cupidon se sont ligués contre moi. Je remuais ciel et terre à Paris pour retrouver cette pauvre Rosette, car je savais que son coquin de mari, se voyant sur le point d'être pris, s'était ait justice lui-même et s'était pendu dans une bicoque de la rue Mouffetard où il se cachait. Le maraud ne peut pas dire que je ne lui avais pas prédit son sort : j'avais lu dans l'avenir comme Calchas. Donc, je cherchais avec ardeur cette jolie veuve que je ne supposais pas inconsolable, et j'ai fini, en effet, par la retrouver... dans un couvent où elle venait de prendre le voile, après avoir donné tout son bien mal acquis aux églises !

— Bah ! tu seras plus heureux auprès des autres belles, par exemple auprès de la jolie danseuse qui nous a rendu de si grands services et qui a refusé obstinément toute espèce de récompense et de présens.

— Sylvie !... Ah ! tu touches une blessure encore saignante ! Oublies-tu donc que la cruelle enfant avait annoncé l'intention de quitter la France ?

— Comment ! elle est partie ?

— Oui, avec un grand vilain Polonais, qui l'a emmenée dans son château, sur les bords de la Vistule. Pauvre fille ! elle qui craint tant le froid !... Enfin, mon ami, il ne reste plus que deux ou trois belles dames à Paris qui veulent bien avoir des bontés pour moi. Aussi l'abbé de la Croix, notre illustre grand-maître, qui me prêche toujours la sagesse, sera content, je l'espère.

— L'abbé de la Croix ! répéta Philippe, qui tressaillit à ce nom ; tu le vois donc souvent ?

— Certainement. Nous avons un égal plaisir à parler de toi, et... Mais, par Pégase ! s'interrompit Chavigny, où avais-je donc la tête ? Ce digne abbé m'a confié une lettre pour toi, car tu sais que la poste n'est pas sûre par la police qui court.

— Une lettre ! donne vite. Je soupçonne cet homme opiniâtre d'être l'auteur des indiscrétions... Oui, oui, ce ne peut être que lui !

En même temps il saisit la lettre que Chavigny venait de tirer de la poche de sa veste et en brisa précipitamment le triple cachet. Cette lettre, beaucoup moins obscure que celles que l'illustre grand-maître écrivait d'ordinaire, était ainsi conçue :

« Vous m'accusez sans doute, mon fils, d'avoir divulgué des secrets que je savais avant vous et en dépit de vous. Je pourrais, en m'autorisant du serment d'obéissance absolue que vous m'avez prêté, lors de votre initiation au saint ordre du Temple, me refuser à toute explication, car je reçois de chaque initié le pouvoir de lier et de délier. Je veux bien vous dire cependant que les premières indiscrétions au sujet de votre naissance ne viennent pas de moi. Le lieutenant de police avait tout découvert après votre sortie de la Bastille. Ainsi s'expliquent les égards extraordinaires dont vous avez été l'objet dans vos diverses entrevues avec ce haut magistrat. La seule part que j'aie prise à cette révélation a été de faire parvenir au roi régnant une pièce importante qui se trouvait entre mes mains. Cette pièce, écrite de la main de Louis XV, recommandait, à la bienveillance du roi son successeur, Philippe de Lussan, fils de Lucile de G..., épouse de Lussan ; et les mœurs bien connues du feu roi ne laissaient aucun doute sur le motif réel de cette pressante recommandation. Louis XVI, dit-on, s'est ému à la lecture de ce papier ; il s'est enquis de vous, des faveurs qui pouvaient être le but de vos désirs, et il a tenu compte, comme vous le savez, des vœux de son aïeul.

» Encore une fois, voilà quelle est ma part dans cette affaire qui, sans doute, excitera votre déplaisir ; je répondrai de cette part devant Dieu et devant ma conscience. Mais à présent que, malgré vous, malgré les scrupules que j'honore, votre secret est enfin connu ; à présent que tous nos frères, tous ceux qui vous approchent, savent quel sang auguste coule dans vos veines, pourquoi méconnaîtriez-vous plus longtemps votre voie ? Par vous, de grandes choses pourront être accomplies dans Israël ; vous êtes l'oint du Seigneur. Ceux qui portent la lance et le bouclier, ceux qui ont la parole et la doctrine attendent vos ordres. Vous ne resterez pas sourd à leurs vœux ; vous vous tiendrez prêt à effectuer les grandes choses auxquelles vous êtes appelé... »

— Jamais ! dit Philippe en froissant la lettre avec colère. Ce vieillard fanatique, absorbé dans une seule pensée, croit-il m'enlacer dans ces misérables intrigues ? Je jure bien...

Il s'aperçut que Chavigny l'écoutait d'un air effaré ; il sourit et garda le silence.

Des voix de femme s'élevèrent près d'eux, et Thérèse, accompagnée de sa mère et de madame de Mérignac, parut sur la terrasse.

— Mon ami, dit-elle gaîment en courant à son mari, on n'attend plus que vous pour donner le signal du feu d'artifice... Mais je m'explique maintenant votre absence, ajouta-

18

t-elle avec une petite moue en regardant Chavigny : l'amitié déjà vous fait oublier l'amour.

— A cela, madame, répliqua l'ex-abbé galamment, je ne vois qu'un remède : c'est que l'Amour et l'Amitié sacrifient ensemble sur l'autel de la Concorde.

En même temps il offrit la main à Thérèse pour la ramener au temple, tandis que Philippe offrait la sienne à sa belle-mère. Comme on remontait le sentier fleuri, on s'entretint encore de ces carrières, dont le souvenir contrastait avec les félicités présentes. L'abbesse du Val-de-Grâce prenait part à la conversation.

— Que de reconnaissance mes filles et moi, ne devons-nous pas à monsieur Philippe de Lussan ! disait-elle, avec enthousiasme, en levant les yeux au ciel; il nous a sauvées des plus grands périls... A son dévouement chevaleresque, à son courage héroïque, on pouvait deviner son origine.

— Hum! madame l'abbesse, dit Chavigny en pinçant les lèvres, il existe quelqu'un dont personne ne vante l'héroïsme, et qui pourtant a eu sa part dans toutes ces entreprises hasardeuses... Mais, continua-t-il en baissant la voix pour ne pas être entendu de Lussan, si madame l'abbesse connaît si bien l'Histoire et la générosité de Philippe, je suis surpris qu'elle ne réclame pas de lui un don auquel elle a droit.

— Et quoi donc, monsieur ? demanda madame de Mérignac avec étonnement.

— Non pas son cœur, madame, il l'a donné déjà, mais ses premières chaussures, s'il les a encore, pour en orner le trésor de votre abbaye!

Et le rire argentin de Thérèse se mêla au sifflement des fusées qui commençaient à sillonner le ciel.

FIN DES CATACOMBES DE PARIS

NOTICE SUR LES CATACOMBES DE PARIS.

Nous croyons nécessaire, en terminant ce roman, de donner quelques détails sur l'état actuel des immenses carrières qui en ont fourni le sujet. Naturellement les vides ont subi des modifications considérables depuis près de quatre-vingts ans qu'on y travaille sans relâche, et ce qui se trouvait exact dans l'origine ne l'est plus aujourd'hui. Ces modifications sont même très sensibles depuis monsieur Héricart de Thury, ancien inspecteur général, qui en 1815 a publié un excellent ouvrage sur les *Catacombes*. Ainsi on chercherait vainement à cette heure quelques-unes des curiosités qu'il décrit, et notamment le grand éboulement d'une carrière haute dans la carrière basse dite de Port-Mahon ; l'inspection actuelle a fait disparaître ces belles horreurs ; une pente douce et commode a remplacé les monceaux de rochers et les blocs menaçans. Il ne faut donc pas trop se fier aux descriptions des livres sur ces localités essentiellement changeantes. Aussi, tout en nous éclairant des ouvrages des devanciers, avons-nous voulu nous-même visiter les carrières. Nous nous sommes adressé à la complaisance de monsieur Lorieux, inspecteur général des mines, et à monsieur Lefébure de Fourcy, ingénieur ordinaire. Ce dernier, avec une obligeance dont nous le prions de recevoir ici nos remercîmens, a bien voulu nous servir lui-même de guide, et c'est après avoir vu de nos yeux ce que nous voulions décrire que nous avons composé cet ouvrage.

Il est une des vides qui est familière à la population parisienne : c'est l'ossuaire, proprement appelé Catacombes et qui a fini par donner son nom à tout ce système de souterrains ; l'entrée principale se trouve à quelques pas seulement de la barrière d'Enfer. On sait comment cet ossuaire fut fondé. En 1786, les cimetières des Innocens, situé sur l'emplacement du marché de ce nom, avait été supprimé pour cause de salubrité publique. On eut l'idée d'utiliser les carrières de Paris en y versant ce détritus humain qui viciait l'air des vivans et menaçait la ville d'épidémies mortelles. On s'occupa donc d'approprier un local à cette destination, et les ossemens du cimetière des Innocens y furent transportés en grande pompe. Plus tard, l'abolition de tous les autres cimetières *intra muros* accrut démesurément le contenu des Catacombes ; les générations de morts s'entassaient dans ces lugubres magasins, et aujourd'hui on évalue à douze ou quinze millions (douze ou quinze fois la population actuelle de Paris) les créatures humaines qui sont venues là confondre leurs ossemens.

L'ossuaire n'est qu'une infinie petite portion des carrières de Paris, dont il est séparé actuellement par des murs épais afin d'empêcher la contrebande souterraine. Il s'étend sous l'ancien logis de la Tombe-Issoire, et sous la plaine de Montsouris, par conséquent hors de l'enceinte de la ville. Mais de l'autre côté de ces murs, plusieurs quartiers de Paris sont comme suspendus sur ces effrayantes cavités.

Toutefois, ainsi que nous l'avons dit, les choses ont bien changé de face depuis l'année 1774, où l'on parut découvrir de nouveau ces vides menaçans. A cette époque les souterrains, délabrés par l'action des eaux, par un abandon de plusieurs siècles, par le poids des constructions qui s'élevaient à la surface du sol, menaçaient ruine ; les frêles piliers qui les soutenaient avaient fléchi sur beaucoup de points ; les ciels se fendaient, des fontis se formaient de tous côtés et, suivant l'expression d'Héricart de

Thury, « les temples, les palais étaient près de s'abîmer dans des gouffres immenses. » Mais, depuis cette date, on n'a pas interrompu les travaux d'un instant dans les carrières, et des sommes considérables sont affectées chaque année à leur entretien. Une population d'ouvriers spéciaux s'agite continuellement à cent pieds au-dessous du pavé ; une administration habile et dévouée dirige leurs efforts pour prévenir les accidens. Aussi, c'est à peine si, de loin en loin, on reconnaît, dans certains ateliers écartés, l'état primitif des vides ; ces ateliers sont appelés *travaux des anciens*. Presque partout de nouveaux piliers, des voûtes, des murs de soutènement ont été bâtis par l'inspection afin de faire disparaître toute apparence de danger. Sous les grands édifices dont le poids énorme pouvait enfoncer la croûte terrestre, on a construit des massifs en moellons appelés *bourrages*, ou bien, comme sous le Val-de-Grâce, d'énormes piliers qui en assurent à jamais la solidité. La plupart des rues de la partie méridionale de la ville ont en dessous une rue correspondante qui porte le même nom et dans laquelle sont indiqués les numéros des maisons et l'emplacement des monumens publics. Enfin un ordre merveilleux règne dans la cité ténébreuse.

En somme, les parties connues des vides sont admirablement surveillées, mais ils ne sont pas encore connus entièrement. Il semble que, dans l'origine, ces carrières, livrées à l'insouciance des exploitateurs, ne communiquaient pas entre elles, ou peut-être des éboulemens ont-ils obstrué plus tard les communications ; car il arrive que des accidens trahissent tout à coup l'existence de grandes cavités dans des endroits où l'on n'avait pu en soupçonner. Aussi l'administration des carrières ouvre-t-elle sans cesse de nouvelles galeries afin de traverser les parties suspectes. Parfois ces galeries de reconnaissance rencontrent des excavations inconnues qu'il faut s'empresser de réparer ; mais ces découvertes deviennent de jour en jour plus rares et moins importantes, et, dans un terme très rapproché, les vides du sol parisien seront explorés d'une manière complète.

Les ouvriers qui exécutent ces travaux et qui, à certaines époques de l'année, ne voient jamais le jour, méritent aussi une mention particulière. Il en est qui depuis trente et quarante ans accomplissent leur pénible labeur dans ces souterrains, et ils sont aussi vigoureux, aussi bien portans que ceux qui remplissent leur tâche au grand air et au soleil. La température des carrières, qui, été comme hiver, reste stationnaire à dix degrés au-dessus de zéro, ne semble nullement défavorable à leur santé ; ils se plaignent seulement d'éprouver de violentes douleurs aux yeux quand ils remontent à la lumière. Ce genre de vie, assez triste pourtant, ne paraît pas non plus altérer leur gaîté. Parfois le curieux qui visite ces sombres galeries aperçoit tout à coup dans l'éloignement des lumières immobiles ; en même temps des chants, des rires joyeux arrivent jusqu'à lui, au milieu du silence profond des vides. On avance toujours, et au bout d'un quart d'heure, on rencontre enfin un atelier d'ouvriers alertes, occupés à consolider des piliers ou à creuser de nouvelles galeries. Dans une seule promenade on pourra trouver cinq ou six escouades de ces ouvriers, qui travaillent soit pour le compte de l'administration des mines, soit pour le compte des particuliers dont les maisons sont bâties au-dessus des excavations.

Aussi, habitués qu'ils sont à parcourir ces souterrains, formeraient-ils d'excellens guides; les détours infinis des galeries leur sont aussi familiers que peut l'être le dédale compliqué des rues supérieures à un Parisien pur sang.

Il nous reste à parler de l'étendue de ces carrières, étendue qu'on a fort exagérée, bien que l'exagération ne fût pas nécessaire en pareil cas. Grâce aux renseignemens que nous devons à monsieur Lefébure de Fourcy, nous sommes en mesure de donner les détails les plus exacts sur l'importance des vides et sur leur délimitation.

La Seine et la Bièvre divisent les carrières de Paris en trois groupes distincts, et toute communication est interceptée entre les groupes par ces cours d'eau. Ainsi donc il n'est pas vrai, comme on le croit vulgairement, que certaines ramifications des carrières passent sous la Seine. Pour quiconque a étudié le sous-sol parisien, cette assertion est tout bonnement absurde; les bancs de pierre qui forment les assises inférieures étant facilement perméables à l'eau, un pareil ouvrage eût été inondé de prime abord. Mais revenons.

Sur la rive droite de la Seine, les carrières de Chaillot occupent une étendue de 422,000 mètres carrés. Sur la rive gauche, entre la Seine et la rive droite de la Bièvre, les carrières du faubourg Saint-Marceau s'étendent sur une surface de 590,000 mètres carrés. Enfin, entre la Seine et la rive gauche de la Bièvre, les vides des faubourgs Saint-Jacques et Saint-Germain forment un polygone très irrégulier de 2,395,000 mètres carrés. Le total de la superficie de ces carrières, dans l'intérieur de la ville seulement, est donc de 3,407,000 mètres carrés, ou un peu plus de 340 hectares, c'est-à-dire un dixième environ de la surface de Paris! On voit, comme nous l'avons dit, que l'exagération était au moins inutile.

Nous ne nous occuperons pas ici des carrières de Chaillot et du faubourg Saint-Marceau; mais nous allons entrer dans quelques détails sur celles des faubourgs Saint-Jacques et Saint-Germain, auxquelles on donne plus habituellement le nom de Catacombes.

Ce groupe, toujours à l'intérieur de la ville, est contenu dans les limites suivantes : la barrière de Vaugirard, la rue de Vaugirard, le boulevard intérieur du Montparnasse, le collège Stanislas, la rue Notre-Dame-des-Champs, la rue du Cherche-Midi, la rue Cassette, le séminaire Saint-Sulpice, le carrefour de l'Odéon, la rue Voltaire, la rue Corneille, la rue Royer-Collard, la place de l'Estrapade, la rue des Postes, la rue Mouffetard, la rue de l'Arbalète, le champ des Capucins, la rue de la Santé, le boulevard extérieur, depuis la barrière de la Santé jusqu'à la barrière de Vaugirard, point de départ. L'espace compris dans ce polygone est sillonné par un grand nombre de routes souterraines; elles s'étendent dans tous les sens et sont entrecoupées par intervalles de ces vastes salles ou ateliers que nous avons décrits dans le roman. Plusieurs de ces ateliers ont des dimensions considérables; ceux notamment qui se trouvent sous le jardin du Luxembourg et sous l'ancien enclos des Chartreux (avenue de l'Observatoire) pourraient être cités comme exemple. Ainsi, quand par une belle journée toute une population d'enfans joueurs, de joyeux étudians, de femmes élégantes, s'agite à l'ombre des marronniers en fleur qui ornent ce merveilleux jardin, elle ne se doute pas qu'à cent pieds au-dessous d'elle existent des gouffres redoutables qui pourraient en un instant l'engloutir avec les beaux arbres, les parterres, les balustres de marbre et les blanches statues, chefs-d'œuvre de l'art, qui charment ses yeux.

Nous ferons remarquer ici que le Panthéon, sur lequel on croit communément reposer les Catacombes, se trouve complètement en dehors de ce périmètre, ainsi que toute la montagne Sainte-Geneviève. La raison en est bien simple : ces souterrains ont été creusés pour chercher la pierre nécessaire aux constructions de Paris, et le sol de la montagne dont le Panthéon couronne le sommet ne contient pas de pierre à bâtir.

Mais ce n'est encore là qu'une partie du groupe des faubourgs Saint-Jacques et Saint-Germain. Sans parler des carrières isolées du jardin des Plantes, trop peu considérables pour qu'on en ait fait un quatrième groupe, les vides appelés Catacombes s'étendent au loin hors Paris, dans la plaine où semble avoir été jadis leur entrée principale. Les galeries s'avancent jusqu'à mille ou quinze cents mètres du mur de ronde, sous les communes de Vaugirard, de Montrouge et de Gentilly; c'est dans cette portion, comme nous l'avons dit, que se trouve le célèbre ossuaire. Le prolongement de ces galeries, sous la route actuelle d'Orléans, atteint même quatre mille cinq cents mètres au delà du mur de ronde. Si l'on n'était arrêté par les muraillemens exécutés sous les barrières de Paris pour empêcher la fraude de l'octroi et sous les fortifications pour assurer la solidité des ouvrages militaires, on pourrait descendre par l'escalier situé rue Bonaparte (contre le mur du seminaire), et remonter, sans avoir vu le jour, par un puits de service récemment percé près de la route d'Orléans, au coin du pavé de Bagneux. Ce trajet souterrain serait de 7,095 mètres en ligne droite, près de deux lieues!

Nous avons ici constaté, que certaines parties des carrières de ce groupe étaient sujettes à des inondations annuelles. La nappe d'eau qui se montre en plusieurs endroits des vides se relie à la Seine; elle monte et descend comme le niveau de la rivière; seulement les fluctuations de l'une sont en sens inverse des fluctuations de l'autre. Ainsi, les plus basses eaux des carrières sont du mois d'octobre au mois de mars, quand habituellement la Seine coule à pleins bords. Cette différence tient à la difficulté que l'eau trouve à pénétrer les diverses couches du sous-sol parisien. Quand la Seine est très haute, elle met au moins trois mois pour affluer dans les vides; quand elle est très basse, les vides mettent un temps pareil pour lui rendre l'eau qu'ils en avaient reçue. L'inondation envahit particulièrement chaque année les cavités situées sous les rues de Tournon, de l'Odéon, Cassette et du Regard; souvent elle atteint le ciel de la carrière, et tous travaux deviennent impossibles dans cette portion des vides jusqu'à ce qu'elle ait disparu.

C'est peut-être à cet envahissement annuel des eaux qu'est due l'absence complète d'insectes et de créatures vivantes qu'on remarque dans ces carrières. Des rats monstrueux habitent les environs de l'ossuaire; mais ils sont fort rares dans le reste des vides, on peut croire qu'ils ne s'y trouvent qu'accidentellement et pour ainsi dire de passage. Aucune araignée n'ourdit sa toile au ciel des galeries; aucun moucheron ne sillonne en bourdonnant cet air lourd et humide; aucun ténebrion ne se cache dans la poudre séculaire des ateliers. Là, tout est morne, immobile, silencieux, et la pierre des carrières garde l'empreinte d'animaux fossiles, de coquilles antédiluviennes, comme si de tout temps la nature eût elle-même prédestiné ces profondeurs à servir de nécropole.

Nous aurions encore bien des choses à dire sur ces curieux souterrains qui ont été si longtemps un mystère pour la population parisienne elle-même; mais nous craignons de tomber dans un ordre de faits déjà connus et de dépasser les limites d'une simple notice. Nous nous contenterons de renvoyer le lecteur, pour la partie historique des Catacombes, aux ouvrages spéciaux, parmi lesquels le livre de monsieur Héricart de Thury, quoique ancien déjà, contient des renseignemens du plus grand intérêt.

FIN DE LA NOTICE.

Paris. — Imprimerie J. Voisvenel, rue du Croissant, 16.

www.ingramcontent.com/pod-product-compliance
Lightning Source LLC
Chambersburg PA
CBHW051548280626
47162CB00021B/1632